»Das Leben hat, wie der Schriftsteller,
einen mächtigen Drang zur Veränderung.«
(Philip Roth)

Philip Roth, geboren 1933 in Newark,
New Jersey, erhielt 1960 den »National
Book Award« für seinen Roman
»Goodbye Columbus!« (rororo 12210).
Er veröffentlichte zahlreiche Romane,
darunter »Portnoys Beschwerden«
(rororo 11731), der ein Welterfolg wurde.
»Amerikanisches Idyll« (rororo 22433)
wurde mit dem Pulitzer-Preis ausgezeichnet.

Philip Roth

GEGEN**LEBEN**

ROMAN

Deutsch von

Jörg Trobitius

Rowohlt

Taschenbuch

Verlag

GEGEN LEBEN

Veröffentlicht im Rowohlt Taschenbuch
Verlag GmbH, Reinbek bei Hamburg,
März 2002
Copyright © 1988 by Carl Hanser Verlag,
München Wien
Alle deutschsprachigen Rechte vorbehalten
Titel der Originalausgabe »The Counterlife«
Erschienen bei Farrar, Straus & Giroux,
New York
Copyright © 1986 by Philip Roth
Umschlaggestaltung any.way, Cathrin Günther
(Abbildung: »Arithmetic composition«,
Gemälde von Theo van Doesburg /
Archiv für Kunst und Geschichte, Berlin)
Druck und Bindung Clausen & Bosse, Leck
Printed in Germany
ISBN 3 499 23177 8

*Für meinen Vater
in seinem fünfundachtzigsten Lebensjahr*

I Basel

Seit Henrys EKG im Verlaufe einer Routineuntersuchung durch den Hausarzt eine Unregelmäßigkeit aufgewiesen und sich bei einem Aufenthalt im Krankenhaus, wo man sein Herz katheterisierte, das Ausmaß der Krankheit gezeigt hatte, war sein Zustand mit Medikamenten erfolgreich behandelt worden, so daß er arbeiten und sein häusliches Leben wie zuvor fortführen konnte. Er klagte nicht einmal über Schmerzen in der Brust oder Kurzatmigkeit, wie sie laut seinem Arzt bei einem Patienten mit fortgeschrittener Arterienverengung durchaus zu erwarten waren. Vor dem Routinetest, der die Unregelmäßigkeit erbracht hatte, war er symptomfrei gewesen und blieb es auch während des ganzen Jahres, ehe er sich zur Operation entschloß – ohne Symptome, abgesehen von einer einzigen schrecklichen Nebenwirkung: eben der Medikation, die seinen Zustand stabilisierte und das Risiko eines Herzanfalls wesentlich herabsetzte.

Das Problem begann zwei Wochen, nachdem er das Medikament nahm. »Das habe ich schon tausendmal gehört«, sagte der Kardiologe, als Henry anrief, um zu berichten, was mit ihm vor sich ging. Der Kardiologe, wie Henry ein erfolgreicher, tatkräftiger Fachmann, der noch nicht über vierzig war, hätte gar nicht mitfühlender sein können. Er wolle versuchen, die Dosis so weit zu reduzieren, daß das Medikament, ein Beta-Blocker, die Herzkrankheit weiterhin unter Kontrolle halten und den Bluthochdruck dämpfen würde, ohne Henrys sexuelle Reaktionen zu beeinträchtigen. Durch eine Feinabstimmung der Medikation, so sagte er, könne man manchmal »einen Kompromiß« erreichen.

Sie experimentierten sechs Monate lang, zuerst mit der Dosierung, und als das nicht funktionierte, mit Fabrikaten verschiedener Hersteller, doch nichts half: Weder erwachte er mit seiner morgendlichen Erektion noch reichte seine Potenz, um mit Carol, seiner Frau, Verkehr zu haben, oder mit Wendy, seiner Assistentin, die sicher war, daß sie selbst und nicht etwa die Medikation für diese bestürzende Veränderung verantwortlich war. Am Ende des Arbeitstages, wenn die Außentür zur Praxis abgeschlossen und die Jalousien heruntergelassen waren, arbeitete sie mit allen Finessen, um ihn zu erregen, und es war wirklich Arbeit, es war eine schwere Mühe für sie beide, und als er ihr sagte, es habe keinen Zweck, und sie bat aufzuhören, ja schließlich ihren Kiefer aufstemmen mußte, damit sie aufhörte, da war sie um so überzeugter, daß es ihre Schuld war. Eines Abends, als sie in Tränen ausbrach und zu ihm sagte, sie wisse schon, es sei nur eine Frage der Zeit, bis er sich schließlich eine andere suche, schlug Henry sie ins Gesicht. Hätte ein Wüstling so gehandelt, ein Wilder in orgiastischem Rausch, dann wäre Wendy auf ihre typische Weise darauf eingegangen; hier jedoch manifestierte sich keine Ekstase, sondern die Tatsache, daß er angesichts ihrer Blindheit völlig am Ende war. Sie verstand nicht, was los war, sie war zu blöd! Doch er verstand es ja ebensowenig, auch er konnte noch nicht die Verwirrung ermessen, die dieser Verlust bei einem Menschen hervorrufen mochte, der ihn nun einmal anbetete.

Anschließend wurde er sofort von Reue überwältigt. Er drückte Wendy an sich und versicherte ihr, die immer noch weinte, sie sei praktisch das einzige, woran er jetzt jeden Tag denke – ja (obwohl er das dann doch nicht sagen konnte), wenn Wendy ihm nur erlaube, ihr Arbeit in einer anderen Zahnarztpraxis zu verschaffen, dann würde er nicht alle fünf Minuten an das erinnert werden, was er nun nicht mehr haben konnte. Es gab immer noch Momente während der Sprechstundenzeit, in denen er sie verstohlen streichelte oder ihr mit dem alten Verlangen zusah, wie sie sich in ihrem figurbetonten weißen Kittel bewegte, den sie über der Hose trug, doch dann fielen ihm seine kleinen rosa Herzpillen ein, und er versank in Verzweiflung. Bald schon überfielen ihn höchst dämonische Phantasien, in denen er sich vorstellte, wie die hingebungsvolle junge Frau, die alles dafür getan hätte, seine Potenz wiederherzustellen, vor seinen Augen von drei, vier und fünf anderen Männern überwältigt wurde.

Zwar konnte er seine Phantasien von Wendy mit ihren fünf gesichtslosen Männern nicht unterdrücken, doch wenn er jetzt mit Carol im Kino war, senkte er lieber die Lider und ruhte die Augen aus, bis die Liebesszenen vorbei waren. Er konnte den Anblick der Her-

renmagazine, die sich bei seinem Friseur stapelten, nicht ertragen. Er mußte sein Äußerstes geben, um nicht vom Tisch aufzustehen und hinauszugehen, wenn bei einer Abendeinladung einer ihrer Freunde anfing, Witze über Sex zu machen. Er fühlte allmählich die Emotionen eines zutiefst unattraktiven Menschen, eine ungeduldige, ärgerliche, puritanische Verachtung für die virilen Männer und begehrenswerten Frauen, die in ihre erotischen Spiele versunken waren. Der Kardiologe hatte gesagt, nachdem er ihn auf das Medikament eingestellt hatte: »Und jetzt vergessen Sie Ihr Herz und leben Sie«, doch das konnte er nicht, da er fünf Tage in der Woche acht Arbeitsstunden lang Wendy nicht vergessen konnte.

Er ging wieder zum Arzt, um mit ihm in allem Ernst über eine Operation zu sprechen. Der Kardiologe hatte auch das schon tausendmal gehört. Geduldig erklärte er, sie operierten nicht gern Leute, die symptomfrei seien und bei denen sich die Krankheit allen Anzeichen nach durch Medikamente stabilisiere. Wenn Henry sich schließlich für die chirurgische Lösung entscheide, wäre er nicht der erste Patient, der die Operation einer unbestimmten Anzahl von Jahren ohne sexuelle Betätigung vorziehe; gleichwohl rate er als Arzt ihm ernstlich, abzuwarten und zu sehen, welchen Einfluß die vergehende Zeit auf seine »Einstellung« mit dem Medikament habe. Wenn Henry auch nicht der schlechteste Kandidat für eine Bypass-Operation sei, so ließen die Stellen, an denen transplantiert werden müsse, ihn doch auch nicht als den idealen Kandidaten erscheinen. »Was heißt das?« fragte Henry. »Das heißt, daß diese Operation auch unter den bestmöglichen Umständen kein Zuckerschlecken ist, und die Ihrigen sind nicht die besten. Es bleiben uns sogar manche auf der Strecke, Henry. Leben Sie damit.«

Diese Worte erschreckten ihn dermaßen, daß er sich auf der Fahrt nach Hause dazu zwang, an all jene zu denken, die unfreiwillig ohne Frauen leben, und unter weitaus quälenderen Umständen, als es die seinen waren – Männer im Gefängnis, Männer im Krieg . . . doch dauerte es nicht lange, und er mußte wieder an Wendy denken, beschwor sich jede Stellung herauf, in welcher man in sie eindringen konnte mit der Erektion, die er nun nicht mehr hatte, malte sie sich ebenso hungrig aus wie jeder Gefängnisinsasse bei seinen Tagträu-

men, nur ohne Zuflucht zu der primitiven, schnellen Abhilfe, die einen einsamen Mann in seiner Zelle halbwegs bei Verstand bleiben läßt. Er führte sich vor Augen, wie glücklich er als vorpubertärer Knabe ohne Frauen gelebt hatte – war er je zufriedener gewesen als damals in den vierziger Jahren während der Sommerferien am Strand? Stell dir vor, du bist wieder elf... Doch das funktionierte ebensowenig wie die Phantasie, er habe eine Strafe in Sing Sing abzusitzen. Er führte sich die schreckliche Unbändigkeit vor Augen, die von unbezwingbarem Verlangen ausgelöst wird – die raffinierten Tricks, das Begehren, den besinnungslos ungestümen Akt, das unablässige Träumen von der anderen, und wenn eine dieser betörenden anderen schließlich zur heimlichen Geliebten wird, das Intrigieren und die Ängstlichkeit und die Täuschungen. Jetzt konnte er Carol ein treuer Ehemann sein. Er würde Carol nie belügen müssen – es gäbe nichts zu lügen. Sie könnten wieder jene einfache, aufrichtige, vertrauensvolle Ehe genießen, die sie geführt hatten, ehe Maria vor zehn Jahren in seiner Praxis erschienen war, um sich eine Krone reparieren zu lassen.

Er war zunächst so überwältigt gewesen von dem grünen Kleid aus Seidenjersey und den Türkisaugen und der europäischen Verfeinerung, daß er kaum die Konversation zustande brachte, die er normalerweise so gut beherrschte, geschweige denn einen Annäherungsversuch, während Maria im Sessel saß und gehorsam den Mund öffnete. Bei all der Förmlichkeit, mit der sie einander bei den ersten vier Terminen behandelten, hätte sich Henry niemals vorgestellt, daß sie am Vorabend ihrer Rückkehr nach Basel zehn Monate später zu ihm sagen würde: »Ich hätte nie gedacht, daß ich zwei Männer lieben könnte« und daß ihre Trennung so furchtbar sein würde – das alles war für sie beide so neu gewesen, daß sie aus dem Ehebruch geradezu etwas Jungfräuliches gemacht hatten. Es war Henry niemals in den Sinn gekommen, daß ein Mann, der so aussah wie er, wohl mit jeder attraktiven Frau in der Stadt schlafen könnte, bis Maria in sein Leben trat und es ihm sagte. Er war sexuell nicht eitel und äußerst schüchtern, ein junger Mann, der sich noch weitgehend von Gefühlen des Anstandes leiten ließ, die er aufgesogen und verinnerlicht und niemals ernstlich in Frage gestellt hatte. Je anziehender eine Frau, desto zurückhaltender war Henry gewöhnlich; und so war es normal, daß er beim Erscheinen einer unbekannten Frau, die er besonders begehrenswert fand, hoffnungslos und streng förmlich wurde, jedwede Spontaneität verlor und häufig nicht einmal seinen Namen nennen konnte, ohne zu erröten. Das war der Mann, der er als treuer Gatte gewesen war – deshalb war er ein treuer Gatte gewesen. Und jetzt war er dazu verdammt, wieder treu zu sein.

Das Schlimmste an der Einstellung auf das Medikament war, so stellte sich heraus, daß er sich auf das Medikament einstellte. Es schockierte ihn, daß er imstande war, ohne Sex zu leben. Es ließ sich machen, und er tat es, und das war einfach zum Sterben – so wie es zuvor einfach zum Sterben war, daß er sich nicht imstande sah, ohne Sex zu leben. Sich darauf einzustellen bedeutete, daß er sich damit abfand, so zu sein, und er weigerte sich, so zu sein, und es demoralisierte ihn zusätzlich, daß er sich zu dem Euphemismus »so zu sein« herbeiließ. Und doch machte die »Einstellung« so gute Fortschritte, daß Henry etwa acht oder neun Monate, nachdem der Kardiologe ihm eindringlich nahegelegt hatte, nicht voreilig auf eine Operation zu drängen, ehe er nicht die Wirkung der vergehenden Zeit erprobt habe, sich nicht mehr daran erinnern konnte, was eine Erektion war. Und als er es versuchte, fielen ihm die Bilder aus den alten pornographischen Comics ein, den blasphemischen »Schundheften«, durch die die Knaben seiner Generation mit der Kehrseite der Laufbahn von Dixie Dugan bekanntgeworden waren. Bilder von fremdländischen Schwänzen suchten ihn heim und Phantasien darüber, was all die anderen Männer mit Wendy anstellten. Er stellte sich vor, wie sie ihnen den Schwanz lutschte. Er stellte sich vor, wie er selbst ihnen den Schwanz lutschte. Er fing insgeheim an, alle potenten Männer zu Idolen zu machen, als gelte er selbst als Mann nichts mehr. Trotz seines guten Aussehens – er war ein dunkler Typ, hochgewachsen, von athletischem Körperbau – schien er über Nacht von einem Mann in den Dreißigern zu einem Mann in den Achtzigern geworden zu sein.

Eines Samstagmorgens, nachdem er Carol gesagt hatte, daß er einen Spaziergang in den Reservation Hills machen wolle – »um für mich zu sein«, hatte er ihr finster erklärt – , fuhr er nach New York, um Nathan aufzusuchen. Er rief ihn nicht vorher an, weil er sich die Möglichkeit offenhalten wollte, umzukehren und nach Hause zurückzukehren, falls er sich in letzter Minute anders entscheiden sollte. Schließlich waren sie keine Halbwüchsigen mehr, die im Schlafzimmer vergnügliche Geheimnisse austauschten – seit dem Tod ihrer Eltern waren sie nicht einmal mehr wie Brüder. Doch brauchte er unbedingt jemanden, der ihm von Anfang bis Ende zuhörte. Alles, was Carol dazu sagen konnte, war, daß er nicht einmal im Traum eine Operation in Erwägung ziehen dürfe, wenn dabei auch nur das geringste Risiko bestehe, daß ihre drei Kinder vaterlos würden. Die Krankheit sei unter Kontrolle, und mit seinen neununddreißig sei er nach wie vor in jeder erdenklichen Hinsicht enorm erfolgreich. Wie könne all das plötzlich solch eine Rolle spielen, wo sie sich doch jetzt seit Jahren selten mit wirklicher Leidenschaft überhaupt geliebt hätten? Sie beklage sich nicht, so gehe es doch allen – sie kenne keine Ehe, in der das anders sei. »Aber ich bin erst neununddreißig«, antwortete Henry. »Ich auch«, sagte sie und wollte hilfreich sein, indem sie sich vernünftig und bestimmt gab, »aber nach achtzehn Jahren erwarte ich nicht, daß die Ehe eine stürmische Liebesaffäre ist.«

Es war das Grausamste, was eine Frau seiner Vorstellung nach zu ihrem Mann sagen konnte – Wozu brauchen wir überhaupt Sex? Er fand es verächtlich, daß sie das gesagt hatte, er haßte sie so sehr, daß er sich auf der Stelle dazu entschlossen hatte, mit Nathan zu reden. Er haßte Carol, er haßte Wendy, und wenn Maria dagewesen wäre, hätte er auch sie gehaßt. Und er haßte die Männer, die Männer, die schon einen riesigen Ständer bekamen, wenn sie sich bloß den *Playboy* ansahen.

Er fand einen Garagenplatz in einer Achtzigerstraße der Eastside und rief von einer Telephonbox gleich an der Ecke bei Nathan an; und während das Telephon klingelte, las er, was jemand auf die Reste eines Manhattaner Telephonbuchs, das in der Nische festgekettet war, gekritzelt hatte: *Wer will mir in den Mund spritzen? Melissa 879–0074.* Er hängte auf, ehe Nathan abnehmen konnte, *und wählte 879—0074. Ein Mann antwortete.* »Für Melissa«, *sagte Henry und hängte wieder auf. Dann wählte er wieder Nathans Nummer und ließ es zwanzigmal klingeln.*

Du kannst sie nicht vaterlos zurücklassen.

Während er allein in der Eingangshalle von Nathans Sandsteinhaus stand, schrieb er einen Zettel für ihn, den er sofort wieder zerriß. In einem Hotel an der Ecke Fifth Avenue fand er ein Münztelephon und wählte 879—0074. Trotz des Beta-Blockers, von dem er gedacht hatte, er solle verhüten, *daß das Adrenalin das Herz überlaste, schlug das seine wie das Herz eines tobenden Wilden — der Arzt würde jetzt kein Stethoskop brauchen, um es zu hören. Henry packte sich an die Brust und zählte gerade den Countdown bis zum letzten Schlag, als eine Stimme, die nach der eines Kindes klang, antwortete.* »Hallo?«

»Melissa?«

»Ja.«

»Wie alt bist du?«

»Wer ist da?«

Er hängte eben noch rechtzeitig auf. Weitere fünf, zehn, fünfzehn dieser widerhallenden Schläge, und der Herzinfarkt hätte alles erledigt. Allmählich beruhigte sich sein Atem, und das Herz war nur noch wie ein Rad zu spüren, das steckengeblieben war und sich vergebens im Schlamm drehte.

Er wußte, er hätte Carol anrufen sollen, damit sie sich keine Sorgen machte, doch statt dessen überquerte er die Straße und ging in den Central Park. Eine Stunde wollte er Nathan geben; wenn Nathan bis dahin nicht zurück wäre, würde er sich die Operation aus dem Kopf schlagen und nach Hause fahren. Er konnte sie nicht vaterlos zurücklassen.

Als er die Unterführung auf der Rückseite des Museums betrat, sah er am anderen Ende einen großgewachsenen Jugendlichen, weiß, etwa siebzehn Jahre alt, der ein riesiges Kofferradio auf der Schulter balancierte und sich lässig auf Rollschuhen in den Tunnel gleiten ließ. Die Lautstärke war voll aufgedreht — Bob Dylan sang »Lay, lady, lay ... lay across my big brass bed ...« *Genau das, was Henry gerade brauchen konnte. Als ob er unversehens auf einen alten Kumpel gestoßen sei, streckte der grinsende Jugendliche eine Faust in die Luft, und als er auf Henrys Höhe war, brüllte er: »Hol die Sechziger zurück, Mann!« Seine Stimme hallte dumpf in dem dämmrigen Tunnel wider, und Henry antwortete immerhin liebenswürdig: »Recht hast du, Freund«, doch als der Junge an ihm vorübergerollt war, konnte er sich nicht länger zurückhalten und fing schließlich an zu weinen. Hol es alles zurück, dachte er, die Sechziger, die Fünfziger, die Vierziger – hol die Sommer am Jersey-Ufer zurück, die frischen Brötchen, die den Lebensmittelladen im Souterrain des Hotels Lorraine mit ihrem Duft erfüllten, den Strand, wo auf den Booten morgens Goldmakrelen verkauft wurden... Er stand in dem Tunnel hinter dem Museum und holte ganz für sich allein die unschuldigsten Erinnerungen zurück, aus den unschuldigsten Monaten seiner unschuldigsten Jahre, Erinnerungen ohne wirkliche Bedeutung, die er entzückt heraufbeschwor – und die in ihm festhingen wie der organische Treibsand, der die Arterien zu seinem Herzen verstopfte. Der Bungalow zwei Blöcke von der Strandpromenade entfernt, mit dem Wasserhahn an der Seite, um sich den Sand von den Füßen zu waschen. Der Rate-Dein-Gewicht-Stand in der Einkaufspassage beim Asbury Park. Seine Mutter, wie sie sich über den Fenstersims beugt, als es anfängt zu regnen, und die Wäsche von der Leine hereinzieht. Das Warten auf den Bus nach Hause, in der Dämmerung nach dem Kino am Samstagnachmittag. Ja, der Mann, dem dies alles widerfuhr, war jener Junge gewesen, der mit seinem älteren Bruder auf den Bus Nr. 14 gewartet hatte. Er konnte es nicht begreifen – ebensogut hätte er versuchen können, die Teilchenphysik zu verstehen. Aber zugleich konnte er ja auch nicht glauben, daß der Mann, dem das widerfuhr, er selbst war und daß er alles, was dieser Mann durchmachen mußte, auch selbst durchmachen mußte. Hol die Vergangenheit zurück, die Zukunft, hol mir die Gegenwart zurück – ich bin erst neununddreißig!*

Er kehrte an jenem Nachmittag nicht zu Nathans Wohnung zurück, um so zu tun, als sei nichts Folgenreiches zwischen ihnen vorgefallen, seit sie die lieben Kleinen ihrer Eltern gewesen waren. Auf dem Weg dorthin hatte er gedacht, daß er sich mit Nathan treffen *müsse, weil nur er noch übrig war von der Familie, und dabei hatte er doch die ganze Zeit gewußt, daß es keine Familie mehr gab, daß die Familie am Ende war, auseinandergerissen – dafür hatte Nathan gesorgt, durch den Spott, mit dem er sie alle in jenem Buch überhäuft hatte, und das Übrige hatte Henry erledigt mit den wüsten Vorwürfen, die er, nachdem ihr schon lange kränkelnder Vater in Florida an den Folgen eines Herzinfarktes gestorben war, gegen Nathan erhoben hatte. »Du hast ihn umgebracht, Nathan. Kein anderer wird dir das sagen – dazu haben sie zuviel Angst vor dir. Aber du hast ihn umgebracht. Mit diesem Buch.« Nein, vor Nathan einzugestehen, was sich drei Jahre lang mit Wendy in der Praxis abgespielt hatte, würde den Hund ja nur glücklich machen, würde ihm recht geben – ich würde ihm zu einer Fortsetzung von Carnovsky verhelfen! Es war schon idiotisch genug gewesen zehn Jahre zuvor, ihm alles über Maria zu erzählen, über das Geld, das ich ihr gegeben habe, und die schwarze Unterwäsche und ihre Sachen, die ich in meinem Safe hatte, doch so bis zum Platzen davon erfüllt, wie ich war, mußte ich es jemandem erzählen – und wie hätte ich damals denn wissen können, daß mein Bruder sein Geld damit verdiente, Familiengeheimnisse auszubeuten und zu verzerren? Er wird kein Mitgefühl haben mit dem, was ich durchmache – er wird nicht einmal zuhören. »Will ich nicht wissen«, wird er hinter dem Türspion sagen, und er wird sich nicht einmal die Mühe machen, die Tür zu öffnen. »Ich würde es ja doch nur in einem Buch verwenden, und das würde dir ganz und gar nicht gefallen.« Und eine Frau wird dort sein – entweder eine Ehefrau, die ihn langweilt und demnächst ausziehen wird, oder ein literarisches Groupie, das demnächst einziehen wird. Vielleicht sogar beide. Ich würde es nicht ertragen.*

Statt direkt nach Hause zurückzukehren, fuhr er, als er wieder in Jersey war, zu Wendys Wohnung und brachte sie dazu, ein zwölfjähriges schwarzes Mädchen namens Melissa zu spielen. Doch obwohl sie bereit war – schwarz zu sein, zwölf, zehn, alles zu sein, was er verlangte – , dem Medikament war das gleichgültig. Er forderte sie auf, sich auszuziehen und am Fußboden auf den Knien auf ihn zuzukriechen, und als sie gehorchte, schlug er sie. Aber auch das half nicht viel. Seine lächerliche Brutalität, weit davon entfernt, ihm zu einem Zustand der Erregtheit zu verhelfen, ließ ihn in klägliche Tränen ausbrechen, das zweite Mal an diesem Tag. Wendy, die schrecklich hilflos aussah, streichelte seine Hand, während Henry schluchzte: »Das bin nicht ich! Diese Art von Mann bin ich nicht!« »Ach Schatz«, sagte sie, während sie in ihrem Strumpfhalter zu seinen Füßen saß und nun selbst anfing zu weinen, »du mußt die Operation machen lassen, du mußt es – sonst wirst du noch verrückt.«

Er war am Morgen kurz nach neun aus dem Haus gegangen und kam erst gegen sieben am Abend nach Hause. Aus Angst, daß er irgendwo allein im Sterben liege – oder schon tot war – , hatte Carol um sechs die Polizei angerufen und sie gebeten, nach dem Wagen Ausschau zu halten; sie hatte gesagt, daß er am Morgen zu einem Spaziergang in die Reservation Hills gefahren sei, und man sagte, man würde hinauffahren und nach Spuren suchen. Henry war entsetzt, als er hörte, daß sie die Polizei angerufen hatte – er hatte sich die ganze Zeit darauf verlassen, daß Carol nicht die Nerven verlieren würde wie Wendy, und nun hatte sein Verhalten auch sie aus der Fassung gebracht.

Er selbst war eben immer noch zu schockiert und gedemütigt, um erfassen zu können, welche Art von Verlust alle Beteiligten erlitten hatten.

Als Carol fragte, weshalb er denn nicht angerufen habe, um zu sagen, daß er nicht vor dem Abendessen daheim sein werde, antwortete er vorwurfsvoll: »Weil ich impotent bin!« , als läge es an ihr und nicht an dem Medikament, daß es dazu gekommen war.

Es lag an ihr. Er war sich sicher. Es lag daran, daß er bei ihr bleiben und für die Kinder verantwortlich sein mußte – so war es dazu gekommen. Hätten sie sich vor zehn Jahren getrennt, hätte er Carol und die drei Kinder verlassen, um in der Schweiz ein neues Leben zu beginnen, er wäre niemals krank geworden. Streß, so hatten die Ärzte ihm gesagt, sei ein wichtiger Faktor bei Herzkrankheiten, und daß er Maria aufgegeben hatte, war der unerträgliche Streß, wodurch er sich das Ganze zugezogen hatte. Es gab keine andere Erklärung für solch eine Krankheit bei einem Mann, der ansonsten so jung und so fit war. Es war die Folge seiner Unfä-

higkeit, rücksichtslos zu sein und sich zu nehmen, was er wollte – und seiner Kapitulation dem gegenüber, wozu er sich verpflichtet fühlte. Die Krankheit war der Lohn für den pflichtbewußten Vater, Ehemann und Sohn. Du steckst nach so langer Zeit immer noch an derselben Stelle, ohne die Möglichkeit zu entrinnen, da kommt plötzlich eine Frau wie Maria, und statt stark und egoistisch zu sein, bist du ausgerechnet gut.

Das nächste Mal, als Henry zur Untersuchung ging, sprach der Kardiologe ein ernstes Wort mit ihm. Er gab ihm zu bedenken, daß sein EKG, seit er das Medikament nehme, eine deutliche Verringerung der Unregelmäßigkeit aufweise, die am Anfang das Zeichen gewesen sei, daß er ein Problem habe. Seinen Blutdruck hätten sie fest im Griff, und anders als manche Patienten des Kardiologen, die sich nicht einmal die Zähne putzen könnten, ohne daß die Anstrengung eine ernste Stenokardie verursache, sei er in der Lage, den ganzen Tag ohne Beeinträchtigung des Befindens und ohne Kurzatmigkeit auf den Beinen zu sein und zu arbeiten. Wieder bekam er die Ermutigung, daß eine eventuelle Verschlechterung seines Zustandes mit größter Wahrscheinlichkeit nur sehr allmählich vonstatten gehen und sich zuerst auf dem EKG zeigen oder mit einer Veränderung der Symptome einhergehen würde. Sollte das eintreten, dann würden sie die Möglichkeit einer Operation von neuem in Betracht ziehen. Der Kardiologe wies ihn darauf hin, daß er nach diesen Verhaltensregeln beruhigt mindestens fünfzehn oder zwanzig Jahre weitermachen könne, und bis dahin sei die Bypass-Operation mehr als wahrscheinlich eine veraltete Methode; er sagte voraus, daß man gegen 1990 ganz sicher eine arterielle Verstopfung mit anderen als chirurgischen Mitteln angehen werde. Der Beta-Blocker selbst werde vielleicht bald schon durch ein Medikament ersetzt, das nicht auf das zentrale Nervensystem einwirke und nicht diese unglücklichen Folgen habe – diese Art von Fortschritt sei völlig absehbar. In der Zwischenzeit, und das habe er ihm ja schon geraten und könne es nur wiederholen, solle Henry einfach sein Herz vergessen und sein Leben leben. »Sie sollten das Medikament im richtigen Kontext sehen«, sagte der Kardiologe und klopfte leicht auf seinen Schreibtisch.

Und das war nun das letzte Wort, das es dazu zu sagen gab? Jetzt sollte er aufstehen und nach Hause gehen? Dumpf sagte Henry zu ihm: »Aber das Sexuelle, das ist ein Schlag, den ich nicht hinnehmen kann.« Die Frau des Kardiologen war eine Bekannte von Carol, und so konnte er natürlich nichts von Maria oder Wendy oder den beiden Frauen dazwischen sagen, und was jede von ihnen ihm bedeutet hatte. Henry sagte: »Es ist das Schwerste, das ich je zu verkraften hatte.«

»Dann haben Sie ja wohl kein allzu schweres Leben gehabt, oder?«

Er war wie betäubt von der Brutalität der Antwort – so etwas zu einem Menschen zu sagen, der so verletzbar war wie er! Jetzt haßte er auch den Arzt.

In dieser Nacht rief er von seinem Arbeitszimmer aus noch einmal Nathan an – er war der letzte Trost, der ihm verblieben war, und diesmal traf er ihn zu Hause an. Es fiel ihm sehr schwer, sich nicht in Tränen aufzulösen, als er seinem Bruder erzählte, daß er ernstlich krank sei, und ihn fragte, ob sie sich treffen könnten. Es sei ihm unmöglich, noch länger allein zu leben mit diesem niederschmetternden Verlust.

Es erübrigt sich zu sagen, daß das nicht die dreitausend Worte waren, die Carol erwartet hatte, als sie am Abend vor der Beerdigung Zuckerman anrief und trotz all dessen, was die beiden Brüder auseinandergebracht hatte, ihn fragte, ob er eine Grabrede halten würde. Und ebensowenig war sich der Schriftsteller im unklaren darüber, was sich in diesem Falle schickte, und er war auch nicht gleichgültig gegenüber den Konventionen, die bei diesen Anlässen herrschten; gleichwohl war er, nachdem er einmal angefangen hatte, nicht zu bremsen, und er verbrachte den Großteil der Nacht am Schreibtisch und stückelte aus dem wenigen, was er wußte, Henrys Geschichte zusammen.

Als er am nächsten Morgen nach Jersey hinüberfuhr, sagte er Carol mehr oder weniger die Wahrheit über das, was geschehen war. »Es tut mir leid, wenn du auf mich gezählt hast«, sagte er, »aber alles, was ich niedergeschrieben habe, war falsch. Es ging einfach nicht.« Er nahm an, daß sie jetzt annehmen würde, wenn ein Berufsschriftsteller sich außerstande sieht, bei der Beerdigung seines eigenen Bruders etwas zu sagen, dann seien entweder hoffnungslos gemischte Gefühle oder ein altmodisches schlechtes Gewissen die Ursache. Nun denn, was immer auch Carol von ihm denken mochte, es war weniger schlimm, als wenn er vor der versammelten Trauergemeinde diesen schreiend unpassenden Text zum besten gegeben hätte.

Carol sagte nur, was sie gewöhnlich sagte: sie verstehe schon; sie gab ihm sogar einen Kuß, sie, die niemals zu seinen größten Fans gehört hatte. »Ist schon in Ordnung. Mach dir bitte keine Gedanken. Wir wollten dich einfach nicht ausschließen. Auf die Streitigkeiten kommt es jetzt nicht mehr an. Das ist alles vorbei. Worauf es heute ankommt, ist, daß ihr Brüder wart.«

Gut und schön. Doch da *waren* die dreitausend Worte. Das Problem war, daß Worte, die für eine Beerdigung moralisch unpassend waren, gerade die Art von Worten waren, die ihn fesselten. Henry war noch keine vierundzwanzig Stunden tot, da brannte Zuckerman die Erzählung schon unter den Nägeln. Es würde ihm jetzt äußerst schwerfallen, den Tag durchzustehen, ohne daß er alles, was sich abspielte, als ein *Mehr* betrachten würde, eine Fortsetzung nicht des Lebens, sondern seines Werkes oder seines künftigen Werkes. Indem er es nicht fertiggebracht hatte, von seinem Kopf Gebrauch zu machen und diskret diese oder jene Kindheitserinnerungen mit ein paar konventionell tröstlichen Gefühlsregungen zusammenzuschustern, hatte er sich schon die Möglichkeit verbaut, sich ganz normal unter die anderen einzureihen, als ein anständiger Mann in reiferen Jahren, der einen Bruder betrauerte, welcher viel zu früh gestorben war – statt dessen war er wieder einmal der Außenseiter der Familie. Als er mit Carol und den Kindern die Synagoge betrat, dachte er: »Dieser Beruf versaut einem sogar die Trauer.«

Obwohl die Synagoge groß war, waren alle Plätze besetzt, und im Hintergrund und in den Seitengängen drängten sich an die zwanzig oder dreißig Jugendliche, junge Leute aus dem Ort, um deren Zähne sich Henry von ihren Kindesbeinen an gekümmert hatte. Die Jungen schauten stoisch zu Boden, und einige der Mädchen weinten schon. In einer der letzten Reihen, unauffällig in grauem Sweater und mit Rock, saß eine schmächtige, mädchenhaft junge Blondine, die Zuckerman nicht einmal bemerkt hätte, wenn er nicht nach ihr Ausschau gehalten hätte – die er nicht erkannt haben würde, wenn er nicht das Photo gesehen hätte, das Henry bei seinem zweiten Besuch mitbrachte. »Auf dem Bild«, so hatte Henry gewarnt, »kommt sie nicht richtig zur Geltung.« Gleichwohl verlieh Zuckerman seiner Bewunderung Ausdruck. »Sehr hübsch. Du machst mich neidisch.« Ein kleines, freches und selbstgefälliges Kleiner-Bruder-Schmunzeln ließ sich nicht ganz unterdrücken, selbst als Henry antwortete: »Nein, nein, sie kommt auf Photos nicht wirklich heraus. Man sieht hier nicht richtig, was an ihr dran ist.« »O doch, ich seh's schon«, sagte Nathan, den Wendys Schlichtheit überraschte und auch wieder nicht überraschte. Maria immerhin war doch, wenn sie auch auf *ihrem* Bild nicht von solch erstaunlicher Schönheit war, wie Henry sie zuerst beschrieben hatte, auf ihre streng teutonische, symmetrische Art recht attraktiv gewesen. *Diese* harmlose kleine Fotze jedoch – also wirklich, Carol mit ihrem lockigen schwarzen Haar und den langen dunklen Wimpern sah erotisch vielversprechender aus. Natürlich hätte Zuckerman, noch während Henry das Photo von Wendy in der Hand hielt, ihm mit allen seinen Möglichkeiten zusetzen müssen – das war vielleicht sogar der Grund gewesen, *weshalb* Henry das Bild mitgebracht hatte, nämlich um ihm das Stichwort zu geben und dann zu hören, daß Nathan zu ihm sagte: »Du Idiot! Du Arschloch! Kommt nicht in Frage! Wenn du nicht bereit warst, Carol zu verlassen, um mit Maria auf und davon zu gehen, einer Frau, die du wirklich *geliebt* hast, dann gehst du nicht für eine gefährliche Operation ins

Krankenhaus, bloß weil irgend so ein Weibsstück dir jeden Abend in der Praxis einen bläst, ehe du zum Abendessen nach Hause gehst! Ich habe gehört, was du für diese Operation ins Feld geführt hast, und bis jetzt habe ich kein Wort dazu gesagt – aber mein Urteilsspruch, und der ist Gesetz, lautet *Nein*!«

Doch in Anbetracht der Tatsache, daß Henry zu dem Zeitpunkt nicht tot, sondern am Leben gewesen war – am Leben und empört darüber, daß ausgerechnet einem Mann von seiner moralischen Glaubwürdigkeit bei dieser einzigen, kleinen, harmlosen Übertretung ein Strich durch die Rechnung gemacht wurde – in Anbetracht der Tatsache, daß er den Kompromiß mit Wendy ja schon akzeptiert hatte, während das, wovon er geträumt und was er sich versagt hatte, bedeutet hätte, ein neuer Mensch zu werden, in Europa mit einer europäischen Frau, und in Basel als ungebundener, kräftiger, völlig erwachsener ausgewanderter amerikanischer Zahnarzt zu leben, hatte Zuckerman feststellen müssen, daß seine eigenen Gedanken eher in diese Richtung gingen: »Das ist sein Aufstand gegen die Regelung, die er getroffen hat, das Ventil für das, was an ursprünglicher Leidenschaft in ihm überlebt hat. Er ist bestimmt nicht zu mir gekommen, um sich sagen zu lassen, daß das Leben einem Hindernisse in den Weg legt und daß das Leben einem Dinge versagt und daß man nichts tun kann, als es hinzunehmen. Er ist hier, um es in meiner Gegenwart auszudiskutieren, weil es nicht als *meine* Stärke gilt, ein Talent zur Selbstversagung zu besitzen – ihrer Lehre nach bin *ich* doch der leichtsinnige, lebenslustige Impulsive, mir haben sie doch die Rolle des Es in der Familie zugewiesen, während er der vorbildliche Bruder ist. Nein, ein als unverantwortlich ausgewiesenes Temperament kann jetzt hier keine väterlichen Töne anschlagen und ihn freundlich mahnen: ›Was du willst, brauchst du doch gar nicht, mein Junge – gib deine Wendy auf, und du wirst weniger leiden.‹ Nein, Wendy ist seine Freiheit und seine Männlichkeit, auch wenn sie mir nun einmal ein wenig wie die Verkörperung der Langeweile vorkommt. Sie ist ein nettes Ding mit einer oralen Fixierung, die, da ist er sich wohl ziemlich sicher, niemals bei ihm zu Hause anrufen wird – warum sollte er sie denn *nicht* haben? Je länger ich dieses Bild anschaue, desto besser verstehe ich, worum es ihm geht. Wieviel verlangt der arme Kerl denn schon?«

Doch nehmen die Gedanken eine andere Richtung, wenn man so nah am Sarg seines einzigen Bruders sitzt, daß man praktisch die Wange an das glänzende Mahagoniholz legen könnte. Als Nathan die unausweichliche Anstrengung machte, sich Henry da drinnen liegend vorzustellen, da sah er nicht den zur Ruhe gekommenen, entmannten, überhitzten Ehebrecher, der es abgelehnt hatte, sich damit abzufinden, daß er seiner Potenz verlustig gegangen war – er sah den zehnjährigen Jungen, der dort in seinem Flanellschlafanzug lag. Einmal an Halloween, als sie noch Kinder waren, hatte Henry ein paar Stunden, nachdem Nathan ihn vom Klingeln an den Türen in der Nachbarschaft nach Haus gebracht hatte und die ganze Familie schon lange im Bett gewesen war, sein Zimmer verlassen, war die Treppe hinunter und aus der Tür hinaus auf die Straße gegangen in Richtung auf die Kreuzung Chancellor Avenue, nicht einmal Hausschuhe hatte er an, und er schlief fest. Wie durch ein Wunder kam zufällig ein Freund der Familie, der drüben in Hillside wohnte, an ihrer Straßenecke vorbeigefahren, als Henry gerade den Bürgersteig verlassen wollte, um auf das Licht der Scheinwerfer zuzugehen. Er hielt an, erkannte das Kind unter der Straßenlaterne als Victor Zuckermans jüngeren Sohn, und Minuten später schon war Henry wieder sicher zu Hause und unter seiner Bettdecke. Er fand es aufregend, am nächsten Morgen zu erfahren, was er im tiefen Schlaf getan hatte, und von dem bizarren Zufall zu hören, der zu seiner Rettung geführt hatte; bis er herangewachsen war und allmählich spektakulärere Vorstellungen von persönlichem Heldentum entwickelte – nämlich als Hürdenläufer für die Leichtathletikmannschaft der High-School –, hatte er wohl Hunderten von Zuhörern die Geschichte von seinem waghalsigen mitternächtlichen

Ausflug erzählt, den er selbst überhaupt nicht mitbekommen hatte.

Doch jetzt lag er in seinem Sarg, der schlafwandelnde Junge. Diesmal hatte ihn niemand nach Hause gebracht und wieder ins Bett gesteckt, als er allein in die Dunkelheit davonirrte, unfähig, seinen Halloweenspäßen abzuschwören. Ebenso besessen, in herkulischer Trance, getrieben von einer aufpeitschenden Dosis von Wild-West-Draufgängertum – so war er Nathan vorgekommen an jenem Nachmittag, als er frisch von einer Konsultation bei seinem Herzchirurgen zu seiner Wohnung gekommen war. Zuckerman war überrascht: Er konnte sich nicht vorstellen, daß er in solch einer Laune aus der Praxis eines dieser Kerle herauskommen würde, nachdem der ihm seine Pläne dargelegt hatte, wie er einen aufschneidet.

Henry entfaltete auf Nathans Schreibtisch etwas, das wie ein Grundriß für ein kleeblattförmiges Autobahnkreuz aussah. Es war die Zeichnung, die der Chirurg gemacht hatte, um ihm zu zeigen, wohin die Transplantationen kommen würden. Die Operation klang, so wie Henry sie beschrieb, nicht komplizierter als eine Zahnwurzelkanalbehandlung. Diese hier ersetzt er und diese hier und schließt sie dort an, er macht um drei kleine einen Bypass, die in diese dort wieder zurückmünden – und das ist auch schon alles. Der Chirurg, ein führender Spezialist in Manhattan, über dessen Qualifikation sich Zuckerman anderweitig erkundigt hatte, sagte Henry, er habe schon Dutzende von fünffachen Bypass-Operationen hinter sich und keinerlei Bedenken, seinen Mann zu stehen; es sei nun an Henry, all die eigenen Zweifel zu zerstreuen und die Operation mit der vollen Zuversicht anzugehen, daß sie ein hundertprozentiger Erfolg werden würde. Er werde aus dem Eingriff mit einem nagelneuen System unverstopfter Gefäße hervorgehen, die ein Herz mit Blut versorgen würden, das als solches noch so stark wie das eines Athleten und völlig unbeeinträchtigt sei. »Und keine Medikamente nachher?« fragte Henry ihn. »Hängt von

Ihrem Kardiologen ab«, war die Antwort; »wahrscheinlich irgendwas gegen den ganz leicht erhöhten Blutdruck, aber nicht solche K.-o.-Tropfen wie die, die Sie jetzt nehmen.« Zuckerman fragte sich, ob die Euphorie angesichts dieser wundervollen Prognose Henry dazu gebracht hatte, dem Herzchirurgen ein persönlich signiertes 8½ × 11 Hochglanzphoto von Wendy in ihrem Strumpfhalter zu präsentieren. Hinreichend übergeschnappt dafür schien er, als er kam, aber das mußte man wahrscheinlich sein, wenn man sich für ein dermaßen erschreckendes Vorhaben rüstete. Als Henry schließlich genug Mut gesammelt hatte, um nicht nach weiteren beruhigenden Versicherungen zu verlangen, sondern aufzustehen und zu gehen, hatte ihn der zuversichtliche Chirurg zur Tür begleitet. »Wenn wir beide zusammenarbeiten«, sagte er zu Henry und schüttelte ihm die Hand, »dann sehe ich gar kein Problem. In einer Woche, in zehn Tagen sind Sie aus dem Krankenhaus und wieder bei Ihrer Familie, ein neuer Mensch.«

Nun ja, von da, wo Zuckerman jetzt saß, sah es so aus, als hätte sich Henry auf dem Operationstisch nicht genug ins Zeug gelegt. Was immer der Chirurg von ihm an Unterstützung erwartet hatte, es mußte ihm offenbar entfallen sein. Das passiert schon mal, wenn man nicht bei Bewußtsein ist. Mein schlafwandelnder Bruder! Tot! Bist du das da drin, wirklich, ein gehorsamer und anständiger kleiner Junge wie du? Und das alles für zwanzig Minuten mit Wendy, ehe es dann eilig nach Hause ins geliebte Heim ging? Oder hast du um meinetwillen angegeben? Es kann doch nicht sein, daß deine Weigerung, dich mit einem entsexualisierten Leben abzufinden, das war, was du als dein Heldentum angesehen hast – denn wenn überhaupt etwas, dann war es deine *Verdrängung*, durch die du dir Anspruch auf Ruhm erworben hast. Das meine ich ernst. Anders als du dachtest, fand ich die Beschränkungen, die dich gedeihen ließen, und die Grenzen, die du dir gesetzt hast, niemals so verächtlich wie du die exzessiven Freiheiten, die ich mir deiner Vorstellung nach immer genommen habe. Du hast dich mir anvertraut, weil du geglaubt hast, ich würde Wendys Mund verstehen – und da hattest du recht. Es ging um weit mehr als um das saftige Vergnügen. Es war dein Tropfen einer theatralischen Existenz, deine Unregelmäßigkeit, deine Eskapade, dein Risiko, dein kleiner täglicher Aufstand gegen all deine überwältigenden Tugenden – zwanzig Minuten am Tag Ausschweifung mit Wendy, und dann am Abend nach Hause zu den vergänglichen Freuden eines gewöhnlichen Familienlebens. Der Mund der sklavischen Wendy war deine Prise leichtsinnigen Vergnügens. Alt wie die Welt, überall geht es so zu ... und doch muß da mehr sein, es *muß* da noch etwas *anderes* geben! Wie konnte es sonst geschehen, daß ein durch und durch guter Junge wie du, mit deinem grimmigen Sinn für Korrektheit, sich um jenes Mundes willen in dieser Kiste wiederfindet? Und warum habe ich dich nicht davon abgehalten?

Zuckerman hatte in der ersten Reihe Platz genommen, am Mittelgang, neben Bill und Bea Goff, Carols Eltern. Carol saß in der Mitte der Reihe, neben ihrer Mutter; auf der anderen Seite hatte sie die Kinder plaziert – ihre elfjährige Tochter Ellen, ihren vierzehnjährigen Sohn Leslie, und am äußeren Gang Ruth, die Dreizehnjährige. Ruth hielt ihre Geige auf dem Knie und betrachtete unablässig den Sarg. Die anderen beiden Kinder, die schweigend nickten, wenn Carol zu ihnen sprach, zogen es vor, auf ihre Knie hinabzublicken. Ruth sollte auf der Geige ein Stück spielen, das ihr Vater immer so gern gehabt hatte, und zum Schluß der Trauerfeier würde Carol sprechen. »Ich habe Onkel Nathan gefragt, ob er ein paar Worte sprechen wolle, doch er sagt, er ist im Moment ein bißchen zu durcheinander. Er sagt, er ist zu erschüttert, und ich verstehe das. Und was ich jetzt sagen werde«, so erklärte sie ihnen, »wird auch keine richtige Trauerrede werden. Nur ein paar Worte über Daddy, die alle hören sollen. Nichts Blumiges, sondern Worte, die mir wichtig sind. Und dann werden wir selbst ihn zum Friedhof bringen, nur die Großmama und der Großpapa, Onkel Nathan und wir vier.

Wir werden auf dem Friedhof von ihm Abschied nehmen, als Familie, und dann werden wir hierher zurückkehren und mit allen unseren Verwandten und Freunden zusammensein.«

Der Junge trug einen Blazer mit Goldknöpfen und neue gelbbraune Stiefel, und obwohl es Ende September und den ganzen Vormittag über immer wieder bedeckt gewesen war, trugen die Mädchen dünne pastellfarbene Kleider. Es waren großgewachsene, dunkelhaarige Kinder, sephardisch sahen sie aus, wie ihr Vater, und als die unschuldigen, verhätschelten Kinder, die sie waren, hatten sie recht ansprechende Augenbrauen. Sie alle hatten schöne, karamelfarbene Augen, eine Nuance heller und weniger intensiv als die Henrys – sechs Augen, die sich vollkommen glichen, feucht schimmernd vor Verwunderung und Angst. Sie sahen aus wie kleine, erschrockene Rehe, die man gefangen und gezähmt und mit Schuhen und Kleidern versehen hatte. Zuckerman fühlte sich besonders zu Ruth hingezogen, dem mittleren Kind, das sich emsig bemühte, der Mutter nachzueifern und Ruhe zu zeigen, trotz des ungeheuren Verlustes. Leslie, der Junge, schien am weichsten zu sein, am mädchenhaftesten, einem wirklichen Zusammenbruch am nächsten, obwohl Zuckerman mitgehört hatte, wie er ein paar Minuten, ehe sie zur Synagoge aufbrachen, seine Mutter beiseite nahm und fragte: »Ich habe um fünf ein Spiel, Mama – darf ich spielen? Wenn du meinst, ich sollte lieber nicht...« »Warten wir's ab, Les«, sagte Carol und streichelte ihm sanft den Hinterkopf, »wir wollen sehen, ob du dann immer noch möchtest.«

Während hinten immer noch Leute in die Synagoge drängten und man Klappstühle beschaffte, um einigen älteren Nachzüglern eine Sitzgelegenheit zu bieten, während man nichts tun konnte als wenige Meter vom Sarg entfernt dazusitzen und zu entscheiden, ob man ihn weiterhin betrachten sollte oder nicht, fing Bill Goff an, die Faust zu ballen und wieder zu lockern, indem er die rechte Hand rhythmisch öffnete und schloß, als wäre sie eine Pumpe, mit der er Mut sammeln oder Angst ablassen konnte. Er hatte kaum noch

Ähnlichkeit mit dem agilen, auffällig gekleideten, lebhaften Golfspieler, den Zuckerman vor etwa achtzehn Jahren kennengelernt und der bei Henrys Hochzeit mit allen Brautjungfern getanzt hatte. Als Goff früher am Tag die Tür geöffnet hatte, um ihn einzulassen, hatte Nathan zuerst nicht einmal erkannt, wem er die Hand gab. Das einzige an ihm, was nicht reduziert wirkte, war der volle, wellige Haarschopf. Drinnen hatte sich Goff traurig an seine Frau gewandt und mit ein wenig gekränkter Stimme zu ihr gesagt: »Wie findest du das? Er hat mich nicht einmal erkannt. So sehr habe ich mich verändert.«

Carols Mutter verschwand mit den Mädchen, um Ellen beizustehen, die ein zweites Mal überlegte, welches ihrer guten Kleider das richtige für den Anlaß war, Leslie ging in sein Zimmer zurück, um seine neuen Stiefel noch einmal zu polieren, und die beiden Männer gingen wieder hinaus, um ein wenig frische Luft zu schnappen. Sie sahen von der Veranda aus zu, wie Carol die letzten der Chrysanthemen abschnitt, die die Kinder mit zum Friedhof nehmen sollten.

Goff fing an, Nathan zu erzählen, warum er sein Schuhgeschäft in Albany hatte verkaufen müssen. »Allmählich kamen immer mehr Farbige rein. Wie hätte ich die abweisen können? Das liegt mir nicht. Aber meine christlichen Kunden, die schon seit zwanzig oder fünfundzwanzig Jahren zu mir kamen, die hatten das nicht gern. Das haben sie mir auch direkt gesagt, ohne viel Federlesens: ›Hör mal, Goff, ich habe keine Lust, hier herumzusitzen und zu warten, während du irgend so einem Nigger zehn Paar Schuhe anprobierst. Und was er dann zurückgehen läßt, will ich genausowenig.‹ Und so blieben sie einer nach dem anderen weg, meine wunderbaren christlichen Freunde. Da hatte ich dann meinen ersten Infarkt. Ich habe verkauft und bin ausgestiegen, habe gedacht, das Schlimmste hätte ich hinter mir. Sie sollten sich dem Druck nicht aussetzen, sagte der Arzt, also habe ich meine Schäfchen ins Trockene gebracht, und eineinhalb Jahre später, im Urlaub in Boca, bekam ich beim Golfspielen den zweiten. Ich habe alles befolgt, was der Arzt gesagt hat, und dann war der zweite doch schwerer als der erste. Und jetzt das hier. Carol hat sich wacker gehalten: bringt ohne Kleider hundert Pfund auf die Waage, hat aber Riesenkräfte. So war sie auch, als ihr Bruder starb. Wir haben Carols Zwillingsbruder verloren, als er im zweiten Jahr Jura studierte. Erst Eugene mit dreiundzwanzig, jetzt Henry mit neununddreißig.« Plötzlich sagte er: »Was habe ich denn nun schon wieder gemacht?« und nahm ein kleines Tablettenröhrchen aus Plastik aus der Tasche. »Angina-Pectoris-Pillen«, sagte er. »Mein Nitroglyzerin. Mir ist der verdammte Verschluß mal wieder aufgegangen.«

Während er den Verlust des Geschäfts, seiner Gesundheit, des Sohnes und des Schwiegersohnes betrauert hatte, hatten seine Hände die ganze Zeit tief in den Hosentaschen mit Kleingeld und Schlüsseln geklimpert. Jetzt leerte er die Tasche und fing an, die winzigen weißen Pillen zwischen den Münzen, den Schlüsseln und einer Packung Magentabletten herauszulesen. Als er jedoch versuchte, sie wieder in das Röhrchen zu füllen, fiel ihm die Hälfte auf die Wegplatten. Zuckerman las sie auf, doch jedesmal, wenn Mr. Goff versuchte, sie in das Röhrchen zu praktizieren, ließ er weitere fallen. Schließlich gab er auf und hielt alles in den hohlen Händen, während Nathan die Pillen eine nach der anderen herauspickte und sie für ihn ins Röhrchen füllte.

Sie waren immer noch damit beschäftigt, als Carol mit den Blumen aus dem Garten kam und sagte, es sei Zeit aufzubrechen. Sie sah ihren Vater mütterlich an, mit einem freundlichen, beruhigenden Lächeln. Dieselbe Operation, an der Henry mit neununddreißig gestorben war, stand ihm im Alter von vierundsechzig bevor, wenn es mit seiner Angina Pectoris schlimmer werden würde. »Alles in Ordnung?« fragte sie ihn. »Mir geht's gut, Kleines«, antwortete er, doch als sie nicht hinsah, steckte er schnell eine Nitroglyzerinpille unter die Zunge.

Das kleine Violinstück, das Ruth spielte, wurde vom

Rabbi angesagt, der liebenswürdig und unprätentiös wirkte, ein großgewachsener Mann mit kantigem Gesicht und roten Haaren, der eine schwere Schildpattbrille trug und mit sanfter, honigsüßer Stimme sprach. »Henrys und Carols Tochter, die dreizehnjährige Ruth, wird das Largo aus Händels Oper *Xerxes* spielen«, sagte er. »Wie Ruthie mir gestern abend zu Hause erzählte, hat ihr Vater es jedesmal ›die besänftigendste Musik auf der ganzen Welt‹ genannt, wenn er sie üben hörte. Sie möchte es jetzt zu seinem Andenken spielen.«

Mitten vor dem Altar klemmte sich Ruth die Geige unter das Kinn, drückte heftig ihr Rückgrat durch und starrte die Trauergäste mit einem Ausdruck an, der fast wie Trotz wirkte. In dem Augenblick, ehe sie den Bogen hob, gestattete sie sich einen kurzen Blick auf den Sarg hinab und kam ihrem Onkel wie eine Frau von über dreißig vor – er sah plötzlich den Gesichtsausdruck, den sie ihr ganzes Leben lang haben würde, das ernste erwachsene Gesicht, das verhüten soll, daß das hilflose Kindergesicht in zornige Tränen ausbricht.

Wenn auch nicht jeder Ton einwandfrei herauskam, war der Vortrag doch melodiös und getragen, langsam und feierlich phrasiert, und als Ruthie das Stück beendet hatte, wollte man sich eigentlich umdrehen, um den Vater der ernsten jungen Musikerin dasitzen und stolz vor sich hin lächeln zu sehen.

Carol stand auf und trat hinter den Kindern aus der Bank. Ihr einziges Zugeständnis an die Konvention war ein schwarzer Baumwollrock. Der Saum jedoch war mit einer Borte besetzt, die mit einem heiteren indianischen Motiv in Purpur, Grün und Orange bestickt war, und die Bluse war hellgrün, mit einem weit ausgeschnittenen Kragen, der die hervorstehenden Schlüsselbeine ihres schmächtigen Oberkörpers sehen ließ. Um den Hals trug sie eine Korallenkette, die Henry heimlich für sie gekauft hatte, in Paris, nachdem sie sie in einem Schaufenster bewundert, den Preis aber lächerlich hoch gefunden hatte. Den Rock hatte er für sie auf einem Straßenmarkt in Albuquerque gekauft, wo er an einem Kongreß teilgenommen hatte.

Obwohl sich die ersten grauen Haare an ihren Schläfen zeigten, war sie so schmal und lebhaft, daß sie, als sie die Stufen zum Altar hinaufstieg, aussah, als wäre sie das älteste heranwachsende Mädchen in der Familie. Bei Ruth hatte er gemeint, einen blitzartigen Eindruck von der Frau empfangen zu haben, die sie einmal sein würde – in Carol sah Zuckerman die forsche, erfrischend hübsche, noch nicht ganz erwachsene Collegestudentin, die ehrgeizige, entschlossene Stipendiatin, die von ihren Freunden bewundernd mit ihren ersten beiden Initialen gerufen wurde, bis Henry dem ein Ende gesetzt hatte und die Leute dazu brachte, ihren richtigen Namen zu benutzen. Damals hatte Henry Nathan halb im Scherz anvertraut: »Ich glaube, ich käme wirklich nicht in Fahrt mit jemandem, der C.J. heißt.« Doch schließlich sollte auch mit einer Frau, die Carol hieß, die Lust niemals das sein, was sie mit einer Maria oder einer Wendy war.

Als Carol gerade beim Lesepult des Altars angekommen war, nahm ihr Vater seine Nitroglyzerinpillen aus der Tasche, und wieder verstreute er sie aus Versehen über den Fußboden. Händels Largo hatte ihn nicht so besänftigt, wie es Henry zu besänftigen pflegte. Nathan gelang es, den Arm unter den Sitz zu stecken und mit der Hand so lange herumzufischen, bis er an ein paar Pillen heranreichte, die er auflesen konnte. Eine davon gab er Mr. Goff, und er beschloß, die anderen für den Friedhof in seiner Tasche zu behalten.

Während Carol sprach, stellte sich Zuckerman wieder Henry in seinem Flanellschlafanzug vor, der mit Clowns und Trompeten bedruckt war, sah ihn mutwillig in der dunklen Kiste liegen und lauschen, wie er es von seinem Bett aus immer getan hatte, wenn im Hause unten Karten gespielt wurde und er die Tür zu seinem Zimmer offenließ, um die Erwachsenen kiebitzen zu hören. Zuckerman erinnerte sich an die Zeit zurück, als in ihren Kinderzimmern absolut nichts bekannt war von erotischer Versuchung oder von Entscheidungen, die den Tod herausforderten, als das Leben der unschuldigste Zeitvertreib war und das Familienglück ihnen als ewig erschien. Der harmlose Henry. Wenn er hören könnte, was Carol gerade sagte, würde er lachen, würde er weinen, oder würde er erleichtert denken: »Jetzt wird es nie jemand wissen!«

Doch Zuckerman wußte es natürlich, Zuckerman, der nicht so harmlos war. Was sollte er mit diesen dreitausend Worten *machen*? Konnte er die letzte Vertraulichkeit seines Bruders verraten und einen Schlag gegen die Familie führen von derselben Art wie jener, der ihn damals von ihnen allen entfremdet hatte? Am Abend zuvor, nachdem er Carol für ihre Freundlichkeit gedankt und ihr gesagt hatte, er werde sich sofort hinsetzen und eine Trauerrede entwerfen, hatte er unter den Lose-Blatt-Tagebüchern, die sich auf seinen Aktenschränken stapelten, den Ordner gefunden, in dem er seinen Bericht über Henrys Affäre mit der Schweizer Patientin festgehalten hatte. Mußte er jetzt wirklich darangehen, diese Notizen zu plündern, die er doch glücklicherweise so gut wie vergessen hatte – hatten sie all diese Jahre dort gewartet, um jetzt so unerwartet als Inspiration zu dienen?

Auf jenen handgeschriebenen Seiten gab es Dutzende von verstreuten kürzeren Eintragungen über Henry und Maria und Carol. Einige waren nicht länger als ein oder zwei Zeilen, andere nahmen fast eine ganze Seite ein, und ehe Zuckerman sich überhaupt vorzustellen versuchte, was er bei der Beerdigung sagen wollte, hatte er an seinem Schreibtisch sitzend sie alle langsam durchgelesen und, während er die vielversprechenden Zeilen dick unterstrich, gedacht: »Dies war der Anfang vom Ende, ein so gewöhnliches und unoriginelles Abenteuer wie dieses – die uralte Erfahrung fleischlicher Offenbarung.«

H. um Mitternacht. »Ich muß jemanden anrufen. Ich muß jemandem sagen, daß ich sie liebe. Macht es dir etwas aus – um diese

Uhrzeit?« »Nein. Nur zu.« »Ich habe wenigstens dich, dem ich es sagen kann. Sie hat niemanden. Ich platze, ich möchte es allen sagen. Ich möchte es für mein Leben gern Carol sagen. Ich möchte, daß sie weiß, wie schrecklich glücklich ich bin.« »Sie kann wohl ohne das leben.« »Das ist mir klar. Doch ich will dauernd sagen: ›Weißt du, was Maria heute gesagt hat? Weißt du, was die kleine Krystyna gestern abend gesagt hat, als Maria sie gebadet hat?‹«

»Sie scheint ganz weit entfernt zu sein, so wie die Bettpfosten in unserem Zimmer ausgesehen haben, als ich noch ein Kind war. Weißt du noch, die Knäufe aus Ahornholz oben auf den Bettpfosten? Um einzuschlafen, habe ich mir immer vorgestellt, daß sie ganz, ganz weit entfernt wären, bis sie es wirklich waren und ich aufhören mußte, weil ich mich selbst damit erschreckt habe. Also, sie schien genauso weit weg zu sein, als könnte ich nicht einmal die Hand ausstrecken und sie berühren. Sie war auf mir drauf, ganz, ganz weit weg, und jedesmal, wenn sie kam, sagte ich: *Mehr*, willst du *mehr*? Und sie nickte mit dem Kopf, wie ein Kind, das Pferdchen-Hüpf spielt, nickte sie und fing wieder von vorn an, rot im Gesicht war sie und ritt mich, und ich wollte bloß, daß sie *mehr* und *mehr* und *mehr* bekam – und die ganze Zeit habe ich sie so ganz weit weg gesehen.«

»Du müßtest sehen, wie sie aussieht, du müßtest diese schöne blonde Frau sehen, mit diesen Augen, auf mir drauf, in ihrem schwarzen Seidenhemdchen.« Maria hat gedacht, sie müßte nach New York hinüberfahren, um die schwarze Unterwäsche zu kaufen, doch dann hat sie sie auch im Dorf gefunden. H. fragt sich, ob sie nicht doch lieber hätte nach New York fahren sollen, um sie zu besorgen.

Am Samstag hat H. ihren Mann auf der Straße gesehen. Sieht wie ein netter Kerl aus. Groß und stattlich. Sogar noch größer als Henry. Sehr lustig mit seinen Kindern. »Wirst du ihm die Unterwäsche zeigen?« »Nein.« »Wirst du sie tragen, wenn du mit ihm zusammen bist?« »Nein.« »Nur für mich.« »Nur für dich.« Er tut H. leid. Sah so vertrauensselig aus.

Im Motelzimmer, während er ihr zuschaut, wie sie sich anzieht, um nach Hause zu gehen.

H. »Du bist wirklich meine Hure, nicht wahr?« Maria lacht: »Nein. Bin ich nicht. Huren kriegen Geld.«

H. hat Bargeld in der Brieftasche – ein ganzes Bündel, um das Motel usw. zu bezahlen, ohne die Kreditkarte zu benutzen. Schält zwei knisternde Hundert-Dollar-Noten heraus und überreicht sie ihr.

Sie weiß zuerst nicht, was sie sagen soll. Dann weiß sie es offenbar. »Du mußt sie auf den Boden werfen«, fordert sie ihn auf. »So macht man es, glaube ich.«

H. läßt sie auf den Boden flattern. In dem schwarzen Seidenhemdchen bückt sie sich, um sie aufzuheben, und steckt sie in ihr Portemonnaie. »Danke.«

H., zu mir. »Ich dachte: ›Mein Gott, jetzt bin ich zweihundert Bucks los. Das ist eine Menge Kohle.‹ Aber ich habe kein Wort gesagt. Ich dachte: ›Es ist zweihundert wert, einfach um zu sehen, wie das ist.‹«

»Wie ist es?«

»Ich weiß noch nicht.«

»Sie hat das Geld immer noch?«

»Hat sie – ja sie hat es. Sie sagt: ›Du bist ein verrückter Mann.‹«

»Klingt so, als wollte auch sie sehen, wie das ist.«

»Ich glaube, wir wollen es beide. Ich will ihr noch mehr geben.«

Maria vertraut ihm an, daß eine Frau, die mit ihrem Mann eine Affäre gehabt hatte, ehe sie ihn heiratete, einmal einer Freundin von ihr erzählt hat: »Noch nie in meinem Leben habe ich mich so gelangweilt.« Doch er ist ein wunderbarer Mann, was die Kinder angeht. Und er gibt ihr einen Halt. »Ich bin die Impulsive«, sagt sie.

Maria sagt, jedesmal, wenn sie nicht glauben kann, daß es H. wirklich gibt und sie wirklich eine Affäre haben, geht sie die Treppe hinauf und betrachtet die beiden Hundert-Dollar-Noten, die sie in der Schublade zwischen der Unterwäsche versteckt hat. Das überzeugt sie.

H. verwundert, daß er sich in keiner Weise schuldig fühlt oder sich quält, daß er seine Untreue Carol gegenüber so fröhlich genießt. Er fragt sich, wie jemand, der sich solche Mühe gibt, gut zu sein, der gut *ist*, das so leicht tun kann.

Carol sprach ohne Notizen, obwohl für Zuckerman klar war, sobald sie begann, daß jedes Wort vorher durchdacht und nichts dem Zufall überlassen war. Wenn es bei Carol für ihren Schwager je irgendein Geheimnis gegeben hatte, dann hatte es mit dem zu tun, was sich vielleicht hinter ihrem übermäßig angenehmen Wesen verbarg; es war ihm nie gelungen, wirklich herauszufinden, wie naiv sie war, und was sie jetzt zu sagen hatte, half auch nicht weiter. Die Geschichte, die Carol zu erzählen sich entschlossen hatte, war nicht diejenige, die er zusammengestückelt hatte (und die er – zunächst einmal – für sich behalten wollte); Henrys Unglück hatte in Zuckermans Erinnerung etwas ganz anderes zu sagen und zu bedeuten. Carols Geschichte war die, die als offiziell autorisierte Fassung der Nachwelt zugedacht war, und er fragte sich, während sie sie vortrug, ob sie selbst daran glaubte.

»Mit Henrys Tod hat es etwas auf sich«, begann sie, »und ich möchte, daß Ihr alle, die Ihr heute hier versammelt seid, es wißt. Ich möchte, daß es Henrys Kinder wissen. Ich möchte, daß es sein Bruder weiß. Ich möchte, daß es jeder weiß, der ihn geliebt hat oder etwas für ihn empfunden hat. Ich glaube, es könnte dazu beitragen, die Wucht dieses gewaltigen Schlages abzumildern, wenn nicht an diesem Morgen, so doch irgendwann in Zukunft, wenn wir alle weniger erschüttert sind.

Wenn Henry sich entsprechend entschieden hätte, dann hätte er weiterleben können, ohne sich dieser schrecklichen Operation zu unterziehen. Und wenn er diese Operation nicht hätte machen lassen, dann wäre er jetzt in seiner Praxis bei der Arbeit und käme in ein paar Stunden zu mir und den Kindern nach Hause. Es ist nicht wahr, daß der Eingriff zwingend geboten war. Durch die Medikamente, die die Ärzte ihm nach der Diagnose verschrieben hatten, war seine Herzkrankheit wirksam unter Kontrolle. Er hatte keine Schmerzen und war nicht unmittelbar in Gefahr. Doch hat die Medikation ihn als Mann drastisch beeinträchtigt, sie bedeutete das Ende unserer körperlichen Beziehung. Und das konnte Henry nicht hinnehmen.

Als er den chirurgischen Eingriff ernsthaft zu erwägen begann, habe ich ihn angefleht, nicht sein Leben aufs Spiel zu setzen, nur um diese Seite unserer Ehe zu erhalten, so sehr ich sie auch selbst vermißt habe. Natürlich vermißte ich die Wärme und Zärtlichkeit und die intime Zuneigung, doch habe ich mich allmählich damit abgefunden. Und wir waren doch im übrigen so glücklich in unserem gemeinsamen Leben und mit unseren Kindern, daß es für mich undenkbar war, daß er sich einer Operation unterziehen solle, die alles zerstören konnte. Aber Henry lag die Erfülltheit unserer Ehe so sehr am Herzen, daß er sich nicht abschrecken ließ, durch gar nichts.

Wie Ihr alle wißt – wie so viele von Euch mir während der letzten vierundzwanzig Stunden gesagt haben – , war Henry ein Perfektionist, nicht nur in seiner Arbeit, wo er, wie jeder weiß, mit größter Sorgfalt und Kunstfertigkeit vorging, sondern in allen seinen menschlichen Beziehungen. Mit nichts hielt er hinter dem Berg, nicht seinen Patienten gegenüber, nicht seinen Kindern gegenüber und niemals mir gegenüber. Es war unvorstellbar für einen Mann, der so unternehmungslustig, so voller Leben war, sich mit dieser fürchterlichen Einschränkung abzufinden, noch ehe er die Vierzig erreicht hatte. Ich muß Euch allen gestehen – was ich ihm niemals eingestanden habe – , daß ich, so sehr ich auch aufgrund des Risikos gegen die Operation war, doch manchmal meine Zweifel gehabt habe, ob ich es schaffen würde, ihm weiterhin die liebende und unterstützende Ehefrau zu sein, so abgeschnitten von ihm, wie ich mich fühlte. Im Laufe unseres letzten gemeinsamen Jahres, als er sich so sehr zurückgezogen hatte und fürchterlich deprimiert war, als er sich so quälte mit dem Verlust, unter dem seinem Gefühl nach unsere Ehe litt aufgrund dieser entsetzlichen Geschichte, die passiert war, da habe ich oft gedacht: ›Wenn doch ein Wunder geschähe.‹ Doch ich bin nicht der Mensch, der Wunder zustande bringt; ich bin jemand, der dazu neigt, mit dem Gegebenen zurechtzukommen – auch, so fürchte ich, mit den eigenen Unvollkommenheiten. Doch Henry war jemand, der eine Unvollkommenheit bei sich ebensowenig akzeptieren konnte wie in seiner Arbeit. Wenn ich nicht den Mut hatte, es auf ein Wunder ankommen zu lassen, Henry hatte ihn – er hatte den Mut, das wissen wir jetzt, für alles, was das Leben von einem Mann verlangen kann.

Ich werde jetzt nicht sagen, daß es leicht für uns werden wird, ohne Henry weiterzuleben. Die Kinder haben Angst vor einer Zukunft ohne einen liebenden Vater, der sie beschützt, und ebenso habe ich Angst davor, Henry nicht an meiner Seite zu haben. Ich hatte mich so an ihn gewöhnt, müßt ihr wissen. Gleichwohl *gibt* es mir Kraft, wenn ich daran denke, daß sein Leben nicht sinnlos zu Ende gegangen ist. Liebe Freunde, liebe Familie, meine lieben, lieben, lieben Kinder, Henry ist gestorben, um die Fülle und den Reichtum ehelicher Liebe wiederzuerringen. Er war ein starker und tapferer und liebevoller Mann, der verzweifelt wünschte, daß die Verbindung der Leidenschaft zwischen einem Mann und seiner Frau weiterhin leben und gedeihen sollte. Und, liebster Henry, liebster, allerbester Mann, das wird sie auch – die leidenschaftliche Verbindung zwischen Dir, meinem Mann, und seiner Frau wird leben, solange ich lebe.«

Nur der engere Familienkreis folgte in Begleitung von Rabbi Geller dem Leichenwagen zum Friedhof. Carol wollte nicht, daß die Kinder in einer dieser schwarzen Limousinen für Beerdigungsprozessionen fuhren, und so chauffierte sie alle eigenhändig – die Kinder, die Goffs und Nathan – im Kombi der Familie. Die Beerdigung selbst war im Nu vorüber. Geller sprach das Trauergebet, und die Kinder legten die Chrysanthemen aus dem Garten auf den Sargdeckel. Carol fragte, ob jemand etwas sagen wolle. Niemand antwortete. Carol sagte zu ihrem Sohn: »Leslie?« Er besann sich einen Moment. »Ich wollte nur sagen...«, doch aus Angst, die Fassung zu verlieren, brach er ab. »Ellen?« sagte Carol, doch

Ellen, die sich tränenüberströmt an die Hand ihrer Großmutter klammerte, schüttelte den Kopf. »Ruth?« fragte Carol. »Er war der beste Vater«, sagte Ruth mit lauter, deutlicher Stimme, »der *beste*.« »Also dann«, sagte Carol, und die beiden stämmigen Gehilfen senkten den Sarg hinab. »Ich bin in ein paar Minuten da«, sagte Carol zur Familie, und blieb allein am Grabe, während der Rest der Familie zum Parkplatz ging.

Carol mit den Kindern in Albany, um den Hochzeitstag ihrer Eltern zu feiern. H. kann nicht mit, da Unmengen überfälliger Laborarbeiten zu erledigen sind. Maria parkt drei Ecken weiter und geht von da zu Fuß. Erscheint wie verlangt im Kleid aus Seidenjersey und in schwarzer Unterwäsche. Hat ihre Lieblingsplatte mitgebracht, um sie ihm vorzuspielen. Sie gießt die Blumen hinten im Flur, die Carol vor der Abreise vergessen hat – zupft auch die toten Blätter ab. Dann im Bett, Analverkehr. Nach anfänglichen Schwierigkeiten beide ekstatisch. H.: »Auf diese Weise heirate ich dich, auf diese Weise mache ich dich zu meiner Frau!« »Ja, und niemand weiß davon, Henry! Ich bin dort keine Jungfrau mehr, und niemand weiß es! Alle denken, ich bin so gut und verantwortungsbewußt. Niemand weiß es!« Danach mit ihm im Badezimmer, und während sie sich mit seiner Bürste frisiert, sieht sie seinen Schlafanzug an der Rückseite der Tür hängen und streckt die Hand aus, um ihn anzufassen. (»Mir ist erst am Abend richtig klargeworden, was sie da gemacht hatte. Und da bin ich ins Badezimmer gegangen, um es selbst auszuprobieren, ich habe meinen eigenen Schlafanzug gestreichelt – um zu sehen, was sie gespürt hatte.« Er hat auch ihre Haare aus seiner Bürste gekämmt, damit Carol sie nicht findet.) Danach mit ihr im Wohnzimmer der Familie – ohne Licht – H., am Verhungern, ißt ein Pfund Eis direkt aus der Packung, während sie ihm ihre Platte vorspielt. Maria: »Das ist der schönste langsame Satz des achtzehnten Jahrhunderts.« H. weiß nicht mehr, was es war. Haydn? Mozart? »Ich weiß es nicht«, hat er zu mir gesagt. »Über *die* Art von Musik weiß ich überhaupt nichts. Aber es war schön, ihr einfach beim Zuhören zuzusehen.« Maria: »Es erinnert mich an die Universität, hier so dazusitzen, von dir erfüllt in jeder Weise, und sonst nichts auf der Welt.« »Du bist jetzt meine Frau«, sagt H., »meine andere Frau.« Hat ihr seine Mel-Tormé-Platte vorgespielt – mußte doch mit ihr tanzen, solange sich die Gelegenheit bot. Lende an Lende gepreßt, wie beim Tanz mit Linda Mandel in der HighSchool. In der Nacht schläft er allein, in Laken, die mit Babyöl befleckt sind, der Vibrator ungewaschen auf dem Kissen neben seinem Kopf. Hat ihn am nächsten Tag mit zur Arbeit genommen. In seiner Praxis versteckt, mit Exemplar von Fodors *Die Schweiz*, das er sich als Lektüre vorgenommen hat, und ihrem Photo. Hat auch ihre Haare mitgenommen, die er aus der Bürste gekämmt hatte. Alles im Safe. Die Laken hat er in einen schwarzen Plastiksack gestopft und sie in einen Mülleimer an der Millburn Mall fünf Kilometer vom Schauplatz ihrer Hochzeit entfernt gesteckt. Fodors *Dostojewskij*.

Es war früher Nachmittag gegen Ende September; an dem kalten Hauch der Brise und der schwachen Wärme der Sonne und dem trockenen, wenig sommerlichen Rascheln der Blätter hätte man leicht mit geschlossenen Augen erraten können, welcher Monat es war – vielleicht sogar die Woche. Sollte es einem Mann, mag er noch so jung und vital sein, soviel ausmachen, zu lebenslänglichem Zölibat verurteilt zu sein, wenn es ihm vergönnt ist, jedes Jahr seines restlichen Lebens solche Herbsttage zu genießen? Nun, das war eine Frage für einen alten Knacker mit Bart und einer Begabung für unmögliche Rätsel, und der liebenswürdige Mark Geller kam Zuckerman dann doch als Rabbi völlig anderer Art vor – und folglich ging er auf die Einladung, sich in Gellers Auto nach Hause fahren zu lassen, nicht ein und wartete mit den Kindern und ihren Großeltern am Friedhofstor, wo der Kombi geparkt war.

Ruth, die recht mitgenommen aussah, kam herbei und nahm die Hand ihres Onkels.

»Was hast du?« fragte er sie. »Schaffst du es?«

»Weißt du, woran ich die ganze Zeit denken muß? Wenn die Kinder in der Schule über ihre Eltern sprechen, dann werde ich nur sagen können: ›meine Mutter.‹«

»Du wirst deine Eltern sagen können, in der Mehrzahl, wenn du über die Vergangenheit sprichst. Du hast dreizehn

Jahre mit Henry gehabt. Nichts davon wird verlorengehen. Er wird immer dein Vater sein.«

»Daddy hat uns immer zweimal im Jahr ohne Mami zum Einkaufen nach New York mitgenommen. Das war seine große Einladung. Nur er und wir Kinder. Erst sind wir einkaufen gegangen, und dann sind wir ins Plaza Hotel gegangen und haben im Palmenhof gegessen – wo einer Geige spielt. Und nicht besonders gut. Einmal im Herbst und einmal im Frühling, jedes Jahr. Jetzt muß wohl Mami all die Sachen machen, die unser Daddy getan hat. Sie muß jetzt beides für uns sein.«

»Glaubst du nicht, daß sie das schafft?«

»Doch, klar glaube ich das. Vielleicht wird sie einmal wieder heiraten. Sie ist wirklich gern verheiratet. Ich hoffe sogar, daß sie es tut.« Dann fügte sie schnell und ganz ernst hinzu: »Aber nur, wenn sie jemanden findet, der zu uns Kindern ebenso gut ist wie zu ihr.«

Sie warteten dort bald eine halbe Stunde, bis Carol mit energischen Schritten vom Friedhof kam, um alle nach Hause zu fahren.

Ein ortsansässiges Feinkostgeschäft hatte einen Imbiß geliefert und unter der Verandamarkise aufgebaut, während die Trauergäste noch in der Synagoge waren, und über die Zimmer im Parterre verteilt standen Klappstühle, die beim Beerdigungsinstitut ausgeliehen waren. Die Mädchen aus Ruths Softballmannschaft, die den Nachmittag in der Schule freibekommen hatten, um bei den Zuckermans auszuhelfen, räumten die benutzten Pappteller fort und füllten die Platten aus den Vorräten in der Küche wieder auf. Und Zuckerman hielt Ausschau nach Wendy.

Es war eigentlich Wendy gewesen – als sie Angst bekommen hatte, daß Henry allmählich den Verstand verlieren würde –, die als erste vorgeschlagen hatte, Nathan ins Vertrauen zu ziehen. Carol hatte in der Annahme, daß Nathan für seinen Bruder nicht mehr die geringste Autorität darstellte, Henry dazu gedrängt, mit einem Psychotherapeuten in der Stadt zu sprechen. Und das hatte er – bis zu jenem furchtbaren Samstagsausflug nach New York – jeden Samstagmorgen eine Stunde lang getan, er war hingefahren und hatte mit größter Offenheit über seine Leidenschaft für Wendy gesprochen, wobei er allerdings dem Therapeuten gegenüber vorgab, daß die Leidenschaft Carol galt, daß sie es war, die er als die verspielteste, erfindungsreichste Sexualpartnerin beschrieb, die sich ein Mann nur wünschen könne. Das führte zu langen, gedankenreichen Gesprächen über eine Ehe, die den Therapeuten ungeheuer zu interessieren schien, aber Henry nur noch mehr deprimierte, weil sie eine so grausame Parodie seiner eigenen war. Soweit Carol wußte, hatte Nathan, bis sie ihn angerufen hatte, um ihm zu sagen, daß Henry tot war, gar keine Ahnung von der Krankheit seines Bruders gehabt. In gewissenhafter Erfüllung der Wünsche Henrys hatte Zuckerman sich am Telephon dumm gestellt, eine absurde Handlungsweise, die den Schock nur verschlimmerte und ihm klarmachte, wie unfähig Henry gewesen war, rational zu *irgendeiner* Entscheidung zu kommen, nachdem sein Mißgeschick angefangen hatte. Draußen auf dem Friedhof, während Henrys Kinder noch am offenen Grab standen und sich abmühten, etwas zu sagen, da war es Zuckerman schließlich klargeworden, daß der richtige Grund, ihn von der Operation abzuhalten, der gewesen wäre, daß er davon abgehalten werden wollte. Das Allerletzte, was Henry sich vorgestellt haben dürfte, war, daß Nathan dasitzen und mit unbewegtem Gesicht als Rechtfertigung für solch eine gefährliche Operation jenen besessenen Drang einer zur Obsession gewordenen Wollust akzeptieren würde, den er selbst in *Carnovsky* so kraß als Farce dargestellt hatte. Henry hatte erwartet, daß Nathan *lachen* würde. Natürlich! Er war von Jersey zu ihm gefahren, um dem spöttischen Schriftsteller die lächerliche Absurdität seines Dilemmas zu beichten, und statt dessen war er auf die Nachsicht eines beflissenen Bruders gestoßen, der nicht einmal mehr in der Lage war, ihm entweder einen Rat zu geben oder ihn zu kränken. Er war zu Nathans Wohnung gekommen, um sich sagen zu lassen, wie völlig bedeutungslos Wendys Mund gegenüber der geordneten Lebensführung eines reifen Mannes war, und statt dessen hatte der Sexualsatiriker dagesessen und ernsthaft zugehört. Seine Impotenz, so hatte Zuckerman sich überlegt, hat ihn von der einfachsten Form einer Distanz zu seinem vorhersehbaren Leben abgeschnitten. Solange er noch potent war, konnte er, wenn auch nur zum Spaß, die Festgelegtheit seiner häuslichen Beziehung herausfordern und in Frage stellen; solange er noch potent war, gab es noch so etwas wie einen Spielraum in seinem Leben zwischen dem, was Routine war, und dem, was tabu ist. Doch ohne seine Potenz fühlt er sich zu einem starr gepanzerten Leben verurteilt, in welchem alle Fragen geregelt sind.

Nichts hätte das deutlicher belegen können als Henrys Beschreibung, wie er Wendys Geliebter geworden war. Offensichtlich hatte schon vom ersten Augenblick an, als sie zum Vorstellungsgespräch in die Praxis gekommen war und er die Tür hinter ihr geschlossen hatte, praktisch jedes Wort, das sie miteinander wechselten, ihn aufgereizt. »Hallo«, hatte er gesagt, während er ihr die Hand gab, »ich habe von Dr. Wexler die tollsten Dinge über Sie gehört. Und jetzt, wo ich Sie ansehe, glaube ich fast, daß Sie zu gut sind. Sie werden mich ablenken, so hübsch sind Sie.«

»Äh–oh«, sagte sie lachend. »Da gehe ich wohl lieber.«

Was Henry gefreut hatte, war nicht nur, wie schnell es ihm gelungen war, ihr die Befangenheit zu nehmen, sondern daß er seine eigene Befangenheit ebenso abgelegt hatte. So war es keineswegs immer. Trotz seines berühmten Umgangs mit seinen Patienten konnte es immer noch passieren, daß er lächerlich förmlich war mit Leuten, die er nicht kannte, bei Männern nicht weniger als bei Frauen, und manchmal, wenn zum Beispiel jemand zu einem Einstellungsgespräch in seine eigene Praxis kam, kam es ihm so vor, als sei *er* die Person, mit der das Gespräch geführt wurde. Doch irgend etwas Verletzbares in der Erscheinung dieser jungen Frau – irgend etwas besonders Verführerisches an ihren kleinen Brüsten – hatte ihn kühn gemacht, wenn auch gerade zu einem Zeitpunkt, wo es vielleicht keine so tolle Idee war, kühn zu werden. Sowohl zu Hause wie in der Praxis ging gerade alles so gut, daß ein Abenteuer mit einer Frau nebenbei das *Letzte* war, was er brauchen konnte. Und doch, gerade *weil* alles so gutging, konnte er sein robustes, männliches Selbstvertrauen nicht zügeln, welches sie, das spürte er, schon schwach werden ließ. Es war eben einer dieser Tage, an denen er sich wie ein Filmstar fühlte, der irgendein grandioses Was-auch-immer auf die Leinwand brachte. Wozu es unterdrücken? Es gab genug Tage, an denen er sich wie eine Niete vorkam.

»Setzen Sie sich«, sagte er. »Erzählen Sie mir von sich selbst und was Sie vorhaben.«

»Was ich vorhabe?« Jemand mußte ihr den Rat gegeben haben, die Frage des Arztes zu wiederholen, wenn sie Zeit brauchte, sich die richtige Antwort einfallen zu lassen oder sich an die zu erinnern, die sie vorbereitet hatte. »Ich habe sehr vieles vor. Meine erste Erfahrung mit einer Zahnarztpraxis habe ich bei Dr. Wexler gemacht. Und er ist wundervoll – ein wirklicher Gentleman.«

»Er ist ein netter Kerl«, sagte Henry und dachte ganz unwillkürlich, aus diesem verdammten Übermaß an Selbstvertrauen und Kraft heraus, daß er ihr, ehe sie miteinander fertig waren, schon zeigen würde, was wundervoll war.

»Ich habe in seiner Praxis recht viel darüber gelernt, was sich in der Zahnheilkunde heute so tut.«

Er ermutigte sie freundlich. »Erzählen Sie mir, was Sie wissen.«

»Was ich weiß? Ich weiß, daß ein Zahnarzt seine Wahl treffen muß, was für eine Art von Praxis er führen will. Es ist ein Geschäft, man muß sich für einen Markt entscheiden, und doch hat man es mit etwas zu tun, das sehr intim ist. Mit dem

Mund von Menschen, was sie bei ihrem Mund empfinden, was sie bei ihrem Lächeln empfinden.«

Der Mund *war* natürlich sein Geschäft – auch das Ihre –, und doch, so darüber zu reden – nach getaner Arbeit, hinter verschlossenen Türen, und mit dieser zarten, jungen Blondine, die sich um einen Job bewarb –, das erwies sich als ungeheuer erregend. Er erinnerte sich an den Klang von Marias Stimme, als sie ihm des langen und breiten erzählte, wie wunderbar sein Schwanz sei – »Ich stecke meine Hand in deine Hose, und ich muß staunen, wie groß und rund und hart er ist.« »Deine Beherrschung«, so sagte sie immer wieder zu ihm, »wie du das machst, daß es anhält, niemand kann das so wie du, Henry.« Wenn Wendy aufstehen und zum Schreibtisch herüberkommen und ihre Hand in seine Hose stecken würde, fände sie heraus, wovon Maria gesprochen hatte.

»Der Mund«, so sagte Wendy gerade, »ist wirklich das Persönlichste, mit dem ein Arzt zu tun haben kann.«

»Sie sind einer der wenigen Menschen, die das erkannt haben«, sagte Henry. »Ist Ihnen das klar?«

Als er sah, wie die Schmeichelei ihr die Farbe ins Gesicht trieb, lenkte er das Gespräch in eine noch vieldeutigere Richtung, wobei er gleichwohl wußte, daß niemand, der sie belauscht hätte, ihm zu Recht hätte vorwerfen können, er habe über etwas anderes als ihre Qualifikationen für die Arbeit gesprochen. Nicht, daß jemand überhaupt hätte lauschen können.

»Haben Sie *Ihren* Mund vor einem Jahr noch als etwas Selbstverständliches angesehen?« fragte er.

»Im Vergleich zu dem, was ich jetzt darüber denke, ja. Natürlich waren mir meine Zähne immer wichtig, mein Lächeln war mir immer wichtig – «

»Sie waren *sich selbst* wichtig«, warf Henry zustimmend ein.

Lächelnd – und es war ein gutes Lächeln, ein Kennzeichen völlig unschuldiger, kindlicher Ungezwungenheit – griff sie glücklicherweise das Stichwort auf. »Ich war mir selbst wichtig, ja, gewiß, aber mir war nicht klar, daß die Zahnheilkunde soviel mit Psychologie zu tun hat.«

Sagte sie das, um ihn zu bremsen, wollte sie ihn höflich auffordern, bitte von *ihrem* Mund abzulassen? Vielleicht war sie gar nicht so unschuldig, wie sie aussah – doch das war ja *noch* erregender. »Erzählen Sie mir ein wenig darüber«, sagte Henry.

»Naja, wie ich schon gesagt habe – was man bei seinem eigenen Lächeln empfindet, spiegelt wider, wie man sich selbst fühlt und wie man sich anderen gegenüber darstellt. Ich glaube, daß die Entwicklung der ganzen Persönlichkeit von den Zähnen abhängen kann, und nicht nur von den Zähnen selbst, sondern auch von allem, was damit zusammenhängt. In einer Zahnarztpraxis hat man es mit dem ganzen Menschen zu tun, auch wenn es so aussieht, als habe man es nur mit dem Mund zu tun. Wie stelle ich den ganzen Menschen zufrieden, den Mund eingeschlossen? Und was kosmetische Zahnbehandlung betrifft, das ist *wirkliche* Psychologie. Wir hatten in Dr. Wexlers Praxis Schwierigkeiten mit Leuten, die sich Kronen machen ließen, sie wollten superweiße Zähne, die zu ihren eigenen Zähnen nicht paßten, nicht zu ihrer Tönung. Man muß sie zur Einsicht bringen, was natürlich aussehende Zähne sind. Man sagt zu ihnen: ›Sie werden das Lächeln bekommen, das für Sie perfekt ist, doch Sie können nicht einfach die Muster durchschauen und *das* perfekte Lächeln heraussuchen und sich in den Mund setzen lassen.‹«

»Und dann den Mund haben«, setzte Henry hilfreich hinzu, »der aussieht, als gehöre er zu Ihnen.«

»Ganz genau.«

»Ich möchte, daß Sie meine Mitarbeiterin werden.«

»Oh, toll.«

»Ich glaube, es wird gehen mit uns«, sagte Henry, doch ehe *das* zu bedeutungsvoll wurde, beeilte er sich, der neuen Assistentin seine eigenen Vorstellungen darzulegen, als könne er sich, indem er todernst über Zahnheilkunde sprach, davon abhalten, allzu zweideutig zu werden. Er irrte sich. »Die meisten Menschen, wie Sie ja inzwischen wissen dürften, denken an ihren Mund oder an ihre Zähne nicht einmal als einen Teil ihres Körpers. Jedenfalls nicht bewußt. Der Mund ist ein Hohlraum, der Mund ist nichts. Die meisten Menschen, anders als Sie, werden einem niemals sagen, was ihr Mund bedeutet. Wenn sie Angst vor einer Zahnbehandlung haben, dann liegt es manchmal an einer früheren Erfahrung, die ihnen Angst macht, doch ursprünglich liegt es daran, was der Mund bedeutet. Jeder, der ihn berührt, ist entweder ein Eindringling oder ein Helfer. Sie von der Vorstellung wegzubringen, daß jemand, der an ihnen arbeitet, in sie eindringt, und ihnen klarzumachen, daß man ihnen zu etwas Gutem verhilft, das ist fast wie ein sexuelles Erlebnis. Für die meisten Menschen ist der Mund etwas Geheimes, er ist ihr Versteck. Genau wie die Genitalien. Sie dürfen nicht vergessen, daß embryologisch gesehen der Mund mit den Genitalien verwandt ist.«

»Das habe ich gelernt.«

»Ach wirklich? Gut. Dann ist Ihnen auch klar, daß die Leute wollen, daß man sehr zart mit ihrem Mund umgeht. Sanftheit ist die wichtigste Voraussetzung. Bei jedem Menschentyp. Und überraschenderweise sind Männer da verletzbarer, insbesondere, wenn sie Zähne verloren haben. Denn Zähne zu verlieren ist für einen Mann eine schlimme Erfahrung. Für einen Mann ist ein Zahn ein Minipenis.«

»Das war mir nicht klar«, sagte sie, doch schien sie in keiner Weise brüskiert zu sein.

»Nun ja, was denken *Sie* über die sexuellen Fähigkeiten eines zahnlosen Mannes? Und was denken Sie, denkt er? Ich hatte einen Burschen hier, der war sehr prominent. Er hatte alle seine Zähne verloren, und er hatte eine junge Freundin. Er wollte nicht, daß sie von seinem künstlichen Gebiß wußte, denn das würde heißen, daß er ein alter Mann war, und sie war ein junges Mädchen. Etwa in Ihrem Alter. Einundzwanzig?«

»Zweiundzwanzig.«

»Sie war einundzwanzig. Deshalb machte ich ihm Implantate statt eines Gebisses, und er war glücklich, und sie war glücklich.«

»Dr. Wexler sagt immer, die Befriedigung ist am tiefsten, wenn die Herausforderung am größten ist, und das ist gewöhnlich bei einem Problemfall so.«

Hatte Wexler sie gefickt? Henry war bisher niemals über den normalen Flirt mit Assistentinnen egal welchen Alters hinausgegangen – es war nicht nur unprofessionell, sondern konnte auch eine gutgehende Praxis hoffnungslos durcheinanderbringen und leicht dazu führen, daß der *Zahnarzt* zum Problemfall wurde. An dieser Stelle wurde ihm klar, daß er sie nicht hätte einstellen dürfen; er war entschieden zu impulsiv gewesen, und nun machte er alles nur noch schlimmer durch sein ganzes Gerede über Minipenisse, durch das er einen gewaltigen Ständer bekam. Doch bei alldem, was in diesen Tagen so zusammenkam, daß er sich derartig kühn fühlte, konnte er sich nicht bremsen. Was konnte ihm denn schlimmstenfalls passieren? Er hatte keine Vorstellung, so kühn fühlte er sich. »Der Mund, das dürfen Sie nicht vergessen, ist das ursprünglichste Erlebnisorgan...« Weiter ging's, und dabei blickte er unverwandt und kühn auf den ihren.

Nichtsdestoweniger vergingen ganze sechs Wochen, ehe er seine Zweifel überwand, und zwar nicht nur, ob er die Grenze noch weiter überschreiten sollte als bei dem Einstellungsgespräch, sondern auch, ob er sie überhaupt in der Praxis behalten sollte, trotz der ausgezeichneten Arbeit, die sie leistete. Alles, was er zu Carol über sie gesagt hatte, stimmte nun einmal, auch wenn es sich in seinen Ohren wie die durchschaubarste Rationalisierung des wirklichen Grundes für ihre Anwesenheit anhörte. »Sie ist aufgeweckt und flink, sie ist nett, und die Leute mögen sie, sie kann gut mit ihnen umgehen, und sie ist eine riesige Hilfe für mich – ihretwegen kann ich sofort mit der Arbeit anfangen, wenn ich die Praxis betrete. Dieses Mädchen«, so sagte er zu Carol, und zwar öfter, als es während jener ersten Wochen nötig gewesen wäre, »erspart mir zwei, drei Stunden Arbeit am Tag.«

Eines Abends nach der Arbeit schließlich, als Wendy die Instrumentenablage säuberte und er routinemäßig Instrumente abwusch, drehte er sich zu ihr um, und da es offenbar einfach nicht mehr zu umgehen war, fing er an zu lachen. »Wie wär's«, sagte er, »wenn wir so tun würden, als wären Sie die Assistentin und ich der Zahnarzt.« »Aber ich *bin* die Assistentin«, sagte Wendy. »Ich weiß«, antwortete er, »und ich bin der Zahnarzt – aber tun wir trotzdem so.« »Nun ja«, hatte Henry Nathan erzählt, »und das haben wir denn auch getan.« »Ihr habt Zahnarzt gespielt«, sagte Zuckerman. »Ich glaub' schon«, sagte Henry, »sie tat so, als hieße sie ›Wendy‹, und ich tat so, als hieße ich ›Dr. Zuckerman‹, und wir haben so getan, als wären wir in meiner Zahnarztpraxis. Und dann taten wir so, als würden wir ficken – und wir haben gefickt.« »Klingt interessant«, sagte Zuckerman. »War es auch, es war wild, es machte uns ganz verrückt – es war das Seltsamste, das ich je gemacht habe. Wir haben es wochenlang so gemacht, haben immer so getan als ob, und sie hat dauernd gesagt: ›Warum ist das so aufregend, wenn wir doch nur so tun, als wären wir das, was wir sind?‹ Mein Gott, es war toll! Sie war vielleicht heiß!«

Nun, diese ausgelassene, heiße Geschichte war jetzt vorbei, nie wieder dieses mutwillige Verdrehen von dem, was war, in etwas, was nicht war, oder von dem, was sein könnte, in etwas, was war – es gab nur noch den tödlichen Ernst dessen, was ist, nämlich: Das wär's nun. Nichts hat ein erfolgreicher, geschäftiger, energiegeladener Mann lieber als eine Wendy nebenbei, und nichts kann eine Wendy mehr genießen, als ihren Geliebten »Doktor Z.« zu nennen – sie ist jung, sie ist zu allem bereit, sie ist in seiner Praxis, er ist der Boß, sie sieht, wie er in seinem weißen Kittel von allen verehrt wird, sieht seine Frau, wie sie die Kinder herumkutschiert und allmählich ergraut, während sie sich keinen Moment um ihre

Fünfzig-Zentimeter-Taille sorgt ... ringsherum alles himmlisch. Ja, seine Sitzungen mit Wendy waren Henrys Kunst gewesen; die Zahnarztpraxis nach Dienstschluß sein Atelier; und seine Impotenz, so dachte Zuckerman, wie das künstlerische Leben eines Künstlers, das für immer versiegt. Er war wieder auf die Kunst des verantwortungsvollen Lebens festgelegt – unglücklicherweise inzwischen genau die Lohnarbeit, von der er immer längere Ferien brauchte, um zu überleben. Es hatte ihn zurückgeworfen auf sein Talent für das Prosaische, genau das, worin er sein ganzes Leben lang eingesperrt war. Zuckerman hatte schreckliches Mitgefühl mit ihm gehabt, und deshalb war er so dumm gewesen, so furchtbar dumm, nichts zu tun, um ihn aufzuhalten.

Unten im Wohnzimmer bahnte er sich seinen Weg durch den Familienclan, nahm allerseits Mitgefühl entgegen, hörte sich Erinnerungen an und beantwortete Fragen, wo er denn jetzt lebe und woran er schreibe, bis er zu Cousine Essie vorgedrungen war, die ihm von allen Verwandten am meisten lag und einst das Energiebündel der Familie gewesen war. Sie saß in einem Klubsessel am Kamin mit einem Stock auf den Knien. Vor sechs Jahren, als er sie bei der Beerdigung seines Vaters in Florida das letzte Mal gesehen hatte, war auch ein neuer Ehemann dagewesen – ein älterer Bridgespieler namens Metz – mittlerweile tot, sicher dreißig Pfund weniger schwer als Essie, und ohne Stock. Sie war in Zuckermans Erinnerung immer groß und alt gewesen, und jetzt war sie noch größer und älter, wenngleich offenbar immer noch unverwüstlich.

»Du hast also deinen Bruder verloren«, sagte sie, während er sich über sie beugte, um sie zu küssen. »Ich hab' euch einmal als Kinder nach Olympic Park mitgenommen. Hab' euch auf all die Fahrten mit meinen Jungen mitgenommen. Mit sechs war Henry das Ebenbild von Wendell Willkie, mit seinem schwarzen Haarschopf. Der Kleine hat dich damals angebetet.«

Sie müssen nach Basel zurück – Jürgen zurückversetzt. Maria weint unaufhörlich. »Ich kehre zurück, um eine gute Frau und eine gute Mutter zu sein!« In sechs Wochen zurück in die Schweiz, wo sie *nur noch* das Geld haben wird, um sie daran zu erinnern, daß es Wirklichkeit war.

»Tatsächlich?«
 »Mein Gott, er wollte nicht einmal deine Hand loslassen.«
 »Nun, das hat er wohl jetzt. Wir sind hier alle in seinem Haus, und Henry ist auf dem Friedhof.«
 »Erzähl mir nichts von den Toten«, sagte Essie. »Ich schaue morgens in den Spiegel, und die ganze Familie schaut zurück. Ich sehe das Gesicht meiner Mutter, ich sehe meine Schwester, ich sehe meinen Bruder, ich sehe die Toten aus all den Jahren, und alle direkt in meiner eigenen häßlichen Visage. Hör mal, laß uns miteinander reden, du und ich«, und nachdem er ihr aus dem Sessel hochgeholfen hatte, führte sie ihn aus dem Wohnzimmer, wobei sie sich vorwärtsquälte wie ein großes Fahrzeug, das mit einer gebrochenen Achse voranrumpelt.
 »Was gibt's denn?« fragte er, als sie im Eingangsflur waren.
 »Wenn dein Bruder gestorben ist, um mit seiner Frau schlafen zu können, dann ist er schon droben bei den Engeln, Nathan.«
 »Aber er war immer der Musterknabe, Esther. Ein Sohn, wie du keinen besseren findest, ein Vater, wie du keinen besseren findest – nun ja, so wie es geklungen hat, auch ein Ehemann, wie du keinen besseren findest.«
 »Wie es geklungen hat, ein Schmock, wie du keinen besseren findest.«

»Aber die Kinder, die Leute – Vater würde Zustände kriegen. Wie soll ich in Basel als Zahnarzt praktizieren?« »Warum mußt du unbedingt in Basel leben?« »Weil sie Basel liebt, deshalb – sie sagt, das einzige, was South Orange erträglich gemacht habe, sei ich gewesen. Die Schweiz ist ihre *Heimat*.« »Es gibt schlimmere Orte als die Schweiz.« »Du hast leicht reden.« Also sage ich lieber nichts mehr, behalte sie nur in Erinnerung, wie sie rittlings in ihrem schwarzen Seidenhemdchen auf ihm sitzt, ganz, ganz weit entfernt, wie die Pfosten an seinem Bett, als er noch Schüler war.

»So schmockig ist das nicht, wenn du mit neununddreißig impotent bist«, sagte Zuckerman, »und Grund zur Annahme hast, daß es vielleicht nicht mehr vorübergeht.«

»Auf dem Friedhof zu liegen, das geht auch nicht mehr vorüber.«

»Er hat erwartet, daß er am Leben bleiben würde, Essie. Sonst hätte er es doch nicht gemacht.«

»Und alles für die liebe kleine Frau.«

»So lautet die Geschichte.«

»Mir sind die, die du schreibst, lieber.«

Maria sagt zu ihm, daß der, der zurückbleibt, noch mehr leidet als der, der fortgeht. Wegen all der vertrauten Orte.

Gleich hinter ihnen kamen zwei ältere Männer die Treppe herunter, die er schon sehr lange nicht mehr gesehen hatte: Herbert Grossman, der einzige Flüchtling aus Europa unter den Zuckermans, und Shimmy Kirsch, den Nathans Vater schon vor Jahren zum Schwager Neandertal deklariert hatte und der wohl nicht zu Unrecht als der Dümmste in der Verwandtschaft galt. Doch da er zugleich der Reichste in der Familie war, mußte man sich doch fragen, ob Shimmys Dummheit nicht so etwas wie ein Vorzug war; wenn man ihm zusah, fragte man sich, ob die Leidenschaft zu leben und die Kraft, die Oberhand zu behalten, nicht im Grunde tatsächlich etwas *ziemlich Dummes* waren. Obwohl seine massige Statur vom Alter gezeichnet war und das tiefgefurchte Gesicht alle Male seiner lebenslangen Anstrengungen trug, war er immer noch mehr oder weniger der Mensch, wie Nathan ihn von Kindheit an in Erinnerung hatte – nämlich ein riesiges, unangreifbares Nichts, das im Gemüsegroßhandel tätig war, einer dieser raubgierigen Söhne der alten Greenhornfamilien, der vor nichts zurückschreckt, während er zugleich, zum Glück für die Gesellschaft, sklavisch noch das letzte primitive Tabu in Ehren hält. Für Nathans Vater, den verantwortungsbewußten Fußpfleger, war das Leben ein verbissener Aufstieg aus dem Abgrund der Armut seines eingewanderten Vaters gewesen, und das nicht nur um seines persönlichen Geschickes willen, sondern auch um schließlich als Familienmessias alle zu erretten. Shimmy hatte es niemals für nötig befunden, sein Hinterteil derartig emsig zu säubern. Nicht, daß er unbedingt den Wunsch gehabt hätte, sich zu deklassieren. Seine ganze Zielstrebigkeit hatte er darauf verwendet, das zu sein, als was er geboren und erzogen worden war – Shimmy Kirsch. Keine Fragen, keine Rechtfertigungen, nichts von diesem ewigen Mist Wer-bin-ich, Was-bin-ich, Wo-bin-ich, kein Körnchen von Selbstzweifeln noch der geringste Impuls, sich geistig hervorzutun; sondern wie so viele seiner Generation aus den alten jüdischen Slums von Newark ein Mann, der den Geist der Opposition atmete, während er zugleich in völliger Übereinstimmung mit den Wegen und Mitteln der Erde blieb.

Damals, als Nathan sich gerade in das Alphabet verliebt hatte und sich in der Schule zum Star emporbuchstabierte, hatten diese Shimmys schon angefangen, ihn unsicher zu machen, ob nicht er schließlich als der eigentliche Kauz dastehen würde, insbesondere, als er von der berüchtigt hirnlosen Art und Weise hörte, wie sie ihre Konkurrenten erfolgreich aus dem Felde schlugen. Anders als der bewundernswerte Vater, der den Abendschulpfad entlanggetrottet war, um zu beruflichen Ehren zu kommen, legten diese trostlos banalen und konventionellen Shimmys die ganze Skrupellosigkeit der Abtrünnigen an den Tag, indem sie mit den Zähnen einen Klumpen aus dem rohen Rumpf des Lebens rissen und den dann überall herumschleppten, wobei neben dem blutigen Fleisch zwischen ihren Beißern alles andere an Bedeutung verblaßte. Sie hatten keinen Funken von Einsicht; absolut selbstzufrieden, völlig selbstvergessen, hatten sie nichts als das elementarste Menschsein, auf das sie zurückgreifen konnten, doch kamen sie allein damit verdammt weit. Auch

sie machten tragische Erfahrungen und erlitten Verluste, die
zu empfinden sie keineswegs zu primitiv waren: Beinahe zu
Tode geprügelt zu werden war ebenso ihre Spezialität wie das
Prügeln. Das Wichtige war, daß Schmerz und Leiden sie auch
nicht für eine halbe Stunde von ihrem Lebenswillen abbrachten. Ihr Mangel an Nuancen oder Zweifeln, an dem Gefühl
der Vergeblichkeit oder der Verzweiflung, wie es jeder normale Sterbliche kennt, brachte einen zuweilen in Versuchung, sie als unmenschlich zu betrachten, und doch waren
es gerade Männer, über die man unmöglich hätte sagen können, daß sie irgend etwas *anderes* als menschlich waren: Sie
waren das, was das Menschliche eigentlich ist. Während sein
eigener Vater unablässig danach strebte, der Menschheit Bestes zu verkörpern, waren diese Shimmys schlicht und einfach das Rückgrat der menschlichen Rasse.

Shimmy und Grossman sprachen über Israels Außenpolitik. »Bombardieren«, sagte Shimmy entschieden, »diese
Araberhunde bombardieren, bis sie klein beigeben. Sie wollen uns wieder einmal am Bart ziehen? Lieber sterben wir!«

Essie, raffiniert, abgebrüht, mit richtiger Selbsteinschätzung, eine Überlebenskünstlerin völlig anderer Art, sagte zu
ihm: »Weißt du, warum ich für Israel spende?«

Shimmy war entrüstet. »*Du*? Du hast dich doch im Leben
noch nicht von einem Heller getrennt.«

»Weißt du, warum?« fragte sie, nun an Grossman gewandt, einen weitaus besseren Stichwortgeber.

»Warum?« sagte Grossman.

»Weil man in Israel die besten antisemitischen Witze hört.
In Tel Aviv hörst du sogar noch bessere antisemitische Witze
als auf der Collins Avenue.«

Nach dem Abendessen kehrt H. in die Praxis zurück – Arbeit im
Labor, sagt er zu Carol – und sitzt den ganzen Abend da und liest
Fodors *Die Schweiz*, um zu einem Entschluß zu kommen. »Basel ist
eine Stadt mit einer ganz eigenen Atmosphäre, in welcher sich Elemente von Tradition und Mittelalter unerwartet mit der Moderne
verbinden... hinter seinen glanzvollen alten und schönen neuen

Gebäuden und um sie herum ein Irrgarten malerischer alter Gassen und geschäftiger Straßen... unmerklich geht das Alte in das Neue über...« Er denkt: »Was für ein toller Sieg, wenn ich das schaffen würde!«

»Ich war vor drei Jahren da, mit Metz«, sagte Essie jetzt. »Wir fahren vom Flughafen zum Hotel. Der Taxifahrer, ein Israeli, dreht sich zu uns um, und auf englisch sagt er: ›Warum haben die Juden große Nasen?‹ ›Warum?‹ frage ich ihn. ›Weil es die Luft umsonst gibt‹, sagt er. Auf der Stelle habe ich einen Scheck über tausend Bucks für die UJA ausgeschrieben.«

»Aber, aber«, sagte Shimmy zu ihr, »wer hat dir je einen *Groschen* abgeluchst?«

»Ich habe sie gefragt, ob sie Jürgen verlassen würde. Ich solle ihr zuerst sagen, ob ich Carol verlassen würde.«

Herbert Grossman, dessen hartnäckig weinerliche Lebenssicht das einzige an ihm war, das nicht nachließ, hatte inzwischen damit begonnen, Zuckerman die letzten schlechten Nachrichten mitzuteilen. Grossmans Melancholie hatte Zuckermans Vater einst fast ebenso verrückt gemacht wie Shimmys Dummheit; er war wahrscheinlich der einzige Mensch, von dem Dr. Zuckerman schließlich zugeben mußte: »Der Arme, er kann nicht anders.« Alkoholiker konnten anders, Ehebrecher konnten anders, Schlaflose, Mörder, sogar Stotterer konnten anders – Dr. Zuckerman zufolge konnte jeder *alles* in sich verändern durch eifrige Übung des Willens; doch weil Grossman vor Hitler hatte fliehen müssen, schien er keinen Willen zu *haben*. Nicht, daß Dr. Zuckerman nicht Sonntag für Sonntag versucht hätte, diesen verdammten Willen in Gang zu bringen. Optimistisch pflegte er nach dem herzhaften Frühstück vom Tisch aufzustehen und der Familie zu verkünden: »Zeit, Herbert anzurufen!«, doch zehn Minuten später kam er jedesmal völlig geschlagen in die Küche zurück und murmelte vor sich hin: »Der Arme, er kann nicht anders.« Das war Hitlers Werk – eine andere Erklärung gab es nicht. Sonst hätte Dr. Zuckerman jemanden nicht verstehen können, der einfach nicht vorhanden war.

Für Nathan stellte sich Grossman jetzt wie schon damals als ein zarter, verletzlicher Flüchtling dar, ein Jude, um Isaak Babels Satz umzuformulieren und auf den neuesten Stand zu bringen, mit einem Schrittmacher in der Brust und einer Brille auf der Nase. »Alle machen sich Sorgen um Israel«, sagte Grossman zu ihm, »aber weißt du, worüber ich mir Sorgen mache? Hier und heute. Amerika. Etwas Schreckliches geht hier und heute vor sich. Ich spüre es, wie in Polen 1935. Nein, nicht Antisemitismus. Der kommt sowieso. Nein, es ist das Verbrechen, die Gesetzlosigkeit, die Leute voller Angst. Das Geld – alles ist für Geld zu haben, und das ist das einzige, was zählt. Die jungen Leute sind voller Verzweiflung. Die Drogen sind nur Verzweiflung. Niemand will sich auf so eine Weise gut fühlen, wenn er nicht in tiefer Verzweiflung steckt.«

H. ruft an und spricht eine halbe Stunde lang von nichts anderem als Carols Tugenden. Carols Qualitäten lernt man erst richtig schätzen, wenn man so lange mit ihr gelebt hat wie er. »Sie ist interessant, dynamisch, neugierig, scharfsichtig...« Eine lange und sehr eindrucksvolle Liste. Eine *beunruhigende* Liste.

»Ich spüre es auf der Straße«, sagte Grossman. »Man kann nicht einmal mehr in den Laden gehen. Du gehst am hellichten Tage aus dem Haus und zum Supermarkt, und Schwarze kommen und rauben dich bis auf die Haut aus.«

Maria ist abgereist. Tränenreicher Austausch von Abschiedsgeschenken. Nach Konsultation seines kultivierten älteren Bruders hat H. ihr eine Schallplattenkassette mit Haydns *Londoner Symphonien* gegeben. Maria hat ihm ihr schwarzes Seidenhemdchen gegeben.

Als Herbert Grossman sich entschuldigte, um sich etwas zu essen zu holen, vertraute Essie Zuckerman an: »Seine letzte Frau hatte Diabetes. Sie hat ihm das Leben zur Qual gemacht. Man hat ihr die Beine abgenommen, sie wurde blind, und doch hat sie nicht aufgehört, ihn herumzukommandieren.«

So verbrachte der überlebende Zuckermanbruder den langen Nachmittag – und er wartete darauf, ob er Wendy zu Gesicht bekommen würde, während er den Überlieferungen der Stammesältesten lauschte und sich an die Tagebucheintragungen erinnerte, die ihm, als er sie schrieb, nicht wie die verhängnisträchtigen Notizen für *Tristan und Isolde* vorgekommen waren.

Maria hat H. einen Tag vor Weihnachten in der Praxis angerufen. Sein Herz fing an zu klopfen im Augenblick, als man ihm sagte, es sei ein Überseegespräch für ihn da, und noch lange, nachdem sie Lebwohl gesagt hatte, hörte es nicht auf zu klopfen. Sie wolle ihm fröhliche amerikanische Weihnachten wünschen. Sie erzählte ihm, die letzten sechs Monate seien eine sehr schwere Zeit für sie gewesen, doch Weihnachten helfe ihr. Da sei die Aufregung der Kinder, und Jürgens ganze Familie sei da, und am nächsten Tag habe sie sechzehn Personen zum Abendessen. Sie finde, sogar der Schnee sei eine gewisse Hilfe. Ob es in New Jersey schon schneie? Ob es ihm etwas ausmache, wenn sie ihn so in der Praxis anrufe? Ob seine Kinder okay seien? Seine Frau? Und er? Mache Weihnachten es ihm auch irgendwie leichter, oder sei es nicht mehr so schwer? »Was hast du darauf geantwortet?« habe ich gefragt. H.: »Ich hatte Angst, irgend etwas zu sagen. Ich hatte Angst, jemand in der Praxis könnte es hören. Ich hab' es versaut, glaube ich. Ich habe gesagt, daß wir Weihnachten nicht feiern.«

Und konnte *das* der Grund sein, daß er sie hatte gehen lassen, weil Maria Weihnachten feierte und wir nicht? Man hätte meinen sollen, daß es unter den weltlichen, auf dem College ausgebildeten Atheisten seiner Generation schon seit Jahren nicht mehr als Kapitalverbrechen angesehen wurde, mit einer Schickse auf und davon zu gehen, und, wenn überhaupt, hätte es im Rahmen einer Liebesaffäre als fiktives Problem gegolten. Doch war es vielleicht wiederum Henrys Problem gewesen, daß er so lange als Inbegriff der Vollkommenheit gegolten hatte und sich nun lächerlicherweise in dieser glänzenden Tarnung just in dem Moment verfangen hatte, da es ihm bestimmt war, als weniger bewundernswürdig und verzweifelter hervorzubrechen, als man es sich je von ihm hätte vorstellen können. Wie absurd, wie furchtbar, wenn die Frau, die in ihm den Wunsch erweckt hatte, ein anderes Leben zu führen, die für ihn den Bruch mit der Vergangenheit bedeutet hatte, *die* Revolution gegen eine alte Lebensweise, die zu einem emotionalen Stillstand geführt hatte – gegen den Glauben, daß das Leben aus einer Reihe von Pflichten besteht, die perfekt zu erfüllen sind – , wenn diese Frau nun nichts mehr und nichts weniger sein sollte als die erniedrigende Erinnerung an seinen ersten (und letzten) Ausbruchsversuch, *weil sie Weihnachten feierte und wir nicht*. Wenn Henry hinsichtlich der Ursprünge seiner Krankheit recht gehabt hatte, wenn sie wirklich die Folge des Stresses jener schwer zu tragenden Niederlage und jener anhaltenden Gefühle der Selbstverachtung war, die ihn noch lange nach Marias Rückkehr nach Basel heimsuchten, dann war es kurioserweise die Tatsache, daß er ein Jude war, was ihn umgebracht hatte.

Wenn/dann. Während der Nachmittag sich hinzog, merkte er allmählich, wie er sich immer mehr um eine Vorstellung mühte, die diese alten Notizen aus ihrer rohen Faktizität befreien und sie in ein Rätsel verwandeln sollte, das seine Phantasie zu lösen hatte. Während er im Badezimmer im ersten Stock pinkelte, dachte er: »Angenommen, er betrachtete sie an jenem Nachmittag, als sie heimlich ins Haus gekommen war, nachdem sie einander geheiratet hatten, indem sie anal verkehrten, er betrachtete sie hier, in eben diesem Raum, wie sie ihr Haar hochsteckte, ehe sie mit ihm unter die Dusche ging. Als sie sieht, wie er sie anbetet – als sie sieht, wie seine Augen diese seltsame europäische Frau bewundern, die zugleich unschuldige Häuslichkeit wie wilde Erotik verkörpert –, sagt sie mit einem Lächeln voller Selbstvertrauen: ›Ich sehe wirklich ausgesprochen arisch aus, wenn ich das Haar hochstecke und die Kieferknochen zu sehen sind.‹ ›Und was ist daran schlimm?‹ fragt er. ›Naja, die Arier haben etwas, das nicht gerade sehr attraktiv ist – wie die Geschichte gezeigt hat.‹› ›Hör mal‹, sagt er, ›wir werden dich nicht für unser Jahrhundert verantwortlich machen...‹«

Nein, das wären nicht sie, dachte Zuckerman und ging die Treppe hinunter ins Wohnzimmer, wo Wendy immer noch nicht zu sehen war. Doch es mußten schließlich nicht »sie« sein – ich könnte es ja sein, dachte er. Wir. Und wenn statt des Bruders, dessen spiegelbildliche Existenz auf die meine schließen ließ – und der selbst ganz unzwillingshaft auf mich schließen ließ –, *ich* der Zuckermansohn gewesen wäre, der das hätte durchmachen müssen? Was ist die wirkliche Lehre aus diesem Dilemma? Konnte das für irgend jemanden einfach sein? Wenn die Wirkung dieser Medikamente tatsächlich so ist, daß sie die meisten Männer, die sie nehmen müssen, um am Leben zu bleiben, auf diese Weise außer Gefecht setzen, dann gibt es eine bizarre Epidemie von Impotenz in diesem Land, deren persönliche Folgen von niemandem genau erforscht werden, nicht in der Presse, nicht einmal in der Talkshow von Donahue, und schon gar nicht in der Belletristik...

Im Wohnzimmer sagte jemand zu ihm: »Wissen Sie, ich habe versucht, Ihren Bruder für Kryonik zu interessieren – nicht, daß das jetzt ein Trost für Sie wäre.«

»Ach wirklich?«

»Ich wußte nicht einmal, daß er krank war. Ich bin Barry Shuskin. Ich versuche, hier in New Jersey ein Institut für Kryonik aufzubauen, und als ich Henry damit kam, hat er nur gelacht. Ein Kerl, der ein schlechtes Herz hat, er kann nicht mehr ficken, und nicht einmal die Literatur wollte er lesen, die ich ihm gegeben habe. War wohl zu bizarr für einen Rationalisten, wie er einer war. In seiner Lage wäre ich mir da nicht so sicher gewesen. Neununddreißig, und schon ist alles vorbei – *das* ist bizarr.«

Shuskin war ein jugendlicher Fünfziger – sehr großgewachsen, mit Glatze, einem dunklen Kinnbart und Stakkatoaussprache, ein energischer Mann, der viel redete und der

Zuckerman zunächst wie ein Jurist vorkam, ein Anwalt, vielleicht eine Art zielbewußter Geschäftsleiter. Es stellte sich heraus, daß er beruflich mit Henry in Verbindung stand, im selben Ärztehaus Zahnarzt war; er hatte sich darauf spezialisiert, Zähne zu implantieren, also maßgearbeitete Zähne im Kiefer zu verankern statt Brücken oder Gebisse einzupassen. Wenn eine Implantation zu kompliziert oder zu zeitaufwendig war, als daß Henry sie in seiner allgemeinen Familienpraxis hätte vornehmen können, schrieb er eine Überweisung an Shuskin, der sich auch auf die Rekonstruktion der Gebisse von Unfall- und Krebsopfern spezialisiert hatte. »Wissen Sie über Kryonik Bescheid?« fragte Shuskin, nachdem er sich als Henrys Kollege ausgewiesen hatte. »Das sollten Sie. Sie sollten auf der Adressenliste stehen. Benachrichtigungen, Zeitschriften, Bücher – da drin ist alles dokumentiert. Man hat jetzt herausgefunden, wie man einfriert, ohne die Zellen zu schädigen. In der Schwebe gehaltenes Leben. Man stirbt nicht, man wird in einen Stillstand versetzt, hoffentlich auf ein paar hundert Jahre. Bis die Wissenschaft das Problem des Auftauens gelöst hat. Es ist möglich, sich einfrieren, sich in der Schwebe halten und dann revitalisieren zu lassen, alle kaputten Teile werden repariert oder ersetzt, und man ist so gut wie neu, wenn nicht besser. Sie wissen, daß Sie bald sterben werden, Sie haben Krebs, der dabei ist, die lebenswichtigen Organe anzugreifen. Nun, Sie haben eine Option. Sie kontaktieren die Kryonisten, Sie sagen, ich will im zweiundzwanzigsten Jahrhundert wieder geweckt werden, geben Sie mir eine Überdosis Morphium, zugleich machen Sie eine Drainage, eine Profusion, halten Sie mich in der Schwebe. Sie sind nicht tot. Der Laden ist einfach vorübergehend geschlossen. Keine Zwischenstadien. Beim Kryonik-Modell wird das Blut ersetzt und somit verhindert, daß Eiskristallisation die Zellen schädigt. Der Körper kommt in einen Plastiksack, man legt den Sack in einen rostfreien Container und füllt diesen mit flüssigem Stickstoff. 273 Grad minus. Fünfzigtausend Bucks fürs Einfrieren, und dann muß man treuhänderisch eine Summe hinterlegen, für die Wartung. Das ist ein Klacks, tausend oder fünfzehnhundert im Jahr. Das Problem ist, daß es nur in Kalifornien und in Florida eine solche Einrichtung gibt – und Tempo ist alles. Deshalb will ich ernstlich erkunden, ob man nicht direkt hier bei uns in Jersey eine nicht-kommerzielle Organisation aufbauen könnte, ein Kryonikinstitut für Menschen wie mich, die nicht sterben wollen. Niemand würde damit Geld machen, man hätte nur ein paar Leute auf Gehaltsbasis, die das Institut zuverlässig in Schuß halten. Eine Menge Leute würden sagen: ›Scheiß drauf, Barry, laß uns da einsteigen – wir machen 'nen schnellen Dollar, und wer dran glaubt, ist eben gefickt und angeschmiert.‹ Aber das will ich eben nicht, daß so eine Scheiße da mit reinkommt. Meine Vorstellung ist die, daß sich eine Gruppe von Mitgliedern konstituiert, die für die Zukunft aufbewahrt werden wollen, Leute, die sich dem Prinzip verschrieben haben und nicht bloß einen schnellen Dollar machen wollen. Vielleicht so fünfzig. Wahrscheinlich könnte man fünftausend zusammenkriegen. Es gibt eine Menge energiegeladene Leute, die das Leben genießen und jede Menge Einfluß haben und jede Menge Know-how, und die sind der Meinung, daß es einfach Scheiße ist, sich verbrennen oder beerdigen zu lassen – warum nicht einfrieren?«

Genau in dem Augenblick nahm eine Frau Zuckermans Hand, eine kleine, ältere Frau mit außergewöhnlich hübschen blauen Augen, einem großen Busen und einem vollen, runden, fröhlichen Gesicht. »Ich bin Carols Tante aus Albany. Bill Goffs Schwester. Ich möchte mein Mitgefühl aussprechen.«

Shuskin ließ erkennen, daß er Verständnis habe für die sentimentalen Verpflichtungen des Bruders des Dahingegangenen, und flüsterte Zuckerman als Beiseite leise zu: »Ich hätte gern Ihre Adresse in New York – bevor Sie gehen.«

»Später«, sagte Zuckerman, und Shuskin, der das Leben genoß, der eine Menge Macht hatte und eine Menge Knowhow und keinerlei Absicht, sich beerdigen oder verbrennen zu lassen – der wie ein Lammkotelett bis zum zweiundzwanzigsten Jahrhundert daliegen und dann erwachen würde, aufgetaut, um eine weitere Million von Jahren lang er selbst zu sein – , überließ Zuckerman seinem Mitgefühl für Carols Tante, die immer noch fest seine Hand hielt. Shuskin in alle Ewigkeit. Ist *das* die Zukunft, wenn die Tiefkühltruhe erst einmal das Grab ersetzt hat?

»Es ist ein Verlust«, sagte sie zu Zuckerman, »den niemand je verstehen wird.«

»Das ist es.«

»Einige hier sind doch verwundert über das, was sie gesagt hat, wissen Sie.«

»Was Carol gesagt hat? Tatsächlich?«

»Nun ja, bei der Beerdigung des Ehemannes sich hinzustellen und so zu sprechen? Ich gehöre einer Generation an, die solche Dinge nicht einmal privat besprochen hat. Nicht viele hätten wohl wie sie dieses Bedürfnis gehabt, über etwas derart Persönliches so offen und aufrichtig zu reden. Aber Carol ist immer ein erstaunliches Mädchen gewesen, und sie hat mich auch heute nicht enttäuscht. Die Wahrheit ist für sie immer die Wahrheit gewesen und nichts, was sie zu verbergen hätte.«

»Ich fand, was sie gesagt hat, gerade richtig.«

»Natürlich. Sie sind ein gebildeter Mann. Sie kennen sich aus im Leben. Tun Sie mir einen Gefallen«, flüsterte sie, »sagen Sie das ihrem Vater.«

»Warum?«

»Weil er sich, wenn er sich weiter so aufregt wie jetzt, den nächsten Herzanfall holt.«

Er wartete eine weitere Stunde, bis es fast fünf war, nicht um Mr. Goff zu beruhigen, dessen Verwirrung Carols Sache war, sondern auf die entfernte Möglichkeit, daß Wendy doch noch erscheinen könnte. Ein Mädchen, das weiß, was sich gehört, dachte er – sie will sich der Frau und den Kindern nicht aufdrängen, auch wenn diese keine Ahnung haben, was für eine große Rolle sie bei all dem spielt. Er hatte zunächst gedacht, daß sie doch unbedingt mit dem einzigen anderen Menschen sprechen wollen würde, der wußte, weshalb das alles geschehen war und was sie jetzt durchmachte, aber vielleicht blieb sie eben gerade deshalb weg, weil Henry Nathan alles erzählt hatte – weil sie nicht wußte, was sie erwartete, ob er ihr Vorwürfe machen oder sie ins Kreuzverhör nehmen würde für ein Romanexposé oder sie vielleicht gar als verruchter, perverser Bruder verführen würde, à la Richard der Dritte. Während die Minuten vergingen, wurde ihm klar, daß es mit seinem Warten auf Wendy mehr auf sich hatte, als daß er nur hätte herausfinden wollen, wie sie sich Carol gegenüber verhalten würde, oder mit eigenen Augen aus der Nähe sehen wollte, ob es da etwas gab, was das Photo nicht offenbart hatte; es war eher wie das Herumstehen, wenn man einen Filmstar sehen oder einen Blick auf den Papst erhaschen wollte.

Shuskin fing ihn ab, als er gerade seinen Mantel aus dem Raum holen wollte, der jetzt das Schlafzimmer der Witwe war. Sie gingen zusammen die Treppe hinauf, Zuckerman mit dem Gedanken: Seltsam, daß Henry seinen visionären Kollegen, den Implantologen, niemals erwähnt hat – daß er in seinem schlimmen Zustand überhaupt nicht in Versuchung geriet. Doch wahrscheinlich hatte er ihm gar nicht zugehört. Henrys Illusionen gingen nicht in die Richtung, daß er aufgetaut das zweite Jahrtausend erleben wollte. Schon ein Leben in Basel mit Maria war zu sehr wie Science-fiction für ihn. Er hatte vergleichsweise doch nur so wenig verlangt – war willens gewesen, sich für den Rest seiner natürlichen Erdentage mit dem bescheidenen Wunder von Carol, Wendy und den Kindern völlig zufrieden zu geben. Entweder das, oder ein elfjähriger Junge zu sein, in dem Landhaus an der Küste von Jersey mit dem Wasserhahn an der Mauer, um sich den Sand von den Füßen zu waschen. Wenn Shuskin ihm erzählt hätte, daß die Wissenschaft daran arbeite, es wieder Sommer 1948 werden zu lassen, dann hätte er in ihm vielleicht einen Kunden gehabt.

»Es gibt eine Gruppe in L.A.«, sagte Shuskin gerade, »ich werde Ihnen ihren Rundbrief schicken. Ein paar sehr aufgeweckte Leute. Philosophen. Wissenschaftler. Ingenieure. Auch eine Menge Schriftsteller. Was sie an der Westküste tun, weil sie meinen, daß der Körper nicht das Wichtige ist, daß die Identität allein hier oben sitzt – sie trennen den Kopf vom Körper. Sie wissen, daß sie in der Lage sein werden, Kopf und Körper wieder miteinander zu verbinden, die Arterien, den Hirnstamm und alles andere mit einem neuen Körper zu verbinden. Sie werden die immunologischen Probleme gelöst haben, oder vielleicht werden sie in der Lage sein, neue Körper zu klonen. Alles ist möglich. Also frieren sie nur die Köpfe ein. Es ist billiger, als den ganzen Körper einzufrieren und zu lagern. Schneller. Spart Lagerkosten. Das findet viel Zuspruch in intellektuellen Kreisen. Vielleicht auch von Ihrer Seite, falls Sie mal in Henrys Lage geraten. Mir selbst liegt das nicht. Ich will, daß mein ganzer Körper eingefroren wird. Warum? Weil ich persönlich glaube, daß die Erfahrung sehr stark mit den Erinnerungen zusammenhängt, die jede Zelle im Körper hat. Geist und Körper lassen sich nicht trennen. Körper und Geist sind eins. Der Körper *ist* der Geist.«

Läßt sich nicht bestreiten, nicht hier und heute, dachte Zuckerman, und nachdem er seinen Mantel auf dem Großraumbett gefunden hatte, das Henry gegen einen Sarg eingetauscht hatte, schrieb er seine Adresse auf. »Falls ich mich in Henrys Lage wiederfinde«, sagte er und reichte sie Shuskin.

»Habe ich ›falls‹ gesagt? Verzeihen Sie mein Zartgefühl. Ich meinte, wenn.«

Obwohl Henry etwas schwerer und muskulöser gewesen war als sein älterer Bruder, hatten sie doch mehr oder weniger die gleiche Größe und Statur, und das erklärte vielleicht, weshalb Carol ihn so überaus lange in den Arm nahm, als er die Treppe herabkam, um zu gehen. Es war für sie beide ein solch stark emotional aufgeladener Augenblick, daß sich Zuckerman fragte, ob er sie nicht gleich würde sagen hören:

»Ich weiß von ihr, Nathan. Ich habe es die ganze Zeit gewußt. Doch er wäre verrückt geworden, wenn ich es ihm gesagt hätte. Vor Jahren bin ich ihm auf eine Geschichte mit einer Patientin gekommen. Ich wollte meinen Ohren nicht trauen – die Kinder waren klein, ich war noch jünger, und es war damals furchtbar für mich. Als ich ihm sagte, daß ich Bescheid wisse, ist er durchgedreht. Er hatte einen hysterischen Anfall. Er hat tagelang geweint, hat jedesmal, wenn er aus der Praxis nach Hause kam, mich angefleht, ich solle ihm verzeihen, auf den Knien hat er mich angefleht, ihn nicht aus dem Haus zu weisen – er hat sich mit den wüstesten Schimpfwörtern überhäuft und mich angefleht, ihn nicht hinauszuwerfen. Ich wollte ihn nie wieder in so einem Zustand sehen. Ich habe von ihnen allen gewußt, von jeder einzelnen, doch ich habe ihn gewähren lassen, er sollte haben, was er wollte, solange er nur zu Hause den Kindern ein guter Vater und mir ein ordentlicher Ehemann war.«

Doch alles, was sie in Zuckermans Armen, gegen seine Brust gepreßt, mit brechender Stimme sagte, war: »Es ist mir eine gewaltige Hilfe gewesen, daß du hier warst.«

Folglich gab es für ihn keine Veranlassung zu antworten: »Deshalb hast du also diese Geschichte erfunden«, und er sagte nicht mehr, als von ihm erwartet wurde. »Es war *mir* eine Hilfe, mit euch allen zusammenzusein.«

Und Carol antwortete nicht: »Natürlich ist das der Grund, weshalb ich gesagt habe, was ich gesagt habe. Diese Luder, die sich alle die Seele aus dem Leib weinen – die da sitzen und um *ihren Mann* weinen. Zum Teufel damit!« Statt dessen sagte sie zu ihm: »Es hat den Kindern viel bedeutet, dich zu sehen. Sie haben dich heute gebraucht. Du bist so lieb zu Ruth gewesen.«

Nathan fragte nicht: »Und du hast es zugelassen, daß er diese Operation machen läßt, obwohl du wußtest, für wen sie war?« Er sagte: »Ruth ist ein tolles Mädchen.«

Carol antwortete: »Sie wird es schon überstehen – wir alle werden es überstehen«, und sie küßte ihn tapfer zum Abschied, statt zu sagen: »Wenn ich ihn davon abgehalten hätte, hätte er mir das niemals verziehen, es wäre ein Alptraum gewesen für den Rest unseres Lebens«; statt zu sagen: »Wenn er sein Leben für diese dumme, sklavische, schmächtige kleine Nutte aufs Spiel setzen wollte, dann war das seine Sache, nicht meine«; statt zu sagen: »Er hat es nicht anders verdient, als so zu sterben, nach allem, was er mir angetan hat. Poetische Gerechtigkeit. Soll er in der Hölle schmoren dafür, daß er sich allabendlich einen hat blasen lassen!«

Entweder glaubte sie aufrichtig an das, was sie vom Altar herab allen erzählte, entweder war sie eine gutherzige, mutige, blinde, loyale Gefährtin, die von Henry bis zum letzten teuflisch hintergangen worden war, oder sie war eine interessantere Frau, als er je gedacht hatte, eine subtile und überzeugende Autorin häuslicher Fiktion, die auf raffinierte Weise einen ordentlichen, gewöhnlichen, ehebrecherischen Humanisten zu einem heroischen Märtyrer umstilisierte, der sich für das eheliche Bett geopfert hatte.

Er wußte eigentlich nicht, was er denken sollte, bis er am Abend wieder zu Hause war und, ehe er sich an seinen Schreibtisch setzte, um die dreitausend Worte wiederzulesen, die er in der Nacht zuvor in sein Notizbuch geschrieben hatte – und um seine Beobachtungen beim Begräbnis festzuhalten –, wieder die Tagebücher von vor zehn Jahren hervornahm und in den Seiten blätterte, bis er auf seine allerletzte Eintragung über Henrys große gescheiterte Leidenschaft stieß. Sie fand sich Seiten später im Notizbuch, begraben zwischen Notizen über etwas völlig anderes; deshalb war sie ihm bei seiner Suche am Abend zuvor entgangen.

Die Eintragung war einige Monate nach Marias Weihnachtsanruf aus Basel datiert, als Henry sich allmählich zu dem Gedanken durchrang, wenn sich irgendeine Befriedigung aus seinem niederschmetternden Gefühl von Verlust ziehen ließe, dann liege sie in der Tatsache, daß man ihm wenigstens niemals auf die Schliche gekommen war – damals, als die anfängliche, zermürbende Depression sich schließlich allmählich lichtete und von der demütigenden Erkenntnis dessen verdrängt wurde, was die Affäre mit Maria so schmerzlich offengelegt hatte: die Tatsache, daß er irgendwie nicht derb genug war, sich seinen Wünschen zu beugen, und doch auch nicht ganz verfeinert genug, um sie zu transzendieren.

Carol holt ihn am Flughafen von Newark ab, nach einem Zahnärztekongreß in Cleveland. Er setzt sich auf dem Flughafenparkplatz ans Steuer. Nacht, und eine spätwinterliche Brise auf dem Rückweg. Carol, auf einmal in Tränen aufgelöst, knöpft ihren alpacagefütterten Regenmantel auf und knipst das Licht im Wagen an. Drunter ist sie nackt, bis auf einen schwarzen Büstenhalter, Höschen, Strümpfe, Strumpfhalter. Einen aufflackernden Moment lang erregt es ihn sogar, doch dann entdeckt er das Preisschild, das noch am Strumpfhalter hängt, und sieht darin die ganze Verzweiflung, die hinter dieser beunruhigenden Darbietung steckt. Was er sieht, sind nicht etwa irgendwelche Schätze an Leidenschaft in Carol, die ihm bisher entgangen waren und die er nun vielleicht plötzlich heben könnte, sondern die Armseligkeit dieser Einkäufe, die offensichtlich zuvor an diesem Tage von der einfallslosen, sexuell gar nicht abenteuerlustigen Ehefrau getätigt worden waren, mit der er für den Rest seines Lebens verheiratet sein würde. Ihre Verzweiflung machte ihn schlapp – und dann wütend: Niemals hatte es ihn so schmerzlich nach Maria verlangt! Wie hatte er diese Frau gehen lassen können! »Fick mich!« schreit Carol, und nicht in dem unverständlichen Schweizerdeutsch, das ihn immer so in Erregung versetzt hatte, sondern in schlichtem, verständlichem Englisch. »Fick mich, bevor ich sterbe! Du hast mich seit Jahren nicht mehr gefickt, wie eine Frau gefickt werden will!«

II Judäa

Als ich Shuki bei seiner Zeitung telephonisch erreicht hatte, verstand er zunächst nicht, wer ihn da anrief – und als es ihm klar wurde, spielte er den Bestürzten. »Was hat ein braver jüdischer Junge wie du an einem Ort wie diesem verloren?«

»Ich komme regelmäßig alle zwanzig Jahre her, um mich zu überzeugen, daß alles in Ordnung ist.«

»Uns geht's großartig«, sagte Shuki. »Auf sechs verschiedene Arten geht's mit uns den Bach runter. Es ist so furchtbar, daß man nicht mal mehr Witze darüber machen kann.«

Wir waren einander achtzehn Jahre zuvor begegnet, 1960, während meines einzigen bisherigen Besuches in Israel. Da *Höhere Bildung*, mein erstes Buch, als »kontrovers« eingestuft wurde – indem es sowohl einen jüdischen Preis als auch den Zorn vieler Rabbis geerntet hatte –, war ich nach Tel Aviv eingeladen worden, um an einer öffentlichen Diskussion teilzunehmen: jüdisch-amerikanische und israelische Schriftsteller über das Thema »Der Jude in der Literatur«.

Obwohl Shuki nur ein paar Jahre älter als ich war, hatte er damals schon eine Dienstzeit von zehn Jahren als Oberst in der Armee abgeleistet und war gerade zum Presseattaché Ben-Gurions ernannt worden. Eines Tages hatte er mich zum Büro des Premierministers mitgenommen, damit ich »dem Alten« die Hand schütteln sollte, ein Ereignis, das schließlich trotz der besonderen Ehre weitaus weniger aufschlußreich war als zuvor das Mittagessen mit Shukis Vater in der Kantine der Knesset. »Es ist vielleicht lehrreich für dich, einen gewöhnlichen israelischen Arbeiter kennenzulernen«, sagte Shuki; »und was ihn betrifft, so kommt er sehr gern hierher, um mit den großen Tieren zu essen.«

Der eigentliche Grund, weshalb er besonders gern zum Essen in die Knesset kam, war natürlich der, daß sein Sohn dort jetzt für sein politisches Idol arbeitete.

Mr. Elchanan war damals Mitte Sechzig und arbeitete immer noch als Schweißer in Haifa. Er war 1920 von Odessa nach Palästina, das unter englischem Mandat stand, ausgewandert, und zwar als sich allmählich herausstellte, daß die sowjetische Revolution den Juden gegenüber feindlicher war, als es ihre russisch-jüdischen Anhänger vorhergesehen hatten. »Ich kam«, erzählte er mir in dem guten, wenn auch mit starkem Akzent gesprochenen Englisch, das er als palästinensischer Jude unter den Briten gelernt hatte, »und da war ich für die zionistische Bewegung schon ein alter Mann – ich war fünfundzwanzig.« Er selbst war nicht stark, doch hatte er starke Hände – die Hände waren sein Zentrum, das wahrhaft Außergewöhnliche an seiner Erscheinung. Er hatte freundliche, sehr sanfte, milde braune Augen, doch ansonsten schlichte, wenig einprägsame Züge in einem vollkommen runden und liebenswürdigen Gesicht. Anders als Shuki war er klein, sein Kinn stach nicht heroisch hervor, sondern trat leicht zurück, und er war ein wenig gebeugt von lebenslanger körperlicher Arbeit, die darin bestand, Metallgelenke und -verstrebungen zusammenzuschweißen. Sein Haar war leicht angegraut. Sehr wahrscheinlich würde man ihn gar nicht bemerken, wenn er einem im Bus gegenübersäß. Wie intelligent war er, dieser unscheinbare Schweißer? Intelligent genug, dachte ich, um eine sehr gute Familie durchzubringen, intelligent genug, um Shuki und seinen jüngeren Bruder, einen Architekten in Tel Aviv, großzuziehen, und natürlich intelligent genug, um 1920 einzusehen, daß es besser war, Rußland zu verlassen, wenn er die Absicht hatte, Sozialist und Jude zu bleiben. Im Gespräch entfaltete er seinen scharfen Witz und sogar eine verspielte, dichterische Phantasie, als die Zeit gekommen war, mich auf Herz und Nieren zu prüfen. Auf mich selbst machte er nicht den Eindruck, als sei er nichts weiter als »ein gewöhnlicher Arbeiter«, doch war ich ja auch nicht sein Nachkomme. Tatsächlich konnte ich ihn mir leicht als israelisches Pendant zu meinem eigenen Vater vorstellen, der damals noch als Fußpfleger in New Jersey tätig war. Trotz ihres beruflichen Statusunterschieds wären sie gut miteinander ausgekommen, dachte ich. Das mag sogar der Grund sein, weshalb Shuki und ich so gut miteinander auskamen.

Wir fingen gerade mit unserer Suppe an, als Mr. Elchanan zu mir sagte: »Sie werden also bleiben?«

»Ach ja? Wer hat das gesagt?«

»Nun, Sie werden doch wohl nicht dorthin zurückgehen, oder?«

Shuki löffelte seine Suppe weiter – es war offensichtlich keine Frage, die ihn überraschte.

Ich dachte zuerst, daß Mr. Elchanan sich einen Witz mit mir erlaubte. »Nach Amerika?« sagte ich lächelnd. »Nächste Woche.«

»Machen Sie sich nicht lächerlich. Sie bleiben natürlich.« An dieser Stelle legte er seinen Löffel nieder und kam um den Tisch herum zu mir. Mit einer seiner außerordentlichen Hände zog er mich am Arm empor und führte mich zu einem Fenster der Kantine, von dem aus man über das moderne Jerusalem hinweg auf die mauerbewehrte Altstadt blickte. »Sehen Sie den Baum da?« sagte er. »Das ist ein jüdischer Baum. Sehen Sie den Vogel da? Das ist ein jüdischer Vogel. Sehen Sie, da droben? Eine jüdische Wolke. Es gibt für einen Juden kein anderes Land als dieses.« Dann brachte er mich wieder zu meinem Platz, wo ich mit der Mahlzeit fortfahren konnte.

Shuki sagte zu seinem Vater, als der sich wieder über seinen Teller hermachte: »Ich glaube, daß Nathan Erfahrungen gemacht hat, die ihn die Dinge anders sehen lassen.«

»Was für Erfahrungen?« Die Stimme klang brüsk, wie sie mir gegenüber nicht geklungen hatte. »Er braucht uns«, Mr. Elchanan zeigte auf seinen Sohn, »und zwar noch mehr, als wir ihn brauchen.«

»Ach ja«, sagte Shuki sanft und aß weiter.

Wie ernsthaft ich mit Siebenundzwanzig auch immer gewesen sein mag, wie pflichtbewußt und unnachgiebig aufrichtig – ich wollte dem wohlmeinenden, gebeugten alten

69

Vater meines Freundes wirklich nicht sagen, wie sehr er sich irrte, und so zuckte ich als Reaktion auf ihre Worte nur die Schultern.

»Er lebt in einem Museum!« sagte Mr. Elchanan zornig. Shuki nickte ein wenig – auch das schien er schon gehört zu haben –, und so wandte sich Mr. Elchanan an mich, um es mir noch einmal direkt zu sagen. »Ja, wirklich. Wir leben in einem jüdischen Theater, und Sie leben in einem jüdischen Museum!«

»Erzähl ihm von deinem Museum«, sagte Shuki. »Hab keine Angst, er hat seit meinem fünften Lebensjahr mit mir debattiert – er kann es verkraften.«

Ich kam Shukis Aufforderung nach, und so sprach ich bis zum Ende der Mahlzeit – ich sprach, wie es in meinem damaligen Lebensjahrzehnt mein Stil war (insbesondere gegenüber Vätern), ich sprach allzu leidenschaftlich und unsäglich ausführlich. Ich improvisierte keineswegs: Es waren Schlußfolgerungen, zu denen ich in den voraufgegangenen Tagen gekommen war, als Ergebnis einer dreiwöchigen Reise durch ein jüdisches Heimatland, das mir gar nicht ferner hätte vorkommen können.

Um der Jude zu sein, der ich sei, sagte ich zu Shukis Vater, und das sei weder mehr noch weniger als eben der Jude, der ich sein wolle, hätte ich es ebensowenig nötig, in einer jüdischen Nation zu leben, wie er sich verpflichtet fühle, dreimal am Tag in einer Synagoge zu beten, wenn ich richtig verstanden hätte. Meine Landschaft sei weder die Wüste Negev noch die Hügel von Galiläa oder die Küstenebene des alten Philistia; es sei das Industrie- und Einwanderungsland Amerika – Newark, wo ich großgeworden sei, Chicago, wo ich die Universität besucht hätte, und New York, wo ich in einem Kellerapartment an einer Straße der Lower East Side unter armen Ukrainern und Puertoricanern lebte. Mein heiliger Text sei nicht die Bibel, sondern Romane, die aus dem Russischen, Deutschen und Französischen in die Sprache übersetzt worden seien, in der ich jetzt angefangen hätte, meine eigene

Prosa zu schreiben und zu veröffentlichen – es sei nicht die semantische Vielfalt des klassischen Hebräisch, was mich reizen würde, sondern der nervöse Rhythmus des amerikanischen Englisch. Ich sei kein jüdischer Überlebender eines Nazi-Todeslagers auf der Suche nach einer sicheren Zuflucht, wo ich willkommen sein würde, noch ein jüdischer Sozialist, für den das Übel des Kapitals die Urquelle der Ungerechtigkeit darstelle, noch ein Nationalist, für den der Zusammenhalt der Juden eine politische Notwendigkeit bedeute, noch ein gläubiger Jude, ein gelehrter Jude oder ein fremdenfeindlicher Jude, der die Nähe der Gojim nicht ertrüge. Ich sei der in Amerika geborene Enkel einfacher Händler aus Galizien, die gegen Ende des letzten Jahrhunderts aus eigener Überlegung zu demselben prophetischen Schluß wie Theodor Herzl gekommen seien – daß es für sie im christlichen Europa keine Zukunft gebe, daß sie dort nicht weiter sie selbst bleiben könnten, ohne unheilvolle Kräfte zu Gewalttaten zu reizen, gegen die sie auch nicht die geringsten Verteidigungsmöglichkeiten hätten. Aber statt für die Rettung des jüdischen Volkes vor der Vernichtung zu kämpfen, indem sie in dem fernen Winkel des Ottomanischen Imperiums, der einmal das biblische Palästina gewesen sei, eine Heimat gründeten, seien sie einfach aufgebrochen, um die eigene jüdische Haut zu retten. Wenn Zionismus bedeute, die Verantwortung für das Überleben als Jude in die eigenen Hände zu nehmen, statt sie anderen zu überlassen, dann sei das eben ihre Sorte von Zionismus. Und es habe funktioniert. Anders als sie sei ich nicht in der furchterregenden Enge einer katholischen bäuerlichen Bevölkerung aufgewachsen, die vom Dorfgeistlichen oder dem lokalen Gutsbesitzer zu inbrünstigem Judenhaß aufgepeitscht werden konnte; und noch wichtiger, der Anspruch meiner Großeltern auf legitime politische Rechtstitel sei nicht inmitten einer fremden, eingeborenen Bevölkerung geltend gemacht worden, welche keinerlei Verpflichtung gegenüber biblischen Rechten der Juden empfände und keinerlei Sympathie für das hege, was ein jüdischer Gott in einem jüdischen Buch gesagt hatte und woraus sich auf Ewigkeit die Konstituierung eines jüdischen Territoriums ableite. Langfristig dürfte ich als Jude in meiner Heimat vielleicht sogar weitaus sicherer sein, als das Mr. Elchanan, Shuki und ihre Nachkommen in der ihren je sein könnten.

Ich bestand darauf, daß Amerika sich einfach nicht auf ein Gegenüber von Juden und Nichtjuden reduzieren lasse, und daß die Antisemiten nicht das größte Problem der amerikanischen Juden seien. Zu sagen: Stellen wir uns doch den Tatsachen, für die Juden sind immer die Gojim das Problem – das mag allerdings für einen Moment einen Anklang von Wahrheit haben. »Wie könnte irgend jemand eine solche Aussage in diesem Jahrhundert einfach so von der Hand weisen? Und sollte es sich einmal erweisen, daß Amerika ein Ort der Intoleranz, Oberflächlichkeit, Unanständigkeit und Brutalität ist, wo alle amerikanischen Werte in der Gosse gelandet sind, dann könnte es mehr als nur einen Anklang von Wahrheit haben – dann könnte es sich herausstellen, daß es so ist.« Doch Tatsache sei, so fuhr ich fort, daß es meines Wissens in der Geschichte keine andere Gesellschaft gegeben habe, die es zu einem derartigen Toleranzniveau gebracht hätte, wie es in Amerika institutionalisiert sei, oder die den Pluralismus so direkt ins Zentrum der öffentlich angepriesenen Traumvorstellung von sich selbst gestellt hätte. Ich könne nur hoffen, daß Yacov Elchanans Lösung für das Problem des Überlebens und der Unabhängigkeit der Juden sich als nicht weniger erfolgreich erweise als der unpolitische, unideologische »Familienzionismus«, wie ihn meine Großeltern als Einwanderer praktiziert hätten, indem sie um die Jahrhundertwende nach Amerika kamen, einem Land, in dessen Zentrum nicht eine Vorstellung von Ausschließlichkeit stehe.

»Wenn ich das auch zu Hause in New York nicht zugebe«, sagte ich, »ich bin ein wenig idealistisch im Hinblick auf Amerika – vielleicht so, wie Shuki ein wenig idealistisch ist im Hinblick auf Israel.«

Ich war mir nicht sicher, ob das Lächeln, das ich sah, nicht vielleicht zeigte, wie sehr er beeindruckt war. Zu Recht, dachte ich – so etwas kriegt er von den anderen Schweißern doch bestimmt nicht zu hören. Es reute mich im nachhinein sogar ein wenig, daß ich derartig viel gesagt hatte, ich hatte Angst, den betagten Zionisten und seine Vereinfachungen vielleicht *gar zu* gründlich demontiert zu haben.

Doch er lächelte nur weiter vor sich hin, auch noch, als er aufstand, um den Tisch herumkam und mich wieder am Arm hochzog und zurück an die Stelle führte, wo ich auf seine jüdischen Bäume und Straßen und Vögel und Wolken hinausblicken konnte. »So viele Worte«, sagte er schließlich, und mit nur einer Spur von Spott, der für mich aber eher etwas Jüdisches hatte als die Wolken, »solch bestechende Erklärungen. Solch tiefe Gedanken, Nathan. Nie in meinem Leben habe ich ein besseres Argument dafür gesehen, daß wir Jerusalem nie wieder verlassen werden, als Sie es sind.«

Seine Worte waren unsere letzten Worte, denn noch ehe wir den Nachtisch essen konnten, trieb Shuki mich nach oben, damit ich die Minute der Verabredung mit dem nächsten untersetzten kleinen Herrn nicht verpaßte, der als persönliches Gegenüber mit seinem kurzärmeligen Hemd in meinen Augen ebenfalls irreführend unbedeutend aussah; so als könne der Modellpanzer, den ich auf seinem Schreibtisch zwischen Papieren und Familienphotos entdeckte, nur ein Spielzeug sein, das er in seiner kleinen Werkstatt für einen Enkel gebastelt hatte.

Shuki erzählte dem Premierminister, daß wir eben vom Essen mit seinem Vater heraufgekommen seien.

Das amüsierte Ben-Gurion. »Sie bleiben also«, sagte er zu mir. »Gut. Wir rücken zusammen.«

Ein Photograph war schon da, in Positur, um ein Bild davon zu machen, wie Israels Gründungsvater Nathan Zuckerman die Hand schüttelt. Ich lache auf dem Photo, denn gerade, als es geknipst werden sollte, flüsterte Ben-Gurion: »Denken Sie daran, es gehört nicht Ihnen – es ist für Ihre Eltern, damit sie einen Grund haben, stolz auf Sie zu sein.«

Und da irrte er nicht – mein Vater hätte nicht glücklicher sein können, wenn es ein Bild von mir in meiner Pfadfinderuniform gewesen wäre, wie ich Moses den Berg Sinai herunterhelfe. Dieses Bild war nicht nur schön, es war auch Munition, die allerdings in erster Linie zum Einsatz kommen sollte in *seinem* Kampf, um *sich selbst* zu beweisen, daß das, was führende Rabbis ihren Gemeinden von der Kanzel herab über meinen jüdischen Selbsthaß erzählten, unmöglich wahr sein konnte.

Mit einem Rahmen versehen, wurde das Photo während der restlichen Lebensjahre meiner Eltern im Wohnzimmer auf der Fernsehkonsole ausgestellt, zusammen mit dem Bild meines Bruders, als er sein zahnärztliches Diplom in Empfang nimmt. Für meinen Vater waren das unsere größten Leistungen. Und seine.

Nachdem ich geduscht und eine Kleinigkeit gegessen hatte, verließ ich mein Hotel auf der Rückseite und ging zu einer Sitzbank auf der breiten Promenade, die auf das Meer hinausgeht, wo ich mich mit Shuki verabredet hatte. Weihnachtsbäume lagen schon auf dem Bürgersteig vor unserem Gemüseladen in London aufgestapelt, und ein paar Tage zuvor hatten Maria und ich ihre kleine Tochter Phoebe mitgenommen, um uns die Lichter in Oxford Street anzusehen, doch in Tel Aviv war es ein blauer, heller, windstiller Tag, und unten am Strand ließ sich weibliches Fleisch in der Sonne rösten, und eine Handvoll Badender hüpfte in den Wellen herum. Ich dachte daran, wie Maria und ich auf der Fahrt mit Phoebe ins West End über mein erstes englisches Weihnachten und all die bevorstehenden Festlichkeiten gesprochen hatten. »Ich bin zwar keiner von den Juden, für die Weihnachten eine schreckliche Qual ist«, sagte ich, »doch ich muß dir sagen, daß ich eigentlich nicht so sehr daran teilnehme, sondern vielmehr mit anthropologischem Blick aus der Ferne zusehe.« »Das stört mich nicht«, sagte sie; »tu nur, was du kannst. Das heißt, du schreibst große Schecks aus. Mehr Teilnahme ist gar nicht erforderlich.«

Während ich mit der Jacke auf dem Schoß und hochgekrempelten Ärmeln dasaß und die älteren Männer und Frauen auf den Bänken in der Nähe beobachtete, die ihre Zeitung lasen und Eis aßen oder mit geschlossenen Augen sich einfach wohlig die Knochen wärmten, mußte ich an meine Reisen nach Florida denken, wo mein Vater im Ruhestand lebte, nachdem er die Praxis in Newark aufgegeben hatte, und wo er täglich seine ganze Aufmerksamkeit der *Times* und Walter Cronkite widmete. Nicht einmal unter den Schweißern der Docks von Haifa konnte es glühendere Patrioten geben als jene, die sich in den Klubsesseln um den Swimming-pool der Wohnanlage nach dem Triumph des Sechs-Tage-Krieges versammelten. »Jetzt«, sagte mein Vater, »werden sie es sich zweimal überlegen, ehe sie uns am Bart ziehen!« Das militante, triumphierende Israel war für seinen betagten jüdischen Freundeskreis der Rächer für Jahrhunderte und Jahrhunderte erniedrigender Unterdrückung; der von Juden als Folge des Holocausts gegründete Staat war für sie die verspätete Antwort *auf* den Holocaust geworden, nicht nur die Verkörperung beherzter jüdischer Stärke, sondern das Instrument berechtigten Zorns und rascher Vergeltungsschläge. Wäre Dr. Victor Zuckerman im Mai 1967 anstelle von General Mosche Dayan israelischer Verteidigungsminister gewesen – wäre es irgendeiner aus den Kohorten meines Vaters von Miami Beach anstelle von Mosche Dayan gewesen – , dann wären Panzer mit dem Davidstern als Wappen einfach über die Waffenstillstandslinien hinweg bis nach Kairo, Amman und Damaskus gerollt, wo die Araber dann wie die Deutschen 1945 bedingungslos kapituliert hätten, als *wären* sie die Deutschen von 1945.

Drei Jahre nach dem Sieg von 67 starb mein Vater, und so hat er Menachem Begin verpaßt. Das ist sehr schade, denn nicht einmal Ben-Gurions Geistesstärke, Goldas Stolz und

Dayans Kühnheit zusammengenommen hätten ihm dieses tiefe Gefühl persönlicher Ehrenrettung bieten können, das so viele seiner Generation angesichts eines israelischen Premierministers empfunden haben, der von seiner Erscheinung her als Besitzer eines Kleiderladens im Stadtzentrum hätte gelten können. Sogar Begins Englisch ist das richtige, da es mehr wie die Sprache ihrer eigenen verarmten eingewanderten Eltern klingt als das, was beispielsweise Abba Eban verströmt, mit dem die Juden raffinierterweise die Rolle des Sprechers gegenüber der nichtjüdischen Welt besetzt haben. Denn wer schließlich eignet sich besser als der Jude, wie er von unzähligen Generationen erbarmungsloser Feinde karikiert wurde, der Jude, der aufgrund seines komischen Akzents und seines häßlichen Aussehens und seines befremdlichen Verhaltens verspottet und verachtet wurde, um jedermann absolut klarzumachen, daß es jetzt nicht mehr darauf ankommt, was Gojim denken, sondern auf das, was Juden tun? Der einzig vorstellbare Mensch, der meinem Vater vielleicht noch mehr Freude bereitet hätte mit der allgemeinen Warnung, daß jüdische Hilflosigkeit angesichts von Gewalt der Vergangenheit angehöre, wäre ein kleiner Hausierer mit einem langen Bart als Oberbefehlshaber der israelischen Armee und Luftwaffe gewesen.

Bis zu seiner Reise nach Israel acht Monate nach der Bypass-Operation hatte mein Bruder Henry nie auch nur das geringste Interesse an der Existenz des Landes oder seiner möglichen Bedeutung für ihn als jüdische Heimat bekundet, und sogar jener Besuch war weder dem Erwachen eines jüdischen Bewußtseins noch einer Neugier auf archäologische Spuren jüdischer Geschichte zu verdanken, sondern ausschließlich als therapeutische Maßnahme gedacht. Obwohl seine körperliche Rehabilitation um die Zeit erfolgreich abgeschlossen war, überkamen ihn zu Hause nach der Arbeit immer noch schreckliche Verzweiflungsanfälle, und an vielen Abenden stand er noch während der Familienmahlzeit vom Eßtisch auf, um sich ins Arbeitszimmer zurückzuziehen und auf der Couch einzuschlafen.

Zuvor hatte der Arzt den Patienten und seine Frau gewarnt, daß diese Depressionen eintreten könnten, und Carol hatte die Kinder darauf vorbereitet. Sogar Männer wie Henry, die jung und gesund genug seien, um sich körperlich rasch von einer Bypass-Operation zu erholen, litten oft unter emotionalen Reaktionen, die manchmal bis zu einem Jahr andauerten. In seinem Fall war es von Anfang an klar gewesen, daß ihm auch die schlimmsten Nachwirkungen nicht erspart bleiben würden. In der Woche nach der Operation mußte er wegen Schmerzen in der Brust und Arhythmien zweimal aus seinem Privatzimmer auf die Intensivstation verlegt werden, und als er nach neunzehn Tagen nach Hause zurückkehren konnte, war er zwanzig Pfund leichter und kaum kräftig genug, um vor dem Spiegel zu stehen und sich zu rasieren. Er mochte weder lesen noch fernsehen, er aß praktisch nichts, und als Ruth, seine Lieblingstochter, nach der Schule hereinkam und anbot, ihm auf der Geige die kleinen Melodien vorzuspielen, die er so mochte, schickte er sie hinaus. Er weigerte sich sogar, den Gymnastikkurs in der kardiologischen Rehabilitationsklinik anzutreten, und lag statt dessen unter einer Decke im Klubsessel auf der hinteren Terrasse, sah in Carols Garten hinaus und weinte. Eine Neigung zum Weinen, so versicherte der Arzt allen Beteiligten, trete bei Patienten nach einer schwereren Operation häufig auf, doch Henrys Tränen versiegten nicht, und nach einer Weile wußte niemand mehr, worüber er weinte. Wenn er sich auf Fragen überhaupt die Mühe machte zu antworten, geschah es ausdruckslos, mit den Worten: »Es starrt mir direkt ins Gesicht.« »Was?« sagte Carol. »Erzähl es mir, Schatz, und wir werden darüber sprechen. Was starrt dir direkt ins Gesicht?« »Die Worte«, sagte er wütend, »die Worte: ›Es starrt dir direkt ins Gesicht‹!«

Als Carol, die immer noch versuchte, munter zu bleiben, eines Abends beim Essen den Vorschlag machte, er würde vielleicht jetzt, da er körperlich wieder er selbst sei, Spaß daran haben, an der zweiwöchigen Tauchreise teilzunehmen, die Barry Shuskin plane, da antwortete er, sie wisse doch verdammt gut, daß er Shuskin nicht ausstehen könne, und begab sich ins Arbeitszimmer auf die Couch. Und da rief sie mich dann an. Obwohl Carol zu Recht dachte, daß unsere Entzweiung so gut wie beigelegt war, glaubte sie irrtümlich, daß die Versöhnung das Ergebnis meiner Besuche im Krankenhaus sei, als er immer wieder auf die Intensivstation mußte; sie wußte immer noch nicht, daß er mich vor der Operation in New York besucht hatte, als er niemanden hatte, dem er anzuvertrauen wagte, was in Wirklichkeit die Behandlung seiner Krankheit unerträglich machte.

Ich erreichte ihn am Morgen nach Carols Anruf in seiner Praxis.

»Die Sonne, das Meer, die Korallenriffe – du hast es verdient«, sagte ich, »nach allem, was du durchgemacht hast. Fahr mit Schnorcheln und laß den ganzen alten Schutt fortspülen.«

»Ja, und was dann?«

»Dann kommst du wieder und fängst dein neues Leben an.«

»Was wird neu daran sein?«

»Das geht schon vorbei, Henry, die Depression wird vorübergehen. Eher früher als später, wenn du dir nur einen kleinen Stoß gibst.«

Seine Stimme klang körperlos, als er mir sagte: »Ich habe nicht den Mumm, mich zu ändern.«

Ich fragte mich, ob er wieder von den Frauen redete. »An was für eine Art von Veränderung hast du gedacht?«

»Die, die mir direkt ins Gesicht starrt.«

»Und die wäre?«

»Wie soll ich das wissen? Mir fehlt nicht nur der Mumm, es zu tun, ich bin auch zu blöd, um zu wissen, was es ist.«

»Du hast den Mumm für die Operation gehabt. Du hast den Mumm gehabt, die Medikation abzulehnen und dein Glück auf dem Richtklotz zu versuchen.«

»Und was hat mir das gebracht?«

»Ich nehme an, du bist von den Medikamenten runter – daß du sexuell wieder du selbst bist.«

»Na und?«

An jenem Abend, als er wieder in seinem Arbeitszimmer grübelte, rief Carol an, um zu sagen, wieviel es Henry bedeutet hätte, mit mir zu sprechen, und flehte mich an, mit ihm in Kontakt zu bleiben. Obwohl mir mein Anruf kaum als Erfolg vorgekommen war, rief ich ihn trotzdem ein paar Tage später wieder an, und während der nächsten paar Wochen sprach ich mit ihm tatsächlich mehr als je seit unserer College-Zeit, wobei sich jedes Gespräch ebenso im Kreis drehte wie das voraufgegangene – bis er hinsichtlich der Reise auf einmal nachgab und eines Sonntags mit Shuskin und zwei anderen Freunden mit Tauchermaske und Flossen den TWA-Flug antrat. Obwohl Carol mir dankbar erzählte, wie sehr es meine Zuwendung gewesen sei, die seinen Sinneswandel bewirkt habe, fragte ich mich doch, ob Henry nicht einfach klein beigegeben und sich mir gefügt hatte, so wie er früher, als er noch Student in Cornell war, am Telephon immer unserem Vater nachgegeben hatte.

Einer der Aufenthaltsorte auf ihrer Reiseroute war Eilat, die Küstenstadt am südlichen Rand der Negevwüste. Nachdem sie drei Tage in den Korallenhöhlen geschnorchelt hatten, flogen die anderen nach Kreta weiter; Henry jedoch blieb in Israel, und nur zum Teil aufgrund von Shuskins unerträglichen, manisch egozentrischen Monologen. Bei einem Tagesausflug nach Jerusalem hatte er sich nach dem Essen von den anderen vier abgesetzt und war allein in das orthodoxe Viertel zurückgekehrt, Mea Sche'arim, wo sie alle am Morgen mit dem Fremdenführer gewesen waren. Dort, als er allein vor dem Fenster des Klassenzimmers einer religiösen Schule stand, hatte er das Erlebnis, das alles änderte.

»Ich sitze auf dem Steinsims dieses zerfallenen alten Cheder. Drinnen ist eine Klasse, ein Raum voller Knirpse, kleiner acht-, neun- und zehnjähriger Knirpse mit Käppchen und

Peies, die dem Lehrer ihre Lektion aufsagen, indem sie unisono aus Leibeskräften schreien. Und als ich sie gehört habe, da hat sich eine Sturzflut in meinem Inneren gelöst, eine Offenbarung – an der Wurzel meines Lebens, ja, an der Wurzel selbst, da *war ich sie*. Ich war *immer* sie gewesen. Kinder, die auf hebräisch ihre Sätze herleierten, ich habe kein Wort davon verstanden, keinen einzigen Laut erkannt, und doch habe ich zugehört, als hätte mich etwas, von dem ich nicht einmal wußte, daß ich es gesucht hatte, mich plötzlich gepackt. Ich bin die ganze Woche in Jerusalem geblieben. Jeden Morgen gegen elf bin ich zu dieser Schule zurückgekehrt und habe mich auf das Fenstersims gesetzt und zugehört. Dazu mußt du wissen, daß der Ort gar nichts Malerisches hat. Die Umgebung ist scheußlich. Zwischen den Gebäuden fortgeworfenes Gerümpel, altes Gerät, das sich auf den Veranden und in den Höfen stapelt – alles einigermaßen sauber, doch baufällig, zerfallend, rostig, alles in Auflösung, wohin man auch blickt. Und keine Farbe, keine Blume, kein Blatt, nicht ein Grashalm oder ein neuer Anstrich, nirgends etwas Helles oder Anziehendes, nirgends etwas, das einem auf irgendeine Weise zu gefallen suchte. Alles Oberflächliche war weggeräumt, weggebrannt, zählte nicht mehr – *war trivial*. In den Höfen hing ihr ganzes Unterzeug auf der Leine, weite, häßliche Unterwäsche, die nichts mit Sex zu tun hatte, Unterwäsche von vor hundert Jahren. Und die Frauen, die verheirateten Frauen – Tücher um den Kopf gewickelt, darunter bis zum Schädelknochen rasiert, und, egal wie jung, absolut reizlose Frauen. Ich habe nach einer hübschen Frau Ausschau gehalten und nicht *eine* gefunden. Genauso die Kinder – tolpatschige, linkische, ausgemergelte und bleiche, ganz und gar farblose kleine Dinger. Die Hälfte der alten Leute wirkte auf mich wie Zwerge, kleine Männer in langen schwarzen Mänteln mit Nasen, die direkt aus einer antisemitischen Karikatur stammen konnten. Ich kann es gar nicht anders beschreiben. Nur, je häßlicher und öder alles aussah, desto mehr hat es mich gefesselt – desto klarer wurde alles. Ich habe mich einen ganzen Freitag lang dort herumgetrieben und beobachtet, wie sie sich für den Sabbat vorbereiteten. Ich habe beobachtet, wie die Männer mit ihren Handtüchern unter dem Arm ins Badehaus gingen, und die Handtücher haben für mich wie Gebetsmäntel ausgesehen. Ich habe diese anämischen Knirpse beobachtet, wie sie nach Hause eilten, wie sie aus dem Badehaus kamen, ihre nassen Schläfenlocken drehten und dann zum Sabbat nach Hause eilten. Von der anderen Straßenseite habe ich einen Friseurladen beobachtet und gesehen, wie die orthodoxen Männer mit diesen Hüten und Mänteln hineingingen, um sich die Haare schneiden zu lassen. Der Laden war gestopft voll, das Haar häufte sich zu Füßen, niemand machte sich die Mühe, es wegzufegen – und ich konnte mich nicht von der Stelle rühren. Ein simpler Friseurladen, und ich konnte mich nicht von der Stelle rühren. Ich kaufte in irgendeiner kleinen verliesartigen Bäckerei eine Chalah – ich stand im Gedränge und habe eine Chalah gekauft und sie den ganzen Tag in einem Beutel unter dem Arm herumgetragen. Als ich ins Hotel zurückkam, habe ich sie aus dem Beutel herausgenommen und auf die Kommode gelegt. Ich habe sie nicht gegessen. Ich habe sie eine ganze Woche lang dort liegenlassen – habe sie auf der Kommode liegenlassen und sie angesehen, als wäre sie eine Skulptur, irgend etwas Kostbares, das ich aus einem Museum gestohlen hatte. Und so war alles, Nathan. Ich konnte nicht aufhören hinzusehen, ich mußte immer wieder zurückkehren und dieselben Stätten anstarren. Und da ist mir allmählich klargeworden, daß ich bei allem, was ich bin, gar nichts bin, daß ich nie *irgend etwas* gewesen bin, ich als der Jude, der ich doch bin. Das hatte ich nicht gewußt, ich hatte keine Ahnung davon, mein ganzes Leben lang bin ich *dagegen angeschwommen* – und wie ich vor diesem Chederfenster so dasitze und den Kindern zuhöre, da war es plötzlich *Teil von mir.* Alles andere *war* oberflächlich, alles andere *war* weggebrannt. Kannst du das verstehen? Vielleicht drücke ich mich nicht richtig aus, aber eigentlich ist es mir egal, wie es in deinen oder sonst jemandes Ohren klingt. Ich bin nicht *einfach* ein Jude, ich bin nicht *auch* ein Jude – *ich bin ebenso tief ein Jude wie jene Juden*. Und das ist es, *das*, was mir die ganzen Monate über direkt ins Gesicht gestarrt hat! Die Tatsache, daß das die Wurzel meines Lebens ist!«

All das erzählte er mir am ersten Abend nach seiner Rückkehr am Telephon, wobei er mit einem unheimlichen Tempo sprach, so daß er kaum zu verstehen war: als könnte er anders nicht mitteilen, was geschehen war, um sein Leben wieder wichtig zu machen, um dem Leben *größte* Wichtigkeit zu geben. Gegen Ende der ersten Woche jedoch, als sich niemand mit dieser Geschichte seiner Identifikation mit diesen Chederkindern anfreunden konnte, als er niemanden dazu bringen konnte, die Tatsache ernstzunehmen, daß er sich um so gereinigter fühlte, je gräßlicher die Umgebung war, als aber auch niemand ein Gespür dafür zu haben schien, daß es eben die *Perversität* dieser Bekehrungen ist, worin ihre Kraft zur Wandlung liegt, da schlug seine glühende Erregung in bittere Enttäuschung um, und er fühlte sich noch deprimierter als vor seiner Abreise.

Erschöpft und inzwischen selbst ziemlich deprimiert, rief Carol den Kardiologen an, um ihm zu sagen, daß die Reise ihren Zweck verfehlt habe und es Henry schlechter gehe. Er seinerseits sagte, sie vergesse, daß er sie von Anfang an gewarnt habe – für manche Patienten sei die emotionale Umwälzung eine noch größere Qual als die Operation selbst. »Immerhin geht er wieder täglich seiner Arbeit nach«, gab er ihr zu bedenken, »trotz der irrationalen Episoden bringt er sich dazu, seine Arbeit zu machen, und das heißt, daß er früher oder später zu sich kommen und wieder er selbst sein wird.«

Und vielleicht trat genau das ein, als er drei Wochen später, nachdem er Wendy nach einem halben Arbeitstag aufgefordert hatte, die Nachmittagstermine abzusagen, seinen weißen Kittel auszog und die Praxis verließ. Er nahm ein Taxi, mit dem er die ganze Strecke von Jersey zum Kennedy-Flughafen zurücklegte, und von dort rief er Carol an, um ihr seine Entscheidung mitzuteilen und sich von den Kindern zu verabschieden. Von seinem Paß abgesehen, den er seit Tagen mit sich herumtrug, hatte er auf dem Nachtflug der El Al nichts weiter bei sich als den Anzug, den er trug, und seine Kreditkarten.

Fünf Monate waren vergangen, und er war nicht zurückgekehrt.

Shuki hielt jetzt an der Universität Vorlesungen über zeitgenössische europäische Geschichte und schrieb einmal in der Woche eine Kolumne für eine der linken Zeitungen, doch verglichen mit den Tagen, als er in der Regierung tätig war, sah er relativ wenige Menschen, führte zumeist ein zurückgezogenes Leben und nahm, sooft er konnte, Lehraufträge im Ausland an. Er habe genug von der Politik, sagte er, wie auch von all seinen alten Vergnügungen. »Ich bin nicht einmal mehr ein großer Sünder«, bekannte er. Er hatte als Reserveoffizier während des Jom-Kippur-Krieges im Sinai auf einem Ohr das Gehör und auf einem Auge fast die ganze Sehkraft verloren, als die Explosion einer ägyptischen Granate ihn fünf Meter durch die Luft gewirbelt hatte. Sein Bruder, Reserveoffizier bei den Fallschirmjägern, der im Zivilleben Architekt gewesen war, wurde beim Sturm auf die Golanhöhen gefangengenommen. Nach dem syrischen Rückzug wurden er und der Rest seines in Gefangenschaft geratenen Zuges gefunden, die Hände auf dem Rücken an einem Pfahl in der Erde festgebunden; sie waren kastriert und enthauptet worden, und den Penis hatte man ihnen in den Mund gesteckt. Auf dem verlassenen Schlachtfeld verstreut lagen ihre an Fäden zu Halsketten aufgereihten Ohren. Shukis Vater starb einen Monat, nachdem er die Nachricht erhalten hatte, an einem Schlaganfall.

Shuki erzählte mir all das ganz sachlich, während er uns durch den starken Verkehr manövrierte und in den Seitenstraßen herumfuhr, um einen Parkplatz zu finden, von dem man zu Fuß die Cafés im Stadtzentrum erreichen konnte. Schließlich gelang es ihm, seinen VW quer zwischen zwei Autos zu quetschen, so daß er halb auf dem Bürgersteig vor einem Wohnhaus stand. »Wir hätten auch wie zwei brave Alte am ruhigen Meer sitzen können, aber ich erinnere mich, daß du das letzte Mal lieber an der Dizengoffstraße gesessen hast. Ich weiß noch, wie du die Mädchen mit den Augen verschlungen hast, als hieltest du sie für Schicksen.«

»Tatsächlich? Nun ja, ich habe den Unterschied wohl nie sehr gut feststellen können.«

»Ich bin selber nicht mehr allzu scharf darauf«, sagte Shuki. »Nicht, daß die Mädchen sich nicht für mich interessierten – nur bin ich jetzt so dick, daß sie mich nicht einmal mehr sehen.«

Vor Jahren hatte Shuki mich eines Abends, nachdem er mich nach Jaffa und zu den Sehenswürdigkeiten von Tel Aviv geführt hatte, in ein Café eingeladen, in dem es sehr laut zuging und das von befreundeten Journalisten frequentiert wurde, wo wir schließlich stundenlang Schach spielten, ehe wir weiterzogen in die Strichgegend und zu meinem besonderen soziologischen Leckerbissen, einer rumänischen Prostituierten an der Jarkonstraße. Jetzt führte er mich in ein ödes, farbloses kleines Lokal, das drinnen ein paar Flipperapparate zu bieten hatte und an dessen Straßentischen außer ein paar Soldaten mit ihren Mädchen niemand saß. Als wir uns an unserem Tisch niederließen, sagte er: »Nein, setz dich auf diese Seite, damit ich dich hören kann.«

Wenn er auch nicht ganz zum Behemoth seiner eigenen Selbstkarikatur geworden war, hatte er doch wenig Ähnlichkeit mit dem dunklen, schlanken, mutwilligen Hedonisten, der mich achtzehn Jahre zuvor zur Jarkonstraße geführt hatte – das Haar, das seinerzeit in widerspenstigen schwarzen Tollen gewachsen war, hatte sich bis auf ein paar graue Strähnen gelichtet, die quer über die Kopfhaut gekämmt waren, und da sich das Gesicht beträchtlich aufgebläht hatte, wirkten seine Züge breiter und weniger raffiniert. Doch die größte Ver-

änderung lag im Grinsen, einem Grinsen, das nichts mit Amüsement zu tun hatte, obwohl er sich immer noch sichtlich gern amüsierte und amüsant sein konnte. Ich dachte an den Tod seines Bruders – und den tödlichen Schlaganfall seines Vaters – und ertappte mich dabei, wie ich dieses Grinsen mit dem Verband über einer Wunde verglich.
»Wie sieht's in New York aus?« fragte er.
»Ich lebe nicht mehr in New York. Ich bin mit einer Engländerin verheiratet. Ich bin nach London umgezogen.«
»Du in England? Der Knabe aus Jersey mit dem schmutzigen Mundwerk, der die Bücher schreibt, die die Juden mit Lust hassen – wie überlebst du dort? Wie hältst du die Ruhe aus? Ich wurde vor ein paar Jahren zu einer Vorlesungsreihe nach Oxford eingeladen. Ich bin sechs Monate dortgewesen. Was immer ich beim Abendessen gesagt habe, jedesmal antwortete jemand neben mir: »Ach, wirklich?«
»Dir hat der Small-talk nicht gefallen?«
»Willst du die Wahrheit wissen? Es hat mir nichts ausgemacht. Ich brauchte Ferien von hier. Jedes jüdische Dilemma, das es je gegeben hat, tritt in diesem Lande in konzentrierter Form auf. In Israel genügt es, nur zu leben – man muß sonst gar nichts tun und geht doch erschöpft zu Bett. Ist dir jemals aufgefallen, daß Juden schreien? Schon ein Ohr ist mehr, als man braucht. Hier ist alles schwarz-weiß, jeder schreit, und jeder hat immer recht. Hier sind die Extreme viel zu groß für ein so kleines Land. Oxford war eine Erholung. ›Sagen Sie, Mr. Elchanan, wie geht es Ihrem Hund?‹ ›Ich habe keinen Hund.‹ ›Ach, wirklich?‹ Meine Schwierigkeiten haben erst angefangen, als ich wieder hier war. Die Familie meiner Frau hat sich früher Freitag abends immer bei uns versammelt, um über Politik zu diskutieren, und ich bin überhaupt nicht zu Wort gekommen. Während der sechs Monate in Oxford hatte ich zivilisiertes Verhalten und die Regeln zivilisierter Konversation gelernt, und das sollte sich in einer israelischen Diskussion als absolut verheerend erweisen.«
»Nun«, sagte ich, »daran hat sich nichts geändert – die be-

sten antisemitischen Witze hört man immer noch in einem Café an der Dizengoffstraße.«

»Der einzige Grund, um noch hier zu leben«, sagte Shuki. »Erzähl mir von deiner englischen Frau.«

Ich erzählte ihm, wie ich Maria vor über einem Jahr in New York kennengelernt hatte, als sie und ihr Mann, dem sie schon hoffnungslos entfremdet war, in die Maisonette-Wohnung im oberen Stock meines Apartmenthauses eingezogen waren. »Sie sind vor vier Monaten geschieden worden, und wir haben geheiratet und sind nach England gezogen. Das Leben ist schön dort. Und gäbe es Israel nicht, dann wäre in London alles wunderbar.«

»Ach ja? Israel ist auch an den Lebensbedingungen in London schuld? Das überrascht mich nicht.«

»Als Maria gestern abend bei einem Essen erwähnt hat, wohin ich heute reisen würde, war ich nicht gerade der beliebteste am Tisch. In Anbetracht der Skiferien in der Schweiz und der Sommerhäuser in der Toskana und der BMWs in der Garage sollte man meinen, daß all diese netten, liberalen, privilegierten Engländer dem revolutionären Sozialismus ein wenig mißtrauischer gegenüberstünden. Aber nein, wenn es um Israel geht, bekommt man die Worte des Vorsitzenden Arafat zu hören, wie sie im Buche stehen.«

»Natürlich. In Paris genauso. Israel ist einer jener Orte, über die man soviel besser Bescheid weiß, ehe man dort einmal landet.«

»Es waren alles Freunde von Maria, jünger als ich, in den Dreißigern, Fernsehleute, Verlagsmenschen, ein paar Journalisten – alle intelligent und erfolgreich. Ich bekam sofort das Messer auf die Brust gesetzt: Wie lange können die Israelis noch billige jüdische Arbeitskräfte aus Nordafrika importieren, um sich die Dreckarbeit machen zu lassen? In London W 11 ist es eine wohlbekannte Tatsache, daß orientalische Juden nach Israel gebracht werden, um sich als Industrieproletariat ausbeuten zu lassen. Imperialistische Kolonisierung, kapitalistische Ausbeutung – das alles geschieht hinter der

Fassade einer israelischen Demokratie und der Fiktion einer nationalen Einheit der Juden. Aber das war erst der Anfang.«

»Und du hast für unsere Verderbtheit eine Lanze gebrochen?«

»Brauchte ich gar nicht. Das hat Maria getan.«

Er sah beunruhigt aus. »Du hast doch nicht etwa eine Jüdin geheiratet, Nathan?«

»Nein, ich werde doch meinem Leumund nicht untreu. Sie findet einfach die Moralpose der linken Schickeria sehr, sehr deprimierend. Aber was sie am meisten geärgert hat, war die Tatsache, daß offenbar alle automatisch annahmen, daß ihrem neuen Ehemann die Rolle zufalle, Israel zu verteidigen. Maria ist kein Mensch, der an Kämpfen Spaß hat, deshalb hat mich ihre Heftigkeit überrascht. Wie auch die der anderen. Auf dem Weg nach Hause habe ich sie gefragt, wie stark dieser Haß gegen Israel in England ist. Sie sagt, der Presse zufolge ist er stark, und laut Presse auch zu Recht, doch mit ihren Worten ›ist das verdammt noch mal einfach nicht der Fall‹.«

»Ich bin nicht sicher, ob sie da recht hat«, sagte Shuki. »Ich habe in England selbst eine gewisse, sagen wir, *Abneigung* gegenüber Juden gespürt – eine Bereitschaft, nicht immer und unter allen Umständen gerade das Beste von uns zu halten. Ich bin eines Morgens in einer Radiosendung der BBC interviewt worden. Wir sind gerade zwei Minuten auf Sendung gewesen, als der Interviewer zu mir sagt: ›Ihr Juden habt ja aus Auschwitz viel gelernt.‹ ›Und das wäre?‹ frage ich. ›Wie man den Arabern gegenüber als Nazis auftritt‹, sagt er.«

»Was hast du geantwortet?«

»Mir hat es die Sprache verschlagen. Auf dem Kontinent knirsche ich einfach mit den Zähnen – dort ist der Antisemitismus so universell und so tief verwurzelt, daß es direkt byzantinisch ist. Aber im zivilisierten England, bei all diesen höflichen und wohlerzogenen Menschen, da hat es sogar mich unvorbereitet getroffen. Ich bin hier nicht gerade als führender Mann für die Public Relations dieses Landes bekannt, aber wenn ich eine Pistole gehabt hätte, dann hätte ich ihn erschossen.«

Beim Essen am Abend zuvor hatte Maria ausgesehen, als brächte sie es fertig, selbst zur Waffe zu greifen. Ich hatte sie nie so streitbar oder so erregt gesehen, nicht einmal während der Scheidungsverhandlungen, als ihr Mann offenbar unsere Ehe ruinieren wollte, bevor sie überhaupt begonnen hatte, indem er sie zwang, ein rechtsgültiges Schriftstück zu unterzeichnen, in dem festgelegt wurde, daß Phoebe in London aufwachsen müsse, nicht in New York. Für den Fall, daß Maria sich weigerte, drohte er, vor Gericht zu gehen und auf Erteilung des Sorgerechts zu klagen, wobei er unsere ehebrecherische Beziehung anführen würde als Begründung dafür, daß sie als Mutter nicht zuverlässig sei. Da Maria annahm, daß es mir vielleicht widerstreben würde, mich um seiner Besuchsrechte willen bis zur Jahrhundertwende aus Amerika verbannen zu lassen, stellte sie sich sogleich vor, wie sie unverheiratet nach London zurückkehren würde, allein mit Phoebe, und dort seinen Drangsalierungen ausgesetzt sei. »Niemand, aber auch niemand würde sich auf eine ernsthafte Diskussion mit ihm einlassen. Wenn ich auf mich gestellt bin und er legt los, dann wird es nicht nur einsam und schwer zu ertragen sein, sondern viel schlimmer.« Ebenso schreckte sie der Gedanke, daß ich es ihr übelnehmen könne, wenn ich, nachdem ich seine Bedingungen akzeptiert und einem Umzug nach London zugestimmt hätte, feststellen müßte, daß das Abgeschnittensein von vertrauten Quellen meiner Arbeit zu schaden anfing. Sie lebte in der Furcht, daß noch einmal ein Ehemann sich ihr entfremden könnte, nachdem sie den unwiderruflichen Schritt getan hatte, schwanger zu werden.

Es brachte sie immer noch außer Fassung, wenn sie an die Kälte ihres Exmannes dachte, nachdem sie Phoebe bekommen hatte. »Bis dahin«, so erklärte sie, »hätte er jederzeit und vollkommen zu Recht sagen können, so geht das für mich nicht. Und *hätte* er das gesagt, dann hätte ich gesagt, völlig richtig, es geht einfach nicht, und so schmerzlich es ist, ziehen wir einen Schlußstrich, wir werden etwas anderes mit unserem Leben anfangen. Doch warum ihm das erst richtig deutlich wurde, nachdem ich mein Baby hatte – ich meine, ich *hatte ja* all die Beschränktheiten unserer Beziehung akzeptiert, sonst hätte ich ja nicht das Kind gewollt. Ich *akzeptiere* Beschränktheiten. Ich rechne damit. Alle sagen zu mir, ich sei zu ergeben, bloß weil ich eben erkenne, wie absolut lächerlich es ist, über die Enttäuschungen zu fluchen, die einfach unausweichlich sind. Es gibt etwas, das jede Frau will, und das ist ein Mann, dem sie die Schuld für alles geben kann. Und das habe ich abgelehnt. Für mich sind die Unzulänglichkeiten unserer Ehe kein Schock gewesen. Ich meine, er hatte ein paar furchtbare Eigenschaften, aber ebenso auch viele wunderbare. Nein, was für mich ein Schock war, nachdem das Baby kam, ist sein offenes, schonungsloses, schlechtes Benehmen gewesen – Mißhandlungen, und zwar genau zu dem Zeitpunkt, als mein Kind geboren wurde, und wie ich ihnen nie zuvor ausgesetzt war. Ich bin vielen, vielen Dingen ausgesetzt gewesen, die mir nicht gefallen haben, doch das sind Dinge gewesen, die man so oder anders sehen kann. Aber keinem schlechten Benehmen. So steht es – das ist, was passiert ist. Und sollte es jemals wieder passieren, ich weiß nicht, was ich tun würde.«

Ich versicherte ihr, das würde nicht geschehen, und redete ihr zu, die Vereinbarung zu unterzeichnen. Ich war nicht bereit, ihm diesen Mist durchgehen zu lassen, und ich war gewiß nicht bereit, sie aufzugeben und mit ihr meinen Wunsch, im Alter von vierundvierzig Jahren, nach drei kinderlosen Ehen, ein Haus zu haben, wenn nicht gerade voller Babys, so doch mit einem eigenen Kind darin, und einer jungen Frau, der ich, auch wenn sie sich mir gegenüber mehr als einmal als »geistig sehr träge« und »intellektuell sehr zurückgezogen« und »sexuell eher schüchtern« bezeichnet hatte, während der einigen Hundert heimlicher Nachmittage in keiner Hinsicht überdrüssig geworden war. Ich hatte Monate gewartet, ehe ich sie gebeten hatte, ihn zu verlassen, obwohl ich daran schon das erste Mal gedacht hatte, als wir uns zu einem Treffen in meinem Apartment verabredet hatten. Als sie hartnäckig meinen Antrag ablehnte, konnte ich nicht sagen, ob es daran lag, daß sie mich für einen dieser männlichen Tyrannen hielt, der sich einfach durchsetzen wollte, oder ob sie ernsthaft glaubte, daß ich mich gefährlichen Illusionen hingäbe.

»Ich habe mich einfach in dich verliebt«, sagte ich zu ihr. »Du bist deiner selbst zu bewußt, um dich ›einfach zu verlieben‹. Weißt du«, sagte sie und sah mich über mein Bett hinweg an, »wenn du wirklich von der komischen Absurdität so überzeugt wärest, wie du sie so gut darstellst, dann würdest du dies alles nicht ernst nehmen. Warum kannst du es nicht als rein geschäftliche Zusammenkunft betrachten?« Als ich sagte, daß ich ein Kind wolle, antwortete sie: »Willst du denn wirklich so viel Zeit auf das Melodrama des Familienlebens verwenden?« Als ich sagte, ich könne gar nicht genug von ihr bekommen, antwortete sie: »Nein, nein, ich habe deine Bücher gelesen – du brauchst eine Löwin als Verführerin, um deiner Libido eine gute Tracht Prügel zu verpassen. Du brauchst eine Frau, die raffiniert genug ist, die richtige Art hochstilisierter erotischer Pose einzunehmen, wann immer sie sich hinsetzt – und das bin ganz bestimmt nicht ich. Dir fehlt eine neue Erfahrung, und ich werde nur das Altbekannte sein. Es wird alles andere als dramatisch sein. Es wird ein ausgedehnter, langweiliger englischer Abend vor dem Kamin sein, mit einer sehr vernünftigen, verantwortungsbewußten, respektablen Frau. Beizeiten wirst du alle möglichen Abarten polymorpher Perversität brauchen, um dein Interesse wachzuhalten, und ich bin, wie du siehst, mit schlichter Penetration wirklich ganz zufrieden. Ich weiß, daß das nicht mehr schick ist, aber es interessiert mich nicht, an Ellbogen und all diesen anderen Dingern zu nuckeln, nein, wirklich nicht. Nur weil ich nachmittags freie Zeit für gewisse unmoralische Absichten habe, hast du vielleicht die falsche Vorstellung bekommen. Ich will keine sechs Männer auf einmal, so altmodisch das auch klingen mag. Früher, als ich noch jünger war, habe ich manchmal Phantasien über diese Art von Dingen gehabt, aber wirkliche Männer, die sind selten nett genug, um auch nur *einen* auf einmal zu wollen. Ich will mich nicht als Zimmermädchen verkleiden, um irgend jemandes Schürzenfetischismus zu befriedigen. Ich habe nicht das Verlangen, mich fesseln und auspeitschen zu lassen, und was das Arschficken betrifft, so habe ich nie viel Vergnügen daran gefunden. Die Vorstellung ist erregend, doch ich fürchte, es tut weh, und also können wir schlecht eine Ehe darauf gründen. Um der Wahrheit die Ehre zu geben, ich habe es wirklich einfach gern, Blumen zu arrangieren und hier und da ein wenig zu schreiben – und das ist alles.« »Und warum habe ich dann erotische Vorstellungen, wenn ich an dich denke?« »Tatsächlich? Welche denn? Erzähl es mir.« »Ich habe sie den ganzen Morgen über gehabt.« »Was haben wir gemacht?« »Du hast eifrig Fellatio betrieben.« »Ach, ich dachte, es käme etwas Ungewöhnlicheres. Das würde ich eher nicht tun.« »Maria, wie kann ich dermaßen gefesselt sein, wenn du so durchschnittlich bist, wie du sagst?« »Ich glaube, du magst mich, weil ich nicht die normalen weiblichen Untugenden habe. Ich glaube, daß viele dieser Frauen, die intelligent wirken, auch wild wirken. Was du magst, ist, daß ich intelligent wirke, ohne wild zu sein, daß ich jemand bin, der *wirklich* ziemlich durchschnittlich ist und nicht entschlossen, dir die Zähne einzuschlagen. Doch warum willst du das weitertreiben – warum mich heiraten und ein Kind haben und dich wie alle anderen zur Ruhe setzen, um das Leben eines Schwindlers zu führen?« »Weil ich entschlossen bin, die künstliche Fiktion, ich sei ich selbst, aufzugeben zugunsten der echten, befriedigenden Täuschung, ich sei jemand anderes. *Heirate mich.*« »Mein Gott, wenn du etwas willst, dann schaust du mich wirklich *angsteinflößend* an.« »Weil ich mit dir eine Verschwörung eingehe, um zu *entrinnen*. Ich liebe dich! Ich will mit dir leben! Ich will ein Kind haben!« »Ich bitte dich«, antwortete sie, »versuch doch, deine Phantasien in meiner Gegenwart im Zaum zu halten. Ich habe wirklich gedacht, du wärest weltgewandter.«

Doch ich hielt weiterhin nichts von dem, was ich fühlte, im Zaum, und nach einer Weile fing sie an, mir zu glauben, oder ihr Widerstand brach angesichts meiner Hartnäckigkeit zusammen – oder beides –, und als ich danach zu Bewußtsein kam, war ich auch schon dabei, ihr zur Unterschrift unter ein Dokument zu raten, das mich endgültig von meinem amerikanischen Leben abschneiden würde, bis Phoebe alt genug wäre, um zu wählen. Das war natürlich nicht, was ich mir vorgestellt hatte, und ich machte mir Sorgen, was für eine Auswirkung der Umzug ins Ausland auf mein Schreiben haben könnte, doch ein Kampf vor Gericht um das Sorgerecht wäre aus vielerlei Gründen schrecklich geworden, und ich glaubte auch, daß nach zwei oder drei Jahren, wenn sich das Scheidungsdelirium allerseits gelegt haben würde, wenn Phoebe älter wäre und mit der Schule anfangen würde und Marias Exmann selbst wieder verheiratet und vielleicht sogar noch einmal Vater geworden wäre, es möglich sein könnte, über die Übereinkunft für das Sorgerecht neu zu verhandeln. »Und wenn es nicht möglich ist?« »Das wird es schon«, sagte ich zu ihr; »wir werden zwei oder drei Jahre in London leben, er wird sich beruhigen, und es wird sich alles ergeben.« »Wird es das? Kann es das? Kommt das jemals vor? Ich denke mit Schrecken daran, was passiert, wenn etwas schiefgeht in England mit deiner Phantasievorstellung vom Familienleben.«

Als Maria angefangen hatte, Israel gegen die anderen Gäste bei der Dinner-Party zu verteidigen, die argumentiert hatten, als hätte irgendwie ich die angeblichen Verbrechen dessen, was sie »erschreckenden Zionismus« nannten, zu verantworten, da fragte ich mich, ob das, was sie dazu trieb, nicht vielleicht die Ängste waren, die sie immer noch hatte, daß es mit uns in England schiefgehen könnte, und nicht das Ansehen des jüdischen Staates. Denn sonst wäre es schwer zu verstehen gewesen, wieso sich eine Frau, für die direkte Konfrontationen die Hölle bedeuteten und die *jede* Situation verabscheute, in der sie laut werden mußte, in den Mittelpunkt einer Streitfrage stellte, die sie zuvor offensichtlich überhaupt nicht betroffen hatte. In meiner Gegenwart war sie einer Verwicklung in die Probleme der Juden und in jüdische Probleme mit Nichtjuden nur in einer weitaus gedämpfteren, intimeren Umgebung nahe gekommen, nämlich im Schlafzimmer meines Apartments in Manhattan, als sie mir erzählte, was es für sie bedeute, in einer »jüdischen Stadt« zu leben.

»Es gefällt mir eigentlich ziemlich gut«, sagte sie. »Das Leben ist irgendwie sprühend hier, findest du nicht? Ein Ambiente mit einem offenkundig höheren Anteil an interessanten Menschen. Ich mag die Art, wie sie sprechen. Nichtjuden haben ihre blassen kleinen Momente von Überschwenglichkeit, aber ganz unvergleichbar. So spricht einer, wenn er getrunken hat. Es ist wie bei Vergil. Immer, wenn es bei ihm mit diesem epischen Kram losging, wußte man, daß einem fünfundzwanzig Verse wirklich schwieriges Latein bevorstanden, und alles nicht zum Thema gehörig. ›Und dann bat der gute Anchises seinen Sohn, ihn niederzusetzen, und er sprach: »Mein Sohn, denke zuerst an unsere Familie, wie damals...«‹ Dieses manische Beiseite-Sprechen – naja, das ist eben New York, und das sind die Juden. Ziemlich kopflastig. Das einzige, was mir nicht gefällt, sie scheinen alle ein bißchen zu schnell an den Nichtjuden und ihrer Einstellung zu den Juden etwas auszusetzen zu haben. Auch du hast das ein wenig – Dinge grauenvoll antisemitisch zu finden, oder auch nur leicht, wenn sie es in Wirklichkeit gar nicht sind. Ich weiß, daß es nicht ganz ungerechtfertigt ist, wenn Juden in dieser Hinsicht dünnhäutig sind – trotzdem, es irritiert einen. Äh – ach«, sagte sie, »ich sollte dir das alles gar nicht erzählen.« »Nein«, sagte ich, »sprich weiter – mir etwas zu erzählen, von dem du weißt, daß du es mir nicht erzählen solltest, gehört zu deinen reizenden Strategien.« »Dann werde ich dir noch etwas anderes erzählen, was mich irritiert. Über jüdische Männer.« »Nur zu.« »Diese ganzen Phantasien über Schicksen. Das gefällt mir nicht. Es gefällt mir ganz und gar nicht. Bei dir habe ich nicht das Gefühl. Wahrscheinlich bilde ich mir das nur ein, und du bist überhaupt der Mann, der es eigentlich erfunden hat. Ich meine, ich weiß, daß es bei uns ein Element von Fremdheit gibt, aber ich denke lieber, daß das alles keine *allzu* große Rolle spielt.« »Andere jüdische Männer fühlen sich also auch von dir angezogen – ist es das, was du sagen willst?« »Fühlen sich zu mir hingezogen, weil ich es nicht bin? In New York? Absolut. Ja. Das passiert oft, wenn mein Mann und ich ausgehen.« »Aber warum muß dich das irritieren?« »Weil im Sex schon genug Politik steckt, als daß man auch noch Rassenpolitik brauchte.« Ich verbesserte sie: »Wir sind keine Rasse.« »Es *ist* eine Rassenfrage«, beharrte sie. »Nein, wir sind dieselbe Rasse. Du denkst an Eskimos.« »Wir sind *nicht* dieselbe Rasse. Jedenfalls nicht den Anthropologen zufolge, oder wer immer diese Sachen einteilt. Es gibt die kaukasische, die semitische – es gibt etwa fünf verschiedene Rassengruppen. Schau mich nicht so an.« »Ich kann nichts dafür. Irgendein böser Aberglaube stellt sich in der Regel ein, wenn Leute von einer jüdischen ›Rasse‹ sprechen.« »Siehst du, jetzt bist du dabei, einer Nichtjüdin übelzunehmen, daß sie etwas über Juden sagt, was dir nicht paßt – der Beweis für meine These. Aber alles, was ich sagen kann, ist, daß ihr eine andere Rasse *seid*. Eigentlich gelten wir als den Indern näherstehend als den Juden. Ich spreche von den Kaukasiern.« »Aber ich bin Kaukasier, Kindchen. Bei der Volkszählung der Vereinigten Staaten jedenfalls bin ich, mit welchen Folgen auch immer, als Kaukasier registriert.« »*Tatsächlich*? Habe ich *unrecht*? Ach, jetzt wirst du nicht mehr mit mir sprechen. Es ist immer ein Fehler, offen zu sein.« »Es macht mich ganz verrückt, wenn du offen bist.« »Das wird sich ändern.« »Alles ändert sich, aber jetzt im Moment ist es wahr.« »Also gut, was ich sagen *will* – und ich rede jetzt nicht von dir *oder* von Rasse – ist, daß ich mit vielen Männern in

New York nichts anfangen kann, die mich offensichtlich beschwatzen wollen, daß es um mich persönlich gehe und daß sie fänden, ich sei eine interessante Frau, die eben zufällig keine Jüdin sei. Im Gegenteil, es ist die Art von Frau, wie sie sie schon erlebt haben und mit der sie ganz gern zu Abend gegessen und vielleicht auch noch andere Sachen gemacht haben, und zwar nur *weil* sie diese Art von Frau war.«

Wenn jemand tatsächlich bei jener Dinner-Party allzu schnell an der Haltung der Nichtjuden gegenüber den Juden etwas auszusetzen hatte, dann war es Maria selbst gewesen, wie sich zeigte. Und auf der Heimfahrt im Auto, als sie sich über deren heuchlerische Haltung gegenüber dem Mittleren Osten gar nicht beruhigen konnte, da fragte ich mich wieder, ob diese ganze Empörung nicht vielleicht etwas mit ihren Ängsten hinsichtlich unserer englischen Zukunft zu tun hatte. Vielleicht sah ich ja auch Anzeichen jener Neigung zu selbstverleugnender Anpassung, die von ihrem früheren Mann so grausam ausgebeutet worden war, als er angefangen hatte, das Interesse an ihr zu verlieren.

Die Wagentür war kaum hinter ihr geschlossen, als sie zu mir sagte: »Ich kann dir versichern, wer in diesem Lande nur ein bißchen Verstand hat, wer nur einigermaßen unterscheiden kann und sich ein Urteil bildet, der ist nicht anti-israelisch eingestellt. Ich meine, diese Leute lassen sich über Israel mit Ausdrücken größten Ekels aus, aber der Mann, der Libyen regiert, denkt, er kann *fliegen*. Ist es nicht einfach unwirklich, wie selektiv ihre Mißbilligung ist? Sie mißbilligen selektiv, und am heftigsten diejenigen der Beteiligten, die am wenigsten Tadel verdienen.« »Das alles hat dich wirklich aufgewühlt.« »Naja, es gibt Momente, wo auch wohlerzogene weibliche Wesen ihre Selbstkontrolle verlieren. Es stimmt, es fällt mir schwer, Menschen anzuschreien, und ich sage auch nicht unbedingt immer, was ich denke, aber nicht einmal mir fällt es schwer, wütend zu werden, wenn Leute ausfallend und dumm sind.«

Nachdem ich Shuki den Kern der Auseinandersetzung am Eßtisch in London vom Vorabend wiedergegeben hatte, fragte er: »Und schön ist sie auch, deine tollkühne christliche Verteidigerin unseres unverbesserlichen Staates?«

»Sie betrachtet sich als Nichtjüdin, nicht als Christin.« In meiner Brieftasche fand ich den Polaroid-Schnappschuß, der an Phoebes zweitem Geburtstag vor ein paar Wochen aufgenommen war. Er zeigte, wie sich Maria über den Geburtstagstisch beugte, um dem Kind dabei zu helfen, den Kuchen zu schneiden, beide mit denselben dunklen Locken, demselben ovalen Gesicht und denselben katzenhaften Augen.

Shuki betrachtete das Bild und fragte: »Sie hat eine Arbeit?«

»Sie hat früher für eine Zeitschrift gearbeitet. Jetzt schreibt sie Prosa.«

»Begabt also auch noch. Sehr attraktiv. Nur eine Engländerin kann solch einen Gesichtsausdruck haben. Beobachtet alles und verrät nichts. Eine große Gemütsruhe umgibt sie, die Maria Zuckerman. Unangestrengte Gelassenheit – nicht gerade ein Zug, für den wir berühmt sind. Unser großer Beitrag ist unangestrengte Ängstlichkeit.« Er drehte das Photo um und las laut die Worte, die ich dort hingeschrieben hatte. »›Maria, im fünften Monat schwanger.‹«

»Mit fünfundvierzig schließlich Vater«, sagte ich.

»Ich verstehe. Dadurch, daß du diese Frau geheiratet hast und Vater eines Kindes wirst, läßt du dich schließlich auf die Alltagswelt ein.«

»Das könnte dazugehören.«

»Das einzige Problem ist, daß in der Alltagswelt Frauen nicht so aussehen. Und wenn es ein Junge ist«, fragte Shuki, »wird deine englische Rose einer Beschneidung zustimmen?«

»Wer sagt, daß eine Beschneidung erforderlich ist?«

»Genesis, Kapitel 17.«

»Shuki, ich bin von biblischen Geboten nie so ganz begeistert gewesen.«

»Wer ist das schon? Dennoch ist das für eine inzwischen

ziemlich lange Zeit unter Juden eine gemeinschaftsstiftende Sitte. Ich glaube, es würde dir schwerfallen, einen Sohn zu haben, der nicht beschnitten ist. Ich glaube, du würdest es einer Frau verübeln, wenn sie darauf bestünde, es nicht zu tun.«

»Wir werden ja sehen.«

Shuki lachte und gab das Photo zurück. »Warum tust du so, als hättest du solch eine Distanz zu deinen jüdischen Gefühlen? In deinen Büchern ist offenbar das einzige, was dich bewegt, die Frage, was um alles in der Welt ein Jude ist, und im Leben tust du so, als seiest du zufrieden, das letzte Glied in der jüdischen Kette des Daseins zu sein.«

»Du kannst es als Diaspora-Abnormität verzeichnen.«

»Ach ja? Du glaubst, in der *Diaspora* sei es abnorm? Komm her und leb hier. Hier ist die *Heimat* jüdischer Abnormität. Schlimmer noch: jetzt sind *wir* die abhängigen Juden, wir sind auf euer Geld, eure Lobby und die großen Zuwendungen seitens Onkel Sams angewiesen, während *ihr* die Juden seid, die ein interessantes Leben führen, ein bequemes Leben, ohne Entschuldigung, ohne Scham und vollkommen *unabhängig*. Was die Verurteilung Israels in London W 11 angeht, so regt sich vielleicht deine hübsche Frau darüber auf, aber in Wirklichkeit sollte das dich da drüben nicht beunruhigen. Linksgerichtete Tugendwächter sind nichts Neues. Sich Irakern oder Syrern moralisch überlegen zu fühlen, ist eigentlich nicht so was Tolles, sollen sie sich also den Juden überlegen fühlen, wenn das alles ist, was ihnen zu einem schönen Leben fehlt. Offengestanden glaube ich, daß die englische Abneigung gegenüber Juden sowieso zu neun Zehnteln aus Snobismus besteht. Es bleibt die Tatsache, daß ein Jude wie du in der Diaspora in Sicherheit lebt, ohne wirkliche Angst vor Verfolgung oder Gewalt, während wir eben die Art gefährdeter jüdischer Existenz leben, die abzuschaffen wir hierhergekommen sind. Immer wenn ich euch amerikanisch-jüdische Intellektuelle treffe, mit euren nichtjüdischen Frauen und eurem guten jüdischen Kopf, guterzogene, gewandte, leise sprechende Menschen, kultivierte Menschen, die wissen, wie man in einem guten Restaurant bestellt, und die guten Wein zu schätzen wissen und sich höflich eine andere Meinung anhören können, dann denke ich genau dies: wir sind die nervösen, ghettoisierten, zappligen kleinen Juden der Diaspora, und ihr seid die Juden mit all der Zuversicht und Kultiviertheit, die daher rühren, daß ihr euch dort, wo ihr seid, zu Hause fühlt.«

»Nur einem Israeli«, sagte ich, »kann ein amerikanisch-jüdischer Intellektueller wie ein charmanter Franzose vorkommen.«

»Was zum Teufel *hast* du nun an einem Ort wie diesem verloren?« fragte Shuki.

»Ich bin hier, um mich mit meinem Bruder zu treffen. Nach seiner Alijah.«

»Du hast einen Bruder, der nach Israel ausgewandert ist? Was ist er, ein religiöser Kauz?«

»Nein, ein erfolgreicher Zahnarzt. War er jedenfalls. Er lebt in einer kleinen Grenzsiedlung auf dem Westufer. Er lernt dort Hebräisch.«

»Das hast du dir ausgedacht. Carnovskys Bruder auf dem Westufer? Das ist wieder einer von deinen grotesken Einfällen.«

»Meine Schwägerin wünschte, es wäre so. Nein, Henry hat sich das ausgedacht. Henry hat offenbar seine Frau, seine Kinder und seine Geliebte verlassen, um nach Israel zu kommen und zu einem authentischen Juden zu werden.«

»Was könnte ihn dazu bringen, so etwas sein zu wollen?«

»Um das herauszufinden, bin ich hier.«

»Welche Siedlung ist es?«

»Nicht weit von Hebron, in den Hügeln von Judäa. Sie heißt Agor. Seine Frau sagt, er habe dort einen Helden gefunden – einen Mann namens Mordechai Lippman.«

»Ach nein.«

»Du kennst Lippman?«

»Nathan, ich kann über diese Dinge nicht reden. Es ist zu

schmerzlich für mich. Ich meine es ernst. Dein Bruder ist ein Anhänger von Lippman?«

»Carol sagt, daß Henry, wenn er anruft, um mit den Kindern zu sprechen, von nichts als Lippman redet.«

»Ja? Ist er so beeindruckt? Nun, wenn du Henry siehst, sag ihm, er braucht nur ins Gefängnis zu gehen, dort kann er jede Menge kleiner Gangster treffen, die ebenso eindrucksvoll sind.«

»Er hat die Absicht, zu bleiben und in Agor zu leben, nachdem er seinen Hebräischkurs absolviert hat, und zwar *wegen Lippman.*«

»Na, das ist ja wunderbar. Lippman fährt mit seiner Pistole nach Hebron und erzählt den Arabern auf dem Markt, wie glücklich die Juden und Araber Seite an Seite leben könnten, solange die Juden oben sind. Er wartet sehnsüchtig darauf, daß einer einen Molotow-Cocktail wirft. Dann können sich seine Meuchler in der Stadt wirklich mal austoben.«

»Carol hat Lippmans Pistole erwähnt. Henry hat den Kindern alles darüber erzählt.«

»Natürlich. Henry muß das sehr romantisch finden«, sagte Shuki. »Die amerikanischen Juden sind ganz fasziniert von diesen Schußwaffen. Sie sehen Juden, die mit Schußwaffen herumspazieren, und sie glauben, sie sind im Paradies. Vernünftige Menschen mit einer zivilisierten Aversion gegen Gewalt und Blut, sie kommen aus Amerika zu einer Rundreise, und sie sehen die Schußwaffen und sie sehen die Bärte, und sie sind nicht mehr bei Sinnen. Die Bärte, um sich an fromme jiddische Schwäche zu erinnern, und die Waffen, um sich heroischer hebräischer Macht zu vergewissern. Juden, die sich weder mit Geschichte noch Hebräisch noch der Bibel auskennen, die sich nicht mit dem Islam und dem Mittleren Osten auskennen, sie sehen die Waffen und sie sehen die Bärte, und schon triefen sie nur so von jeder sentimentalen Emotion, die Wunscherfüllung nur hervorrufen kann. Ein richtiger Pudding von Emotionen. Die Phantasievorstellungen über dieses Land bringen mich zum Kotzen. Und was *ist* denn an den Bärten? Ist dein Bruder von der Religion genauso fasziniert wie von den Explosivstoffen? Diese Siedler, das mußt du nämlich wissen, sind unsere großen gläubigen messianischen Juden. Die Bibel ist ihre *Bibel* – diese Idioten nehmen sie ernst. Ich sage dir, die ganze Verrücktheit der menschlichen Rasse liegt in der Heiligung dieses Buches. Alles, was mit diesem Land falsch läuft, steht in den ersten fünf Büchern des Alten Testaments. Erschlage den Feind, opfere deinen Sohn, die Wüste ist euer und niemandes sonst bis hinab zum Euphrat. Eine Zählung der Leichname getöteter Philister auf jeder zweiten Seite – das ist die Weisheit ihrer wunderbaren Thora. Wenn du da hinausfährst, dann fahr morgen zum Freitagabendgottesdienst und sieh ihnen zu, wie sie herumsitzen und Gott den Arsch lecken und ihm erzählen, wie groß und wunderbar er ist – um nachher uns anderen zu erzählen, wie wunderbar *sie* sind, weil sie als mutige Pioniere im biblischen Judäa tapfer seine Arbeit verrichten. Pioniere! Den ganzen Tag über arbeiten sie in Regierungsstellen in Jerusalem und fahren am Abend zum Essen nach Hause ins biblische Judäa. Nur wenn er gehackte Hühnerleber an der biblischen Quelle ißt, nur wenn er an den biblischen Stätten ins Bett geht, kann ein Jude das wahre Judentum finden. Nun denn, wenn sie unbedingt an der biblischen Quelle schlafen wollen, weil dort Abraham sich die Schnürbänder zugebunden hat, dann können sie dort unter arabischer Herrschaft schlafen! Erzähl mir also bitte nicht, was diese Leute bewegt. Es macht mich einfach wahnsinnig. Ich werde ein *Jahr* in Oxford nötig haben.«

»Erzähl mir mehr über den Helden meines Bruders.«

»Lippman? Leute wie Lippman riechen mir nach Faschismus.«

»Und wie riecht so etwas hier?«

»Es riecht hier genauso wie überall sonst auch. Die Lage wird so kompliziert, daß sie eine einfache Lösung zu erfordern scheint, und da tritt dann Lippman auf den Plan. Seine Masche ist, mit der jüdischen Unsicherheit zu spielen – er sagt zu den Juden: ›Ich habe die Lösung für unser Angstproblem.‹ Natürlich hat diese Art von Menschen eine lange Geschichte. Mordechai Lippman kommt nicht aus dem Nirgendwo. In jeder jüdischen Gemeinde hat es immer so einen Menschen gegeben. Was konnte der Rabbi denn gegen ihre Ängste tun? Der Rabbi sieht aus wie man selbst, Nathan – der Rabbi ist groß, er ist dünn, er ist introvertiert und asketisch, immer über seinen Büchern, und gewöhnlich ist er auch noch krank. Er ist nicht der Mensch, der mit den Gojim fertig wird. Also gibt es in jeder Gemeinde einen Schlachter, einen Fuhrmann, einen Gepäckträger, er ist kräftig, er ist gesund – du schläfst mit ein, zwei, vielleicht drei Frauen, er schläft mit siebenundzwanzig, und mit allen auf einmal. *Er* wird mit der Angst fertig. Er marschiert des Nachts mit dem anderen Schlachter los, und wenn er zurückkommt, gibt es hundert Gojim weniger, vor denen man sich fürchten muß. Es gab sogar einen Namen für ihn: der *Schlayger*. Der Schläger. Der einzige Unterschied zwischen dem alten *Schlayger* vom Lande und Mordechai Lippman ist der, daß Mr. Lippman oberflächlich betrachtet sehr profund ist. Er hat nicht nur eine jüdische Waffe, er hat ein jüdisches Mundwerk – sogar Reste eines jüdischen Kopfes. Der Antagonismus zwischen Arabern und Juden ist jetzt so groß, daß auch ein Kind einsehen würde, daß es das Beste ist, sie auseinanderzuhalten – also fährt Mr. Lippman in das arabische Hebron und hat seine Pistole bei sich. Hebron! Dieser Staat wurde nicht gegründet, damit Juden Nablus und Hebron beaufsichtigen. Das war nicht die Vorstellung des Zionismus! Hör mal, ich habe keine Illusionen über Araber, und ich habe keine Illusionen über Juden. Ich will einfach nur nicht in einem Land leben, das *vollkommen* verrückt ist. Es erregt dich, wenn du hörst, wie ich hier losklege – ich sehe es doch. Du beneidest mich – du denkst: ›Verrücktheit und Gefahr – das klingt nicht schlecht!‹ Aber glaub mir, wenn man davon so viel über so viele Jahre hinweg hat, daß sogar Verrücktheit und Gefahr zu Überdruß und Langeweile führen, dann wird es *wirklich* gefährlich. Die

Menschen hier haben seit fünfunddreißig Jahren Angst – wann wird es den nächsten Krieg geben? Die Araber können verlieren und verlieren und verlieren, und wir können nur einmal verlieren. All das ist wahr. Doch was ist das Ergebnis? Die Bühne betritt Menachem Begin – und der logische Schritt nach Begin, ein Verbrecher wie Mordechai Lippman, der ihnen erzählt: ›Ich habe die Lösung für unser jüdisches Angstproblem.‹ Und je schlimmer Lippman ist, desto besser. Er hat recht, sagen sie, so ist die Welt nun mal, in der wir leben. Wenn die humane Haltung versagt, versuchen wir es doch mit Brutalität.«

»Und trotzdem mag mein kleiner Bruder ihn.«

»Dann frag doch deinen kleinen Bruder: ›Was sind die Auswirkungen dieses herrlichen Mannes?‹ Die Zerstörung des Landes! Wer kommt in dieses Land, um sich hier in einer Siedlung niederzulassen und hier zu leben? Der intellektuelle Jude? Der humane Jude? Der schöne Jude? Nein, nicht der Jude aus Buenos Aires oder Rio oder Manhattan. Die, die aus Amerika kommen, sind entweder religiös oder verrückt oder beides. Wir sind hier zu einem amerikanisch-jüdischen Australien geworden. Was wir heute bekommen, ist der orientalische Jude, der russische Jude und die gesellschaftlich Unangepaßten wie dein Bruder, wüste Typen aus Brooklyn mit Jarmulkes.«

»Mein Bruder kommt aus einer Vorstadt in New Jersey. Man kann ihn unmöglich als Unangepaßten beschreiben. Das Problem, das ihn hierhergebracht hat, könnte das Gegenteil gewesen sein: daß er allzu gut in seine bequeme Existenz gepaßt hat.«

»Was sucht er dann hier? Den Druck? Die Spannungen? Die Probleme? Die Gefahr? Dann ist er wirklich meschugge. Du bist der einzige Schlaue – ausgerechnet du bist der einzige normale Jude, der du in London mit einer englischen, nichtjüdischen Frau lebst und daran denkst, daß du dir nicht einmal die Mühe machen wirst, deinen Sohn zu beschneiden. Du, der du sagst, ich lebe in dieser Zeit, ich lebe in dieser

Welt, und daraus gestalte ich mir mein Leben. Hier, so war es vorgesehen, verstehst du, hier hätte der Ort sein sollen, wo ein normaler Jude zu werden *das Ziel* war. Statt dessen sind wir das Gefängnis jüdischer Obsessionen par excellence geworden! Statt dessen ist es zur Brutstätte jeder Art von Verrücktheit geworden, die jüdischer Genius nur erfinden kann!«

Es dämmerte schon, als wir zum Wagen zurückkehrten. Dort, in Gesellschaft von Frau und kleinem Kind, wartete ein dunkler, stämmiger Mann Anfang Dreißig, flott gekleidet in heller Hose und weißem kurzärmligen Hemd. Offenbar hatte Shuki, indem er den VW quer und halb auf den Bürgersteig geparkt hatte, unabsichtlich diesem anderen Fahrer die Ausfahrt aus seiner Parklücke blockiert. Als er sah, daß wir uns dem VW näherten, fing er an zu schreien und mit der Faust zu drohen, und ich fragte mich, ob er nicht vielleicht ein israelischer Araber war. Seine Wut war erstaunlich. Shuki wurde laut, um ihm zu antworten, doch war er in Wirklichkeit nicht richtig wütend, und während der Mann weiter schrie und ihm mit geballter Faust aus nächster Nähe drohte, schloß Shuki den Wagen auf und ließ mich einsteigen.

Als wir schon losgefahren waren, fragte ich, in welcher Sprache der Kerl ihn beschimpft habe, Arabisch oder Hebräisch.

»Hebräisch.« Shuki lachte. »Das ist ein Mensch wie du, Nathan, ein Jude. Hebräisch natürlich. Er sagt zu mir: ›Nicht zu fassen – schon wieder so ein aschkenasischer Esel! Jeder Aschkenasi, den ich treffe, ist ein Esel!‹«

»Wo kommt er her?«

»Ich weiß nicht – Tunis, Algier, Casablanca. Hast du gehört, wer jetzt herkommt, um sich hier niederzulassen? Juden aus Äthiopien. Diese Hunde wie Begin wollen dermaßen verzweifelt die alte Mythologie fortsetzen, daß sie jetzt anfangen, *schwarze* Juden hierherzuschleppen. Angenehme, liebenswürdige, gutmütige Menschen, die meisten von ihnen Bauern, sie kommen her und sprechen nur die äthiopische

Sprache. Einige sind so krank bei ihrer Ankunft, daß man sie auf eine Trage legen und sofort ins Krankenhaus bringen muß. Die meisten können weder lesen noch schreiben. Man muß ihnen beibringen, wie man den Wasserhahn aufdreht und wie man den Wasserhahn zudreht und wie man eine Toilette benutzt und was Treppen sind. Technologisch gesehen leben sie im dreizehnten Jahrhundert. Doch innerhalb eines Jahres, das kann ich dir versichern, da sind sie schon Israelis, die schreiend auf ihre Bürgerrechte pochen und Sitzstreiks anzetteln, und nur allzubald werden sie mich einen aschkenasischen Esel nennen, weil ich meinen Wagen falsch geparkt habe.«

Vor meinem Hotel entschuldigte sich Shuki, er könne nicht mit mir zu Abend essen, denn er lasse seine Frau des Nachts nicht gern allein, und ihr sei nicht danach, in Gesellschaft zu gehen. Sie mache eine schlimme Zeit durch. Ihr achtzehnjähriger Sohn, der aus einem Wettbewerb als einer der hervorragendsten jungen Musiker des Landes hervorgegangen sei, sei zu seiner dreijährigen Dienstzeit beim Militär eingezogen worden und könne infolgedessen nicht regelmäßig Klavier üben, wenn überhaupt. Daniel Barenboim habe Mati spielen hören und seine Hilfe angeboten, um für ihn ein Arrangement für ein Studium in Amerika zustande zu bringen, doch der Junge sei zu dem Schluß gekommen, er könne nicht das Land verlassen, um seinen eigenen Ambitionen nachzugehen, während seine Freunde ihren Militärdienst ableisteten. Nach Abschluß seiner Grundausbildung, so habe es geheißen, werde man ihm bewilligen, mehrmals die Woche zu üben, doch bezweifelte Shuki, daß das befolgt werden würde. »Vielleicht braucht er unsere Zustimmung nicht mehr, aber ihre braucht er immer noch. Außer Haus ist Mati nicht so standfest. Wenn sie zu ihm sagen, er soll hingehen und die Panzer abspritzen, und zwar in der Stunde, die für sein Üben vorbehalten ist, dann wird Mati nicht seinen Zettel aus der Tasche ziehen und sagen: ›Daniel Barenboim ist der Meinung, ich solle statt dessen Klavier spielen.‹«

»Deine Frau wollte, daß er nach Amerika geht.«

»Sie sagt zu ihm, er habe der Musik gegenüber eine Verantwortung und nicht gegenüber der blöden Infanterie. Mit seiner netten lauten Stimme sagt er dann: ›Israel hat mir soviel gegeben! Ich habe hier eine gute Zeit verlebt! Ich muß meine Pflicht tun!‹, und sie dreht völlig durch. Ich versuche zu vermitteln, aber da bin ich etwa so erfolgreich wie einer der Väter in deinen Büchern. Ich habe sogar an dich gedacht, während das lief. Ich habe gedacht, es hätte wirklich nicht all dieses Ringen um die Schaffung eines jüdischen Staates gebraucht, wo unser Volk sein Ghettoverhalten ablegen könnte, wenn ich schließlich wie ein hilfloser Vater aus einem Roman von Zuckerman dastehe, ein wirklicher altmodischer jüdischer Vater, der die Kinder entweder küßt oder sie anschreit. Noch so ein machtloser jüdischer Vater, gegen den der arme jüdische Sohn dennoch seine lächerliche Auflehnung inszenieren muß.«

»Auf Wiedersehen, Shuki«, sagte ich und nahm seine Hand.

»Auf Wiedersehen, Nathan. Und vergiß nicht, in zwanzig Jahren den nächsten Besuch zu machen. Wenn Begin dann noch an der Macht ist, habe ich bestimmt noch mehr gute Nachrichten für dich.«

Nachdem Shuki fort war, beschloß ich, den Abend nicht in Tel Aviv zu verbringen, sondern mir vom Empfangsschalter aus ein Zimmer in Jerusalem für die Nacht reservieren zu lassen. Von dort würde ich mich dann mit Henry in Verbindung setzen und versuchen, mich mit ihm zum Essen zu verabreden. Wenn Shuki nicht übertrieben hatte und Lippman so etwas wie der *Schlayger* war, den er beschrieben hatte, dann war es möglich, daß Henry nicht nur ein Jünger, sondern ebenso ein Gefangener war und tatsächlich so etwas, wie Carol es vielleicht im Sinn hatte, als sie durchblicken ließ, daß der Umgang mit einem Ehemann aus der Vorstadt, der sich in einen wiedergeborenen Juden verwandelt hatte, ähnlich sei, als habe man es mit einem Kind zu tun, das ein Moonie geworden sei. Wie könne sie das Herz haben, fragte sie, eine Trennung einzuleiten, die zur Scheidung führe, wenn der Mann wirklich seinen Verstand verloren hätte? Als sie mich in London anrief, war der Grund der, daß sie allmählich das Gefühl bekam, vielleicht selbst den Verstand zu verlieren – und daß sie nicht wußte, an wen sie sich sonst wenden sollte.

»Ich will nicht, daß ich ihn an Irrationalität noch einhole, ich will nicht voreilig handeln, doch er hätte sich nicht weiter von mir entfernen können, wenn er bei der Operation *gestorben* wäre. Wenn er mich für immer aufgegeben hat, *und* die Praxis *und* alles andere, dann *muß* ich handeln, ich kann hier nicht wie eine Idiotin darauf warten, daß er zur Vernunft kommt. Aber ich bin gelähmt – ich kann es nicht begreifen – ich verstehe nicht, was *überhaupt* passiert ist. Du vielleicht? Du kennst ihn sein ganzes Leben lang. Irgendwie kennen Brüder einander wahrscheinlich besser als irgend jemanden sonst.«

»Nach meiner Erfahrung kennen sie einander als eine Art Deformation ihrer selbst.«

»Nathan, dich kann er nicht so abspeisen wie mich. Ehe ich etwas tue, das alles endgültig zerstört, muß ich wissen, ob er total ausgeflippt ist.«

Ich dachte, das sollte ich auch wissen. Die Beziehung zu Henry war die elementarste Verbindung, die ich noch hatte, und wie quälend sie nach den langen Jahren unserer Entfremdung auf der Oberfläche auch geworden war, was durch Carols Anruf in mir wachgerufen wurde, war das Bedürfnis, sich verantwortlich zu zeigen, nicht so sehr gegenüber dem mißbilligenden Bruder, mit dem ich mich schon gestritten hatte, sondern gegenüber dem kleinen Jungen im Flanellschlafanzug, der dafür bekannt war, daß er schlafwandelte, wenn er allzu aufgeregt war.

Es war keineswegs nur Sohnespflicht, was mich antrieb. Ich war auch zutiefst neugierig hinsichtlich dieser raschen und schlichten Konversion von einer Art, wie sie Schriftsteller nicht einfach verwenden können, es sei denn, sie wollten den beruflichen Fehler begehen, nicht wißbegierig zu sein. Henrys Leben verwirklichte sich nicht mehr in der hausbackensten Form, und ich mußte mich doch fragen, ob sich *wirklich* alles so hirnlos zugetragen hatte, wie Carol meinte, indem sie andeutete, er sei »ausgeflippt«. Lag in dieser Flucht nicht vielleicht mehr Genius als Verrücktheit? Wie wenige Präzedenzfälle es auch immer in den Annalen erstickender Häuslichkeit gab, war diese Flucht nicht irgendwie auf eine Weise unangreifbar, wie sie es nie gewesen wäre, hätte er sich mit einer verlockenden Patientin auf und davon gemacht? Sicherlich reichte das aufrührerische Drehbuch, nach dem er vor zehn Jahren hatte agieren wollen, an Originalität kaum an dieses heran.

Innerhalb einer halben Stunde hatte ich meine Rechnung beglichen, und meine Tasche lag neben mir in dem Taxi, das landeinwärts fuhr. Die Industriezone der Außenbezirke von Tel Aviv verschwand schon in der winterlichen Dunkelheit, als wir auf die Schnellstraße einbogen und nach Osten durch die Zitrushaine in Richtung der Hügel von Jerusalem fuhren. Sobald ich mein Zimmer im Hotel hatte, rief ich in Agor an. Die Frau, die antwortete, schien zunächst ganz überzeugt zu sein, daß in Agor niemand mit dem Namen Henry Zuckerman wohne. »Der Amerikaner«, sagte ich laut, »der Amerikaner – der Zahnarzt aus New Jersey!« Da verschwand sie, und ich wußte nicht recht, woran ich war.

Während ich darauf wartete, daß wieder jemand ans Telephon kam, rief ich mir genauestens die Botschaft ins Gedächtnis zurück, die mir Henrys dreizehnjährige Tochter Ruth während des Essens am Abend zuvor in London aufgetragen hatte. Es war ein persönliches R-Gespräch, geführt von New Jersey nach der Schule vom Haus einer Freundin aus. Ihre Mutter habe ihr erzählt, daß ich herfliegen würde, um ihren Vater zu besuchen, und obwohl sie nicht sicher sei, ob es richtig sei, mich überhaupt anzurufen – eine Woche lang habe sie es inzwischen von Tag zu Tag verschoben –, denn sie habe sich gefragt, ob sie mich bitten dürfe, ihm etwas »Vertrauliches« auszurichten, etwas, das sie an den Sonntagen nicht sagen könne, wenn ihr älterer Bruder Leslie oder ihre jüngere Schwester Ellen und manchmal auch ihre Mutter um das Telephon herumschwirrten. Doch als erstes solle ich wissen, daß sie nun einmal nicht der Meinung ihrer Mutter sei, ihr Vater benehme sich »kindisch«. »Sie sagt die ganze Zeit«, so erzählte Ruthie, »daß er nicht mehr zuverlässig ist, daß sie seinen Beweggründen nicht mehr traut und daß er, wenn er uns sehen will, schon hierherkommen muß. Dabei sollten wir doch in den Schulferien hinfliegen und mit ihm im Land herumreisen, aber jetzt bin ich mir gar nicht mehr so sicher, ob sie uns überhaupt fahren läßt. Sie ist im Moment sehr böse auf ihn – sehr. Sie ist schrecklich verletzt, und ich fühle mit ihr. Aber was ich gern durch dich meinem Daddy von mir ausrichten möchte, ist, daß ich glaube, ich verstehe ihn besser als Leslie und Ellen. Laß Leslie und Ellen weg. – sag ihm einfach, daß ich verstehe.« »Daß du was verstehst?« »Er ist dort, um etwas zu lernen – er versucht, etwas herauszufinden. Ich sage nicht, daß ich *alles* verstehe, aber ich glaube wirklich, daß er nicht zu alt ist, um zu lernen – und ich finde, er hat das Recht dazu.« »Das werde ich ihm sagen«, sagte ich. »Findest du nicht?« fragte sie. »Was hältst *du* von all dem, Onkel Nathan? Darf ich das fragen?« »Naja«, sagte ich, »ich weiß nicht, ob ich gerade dorthin gehen würde, aber ich glaube, ich habe selbst ähnliche Dinge gemacht.« »Wirklich, Onkel Nathan?« »Dinge, die anderen Leuten kindisch vorkommen? Bestimmt. Und vielleicht aus dem Grund, den du angedeutet hast – beim Versuch, etwas herauszufinden.« »Irgendwie«, sagte Ruth, »bewundere ich ihn sogar. Es ist doch schrecklich tapfer, so weit zu gehen – nicht wahr? Ich meine, er gibt doch furchtbar viel auf.« »So sieht es aus. Hast du Angst, daß er auch dich aufgegeben hat?« »Nein, Ellen schon, aber ich nicht. Ellen nimmt es am meisten mit. Sie ist im Moment total daneben, aber erzähl ihm das nicht – er braucht sich nicht darüber auch noch Sorgen zu machen.« »Und dein Bruder?« »Der ist einfach großkotziger als je zuvor – er ist jetzt der Mann im Haus, mußt du verstehen.« »Du klingst aber ganz gut, Ruth.« »Naja, so toll ist es nicht, ehrlich gesagt. Ich vermisse ihn. Ohne meinen Vater bin ich ganz durcheinander.« »Willst du, daß ich das auch sage, daß du ohne ihn ganz durcheinander bist?« »Wenn du es für einen guten Gedanken hältst, dann glaube ich schon.«

Henry mußte sich am anderen Ende der Siedlung befunden haben – vielleicht, so dachte ich, nahm er an den Abendgebeten teil –, denn es vergingen ganze zehn Minuten, ehe man ihn fand und er schließlich ans Telephon kam. Ich fragte mich, ob er seinen Gebetsmantel trug. Ich wußte wirklich nicht, was ich zu erwarten hatte.

»Ich bin's«, verkündete ich, »Kain dem Abel, Esau dem Jakob, hier im Lande Kanaan. Ich rufe vom King-David-Hotel an. Ich bin gerade aus London angekommen.«

»Meine Güte.« Sardonische Worte, nur zwei, und dann die lange Pause. »Zu Chanukka hergekommen?« fragte er schließlich.

»An erster Stelle wegen Chanukka, und dann, um dich zu sehen.«

Eine längere Pause. »Wo ist Carol?«

»Ich bin allein.«

»Was willst du?«

»Ich dachte, du könntest vielleicht herkommen und mit mir in Jerusalem zu Abend essen. Es ließe sich wahrscheinlich hier im Hotel ein Bett für dich finden, wenn du über Nacht bleiben willst.«

Da er jetzt noch länger brauchte, um zu antworten, glaubte ich schon, er sei im Begriff einzuhängen. »Ich habe Unterricht heute abend«, sagte er schließlich.

»Wie wär's dann mit morgen? Ich komme zu dir hinausgefahren.«

»Du mußt schon zugeben, daß es etwas bizarr ist, daß du es

bist, den Carol beauftragt hat herzufliegen, um mich an meine familiären Verpflichtungen zu erinnern.«

»Ich bin nicht hergekommen, um dich bei lebendigem Leibe zurückzubringen.«

»Kannst du auch nicht«, fauchte er, »selbst wenn du wolltest. Ich weiß, was ich tue, und da gibt es nichts zu bereden – die Entscheidung ist unwiderruflich.«

»Was kann ich dann schon anrichten? Ich würde Agor gern sehen.«

»Das ist schon stark«, sagte er. »Du in Jerusalem.«

»In New Jersey waren wir beide nicht für unsere fromme Ergebenheit berühmt.«

»Was willst du wirklich, Nathan?«

»Dich besuchen. Herausfinden, wie es dir geht.«

»Und Carol ist nicht bei dir?«

»Ich mache solche Spiele nicht. Weder Carol noch die Cops. Ich bin allein von London hergeflogen.«

»Ganz spontan.«

»Warum nicht?«

»Und was, wenn ich dich auffordere, ganz spontan nach London zurückzufahren?«

»Warum solltest du?«

»Weil ich es nicht nötig habe, daß jemand hierherkommt und darüber befindet, ob ich gestört bin. Weil ich die erforderlichen Erklärungen schon geliefert habe. Weil –«

Als Henry so loslegte, wußte ich, daß er sich mit mir treffen mußte.

Als ich damals, 1960, Israel besucht hatte, war die Altstadt noch auf der anderen Seite der Grenze. Über das enge Tal hinweg, das sich hinter eben diesem Hotel auftat, hatte ich die bewaffneten jordanischen Soldaten beobachten können, die als Wachen auf der Mauer postiert waren, doch natürlich war es mir nicht möglich gewesen, den Tempelrest zu besuchen, der als Westliche oder Klage-Mauer bekannt ist. Ich war jetzt neugierig, ob etwas Ähnliches wie das, was meinem

Bruder in Mea She'arim widerfahren war, mich überraschen und von mir Besitz ergreifen würde, während ich an dieser heiligsten aller jüdischen Stätten stand. Als ich an der Rezeption fragte, hatte mir der Hotelangestellte versichert, daß ich dort nicht allein sein würde, zu keiner Stunde. »Jeder Jude sollte des Nachts hingehen«, sagte er zu mir, »Sie werden sich für den Rest Ihres Lebens daran erinnern.« Da ich bis zu meinem Aufbruch nach Agor nichts zu tun hatte, nahm ich ein Taxi, das mich dorthin brachte.

Es *war* eindrucksvoller, als ich es mir vorgestellt hatte, vielleicht weil das Flutlicht, das die massive Wucht der alten Steine dramatisierte, zugleich die ergreifendsten Themen der Geschichte zu illuminieren schien: Vergänglichkeit, Dauer, Zerstörung, Hoffnung. Die Mauer war asymmetrisch gerahmt von zwei Minaretten, die von dem heiligen arabischen Bezirk unmittelbar dahinter aufragten, und von den beiden Moscheenkuppeln dort, der großen aus Gold und einer kleineren aus Silber, ein Arrangement, als solle die malerische Komposition subtil aus dem Gleichgewicht gebracht werden. Sogar der Vollmond, der sich zu einer unaufdringlichen Höhe erhoben hatte, als solle die Suggestion überflüssigen Kitsches vermieden werden, erschien neben den beiden Kuppeln, deren Silhouetten sich gegen den Himmel abzeichneten, als dekorativer Erfindungsgeist ganz in Moll. Diese prachtvolle orientalische Nachtszenerie machte den Platz vor der Klagemauer zu einem gewaltigen Freilichttheater, zur Bühne etwa für eine aufwendige, epische Opernproduktion, deren Statisten man ziellos umherschlendern sehen konnte, ein paar von ihnen schon mit ihren religiösen Gewändern kostümiert und der Rest, bartlos, noch in Straßenkleidung.

Da ich auf meinem Weg zur Mauer vom alten jüdischen Viertel herkam, mußte ich am oberen Ende einer langen Treppe eine Sicherheitssperre passieren. Ein sephardischer Soldat mittleren Alters, der einen schäbigen Militärarbeitsanzug trug, durchstöberte die Einkaufsbeutel und Handtaschen der Touristen, ehe er sie passieren ließ. Am Fuß der

Treppe saßen, auf die Ellbogen zurückgelehnt und mit ebensowenig Aufmerksamkeit für die göttliche Präsenz wie für die kreisende Menschenmenge, vier weitere israelische Soldaten, alle noch ganz jung, von denen jeder, so dachte ich, Shukis Sohn sein konnte, der hier nicht Klavier übte. Wie der Posten oben bei der Sperre schien sich jeder aus einem Haufen alter Kleidung in einem Laden für militärische Klamotten eine Uniform zusammengeschustert zu haben. Sie erinnerten mich an die Hippies, die ich während der Jahre des Vietnamkrieges in der Nähe des Bethesdabrunnens im Central Park immer sah, nur daß über diese israelischen Khakilumpen automatische Waffen geschnallt waren.

Eine Steinmauer trennte die Frommen, die zum Gebet an der Mauer hergekommen waren, von den Menschen, die auf dem Platz herumgingen. Am einen Ende der Barriere stand ein kleiner Tisch, und darauf eine Kiste mit Jarmulkas aus Pappe für hutlose männliche Besucher – die Frauen beteten für sich an einem eigens für sie abgeteilten Abschnitt der Mauer. Zwei Orthodoxe waren direkt neben dem Tisch postiert – oder hatten sich entschlossen, dort Aufstellung zu nehmen. Der ältere, eine hagere, gebeugte Gestalt mit einem weißen Bart wie aus dem Bilderbuch und einem Krückstock, saß auf der Steinbank, die parallel zur Mauer verlief; der andere, der wohl jünger war als ich, war ein beleibter Mann in langem schwarzen Mantel mit massigem Gesicht und steifem Bart, der die Form einer Kohlenschaufel oder eines Spatens hatte. Er überragte den Mann mit dem Krückstock und sprach mit großer Intensität; kaum hatte ich mir jedoch eine Jarmulka auf den Kopf gesetzt, da wandte er mir abrupt seine Aufmerksamkeit zu. »Schalom. Schalom aleichem.«

»Schalom«, antwortete ich.

»Ich sammele. Almosen.«

»Ich auch«, fiel der Alte ein.

»Ja? Almosen wofür?«

»Arme Familien«, antwortete der mit dem schwarzen Schaufelbart.

Ich griff in meine Tasche und brachte mein ganzes Wechselgeld zum Vorschein, israelisches wie englisches. Das schien mir eine hinreichend großzügige Spende angesichts der nebulösen Auskunft über die Philanthropie, die er zu vertreten behauptete. Er bot jedoch als Gegengabe einen gerade noch wahrnehmbaren Blick, den ich um seiner erlesenen, ausdrucksvollen Mischung aus Ungläubigkeit und Verachtung willen bewundern mußte. »Sie haben kein Papiergeld?« fragte er. »Ein paar Dollars?«

Weil mir meine pedantische Besorgnis hinsichtlich seiner »Beglaubigung« unter den gegebenen Umständen plötzlich recht komisch vorkam und auch weil altmodisches Schnorren so viel menschlicher ist als eine genehmigte, respektable, humanitäre »Armenstiftung«, fing ich an zu lachen. »Meine Herren«, sagte ich, »Freunde –«, doch der Schaufelbart zeigte mir schon die Rückseite seines umfänglichen schwarzen Mantels, beinahe wie einen Vorhang, der fällt, wenn der Akt vorüber ist, und hatte schon wieder angefangen, den sitzenden alten Mann mit seinem Jiddisch zu bombardieren. Er hatte keinen ganzen Tag gebraucht für den Entschluß, seine Zeit nicht an einen billigen Juden wie mich zu verschwenden.

Vereinzelt an der Wand, einige rasch sich wiegend und rhythmisch verneigend, andere bis auf das blitzschnelle Flattern des Mundes reglos, standen siebzehn von den zwölf Millionen Juden der Welt und kommunizierten mit dem König des Universums. Für mich sah es so aus, als kommunizierten sie einzig mit den Steinen, in deren Ritzen etwa sieben Meter über ihren Köpfen Tauben nächtigten. Ich dachte (wie es meiner Prädisposition entspricht): »Wenn es einen Gott gibt, der in unserer Welt eine Rolle spielt, dann will ich jeden Besen in dieser Stadt fressen« – gleichwohl fesselte mich unwillkürlich der Anblick dieser Felsverehrung, da sich für mich darin die schlimmste Rückständigkeit des menschlichen Geistes versinnbildlichte. Fels ist gerade das Richtige, dachte ich: Was in aller Welt könnte weniger ansprechbar sein? Sogar die Wolke, die am Himmel vorrüberzog, die »jüdische Wolke« von Shukis verstorbenem Vater, schien weniger indifferent gegenüber unserer begrenzten und unsicheren Existenz zu sein. Ich glaube, ich hätte mich weniger distanziert gefühlt angesichts von siebzehn Juden, die offen zugaben, daß sie wirklich zum Fels redeten, als von diesen siebzehn, die sich vorstellten, mit dem Schöpfer direkte Telexverbindung zu haben; hätte ich gewußt, daß es Fels war und Fels allein, an den sie sich nach bestem Wissen richteten, dann hätte ich mich ihnen sogar anschließen können. Gott den Arsch zu lecken, so hatte Shuki es genannt, mit mehr Widerwillen, als ich aufbringen konnte. Mich erinnerte es einfach an meine lebenslange Abneigung gegenüber solchen Ritualen.

Ich schob mich näher zur Mauer hin, um einen besseren Blick zu haben, und beobachtete aus nur wenigen Metern Entfernung einen Mann in einem gewöhnlichen Geschäftsanzug, einen Mann mittleren Alters mit einer monogrammverzierten Aktentasche zu den Füßen, der sein Gebet beendete, indem er zwei sanfte Küsse auf den Stein drückte, Küsse, wie sie mir meine Mutter immer auf die Stirn gab, wenn ich als Kind mit Fieber zu Hause im Bett blieb. Die Fingerspitzen einer Hand verblieben in zartester Vereinigung mit der Mauer, obwohl er schon die Lippen von dem letzten, hinausgezögerten Kuß gehoben hatte.

Sich von einem Steinblock so zärtlich stimmen zu lassen wie eine Mutter von ihrem kränkelnden Kind muß natürlich im Grunde gar nichts bedeuten. Man kann sich aufmachen, um alle Mauern der Welt zu küssen und alle die Kreuze und die Oberschenkelknochen und Schienbeine all der heiligen seligen Märtyrer, die je von den Ungläubigen geschlachtet wurden, und dennoch im Büro den Mitarbeitern gegenüber ein Schwein und zu Hause für die Familie ein perfektes Arschloch sein. Aufgrund der lokalen Geschichte läßt sich wohl kaum belegen, daß eine Chance besteht, die Überwindung gewöhnlichen menschlichen Versagens, geschweige denn wirklich bösartiger Veranlagungen, durch fromme, in Jerusalem begangene Werke zu beschleunigen. Dennoch ließ sogar ich mich in jenem Moment ein bißchen mitreißen und wäre bereit gewesen einzuräumen, daß das, was sich da eben vor mir mit solch anrührender Sanftmut abgespielt hatte, vielleicht nicht *ganz und gar* sinnlos war. Doch ich konnte mich ebensogut irren.

In der Nähe öffnete sich ein Durchgang in ein großes, höhlenartiges Gewölbe, wo man durch ein erleuchtetes Gitter im Steinboden sehen konnte, daß es unter der Erde noch mehr Klagemauer gab als darüber – damals in fernen Zeiten bedeutete also tief dort drunten. Etwa dreißig Quadratmeter dieses Eingangs waren zu einem kleineren provisorischen Raum abgeteilt, der, von der feuergeschwärzten, grobgewölbten Decke und den Steinen der Mauer des Zweiten Tempels abgesehen, ein wenig wie die unscheinbare Synagoge in unserem Viertel aussah, in der ich im Alter von zehn Jahren zum Hebräischunterricht am späten Nachmittag angemeldet worden war. Die große Thora-Lade hätte leicht als Holzwerkstück von einer Handwerksklasse im ersten Berufsschuljahr angefertigt sein können – sie sah denkbar unheilig aus. In den Regalreihen, die sich an der der Lade gegenüberliegenden Wand hinzogen, waren unregelmäßig einige Hundert abgegriffener Gebetbücher gestapelt, und ein Dutzend ramponierter Plastikstühle stand regellos herum. Doch was mich am meisten an meine alte Talmud-Thora erinnerte, war nicht so sehr das Dekor wie die Versammlung der Andächtigen. Ein Kantor stand abseits in einer Ecke, flankiert von zwei sehr dünnen Halbwüchsigen in chassidischem Gewand, die abwechselnd mit großer Inbrunst sangen, während er mit rauher Baritonstimme einen Klagegesang anstimmte – ansonsten schienen die Gläubigen sich nur am Rand der Liturgie zu widmen. Es war fast genauso, wie ich die Synagoge in der Schley Street in Newark in Erinnerung hatte: Einige drehten sich dauernd um, um zu sehen, ob sich irgendwo etwas Pikanteres abspielte, während andere hierhin und dorthin schauten, als erwarteten sie irgendwelche Freunde. Die wenigen übrigen schienen ganz zwanglos mit der Zählung der Anwesenden beschäftigt.

Ich machte es mir gerade neben den Bücherregalen bequem – um unaufdringlich von der Seite zuzuschauen –, als sich mir ein junger Chassid näherte, der sich in dieser Versammlung durch den eleganten Sitz seines langen Satinmantels und den makellosen schwarzen Glanz eines neuen, flachen Samthutes mit imposanter Krempe hervortat. Seine Blässe war jedoch beunruhigend, eine Hautfarbe, die nur um einen Hauch von der Leichenhalle entfernt war. Die länglichen Finger, mit denen er mir auf die Schulter tippte, erinnerten einerseits an etwas erotisch Unheimliches und andererseits an etwas unerträglich Zartes, die Hand des hilflosen Mädchens *und* des gespenstischen Ghuls. Er lud mich wortlos ein, ein Buch zu nehmen und mich zu dem Minjan zu gesellen. Als ich flüsternd ablehnte, antwortete er mit hohler Stimme und starkem Akzent auf englisch: »Kommen Sie. Wir brauchen Sie, Mister.«

Ich schüttelte wieder den Kopf, als im selben Moment der Kantor mit einem rauhen, durchdringenden Klagelaut, der durchaus ein furchtbarer Tadel hätte sein können, »Adonai«, den Namen Gottes verkündete.

Ungerührt wiederholte der junge Chassid: »Kommen Sie«, und zeigte zu einem Bereich jenseits des abgeteilten Raumes, der eher einem leeren Lagerhaus glich als einer Gebetsstätte – die Art von Raum, die ein cleverer New Yorker Geschäftsmann sofort in Sauna, Tennisplatz, Dampfraum und Swimming-pool umwandeln würde: »Das Klagemauer-Fitneßcenter«.

Auch dort waren fromme Andächtige, die mit ihren Gebetbüchern nur wenige Zentimeter von der Mauer entfernt saßen. Vornübergebeugt, mit den Ellbogen auf den Knien, erinnerten sie mich an arme Seelen, die den ganzen Tag bei einer Wohlfahrtsorganisation oder in einer Schlange von Arbeitslosen gewartet hatten. Niedrige, rautenförmige Strahler ließen den Raum keineswegs anheimelnder oder dem Geist des Ortes angemessener erscheinen. Weniger aufgeputzt als hier konnte Religion sich gar nicht darstellen. Diese Juden brauchten nichts als jene Mauer.

Ein kollektives schwaches Murmeln ging von ihnen aus, das nach Bienen bei der Arbeit klang – Bienen, die dem genetischen Befehl folgen, für den Bienenkorb zu beten.

Immer noch stand der elegante junge Chassid geduldig mir zur Seite und wartete.

»Ich kann Ihnen nicht aushelfen«, flüsterte ich.

»Nur eine Minute, Mister.«

Man konnte nicht sagen, er hätte insistiert. Irgendwie schien es ihn gar nichts anzugehen. Aus dem gebannten Blick in seinen Augen und der flachen, kraftlosen Stimme hätte ich in einem anderen Zusammenhang vielleicht sogar geschlossen, daß er geistig ein wenig zurückgeblieben war, doch ich gab mir große Mühe, hier ein großzügiger, toleranter kultureller Relativist zu sein – ich gab mir verdammt viel mehr Mühe als er.

»Tut mir leid«, sagte ich. »Aber das wär's jetzt.«

»Wo kommen Sie her? Aus den Staaten? Sie haben Bar-Mizwah gemacht?«

Ich schaute weg.

»Kommen Sie«, sagte er.

»Bitte – es reicht.«

»Aber Sie sind ein Jude, der Bar-Mizwah gemacht hat.«

Da geht es wieder los. Ein Jude fängt an, einem anderen Juden zu erklären, daß er nicht dieselbe Art von Jude ist wie der erste Jude – eine Situation, die Quelle Hunderttausender Witze ist, geschweige all der Romane, die darüber geschrieben wurden. »Ich bin nicht religiös«, sagte ich. »Ich gehe nicht zum Gebet.«

»Warum kommen Sie dann hierher?« Doch wieder war es so, als frage er gar nicht, weil ihm wirklich daran lag. Mir kamen allmählich Zweifel, ob er sein eigenes Englisch ganz verstand, geschweige denn meines.

»Um mir die Mauer des Alten Tempels anzusehen«, antwortete ich. »Um Juden zu sehen, *die zum Gebet gehen*. Ich bin Tourist.«
»Sie hatten eine religiöse Erziehung?«
»Keine, die Sie ernst nehmen würden.«
»Ich bemitleide Sie.« So schlicht konstatiert, daß er mir ebensogut die Zeit hätte sagen können.
»Ja, ich tue Ihnen leid?«
»Weltliche wissen nicht, wozu sie leben.«
»Ich verstehe, daß es für Sie so aussehen mag.«
»Weltliche kehren zurück. Juden, die schlimmer sind als Sie.«
»Wirklich? Wieviel schlimmer?«
»Das mag ich gar nicht sagen.«
»Was ist es? Drogen? Sex? Geld?«
»Schlimmer. Kommen Sie, Mister. Es gibt eine Mizwah, Mister.«
Wenn ich seine Beharrlichkeit richtig verstand, stellte meine Weltlichkeit für ihn nichts weiter als einen etwas lächerlichen Fehler dar. Es war nicht einmal wert, sich darüber aufzuregen. Daß ich nicht fromm war, war die Folge irgendeines Mißverständnisses. Noch während ich dazu ansetzte zu mutmaßen, was er dachte, wurde mir klar, daß ich natürlich ebensowenig eine Ahnung davon haben konnte, was in ihm vor sich ging, wie er von dem, was in mir vor sich ging. Ich zweifele, daß er überhaupt versuchte herauszufinden, was in mir vor sich ging.
»Lassen Sie mich in Ruhe, verstanden?«
»Kommen Sie«, sagte er.
»Bitte, was geht es Sie an, ob ich bete oder nicht?« Ich machte mir nicht die Mühe, ihm zu erzählen – weil ich das nicht angebracht fand – , daß ich Beten einfach für unter meiner Würde halte. »Lassen Sie mich hier einfach in Ruhe auf der Seite stehen und zuschauen.«
»Wo in den Staaten? Brooklyn? Kalifornien?«
»Und woher sind *Sie*?«

»Woher? Ich bin ein Jude. Kommen Sie.«
»Hören Sie, ich kritisiere weder Ihre Frömmigkeit noch Ihre Kleidung noch Ihr Erscheinungsbild, mir machen nicht einmal Ihre Andeutungen wegen meiner Unzulänglichkeiten etwas aus – warum fühlen Sie sich durch mich so gekränkt?« Nicht, daß er im mindesten gekränkt zu sein schien, doch ich wollte unser Gespräch auf eine höhere Ebene bringen.
»Mister, sind Sie beschnitten?«
»Soll ich Ihnen eine Zeichnung machen?«
»Ihre Frau ist eine Schickse«, verkündete er plötzlich.
»Das war nicht so schwer herauszufinden, wie Sie gern glauben machen möchten«, sagte ich, doch in dem blutleeren Gesicht war weder Amüsement noch ein kameradschaftliches Gefühl zu erkennen – nur ein ungerührtes Augenpaar, das sanft auf meinen lächerlichen Widerstand gerichtet war. »Alle meine vier Frauen sind Schicksen gewesen«, sagte ich zu ihm.
»Warum, Mister?«
»Die Art von Jude bin ich nun mal, Mac.«
»Kommen Sie«, sagte er und bedeutete mir mit einer Geste, ich solle endlich mit den Albernheiten aufhören und tun, was man mir sagte.
»Hören Sie, holen Sie sich einen anderen Knaben, verstanden?«
Doch weil er dem, was ich sagte, nicht recht folgen konnte oder weil er mich zermürben und diese heilige Stätte von meiner Sündhaftigkeit befreien wollte oder weil er den kleinen Fehler, daß ich die Herde verlassen hatte, korrigieren wollte oder weil er vielleicht einfach einen weiteren frommen Juden auf der Welt brauchte, wie jemand, der Durst hat, ein Glas Wasser braucht – er wollte mich nicht in Ruhe lassen. Er stand einfach da und sagte: »Kommen Sie«, und ebenso hartnäckig blieb ich, wo ich war. Ich beging keine Übertretung eines religiösen Gesetzes und weigerte mich, sowohl zu tun, was er verlangte, als auch als Eindringling die Flucht zu ergreifen. Ich fragte mich, ob ich nicht doch am Anfang recht

gehabt hatte und er tatsächlich vielleicht ein wenig gestört war, wenngleich es mir bei weiterer Überlegung einleuchtete, daß es durchaus so aussehen konnte, als müsse der Mann, der nicht ganz bei Verstand war, derjenige mit den vier nichtjüdischen Frauen sein.

Ich war kaum länger als eine Minute aus der Höhle und warf einen letzten Blick über den Platz auf die Minarette, den Mond, die Kuppeln und die Mauer, als jemand mich anbrüllte: »Sie sind es!«

Ein großgewachsener junger Mann mit dünnem, zottigem Bartwuchs versperrte mir den Weg; er sah aus, als koste es ihn größte Mühe, mich nicht kräftig zu umarmen. Er keuchte schwer, ob vor Aufregung oder weil er gelaufen war, um mich einzuholen, das war nicht festzustellen. Und er lachte, er prustete vor euphorischem, jubelndem Lachen. Ich glaube, ich bin noch nie jemandem über den Weg gelaufen, der so freudig erregt war, mich zu sehen.

»Sie sind es wirklich! Hier! Toll! Ich habe alle Ihre Bücher gelesen! Sie haben über meine Familie geschrieben! Die Lustigs aus West Orange! In *Höhere Bildung*. Das sind sie. Ich bin Ihr größter Bewunderer auf der Welt! *Gemischte Gefühle* ist Ihr bestes Buch, besser als *Carnovsky*! Wie kommt es, daß Sie eine Pappjarmulka tragen? Sie sollten eine schöne, gestickte *kipa* tragen wie ich!«

Er zeigte mir sein Käppchen – das von einer Haarspange auf dem Kopf gehalten wurde –, als wäre es von einer Pariser Modistin eigens für ihn entworfen worden. Er war Mitte Zwanzig, ein sehr großgewachsener, dunkelhaariger, jungenhaft gutaussehender junger Amerikaner in einem grauen Jogging-Anzug aus Baumwolle, mit roten Turnschuhen und der bestickten *kipa*. Er tanzte auf der Stelle, sogar während er sprach, er hüpfte auf Zehenspitzen, schüttelte die Arme wie ein Boxer vor dem Gong zur ersten Runde. Ich wußte nicht, wie ich ihn einordnen sollte.

»Sie sind also ein Lustig aus West Orange«, sagte ich.

»Ich bin Jimmy Ben-Joseph, Nathan! Sie sehen toll aus!

Diese Bilder auf Ihren Büchern werden Ihnen gar nicht gerecht! Sie sind doch ein gutaussehender Kerl! Sie haben gerade geheiratet! Sie haben eine neue Frau! Nummer vier! Hoffen wir, daß es diesmal klappt!«

Ich fing selbst an zu lachen. »Wieso wissen Sie das alles?«

»Ich bin Ihr größter Fan. Ich weiß alles über Sie. Ich schreibe selbst. Ich habe die Fünf Bücher Jimmy geschrieben!«

»Habe ich nicht gelesen.«

»Sie sind noch nicht veröffentlicht. Was tun Sie hier, Nathan?«

»Sehenswürdigkeiten anschauen. Was tun *Sie*?«

»Ich habe gerade gebetet, daß Sie kommen! Ich war hier an der Klagemauer und habe gebetet, daß Sie kommen – und Sie sind gekommen!«

»Also gut, jetzt beruhigen Sie sich mal, Jim.«

Ich wußte immer noch nicht recht, ob er halb verrückt oder ganz verrückt war oder bloß vor Energie brodelte, ein überdrehter Knabe, der weit weg von zu Hause war und den Clown spielte und sich eine schöne Zeit machte. Doch da ich argwöhnte, daß vielleicht alles ein bißchen auf ihn zutraf, kehrte ich langsam zu der niedrigen Steinbarriere und dem Tisch zurück, wo ich meine Jarmulka genommen hatte. Hinter einem Tor jenseits des Platzes sah ich einige Taxis warten. Ich würde mir ein Taxi zurück zum Hotel nehmen. So fesselnd Leute von Jimmys Art auch manchmal sein können, normalerweise weiß man nach drei Minuten über sie Bescheid. Er war nicht der erste seiner Art, den ich auf mich gezogen habe.

Er kam eigentlich nicht *mit* mir, sondern entfernte sich in seinen Turnschuhen auf Zehenspitzen rückwärts ein paar Schritte vor mir herspringend von der Mauer. »Ich bin Student an der Diaspora-Jeschiwah«, erklärte er.

»Gibt es so etwas?«

»Sie haben nie von der Diaspora-Jeschiwah gehört? Sie ist dort drüben auf dem Berg Zion! Auf der Spitze von König Davids Berg! Sie sollten zu Besuch kommen! Sie sollten kommen und bleiben! Die Diaspora-Jeschiwa ist für Kerle wie Sie geschaffen! Sie sind schon zu lange dem jüdischen Volk ferngeblieben!«

»Das hat man mir schon gesagt. Und wie lange haben Sie vor zu bleiben?«

»In Eretz Israel? Den Rest meines Lebens!«

»Und wie lange sind Sie schon hier?«

»Zwölf Tage!«

In dem überraschend schmalen, zartgebildeten Gesicht, das durch den engen Rahmen eines sprießenden Backenbartes zusätzlich verkleinert wurde, sahen seine Augen so aus, als steckten sie noch in den Wehen der Erschaffung, unsicher zitternde Blasen am Rand eines feurigen Ausbruchs.

»Sie sind in ziemlich aufgeputschtem Zustand, Jimmy.«

»Da können Sie Gift drauf nehmen! Ich bin high wie ein Drachen vor Engagement für das Judentum!«

»Jimmy, der Luft-Jid, der Hochfliegende Jude.«

»Und Sie? Was sind Sie, Nathan? Wissen Sie das überhaupt?«

»Ich? Allem Anschein nach ein Jude, der auf dem Boden festsitzt. Wo sind Sie aufs College gegangen, Jim?«

»Aufs Lafayette College. Easton, P. A. Wohnsitz von Larry Holmes. Ich habe Schauspiel und Journalismus studiert. Doch jetzt bin ich zum jüdischen Volk zurückgekehrt! Sie sollten nicht so entfremdet sein, Nathan! Sie würden einen großartigen Juden abgeben!«

Ich lachte wieder – und auch er lachte. »Erzählen Sie mir«, sagte ich, »sind Sie allein hier oder mit einer Freundin?«

»Nein, nein, keine Freundin – Rabbi Greenspan wird eine Frau für mich finden. Ich will acht Kinder haben. Dafür hat nur ein Mädchen von hier Verständnis. Ich will ein religiöses Mädchen. Seid fruchtbar und mehret euch!«

»Nun, Sie haben einen neuen Namen, den Anfang zu einem neuen Bart, Rabbi Greenspan ist auf der Suche nach dem richtigen Mädchen – und Sie leben sogar auf der Spitze von König Davids Berg. Klingt, als hätten Sie's geschafft.«

An dem Tisch bei der Absperrung, wo niemand mehr war, der für die Armen sammelte, wenn es überhaupt jemanden gegeben hatte, legte ich meine Jarmulka auf den Stapel in der Kiste zurück. Als ich meine Hand ausstreckte, nahm Jimmy sie, aber nicht, um sie zu schütteln, sondern um sie liebevoll in seinen Händen zu halten.

»Aber wo gehen Sie hin? Ich werde Sie begleiten. Ich werde Ihnen den Berg Zion zeigen. Ich mache Sie mit Rabbi Greenspan bekannt.«

»Ich habe schon eine Frau – Nummer vier. Ich muß los«, sagte ich und riß mich von ihm los. »Schalom.«

»Aber«, rief er mir nach, nachdem er wieder angefangen hatte, lebhaft und athletisch auf den Zehenspitzen herumzuspringen, »verstehen Sie überhaupt, warum ich Sie so liebe und verehre?«

»Eigentlich nicht.«

»Aufgrund der Art, wie Sie über Baseball schreiben! Wegen Ihrer ganzen Einstellung zu Baseball! Das ist es nämlich, was hier fehlt. Wie kann es Juden geben ohne Baseball? Ich frage Rabbi Greenspan, aber da ist kein comprendo bei ihm. Nicht ehe es in Israel Baseball gibt, wird der Messias kommen! Nathan, ich möchte als Mittelfeldspieler für die Jerusalem Giants antreten!«

Ich winkte ihm zum Abschied, und mit dem Gedanken, wie erleichtert die Lustigs daheim sein mußten, daß Jimmy jetzt hier in Eretz Israel war und Rabbi Greenspan sich um ihn kümmerte, rief ich: »Nur weiter so!«

»Mach ich, mach ich, wenn Sie das sagen, Nate!«, und unter den hellen Scheinwerfern riß er sich plötzlich los und fing an zu laufen – zuerst rückwärts trippelnd, sich dann nach rechts wendend, und während er sein zartes Gesicht mit dem jungen Bart emporgerichtet hielt, als folge er mit den Augen dem Flug eines Balles, den ein Louisville-Slugger irgendwo oben im alten jüdischen Viertel geschlagen hatte, rannte er zur Klagemauer zurück, ohne darauf zu achten, wer oder was im Weg sein könnte. Und mit einer durchdringenden Stimme, die ihn zu so etwas wie einer Entdeckung für die Theatergruppe des Lafayette College gemacht haben dürfte, fing er an zu brüllen: »Ben-Joseph läuft zurück, zurück – der Ball könnte weg sein, vielleicht ist er weg, das könnte das Ende für Jerusalem sein!« Dann, nicht mehr als ein Meter trennte ihn von den Steinen der Mauer – und den Andächtigen an der Mauer –, sprang Jimmy, flog er unbekümmert in die Luft, den linken Arm lang und hoch über dem Körper und weit über seiner gestickten *kipa* ausgestreckt. »Ben-Joseph fängt ihn!« schrie er, während entlang der ganzen Mauer sich ein paar Andächtige umwandten, um zu sehen, was es da für eine Störung gebe. Die meisten jedoch waren so sehr ins Gebet vertieft, daß sie nicht einmal aufsahen. »Ben-Joseph fängt ihn!« rief er wieder, hielt den imaginären Ball in seinem imaginären Fanghandschuh und hüpfte genau an der Stelle auf und ab, wo er ihn auf wundersame Weise gefangen hatte. »Das Spiel ist zu Ende!« brüllte Jimmy. »Die Saison ist zu Ende! Die Jerusalem Giants gewinnen den Pokal! Die Jerusalem Giants gewinnen den Pokal! Der Messias ist unterwegs!«

Am Freitag morgen brachte mich ein Taxi nach dem Frühstück nach Agor hinaus, eine Fahrt von fünfundvierzig Minuten durch die felsübersäten weißen Hügel südöstlich von Jerusalem. Der Fahrer, ein jemenitischer Jude, der kaum Englisch verstand, hörte während der Fahrt Radio. Etwa zwanzig Minuten, nachdem wir die Stadt hinter uns gelassen hatten, passierten wir eine Straßensperre der Armee, die von ein paar Soldaten mit Gewehren bewacht wurde; sie bestand aus nichts weiter als einem hölzernen Sägebock, und das Taxi kurvte einfach um die Sperre herum, um dann die Fahrt fortzusetzen. Die Soldaten schienen kein Interesse daran zu haben, irgend jemanden anzuhalten, nicht einmal die Araber mit Nummernschildern des Westufers. Ein Soldat lag mit nacktem Oberkörper an der Böschung auf dem Boden und sonnte sich, während der andere Soldat mit nacktem Oberkörper die Füße zum Takt eines Transistorradios bewegte, das unter seinem Stuhl am Straßenrand spielte. Ich dachte wieder an die Soldaten, die sich auf dem Platz bei der Klagemauer gerekelt hatten, und sagte ohne eigentlichen Grund, nur um meine Stimme zu hören: »Ganz gemächlich, eure Armee hier.«

Der Taxifahrer nickte und zog eine Brieftasche aus seiner Gesäßtasche. Mit einer Hand stöberte er, bis er ein Bild gefunden hatte, das er mir zeigen wollte, einen Schnappschuß von einem jungen Soldaten. Er kniete und sah zur Kamera empor, ein empfindsam aussehender Junge mit großen dunklen Augen, und, nach seinem frisch und säuberlich gebügelten Kampfanzug zu schließen, das bestangezogene Mitglied der israelischen Verteidigungsstreitkräfte. Er hielt seine Waffe wie jemand, der damit umzugehen wußte. »Mein Sohn«, sagte der Fahrer.

»Sehr nett«, sagte ich.

»Tot.«

»Ach. Das tut mir aber leid.«

»Einer schießt Bombe. Er nicht mehr da. Keine Schuhe, nichts.«

»Wie alt?« fragte ich und gab das Bild zurück. »Wie alt war der Junge?«

»Getötet«, antwortete er. »Nicht gut. Nie mehr sehe ich meinen Sohn nicht.«

Etwas weiter, etwa hundert Meter seitab von der kurvenreichen Straße, war ein Beduinenlager, das sich in das Tal zwischen zwei felsige Hügel schmiegte. Das lange, dunkelbraune Zelt, das mit schwarzen Quadraten geflickt war, sah aus dieser Entfernung weniger wie eine Behausung aus als vielmehr wie Wäsche, wie eine Sammlung großer alter Lumpen, die auf Pfosten gespannt waren, um in der Sonne zu trocknen. Ein Stück weiter mußten wir anhalten, um einen kleinen Mann mit Schnauzbart und Hirtenstab seine Schafe über die Straße treiben zu lassen. Es war ein Beduinenschäfer, der einen alten braunen Anzug trug, und wenn er mich an Charlie Chaplin erinnerte, dann nicht nur aufgrund seiner

Erscheinung, sondern auch aufgrund der offenkundigen Hoffnungslosigkeit seiner Beschäftigung – was seine Schafe in diesen trockenen Hügeln finden sollten, war mir schleierhaft.

Der Taxifahrer deutete zu einer Siedlung auf der nächsten Hügelkuppe hin. Es war Agor, Henrys Zuhause. Obwohl sich gegen die Straße hin ein hoher, von Stacheldrahtrollen gekrönter Drahtzaun zog, stand das Tor weit offen, und das Wachhäuschen war leer. Das Taxi bog scharf ein und fuhr einen ungepflasterten Hang zu einem niedrigen Wellblechschuppen hinauf. Ein Mann mit einem Schweißbrenner arbeitete an einem langen Tisch im Freien, und aus dem Schuppen hörte ich einen Hammer klopfen.

Ich stieg aus dem Wagen. »Ich suche Henry Zuckerman.«

Er wartete auf ausführlichere Auskunft.

»Henry Zuckerman«, wiederholte ich. »Den amerikanischen Zahnarzt.«

»Hanoch?«

»Henry«, sagte ich. Dann: »Natürlich – Hanoch.«

Ich dachte: »Hanoch Zuckerman, Maria Zuckerman – die Welt ist plötzlich voller nagelneuer Zuckermans.«

Er deutete die ungepflasterte Straße hinauf zu einer Reihe kleiner, blockhausartiger Betongebäude. Das war alles, was es dort oben gab – ein nackter, trockener, staubiger Hügel, auf dem nirgends etwas wuchs. Der einzige Mensch, der weit und breit zu sehen war, war dieser Mann mit dem Schweißbrenner, ein untersetzter muskulöser Bursche, der eine Brille mit Drahtgestell und ein kleines gestricktes Käppchen trug, das an seinem Bürstenschnitt festgeklemmt war. »Da«, sagte er schroff. »Die Schule ist da.«

Eine stämmige junge Frau im Overall und mit einem großen braunen Barett kam aus dem Schuppen gesprungen. »Hallo«, rief sie und lächelte mich an. »Ich bin Daphna. Wen suchen Sie?«

Sie sprach mit New Yorker Akzent und erinnerte mich an die strammen Mädchen, die ich oft im Hillel House zu hebräischen Volksliedern hatte tanzen sehen, als ich im ersten Studienjahr war und dort während der anfangs einsamen Wochen abends hinging und versuchte, jemanden aufzureißen. Näher bin ich dem Zionismus nie gekommen, und das war mein ganzes »jüdisches Engagement« im College. Was Henry betrifft, so bestand sein Engagement darin, daß er in Cornell für seine jüdische Studentenverbindung Basketball spielte.

»Hanoch Zuckerman«, sagte ich zu ihr.

»Hanoch ist im Ulpan. In der Hebräisch-Schule.«

»Sind Sie Amerikanerin?«

Die Frage war eine Beleidigung. »Ich bin Jüdin«, antwortete sie.

»Ich verstehe. Ich habe nur aus Ihrer Aussprache geschlossen, daß Sie in New York geboren sind.«

»Ich bin Jüdin *von Geburt*«, sagte sie, und da sie ganz offenkundig von mir genug hatte, ging sie in den Schuppen zurück, wo sich das Klopfen des Hammers fortsetzte.

Henry/Hanoch war einer von fünfzehn Studenten, die im Halbkreis um den Stuhl ihrer Lehrerin versammelt waren. Die Studenten saßen oder lagen auf dem graslosen Boden, und die meisten, wie auch Henry, schrieben in ihre Schulhefte, während die Lehrerin Hebräisch sprach. Henry war der älteste, mindestens fünfzehn Jahre älter als die anderen – wahrscheinlich auch ein paar Jahre älter als seine Lehrerin. Von ihm abgesehen sah es aus wie eine beliebige Versammlung von Schülern eines Sommerkurses, die ihren Unterricht in der warmen Sonne genossen. Die Jungen, von denen sich die Hälfte einen Bart wachsen ließ, trugen ausnahmslos alte Jeans; auch die meisten Mädchen trugen Jeans, abgesehen von zwei oder drei in Baumwollröcken und ärmellosen Blusen, die zeigten, wie braungebrannt sie waren und daß sie aufgehört hatten, sich unter den Armen zu rasieren. Das Minarett eines arabischen Dorfes war deutlich am Fuß des Hügels zu sehen, doch hätte der Ulpan von Agor im Dezember ebensogut Middlebury oder Yale sein können, das Sprachenzentrum eines Colleges im Juli.

Die obersten Knöpfe von Henrys Arbeitshemd standen offen, und so konnte ich sehen, wie die Narbe der Bypass-Operation seine breite Brust säuberlich in der Mitte durchteilte. Nach fast fünf Monaten in den heißen Wüstenhügeln sah er dem toten Soldaten, dem Sohn meines jemenitischen Taxifahrers, nicht unähnlich – eher wie dessen Bruder als mein eigener. Wie ich ihn so erholt und braungebrannt und mit kurzen Hosen und Sandalen sah, mußte ich an die Sommer unserer Kindheit in dem gemieteten Landhaus an der Küste von Jersey denken, und wie er mir abends jedesmal die Promenade hinab zum Strand folgte – wo immer ich mit meinen Freunden hinging, lief Henry uns unweigerlich als bewunderndes Maskottchen nach. Wie seltsam, den zweitgeborenen Sohn, der immer von der leidenschaftlichen Bemühung getrieben war, den Erwachsenen ebenbürtig zu sein, im Alter von vierzig wieder in der Schule zu finden. Und noch seltsamer, seiner Klasse auf der Kuppe eines Hügels zu begegnen, von dem man zum Toten Meer hinab und jenseits auf die zerklüfteten Berge eines Wüstenkönigreiches blicken konnte.

Ich dachte: »Seine Tochter Ruthie hat recht – er ist hier, um etwas zu lernen, und es geht nicht nur um Hebräisch. Ich *habe* ähnliches getan, aber er nicht. Nie zuvor, und das hier ist seine Chance. Seine erste und vielleicht seine letzte. Spiel nicht den älteren Bruder – hack nicht auf ihm herum, wo er verwundbar ist und wo er immer verwundbar sein wird.«

»Ich bewundere ihn«, hatte Ruth gesagt, und in dem Augenblick erging es mir genauso – zum Teil, weil mir alles ein wenig bizarr vorkam, als ebenso kindisch, wie es wohl Carol empfunden hatte. Während ich ihn ansah, wie er in seinen kurzen Hosen mit den anderen Schülern dasaß und in sein Schulheft schrieb, dachte ich, ich sollte wirklich umkehren und nach Hause gehen. Ruthie hatte in allem recht: Er gab schrecklich viel auf, um zu dieser *tabula rasa* zu werden. Soll er doch.

Die Lehrerin kam auf mich zu, um mir die Hand zu geben.

»Ich bin Ronit.« Wie die Frau beim Schuppen, die sich Daphna nannte, trug sie ein dunkles Barett und sprach amerikanisches Englisch – eine schlanke, gelenkige, gutaussehende Frau Anfang Dreißig, mit einer hervorstechenden, zartgebildeten Nase, einem stark sommersprossigen Gesicht und intelligenten dunklen Augen, in denen immer noch zuversichtlich das Licht kindlicher Frühreife funkelte. Diesmal beging ich nicht den Fehler, zu ihr zu sagen, daß sie ihrem Akzent nach offensichtlich in Amerika geboren und in New York City aufgewachsen war. Ich sagte einfach Hallo.

»Hanoch hat uns gestern abend erzählt, daß Sie kommen. Sie müssen bleiben und Sabbat mit uns feiern. Wir haben ein Zimmer, wo Sie schlafen können«, sagte Ronit. »Es wird nicht das King-David-Hotel sein, doch ich glaube, Sie werden sich wohlfühlen. Nehmen Sie einen Stuhl, machen Sie mit – es wäre wunderbar, wenn Sie vor der Klasse etwas sagen würden.«

»Ich wollte nur Henry wissen lassen, daß ich hier bin. Ich will nicht stören. Ich werde herumspazieren, bis der Unterricht vorbei ist.«

Von seinem Platz am Boden im Halbkreis der Studenten aus streckte Henry eine Hand in die Luft. Mit breitem Lächeln, wenngleich immer noch mit einem Hauch jener verlegenen Schüchternheit, die er auch als Erwachsener nie ganz hatte überwinden können, sagte er: »Hallo«, und auch das erinnerte mich an unsere Kindheit, an die Zeit, wenn ich als Aufsichtsschüler ihn mit den anderen Kindern die Flure der Grundschule zum Sportunterricht oder zum Kiosk oder zum Musiksaal entlanggehen sah. »He«, flüsterten sie dann, »da ist dein Bruder«, während Henry mir sein »Hallo« quasi verhalten zubellte und dann sogleich im Kreise seiner Klasse untertauchte wie ein kleines Tier, das in einem Loch verschwindet. Er hatte glänzenden Erfolg gehabt, im Studium, im Sport, schließlich in seinem Beruf, und doch war da immer diese hinderliche Abneigung gewesen, ungeschützt öffentlich hervorzutreten, die seinem unauslöschlichen, auf die abendlichen Träumereien in frühester Kindheit zurückgehenden Traum im Wege stand: sich nicht nur hervorzutun, sondern einzigartig heldenhaft zu sein. Die Bewunderung, die ihn einst jede meiner Äußerungen so andächtig verehren ließ, und die Verstimmung, die allmählich, noch ehe ich *Carnovsky* veröffentlicht hatte, die natürliche und enge Zuneigung verblassen ließ, die auf unserer Verbundenheit als Kinder beruhte, nährte sich offenbar aus einer Überzeugung, an der er noch festhielt, als er schon alt genug war, um zu besserer Einsicht zu kommen, nämlich daß ich der narzißtischen Elite angehöre, die mit der unangekränkelten Fähigkeit gesegnet sei, in der Öffentlichkeit eine gute Figur zu machen und das auch noch ohne Schuldgefühle zu genießen.

»Bitte«, sagte Ronit lachend, »wie oft gerät uns schon jemand wie Sie auf einem Hügel in Judäa in die Fänge?« Sie winkte einem der Jungen zu, er solle einen hölzernen Klappsessel vom Boden nehmen und ihn für mich aufstellen. »Jemand, der verrückt genug ist, nach Agor zu kommen«, sagte sie zu den Studenten, »wir werden ihm sofort etwas zu tun geben.«

Ihr scherzender Ton gab mir das Stichwort, ich sah Henry an und mimte ein hilfloses Achselzucken; er verstand, was ich meinte, und rief scherzhaft zurück: »Uns macht es nichts aus, wenn es dir nichts ausmacht.« An die Stelle des »uns« setzte ich »mir«, und so nahm ich mit der Erlaubnis des Bruders, dessen Zuflucht dieser Ort war – vielleicht ebensosehr vor seiner Geschichte mit mir wie vor allem anderen, wovon er sein Leben gereinigt hatte – , mit Gesicht zur Klasse Platz.

Die erste Frage kam von einem Jungen, dessen Akzent ebenfalls amerikanisch war. Vielleicht waren sie alle Juden, die in Amerika geboren waren. »Können Sie Hebräisch?« fragte er.

»Das einzige Hebräisch, das ich kann, sind die beiden Wörter, mit denen wir in der Talmud-Thora 1943 anfingen.«

»Welche Worte waren das?« fragte Ronit.

»›Jeled‹ war eins.«

»›Junge.‹ Sehr gut«, sagte sie. »Und das andere?«

»›Jaldo‹«, sagte ich.
Die Klasse lachte.
»›Jaldo‹«, sagte Ronit, die sich ebenfalls amüsierte. »Sie sagen das wie mein litauischer Großvater. ›Jal*da*‹«, sagte sie, »›Mädchen.‹ ›Jalda.‹«
»›Jalda‹«, sagte ich.
»Jetzt«, so sagte sie zur Klasse, »wo er ›jalda‹ richtig aussprechen kann, wird er vielleicht ein paar schöne Tage hier haben.«
Sie lachten wieder.
»Entschuldigen Sie«, sagte ein Junge, an dessen Kinn die ersten schwachen Ansätze eines Bartes sprossen, »aber wer sind Sie? Wer ist dieser Kerl?« fragte er Ronit. Er konnte dem Ganzen gar kein Vergnügen abgewinnen – ein großer Junge, wohl nicht älter als siebzehn, mit einem sehr jungen und ungeformten Gesicht, vom Körperbau her jedoch schon so groß und imponierend wie ein Bauarbeiter. Seinem Akzent nach war auch er ein New Yorker. Er trug eine Jarmulka, die auf seinem schweren, dunklen, widerspenstigen Haar festgeklemmt war.
»Bitte erzählen Sie ihm«, sagte Ronit zu mir, »wer Sie sind.«
Ich zeigte auf den, den sie Hanoch nannten. »Sein Bruder.«
»Na und?« sagte der Junge, er war unversöhnlich und wurde wütend. »Warum sollen wir unterbrechen, um ihm zuzuhören?«
Ein theatralisches Stöhnen erhob sich hinten in der Klasse, und dicht neben mir sagte ein Mädchen, das auf dem Boden lag und das hübsche runde Gesicht in die Hände gestützt hatte, mit einer Stimme, die komisch klingen und andeuten sollte, daß sie alle schon so lange zusammen seien, daß gewisse Leute anderen allmählich auf die Nerven gingen: »Er ist ein Schriftsteller, Jerry, deshalb.«
»Was sind Ihre Eindrücke von Israel?« Das wurde ich von einem Mädchen mit englischem Akzent gefragt. Wenn sie

nicht alle Amerikaner waren, so sprachen doch offenbar alle Englisch.

Obwohl ich noch nicht einmal vierundzwanzig Stunden im Land war, hatten sich natürlich starke erste Eindrücke gebildet, angefangen mit Shuki, Eindrücke, die geprägt waren von dem wenigen, was ich von ihm über seinen massakrierten Bruder gehört hatte, über seine verzagte Frau und seinen patriotischen jungen Pianisten, der seinen Armeedienst ableistete. Und natürlich hatte ich den Wortwechsel auf der Straße mit dem Sepharden nicht vergessen, für den Shuki Elchanan nichts weiter als ein aschkenasischer Esel war; und ebensowenig konnte ich den jemenitischen Vater vergessen, der mich nach Agor gefahren hatte und der mir, ohne daß wir eine gemeinsame Sprache hatten, in der er der Tiefe seines Kummers Ausdruck verleihen konnte, gleichwohl mit einer Beredsamkeit à la Sacco-Vanzetti kryptisch die Auslöschung seines Sohnes in der Armee beschrieben hatte; noch hatte ich den Mittelfeldspieler der Jerusalem Giants vergessen, der einen Home-run-Schlag gegen die Klagemauer fing – ist Jimmy Ben-Joseph aus West Orange, New Jersey, einfach eine ausgefallene Erscheinung, oder wurde das Land, wie Shuki behauptet hatte, wirklich zu so etwas wie einem amerikanisch-jüdischen Australien? Kurz, schon Dutzende widersprüchlicher, bruchstückhafter Eindrücke wollten verstanden sein, doch schien es mir das Klügste zu sein, sie für mich zu behalten, solange ich nicht im entferntesten wußte, welches Bild sie am Ende ergeben würden. Gewiß sah ich keinen Grund, irgend jemanden in Agor vor den Kopf zu stoßen, indem ich von meinen wenig spirituellen Abenteuern an der Klagemauer berichtete. Daß die Klagemauer ist, was sie ist, war natürlich auch mir klar. Ich denke gar nicht daran, die Realität jenes Rätsels von steinernem Schweigen zu leugnen – doch hatten meine Begegnungen vom Abend zuvor in mir das Gefühl hinterlassen, ich hätte eine Statistenrolle – nämlich als Stichwortgeber aus der Diaspora –, und zwar in der Aufführung eines jüdischen Straßentheaters, und ich war mir

nicht recht sicher, ob eine solche Beschreibung hier in dem Geiste verstanden werden würde, in dem sie gemeint war.
»Eindrücke?« sagte ich. »Bin doch gerade erst angekommen – habe noch keine.«
»Sind Sie in Ihrer Jugend Zionist gewesen?«
»Ich hatte in meiner Jugend nie genug Hebräisch, Jiddisch oder Antisemitismus, um zu einem Zionisten zu werden.«
»Ist das Ihr erster Besuch?«
»Nein. Ich war vor zwanzig Jahren einmal hier.«
»Und Sie sind nie wieder hergekommen?«
Bei der Art, wie einige Studenten an dieser Stelle lachten, mußte ich mich doch fragen, ob sie nicht vielleicht selbst daran dachten, zusammenzupacken und nach Hause zu fahren.
»Es hat mich nie wieder hierhergeführt.«
»›Es.‹« Es war der große Junge, der so empört gefragt hatte, warum die Klasse mir zuhörte. »Sie wollten nicht wiederkommen.«
»Israel stand nicht im Zentrum meines Denkens, das ist richtig.«
»Aber Sie waren doch bestimmt in anderen Ländern, die nicht im Zentrum standen, Zitat Ende.«
Ich sah kommen, falls es nicht schon soweit war, daß es ein noch unbefriedigenderes Gespräch werden würde als meine Unterhaltung mit dem jungen Chassid an der Klagemauer.
»Wie kann ein Jude«, so fragte er, »einen einzigen Besuch in der Heimat seines Volkes machen, und dann nie wieder, nicht in *zwanzig* Jahren . . .«
Ich schnitt ihm das Wort ab, ehe er richtig loslegen konnte. »Ganz einfach. Ich bin nicht der einzige.«
»Ich frage mich bloß, was mit solch einem Menschen nicht stimmt, sei er Zionist oder nicht.«
»Nichts«, sagte ich geradeheraus.
»Und es geht Sie gar nichts an, daß die ganze Welt dieses Land am liebsten ausgelöscht sähe?«

Obwohl ein paar Mädchen unruhig wurden, weil ihnen sein aggressives Verhör unbehaglich war, beugte sich Ronit auf ihrem Stuhl vor, begierig, meine Antwort zu hören. Ich fragte mich, ob hier nicht eine Verschwörung am Werk wäre – zwischen dem Jungen und Ronit, vielleicht sogar unter Beteiligung von Hanoch.

»Das sähe die Welt also gern?« fragte ich, während ich dachte, daß dieser Abend, selbst wenn es kein verabredetes Komplott gab – sollte ich mich darauf einlassen, die Nacht über zu bleiben –, einer der unfriedlichsten Sabbate meines Lebens werden könnte.

»Wer würde denn schon eine Träne vergießen?« antwortete der Junge. »Bestimmt nicht ein Jude, der in zwanzig Jahren trotz der beständigen Gefahr für das jüdische Volk ...«

»Hören Sie«, sagte ich, »ich habe zugegebenermaßen niemals den richtigen Kastengeist gehabt – ich verstehe, wie Sie über Leute wie mich denken. Ich bin nicht unvertraut mit solchem Fanatismus.«

Das brachte ihn auf die Beine, und er deutete wütend mit dem Finger auf mich. »Entschuldigen Sie mal! Was ist *fanatisch*? Den Egoismus über den Zionismus zu stellen, das ist fanatisch! Persönlichen Gewinn und persönliches Vergnügen über das Überleben des jüdischen Volkes zu stellen! *Wer* ist fanatisch? Der Diaspora-Jude! Bei all der Offenheit, mit der die Gojim ihm immer wieder zeigen, daß ihnen das Überleben der Juden gar nicht gleichgültiger sein könnte, und da glaubt der Diaspora-Jude immer noch, sie wären Freunde! Glaubt, daß er in ihrem Land sicher und wohlbehütet wäre – als Ebenbürtiger! Fanatisch ist der Jude, der nie lernt! Der Jude, der den jüdischen Staat und das jüdische Land und das Überleben des jüdischen Volkes vergißt! *Das* ist der Fanatiker – von fanatischer Ignoranz, fanatischer Selbsttäuschung, fanatischer Schande!«

Auch ich stand jetzt. »Henry und ich machen jetzt einen Spaziergang«, sagte ich zu Ronit. »Ich bin ja eigentlich herausgekommen, um mit ihm zu reden.«

Ihre Augen strahlten nach wie vor von leidenschaftlicher Neugier. »Aber Jerry hat sagen können, was er zu sagen hatte – jetzt haben Sie das Recht dazu.«

War es allzu argwöhnisch zu glauben, daß die Naivität gespielt war und sie mich zum besten hatte? »Ich verzichte auf meine Rechte«, sagte ich.

»Er ist jung«, erklärte sie.

»Ja, aber ich bin's nicht.«

»Aber für die Klasse wäre es faszinierend, Ihre Gedanken zu hören. Viele sind Kinder aus zutiefst assimilierten Familien. Die ungeheuerliche Unterlassung der amerikanischen Juden, ja, der meisten Juden in der Welt, die Gelegenheit der Rückkehr nach Zion zu ergreifen, ist etwas, mit dem sie alle nicht recht fertig werden. Wenn Sie ...«

»Das würde ich lieber nicht.«

»Aber einfach ein paar Worte über Assimilation ...«

Ich schüttelte den Kopf.

»Aber Assimilation und Mischehe«, sagte sie, wobei sie ganz ernst wurde, »die führen in Amerika zu einem zweiten Holocaust – wahrhaftig, ein geistiger Holocaust findet dort statt, und der ist ebenso mörderisch wie jede Bedrohung, die von den Arabern gegen den Staat Israel ausgeht. Was Hitler in Auschwitz nicht geschafft hat, das machen amerikanische Juden mit sich selbst, im Schlafzimmer. Fünfundsechzig Prozent der jüdischen College-Studenten in Amerika heiraten Nichtjuden – *fünfundsechzig Prozent*, die für immer dem jüdischen Volk verlorengehen! Erst gab es die harte Ausrottung, jetzt gibt es die sanfte Ausrottung. Und deshalb lernen junge Leute in Agor Hebräisch – um der jüdischen Selbstvergessenheit zu entrinnen, der Auslöschung der Juden, die in Amerika bevorsteht, um jenen Gemeinden in Ihrem Land zu entrinnen, wo Juden geistigen Selbstmord begehen.«

»Ich verstehe«, war alles, was ich zur Antwort gab.

»Und Sie wollen zu ihnen darüber nicht reden, nur ein paar Minuten lang, nur bis es Zeit zum Abendessen ist?«

»Ich glaube nicht, daß ich die Qualifikation habe, darüber

glaubwürdig zu reden. Ich bin nämlich zufällig selbst mit einer Nichtjüdin verheiratet.«

»Um so besser«, sagte sie mit einem warmen Lächeln. »Dann können sie mit *Ihnen* reden.«

»Nein, nein danke. Es ist Henry, mit dem ich reden möchte, dazu bin ich hergekommen. Ich habe ihn seit Monaten nicht gesehen.«

Ronit faßte mich am Arm, als ich mich abwandte, eher wie eine Freundin, die einen ungern gehen läßt. Sie schien mich zu mögen, trotz meiner fehlerhaften Voraussetzungen; wahrscheinlich fungierte mein Bruder als mein Fürsprecher.

»Aber Sie werden doch zum Sabbat hierbleiben«, sagte Ronit. »Mein Mann mußte heute nach Bethlehem, aber er freut sich, Sie heute abend zu sehen. Sie und Hanoch kommen zum Abendessen zu uns.«

»Mal sehen, wie es sich ergibt.«

»Nein, nein, Sie kommen. Henry muß Ihnen doch erzählt haben – sie sind gute Freunde geworden, Ihr Bruder und mein Mann. Sie sind sich sehr ähnlich, zwei starke und engagierte Männer.«

Ihr Mann war Mordechai Lippman.

Nach den ersten Schritten auf dem Pfad, der den Hügel hinab zu den beiden ungepflasterten Straßen führte, die Agors Wohnviertel bildeten, stellte Henry klar, daß er nicht vorhatte, sich irgendwo im Schatten mit mir niederzulassen, um eine tiefschürfende Diskussion darüber zu führen, ob *er* nun das Richtige getan hatte oder nicht, indem er die Gelegenheit ergriffen hatte, nach Zion zurückzukehren. Er war jetzt nicht im entferntesten so freundlich, wie er bei meinem Auftritt vor seiner Klasse gewesen zu sein schien. Statt dessen wurde er, sowie wir allein waren, sofort streitbar. Er habe nicht die Absicht, sagte er, sich von mir tadeln zu lassen, und werde jeden Versuch meinerseits, seine Beweggründe zu untersuchen oder in Frage zu stellen, unterbinden. Er werde über Agor sprechen, falls ich wissen wolle, wofür dieser Ort stehe, er werde über die Siedlerbewegung sprechen, ihre Wurzeln und ihre Ideologie, und darüber, was die Siedler zu erreichen entschlossen seien, er werde über die Veränderungen im Lande sprechen, seit Begins Koalition an die Regierung gekommen sei, doch was die psychiatrische Seelensuche amerikanischen Stils betreffe, in der sich meine Helden seitenlang suhlten, so sei das eine Form exhibitionistischer Schwelgerei und kindischer Selbstdramatisierung, die glücklicherweise der »narzißtischen Vergangenheit« angehöre. Das alte Leben mit all den unhistorischen persönlichen Problemen komme ihm jetzt auf peinliche, widerwärtige und unsägliche Weise belanglos vor.

Während er mir all das erzählte, hatte er sich mehr in Rage geredet, als irgendeine Äußerung von mir hätte entfachen können, insbesondere, als ich noch gar nichts gesagt hatte. Es war eine jener Reden, die man stundenlang vorbereitet und probt, nämlich während man im Bett liegt und nicht schlafen kann. Das Lächeln zuvor im Ulpan war für die anderen gewesen. Jetzt war er wieder der mißtrauische Bursche, mit dem ich am Abend zuvor am Telephon geredet hatte.

»Schön«, sagte ich, »keine Psychiatrie.«

Immer noch angriffslustig, sagte er: »Und tu nicht so herablassend.«

»Nun, dann hack nicht auf meinen sich in Seelensuche suhlenden Helden herum. Übrigens, ich würde nicht sagen, daß Herablassung heute meine starke Seite war, bisher jedenfalls nicht. Der Knabe da in deiner Klasse hatte ja nicht einmal Herablassung für mich übrig. Das kleine Arschloch ist bei hellichtem Tage einfach über mich hergefallen.«

»Direktheit ist nun mal der Stil hier draußen – ob es dir paßt oder nicht. Und ich will keinen Scheiß über meinen Namen hören.«

»Reg dich ab. Was mich betrifft, so kann dich jeder nennen, wie du willst.«

»Du kapierst *immer* noch nicht. Zum Teufel mit *mir*, vergiß *mich*. *Ich* ist jemand, den *ich* vergessen habe. *Ich* existiert hier draußen nicht mehr. Es gibt keine Zeit für das *Ich*, das *Ich* ist überflüssig – hier kommt es auf Judäa an, nicht auf mein *Ich*!«

Er schlug vor, zum Essen nach dem arabischen Hebron zu fahren, nur zwanzig Minuten mit dem Auto, wenn wir die Abkürzung durch die Hügel nähmen. Wir könnten mit Lippmans Wagen fahren. Mordechai und vier andere Siedler seien am frühen Morgen mit dem Lastwagen nach Bethlehem gefahren. Während der letzten Wochen seien dort Unruhen ausgebrochen zwischen einigen ortsansässigen Arabern und den Juden einer kleinen Siedlung, die erst kürzlich auf einem Hügel außerhalb der Stadt gegründet worden sei. Vor zwei Tagen seien Felsbrocken durch die Windschutzscheibe eines vorbeifahrenden Schulbusses geworfen worden, in dem die Kinder der jüdischen Siedlung gesessen hätten, und Mitglieder der Siedlerbewegung aus ganz Judäa und Samaria seien unter Führung und organisiert von Mordechai Lippman nach Bethlehem gegangen, um auf dem Markt Flugblätter zu verteilen. Wenn ich nicht zu Besuch gekommen wäre, hätte Henry seine Klasse ausfallen lassen und wäre mit ihnen gefahren.

»Was steht auf den Flugblättern?«

»Da steht drauf: ›Warum versucht ihr nicht, mit uns in Frieden zu leben? Wir wollen euch nichts tun. Nur ein paar von euch sind gewalttätige Extremisten. Die anderen sind friedliebende Menschen, die genau wie wir daran glauben, daß Juden und Araber in Harmonie miteinander leben können.‹ Das ist der Grundgedanke.«

»Der Grundgedanke klingt immerhin ganz wohlwollend. Und was will man den Arabern damit zu verstehen geben?«

»Das, was es besagt – wir haben nicht die Absicht, ihnen etwas zu tun.«

Nicht ich – wir. Dahin war es also mit Henrys Ich gekommen.

»Wir werden durch das Dorf fahren – es ist gleich da unten. Du wirst sehen, wie die Araber Seite an Seite mit uns in Frieden leben können, nur ein paar hundert Meter entfernt, wenn sie nur wollen. Sie kommen hier herauf und kaufen unsere Eier. Die Hennen, die zum Legen zu alt sind, verkaufen wir ihnen für billiges Geld. Dieser Ort könnte eine Heimat für jedermann sein. Doch wenn sich die Gewalt gegen jüdische Schulkinder fortsetzt, wird es Schritte geben, das zu unterbinden. Die Armee könnte dort morgen einrücken und die Unruhestifter ausmerzen, und innerhalb von fünf Minuten wäre es mit der Steinewerferei vorbei. Doch das tut sie nicht. Dabei werfen sie sogar auf die Soldaten mit Steinen. Und wenn der Soldat nichts tut, weißt du, was die Araber dann denken? Sie denken, du bist ein Schmock – und du *bist* ein Schmock. Nimm jeden anderen Ort im Mittleren Osten – du wirfst einen Stein auf einen Soldaten, und was tut er? Er erschießt dich. Aber plötzlich entdecken sie in Bethlehem, daß du einen Stein auf einen israelischen Soldaten wirfst, und er erschießt dich nicht. Er tut überhaupt nichts. Und damit fängt der ganze Ärger an. Nicht weil wir brutal sind, sondern weil sie herausgefunden haben, daß wir schwach sind. Es gibt Dinge, die man hier tun muß, die eben nicht besonders nett sind. Sie respektieren keine Nettigkeit, und sie respektieren keine Schwäche. Was der Araber respektiert, ist Macht.«

Nicht ich, sondern wir, nicht Nettigkeit, sondern Macht.

Ich wartete neben dem ramponierten Ford, der auf dem Schotterweg vor dem Haus der Lippmans geparkt war, einem der Schlackensteinhäuser, die von der Zufahrtsstraße her wie große Pillenschachteln oder Bunker ausgesehen hatten. Von nahem hätte man nicht recht glauben können, daß sich das Leben darin von der embryonalen Stufe menschlicher Entwicklung allzu weit entfernt hatte. Alles, einschließlich der Wagenladung von Mutterboden in den Ecken der trockenen, steinigen Vorhöfe, kündete von einer Welt schieren Anfangs. Zwei, vielleicht sogar drei dieser kleinen Siedlungsunterkünfte hätte man ohne weiteres im Keller des geräumigen Hauses aus Zedernholz und Glas unterbringen können, das Henry sich vor ein paar Jahren an einem waldigen Hügel in West Orange hatte bauen lassen.

Als er aus Lippmans Haus kam, hielt er den Autoschlüssel in einer Hand und eine Pistole in der anderen. Er schob die Pistole ins Handschuhfach und ließ den Motor an.

»Ich tue mein Bestes«, sagte ich zu ihm, »mich nicht irritieren zu lassen, aber es verlangt geradezu übermenschliche Zurückhaltung, nicht die Art von Kommentar abzugeben, die dich auf die Palme bringt. Trotzdem ist es ein wenig erstaunlich, mit dir und einer Waffe eine Fahrt anzutreten.«

»Ich weiß. Es ist nicht die Art, wie wir erzogen wurden. Aber es ist keine schlechte Idee, eine Waffe mitzunehmen, wenn man nach Hebron hinunterfährt. Wenn man in eine Demonstration gerät, wenn sie den Wagen umzingeln und anfangen, Felsbrocken aufzuheben, dann hast du wenigstens etwas dagegenzusetzen. Paß auf, du wirst vieles sehen, worüber du staunen wirst. *Ich* staune darüber. Und weißt du, worüber ich sogar noch mehr staune als über das, was ich hier in fünf Monaten gelernt habe? Über das, was ich dort in vierzig Jahren gelernt habe. Was zu tun und zu sein ich dort gelernt habe. Es schüttelt mich, wenn ich an all das denke, was ich war. Ich schaue zurück, und ich kann es einfach nicht glauben. Es erfüllt mich mit Abscheu. Ich möchte meinen Kopf verhüllen, wenn ich daran denke, wohin es mit mir gekommen war.«

»Wohin nämlich?«

»Du hast es gesehen, du warst ja da. Du hast es *gehört*. Wofür ich mein Leben aufs Spiel gesetzt habe. Wofür ich diese Operation gemacht habe. Für *wen* ich sie gemacht habe. Dieses dürre kleine Ding in meiner Praxis. Und dafür war ich bereit zu sterben. Und dafür habe ich *gelebt*.«

»Nein, es war ein Teil des Lebens. Wieso auch nicht? Mit neununddreißig impotent zu werden, ist keine normale, unbedeutende Erfahrung. Das Leben hat dir sehr hart mitgespielt.«

»Du verstehst nicht. Ich spreche davon, wie *klein* ich war. Ich spreche von meiner grotesken Rechtfertigung für ein Leben.«

Einige Stunden später, nachdem wir durch die Marktgassen von Hebron und hinauf zu den alten Olivenbäumen bei den Gräbern der jüdischen Märtyrer von Hebron und dann weiter zur Grabstätte der Patriarchen gegangen waren, brachte ich ihn dazu, näher auf das groteske Leben einzugehen, das er aufgegeben hatte. Wir aßen auf der offenen Terrasse eines kleinen Restaurants an der Hauptstraße, die aus Hebron herausführte. Die arabische Familie, die das Lokal führte, hätte gar nicht zuvorkommender sein können; tatsächlich redete der Besitzer, der unsere Bestellung auf englisch entgegennahm, Henry mit beträchtlicher Ehrerbietung als »Doktor« an. Es war inzwischen schon spät, und abgesehen von einem jungen arabischen Paar mit einem kleinen Kind, das an einem Tisch in der Nähe aß, war das Lokal leer.

Henry hatte, um es sich bequem zu machen, seine Armeejacke über die Rücklehne seines Stuhls gehängt, die Pistole war in einer der Taschen. Auf unserem Spaziergang durch Hebron hatte er sie die ganze Zeit bei sich getragen. Während er mich wachsam durch den gedrängt vollen Markt führte und dabei auf die Fülle an Obst, Gemüse, Hühnern und Süßigkeiten hinwies, ließ mich der Gedanke an seine Pistole und an Tschechows berühmten Ausspruch nicht los, daß eine Pistole, die im ersten Akt an der Wand hängt, im dritten Akt schließlich losgehen muß. Ich fragte mich, in welchem Akt wir uns befanden, ganz zu schweigen davon, in welchem Stück: bürgerliche Tragödie, historisches Epos oder schlicht Farce? Ich war mir nicht sicher, ob die Pistole absolut notwendig war oder ob er einfach so drastisch wie möglich zum Ausdruck bringen wollte, wie weit er sich von dem machtlosen, netten Juden entfernt hatte, der er in Amerika gewesen war, wobei diese Pistole für ihn das erstaunliche Symbol für den ganzen Komplex von Entscheidungen war, mit denen er sich von seiner Schande befreite. »Hier sind die Araber«, sagte er auf dem Marktplatz, »und wo ist das Joch? Siehst du, wie irgend jemand hier ein Joch auf dem Rücken trägt? Siehst du, wie ein Soldat irgend jemanden bedroht? Hier siehst du überhaupt keinen Soldaten. Nein, nur einen blühenden orientalischen Basar. Und woran liegt das? An der brutalen militärischen Besatzung?«

Das einzige Anzeichen militärischer Präsenz, das ich gesehen hatte, war eine kleine Anlage knapp hundert Meter vom Markt entfernt, wo Henry den Wagen abgestellt hatte. Innerhalb der Umzäunung kickten ein paar israelische Soldaten mit einem Fußball auf offenem Gelände herum, wo sie ihre Lastwagen geparkt hatten, doch wie Henry sagte – auf dem Markt gab es keine militärische Präsenz, es gab nur arabische Standbesitzer, arabische Kundschaft, unzählige kleine arabische Kinder, ein paar sehr unliebenswürdig aussehende arabische Jugendliche, Unmengen von Staub, etliche Maultiere, ein paar Bettler und Dr. Victor Zuckermans zwei Söhne, Nathan und Hanoch, wobei der eine eine Waffe bei sich trug, deren Konsequenzen den anderen allmählich obsessiv beschäftigten. Und wenn ich es bin, den er erschießt? Und wenn das die schreckliche Überraschung des dritten Aktes werden soll – die Differenzen zwischen den Zuckermans enden mit einem Blutbad, als wäre unsere Familie die Agamemnons?

Beim Essen fing ich mit einem Thema an, das sich nicht gleich als Vorhaltung oder Herausforderung auffassen ließ, angesichts seiner Begeisterung über das Alter einer Mauer, die ich bei der Höhle von Machpelah unbedingt hatte ansehen sollen. Wie heilig, so fragte ich, sei diese Mauer für ihn? »Angenommen, es ist alles so, wie du sagst«, sagte ich. »In Hebron hat Abraham sein Zelt aufgeschlagen. In der Höhle von Machpelah wurden er und Sarah beigesetzt, und nach ihnen Isaak und Jakob und ihre Frauen. Dies ist der Ort, wo König David regiert hat, ehe er in Jerusalem einzog. Was hat irgend etwas davon mit dir zu tun?«

»Darauf beruht der Anspruch«, sagte er. »Das ist *die Sache*. Es ist kein Zufall, weißt du, daß wir Juden heißen und dieser Landstrich Judäa heißt – zwischen den beiden gibt es vielleicht sogar irgendeinen Zusammenhang. Wir sind Juden, und das hier ist Judäa, und das Herz Judäas ist Abrahams Stadt Hebron.«

»Damit ist immer noch nicht das Rätsel der Identifikation Henry Zuckermans mit Abrahams Stadt erklärt.«

»Du verstehst es eben nicht – hier haben die Juden *angefangen*, nicht in Tel Aviv, sondern hier. Wenn irgend etwas Territorialismus ist, wenn irgend etwas Kolonialismus ist, dann Tel Aviv, dann Haifa. *Das hier* ist das Judentum, *das hier* ist der Zionismus, *direkt hier*, wo wir zu Mittag essen!«

»Mit anderen Worten, es hat nicht alles oben auf der hölzernen Außentreppe an der Huntington Street angefangen, wo Großmutter und Großvater gelebt haben. Es hat nicht mit Großmutter angefangen, die auf den Knien den Fußboden gescheuert hat, und mit Großvater, der nach alten Zigarren gestunken hat. Die Juden haben schließlich nicht in Newark begonnen.«

»Die berühmte Begabung zur Satire, die alles aufs Lächerliche reduziert.«

»Tatsächlich? Es könnte doch auch sein, daß das, was du während der letzten fünf Monate entwickelt hast, so etwas wie eine Begabung zur Übertreibung ist.«

»Ich glaube nicht, daß die Rolle, die die jüdische Bibel in der Weltgeschichte gespielt hat, mir und meinen Illusionen viel zu verdanken hat.«

»Ich dachte mehr an die Rolle, die du dir selbst im Stammesepos zugeschrieben hast. Betest du auch?«

»Das steht nicht zur Debatte.«

»Du betest also.«

Verärgert von meiner Beharrlichkeit fragte er: »Was ist so schlimm am Beten, ist irgend etwas schlimm am Beten?«

»Wann betest du?«

»Vor dem Schlafengehen.«

»Was sagst du?«

»Was Juden seit Tausenden von Jahren gesagt haben. Ich sage das Schma Jisrael.«

»Und am Morgen legst du Tefilin an?«

»Eines Tages vielleicht. Bisher noch nicht.«

»Und du hältst den Sabbat.«

»Hör mal, ich verstehe, daß das alles nicht dein Element ist. Ich verstehe, daß du, wenn du all das hörst, nichts als das angewiderte Amüsement des modisch ›objektiven‹, postassimilierten Juden empfindest. Ich sehe ein, daß du zu ›aufgeklärt‹ für Gott bist und daß das alles für dich offenbar nur ein Witz ist.«

»Sei dir da nicht so sicher, was für mich ein Witz ist. Wenn ich nun einmal ein paar Fragen habe, auf die ich gern eine Antwort hören würde, dann deshalb, weil ich vor sechs Monaten einen anderen Bruder hatte.«

»Der in New Jersey das süße Leben geführt hat.«

»Also wirklich, Henry – es gibt so etwas wie das süße Leben nicht, weder in New Jersey noch sonstwo. Auch in Amerika sterben Menschen, versagen Menschen, ist das Leben interessant und voller Spannungen und wohl kaum ohne Konflikte.«

»Aber dennoch war es das süße Leben, das ich geführt habe. Das Massaker am Judentum deines Bruders hätte in Amerika gar nicht gründlicher sein können.«

»›Massaker‹? Wo hast du denn *das* Wort her? Du hast gelebt wie jedermann, den du kanntest. Du hast das gesellschaftliche Arrangement, das es gab, akzeptiert.«

»Nur war das Arrangement, das es gab, völlig abnorm.«

Normal und abnorm – vierundzwanzig Stunden in Israel, und da war die Unterscheidung schon wieder.

»Und wie habe ich überhaupt diese Krankheit bekommen?« fragte er mich. »Fünf verkalkte Herzkranzgefäße bei einem Mann, der nicht einmal vierzig Jahre alt ist. Was glaubst du wohl, welche Art von Streß das verursacht hat? Der Streß eines ›normalen‹ Lebens?«

»Carol als Frau, die Zahnarztpraxis als Lebensunterhalt, South Orange als Heimatstadt, wohlerzogene Kinder auf guten Privatschulen – sogar die Freundin nebenher. Wenn das nicht Normalität ist, was dann?«

»Alles nur für die Gojim. Noch das letzte jüdische Merkmal hinter gojischer Respektabilität getarnt. Das Ganze von ihnen und für sie.«

»Henry, ich gehe in Hebron herum, und da sehe ich *sie* – und zwar nicht zu knapp. Aber alles, was ich damals in deiner Umgebung gesehen habe, waren andere gutgestellte Juden wie du, soweit ich mich erinnere, und keiner von ihnen trug eine Waffe.«

»Darauf kannst du Gift nehmen: gutgestellte, behaglich lebende hellenisierte Juden – Juden der Galut, jeglicher Zusammenhänge beraubt, in denen man wirklich Jude sein kann.«

»Und du glaubst, das ist es, was dich krank gemacht hat? ›Hellenisierung‹? Aristoteles' Leben scheint davon nicht ruiniert worden zu sein. Was zum Teufel soll das überhaupt *heißen*?«

»Hellenisiert – hedonisiert – egoisiert. Meine ganze *Existenz* war die Krankheit. Ich bin noch ganz gut damit weggekommen, daß es nur das Herz war. Befallen von Selbstverzerrung, Selbstverkrümmung, befallen von Selbstverleugnung – bis zum Hals in Bedeutungslosigkeit versunken.«

Erst war es das süße Leben, jetzt war es nichts als eine Krankheit. »Und das alles hast du so empfunden?«

»Ich? Ich war so von Konventionen erdrückt, daß ich nie irgend etwas empfunden habe. Wendy. Perfekt. Mit der Assistentin bumsen. In der Praxis regelmäßig einen geblasen kriegen, die große überwältigende Leidenschaft eines komplett oberflächlichen Lebens. Und davor, noch besser – Basel. Klassisch. Der Götzendienst des jüdischen Mannes – die Anbetung der Schickse; der Traum von der Schweiz und der geliebten Schickse. Der original jüdische Traum vom Entrinnen.«

Und während er sprach, dachte ich, *die Art von Geschichten, die die Menschen aus dem Leben machen, die Art von Leben, das die Menschen aus Geschichten machen*. Damals in Jersey schreibt er den Streß, der seiner Überzeugung nach zur Krankheit der Herzkranzgefäße geführt hatte, dem erniedrigenden Nervenversagen zu, das ihn davon *abgehalten* hatte, South Orange mit dem Ziel Basel zu verlassen; in Judäa fällt seine Diagnose genau umgekehrt aus – hier führt er die Krankheit auf die schleichende Spannung der Abnormität der Diaspora zurück, die sich am schlagendsten manifestiert in dem »original jüdischen Traum vom Entrinnen ... von der Schweiz und der geliebten Schickse«.

Als wir uns auf den Weg nach Agor machten, um rechtzeitig für die Vorbereitungen zum Sabbat zurückzusein, überlegte ich mir, ob Henry, der wohl kaum in einem Wien der Neuen Welt aufgewachsen war, wirklich einer Selbstanalyse auf den Leim gegangen war, die mir hauptsächlich aus Platitüden zu bestehen schien, welche wiederum aus einem Handbuch der zionistischen Ideologie von der Jahrhundertwende aufgeschnappt waren und mit ihm aber auch überhaupt nichts zu tun hatten. Wann hatte Henry Zuckerman, wohlbehütet aufgewachsen in Newarks ehrgeiziger jüdischer Mittelschicht, ausgebildet in Cornell zusammen mit Hunderten anderer kluger jüdischer Kinder, verheiratet mit einer treuen und verständnisvollen Frau, die dem Judentum ebenso säkularisiert gegenüberstand wie er selbst, geborgen lebend in einem wohlhabenden, ansehnlichen jüdischen Vorort, was zeit seines Lebens Ziel seines Strebens gewesen war, ein Jude, dessen Geschichte der Einschüchterung durch Antisemitismus einfach nicht existent war, wann hatte der je auch nur einen Augenblick lang ernsthaft in Betracht gezogen, was jene von ihm erwarteten, die er jetzt herabsetzend als »Gojim« bezeichnete? Wenn er in seinem früheren Leben jedes Vorhaben von Bedeutung zu dem Zweck unternommen hatte, sich selbst vor jemandem zu beweisen, der beunruhigend stark oder unterschwellig bedrohlich war, dann sah es für mich gewiß nicht so aus, als wäre dieser Jemand der omnipotente Goi gewesen. War das, was er als Auflehnung gegen die grotesken Verzerrungen des Geistes beschrieb, die der in der Galut oder im Exil lebende Jude erlitt, nicht viel eher eine äußerst verspätete Rebellion gegen das Bild von einem erwachsenen Mann, das ein pflichtbewußtes und ergebenes Kind von einem dogmatischen, hyperkonventionellen Vater aufgezwungen bekommen hatte? Wenn dem so war, dann hatte er sich, um all die lange eingewurzelten väterlichen Erwartungen abzuschütteln, einer machtvollen jüdischen Autorität als Sklave anheimgegeben, die ihn weitaus strenger unterjochte, als es sogar der omnipräsente Victor Zuckerman je fertiggebracht hätte.

Doch vielleicht war der Schlüssel zum Verständnis dessen, was es mit seiner Pistole auf sich hatte, viel einfacher. Von allem, was er während des Essens gesagt hatte, war für mich das einzige Wort, das er aus wirklicher Überzeugung heraus gesagt hatte, »Wendy« gewesen. Es war das zweite Mal in den wenigen Stunden, die wir zusammengewesen waren, daß er auf seine Assistentin anspielte, und in demselben ungläubigen Ton, einfach fassungslos, daß sie es war, für die er sein Leben riskiert hatte. Vielleicht, so dachte ich, tut er Buße. Gewiß, Hebräisch zu lernen in einem Ulpan in den Hügeln der Wüste von Judäa, stellte eine recht neue Form der Absolution von der Sünde des Ehebruchs dar, aber hatte er sich nicht andererseits auch zu jenem höchst riskanten Eingriff entschlossen, um Wendy für eine halbe Stunde am Tag in seinem Leben zu behalten? Vielleicht war es nichts weiter als das angemessen lächerliche *dénouement* ihres bizarr überladenen Dramas. Er schien jetzt seine kleine Assistentin als eine Frau anzusehen, die er einst in Ninive gekannt hatte.

Oder war das Ganze nur eine Verschleierung dafür, daß er seine Familie verlassen hatte? Es gibt wohl kaum noch einen Ehemann, der unfähig wäre, zu seiner Frau zu sagen, wenn das Ende gekommen ist: »Ich fürchte, es ist vorbei, ich habe die wahre Liebe gefunden.« Nur für meinen Bruder – und den Mustersohn unseres Vaters – gibt es 1978 keine andere Möglichkeit, aus der Ehe auszusteigen, als im Namen des Judentums. Ich dachte: »Das Jüdische daran ist nicht, daß du hierherkommst und ein Jude wirst, Henry. Das Jüdische daran ist der Gedanke, daß du es nur rechtfertigen kannst, Carol zu verlassen, indem du hierherkommst.« Doch das sagte ich nicht, nicht, solange er diese Waffe bei sich hatte.

Ich war völlig besessen von dieser Waffe.

Auf dem Kamm des Hügels außerhalb von Agor fuhr Henry den Wagen an den Straßenrand, und wir stiegen aus, um die Aussicht zu genießen. In den fallenden Schatten sah das kleine arabische Dorf zu Füßen der jüdischen Siedlung bei weitem nicht so finster und öde aus wie vor ein paar Minuten, als wir seine verlassene Hauptstraße entlanggefahren waren. Ein Wüstensonnenuntergang verlieh sogar dieser Ansammlung gesichtsloser Hütten etwas Malerisches. Was die Landschaft im Großen betraf, so konnte man, besonders bei diesem Licht, durchaus verstehen, wie jemand den Eindruck bekommen konnte, sie sei nur in sieben Tagen erschaffen worden, anders als beispielsweise England, dessen ländliche Gegenden wie die Schöpfung eines Gottes aussehen, der vier- oder fünfmal die Gelegenheit hatte wiederzukehren, um sie zu vervollkommnen, zu glätten, zu zähmen und wieder zu zähmen, bis sie auch noch für den letzten Menschen, das letzte Tier ganz und gar bewohnbar war. Judäa war etwas, das so liegengeblieben war, wie es geschaffen worden war; es hätte ein Stück vom Mond sein können, auf das die Juden von ihren schlimmsten Feinden in sadistischer Absicht verbannt worden waren, und nicht so sehr der Ort, den sie leidenschaftlich als ihr und niemandes anderen Eigentum seit unvordenklichen Zeiten beanspruchten. Was er in dieser Landschaft findet, so dachte ich, ist die Entsprechung zu dem Eindruck, den er nun auf andere machen möchte, den des rauhen und ruppigen Pioniers mit dieser Pistole in der Tasche.

Natürlich hätte er so ziemlich dasselbe von mir denken können, der ich nun in einem Land lebte, wo alles sich an seinem Platz befindet, wo die Landschaft so lange kultiviert worden ist und die Dichte der Bevölkerung so groß ist, daß die Natur auf beide nie wieder Anspruch erheben wird – die ideale Umgebung für einen Mann auf der Suche nach häuslicher Ordnung und einer Erneuerung um die Mitte des Lebens in zufriedenstellendem Maßstab. Doch in dieser unvollendeten, außerirdischen Landschaft, die bei Sonnenuntergang theatralisch von zeitloser Bedeutsamkeit zeugt, kann man sich Selbsterneuerung sehr wohl im größten aller Maßstäbe vorstellen, dem legendären Maßstab, dem Maßstab mythischen Heldentums.

Ich war im Begriff, etwas Versöhnliches zu ihm zu sagen, etwas über die spektakuläre Kargheit dieses schwellenden Meeres niedriger felsiger Hügel und die transformierende Kraft, die sie auf die Seele eines Neuankömmlings ausüben mußte, als Henry verkündete: »Sie lachen uns aus, die Araber, weil wir hier oben bauen. Im Winter sind wir dem Wind und der Kälte ausgesetzt, im Sommer der Hitze und der Sonne, während sie dort unten vor dem schlimmsten Wetter geschützt sind. Aber«, so sagte er und machte eine Geste gen Süden, »wer immer diesen Hügel unter Kontrolle hat, hat den Negev unter Kontrolle.« Dann sollte ich nach Westen blicken, wo die Hügel in siebzehn Schattierungen von Blau dalagen und die Sonne fortglitt. »Von hier erreicht die Artillerie Jerusalem«, sagte Henry, während ich dachte, Wendy, Carol, unser Vater, die Kinder.

Lippmans Aussehen selbst schon schien von aufeinanderprallenden Kräften zu zeugen. Seine weit auseinanderliegenden, mandelförmigen, leicht vorstehenden Augen, wenn auch von sanftem milchigem Blau, verkündeten unmißverständlich HALT; sein Nasenbein war zerschmettert worden von etwas, das – wahrscheinlicher von jemandem, der – vergebens versucht hatte, *ihm* Einhalt zu gebieten. Dann war da noch das Bein, das im 67er Krieg verstümmelt worden war, als er an der Spitze von Fallschirmjägern zwei Drittel seiner Kompanie in der großen Schlacht beim Versuch, in das jordanische Jerusalem einzudringen, verloren hatte. (Henry hatte mir mit eindrucksvollen militärischen Details die Logistik des Angriffs auf den »Munitionshügel« beschrieben, als wir von Hebron zusammen zurückgefahren waren.) Aufgrund seiner Verletzung ging Lippman, als wollte er sich bei jedem Schritt in die Luft erheben und einem an den Kopf fliegen – dann sank der Rumpf wieder auf das versehrte Bein herab, und er sah aus wie ein Mann, der dahinschmolz. Ich dachte an ein Zirkuszelt, von dem die Mittelstütze entfernt wird. Ich wartete darauf, daß er zusammensackte, doch da war er schon wieder auf dem Vormarsch. Er war vielleicht 1.75 m groß, jedenfalls kleiner als Henry und ich, doch sein Gesicht hatte jene sardonische Beweglichkeit, die daher rührt, daß einer nobel von den erhabenen Höhen harter Wahrheit auf die in Selbsttäuschung befangene Menschheit herabblickt. Als er in staubigen Kampfstiefeln und einer schmutzigen alten Armeejacke von dem Unternehmen zurückgekehrt war, bei dem die jüdischen Siedler unter seiner Leitung auf dem Markt von Bethlehem Flugblätter verteilt hatten, sah er aus, als hätte er unter Feuer gelegen. Er tritt absichtlich wie ein Frontkämpfer auf, dachte ich, nur daß er keinen verbeulten Helm trug – oder vielmehr, der Helm, der ihn beschützte, war ein Käppchen, eine kleine gestrickte *kipa*, die auf seinem Haar ritt wie ein winziges Rettungsboot auf den Wellen. Das Haar war ein weiteres Drama für sich, die Art von Haar, an der der Feind deinen Kopf hochhält, nachdem er ihn von deinem Leichnam getrennt hat – ein kohlkopfartiger Busch zerzausten Gefieders, das schon von wächsernem patriarchalischem Weiß war, obwohl Lippman nicht viel älter als Fünfzig sein konnte. Für mich sah er vom ersten Moment an, als ich ihn erblickte, wie ein majestätischer Harpo Marx aus – Harpo als Hannibal, und, wie ich noch feststellen sollte, alles andere als stumm.

Der Sabbat-Tisch war hübsch gedeckt, mit einem spitzengesäumten weißen Tischtuch. Er stand vor der Küchennische eines winzigen Wohnzimmers, das bis zur Decke mit vollgestopften Bücherregalen umstellt war. Wir sollten acht Personen zum Abendessen sein – Lippmans Frau (und Henrys Hebräischlehrerin) Ronit und die beiden Kinder der Lippmans, eine achtjährige Tochter und ein fünfzehnjähriger Sohn. Der

Junge, schon ein meisterlicher Scharfschütze, machte zweimal am Tag Hunderte von Liegestützen, um sich für die Eliteausbildung zu qualifizieren, wenn er in drei Jahren in die Armee eintreten würde. Aus dem nächsten Haus kam das Paar zu Besuch, das ich schon bei meiner Ankunft am Schuppen oben kennengelernt hatte, der Metallarbeiter namens Buki und seine Frau Daphna, die mich davon in Kenntnis gesetzt hatte, daß sie »von Geburt an« Jüdin sei. Schließlich waren da noch die beiden Zuckermans.

Lippman hatte geduscht und war genau wie Henry und der Metallarbeiter dem Anlaß entsprechend mit einem hellen, frischgewaschenen Hemd mit flachgebügeltem Kragen und einer dunklen Baumwollhose bekleidet. Ronit und Daphna, die früher am Tage Baretts getragen hatten, trugen jetzt das Haar in einem weißen Tuch hochgebunden, und auch sie hatten sich zur Feier des Sabbatabends frische Kleider angezogen. Die Männer trugen samtene Käppchen, das meine war mir feierlich von Lippman überreicht worden, als ich das Haus betrat.

Während wir auf die Gäste aus dem nächsten Haus warteten und Henry wie ein netter Onkel mit den Lippmankindern spielte, suchte Lippman für mich aus seinen Büchern die deutschen Übersetzungen von Dante, Shakespeare und Cervantes heraus, die sie Mitte der dreißiger Jahre aus Berlin mitgenommen hatten, als seine Eltern mit ihm nach Palästina geflohen waren. Sogar vor einem einköpfigen Publikum hielt er mit nichts zurück, er war schamlos wie jene legendären Prozeßanwälte, die raffiniert dröhnendes Crescendo und insinuierendes Diminuendo einsetzen, um die Emotionen der Geschworenen zu beeinflussen.

»Als ich in Deutschland in einem Nazi-Gymnasium war, hätte ich mir da träumen lassen, daß ich eines Tages mit meiner Familie in meinem eigenen Haus in Judäa sitzen und mit ihnen Sabbat feiern würde? Wer hätte unter den Nazis so etwas glauben können? Juden in Judäa? Juden wieder in Hebron? Dasselbe sagen sie heute in Tel Aviv. Wenn Juden es wagen, hinzugehen und sich in Judäa anzusiedeln, dann wird die Erde aufhören, sich um ihre Achse zu drehen. Doch hat die Welt aufgehört, sich um ihre Achse zu drehen? Hat sie aufgehört, auf ihrer Kreisbahn um die Sonne zu ziehen, weil Juden zurückgekehrt sind, um in ihrer biblischen Heimat zu leben? *Nichts ist unmöglich.* Alles, was der Jude entscheiden muß, ist, was er will – dann kann er handeln und es erreichen. Er kann es sich nicht leisten, müde zu sein, erschöpft zu sein, herumzugehen und zu greinen: ›Gebt dem Araber, was ihr wollt, gebt ihm alles, solange es nur keinen Ärger gibt.‹ Denn der Araber wird nehmen, was man ihm gibt, und dann den Krieg fortsetzen, und statt weniger Ärger wird es *mehr* geben. Hanoch sagt mir, daß Sie in Tel Aviv waren. Haben Sie Gelegenheit gehabt, mit all den Netten und Braven dort zu sprechen, die human sein wollen? Human! Es ist ihnen peinlich, was man alles machen muß, um in einem Dschungel zu überleben. Und das hier ist ein Dschungel, überall umgeben von Wölfen! Wir haben schwache Leute hier, weiche Leute, die ihre Feigheit gern jüdische Moral nennen. Nun denn, man lasse sie ihre jüdische Moral praktizieren, und es wird zu ihrer Zerstörung führen. Und danach, das kann ich Ihnen versichern, wird die Welt zu dem Schluß kommen, daß es *wieder* die Juden selbst waren, daß sie *wieder* schuldig sind – verantwortlich für einen zweiten Holocaust genauso wie für den ersten. Aber es wird keinen Holocaust mehr geben. Wir sind nicht hierhergekommen, um Friedhöfe anzulegen. Wir haben genug Friedhöfe gehabt. Wir sind hierhergekommen, um zu leben, nicht um zu sterben. Mit wem haben Sie in Tel Aviv gesprochen?«

»Mit einem Freund. Shuki Elchanan.«

»Unser großer intellektueller Journalist. Natürlich. Alles für westliche Leser, jedes Wort, das dieser Schreiberling von sich gibt. Jedes Wort, das er schreibt, ist Gift. Was er auch schreibt, immer geschieht es mit dem einen Auge auf Paris und dem anderen auf New York. Wissen Sie, was meine Hoffnung ist, mein Traum der Träume? Daß wir in dieser

Siedlung, wenn wir einmal die Mittel dazu haben, ähnlich dem Wachsfigurenkabinett von Madame Tussaud ein Museum des jüdischen Selbsthasses schaffen werden. Ich fürchte nur, wir würden gar nicht den Platz haben für die Statuen all der Shuki Elchanans, die sich nur darauf verstehen, die Israelis zu verurteilen und für die Araber zu bluten. Sie spüren jeden Schmerz, diese Leute, sie spüren jeden Schmerz, und dann geben sie nach – sie wollen nicht nur *nicht* gewinnen, sie *ziehen es nicht nur vor* zu verlieren, vor allem wollen sie auch noch *auf die richtige Weise* verlieren, wie Juden! Ein Jude, der die arabische Sache vertritt! Wissen Sie, was der Araber von solchen Leuten denkt? Sie denken: ›Ist er verrückt, oder ist er ein Verräter? Was stimmt mit dem Mann nicht?‹ Sie denken, es ist ein Zeichen von Betrug, von Verrat – sie denken: ›Wie kommt es, daß er unsere Sache vertritt, wir vertreten doch auch nicht seine.‹ In Damaskus würde nicht einmal ein Verrückter davon träumen, sich die jüdische Position zu eigen zu machen. Der Islam ist keine Zivilisation des Zweifels wie die Zivilisation des hellenisierten Juden. Der Jude gibt sich immer die Schuld für das, was in Kairo passiert. Er gibt sich die Schuld für das, was in Bagdad passiert. Aber in Bagdad, glauben Sie mir, da gibt man sich nicht die Schuld für das, was in Jerusalem passiert. Bei denen herrscht keine Zivilisation des Zweifels – dort ist die Zivilisation der *Gewißheit*. Der Islam wird nicht heimgesucht von den Netten und Braven, die sicher sein wollen, daß sie nicht das Falsche tun. Der Islam will nur eins: *siegen, triumphieren*, das Krebsgeschwür Israel aus dem Körper der islamischen Welt ausmerzen. Mr. Shuki Elchanan ist ein Mann, der in einem Mittleren Osten lebt, der unglückseligerweise nicht existiert. Mr. Shuki Elchanan will, daß wir mit den Arabern ein Stück Papier unterzeichnen und es *zurückgeben*? Nein! Geschichte und Realität werden die Zukunft gestalten und nicht Papierfetzen! Das hier ist der Mittlere Osten, das hier sind Araber – Papier ist wertlos. Eine Papierabmachung läßt sich mit den Arabern nicht treffen. Heute in Bethlehem erzählt mir ein Araber, daß er von Jaffa träumt und wie er eines Tages dorthin zurückkehren wird. Die Syrer haben ihn überzeugt, mach nur so weiter, wirf weiter Steine auf jüdische Schulbusse, und es wird *alles* eines Tages dir gehören – du wirst in dein Dorf in der Nähe von Jaffa zurückkehren und auch alles andere haben. Das hat mir dieser Mann erzählt – er wird zurückkommen, und wenn es die zweitausend Jahre braucht, die die Juden gebraucht haben. Und wissen Sie, was ich zu *ihm* sage? Ich sage zu ihm: ›Ich respektiere den Araber, der Jaffa will.‹ Ich sage zu ihm: ›Gib deinen Traum nicht auf, träume von Jaffa, nur weiter so; und eines Tages, wenn du die Macht hast, und selbst wenn es *Hunderte* von Papieren gibt, dann wirst du es mir mit Gewalt wegnehmen.‹ Weil er nicht so human ist, dieser Araber, der in Bethlehem mit Steinen wirft, wie Ihr Mr. Shuki Elchanan, der in Tel Aviv seine Kolumnen für den westlichen Leser schreibt. Der Araber wartet, bis er dich für schwach hält, und dann zerreißt er sein Papier und greift an. Es tut mir leid, wenn ich Sie enttäusche, aber ich habe nun einmal nicht so nette Vorstellungen wie Mr. Shuki Elchanan und all die hellenisierten Juden in Tel Aviv mit ihren europäischen Ideen. Mr. Shuki Elchanan hat Angst, zu regieren und der Herr zu sein. Warum? Weil er die Zustimmung des Goi will. Aber mich interessiert die Zustimmung des Goi nicht – mich interessiert das Überleben der Juden. Und wenn der Preis, den ich dafür bezahle, ein schlechter Ruf ist, na schön. Den zahlen wir ohnehin, und er ist besser als der Preis, den wir normalerweise draufzuzahlen haben.«

Das alles nur als Aperitif zu meinem Sabbatmahl, während er mir stolz eins nach dem anderen die behüteten ledergebundenen Meisterwerke vorführt, die sein Berliner Großvater gesammelt hat, ein berühmter Philologe, der in Auschwitz vergast wurde.

An der Abendtafel begann Lippman mit dem voluminösen Bariton eines Kantors, einer vollen, angenehmen Stimme, die ausgebildet klang, das kleine Lied zu singen, in dem die Sabbatkönigin willkommen geheißen wird, und alle fielen ein, ich ausgenommen. Ich erinnerte mich dunkel an die Melodie, mußte jedoch feststellen, daß nach fünfunddreißig Jahren die Worte einfach verschwunden waren. Henry schien eine besondere Zuneigung zu dem Lippmanjungen, Jehuda, zu hegen; sie grinsten einander an, während sie sangen, als gäbe es zwischen ihnen einen Witz über das Lied, über den Anlaß oder sogar über meine Anwesenheit am Tisch. Vor vielen Jahren hatten Henry und ich selbst oft einander so zugegrinst. Was die achtjährige Tochter der Lippmans anging, so war sie derartig fasziniert von der Tatsache, daß ich nicht mitsang, daß ihr Vater ihr mit dem Finger zuwinken mußte, damit sie aufhörte, vor sich hinzumurmeln, und sich zusammen mit den anderen wieder zu Gehör brachte.

Mein Schweigen muß ihr natürlich unerklärlich gewesen sein; doch wenn sie sich fragte, wie Hanoch einen Bruder wie mich haben konnte, so darf man sicher sein, daß ich jetzt noch verwirrter war, weil ich einen Bruder wie Hanoch hatte. Ich konnte diese Veränderung von einem Tag auf den anderen nicht begreifen, die so sehr gegen den Kern dessen ging, was ich und alle anderen für das wahre Wesen von Henrys Henryhaftigkeit gehalten hatten. Gibt es wirklich etwas unreduzierbar Jüdisches, das er im Fundament seines Wesens entdeckt hat, oder hat er nur postoperativ einen Geschmack am Ersatz im Leben entwickelt? Er unterzieht sich einer schrecklichen Operation, um seine Potenz wiederherzustellen, und das Ergebnis ist, daß er zu einem ausgewachsenen Juden wird; der Kerl läßt sich die Brust aufreißen und in einer siebenstündigen Operation, angehängt an eine Maschine, die das Atmen für ihn erledigt und sein Blut pumpt, die lebenswichtigen Adern zum Herzen durch Venen ersetzen, die einem Bein entnommen sind, und die Folge ist, daß er sich in Israel wiederfindet. Es will mir nicht in den Kopf. Das alles scheint dem alten Schlagerklischee, daß man nicht rücksichtslos mit dem Herzen eines Menschen spielt, eine neue Bedeutung zu geben. Welche Bestimmung verbirgt sich in dem, was er jetzt »Jude« nennt – oder ist »Jude« einfach etwas, hinter dem er sich jetzt verbirgt? Er erzählt mir, daß er hier jemand Wesentliches ist, sich zugehörig fühlt, daß er hierher paßt – aber ist es nicht wahrscheinlicher, daß das, was er schließlich gefunden hat, das unangreifbare Mittel ist, seinem umhegten Leben zu entrinnen? Wen hat diese Versuchung nicht schon bis an den Rand des Wahnsinns getrieben – doch wie viele Menschen gibt es, die es auf diese Weise bewerkstelligen? Das hatte nicht einmal Henry fertiggebracht, solange er seinen Fluchtplan »Basel« nannte – die Überschrift »Judäa« war es, was ihm dazu verhalf. Wenn das zutraf, welch inspirierende Nomenklatur! Moses gegen die Ägypter, Judas Makkabäus gegen die Griechen, Bar Kochba gegen die Römer, und jetzt, in unserem Zeitalter, Hanoch von Judäa gegen Henry von Jersey!

Und immer noch kein Wort des Bedauerns – kein *einziges* Wort – über Carol und die Kinder. Erstaunlich. Obwohl er die Kinder jeden Sonntag anruft und erwartet, daß sie zu Pessach herfliegen, um ihn zu besuchen, hat er mir kein einziges Zeichen gegeben, daß er sich immer noch irgendwie als Ehemann und Vater gebunden fühlt. Und über mein neues Leben in London, über *meine* Erneuerung, für die sich sogar Shuki Elchanan mehr als nur flüchtig interessierte, hat Henry nichts zu fragen. Anscheinend hat er sein Leben völlig verworfen, uns alle und alles, was er durchgemacht hat; und jemand, der das tut, so dachte ich, den *muß* man ernst nehmen. Solche Menschen eignen sich nicht nur als wahre Konvertiten, sondern sie werden, zumindest für eine Weile, zu einer Art von Kriminellen – nämlich denen gegenüber, die sie verlassen haben, sogar sich selbst gegenüber, vielleicht sogar denen gegenüber, mit denen sie ihren neuen Pakt geschlossen haben – und daß er ein wahrer Konvertit ist, läßt sich ebensowenig einfach abtun, wie es sich verstehen läßt. Während ich auf die professionelle Stimme seines Mentors lauschte, die sich im Gesang über den anderen erhob, dachte ich: »Was immer für eine Verwirrung der Beweggründe bei ihm auch herrscht, es ist gewiß kein Nichts, von dem er sich hat anziehen lassen.«

Es gab ein zweites Lied, mit einer lyrischeren und eindringlicheren Melodie als das erste, und die Stimme, die jetzt dominierte, war die von Ronit, die mit ihrem inbrünstigen Folklore-Sopran den Gesang anführte. Während sie so den Sabbat feierlich einsang, sah sie mit ihrem Schicksal so zufrieden aus, wie es eine Frau nur sein konnte, ihre Augen strahlten vor Liebe für ein Leben, das frei war von jüdischer Unterwürfigkeit, Ehrerbietung, Diplomatie, Furcht, Entfremdung, Selbstmitleid, Selbstkarikatur, Selbstmißtrauen, Depression, Clownerie, Bitterkeit, Nervosität, Innerlichkeit, Kritiksucht, Überempfindlichkeit, gesellschaftlicher Ängstlichkeit, gesellschaftlicher Anpassung – kurz, eine Lebensweise, die von all den jüdischen »Abnormitäten« erlöst war, jenen Absonderlichkeiten der Selbstgespaltenheit, von deren Spuren wohl jeder interessante Jude, den ich kannte, geprägt blieb.

Lippman segnete den Wein mit hebräischen Worten, die sogar mir vertraut waren, und während ich mit allen anderen zusammen an meinem Glas nippte, dachte ich: »Kann es ein *bewußtes* Täuschungsmanöver sein? Und wenn es diesmal nicht wieder die leidenschaftliche, ungestüme Naivität war, für die er immer solch ein Talent bewiesen hat, sondern ein kalkulierter und teuflisch zynischer Akt? Und wenn Henry sich der jüdischen Sache verschrieben hatte, ohne auch nur ein Wort davon zu glauben? Konnte er dermaßen interessant geworden sein?«

»Und«, sagte Lippman, während er sein Glas senkte und mit ganz leiser, sanfter und zarter Stimme sprach, »das ist alles – das ist das Ganze.« Er sprach zu mir. »Da haben wir sie. Die Bedeutung dieses Landes in ihrem Kern. Dies ist ein Ort, wo sich niemand dafür entschuldigen muß, daß er ein Käppchen auf dem Kopf trägt und mit seiner Familie und Freunden ein paar Lieder singt, ehe er am Freitagabend sein Nachtmahl ißt. So einfach ist das.«

Ich lächelte über sein Lächeln und sagte: »Ach ja?«

Er zeigte stolz auf seine hübsche junge Frau. »Fragen Sie

sie. Fragen Sie Ronit. Ihre Eltern waren nicht einmal religiöse Juden. Sie waren ethnische Juden und sonst nichts – nach allem, was Hanoch mir erzählt, wahrscheinlich wie Ihre Familie in New Jersey. Ihre war in Pelham, aber dieselbe Geschichte, da bin ich sicher. Ronit hat nicht einmal gewußt, was Religion ist. Und doch hat sie sich nirgends, wo sie in Amerika gelebt hat, am Platz gefühlt. Pelham, Ann Arbor, Boston – es war immer dasselbe, sie fühlte sich nirgends am Platz. Dann, 67, hat sie im Radio gehört, daß es einen Krieg gab, sie nahm ein Flugzeug und kam, um zu helfen. Sie hat in einem Krankenhaus gearbeitet. Sie hat alles gesehen. Das Schlimmste. Als es vorüber war, blieb sie. Sie ist hierhergekommen, sie fühlte, sie war am Platz, und sie blieb. Das ist die ganze Geschichte. Sie kommen, und sie sehen, daß man sich nicht mehr zu entschuldigen braucht, und sie bleiben. Nur die Braven brauchen die Billigung des Goi, nur die Netten, die wollen, daß die Leute in Paris und London und New York nette Sachen über sie sagen. Für mich ist es unfaßbar, daß es immer noch Juden gibt, sogar hier, sogar in dem Land, wo sie die Herren sind, die dafür leben, daß der Goi ihnen zulächelt und ihnen sagt, daß sie recht haben. Sadat war vor nicht langer Zeit hier, Sie erinnern sich, und er hat gelächelt, und sie haben vor Freude auf den Straßen gekreischt, diese Juden. Mein Feind lächelt mir zu! Unser Feind liebt uns schließlich doch! Ach, der Jude, der Jude, wie eilig er es hat zu vergeben! Wie sehr er will, daß der Goi ihm bloß ein kleines Lächeln zuwirft! Wie verzweifelt er dieses Lächeln braucht! Nur der Araber ist sehr gut darin, zu lächeln und zur gleichen Zeit zu lügen. Er ist auch gut im Steinewerfen – solange ihn niemand daran hindert. Aber ich werde Ihnen etwas sagen, Mr. Nathan Zuckerman: wenn ihn sonst niemand hindert, ich werde es tun. Und wenn die Armee es nicht gern hat, daß ich das tue, dann soll die Armee doch kommen und auf mich schießen. Ich habe Mr. Mahatma Gandhi gelesen und Mr. Henry David Thoreau, und wenn die jüdische Armee auf einen jüdischen Siedler im biblischen Judäa schießen will, während der Araber zusieht, dann soll er doch – dann soll der Araber doch Zeuge dieser jüdischen Verrücktheit sein. Wenn die Regierung so handeln will wie die Briten, dann werden wir wie die Juden handeln! Wir werden zivilen Ungehorsam praktizieren und illegale Siedlungen errichten, und dann soll ihre jüdische Armee doch kommen und uns daran hindern! Ich fordere diese jüdische Regierung heraus, ich fordere *jede* jüdische Regierung heraus, sie soll nur versuchen, uns mit Gewalt zu vertreiben! Was die Araber anbelangt, so werde ich jeden Tag nach Bethlehem zurückgehen – und das habe ich ihrem Führer gesagt, ich habe es *allen* gesagt, und zwar in ihrer eigenen Sprache, um nicht mißverstanden zu werden, um keinen Zweifel daran zu lassen, was meine Absichten sind: Ich werde mit meinen Leuten hierherkommen, und ich werde mit meinen Leuten hier stehen, *bis der Araber aufhört, Steine auf den Juden zu werfen*. Denn machen Sie es sich nicht zu leicht, Mr. Nathan Zuckerman aus London, Newark, New York und westlich davon – sie werfen nicht Steine auf Israelis. Sie werfen nicht Steine auf die Verrückten vom Westufer. Sie werfen Steine auf *Juden. Jeder Stein ist ein antisemitischer Stein*. Und deshalb muß es aufhören!«

Er machte eine dramatische Pause, um meine Reaktion abzuwarten. Ich sagte nur: »Viel Glück«, doch diese beiden Silben waren genug, um ihn zu einer noch feurigeren Arie zu inspirieren.

»Wir *brauchen* kein Glück! *Gott* schützt uns! Alles, was wir brauchen, ist, keinen Fußbreit zu weichen, und Gott wird sich um das Übrige kümmern! Wir sind das Werkzeug Gottes! Wir bauen das Land Israel! Sehen Sie diesen Mann?« sagte er und zeigte auf den Metallarbeiter. »Buki hat in Haifa wie ein König gelebt. Sehen Sie sich den Wagen an, den er fährt – es ist ein Lancia! Und dennoch kommt er mit seiner Frau, um mit uns zu leben. Um Israel zu bauen! Aus Liebe zum Land Israel! Wir sind keine jüdischen Verlierer, die ins Verlieren verliebt sind. Wir sind Menschen der Hoffnung! Sagen Sie mir, wann ist es Juden so gutgegangen, *trotz* aller unserer

Probleme? Wir dürfen nur keinen Fußbreit weichen, und wenn die Armee auf uns schießen will, soll sie doch! Wir sind keine zarten Rosen – wir sind hier, und wir bleiben hier! Klar, in Tel Aviv, im Café, in der Universität, in der Zeitungsredaktion, da kann das der nette, humane Jude nicht *ertragen*. Und soll ich Ihnen sagen, warum? Ich glaube, daß er in Wahrheit neidisch ist auf die Verlierer. Schau nur, wie traurig er aussieht, der Verlierer, schau, wie er dasitzt und verliert, wie hilflos er aussieht, wie *rührend*. *Ich* sollte es sein, der rührend ist, denn *ich* bin traurig und hoffnungslos und verloren, nicht er – ich bin es, der verliert, nicht er – wie *wagt* er es, mir meine bewegende Melancholie zu stehlen, meine jüdische Sanftheit! Aber wenn es ein Spiel ist, das nur einer gewinnen kann – und das sind die Regeln, die die Araber aufgestellt haben, das sind die Regeln, die nicht von uns gegeben wurden, sondern von *ihnen – dann muß jemand verlieren*. Und wenn er verliert, dann ist das nicht nett – er verliert *unter Schmerzen*. Es ist kein *Verlust*, wenn es nicht schmerzt! Fragen Sie nur uns, da sind wir Fachleute. Der Verlierer haßt und ist der Tugendhafte, und der Gewinner gewinnt und ist der Böse. In Ordnung«, sagte er leichthin und gab sich als völlig vernünftiger Mann, »ich akzeptiere es. Laßt uns für die nächsten zweitausend Jahre böse Gewinner sein, und wenn die zweitausend Jahre vorüber sind, im Jahre 3978, dann machen wir eine Abstimmung darüber, was wir vorziehen. Der Jude wird demokratisch beschließen, ob er das Unrecht des Gewinnens tragen will oder ob er es vorzieht, wieder mit der Ehre des Verlierens zu leben. Und was immer die Mehrheit will, auch ich werde zustimmen, im Jahre 3978. Doch in der Zwischenzeit *weichen wir keinen Fußbreit*!«

»Ich bin in Norwegen«, sagte der Metallarbeiter, Buki, an mich gewandt. »Ich fahre dort geschäftlich hin. Ich bin in Norwegen auf Geschäftsreise für mein Produkt, und ich lese, wie dort an einer Wand geschrieben steht: ›Nieder mit Israel.‹ Ich denke: ›Was hat Israel denn bloß Norwegen getan?‹ Ich weiß, Israel ist ein furchtbares Land, aber schließlich gibt es

Länder, die noch furchtbarer sind. Es gibt so viele furchtbare Länder – warum ist dieses Land das furchtbarste? Warum liest man auf norwegischen Wänden nicht: ›Nieder mit Rußland‹, ›Nieder mit Chile‹, ›Nieder mit Lybien‹? Weil Hitler keine sechs Millionen Libyer ermordet hat? Ich spaziere in Norwegen herum und denke: ›Hätte er doch‹. Denn dann würden sie auf norwegische Mauern ›Nieder mit Lybien‹ schreiben und Israel zufrieden lassen.« Seine dunkelbraunen Augen, mit denen er mich fixierte, schienen ihm schief im Kopf zu sitzen, aufgrund einer langen gezackten Narbe auf seiner Stirn. Sein Englisch war zögernd, doch zugleich kraftvoll strömend, als hätte er sich die Sprache mit einem großen Schluck erst am Vortage angeeignet. »Sir, warum haßt man Menachem Begin überall auf der Welt?« fragte er mich. »Wegen seiner Politik? In Bolivien, in China, in Skandinavien, was kümmert einen da Begins Politik? Sie hassen ihn wegen seiner Nase!«

Lippman schaltete sich ein. »Die Dämonisierung«, so sagte er zu mir, »wird niemals aufhören. Es hat angefangen im Mittelalter mit der Dämonisierung des Juden, und jetzt in unserem Zeitalter ist es die Dämonisierung des jüdischen Staates. Doch es ist immer dasselbe, immer ist es der Jude, der das Verbrechen begeht. Wir akzeptieren Christus nicht, wir weisen Mohammed zurück, wir begehen Ritualmord, wir haben den Mädchenhandel unter Kontrolle, wir wollen mittels Sexualverkehr den arischen Blutstrom vergiften, und jetzt haben wir wirklich alles kaputtgemacht, wir haben wahrhaft monströs Böses begangen, wie es die Weltpresse schlimmer nie gekannt hat, und das an dem unschuldigen, friedfertigen, untadeligen Araber. Der Jude ist ein Problem. Wie wunderbar es für alle ohne uns wäre.«

»Und in Amerika wird das passieren«, sagte Buki zu mir. »Glauben Sie ja nicht, daß das unmöglich ist.«

»Was wird passieren?« fragte ich.

»In Amerika wird es eine große Invasion geben – von Latinos, von Puertoricanern, Menschen, die vor der Armut und den Revolutionen fliehen. Und die weißen Christen werden das nicht gern haben. Die weißen Christen werden sich gegen den schmutzigen Fremden wenden. Und wenn sich der weiße Christ gegen den schmutzigen Fremden wendet, dann wird der schmutzige Fremde, gegen den er sich als ersten wendet, der Jude sein.«

»Wir haben kein Verlangen nach einer solchen Katastrophe«, erklärte Lippman. »Wir haben genug Katastrophen gesehen. Doch wenn nicht etwas Entscheidendes getan wird, um sie aufzuhalten, dann wird auch diese Katastrophe eintreten: Zwischen dem Hammer des frommen weißen Christen und dem Amboß des schmutzigen Fremden wird der Jude in Amerika zermalmt – wenn er nicht zuvor von den Schwarzen abgeschlachtet wird, den Schwarzen in den Ghettos, die schon ihre Messer schleifen.«

Ich unterbrach ihn. »Und wie bringen die Schwarzen dieses Gemetzel zuwege?« fragte ich. »Mit oder ohne Hilfe der Bundesregierung?«

»Keine Sorge«, sagte Lippman, »der amerikanische Goi wird sie von der Leine lassen, wenn die Zeit reif ist. Nichts hätte der amerikanische Goi lieber als *judenreine* Vereinigte Staaten! Zuerst«, so ließ mich Lippman wissen, »erlauben sie, daß die aufgebrachten Schwarzen ihren ganzen Haß an den Juden auslassen, und dann kommen die Schwarzen an die Reihe. Und zwar ohne daß noch Juden ihre großen Nasen hineinstecken und Beschwerde erheben, daß die Bürgerrechte der Schwarzen verletzt würden. Und so wird das Große Amerikanische Pogrom aussehen, aus dem die weiße Reinheit Amerikas wiedererstehen wird. Sie denken, das ist albern, ist der lächerliche Alptraum eines Juden mit Verfolgungswahn? Aber ich bin nicht *nur* ein Jude mit Verfolgungswahn. Denken Sie daran: Auch *ich bin ein Berliner*. Und nicht aus billig zu habendem Opportunismus – anders als euer stattlicher, heroischer junger Präsident, als er vor all den jubelnden Ex-Nazis verkündete, daß er sich mit ihnen einig fühle, ehe er unglücklicherweise *seinem* paranoischen Alptraum zum Opfer fiel. Ich bin dort geboren, Mr. Nathan Zuckerman, geboren und erzogen unter all den verständigen, genauen, vernünftigen logischen, nicht-paranoischen deutschen Juden, die jetzt ein Berg von Asche sind.«

»Ich bete nur«, sagte Buki, »daß der Jude rechtzeitig spürt, daß solch eine Katastrophe sich anbahnt. Denn wenn er das tut, dann werden die Schiffe wieder kommen. In Amerika gibt es junge religiöse Menschen, sogar weltliche Menschen wie Ihr Bruder, die es satthaben, ohne Aufgabe zu leben. Hier in Judäa gibt es Aufgabe und Sinn, und deshalb kommen sie. Hier gibt es einen Gott, der in unserem Leben anwesend ist. Aber der Großteil der Juden in Amerika, der wird nicht kommen, nie, es sei denn, es gäbe eine Krise. Doch was immer die Krise ist, wie immer sie anfängt, die Schiffe werden wieder fahren, und wir werden nicht mehr nur drei Millionen sein. Dann werden wir zehn Millionen sein, und das wird die Lage ein wenig korrigieren. Drei Millionen, denken die Araber, die können sie umbringen. Aber zehn Millionen können sie nicht so leicht umbringen.«

»Und wo«, fragte ich sie alle, »werden Sie zehn Millionen unterbringen?«

Lippmans Antwort war ekstatisch. »Judäa! Samaria! Gaza! Im Land Israel, das dem jüdischen Volk von Gott gegeben ist!«

»Sie glauben wirklich«, fragte ich, »daß das eintreten wird? Amerikanische Juden, die zu Millionen mit dem Schiff kommen, um der Verfolgung zu entgehen, die eine hispanische Invasion der USA nach sich zieht? Wegen eines Aufstands der Schwarzen, gelenkt und angestiftet von den weißen Amtsträgern, um die Juden zu eliminieren?«

»Nicht heute«, sagte Buki, »nicht morgen, aber doch, ja, ich fürchte, es wird eintreten. Hätte es Hitler nicht gegeben, dann wären wir heute schon zehn Millionen. Wir hätten die Nachkommen der sechs Millionen. Aber Hitler hat Erfolg gehabt. Ich bete nur, daß die Juden Amerika verlassen, ehe ein zweiter Hitler Erfolg hat.«

Ich wandte mich Henry zu, der ebenso schweigsam wie die beiden Lippman-Kinder mit seinem Essen beschäftigt war. »War das dein Gefühl, als du in Amerika gelebt hast? Daß eine derartige Katastrophe bevorsteht?«

»Naja, nein«, sagte er schüchtern. »Eigentlich nicht... Doch was habe ich schon gewußt? Was habe ich schon gesehen?«

»Du bist nicht in einem Luftschutzbunker geboren«, antwortete ich ungeduldig. »Du hast deinen Lebensunterhalt nicht in einem Erdloch verdient.«

»Wirklich nicht?« sagte er und wurde rot, »– sei dir da nicht so sicher«, doch dann mochte er nichts mehr sagen.

Mir wurde klar, daß er mich ihnen überließ. Ich dachte: Ist das die Rolle, die er sich zu spielen entschlossen hat – den guten Juden gegen mich als schlechten Juden? Immerhin, wenn das der Fall war, dann hatte er für die Nebenrollen die richtige Besetzung gefunden.

Ich sagte zu Buki: »Sie beschreiben die Situation des Juden in Amerika so, als lebten wir unter einem Vulkan. Mir kommt es so vor, als hätten Sie ein derartig starkes Bedürfnis nach so vielen Millionen Juden mehr, daß Sie sich von dieser Massenemigration ein wenig übertriebene Vorstellungen machen. Wann sind Sie das letzte Mal in Amerika gewesen?«

»Daphna ist in New Rochelle aufgewachsen«, sagte er und deutete auf seine Frau.

»Und wenn Sie in New Rochelle emporsahen«, fragte ich sie, »haben Sie da einen Vulkan erblickt?«

Anders als Henry widerstrebte es ihr nicht, zu Wort zu kommen; sie hatte mit auf mich gerichtetem Blick darauf gewartet, daß die Reihe an sie kam, und zwar schon, seit ich still dagesessen hatte, während sie den Sabbat einsangen. Sie war die einzige, bei der ich eine Animosität spürte. Die anderen gaben sich Mühe, einen Dummkopf zu belehren – sie dagegen stellte sich einem Feind, wie der junge Jerry, der es mir am Morgen im Ulpan gegeben hatte.

»Ich möchte Ihnen eine Frage stellen«, sagte Daphna als Antwort auf die meine. »Sie sind doch ein Freund von Norman Mailer?«

»Wir schreiben beide Bücher.«

»Ich möchte Ihnen ein Frage über Ihren Kollegen Mailer stellen. Warum interessiert er sich so sehr für Mord und Verbrecher und das Töten? Als ich noch in Barnard war, hat unser Englischprofessor uns aufgegeben, diese Bücher zu lesen – Bücher von einem Juden, der es nicht lassen konnte, über Mord und Verbrecher und das Töten nachzudenken. Manchmal, wenn ich zurückdenke an die Unschuld des Seminars und den idiotischen Unsinn, der dort gesprochen wurde, dann denke ich: Warum habe ich nicht gefragt: ›Wenn dieser Jude sich von Gewalt so sehr faszinieren läßt, warum geht er dann nicht nach Israel?‹ Warum nicht, Mr. Zuckerman? Wenn er die Erfahrung des Tötens verstehen will, warum kommt er dann nicht her und ist wie mein Mann? Mein Mann hat in vier Kriegen Menschen getötet, aber nicht, weil er denkt, daß Mord eine aufregende Vorstellung ist. Er hält es für eine grauenvolle Vorstellung. Es ist nicht einmal eine *Vorstellung*. Er tötet, um ein winziges Land zu beschützen, um eine sich im Krieg befindliche Nation zu verteidigen – er tötet, damit vielleicht seine Kinder eines Tages aufwachsen können, um ein friedliches Leben zu führen. Er hat nicht die intellektuell bösen Abenteuer eines brillanten Genies, das in seinem Kopf imaginäre Menschen tötet – er hat die furchtbare Erfahrung eines anständigen Mannes, der wirkliche Menschen im Sinai und auf den Golan-Höhen und an der jordanischen Grenze tötet! Nicht, um zu persönlichem Ruhm zu gelangen, indem er Bestseller schreibt, sondern um die Vernichtung des jüdischen Volkes zu verhindern!«

»Und was wollten Sie mich fragen?« sagte ich.

»Ich frage Sie, warum das Diaspora-Wüten dieses kranken Genies in einer Zeitschrift wie *Time* gerühmt wird, während unsere Weigerung, sich in unserem eigenen Heimatland von unseren Feinden auslöschen zu lassen, in derselben Zeitschrift als eine monströse jüdische Aggression bezeichnet wird! Das ist es, was ich frage!«

»Ich bin nicht hier im Auftrag von *Time* oder sonst jemandem. Ich besuche Henry.«

»Aber Sie sind kein Niemand«, gab sie sarkastisch zurück. »Sie sind auch ein berühmter Schriftsteller – und zwar ein Schriftsteller, und das ist noch wichtiger, der *über Juden* geschrieben hat.«

»Wenn man an diesem Tisch sitzt, in dieser Siedlung, dann fällt es wohl schwer zu glauben, daß es irgend etwas anderes gibt, über das ein Schriftsteller *überhaupt* schreiben könnte«, sagte ich. »Verstehen Sie doch, wenn sich jemand vorstellt, wie Gewalt aussieht und wie das Tier im Menschen losgelassen wird, wenn er sich die einzelnen Menschen vorstellt, die sich von so etwas packen lassen, dann heißt das noch nicht unbedingt, daß er dafür eintritt. Man kann einem Schriftsteller nicht Ausflüchte und Heuchelei vorwerfen, weil er nicht loszieht und das tut, was er sich vielleicht in allen blutigen, gräßlichen Einzelheiten ausgedacht hat. Ausflucht wäre es nur, wenn man vor dem flieht, was man weiß.«

»Ach so«, sagte Lippman, »Sie wollen uns also sagen, daß wir nicht so nett sind wie ihr amerikanisch-jüdischen Schriftsteller.«

»Das ist keineswegs, was ich Ihnen sagen will.«

»Aber es stimmt«, sagte er lächelnd.

»Ich sage nur, Belletristik so zu betrachten, wie Daphna es tut, heißt, sie aus einem sehr speziellen Blickwinkel zu betrachten. Ich sage nur, daß ein Schriftsteller nicht unbedingt immer seine Themen persönlich zur Schau stellt. Ich spreche nicht davon, wer netter ist – Nettigkeit ist bei Schriftstellern noch tödlicher als bei anderen Menschen. Ich reagiere nur auf eine sehr vereinfachende Bemerkung.«

»Vereinfachend? Ja, das ist wahr. Wir sind nicht wie die intellektuellen Braven und die netten Humanen mit der Mentalität der Galut. Wir sind keine geschliffenen Menschen, und das höfliche Lächeln liegt uns ganz und gar nicht. Daphna sagt aber nur, daß wir uns den Luxus von Phantasievorstellungen über Gewalt und Macht, den ihr amerikanisch-jüdischen Schriftsteller habt, nicht leisten können. Der Jude, der den Schulbus fährt, wenn die Araber Steine auf seine Windschutzscheibe werfen, der *träumt* nicht von Gewalt – der *sieht* Gewalt, der *kämpft* gegen Gewalt. Wir *träumen* nicht von Macht – wir *sind* die Macht. Wir haben keine Angst davor zu herrschen, um zu überleben, und um es noch einmal so unangenehm wie möglich auszudrücken, *wir haben keine Angst, Herren zu sein*. Wir wollen den Araber nicht zermalmen – wir werden es einfach nicht zulassen, daß er *uns* zermalmt. Anders als die Netten und die Braven, die in Tel Aviv leben, habe ich keine Araberphobie. Ich kann Seite an Seite mit ihm leben, und das tue ich auch. Ich kann sogar in seiner eigenen Sprache mit ihm reden. Aber wenn er eine Handgranate in das Haus rollt, wo mein Kind schläft, dann vergelte ich nicht mit einer Gewalt*phantasie*, wie sie in den Romanen und den Filmen jeder so gern hat. Ich bin nicht jemand, der in einem traulichen Kino sitzt; ich bin nicht jemand, der eine Rolle in einem Hollywoodfilm spielt; ich bin kein amerikanisch-jüdischer Schriftsteller, der einen Schritt zurücktritt, um sich aus der Entfernung die Wirklichkeit gemäß seinen literarischen Zwecken anzueignen. Nein! Ich bin jemand, der der wirklichen Gewalt des Feindes mit meiner wirklichen Gewalt entgegentritt, und ich kümmere mich nicht um die Billigung von *Time*. Die Journalisten, wissen Sie, die haben inzwischen den Juden satt, der die Wüste zum Blühen bringt; das ist für sie *langweilig* geworden. Die haben die Juden satt, die überraschend angegriffen werden und dennoch alle Kriege gewinnen. Auch das ist langweilig geworden. Sie ziehen jetzt den gierigen, raffsüchtigen Juden vor, der seine Grenzen überschreitet – den Araber als edlen Wilden gegenüber dem degenerierten, kolonialistischen, kapitalistischen Juden. Heutzutage ist es aufregend für den Journalisten, wenn ihn der arabische Terrorist in sein Flüchtlingslager mitnimmt, wenn er huldvoll die arabische Gastfreundschaft zur Schau stellt und huldvoll eine Tasse Kaffee eingießt, während alle Freiheitskämpfer zuschauen – er denkt, er führt ein gefährliches Leben, wenn er mit einem huldvollen Revolutionär Kaffee trinkt, der ihn mit schwarzen Augen anfunkelt und seinen Kaffee mit ihm trinkt und ihm versichert, daß seine tapferen Guerillahelden die diebischen Zionisten ins Meer treiben werden. Ist doch viel packender als mit einem großnasigen Juden Borscht zu trinken.«

»Schlechte Juden«, sagte Daphna, »erhöhen die Auflage. Aber das brauche ich ja Nathan Zuckerman und Norman Mailer nicht zu erzählen. Schlechte Juden verkaufen sich in Zeitungen ebensogut wie in Büchern.«

Sie ist ein Schätzchen, dachte ich, ignorierte sie aber und überließ es Mailer, Mailer zu beschützen; was mich selbst betraf, meinte ich, mich in dieser Frage schon an anderer Stelle hinreichend verteidigt zu haben.

»Sagen Sie mir«, fuhr Lippman fort, »kann der Jude *irgend etwas* tun, das nicht zum hohen Himmel nach seinem Judentum stinkt? Es gibt die Gojim, denen wir stinken, weil sie auf uns herabsehen, und es gibt die Gojim, denen wir stinken, weil sie zu uns aufsehen. Dann gibt es die Gojim, die zugleich auf uns herab *und* zu uns hinaufsehen – die sind *wirklich* wütend. Es findet einfach kein Ende. Erst war es die jüdische Sippenhaftigkeit, die abstoßend war, und was dann verkehrt war, war das lächerliche Phänomen jüdischer Assimilation. Jetzt ist es jüdische Unabhängigkeit, was unakzeptabel und ungerechtfertigt ist. Erst war es die jüdische Passivität, die ekelhaft war, der demütige Jude, der sich anpassende Jude, der Jude, der wie ein Schaf zu seiner eigenen Hinschlachtung gegangen ist – und was jetzt noch schlimmer als ekelhaft ist, ja geradezu *verrucht*, ist jüdische Stärke und Militanz. Erst war es die jüdische Kränklichkeit, vor der sich all die robusten Arier schüttelten, gebrechliche jüdische Männer mit schwachen jüdischen Körpern, die Geld verliehen und in Büchern studierten – und was jetzt ekelhaft ist, sind starke jüdische Männer, die Gewalt anwenden können und keine Angst vor der Macht haben. Erst waren es die heimatlosen jüdischen Kosmopoliten, die seltsam und fremd waren und denen man nicht trauen konnte – und was jetzt fremd ist, sind Juden, die so arrogant sind zu glauben, sie könnten ihre Geschicke wie jeder andere in einem eigenen Heimatland selbst bestimmen. Hören Sie, der Araber kann hier bleiben, und ich kann hier bleiben, und wir können einträchtig miteinander leben. Er kann eigene Erfahrungen machen, so viel er will, er kann hier leben, wie immer er will, und kann haben, was immer er begehrt – ausgenommen die Erfahrung der Staatlichkeit. Wenn er die will, wenn er ohne die nicht auskommen kann, dann kann er in einen arabischen Staat umsiedeln und dort die Erfahrung der Staatlichkeit haben. Es gibt fünfzehn arabische Staaten, von denen er sich einen aussuchen kann, die meisten nicht einmal eine Autostunde entfernt. Die arabische Heimat ist ungeheuer groß, sie ist gewaltig, während der Staat Israel nicht mehr als ein Fleckchen auf der Weltkarte ist. *Siebenmal* paßt der Staat Israel in den Staat Illinois, aber es ist der einzige Ort auf diesem gesamten Planeten, wo ein *Jude* die Erfahrung der Staatlichkeit haben kann, und deshalb *werden wir keinen Fußbreit weichen!*«

Das Abendessen war vorüber.

Henry führte mich eine ihrer beiden langen Wohnstraßen entlang zu dem Haus, wo ich schlafen sollte. Es gehörte einem Ehepaar aus der Siedlung, das nach Jerusalem gefahren war, um den Sabbat mit der Familie zu verbringen. Unten in dem arabischen Dorf brannten noch ein paar Lichter, und auf einem Hügel in der Ferne war so etwas wie ein unverwandt blickendes rotes Auge, das man hier einst als Vorboten des Zorns des Allmächtigen Gottes verstanden hätte, nämlich der beständige Radarstrahl einer Raketenabschußbasis. Eine der Raketen, heroisch in Abschußstellung geneigt, war unverhüllt und offen zu sehen gewesen, als wir auf dem Weg nach Hebron dort vorbeifuhren. »Der nächste Krieg«, hatte Henry gesagt und zu der Rampe auf dem Hügel gezeigt,

»wird fünf Minuten dauern.« Die israelische Rakete, die wir sahen, war auf das Zentrum von Damaskus gerichtet, um die Syrer davon abzuhalten, so erzählte er, ihre Rakete, die auf das Zentrum von Haifa gezielt sei, abzufeuern. Von jenem roten Omen abgesehen war die ferne Schwärze so ungeheuer, daß mir Agor als winzige, von Schweinwerfern erleuchtete Erdkolonie vorkam, als Vorhut einer tapferen neuen jüdischen Zivilisation, die sich draußen im Weltraum entwickelte, während Tel Aviv und all die dekadenten Braven und Netten so fern waren wie der trübste Stern.

Wenn ich erst einmal zu Henry gar nichts zu sagen hatte, so lag das daran, daß infolge von Lippmans Seminar die Sprache eigentlich nicht mehr mein Gebiet zu sein schien. An sich waren Debatten mir nichts Fremdes, doch nie in meinem Leben hatte ich mich derart umzingelt gefühlt von einer derart streitbaren Welt, in der es beständig diese gewaltige Auseinandersetzung gab und alles nur entweder Pro oder Kontra war, mit abgesteckten Positionen, mit heftig vertretenen Positionen, und alles unterstrichen von Empörung und Zorn.

Auch war meine Auspeitschung durch Worte mit dem Abendessen nicht vorüber gewesen. Zwei weitere Stunden schlossen sich an, in denen ich eingequetscht neben Lippmans deutschen Ausgaben der europäischen Meisterwerke saß und huldvoll Tee und Kuchen von der zufriedenen Ronit serviert bekam, während Lippman munter weiterdrosch. Ich versuchte herauszufinden, ob seine Rhetorik nicht vielleicht ein wenig von meiner fragwürdigen Stellung unter den Juden – von meiner angeblich verdächtigen Einstellung *zu* den Juden, auf die Daphna empört angespielt hatte – geschürt worden war oder ob er bei dieser Vorführung absichtlich ein bißchen dicker auftrug, um mir ein Gefühl von dem zu geben, was meinen Bruder durcheinandergebracht hatte, insbesondere wenn ich etwa die Idee haben sollte, seinen erstklassigen Zahnchirurgen zurück in die Diaspora zu verschleppen, dieses Paradebeispiel für weltlichen, assimilationistischen Erfolg, für das er und die Gottheit andere Pläne hatten. Von Zeit zu Zeit hatte ich gedacht: »Scheiße, Zuckerman, warum sagst du nicht, was du denkst – all diese Bastarde sagen doch, was *sie* denken.« Aber meine Art des Umgangs mit Lippman hatte darin bestanden, daß ich praktisch stumm blieb. Wenn man das Umgang nennen kann. Nach dem Abendessen mag es in seinen Augen so ausgesehen haben, als säße ich in seinem Wohnzimmer wie ein Mensch, der nobel schwieg und sich für einen Streit mit ihm für zu schade hielt, doch die schlichte Wahrheit ist, daß ich deklassiert war.

Auch Henry hatte nichts zu sagen. Zuerst dachte ich, es liege daran, daß er sich durch Lippman im Verbund mit Buki und Daphna gerechtfertigt fühlte und keine Neigung verspürte, die Schläge zu mildern, die auf mich niedergeprasselt waren. Aber dann fragte ich mich doch, ob meine Anwesenheit ihn nicht vielleicht gezwungen hatte – und zwar zum ersten Mal, seit er Lippmans Überzeugungskraft erlegen war –, seinen dampfwalzenhaften Mentor aus einer Perspektive einzuschätzen, die dem Ethos von Agor einigermaßen fremd war. Das war vielleicht sogar der Grund, weshalb er wie ein Kind verstummt war, als ich mich an ihn gewandt hatte, um zu fragen, ob *er* in den USA unter einem Vulkan gelebt habe. Vielleicht hatte er sich da schließlich im stillen dasselbe gefragt, was nach Muhammad Alis Eingeständnis sogar einem so mutigen Mann wie ihm in der dreizehnten Runde jenes schrecklichen dritten Kampfes mit Frazier durch den Sinn gefahren war: »Was habe ich hier zu suchen?«

Während wir die ungepflasterte Siedlungsstraße entlanggingen, miteinander so allein wie Neil Armstrong und Buzz Aldrin dort oben, als sie ihre Spielzeugfahne in den lunaren Staub steckten, da kam mir der Gedanke, daß Henry vielleicht von dem Moment meines Anrufs aus Jerusalem an den Wunsch gehabt hatte, daß ich ihn nach Hause bringe, weil er ernstlich in die Irre gegangen war, aber sich nicht der Erniedrigung stellen konnte, das vor jemandem zuzugeben, dessen Bewunderung ihm einmal fast so viel bedeutet hatte wie der Segen, den unserem Vater abzuringen er sich so gemüht hatte. Statt dessen hatte er sich (vielleicht) wappnen müssen, indem er wacker etwa in dieser Richtung gedacht hatte: »Soll es also so sein, ein Irrweg. Das Leben ist das Abenteuer, sich zu verirren – und es wurde allmählich Zeit, das herauszufinden!«

Nicht daß ich das so angesehen hätte, als betrachtete da einer seine Last allzu dramatisch; sicherlich ist ein Leben, das man mit dem Schreiben von Büchern verbringt, ein beschwerliches Abenteuer, in dem man nicht herausfinden kann, wo man *steht*, wenn man keine Irrwege geht. Sich zu verirren war vielleicht eigentlich das lebensnotwendige Bedürfnis, an das sich Henry während seiner Genesung herangetastet hatte, als er tränenreich von etwas Unsagbarem gesprochen hatte, einer unverkennbaren Entscheidung, die er noch nicht genau vor sich sehe, und das mache ihn verrückt, einer zugleich schmerzlichen wie aus sich selbst heraus völlig verständlichen Tat, die, sobald er sie einmal genau vor sich sehe, ihn aus seiner frustrierenden Depression herausführen würde. War das der Fall, dann waren es nicht *Wurzeln*, die er ausgegraben hatte, als er auf der sonnenbeschienenen Fensterbank jenes Cheder in Mea Sche'arim saß; es war nicht seine unzerstörbare Bindung an ein traditionelles europäisches jüdisches Leben, was er in dem Singsang dieser orthodoxen Kinder gehört hatte, die lärmend ihre Lektion auswendig lernten – es war seine Gelegenheit, sich *entwurzeln* zu lassen, von dem Pfad abzuweichen, der an dem Tag mit seinem Namensschild versehen worden war, als er geboren wurde, und raffiniert als Jude getarnt zu desertieren. Israel anstelle von Jersey, Zionismus anstelle von Wendy, und damit war sichergestellt, daß er nie wieder auf die alte, erstickende, selbststrangulierende Weise an die alltägliche Wirklichkeit gebunden sein würde.

Und wenn Carol es richtig eingeschätzt hatte und Henry verrückt war? Nicht sehr viel verrückter als Ben-Joseph, der Autor der Fünf Bücher Jimmy, aber auch nicht wesentlich weniger? Wollte man seine Entscheidung von allen Seiten betrachten, dann mußte auch die Möglichkeit, daß er, nach Carols Formulierung, »ausgeflippt« war, mit in Betracht gezogen werden. Vielleicht hatte er sich nie ganz von dem hysterischen Zusammenbruch erholt, den die Aussicht auf eine lebenslange, arzneibedingte Impotenz herbeigeführt hatte. Es mochte sogar die wiederhergestellte Potenz sein, der er in Wirklichkeit entrinnen wollte, in der Furcht vor irgendeiner neuen strafenden Kalamität, die ihn diesmal vielleicht mit Erfolg und endgültig zerstören würde, sollte er es jemals wieder wagen, in etwas derart Antisozialem wie seiner eigenen Erektion nach Erlösung zu suchen. Er ist auf einer verrückten Flucht, dachte ich, vor den Torheiten des Sex, vor der unerträglichen Unordnung viriler Triebe und der Würdelosigkeit von Geheimniskrämerei und Verrat, vor der belebenden Anarchie, die jeden ergreift, der sich unzensierten Wünschen auch nur sparsam überläßt. Hier in Abrahams Schoß, in weiter Ferne von Frau und Kindern, kann er wieder ein Mustergatte sein, oder einfach ein Musterknabe.

Die Wahrheit ist, daß ich am Ende dieses Tages trotz meiner beharrlichen Bemühung immer noch nicht wußte, wie das Verhältnis meines Bruders zu Agor eigentlich war, zu diesen Freunden, die ideologisch darauf programmiert waren, in jedem Juden nicht nur einen potentiellen Israeli zu sehen, sondern auch das vorbestimmte Opfer einer drohenden fürchterlichen antisemitischen Katastrophe, sollte er versuchen, irgendwo anders normal zu leben. Vorderhand gab ich es auf, nach einer passenden Konstellation von Beweggründen zu suchen, die diese Metamorphose für mich weniger unplausibel und als etwas anderes als eine Selbsttravestie erscheinen lassen würden. Statt dessen begann ich, mich an das letzte Mal zu erinnern, daß wir zusammen allein gewesen waren an einem Ort, der so schwarz war wie Agor um elf Uhr nachts – ich erinnerte mich zurück an die frühen Vierziger, ehe mein Vater das Einfamilienhaus oberhalb des Parks gekauft hatte, als wir noch kleine Jungen waren, die sich ein Schlafzimmer im hinteren Teil der Wohnung in der Lyons

Avenue geteilt hatten und im Dunkeln dalagen, die Körper nicht weiter voneinander entfernt als jetzt, da wir die Straße der Siedlung hinabgingen, und als unser einziges Licht die schimmernde Skala des Emerson-Radios auf dem kleinen Tisch zwischen den Betten gewesen war. Ich erinnerte mich, wie Henry immer, wenn sich die Tür am Anfang einer weiteren greulichen Episode von »Inner Sanctum« knarrend öffnete, flugs unter seiner Decke hervorkam und bettelte, zu mir herüberkommen zu dürfen. Und wenn ich dann Gleichgültigkeit gegenüber seiner kindlichen Feigheit vortäuschte, meine Decke hob und ihn einlud, in mein Bett zu springen, hätten da zwei Kinder einander näher oder enger miteinander verbunden sein können? »Lippman«, hätte ich sagen sollen, als wir an der Tür zum Abschied die Hände geschüttelt hatten, »selbst wenn alles, was Sie mir erzählt haben, hundertprozentig wahr ist, es bleibt die Tatsache, daß in unserer Familie das kollektive Gedächtnis nicht bis zum goldenen Kalb und dem brennenden Busch zurückreicht, sondern nur bis zu ›Duffys Tavern‹ und ›Can You Top This?‹ im Radio. Mag sein, daß die Juden mit Judäa anfangen, nicht jedoch Henry, niemals. Er fängt an mit Radio WJZ und WOR, mit Doppelvorstellungen im Roosevelt am Samstagnachmittag und Doppelmatchs am Sonntag, wenn wir die Newark Bears spielen sahen. Lange nicht so episch, aber so ist es nun einmal. Warum lassen Sie meinen Bruder nicht gehen?«

Nur, wenn er wirklich nicht gehen wollte? Und wollte ich überhaupt, daß er es wollte? War es nicht einfach reichlich sentimental – war ich nicht eigentlich der *schlimmste* Nette und Brave –, daß es mir lieber war, ich hätte einen vernünftigen Bruder, der aus den richtigen Gründen nach Israel ausgewandert und den richtigen Menschen begegnet wäre, und ich hätte auf den Abend zurückgeblickt in dem Bewußtsein, daß er all die richtigen Dinge tat und dachte? Wenn vielleicht auch nicht sentimental, so war es doch unprofessionell. Denn allein vom Standpunkt des Schriftstellers aus gesehen, war es Henrys weitaus provokativste Inkarnation, wenn auch nicht gerade die überzeugendste – das heißt, sie war für mich im höchsten Maße ausbeutbar. Auch meine Motive müssen mit in Betracht gezogen werden. Ich war ja nicht *nur* als sein Bruder gekommen.

»Du hast gar nicht von den Kindern gesprochen«, sagte ich, als wir uns dem letzten Haus an der Straße näherten.

Seine Antwort war schnell und abwehrend. »Was ist mit ihnen?«

»Nun, du scheinst ihnen gegenüber eine Kavaliershaltung entwickelt zu haben, die eher zu meinem Ruf paßt als zu deinem.«

»Hör mal, komm mir nicht damit – du bist nun wirklich der *Letzte*, mir Vorträge über meine Kinder zu halten. Sie kommen zu Pessach hierher – das ist alles schon organisiert. Sie werden diesen Ort anschauen, und sie werden ihn lieben – und dann werden wir weitersehen.«

»Du glaubst, sie werden sich dafür entscheiden, auch hier zu leben?«

»Ich hab' dir gesagt, du kannst mich am Arsch lecken. Du hast drei Ehen hinter dir und, soweit ich weiß, alle deine Kinder in der Toilette weggespült.«

»Habe ich vielleicht, und vielleicht auch nicht, aber man muß kein Vater sein, um die richtige Frage zu stellen. Wann haben deine Kinder aufgehört, dir irgend etwas zu bedeuten?«

Das machte ihn noch wütender. »Wer sagt das denn?«

»Du hast mir in Hebron von deinem früheren Leben erzählt – ›bis zum Hals in Bedeutungslosigkeit versunken‹. Ich habe angefangen, mich zu fragen, was mit deinen Kindern ist – wie drei Kinder nicht mit in Betracht gezogen werden, wenn ein Vater davon spricht, ob sein Leben eine Bedeutung hat. Ich versuche nicht, dir Schuldgefühle zu machen, ich versuche nur herauszufinden, ob du das Ganze hier wirklich durchdacht hast.«

»Selbstverständlich habe ich das – tausendmal am Tag! *Selbstverständlich* fehlen sie mir! Aber sie kommen zu Pessach, und sie werden sehen, was ich hier mache und worum es überhaupt geht, und, wer weiß, vielleicht sehen sie sogar, wo sie hingehören!«

»Ruthie hat mich vor meiner Abreise in London angerufen«, sagte ich.

»Tatsächlich?«

»Sie wußte, daß ich dich besuchen wollte. Sie wollte, daß ich dir etwas sage.«

»Ich spreche jeden Sonntag mit ihr – worum geht es?«

»Ihre Mutter ist dabei, wenn du sonntags mit ihr sprichst, und sie hat das Gefühl, daß sie nicht alles sagen kann. Sie ist ein kluges Mädchen, Henry – mit dreizehn ist sie eine Erwachsene und kein Kind mehr. Sie hat gesagt: ›Er ist dort, um etwas zu lernen. Er versucht, etwas herauszufinden. Er ist nicht zu alt, um zu lernen, und ich glaube, daß er das Recht dazu hat.‹«

Henry antwortete zunächst nicht, und dann sagte er weinend: »Hat sie das wirklich gesagt?«

»Sie hat gesagt: ›Ich bin ganz durcheinander ohne meinen Vater.‹«

»Ach«, antwortete er, plötzlich verzweifelt und wie ein zehnjähriger Junge, »ich bin *ohne sie alle* ganz durcheinander.«

»Ich habe so etwas angenommen. Ich wollte dir das bloß ausrichten.«

»Gut, danke«, sagte er, »danke.«

Henry stieß die unverschlossene Tür auf und schaltete das Licht des kleinen quadratischen Schlackensteinhauses an, das genauso wie das der Lippmans geschnitten, aber mit weitaus größerer religiös-nationalistischer Begeisterung eingerichtet war. Das Wohnzimmer dieses Hauses wurde nicht von Büchern beherrscht, sondern von zwei übergroßen expressionistischen Gemälden, Porträts zweier uralter und für mich nicht zu identifizierender biblischer Gestalten, entweder Propheten oder Patriarchen. An der einen Wand war ein großer Wandbehang angenagelt, und an einer anderen standen Regalreihen, die mit winzigen Tongefäßen und Steinstückchen vollgestopft waren. Die antike Keramik sei vom Hausherrn gesammelt worden, einem Archäologen an der Hebräischen Universität, und der mit dem orientalischen Motiv bedruckte Wandbehang sei ein Entwurf seiner Frau, die für eine kleine Textilfabrik in einer älteren Siedlung in der Nähe arbeite. Die Gemälde, dick von hellen Orangetönen und blutigen Rotschattierungen verkrustet und mit gewalttätigen Pinselstrichen ausgeführt, seien das Werk eines bekannten Künstlers aus einer der Siedlungen, und von ihm habe Henry ein Aquarell gekauft, das den Kamelmarkt in Jerusalem darstellte, und den Kindern nach Hause geschickt. Mit Rücksicht auf Henry blieb ich vor den Gemälden einige Minuten lang stehen und demonstrierte mehr Begeisterung, als ich verspürte. Seine eigene Begeisterung mochte durchaus echt sein, und doch kam mir das kunstsinnige Gerede über die kreisförmige Komposition durch und durch künstlich vor. Er gab sich auf einmal sichtlich viel zu viel Mühe, mich davon zu überzeugen, daß ich mich absolut irrte, wenn ich argwöhnte, daß die Euphorie des Abenteuers allmählich verflog.

Nur ein paar Schritte Korridor trennten das Wohnzimmer von einem Schlafzimmer, das noch kleiner war als das unserer Kinder. Zwei Betten waren hineingequetscht worden, wenn auch keine »Garnitur« wie die unsere, die mit Kopfbrettern aus Ahorn ausgestattet war und mit Fußbrettern, deren Kerbungen und Kurven wir in der Phantasie zu den Verteidigungsmauern eines Kavallerieforts machten, das von Apachen belagert wurde – diese hier sahen eher wie nebeneinandergestellte Klappbetten aus. Er knipste ein Licht an, um mir den Weg zur Toilette zu zeigen, und sagte dann, wir würden uns am Morgen sehen. Er werde weiter oben in einem Schlafsaal mit den jungen Männern, seinen Mitschülern, übernachten.

»Warum nicht mal eine Nacht ohne die Freuden des Gemeinschaftslebens? Schlaf doch hier.«

»Ich gehe lieber«, antwortete er.

Im Wohnzimmer sagte ich: »Henry, setz dich hin.«

»Nur eine Sekunde.« Doch als er sich auf das Sofa unter den Gemälden fallen ließ, sah er wie ein verirrtes Kind aus – eigentlich wie eins seiner eigenen –, ein Junge, der auf der Bank einer Polizeiwache darauf wartet, von jemandem, der ihn liebt, abgeholt zu werden, während er sich zugleich viermal so alt fühlte und, wenn das möglich ist, zweimal so gepeinigt wie der Weise in Pastell über seinem Kopf, dessen eigene Hoffnung auf jüdische Erneuerung und ethischen Wandel offenbar von etwas in der Größe einer Lokomotive zermalmt worden war.

Da ich nicht ohne Zuneigung für ihn bin und niemals sein werde, wirkte dieser melancholische Anblick auf mich so, daß ich ihm eilends versichern wollte, er habe *keinen* dummen Fehler gemacht – wenn, dann sei der dumme Fehler auf meiner Seite gewesen, nämlich zu denken, daß mich das überhaupt etwas anginge, und ihn mit allen meinen Einwänden unsicher zu machen. Das letzte, was er jetzt braucht, dachte ich, ist noch jemand, gegen dessen Persönlichkeit er sich als Zwerg fühlt. Das ist doch seine Lebensgeschichte gewesen. Warum ihm nicht Ruhe gönnen und den Zweifel für ihn sprechen lassen? Er ist aus einer Situation fortgegangen, die er nicht mehr aushielt. Er hat verstanden: »Das Gebot lautet jetzt – tu es jetzt!« und ist hierhergekommen. Das ist alles, worum es geht. Soll er es doch eine hohe moralische Sendung nennen, wenn er mag, wie das klingt. Er will sich aus dem Nichts heraus ein erhabenes Ziel setzen – soll er doch. Die russische Literatur strotzt geradezu vor solchen begierigen Seelen und ihren bizarren, heroischen Sehnsüchten, wahrscheinlich gibt es in der russischen Literatur mehr von ihnen als im Leben. Schön, soll er randvoll sein mit Beweggründen à la Fürst Myschkin. Und wenn tatsächlich alles nur Spiegelfechterei ist – das ist das Klägliche an seiner Situation und hat nichts mit mir zu tun... Und doch, wenn er nun verzweifelt von Agor fortwill, um wieder bei seinen Kindern zu sein, ja, um sogar wieder bei seiner Frau zu sein? Und wenn er diese seine fürchterliche Aggressivität, die Agor in ihm freigesetzt hat, wieder mit den alten Anhänglichkeiten und Gewohnheiten eindämmen möchte? Und wenn ihm klar wird, daß allein schon Ruthie wohl »bedeutungsvoller« ist als alles, was er je in Israel finden wird – und wenn er sieht, wie hoffnungslos übertrieben er sich einem Ziel verschrieben hat, das er nicht im entferntesten erreichen kann? Trotz seines Selbstbewußtseins, trotz dieser Pistole und auch wenn Lippmans bestes Blut in seinen Adern strömte, es kam mir so vor, als säße er in der Falle, mehr als je in New Jersey, wie jemand, der total versackt und übermannt war.

Ich hatte meinen Besuch begonnen, indem ich mir sagte: »Hack nicht dort auf ihm herum, wo er verletzlich ist und wo er immer verletzlich sein wird.« Doch wenn er überall verletzlich war, was sollte ich da tun? Es war furchtbar spät am Tage, zu spät, um noch den Versuch zu machen, das Maul zu halten. Diese beiden Jungen hier sind Brüder, dachte ich, so unähnlich, wie Brüder nur sein können, doch jeder hat am anderen Maß genommen und ist so lange am anderen gemessen worden, daß es undenkbar ist, einer von ihnen könne noch hoffen, von dem Urteil, das sein Pendant verkörpert, unberührt zu bleiben. Diese beiden Männer sind Jungen, die Brüder sind – diese Brüder sind Männer, die Jungen sind – deshalb sind die Diskrepanzen unversöhnlich: die Herausforderung liegt in ihrer bloßen Existenz.

»Das war also dein Verein«, sagte ich und setzte mich ihm gegenüber.

Er antwortete feierlich, schirmte sich schon ab gegen das, was ich vielleicht sagen würde. »Das sind einige der Menschen hier, ja.«

»Seine Gegner müssen Lippman für einen gewaltigen Feind halten.«

»Das tun sie auch.«

»Was zieht *dich* zu ihm hin?« fragte ich und dachte, ob er nicht vielleicht antworten würde: »Der Mann ist die Verkörperung der Potenz.« Denn ging es nicht genau darum?

»Was stimmt mit ihm nicht?« antwortete er.

»Ich habe nicht gesagt, daß mit ihm was nicht stimmt. Die Frage ist nicht, was ich von Lippman halte – es geht darum, was ich von der Faszination halte, die er auf dich ausübt. Ich frage nur, was ihm diese Macht über dich gibt.«

»Warum ich ihn bewundere? Weil ich glaube, daß er recht hat.«

»Womit?«

»Mit dem, was er für Israel vertritt, und mit seiner Einschätzung, wie das zu erreichen ist.«

»Das mag ja sein, soweit ich das beurteilen kann, aber sag mir, an wen erinnert er dich?« fragte ich. »An irgend jemanden, den wir kennen?«

»O nein, bitte nicht – spar dir die Psychoanalyse für das breite amerikanische Publikum auf.« Müde sagte er: »Laß mich damit in Ruhe.«

»Aber so stellt es sich *mir* nun einmal dar. Laß den aggressiven Schinder weg, laß den Möchtegern-Schauspieler und den Redezwang weg, und wir hätten wieder am Küchentisch in Newark sitzen können mit Dad, der uns einen Vortrag über den historischen Kampf zwischen dem Goi und dem Juden hält.«

»Erzähl mir eins, ist es überhaupt denkbar, wenigstens außerhalb deiner Bücher, daß du einmal in einem Bezugsrahmen denken könntest, der ein bißchen größer ist als der Küchentisch in Newark?«

»Der Küchentisch in Newark ist nun einmal zufällig die Quelle deiner jüdischen Erinnerungen, Henry – das ist das Zeug, mit dem wir großgeworden sind. Es *ist* Dad – nur diesmal ohne die Zweifel, ohne die versteckte Hochachtung dem Goi gegenüber und die Furcht vor gojischem Spott. Es ist Dad, aber der Traumdaddy, übergroß, in hundertster Potenz. Das Beste an allem ist, daß Lippman erlaubt, nicht mehr so nett und brav zu sein. Das muß eine Erleichterung sein nach all den Jahren – ein guter jüdischer Sohn sein zu dürfen und *nicht* nett und brav, ein Rauhbein sein zu dürfen *und* ein

Jude. Da hat man ja alles. Solche Juden hatten wir in unserer Nachbarschaft denn doch nicht. Die rauhbeinigen Juden, die wir bei Hochzeiten und Bar-Mizwahs gesehen haben, waren meistens fette Kerle, im Gemüsehandel, ich verstehe also, worin der Reiz besteht, aber übertreibst du es nicht ein bißchen mit dieser ganzen gerechtfertigten Aggressivität?«

»Wie kommt es, daß du mein Leben lang alles, was ich tue, trivialisieren mußt? Warum unterziehst du das nicht einmal der Psychoanalyse? Ich frage mich, warum meine Bestrebungen nie so wertvoll sind wie die deinen.«

»Es tut mir leid, aber Revolvern gegenüber skeptisch zu sein, liegt nun einmal in meinem Wesen – Revolvern gegenüber ebensosehr wie den Ideologen, die sie schmieden.«

»Wie gut. Wie glücklich. Wie gerecht. Wie *human*. Du bist ja wohl allem gegenüber skeptisch.«

»Henry, wann wirst du aufhören, bei einem Fanatiker den Lehrling zu spielen, und wieder als Zahnarzt praktizieren?«

»Dafür sollte ich dir deine beschissene Nase einschlagen.«

»Warum pustest du mir nicht mit deiner Waffe das Hirn raus?« fragte ich, denn er war unbewaffnet. »Das sollte doch gar nicht so schwer sein, wenn man sieht, wie konfliktfrei und von Zweifeln unangekränkelt du bist. Hör mal, ich bin ganz und gar für Authentizität, aber die kann doch nicht damit anfangen, daß wir uns an der menschlichen Begabung für Schauspielerei messen. Das könnte das einzig Authentische sein, das wir dann *überhaupt* tun.«

»Immer wenn ich mit dir rede, habe ich das Gefühl, daß ich zunehmend alberner und lächerlicher werde – woran, denkst du, liegt das wohl, Nathan?«

»Tatsächlich? Nun, dann ist es ein Glück, daß wir nicht allzu oft miteinander haben reden müssen und unsere eigenen Wege gehen konnten.«

»Es käme dir wohl niemals in den Sinn, *niemals*, irgend etwas, was ich mache, zu loben oder anzuerkennen. Woran, denkst du, liegt das wohl, Nathan?«

»Aber das stimmt nicht. Ich finde, was du gemacht hast,

kolossal. Das wische ich doch gar nicht beiseite. Ein solcher Austausch der Existenzen – das ist wie nach einem großen Krieg, wie der Gefangenenaustausch. Ich mache es gar nicht kleiner, als es ist. Ich wäre ja gar nicht hier, wenn ich das täte. Du hast wie verrückt versucht, es nicht herauszulassen, aber ich sehe doch auch, was dich das kostet – du zahlst einen unverschämt hohen Preis, insbesondere, was die Kinder angeht. Es läßt sich nicht bestreiten, daß du mächtige Einwände gegen die Art, wie du einmal gelebt hast, zum Ausdruck bringst. Ich nehme das nicht auf die leichte Schulter, ich habe darüber nachgedacht, seit ich dich hier zu Gesicht bekommen habe. Ich habe mich nur gefragt, ob du, um ein paar Dinge zu ändern, *alles* ändern mußtest. Ich spreche von dem, was die Raketentechniker ›Fluchtgeschwindigkeit‹ nennen – der Trick ist, daß es einem gelingt, die Atmosphäre zu verlassen, ohne über das Ziel hinauszuschießen.«

»Jetzt hör mal«, sagte er und sprang mit einer Plötzlichkeit auf, als wollte er mir an die Kehle, »du bist ein sehr intelligenter Mensch, Nathan, du bist sehr subtil, aber du hast einen großen Fehler – die einzige Welt, die für dich existiert, ist die Welt der Psychologie. Das ist *deine* Waffe. Zielen und abfeuern – und du hast sie mein ganzes Leben lang auf mich abgefeuert. Henry tut *dies*, weil er Mammi und Daddy gefallen will, Henry tut *das*, weil er Carol gefallen will – oder Carol mißfallen oder Mammi mißfallen oder Daddy mißfallen will. Und das geht weiter und weiter und weiter. Es ist nie Henry als autonomes Wesen, es ist immer Henry am Rande eines Klischees – mein stereotyper Bruder. Und vielleicht war das sogar einmal so, vielleicht *war* ich ein Mensch, der immer wieder in das stereotype Muster paßte, vielleicht erklärt das zu einem Großteil, warum ich mich damals zu Hause so unglücklich fühlte. Wahrscheinlich denkst du, daß die Art, wie ich ›rebelliert‹ habe, nur stereotyp ist. Aber zu deinem Unglück bin ich *nicht* jemand, der nur aus seinen einfachen, albernen Beweggründen besteht. Mein ganzes Leben lang bist du immer direkt über mir gewesen, wie ein Gegner bei einem

Basketballspiel, der mich dauernd bewacht. Läßt mich nicht einen lausigen Wurf machen. Jeden Wurf blockst du ab. Immer gibt es die Erklärung, wo ich am Ende ganz klein dastehe. Du kriechst überall auf mir herum mit deinen beschissenen Gedanken. Alles, was ich tue, ist vorhersehbar, alles, was ich tue, *ermangelt der Tiefe*, jedenfalls im Vergleich mit dem, was *du* tust. ›Du machst diesen Wurf ja nur, weil du einen Treffer landen willst, Henry.‹ Wie genial! Aber jetzt will ich dir mal was sagen – du kannst, was ich getan habe, mit meinen Beweggründen ebensowenig wegerklären, wie ich das wegerklären kann, was du getan hast. Jenseits all deiner profunden Einsichten, jenseits des Freudschen Riegels, den du vor das Leben jedes einzelnen Menschen schiebst, da liegt eine andere Welt, eine größere Welt. Eine Welt von Ideologie, von Politik, von Geschichte – eine Welt von Dingen, die größer sind als der Küchentisch! Und in der bist du heute abend gewesen: einer Welt, die durch *Handeln*, die durch *Macht* definiert ist, wo das Bemühen, Mammi und Daddy zu gefallen, *einfach nicht zählt!* Alles, was du siehst, ist wie man Mammi entrinnt, wie man Daddy entrinnt – warum siehst du nicht, *wohin* ich entronnen bin? *Jeder* entrinnt – unsere Großeltern sind nach Amerika gekommen, sind sie damit ihren Müttern und Vätern entronnen? Sie sind der Geschichte entronnen! Hier, da *macht* man Geschichte! Es gibt eine Welt jenseits des ödipalen Sumpfes, Nathan, wo es nicht darauf ankommt, was dich dazu gebracht hat, etwas zu tun, *sondern darauf, was du tust* – nicht darauf, was dekadente Juden wie du *denken*, sondern darauf, was engagierte Juden wie die Menschen hier *tun*! Juden, die nicht nur zum Spaß gekommen sind, Juden, die auf etwas mehr zurückgreifen können als ihre umwerfende innere Landschaft! Hier haben sie eine *äußere* Landschaft, eine Nation, eine Welt! Das hier ist kein hohles, intellektuelles Spiel! Das hier ist nicht irgendeine Übung für ein Hirn, das von der Realität abgeschnitten ist! Das hier ist kein Roman, den einer schreibt, Nathan! Hier lungern die Menschen nicht herum wie deine beschissenen Helden, die vierundzwanzig Stunden am Tag sich darum sorgen, was in ihrem Kopf vor sich geht und ob sie nicht ihren Psychiater aufsuchen sollten – hier kämpfst du, hier wehrst du dich, hier machst du dir um das Sorgen, was in *Damaskus* geschieht! Worauf es ankommt, ist nicht Mammi oder Daddy und der Küchentisch, es ist *nichts* von dem Mist, über den du schreibst – *worauf es ankommt, ist die Frage, wer über Judäa herrscht!*«

Und hinaus war er, wütend, und ehe er dazu beredet werden konnte, nach Hause zurückzukehren.

III In der Luft

Kurz nachdem das Leuchtzeichen zum Anlegen der Sicherheitsgurte erloschen war, bildete eine Gruppe religiöser Juden vorn an der Trennwand einen Minjan. Ich konnte sie bei dem Lärm der Triebwerke nicht hören, doch in dem Sonnenlicht, das durch das Fenster des Notausstiegs hereinströmte, konnte ich sehen, in welch sagenhaftem Tempo sie beteten. Los ging's und schneller als ein Capriccio von Paganini, sie sahen aus, als hätten sie es darauf abgesehen, mit Überschallgeschwindigkeit zu beten – sie ließen das Beten selbst als ein Bravourstück an physischer Ausdauer erscheinen. Es war schwer, sich irgendein anderes derart intimes und rasendes menschliches Drama vorzustellen, das so schamlos in einem öffentlichen Beförderungsmittel in Szene gesetzt wurde. Hätte von den Fluggästen ein Pärchen die Kleider abgeworfen und in einem Anfall ebenso unverfrorener Leidenschaft angefangen, im Gang einen Liebesakt vorzuführen – ihnen zuzusehen wäre mir kein bißchen weniger voyeuristisch vorgekommen.

Eine ganze Anzahl orthodoxer Juden saß in der Touristenklasse verteilt, doch mein Nachbar war ein normaler amerikanischer Jude, ein kleinerer Mann Mitte Dreißig, glattrasiert und mit einer Hornbrille; er blätterte abwechselnd in der *Jerusalem Post* – der englischsprachigen israelischen Zeitung – und sah neugierig zu den bedeckten Köpfen hinüber, die in dem Viereck strahlenden Sonnenlichts vorn an der Trennwand hüpften und zuckten. Etwa fünfzehn Minuten, nachdem wir Tel Aviv überflogen hatten, wandte er sich zu mir und fragte mit freundlicher Stimme: »Zu Besuch in Israel, oder auf Geschäftsreise?«

»Nur zu Besuch.«

»Und?«, sagte er und legte seine Zeitung beiseite. »Wie sind Ihre Eindrücke von dem, was Sie gesehen haben?«

»Wie bitte?«

»Ihre Gefühle. Waren Sie bewegt? Waren Sie stolz?«

Ich mußte immer noch zu sehr an Henry denken, und statt auf meinen Nachbarn einzugehen – worauf er hinauswollte, war ziemlich klar –, sagte ich deshalb: »Kann Ihnen nicht folgen«, und griff in meine Aktentasche, um Stift und Notizblock herauszunehmen. Ich hatte das Bedürfnis, meinem Bruder zu schreiben.

»Sie sind Jude«, sagte er und lächelte.

»Bin ich.«

»Nun, haben Sie da nicht irgend etwas gefühlt, als Sie sahen, was man geschaffen hat?«

»Habe nichts gefühlt.«

»Aber haben Sie die Zitrusplantagen gesehen? Hier sind die Juden, die sich angeblich auf Landwirtschaft nicht verstehen – und da sind Meilen und Meilen von Plantagen. Sie können sich gar nicht vorstellen, was ich gefühlt habe, als ich diese Plantagen sah. Und die jüdischen Bauern! Man hat mich zu einem Luftwaffenstützpunkt mitgenommen – ich wollte meinen Augen nicht trauen. Hat Sie denn *gar nichts* von all dem berührt?«

Ich dachte, während ich ihm zuhörte, wenn sein galizischer Großvater in der Lage wäre, auf einer Reise aus dem Land der Toten eine Stippvisite in Chicago, Los Angeles oder New York zu machen, dann könnte er durchaus solchen Empfindungen Ausdruck verleihen, und mit nicht weniger Verwunderung: »Wir sollten doch gar keine Amerikaner sein – und da sind diese Millionen und Abermillionen amerikanischer Juden! Sie können sich gar nicht vorstellen, was ich gefühlt habe, als ich sah, wie amerikanisch sie ausgesehen haben!« Wie soll man sich diesen amerikanisch-jüdischen Minderwertigkeitskomplex erklären angesichts des kühnen Anspruchs der militanten Zionisten, die das Patent auf jüdische Selbstverwandlung zu haben glauben, wenn nicht gar auf die Kühnheit selbst? »Hören Sie«, sagte ich zu ihm, »ich kann diese Art von Fragen nicht beantworten.«

»Wissen Sie, was ich nicht beantworten konnte? Die wollten dauernd, daß ich ihnen erkläre, wieso amerikanische Juden darauf bestehen, weiter in der Diaspora zu leben – und ich konnte nicht antworten. Nach allem, was ich gesehen hatte, wußte ich nicht, was ich sagen sollte. Weiß das irgend jemand? Kann das *irgend jemand* beantworten?«

Armer Kerl. Klingt, als hätten sie ihm damit ziemlich zugesetzt – war wohl Tag und Nacht in der Defensive von wegen seiner künstlichen Identität und total entfremdeten Situation. Sie haben zu ihm gesagt: »Wo ist jüdisches Überleben, wo ist jüdische Sicherheit, wo ist jüdische Geschichte? Wenn Sie wirklich ein guter Jude wären, dann wären Sie in Israel, ein Jude in einer jüdischen Gesellschaft.« Sie haben zu ihm gesagt: »Der einzige Ort auf der Welt, der wirklich jüdisch ist und nur jüdisch, ist Israel«, und er hat sich von dem moralischen Überheblichkeitsgetue zu sehr einschüchtern lassen, um überhaupt nur zu erkennen, geschweige denn einzugestehen, daß das einer der Gründe war, weshalb er dort nicht leben wollte.

»Warum *ist* das so?« fragte er, wobei seine Hilflosigkeit angesichts der Frage jetzt eher rührend war. »Warum *bestehen* Juden darauf, weiter in der Diaspora zu leben?«

Es war mir nicht danach zumute, einen Menschen abblitzen zu lassen, der offenbar ernstlich verwirrt war, aber ich wollte dieses Gespräch ebensowenig und war nicht in der Stimmung, bis in die Einzelheiten zu antworten. Das wollte ich mir für Henry aufheben. Das beste, was ich zu tun versuchen konnte, war, ihm etwas zu denken zu geben. »Weil es ihnen gefällt«, antwortete ich, stand auf und begab mich zu einem leeren Sitz ein paar Reihen weiter hinten, wo ich mich ungestört darauf konzentrieren konnte, was ich, wenn überhaupt, Henry sonst noch zu sagen hatte zu dem Wunder seiner neuen Existenz.

Jetzt saß auf dem Fensterplatz zu meiner Linken ein junger Mann mit dichtem Bart in einem schwarzen Anzug und einem bis zum Hals geknöpften weißen Hemd ohne

Krawatte. Er las in einem hebräischen Gebetbuch und aß einen Schokoladenriegel. Daß er beides zugleich tat, kam mir seltsam vor, doch ist wohl ein teilnahmsloser weltlicher Beobachter kaum der richtige Schiedsrichter, wenn es um die Frage geht, was Frömmigkeit vom Frevel unterscheidet.

Ich stellte meine Aktentasche auf den Boden – die seine lag offen auf dem Sitz zwischen uns – und fing meinen Brief an Henry an. Er schrieb sich keineswegs von selbst, nie geht es leicht von der Hand. Es war eher, als wollte man mit Augentropfen ein Feuer löschen. Ich schrieb und revidierte fast zwei Stunden lang, wobei ich bewußt daran arbeitete, die krittelnde Haltung des älteren Bruders, die beharrlich die ersten Entwürfe färbte, zu mäßigen. »Du willst ja nur, daß ich die politischen Realitäten sehe. Ich sehe sie. Aber ich sehe auch dich. Du bist auch eine Realität.« Das und ähnliches mehr strich ich durch und überarbeitete immer wieder, was ich geschrieben hatte, bis ich schließlich, so gut es ging, dahin gelangte, die Dinge mehr oder weniger auf seine Weise zu sehen, nicht so sehr, um eine Aussöhnung herbeizuführen, die nicht in Frage kam und die wir auch beide nicht mehr brauchten, sondern damit wir uns trennen konnten, ohne daß ich seine Gefühle verletzte und noch mehr Schaden anrichtete, als ich es bei dieser letzten Konfrontation schon getan hatte. Wenn ich auch eigentlich nicht glauben konnte, daß er für immer dort bleiben würde – die Kinder sollten zu Pessach hinfliegen, um ihn zu besuchen, und ich dachte, eine Begegnung mit ihnen könnte durchaus alles ändern –, ich schrieb so, als nähme ich an, daß seine Entscheidung unwiderruflich sei. Wenn er an diesem Gedanken festhalten will, dann werde auch ich daran festhalten.

In der Luft/El Al
11. Dezember 1978

Lieber Henry,
nachdem wir mißtrauisch unsere gegenseitigen Beweggründe durchleuchtet haben, nachdem einer in des anderen Augen seinen

Wert eingebüßt hat, was bleibt da zwischen Dir und mir? Das habe ich mich gefragt, seit ich an Bord des Flugzeugs mit der Flugnummer 315 bin. Aus Dir ist ein jüdischer Aktivist geworden, ein politisch engagierter Mann, der von seinen ideologischen Überzeugungen getrieben wird und die uralte Stammessprache studiert, Du lebst, streng getrennt von Deiner Familie, Deinem Besitz und Deiner Praxis, auf einem felsigen Hügel im biblischen Judäa. Aus mir ist (falls Dich das interessiert) ein bürgerlicher Ehemann geworden, ein Londoner Hauseigentümer und, im Alter von fünfundvierzig Jahren, ein werdender Vater, diesmal verheiratet mit einer Engländerin, die auf dem Lande aufgewachsen ist und in Oxford studiert hat; sie wurde in eine überlebte Kaste hineingeboren, die ihr eine Erziehung verschrieben hat, die der unseren nicht im entferntesten gleicht – die, wie sie Dir selbst sagen würde, kaum eine Ähnlichkeit mit irgend jemandes Erziehung in den letzten Jahrhunderten hat. Du hast ein Land, ein Volk, ein Erbe, ein Anliegen, eine Waffe, einen Feind, einen Mentor – einen gewaltigen Mentor. Ich habe nichts von alledem. Ich habe eine schwangere englische Frau. Wir haben uns in entgegengesetzter Richtung bewegt, und so haben wir es geschafft, uns in eine Situation zu manövrieren, die gleich weit von unseren Anfängen entfernt ist. Die Lehre, die ich für mich daraus ziehe – und das hat sich durch das Gesprächsduell Freitag nacht bestätigt, als ich die dumme Frage gestellt habe, warum Du mich nicht erschießt – ist die, daß unsere Familie schließlich am Ende ist. Unsere kleine Nation ist auseinandergerissen. Ich hätte nicht gedacht, daß ich das je erleben würde.

Ebenso, zugegeben, aus schriftstellerischer Neugier wie aus altersschwacher genetischer Verpflichtung habe ich mir achtundvierzig Stunden lang das Hirn zermartert, um zu verstehen, weshalb Du Dein ganzes Leben über den Haufen geworfen hast, und dabei ist das doch gar nicht so schwer. Überdrüssig der Erwartungen, die andere an Dich stellen, der Meinungen anderer über Dich, hast Du die Respektabilität ebenso satt wie Deine notwendig verborgenere Seite, und das zu einer Zeit im Leben, als das altbekannte Zeug ausgetrocknet ist – und da kommt diese Begeisterung aus dem Ausland, die Farbe, die Macht, die Leidenschaft, und verbunden mit Fragen, die die Welt erschüttern. Der ganze Zwiespalt in der jüdischen Seele, der sich jeden Tag in der Knesset zur Schau stellt. Warum hättest Du widerstehen sollen? Wer bist Du, daß Du Dir Zwang antun solltest? Ich stimme Dir zu. Was Lippman betrifft, auch ich habe eine schreckliche Schwäche für diese Show-Leute. Die holen wahrhaftig die Dinge aus dem Reich der Introspektion heraus. Lippman kommt mir vor wie jemand, für den Jahrhunderte von Mißtrauen und Antipathie und Unterdrückung und Elend zu einer Stradivari geworden sind, auf der er wie ein virtuoser jüdischer Violinist wild drauflosspielt. Seine Tiraden haben eine unheimliche Realität, und noch während man ihn ablehnt, muß man sich fragen, ob es daran liegt, daß es falsch ist, was er sagt, oder ob das, was er sagt, einfach unsagbar ist. Ich habe mit übermäßiger Ungeduld gefragt, ob Du Deine Identität von der erschreckenden Kraft einer Phantasie formen lassen solltest, die reicher an Realität ist als Deine eigene, und ich hätte die Antwort selbst wissen sollen. *Wie kann es anders sein?* Die trügerische Phantasie ist jedermanns Schöpfer – wir alle sind einer des anderen Erfindung, jeder eine Beschwörung, die alle anderen heraufbeschwört. Wir sind alle einer des anderen Urheber.

Schau Dir den Ort an, den Du jetzt Deine Heimat nennen willst: ein ganzes *Land*, das sich selbst phantasiert, das sich fragt: »Was zum Teufel hat es damit auf sich, ein Jude zu sein?« – und beim Versuch einer Antwort verlieren die Menschen Söhne, verlieren Gliedmaßen, verlieren dies und verlieren jenes. »Was ist überhaupt ein Jude?« Es ist eine Frage, die immer beantwortet werden mußte: Der Wortklang »Jude« ist nicht wie ein Fels in der Welt entstanden – irgendeine menschliche Stimme hat einmal »Jude« gesagt und auf jemanden gezeigt, und das war der Anfang dessen, was bis heute nicht aufgehört hat.

Ein anderer berühmter Ort, wo man den Juden erfunden hat (oder wiedererfand), war Hitlerdeutschland. Zum Glück für uns beide waren da zuvor unsere Großväter – woran Du mich Freitag nacht zu Recht erinnert hast – , die sich widersinnigerweise unter ihren Bärten fragten, ob ein Jude jemand sei, dem es unbedingt bestimmt war, in Galizien vernichtet zu werden. Denk nur an all das, was wir ihretwegen nicht mehr mit uns herumschleppen müssen, abgesehen davon, daß sie unsere Haut gerettet haben – denk nur an den wagemutigen, erfinderischen Genius dieser unwissenden Greenhorns, die nach Amerika kamen, um sich dort anzusiedeln. Und da kommt nun, gezeichnet von der Furcht vor einem neuen Hitler und einem zweiten großen Hinschlachten der Juden, dieser virtuose Violinist von Agor und mit ihm die von den Krematorien der Nazis entfachte Vision, man könne jedes unvorteilhafte moralische Tabu beiseitefegen, um die geistige Vorrangstellung der Juden wiederherzustellen. Ich muß Dir sagen, daß es diesen Freitag abend Augenblicke gab, wo es mir so vorkam, als ob es die Juden da draußen in Agor wären, die sich eigentlich der jüdischen Geschichte schämen, die es nicht ertragen können, was Juden gewesen sind, denen es peinlich ist, was aus ihnen wurde, und die jene Art von Ekel vor den »Abnormitäten« der Diaspora an den Tag legen, die man auch bei dem klassischen Antisemiten finden kann, den sie so verabscheuen. Ich frage mich, wie Du ein Wachsfigurenkabinett nennen würdest, in dem diejenigen Deiner Freunde zur Schau gestellt wären, die verächtlich jeden introspektiven Juden mit pazifistischen Neigungen und humanistischen Idealen entweder als Feigling oder als Verräter oder als Idioten verunglimpfen, wenn nicht das Museum des jüdischen Selbsthasses. Henry, meinst Du wirklich, daß Leute wie Lippman den Kampf um die Vorstellung von dem, was Juden sein könnten, gewinnen sollten?

Trotz allem, was Du mir gesagt hast, fällt es mir immer noch schwer zu glauben, daß Dein blühender Zionismus das Ergebnis einer *jüdischen* Notsituation ist, in die Du in Amerika geraten bist. Ich würde niemals wagen, irgendeinen Zionisten herabzusetzen, dessen Entschluß, nach Israel zu gehen, auf dem starken Gefühl basiert, daß er damit gefährlichem oder lähmendem Antisemitismus entrinnt.

Wären die wirklichen kritischen Fragen in Deinem Fall Antisemitismus oder kulturelle Isolation oder sogar ein wie auch immer irrationales Gefühl der Schuld hinsichtlich des Holocaust, dann gäbe es nicht viel zu fragen. Aber ich bin nun einmal davon überzeugt: wenn Dich irgend etwas abgestoßen oder deformiert hat, dann war es nicht eine Ghettosituation, die Ghettomentalität oder der Goi und die Bedrohung, die von ihm ausging.

Du hast genug eigene Anschauung, um nicht unkritisch das große Klischee von den amerikanischen Juden zu schlucken, wie sie es in Agor zu hegen scheinen, nämlich daß sie gierig von den Fleischtöpfen der Einkaufszentren zehren, mit einem wachsamen Auge auf den gojischen Mob – oder noch schlimmer, blind und ohne Bewußtsein für die drohende Gefahr – und dabei die ganze Zeit innerlich vor Selbsthaß und Scham brodeln. Brodeln vor Selbstliebe, das trifft es eher, brodelnd vor Zuversicht und Erfolg. Und vielleicht ist das ein weltgeschichtliches Ereignis, das sich mit der Geschichte, wie Du sie in Israel machst, messen kann. Geschichte muß nicht so gemacht werden, wie ein Mechaniker ein Auto macht – man kann eine Rolle in der Geschichte spielen, ohne daß das offensichtlich ist, nicht einmal für einen selbst. Es kann durchaus sein, daß Du, als Du es Dir in der Bürgerlichkeit und Sicherheit von West Orange weltläufig wohlergehen ließest und im täglichen Alltag mehr oder weniger Deine jüdische Herkunft vergaßest und doch erkennbar (und freiwillig) ein Jude bliebst, daß Du da jüdische Geschichte gemacht hast, die nicht weniger erstaunlich ist als die ihre, wenn auch ohne dir dessen in jedem Augenblick bewußt zu sein und ohne es dauernd sagen zu müssen. Auch Du hast Deinen Platz in Zeit und Kultur gehabt, ob Dir das nun klar war oder nicht. *Juden* voller Selbsthaß? Henry, soweit ich sehen kann, ist Amerika voll von Nichtjuden, die sich selbst hassen – es ist ein Land, das voll ist von Chicanos, die wie Texaner aussehen wollen, und Texanern, die wie New Yorker aussehen wollen, und jeder Menge Wasps aus dem Mittleren Westen, die, ob Du es glaubst oder nicht, sprechen und agieren und denken wollen wie Juden. Bei Amerika von Jude und Goi zu sprechen, geht an der Sache vorbei, denn Amerika ist einfach nicht so, auch wenn es die Ideologie in Agor behauptet. Und ebensowenig gibt die große Klischeemetapher von den Fleischtöpfen in irgendeiner Weise Dein verantwortungsbewußtes Leben dort wieder, sei es jüdisch oder sonst etwas; es war so konfliktgeladen und spannungsreich und wertvoll wie anderer Leute Leben auch, und in meinen Augen sah es nicht im geringsten wie Das Süße Leben aus, sondern wie *das Leben*, Punkt. Denk noch einmal darüber nach, wieviel »Bedeutungslosigkeit« Du gegenüber ihrer dogmatischen zionistischen Herausforderung einzuräumen bereit bist. Übrigens, ich kann mich wirklich nicht entsinnen, daß *Du* je zuvor das Wort Goi mit einer derartigen Miene intellektueller Autorität benutzt hättest. Es erinnert mich daran, wie ich während meines ersten Studienjahres in Chicago durch die Gegend gelaufen bin und immer vom Lumpenproletariat gesprochen habe, als stelle ich damit mein breites Wissen über die amerikanische Gesellschaft unter Beweis. Wenn ich die üblen Subjekte vor den Saloons in der Clark Street sah, habe ich mit Behagen »Lumpenproletariat« gesagt. Ich habe gedacht, ich wüßte etwas. Offen gesagt glaube ich, daß Du von Deiner Schweizer

Freundin mehr über »den Goi« erfahren hast, als Du es je in Agor kannst. In Wahrheit kannst Du *ihnen* etwas beibringen. Versuch es doch einmal an einem Freitagabend. Erzähl ihnen beim Essen von allem, worin Du während der Affäre damals geschwelgt hast. Das dürfte zur Bildung aller beitragen und den Goi ein bißchen weniger abstrakt machen.

Deine Verbindung zum Zionismus scheint mir wenig damit zu tun zu haben, daß sich Dein Gefühl, Jude zu sein, vertieft hat oder Du Dich in New Jersey vom Antisemitismus gefährdet gesehen hast, empört warst oder Dich in eine psychologische Zwangsjacke gesteckt fühltest – was die ganze Unternehmung keineswegs weniger »authentisch« macht. Es macht sie absolut klassisch. Der Zionismus ist, wie ich es sehe, nicht nur aus dem tiefen jüdischen Wunschtraum entstanden, der Gefahr der Isolierung und den Grausamkeiten sozialer Ungerechtigkeit und der Verfolgung zu entrinnen, sondern auch aus einem äußerst bewußten Verlangen, all das loszuwerden, was sich inzwischen den Zionisten ebenso wie den christlichen Europäern als ausgesprochen jüdisches Verhalten darstellte – also die Form der jüdischen Existenz selbst umzustülpen. Die Konstruktion eines Gegenlebens, das der eigene Anti-Mythos ist, stand direkt im Zentrum. Es gehörte zur Gattung der legendenhaften Utopie, es war ein Manifest menschlicher Wandlung, so extrem – und, am Anfang, so unplausibel –, wie es nur je ersonnen wurde. Ein Jude konnte ein neuer Mensch werden, wenn er wollte. In den frühen Tagen des Staates sagte die Idee fast jedermann zu, außer den Arabern. Überall auf der Welt machte man Stimmung dafür, daß Juden hingehen und sich in ihrem eigenen kleinen Heimatland entjuden sollten. Ich glaube, deshalb war das Land einst überall so populär – keine jüdischen Juden mehr, großartig!

Jedenfalls ist die Tatsache, daß Du Dich von dem zionistischen Labor für jüdische Selbstexperimente, das sich »Israel« nennt, mesmerisieren läßt, gar kein derart großes Mysterium, wenn ich es recht betrachte. Die Macht des Willens zur Umgestaltung der Realität verkörpert sich für Dich in Mordechai Lippman. Überflüssig zu sagen, die Macht der Pistole zur Umgestaltung der Realität hat auch ihren Reiz.

Mein lieber Hanoch (um den Namen jenes Anti-Henry zu zitieren, den in den judäischen Hügeln auszugraben Du entschlossen bist), ich hoffe, Du wirst bei Deinem Versuch nicht getötet. Wenn es

Schwäche war, die Du im Exil in West Orange für Deinen Feind hieltest, dann könnte es im Heimatland exzessive Stärke sein. Es soll gar nicht verkleinert werden – nicht jeder hat den Mut, sich selbst mit vierzig als Rohmaterial zu behandeln, ein behagliches, vertrautes Leben aufzugeben, wenn es ihm hoffnungslos fremd geworden ist, und freiwillig die Schwierigkeiten einer Umsiedlung auf sich zu nehmen. Niemand geht einen solch weiten Weg, wie Du es getan hast, und niemandem geht es, allem Anschein nach, allein aufgrund von Wagemut oder Hartnäckigkeit oder Verrücktheit so schnell so gut. Ein massiver Drang zur Selbsterneuerung (oder, wie Carol es sieht, zur Selbstsabotage) läßt sich nicht auf zarte Weise befriedigen; da braucht es schon handgreiflichen Trotz. Ich finde Deine Verehrung für Lippmans charismatische Vitalität besorgniserregend. Dennoch scheinst Du tatsächlich freier und unabhängiger geworden zu sein, als ich das je für möglich gehalten hätte. Wenn es wahr ist, daß Du unter unerträglichen Beschränkungen gelitten und in quälender Opposition gegen Dich selbst gelebt hast, dann hast Du, soweit ich das beurteilen kann, Deine Stärke klug genutzt, und alles, was ich sage, ist irrelevant. Vielleicht ist es genau das richtige, daß Du dort gelandet bist; vielleicht ist es, was Du Dein ganzes Leben lang gebraucht hast – ein kämpferisches Metier ohne Schuldgefühle.

Und wer weiß, in ein oder zwei Jahren wird es vielleicht anders aussehen für Dich, und Du wirst Gründe haben, dort zu leben, die mir überzeugender klingen – wenn Du noch mit mir sprichst – und die tatsächlich dem ähnlicher sind, was ich mir unter den Gründen vorstelle, warum Menschen dort oder anderswo leben, Gründe, die ich nun einmal nicht für weniger ernst oder bedeutungsvoll halte als die, die Du jetzt eben hast. Bestimmt ist der Zionismus etwas Subtileres als schlichte jüdische Kühnheit, denn schließlich sind Juden, die kühn handeln, nicht einfach Israelis oder Zionisten. Normal/abnorm, stark/schwach, wir/ich, nicht so nett/nett – es fehlt da eine Dichotomie, über die Du nur wenig oder gar nichts gesagt hast: Hebräisch/Englisch. Da draußen in Agor kommt man auf Antisemitismus zu sprechen, auf jüdischen Stolz, auf jüdische Macht, doch die ganze Nacht habe ich weder von Dir noch von Deinen Freunden etwas über den Aspekt des Hebräischen und *dessen* große, überwältigende kulturelle Realität gehört. Vielleicht komme ich nur darauf, weil ich Schriftsteller bin, obwohl ich mir offen gestanden nicht vorstellen kann, daß nicht jeder darauf kommen würde, denn es ist schließlich eher Hebräisch als Heroismus, mit dem Du Dich da umgeben hast, so wie es, wenn Du nach Paris gingest, um für immer dort zu leben, Französisch wäre, worin Du Deine Erfahrungen und Deine Gedanken formtest. Es überrascht mich, wenn Du Deine Gründe darlegst, warum Du dort bleibst, daß Du nicht ebensosehr auf der Kultur herumreitest, die Du Dir aneignest, wie auf der Männlichkeit, die aus dem Stolz und aus dem Handeln und aus der Macht fließt. Oder vielleicht kommst Du erst dann darauf, wenn Du den Verlust jener Sprache und Gesellschaft zu spüren beginnst, die Du für mein Gefühl so blind aufgibst.

Um die Wahrheit zu sagen, wäre ich Dir mit einem Mädchen an der Hand auf einer Straße in Tel Aviv über den Weg gelaufen und Du hättest zu mir gesagt: »Ich liebe die Sonne und den Geruch und die Falafel und die hebräische Sprache und das Leben als Zahnarzt inmitten einer hebräischen Welt«, dann wäre ich gar nicht darauf gekommen, Deine Beweggründe in irgendeiner Weise in Frage zu stellen. Das alles – was *meinen* Vorstellungen von Normalität entspricht – hätte ich viel leichter verstehen können als Deinen Versuch, Dich in ein Stück Geschichte einzuschließen, in das Du nun einmal nicht eingeschlossen bist, in eine Idee und ein Engagement, die vielleicht einmal zwingend waren für die Menschen, die sie ersonnen haben, die ein Land aufgebaut haben, als sie keine Hoffnung und keine Zukunft hatten und für sie alles nur aus Schwierigkeiten bestand – eine Idee, die zu ihrer historischen Zeit zweifelsohne brillant, genial, mutig und machtvoll war –, die aber in meinen Augen für Dich wirklich nicht gar so zwingend aussieht.

Inzwischen, und auf die Gefahr hin, daß ich wie Mutter klinge, wenn Du zum Training für den Hürdenlauf in der Schule aus dem Haus gegangen bist: paß um Gottes willen auf Dich auf. Ich will nicht das nächste Mal rüberkommen, um Deine sterblichen Überreste abzuholen.

Dein einziger Bruder,
Nathan

P.S. Du wirst aus der Unterschrift ersehen, daß ich mir nicht die Mühe gemacht habe, meinen Namen zu ändern, sondern in England die Suche nach *meinem* Anti-Selbst mit meinem alten Ausweis antrete und verkleidet als N.Z.

Als nächstes hielt ich in meinem Notizbuch fest, woran ich mich von meinem Gespräch am vorigen Abend mit Carol erinnern konnte; in Jersey war es sieben Stunden früher, und sie fing gerade an, das Abendessen für die Kinder herzurichten, als ich sie in der Rolle des Deprogrammierers meines Bruders anrief, ehe ich im Hotel schlafen ging. Seit Henrys Verschwinden vor fünf Monaten hatte Carol sich merklich verändert, und zwar so: auch sie hatte Schluß damit gemacht, immer nett zu sein. Ihre unerschütterlich entgegenkommende Persönlichkeit, die mir immer kaum mehr als ein sanftes Rätsel geboten hatte, war jetzt mit dem nötigen Zynismus gewappnet, um diesen grotesken Tiefschlag zu überstehen, sowie mit dem Haß, den es braucht, damit die Wunde anfangen kann zu heilen. Das Ergebnis war, daß ich zum ersten Mal in meinem Leben eine Art von Kraft in ihr spürte (wie auch einen weiblichen Reiz) und mich fragte, was ich bestenfalls erreichen konnte, wenn ich weiterhin den häuslichen Friedensstifter spielte. War nicht jeder glücklicher, wenn er wütend sein konnte? Bestimmt jedenfalls interessanter. Man tut dem Zorn unrecht – er kann sehr belebend sein und viel Spaß machen.

»Ich habe den Freitag mit ihm in seiner Siedlung verbracht und bin dann über Nacht geblieben. Ich konnte das Telephon nicht benutzen, um am nächsten Tag ein Taxi zu bestellen, weil sie alle religiös sind – niemand kommt und niemand geht am Sabbat, und niemand konnte mich fahren, deshalb war ich am Samstag auch noch dort. Ich habe ihn nie bei besserer Gesundheit gesehen, Carol – er sieht gut aus, und gesund, wenn du mich fragst.«

»Und er macht all den jüdischen Kram mit?«

»Einiges davon. Hauptsächlich lernt er Hebräisch. Das liegt ihm sehr am Herzen. Er sagt, seine Entscheidung ist unwiderruflich, und er kommt nicht zurück. Er ist in einer ganz rebellischen Geistesverfassung. Ich sehe keine Spur von Reue oder wirklicher Sehnsucht nach Hause. Überhaupt kein

Schwanken, offen gestanden. Es ist vielleicht einfach nur Euphorie. Er ist immer noch ziemlich in der euphorischen Phase.«

»Euphorie nennst du das? Irgendein israelisches Flittchen hat ihn mir weggenommen – das ist doch wohl die Geschichte, oder? Da gibt's doch todsicher eine kleine Soldatin, mit ihren Titten und ihrer Maschinenpistole.«

»Das habe ich mich auch gefragt. Aber nein, da ist keine Frau.«

»Hat nicht dieser Lippman eine Frau, die er vögelt?«

»Lippman ist für Henry ein Riese – ich glaube nicht, daß das drin ist. Sex ist eine ›Oberflächlichkeit‹, und er hat alle Oberflächlichkeit weggebrannt. Er hat den aggressiven Geist in sich entdeckt, unterstützt von Lippman. Er hat Macht gesehen. Er hat die Dynamik entdeckt. Er hat edlere Beweggründe entdeckt, reinere Absichten. Ich fürchte, es ist Henry, der dickköpfige, unkonventionelle Sohn, der jetzt ans Ruder gekommen ist. Er braucht eine größere Bühne für seine Seele.«

»Und dieses Nest von Siedlung, dieses absolute Nichts hält er für *größer*? Es ist die Wüste – es ist die *Wildnis*.«

»Aber die biblische Wildnis.«

»Du willst mir also sagen, daß es Gott ist?«

»Ich finde es genauso bizarr. Ich habe keine Ahnung, wo das herkommt.«

»Oh, ich weiß, woher. Das kommt vom Leben in dem kleinen Ghetto, als ihr Kinder wart, von eurem verrückten Vater – er ist direkt zu den Wurzeln dieses Wahnsinns zurückgekehrt. Es ist genau diese Verrücktheit, nur in umgekehrter Richtung.«

»Du hast doch früher nie gefunden, daß er verrückt ist.«

»Ich habe ihn immer für verrückt gehalten. Wenn du die Wahrheit wissen willst, ich habe euch alle für ein bißchen übergeschnappt gehalten. Du bist noch am besten dabei weggekommen. Du hast dich nicht im wirklichen Leben damit befaßt – du hast den Kram in Bücher umgemünzt und ein

Vermögen damit gemacht. Du hast aus dem Wahnsinn Profit gezogen, aber es ist dennoch alles Teil des Familienirrsinns zum Thema Juden. Henry ist einfach ein spätentwickelter Zuckerman-Depp.«

»Erkläre es, wie du willst, aber er sieht nicht irrsinnig aus und klingt nicht irrsinnig, und er hat auch nicht jede Verbindung zu seinem Leben verloren. Er freut sich ungeheuer darauf, die Kinder zu Pessach zu sehen.«

»Nur, daß ich nicht will, daß meine Kinder in all das verwickelt werden. Das habe ich nie gewollt. Wenn ich das gewollt hätte, hätte ich einen Rabbi geheiratet. Ich will es nicht, es interessiert mich nicht, und ich glaube auch nicht, daß es ihn je interessiert hat.«

»Ich glaube, Henry *verläßt sich darauf*, daß die Kinder zu Pessach kommen.«

»Gilt die Einladung auch mir oder nur den Kindern?«

»Ich dachte, die Einladung gelte den Kindern. Ich habe es so verstanden, daß der Besuch schon abgemacht ist.«

»Ich lasse sie nicht allein fahren. Wenn er verrückt genug war, das zu tun, was er sich selbst angetan hat, dann ist er auch verrückt genug, sie dortzubehalten und zu versuchen, aus Leslie so ein kleines Ding mit Schnörkellocken und einem totenbleichen Gesicht zu machen, ein monströses kleines religiöses Geschöpf. Und schon gar nicht werde ich meine Mädchen schicken, damit er sie in ein Bad werfen und ihnen den Kopf rasieren und sie an den Schlachter verheiraten kann.«

»Ich glaube, weil ich dort am Samstag das Telephon nicht benutzen konnte, hast du eine falsche Vorstellung bekommen. Es ist nicht die Orthodoxie, von der er sich hat inspirieren lassen, es ist der Ort – Judäa. Es hat den Anschein, daß es ihm ein ernsteres Gefühl seiner selbst gibt, wenn er die Wurzeln seiner Religion überall um sich hat.«

»Was für Wurzeln? Er hat diese Wurzeln vor zweitausend Jahren hinter sich gelassen. Soweit ich weiß, ist er zweitausend Jahre lang in New Jersey gewesen. Es ist alles Unsinn.«

»Naja, du kannst natürlich tun, was du willst. Aber wenn die Kinder zu Pessach herkommen könnten, ergäbe sich vielleicht wieder eine Kommunikation zwischen euch beiden. Im Augenblick widmet er sein ganzes Verantwortungsgefühl der jüdischen Sache, aber das könnte sich ändern, wenn er sie wiedersieht. Bisher hat er uns alle mit seinem jüdischen Idealismus abgeblockt, aber wenn sie bei ihm auftauchen, wäre das für uns vielleicht ein Ansatz herauszufinden, ob es wirklich ein revolutionärer Wandel ist oder nur irgendein Aufstand, der sich schon legen wird. Der letzte große Ausbruch der Jugend. Vielleicht der letzte große Ausbruch der Lebensmitte. Es läuft mehr oder weniger auf dasselbe hinaus: den Wunsch, sein Leben zu vertiefen. Der Wunsch wirkt immerhin echt, wenn auch die Mittel, das gebe ich zu, furchtbar nach Ersatz aussehen. Im Augenblick ist es ein bißchen so, als wäre er darauf aus, sich an allem zu rächen, was ihn, wie er glauben möchte, einmal zurückgehalten hat. Die Solidarität dort hält ihn immer noch ziemlich in Bann. Aber wenn die Euphorie erst einmal nachzulassen beginnt, könnte das Treffen mit den Kindern sogar zu einer Versöhnung mit dir führen. Wenn du das willst, Carol.«

»Meine Kinder würden es dort gräßlich finden. Sie sind von mir, sie sind von *ihm* so erzogen worden, daß sie mit keiner Religion irgend etwas zu tun haben wollen. Wenn er dorthin gehen will und klagen und stöhnen und den Kopf auf den Boden schlagen will, soll er doch, aber die Kinder werden hierbleiben, und wenn er sie sehen will, dann wird er sie eben hier sehen müssen.«

»Aber wenn seine Entschlossenheit anfängt nachzulassen, würdest du ihn wieder nehmen?«

»Wenn er zur Vernunft kommen sollte? Natürlich würde ich ihn wieder nehmen. Die Kinder halten sich tapfer, aber ein großes Vergnügen ist es für sie auch nicht. Sie sind verwirrt. Sie vermissen ihn. Ich würde nicht gerade sagen, daß sie ganz durcheinander sind, denn sie sind äußerst intelligent. Sie wissen genau, was los ist.«

»Ja? Und das wäre?«

»Sie denken, er hat einen Nervenzusammenbruch. Sie haben bloß Angst, daß ich auch einen kriege.«

»Und wirst du?«

»Wenn er meine Kinder kidnappt, dann ja. Wenn dieser Wahnsinn noch sehr viel länger weitergeht, ja, dann könnte ich durchaus einen kriegen.«

»Ich nehme ja an, daß das alles immer noch eine Auswirkung dieser furchtbaren Operation ist.«

»Ich natürlich auch. Ich glaube, daß er sich an Gott oder einen Strohhalm oder sonst was klammert, weil er Angst hat zu sterben. Irgend so ein magischer Zauber, eine Form der Besänftigung, um die Gewißheit zu bekommen, daß es niemals wieder geschieht. Buße. Ach, es ist zu schrecklich. Es ergibt überhaupt keinen Sinn. Wer hätte sich träumen lassen, daß so etwas geschieht?«

»Darf ich dann vorschlagen, daß, wenn du dich zu Pessach *doch* dazu durchringen könntest...«

»Wann *ist* Pessach überhaupt? Ich weiß nicht einmal, wann Pessach *ist*, Nathan. Wir *begehen* das doch alles gar nicht. Das haben wir nie getan, nicht einmal, als ich noch zu Hause bei meinen Eltern war. Selbst mein Vater, dem ein Schuhgeschäft gehörte, war frei von alledem. Er hat sich nicht für Pessach interessiert, er hat sich für Golf interessiert, und jetzt scheint es, daß er damit auf der evolutionären Stufenleiter dreitausend Sprossen über seinem dummen Schwiegersohn steht. Religion! Alles nur Fanatismus und Aberglaube und Kriege und Tod! Dummer, mittelalterlicher Unsinn! Wenn man alle Kirchen und alle Synagogen abreißen würde, um Raum für mehr Golfplätze zu schaffen, dann wäre es um die Welt besser bestellt.«

»Ich sage nur, wenn du ihn irgendwann einmal in Zukunft wiederhaben möchtest, dann würde ich ihm in der Sache mit Pessach keinen Strich durch die Rechnung machen.«

»Aber ich *will ihn nicht* wiederhaben, wenn er so verrückt ist. Ich will mein Leben nicht mit einem verrückten Juden verbringen. Eure Mutter konnte das vielleicht, aber für mich kommt es nicht in Frage.«

»Was du sagen könntest, wäre: ›Hör mal, du kannst doch auch in Essex County ein Jude sein.‹«

»Nein, mit mir kann er das nicht.«

»Aber du hast schließlich einen Juden geheiratet. Und er eine Jüdin.«

»Nein. Ich habe einen sehr gut aussehenden, großgewachsenen, athletischen, sehr lieben, sehr aufrichtigen, sehr erfolgreichen, verantwortungsbewußten Zahnarzt geheiratet. Ich habe keinen Juden geheiratet.«

»Ich habe nicht gewußt, daß das deine Gefühle waren.«

»Ich bezweifle, daß du überhaupt etwas über mich gewußt hast. Ich war Henrys langweilige kleine Frau. Natürlich war ich nebenbei Jüdin – wer hätte je einen Gedanken daran verschwendet. Das ist die einzig anständige Art, wie man so etwas sein kann. Aber Henry hat mehr als bloß an der Oberfläche gekratzt mit dem, wo er hingegangen ist und was er getan hat. Ich will einfach nichts mit all diesem engstirnigen, verlogenen, abergläubischen und völlig überflüssigen Scheiß zu tun haben, und bestimmt nicht will ich, daß meine Kinder etwas damit zu tun haben.«

»Um nach Hause zurückkehren zu können, muß Henry also nur so unjüdisch sein wie du.«

»Du hast's erfaßt. Ohne seine kleinen Löckchen und sein kleines Käppi. Hab' ich dazu im College französische Literatur studiert, damit er hier mit einem Käppi herumläuft? Wo will er mich denn jetzt hinstecken, hinauf auf die Galerie zu den anderen Frauen? Ich kann dieses Zeugs nicht *ausstehen*. Und je ernster die Leute es nehmen, desto abstoßender ist das alles. Eng und einschnürend und widerwärtig. *Und* selbstgefällig. In *die* Kiste werde ich mich nicht einsperren lassen.«

»Das mag sein, wie es will, aber wenn du die Familie wieder zusammenbringen möchtest, dann wäre ein Ansatz dazu, zu ihm zu sagen: ›Komm zurück und setz deine Hebräischstudien hier fort, und deine Thorastudien –‹«

»*Er* studiert die *Thora*?«

»Nachts. Gehört dazu, um ein authentischer Jude zu werden. Authentisch ist sein Wort – in Israel kann er ein authentischer Jude sein, und alles bekommt für ihn einen Sinn. Als Jude in Amerika hat er sich irgendwie künstlich gefühlt.«

»Ja? Nun, so künstlich fand ich ihn ganz in Ordnung. Und auch alle seine Freundinnen. Hör mal, in New York leben Millionen von Juden – sind die alle künstlich? Da komme ich einfach nicht mit. Ich will als ein Mensch leben. Das allerletzte, in das ich verstrickt sein möchte, ist ein authentisch jüdisches Leben. Wenn es das ist, was er will, dann haben er und ich uns nichts mehr zu sagen.«

»Also nur, weil dein Mann Jude sein will, läßt du es zu, daß die Familie sich auflöst?«

»Jesus Christus, mach *du* keine frommen Sprüche über ›die Familie‹. *Oder* darüber, was es heißt, Jude zu sein. Nein – weil mein Mann, der Amerikaner ist und den ich für ein Mitglied meiner Generation gehalten habe, meiner Epoche, *frei* von all diesem Ballast, weil er zeitlich einen gewaltigen Schritt zurück getan hat, *deshalb* löse ich die Familie auf. Was meine Kinder angeht, ihr Leben ist hier, ihre Freunde sind hier, ihre Schulen sind hier, ihre künftigen Universitäten sind hier. Sie haben nicht den Pioniergeist, den Henry hat, sie haben nicht den Vater gehabt, den Henry hatte, und sie werden zu Pessach nicht in das biblische Heimatland gehen und schon gar nicht hier in eine Synagoge. Es wird in dieser Familie keine Synagogen geben! Es wird in diesem Hause keine koschere Küche geben! So ein Leben könnte ich unmöglich führen. Soll er sich verpissen, soll er doch dort bleiben, wenn es authentisches Judentum ist, was er will, soll er dort bleiben und sich eine authentische Jüdin dazusuchen, mit der er lebt, und die beiden können ein Haus führen mit einem Tabernakel, wo sie alle ihre kleinen Feste feiern. Aber hier kommt das nicht in Frage – niemand wird in diesem Hause herumstolzieren und die Trompete jüdischer Erlösung schmettern!«

Wir hatten den halben Weg nach London hinter uns, als ich fertig war, und der junge Mann neben mir war immer noch in sein Gebetbuch vertieft. Zerrissene Hüllen von drei oder vier Schokoladenriegeln lagen auf dem Sitz zwischen uns verstreut, und unter seinem breitkrempigen Hut strömte reichlich Schweiß hervor. Da es keine Turbulenzen gab, da das Flugzeug gut belüftet war und eine angenehme Temperatur herrschte, fragte ich mich wie meine Mutter – wie *seine* Mutter –, ob ihm nicht vielleicht von all den Süßigkeiten schlecht geworden war. Sein Gesicht, das von Hut und Bart verdeckt wurde, kam mir irgendwie bekannt vor; vielleicht ähnelte er jemandem, der mit mir in Jersey aufgewachsen war. Aber waren mir nicht immer wieder während der letzten paar Tage so viele Leuten bekannt vorgekommen? Im Café, als ich auf der Dizengoffstraße die Passanten beobachtete, und dann wieder vor dem Hotel, während ich auf ein Taxi wartete, die archetypisch jüdische Gesichtsbildung eines Israelis erinnerte mich immer wieder an jemanden zu Hause in Amerika, der ein naher Verwandter hätte sein können, wenn nicht eben derselbe Jude in einer neuen Verkörperung.

Ehe ich mein Notizbuch in die Aktentasche zurücksteckte, las ich noch einmal alles durch, was ich Henry geschrieben hatte. Warum läßt du den armen Kerl nicht in Ruhe, fragte ich mich. Noch einmal tausend Worte ist gerade das, was er von dir braucht – sie werden es in Agor zu Zielübungen verwenden. Hatte ich es nicht ohnehin für mich selbst geschrieben, zu meiner eigenen Erhellung, und dabei versucht, interessant zu machen, was bei ihm nicht interessant war? Auf die vergangenen achtundvierzig Stunden zurückblickend hatte ich das Gefühl, daß ich, wenn ich mit Henry allein war, mich in Gegenwart eines Menschen befunden hatte, der einen sehr tiefen Traum ganz flach träumt. Ich hatte, während ich bei ihm war, wiederholt versucht, seiner Flucht, durch die er den engen Begrenzungen seines Lebens entronnen war, eine höhere Bedeutung zu verleihen, doch am Ende kam er mir trotz seiner Entschlossenheit, jemand Neues zu sein, geradeso naiv und uninteressant vor, wie er es immer gewesen war. Sogar dort, in diesem jüdischen Treibhaus, schaffte er es irgendwie, vollkommen gewöhnlich zu bleiben, während es meine Hoffnung gewesen war – vielleicht überhaupt der Grund, weshalb ich die Reise gemacht hatte – , daß er, zum ersten Mal in seinem Leben befreit vom Schutz der Verantwortung für die Familie, weniger leicht erklärbar und origineller geworden wäre als – als eben Henry. Doch das war etwa so, als erwartete man, daß sich die Nachbarin, die man im Verdacht hat, daß sie ihren Mann betrügt, als Emma Bovary zu erkennen gibt, und das womöglich noch im Französisch Flauberts. Die Menschen stellen sich Schriftstellern nun einmal nicht als ausgewachsene literarische Charaktere zur Verfügung – im allgemeinen geben sie einem sehr wenig, mit dem man arbeiten kann, und sind nach dem Anstoß des anfänglichen Eindrucks gewiß keine große Hilfe mehr. Die meisten Menschen (beim Schriftsteller angefangen – ihm selbst, seiner Familie, wohl beinahe jedem, den er kennt) sind absolut unoriginell, und seine Aufgabe ist es, sie anders erscheinen zu lassen. Das ist nicht leicht. Wenn Henry sich je als interessant erweisen sollte, dann mußte ich das bewerkstelligen.

Es gab noch einen weiteren Brief, den ich schreiben wollte, solange die Ereignisse der letzten paar Tage noch frisch im Gedächtnis waren, und das war die Antwort auf einen Brief von Shuki, der abgegeben worden war und am Empfangsschalter auf mich wartete, als ich früh am Morgen das Hotel verließ. Ich hatte ihn im Taxi zum Flughafen zunächst überflogen und nahm ihn nun, da ich Ruhe und Zeit hatte, mich zu konzentrieren, aus meiner Aktentasche, um ihn wiederzulesen, wobei ich an die paar Juden denken mußte, die in den letzten zweiundsiebzig Stunden meinen Weg gekreuzt hatten, und wie sie sich mir gegenüber – und ich mich ihnen gegenüber – dargestellt hatten und wie jeder einzelne das Land dargestellt hatte. Ich hatte eigentlich nichts von dem gesehen, was Israel wirklich war, doch hatte ich wenigstens eine anfängliche Vorstellung von dem bekommen, wozu es sich *machen* ließ in den Köpfen einer kleinen Anzahl seiner Bewohner. Ich war mehr oder weniger kühl hingekommen, um zu sehen, was mein Bruder dort machte, und Shuki wollte mir zu verstehen geben, daß ich es ebenso kühl wieder verließ – daß die Funken, die ich in Agor hatte fliegen sehen, wohl nicht all das bedeuteten, was ich mir dabei vorstellen mochte. Und es sei wichtiger, als ich es mir vielleicht klargemacht hätte, daß ich mich nicht irreführen ließe. Mit meinen fünfundvierzig Jahren wurde ich von Shuki ermahnt – wenn auch so respektvoll und freundlich wie möglich –, und er gab mir dasselbe zu bedenken, was man mir als Schriftsteller immer wieder zu bedenken gegeben hatte (als erster übrigens mein Vater), seit ich im Alter von dreiundzwanzig Jahren anfing, Erzählungen zu veröffentlichen: daß die Juden nicht zu meinem Vergnügen, zur Unterhaltung meiner Leser daseien, geschweige zu ihrer eigenen. Ich wurde ermahnt, den Ernst der Situation zu erfassen, ehe ich meinem Komödienspiel freien Lauf ließe und die Juden in falscher Weise ins Licht der Öffentlichkeit rückte. Ich wurde ermahnt, daß jedes Wort, das ich über Juden schreibe, eine potentielle Waffe gegen uns ist, eine Bombe im Arsenal unserer Feinde, und daß es tatsächlich weitgehend mir zu verdanken ist, wenn sich heute jedermann bereitfindet, alle möglichen närrischen, burlesken Ansichten über die Juden anzuhören, die auch nicht eine Spur jener Wirklichkeit wiedergeben, von der wir bedroht sind.

Alles, woran ich denken konnte, während ich Shukis überraschenden Brief langsam noch einmal las, war, daß man seinem Geschick wirklich nicht entgehen kann. Nie wird es mir an diesen großen Tabus fehlen, zwischen deren Zangenbeißer ich meine Art von Talent immer habe stecken müssen. »Dieser Vorwurf«, dachte ich, »wird mir bis ins Grab folgen. Und wer weiß, wenn die Burschen dort an der Klagemauer recht haben, vielleicht noch darüber hinaus.«

Ramat Gan
10. Dezember 1978

Lieber Nathan,
ich sitze zu Hause und mache mir Sorgen über Dich dort draußen in Agor. Was mich beunruhigt, ist die Aussicht, daß auch Du Dich in Mordechai Lippman verlieben könntest. Was mich beunruhigt, ist die Aussicht, daß Du Dich von seiner Lebendigkeit irreführen lassen und ihn für einen weitaus interessanteren Charakter halten könntest, als er ist. An lebendigen Juden hat es in Deiner Prosa ja nicht gefehlt, und Lippman wäre auch nicht unser erster Delinquent, der Deine Einbildungskraft ergötzt. Man müßte blind sein, um nicht die Faszination zu erkennen, die jüdische Selbstübertreibung und die hypnotische Anziehungskraft eines ungehemmten Juden auf Dich ausüben, im Gegensatz zu Deiner relativen Gleichgültigkeit als Schriftsteller gegenüber unseren sanften, vernünftigen Denkern, unseren jüdischen Vorbildern an Liebheit und Licht. Die Menschen, die Du eigentlich magst und bewunderst, findest Du am wenigsten faszinierend, während alles Vorsichtige in Deinem eigenen typisch ironischen und streng selbstdisziplinierten jüdischen Wesen sich unverhältnismäßig stark von dem Schauspiel dessen gefangennehmen läßt, was Dich moralisch abstößt, Deiner Antithese, des zügellosen und exzessiven Juden, dessen Leben alles andere ist als eine gehütete und abgesicherte Maskerade schlauer Selbsttarnung und dessen Talent nicht wie das Deine zur Dialektik neigt, sondern zur Apokalypse. Was mich beunruhigt, ist, daß Du in Lippman und seinen Kohorten einen unwiderstehlichen jüdischen Zirkus sehen wirst, eine großartige Show, und daß das, was für den einen fehlgeleiteten Zuckermanknaben moralisch erbaulich ist, für den anderen in reichem Maße unterhaltend sein wird, einen Schriftsteller mit dem starken Hang dazu, ernste, ja sogar bedenkliche Themen an Hand ihres komischen Potentials auszuloten. Was Dich zu einem normalen Juden macht, Nathan, ist, wie sehr Du auf jüdische Abnormität festgelegt bist.

Doch wenn er sich für Dich als so unterhaltsam erweist, daß Du beschließt, über ihn schreiben zu müssen, dann möchte ich Dich bitten, folgendes im Kopf zu behalten: *(a)* Lippman ist nicht der interessante Charakter, für den ihn zu halten ein erster Eindruck

Dich verführen mag – schau nur ein bißchen hinter seine Tiraden, und er ist ein ziemlich uninteressanter Spinner, um nicht zu sagen ein Esel, ein eindimensionaler Windbeutel, der sich immer wiederholt und vorhersehbar von der Norm abweicht, etc.; *(b)* Lippman ist für sich genommen irreführend, er ist nicht die Gesellschaft, er steht am Rande der Gesellschaft; für den Außenstehenden ist die Kampfrede das bestimmende Merkmal der Gesellschaft, und weil er der extremste Kampfredner ist, einer von denen, die einem *jedesmal* die ganze Ideologie auf einmal servieren, mag er Dir sogar als die Verkörperung von Israel selbst vorkommen. Tatsächlich ist er eine sehr periphere Verkörperung des Verfolgungswahns, die extremste, die fanatischste Stimme, die eine Situation wie die unsere hervorbringt, und auch wenn er potentiell noch mehr Schaden anrichten kann als ein Senator Joseph McCarthy, so sprechen wir hier doch über ein ähnliches Phänomen, einen Psychopathen, der dem gesunden Menschenverstand des Landes zutiefst entfremdet ist und für unser normales, alltägliches Leben (von dem Du übrigens gar nichts gesehen haben wirst) eine absolute Randerscheinung darstellt; *(c)* es hat, kurz gesagt, mit diesem Lande ein bißchen mehr auf sich, als Du dort in Agor von Lippman zu hören bekommst oder sogar, als Du von mir in Tel Aviv zu hören bekommen hast (noch so ein peripherer Charakter – der periphere kauzige Meckerer, von dem nur noch seine Kümmernisse übrig sind); denk daran, wenn Du seine Kampfrede – oder meine – zum Thema nimmst, daß Du mit einer Streitfrage spielst, für die Menschen *sterben*. Junge Leute sterben hier für etwas, über das wir streiten. Mein Bruder ist dafür gestorben, mein Sohn kann dafür sterben – vielleicht sehr bald sogar – , um nicht von den Kindern anderer Leute zu sprechen. Und sie sterben, weil sie in etwas drinstecken, das weitaus größere Dimensionen hat als Lippmans Possenspiele.

Wir sind hier nicht in England, wo ein Fremder ewig leben kann, ohne irgend etwas herauszufinden. Schon in ein paar Stunden sammelst Du die lebhaftesten Eindrücke in einem Land wie diesem, wo jeder überall lauthals seine Meinung kundtut und die Politik in der Öffentlichkeit beständig und fieberhaft diskutiert wird – doch laß Dich davon nicht irreführen. Worum es hier geht, ist eine ernste Angelegenheit, und so ermüdend und unerbittlich mein Abscheu auch sein mag vor vielem, was hier seit Jahren geschieht, so wenig ich auch dem Zionismus der Sorte meines Vaters noch anhänge, meine Wutanfälle werden durch eine unentrinnbare Identifikation mit dem Kampf Israels ausgelöst; ich spüre eine gewisse Verantwortung für dieses Land, eine Verantwortung, die verständlicherweise Deinem Leben nicht innewohnt, aber dem meinen. Desillusionierung ist auch eine Art, sich um sein Land zu kümmern. Aber was mich beunruhigt, ist nicht, daß Du meinen nationalen Stolz verletzen wirst; sondern daß, falls und wenn Du über Deinen Besuch in Agor schreibst, der durchschnittliche Leser Nathan Zuckermans Israel mit Lippman identifizieren wird. Egal, was Du schreibst, Lippman wird stärker dabei wegkommen als alle anderen, und der durchschnittliche Leser wird ihn besser im Gedächtnis behalten als alle anderen und denken, der ist Israel. Lippman ist häßlich, Lippman ist ein Extremist, und das heißt: Israel ist häßlich, der Israeli ist extremistisch – diese fanatische Stimme steht für den Staat. Und das könnte großen Schaden anrichten.

Ich sehe die Gefahr nicht so, wie man sie in Agor sieht, aber das heißt doch nicht, daß es keine Gefahr *gibt*. Selbst wenn für mein Gefühl Agor selbst die größte Gefahr darstellt, gibt es immer noch die Gefahr von außen, die nicht weniger wirklich ist und weitaus schrecklicher sein könnte. Ich sage das nicht verbittert – ich werfe nicht allen Nichtjuden vor, sie seien gegen uns, was die Richtung ist, die man in Lippmans Höhle einschlägt, aber wir werden nun einmal von Leuten verleumdet, die unerbittlich gegen uns sind: Du hast mit solchen neulich abends in London diniert, und ich hatte mit einem solchen ein Interview bei der BBC, sie arbeiten bei Zeitungen in Fleet Street und überall in Europa. Du selbst verstehst vielleicht, wenn Du Lippman von Angesicht zu Angesicht gegenübersitzt, daß er ein verlogener, fanatischer, rechtsextremer Hurensohn ist, der die humanitären Prinzipien, auf denen dieser Staat gründet, pervertiert, aber für sie würdest Du in Lippman das schmutzige Herz des Zionismus darstellen, das wahre Gesicht des jüdischen Staates, den sie der Welt unerbittlich als chauvinistisch, militant, aggressiv und machtbesessen darstellen. Und darüber hinaus werden sie sagen können, daß ein Jude diese üble Sache geschrieben hat, und daß er endlich einmal die Wahrheit sagt. Nathan, das *ist* eine ernste Angelegenheit: Wir haben Feinde, mit denen wir beständig im Krieg liegen, und wenn wir auch viel stärker sind als sie, wir sind nicht unbesiegbar. Diese Kriege, in denen das Leben unserer Kinder auf dem Spiel steht, erfüllen uns die ganze Zeit mit einem Todesgefühl. Wir leben wie ein Mensch, der so viele Nadelstiche bekommt, daß es nicht mehr unser Leben ist, was in Gefahr ist, sondern unsere geistige Gesundheit. Unsere und die unserer Söhne.

Ehe Du Dich hinsetzt, um Amerika mit Lippman zu unterhalten, nimm Dir eine Minute Zeit und denk über folgendes nach – eine lebendige Geschichte, vielleicht zu lebendig, aber ich versuche, Dir etwas klarzumachen.

Hätten die Araber 1973 an Rosch Haschanah statt am Jom Kippur angegriffen, dann wären wir wirklich übel drangewesen. Am Jom Kippur ist nahezu jeder zu Hause. Man fährt nicht weg, man macht keine Reisen, man geht nirgendwo hin – das gefällt vielen von uns nicht, und doch bleiben wir zu Hause, es ist am leichtesten. Und folglich war, als sie an jenem Tag angriffen – obwohl wir unsere Verteidigung vernachlässigt hatten, aus übergroßem Selbstvertrauen und aus Arroganz und weil die andere Seite falsch interpretiert wurde – folglich war, als der Alarm losging, jeder zu Hause. Man brauchte bloß von der Familie Abschied zu nehmen. Es war niemand auf den Straßen, man kam leicht dorthin, wo man hinzugehen hatte, man konnte die Panzer an die Fronten bringen, und alles war ganz einfach. Hätten sie eine Woche früher angegriffen, wenn ihr Geheimdienst genug »Geheimnisse« gekannt hätte, um ihnen zu sagen, sie sollten an Rosch Haschanah zuschlagen, einem heiligen Tag, der aber weniger feierlich begangen wird, als mindestens das halbe Land irgendwo unterwegs war – Zehntausende überall im Sinai, unten in Scharm el Scheich, Menschen aus dem Süden oben in Tiberias, und alle mit Familie –, hätten sie an dem Tag angegriffen, und jeder hätte die Familie nach Hause bringen müssen, ehe er sich bei seiner Einheit meldete, und die Straßen wären voll gewesen, weil Leute hierhin und dorthin fuhren, und die Armee hätte die großen Tieflader mit den Panzern nicht zur Front bringen können, dann wären wir wirklich in Schwierigkeiten gewesen. Sie wären einfach hereingelaufen, und es hätte das absolute Chaos gegeben. Ich sage nicht, daß sie uns erobert hätten, aber wir wären knietief im Blut gewatet, unsere Häuser wären zerstört und unsere Kinder in den Schutzräumen angegriffen worden – es wäre grauenvoll gewesen. Darauf möchte ich hinweisen, nicht weil ich für die Israels-Überleben-steht-auf-dem-Spiel-Schule des militärischen Denkens plädieren will, sondern um zu zeigen, daß vieles illusorisch ist.

Jetzt zum nächsten Punkt. Praktisch alles, was wir im Moment hier haben, müssen wir aus dem Ausland holen. Ich denke an Sachen, die uns die arabischen Länder, wenn wir sie nicht hätten, keine Minute lang zugestehen würden (und ich nehme Plutonium nicht aus). Was sie in Schach hält, kommt nicht aus unseren eigenen Ressourcen, sondern aus fremden Taschen; wie ich neulich Dir gegenüber geklagt habe, besteht das meiste aus Zuwendungen, die Carter bewilligt und denen sein Kongreß zustimmt. Was wir haben, kommt aus der Tasche des Kameraden aus Kansas – ein Teil eines jeden seiner Steuerdollars wird darauf verwandt, die Juden zu bewaffnen. Und warum sollte er für die Juden zahlen? Die andere Seite versucht dauernd, uns zu unterminieren, diese Unterstützung auszuhöhlen, und ihre Position wird immer besser; noch ein bißchen mehr Hilfe von Begin in Form von törichter Politik, und sie können tatsächlich einer Situation Vorschub leisten, in der die Unlust, weiter zu blechen, immer mehr wächst, bis sich schließlich niemand in den USA mehr verpflichtet fühlt, pro Jahr drei Milliarden rüberzuschaufeln, um einen Haufen Jidden unter Waffen zu halten. Um die Dollars weiterhin herauszurücken, muß jener Amerikaner glauben, daß der Israeli mehr oder weniger genauso ist wie er selbst, dieselbe anständige Art von Kerl, der auf dieselbe Art von anständigen Dingen aus ist. Und das ist Mordechai Lippman nicht. Wenn Lippman und seine Anhänger nicht die Art von Juden sind, für die sie Geld bezahlen wollen, kann ich ihnen das nicht vorwerfen. Sein Standpunkt ist vielleicht lebendig genug, um einen satirischen jüdischen Schriftsteller in Bann zu ziehen, aber wer aus Kansas braucht das schon, nämlich daß er mit seinem schwerverdienten Kies all dieses Zeugs unterstützen soll?

Im übrigen hast Du noch nicht Lippmans arabisches Gegenstück kennengelernt und bist noch nicht von *dessen* wüster Rhetorik frontal angegriffen worden. Ich bin sicher, daß Du in Agor gehört haben wirst, wie Lippman über die Araber spricht, und daß wir sie beherrschen müssen, aber wenn Du noch nicht gehört hast, wie die Araber über das Herrschen sprechen, wenn Du noch nicht *gesehen* hast, wie sie herrschen, dann kannst Du Dich als Satiriker auf einen noch größeren Festschmaus gefaßt machen. Jüdisches Gezeter und Maulheldentum gibt es – doch wie unterhaltsam Du es auch bei Lippman finden magst, das arabische Gezeter und Maulheldentum hat eine ganz eigene Qualität, und die Charaktere, die es ausspucken, sind nicht weniger häßlich. Eine Woche in Syrien, und Du könntest auf ewig Satiren schreiben. Laß Dich nicht von Lippmans Abscheulichkeit irreführen – sein arabisches Gegenstück ist ebenso schlimm, wenn nicht schlimmer. Und vor allem, führ den Kerl in Kansas nicht irre. Dafür ist alles, verdammt noch mal, zu kompliziert.

Ich hoffe, Du siehst nicht nur die tolle Komik in dem, was ich sage, sondern auch den Ernst. Die Komik ist offensichtlich: Shuki plötzlich als Patriot und Public-Relations-Mann – ein Aufruf zu jüdischer Solidarität, zu jüdischem Verantwortungsbewußtsein, und das von Deinem perversen alten Fremdenführer, der Dich zur Jarkonstraße gebracht hat. Sei's drum – ich bin ein lächerlich verquerer Freak, ebenso hoffnungslos verdreht von den Anforderungen, die diese Zwangslage an mich stellt, wie alle anderen in unserer originellen Geschichte. Aber das ist doch immerhin ein Charakter, der Dir mehr liegt. Schreib über einen israelischen Mißvergnügten wie mich, der politisch impotent, moralisch zerrissen und es zum Sterben leid ist, auf alle wütend zu sein. Aber sei vorsichtig mit der Darstellung von Lippman.

Shuki

P.S. Ich bin mir der Tatsache bewußt, daß Du einer solchen Argumentation schon zuvor ausgesetzt warst, und zwar von seiten amerikanischer Juden. Ich habe selbst immer geglaubt, daß Du das Zeug nicht schreiben könntest, wenn Du nicht größeres Vertrauen in die von Dir beschriebene Welt hättest als all die Leute, die Dich angegriffen haben. Amerikanische Juden sind unglaublich auf Verteidigung eingestellt – auf Verteidigung eingestellt zu sein *ist* in gewisser Weise amerikanisches Judentum. Es ist mir aus meiner israelischen Perspektive immer so erschienen, als gäbe es dort eine Verteidigungshaltung, die eine weltliche Religion ist. Und dann komme plötzlich ich daher und übertreffe Deine strengsten Kritiker. »Was fällt Dir ein, uns so zu verraten?« Und wieder einmal geht es los. Da sind auf der einen Seite die gefährdeten Juden, die aufgrund einer falschen Darstellung angreifbar würden, mit den schlimmsten Folgen, und auf der anderen Seite gibt es da den gefährlichen, potentiell destruktiven jüdischen Schriftsteller, der im Begriff ist, alles falsch darzustellen und damit zu ruinieren; und dieser jüdische Schriftsteller ist nicht irgendein beliebiger jüdischer Schriftsteller; sondern weil Du die Neigung hast, mit Dingen komisch und ironisch umzugehen, bei denen erwartet wird, daß man entweder *dafür* oder *dage-*

gen ist – weil es paradoxerweise Deine *jüdische* Begabung ist, Dinge als lachhaft, lächerlich oder absurd erscheinen zu lassen, leider sogar einschließlich der angreifbaren Situation der Juden –, bist immer wieder Du derjenige, welcher. Bei dem Symposion 1960 hier bist Du aus dem Auditorium lauthals von einem in Amerika geborenen israelischen Bürger angeprangert worden, weil Du in Deinen Büchern unverzeihlich blind gegenüber den Greueln der Schlächterei Hitlers seiest; fast zwanzig Jahre später kommst Du endlich wieder, nur um Dir von mir Warnungen von wegen der drei Milliarden Dollar amerikanischer Hilfe anzuhören, ohne die wir hier furchtbar ins Hintertreffen geraten könnten. Erst die sechs Millionen, jetzt die drei Milliarden – nein, es *hat* kein Ende. Ermahnungen zur Vorsicht, politisches Kalkül, unterschwellige Angst vor einem katastrophalen Ausgang – all diese jüdische *Belastetheit* (falls es das Wort gibt) ist etwas, mit dem sich Deine nichtjüdischen amerikanischen Zeitgenossen niemals haben befassen müssen. Nun, das ist ihr Pech. In einer Gesellschaft wie der unseren, wo herausragende Schriftsteller ohne ernsthaften gesellschaftlichen Einfluß sind, welche Ehrungen sie auch immer einheimsen und wieviel Krach und Geld sie auch immer machen, könnte es sogar erheiternd sein festzustellen, daß die Folgen von dem, was *Du* schreibst, reale sind, ob Dir das paßt oder nicht.

In der Luft/El Al
11. Dezember 1978

Lieber Shuki,
hör endlich auf, mich einen normalen Juden zu nennen. Solch ein Tier gibt es nicht, und warum auch? Wie könnte das Endergebnis einer solchen Geschichte Normalität sein? Ich bin so abnorm wie Du. Nur hat bei mir in meinen mittleren Lebensjahren die Abnormität eine ihrer subtileren Varianten angenommen. Was mich zu dem bringt, was ich eigentlich sagen will – man könnte durchaus darüber streiten, ob es in den Hallen des Kongresses Lippman wäre, der sie dazu brächte, sich bei den drei Milliarden Dollar den Kopf zu kratzen, oder tatsächlich nicht eher Du. Schließlich ist Lippman der klare Patriot und fromme Gläubige, dessen Moral schlicht und unzweideutig ist, dessen Rhetorik aufrichtig und leicht verständlich ist und für den die ideologische Tagesordnung einer Nation kaum ein

Gegenstand zynischer Untersuchung wäre. Kerle wie Lippman haben großen Erfolg in Amerika, sie wirken eigentlich ganz normal, werden sogar manchmal zum Präsidenten gewählt, während Leute wie Du, die es auch bei uns gibt, im Kongreß nicht eben regelmäßig lobend erwähnt werden. Was den durchschnittlichen Steuerzahler betrifft, so hält er vielleicht einen Journalisten, der ein hyperkritischer Dissident und stark auf historische Paradoxa eingestellt ist und in seinem Urteil eben das Land zersetzend angreift, mit dem er sich nach wie vor zutiefst identifiziert, nicht für eine derart sympathische Gestalt, wie ich das tue – und ebenso unwahrscheinlich ist es, daß er ihn einem jüdischen General Patton vorzieht, dessen monomanes Engagement für die engstirnigste nationalistische Sache in Kansas vielleicht nicht so fremd erscheint, wie Du denkst. Sollte ich über Shuki Elchanan statt über Mordechai Lippman schreiben, so wird das Israel weder im Kongreß noch bei den Wählern irgend etwas nützen, und Du bist unrealistisch, wenn Du das Gegenteil annimmst. Es dürfte auch unrealistisch sein anzunehmen, daß meine Erzählung, sollte ich mich tatsächlich von Agor zu einem Text inspirieren lassen, die jüdische Geschichte ändern wird, wenn mein Kongreßabgeordneter sie liest. Zum Glück (oder zum Unglück) für die jüdische Geschichte ist der Kongreß nicht auf erzählende Prosa angewiesen, um herauszufinden, wie die Beute aufgeteilt werden soll; die Vorstellung von der Welt, wie sie bei 99% der Bevölkerung verbreitet ist, sowohl im Kongreß wie draußen, beruht sehr viel mehr...

Hier bemerkte ich, daß der junge Mann neben mir sein Gebetbuch in den Schoß gelegt hatte und ein wenig gekrümmt dasaß; er bekam anscheinend nicht genug Luft und schwitzte noch heftiger als zuvor. Ich dachte, er hätte vielleicht einen epileptischen Anfall oder einen Herzanfall, und deshalb legte ich meine Antwort an Shuki beiseite – meine halbherzige Verteidigung gegen das Verbrechen, das ich noch gar nicht begangen hatte –, ich lehnte mich hinüber und fragte ihn: »Geht es Ihnen nicht gut? Entschuldigen Sie, aber brauchen Sie Hilfe?«

»Wie geht's 'n so, Nathan?«

»Verzeihung?«

Er lüpfte seine Hutkrempe ein wenig und flüsterte: »Ich wollte ein Genie nicht bei der Arbeit stören.«

»Mein Gott«, sagte ich, »Sie sind das.«

»Tja, ich bin's tatsächlich.«

Die quirligen schwarzen Augen und der Jersey-Akzent: es war Jimmy.

»Lustig von den Lustigs aus West Orange. Ben-Joseph«, sagte ich, »aus der Diaspora-Jeschiwah.«

»Das war einmal.«

»Geht's Ihnen gut?«

»Ich bin ein bißchen unter Druck im Moment«, vertraute er mir an.

Er lehnte sich über seine Aktentasche herüber. »Können Sie ein Geheimnis für sich behalten?« Und dann flüsterte er mir direkt ins Ohr: »Ich werde das Flugzeug entführen.«

»Wirklich? Ganz allein?«

»Nein, zusammen mit Ihnen«, flüsterte er. »Sie werden denen mit der Granate eine Scheißangst einjagen, und ich übernehme mit der Pistole das Kommando.«

»Wozu die Verkleidung, Jim?«

»Weil, einen Jeschiwah-*Bocher* durchsuchen sie nicht so genau.« Er nahm meine Hand und zog sie zu seiner Manteltasche. Unter dem Stoff fühlte ich einen harten, ovalen Gegenstand, mit einer erhabenen, gefurchten Oberfläche.

Wie konnte das sein? Nie zuvor hatte ich so gründliche Sicherheitsmaßnahmen gesehen wie die, denen wir uns am Flughafen von Tel Aviv unterziehen mußten. Zuerst war unser ganzes Gepäck geöffnet worden, ein Stück nach dem anderen, von Sicherheitspersonal in Zivil, das keine Hemmungen hatte, aber auch noch das letzte schmutzige Wäschestück zu durchstöbern. Dann wurde ich des langen und breiten von einer barschen jungen Frau ausgefragt, wo ich in Israel gewesen sei und wohin ich jetzt fliegen werde, und als das, was ich sagte, ihren Argwohn erweckt zu haben schien, hatte sie meine Tasche schon ein zweites Mal durchsucht, ehe sie mit einem Walkie-Talkie einen Mann herbeirief, der mich des weiteren und sogar noch weniger höflich über die Kürze meines Aufenthaltes und die Orte, an denen ich gewesen war, verhörte. Sie interessierten sich so sehr für meine Reise nach Hebron und wen ich dort gesehen hatte, daß es mir leid tat, davon gesprochen zu haben. Erst nachdem ich für ihn wiederholte, was ich ihr über Henry und den Ulpan in Agor erzählt hatte – und noch einmal erklärte, wie ich von Jerusalem nach Agor und wieder zurück gekommen war – und erst nachdem sich die beiden auf Hebräisch beraten hatten, während ich wartend vor der offenen Reisetasche dastand, deren Inhalt zweimal umgekrempelt worden war, wurde mir gestattet, die Tasche zu schließen und die sieben Meter bis zum Schalter weiterzugehen, wo ich die Tasche direkt für mein Flugzeug einchecken sollte. Meine Aktentasche wurde dreimal inspiziert, das erste Mal von ihr, ein zweites Mal von einem uniformierten Wachtposten am Eingang zur Abflughalle und dann noch einmal, als ich den Warteraum für den Flug der El Al nach London betrat. Zusammen mit den anderen Passagieren wurde ich von den Achselhöhlen bis zu den Knöcheln abgetastet und aufgefordert, durch einen elektronischen Metalldetektor zu gehen; und als wir im Warteraum waren, wurden alle Türen verriegelt, während wir darauf warteten, an Bord gehen zu können. Aufgrund der Zeit, die für die peinlich gründliche Sicherheitsüberprüfung erforderlich war, waren die Fluggäste ersucht worden, sich zwei Stunden vor der angesetzten Abflugzeit am Flughafen von Tel Aviv einzufinden.

Was immer in Jimmys Tasche war, es mußte ein Spielzeug sein. Was ich gefühlt hatte, war wahrscheinlich eine Art Souvenir – ein Stein, ein Ball, vielleicht ein Stück volkstümliches Kunsthandwerk. Es konnte sonst etwas sein.

»Das ist unsere gemeinsame Sache, Nathan.«

»Ach ja?«

»Haben Sie keine Angst – es wird Ihrem Image nicht schaden. Wenn nichts schiefgeht und wir in die Schlagzeilen kommen, wird es die Regeneration der Juden bedeuten, und eine tolle Spritze für Ihr Ansehen als Jude. Man wird sehen, wieviel Ihnen daran liegt. Es wird einen Umschwung in der Weltmeinung über das Thema Israel bedeuten. Hier.«

Er nahm ein Stück Papier aus seiner Hosentasche, entfaltete es und überreichte mir einen aus einem Aufsatzheft herausgerissenen Zettel, der mit Worten aus einem Kugelschreiber vollgekritzelt war, dem bald die Tinte ausging. Jimmy bedeutete mir, den Zettel auf meinem Schoß liegenzulassen, während ich ihn las.

VERGESST DIE ERINNERUNG!

Ich fordere von der israelischen Regierung die sofortige Schließung und den Abbruch von Jad waSchem, Jerusalems Museum und Erinnerungsstätte für den Holocaust. Ich fordere es im Namen der jüdischen Zukunft. DIE JÜDISCHE ZUKUNFT IST JETZT. Wir müssen die Verfolgung für immer hinter uns lassen. Nie wieder dürfen wir den Namen »Nazi« aussprechen, sondern müssen ihn für immer aus unserem Gedächtnis streichen. Wir sind nicht länger ein Volk mit einer schmerzlichen Wunde und einer häßlichen Narbe. Wir sind nahezu vierzig Jahre in der Wüste unserer großen Trauer umhergewandert. Jetzt ist es an der Zeit, damit aufzuhören. Wir dürfen dem Gedenken an jenes Monstrum mit unseren Erinnerungsstätten keinen Tribut mehr zollen! Fürderhin und auf ewig soll sein Name nicht mehr mit dem unversehrten und unversehrbaren Land von Israel in Verbindung gebracht werden!

ISRAEL BRAUCHT KEINEN HITLER UM DAS RECHT ZU HABEN ISRAEL ZU SEIN!
JUDEN BRAUCHEN KEINE NAZIS UM DAS AUSSERGEWÖHNLICHE JÜDISCHE VOLK ZU SEIN!
ZIONISMUS OHNE AUSCHWITZ!
JUDENTUM OHNE OPFER!
DIE VERGANGENHEIT IST VERGANGEN! WIR LEBEN!

»Die Presseerklärung«, sagte er, »wenn wir erst einmal auf deutschem Boden sind.«

»Wissen Sie«, sagte ich und reichte ihm den Zettel zurück, »die Sicherheitsleute, die in diesen Flugzeugen mitfliegen, sind wahrscheinlich ziemlich humorlos. Sie könnten sich ganz schön in Schwierigkeiten bringen mit diesem Scheiß. Die können überall sein, und sie sind bewaffnet. Warum lassen Sie den Quatsch nicht?«

»Was mit mir geschieht, *spielt keine Rolle*, Nathan. Wie kann mir an mir selbst gelegen sein, wo ich doch zum Kern *des letzten jüdischen Problems* vorgedrungen bin? Wir quälen uns mit Erinnerungen! Mit Masochismus! Und quälen die gojische Menschheit! Der Schlüssel zum Überleben Israels heißt: Keine Jad waSchems mehr! Keine Erinnerungsstätten an den Holocaust mehr! Was wir jetzt erleiden müssen, *ist der Verlust unseres Leidens*! Denn sonst, Nathan – und das ist meine Prophezeiung, wie sie in den Fünf Büchern Jimmy geschrieben steht –, denn sonst werden sie den Staat Israel auslöschen, *um sein jüdisches Gewissen auszulöschen*! Wir haben sie genug erinnert, wir haben *uns* genug erinnert – *wir müssen vergessen*!«

Er flüsterte nicht mehr, und jetzt war *ich* es, der zu *ihm* sagen mußte: »Nicht so laut, bitte.« Dann sagte ich ganz deutlich: »Damit will ich wirklich nichts zu tun haben.«

»Israel ist ihr Ankläger, der Jude ist ihr Richter! In seinem Herzen weiß das jeder Goi – denn jeder Goi ist in seinem Herzen ein kleiner Eichmann. Deshalb haben sie es in den Zeitungen, bei der UNO und überall so eilig, Israel zum Schurken zu stempeln. Das ist jetzt die Keule, die sie gegen die Juden schwingen – du, der Ankläger, du, der Richter, *du* wirst jetzt gerichtet, gerichtet für jede Übertretung millionenfach! Das ist der Haß, den wir in ihnen lebendig halten, indem wir in Jad waSchem ihrer Verbrechen gedenken. Reißen wir Jad waSchem ab! Kein Masochismus mehr, der Juden verrückt macht – kein Sadismus mehr, der den Haß der Gojim schürt. Nur dann, *dann* sind wir frei, wie alle anderen auch, ungestraft die Zügel schießen zu lassen. Frei, um so ruhmreich schuldig zu sein, wie sie es sind!«

»Beruhigen Sie sich doch, um Himmels willen. Wie sind Sie darauf gekommen, sich so zu verkleiden?«

»Durch niemand anderen als Menachem Begin!«

»Ja? Mit Begin stehen Sie auch in Verbindung?«

»Ich wünschte, ich könnte. Könnte ich nur in *seinen* Kopf eindringen – Menachem, Menachem, keine *Erinnerung* mehr! Nein, ich ahme nur den großen Menachem nach – so hat er sich in seinen Tagen als Terrorist vor den Briten verborgen. Verkleidet als Rabbi in einer Synagoge! Das Kostüm habe ich von ihm, und die große Idee selbst verdanke ich Ihnen! Vergeßt! Vergeßt! Vergeßt! Jede Idee, die ich je gehabt habe, ist mir beim Lesen Ihrer Bücher gekommen!«

Ich war zu dem Schluß gekommen, daß es Zeit war, wieder den Platz zu wechseln, als Jimmy, der aus dem Fenster geblickt hatte – als wolle er sehen, ob wir in den Times Square einrollten –, mich am Arm packte und verkündete: »Auf deutschem Boden werden wir den Holocaust abschütteln! In München landen und den Alptraum dort hinter uns lassen, wo er begonnen hat! Juden ohne Holocaust werden Juden ohne Feinde sein! Juden, die keine Richter sind, werden Juden sein, die nicht gerichtet werden – Juden, die auf Dauer in Ruhe gelassen werden, um zu *leben*! Noch zehn Minuten, und wir schreiben unsere Geschichte um! Noch fünf Minuten, und das jüdische Volk ist gerettet!«

»Sie werden es auf eigene Faust retten müssen – ich wechsele den Platz. Und meine Empfehlung an Sie, mein Freund, ist die, daß Sie sich nach unserer Landung darum kümmern, daß man Ihnen hilft.«

»Ach, empfehlen Sie das wirklich?« Er öffnete die Aktentasche, aus der er seine Schokoladenriegel genommen hatte, und ließ das Gebetbuch hineinfallen. Er zog jedoch die Hand nicht wieder hervor. »Sie gehen nirgendwohin. Finger am Abzug, Nathan. Das ist die ganze Hilfe, die ich brauche.«

»Genug, Jim. Jetzt gehen Sie zu weit.«

»Wenn ich Sie auffordere, die Granate zu nehmen, dann tun Sie das, und *nur* das. Ganz verdeckt, aus meiner Tasche in die Ihre. Sie treten in den Gang, Sie gehen ganz nonchalant bis zum Anfang der Ersten Klasse, ich zeige meine Pistole, Sie nehmen die Granate heraus, und dann fangen wir an zu rufen: ›Nie wieder jüdisches Leiden! Schluß mit den jüdischen Opfern!‹«

»Und von nun an nur noch jüdische Clownerie – die Geschichte wird zu einem Spielzeug.«

»Die Geschichte wird *aufgehoben*. In dreißig Sekunden.«

Ich lehnte mich ruhig zurück, da ich dachte, es sei das Beste, ihm seinen Willen zu lassen, bis er mit seiner Vorstellung fertig war, und *dann* den Platz zu wechseln. Während ich mir den Wortlaut seiner »Presseerklärung« ins Gedächtnis zurückrief, dachte ich, daß da doch offenbar ein Hirn war, sogar eine Spur von Denken; andererseits konnte ich nicht recht glauben, daß es da irgendein Prinzip gab, das seine Verwandlung der Klagemauer in das tiefe Mittelfeld des Stadions der Jerusalem Giants mit seiner glühenden Petition zum Abriß der Jerusalemer Gedenkstätte für den Holocaust verband. Die machtvollen emotionalen Impulse in diesem Jungen, die sakrosankten Schreine jüdischer Trauer zu entheiligen – ein eigenes Museum zu schaffen, das »Vergeßt!« sagt –, kamen mir letztlich nicht als Ergebnis irgendeiner zusammenhängenden Überlegung vor. Nein, das waren nicht so sehr symbolische Akte von kulturellem Ikonoklasmus, der die Macht herausforderte, mit der die ernstesten Erinnerungen das jüdische Herz in Bann halten, als vielmehr ein besessener Ausflug in bedeutungslosen Dadaismus seitens eines durch die Weltgeschichte reisenden, heimatlosen Jeschiwah-Yippie, einer Ein-Mann-Band, die high war von Marihuana (und dem eigenen Adrenalin), eines Typen nach Art dieser jungen Amerikaner, wie sie sich die Europäer überhaupt nicht vorstellen können, die ohne Unterstützung irgendeiner Regierung und nicht um irgendeiner alten oder neuen politischen Ordnung willen, sondern statt dessen angeheizt durch Comic-Strip-Szenarien, die in aufgegeilter Einsamkeit ausgebrütet werden, Pop-Stars und Präsidenten ermorden. Der Dritte Weltkrieg wird nicht von unterdrückten Nationalisten im Kampf um politische Unabhängigkeit ausgelöst, wie es beim ersten Mal geschah, als die Serben in Sarajewo den österreichischen Thronfolger ermordeten, sondern von einem abgefuckten »Einzelgänger« und halben Analphabeten wie Jimmy, der eine Rakete in ein Nukleararsenal lobbt, um Brooke Shields zu beeindrucken.

Um die Zeit zu überbrücken, sah ich mich nach unseren Nachbarn um, von denen einige uns mißbilligend angeschaut hatten. Im Gang neben mir war jemand, der ein Geschäftsmann sein mußte, aufwendig bekleidet mit einem braunen Homburg und einem hellbeigen Anzug mit doppelreihiger Weste und mit einer leicht getönten Brille, und er beugte sich herab, um mit einem bärtigen jungen Mann zu sprechen, der in der mittleren Sitzreihe in seinem Gebetbuch gelesen hatte. Dieser trug den langen schwarzen Mantel des frommen Juden, doch darunter hatte er einen dicken Wollpullover und Kordhosen an. Auf Englisch sagte der Geschäftsmann zu ihm: »Ich verkrafte den Jet-lag einfach nicht mehr. Als ich in deinem Alter war...« Ich hatte eher erwartet, Zeuge einer religiösen Disputation zu sein. Beide Männer hatten zuvor im Minjan mitgebetet.

Nachdem ich noch ein paar Minuten gewartet hatte, sagte ich schließlich zu Jimmy, der sich endlich beruhigt hatte und jetzt schweigend dasaß: »Was ist denn in der Jeschiwah schiefgegangen?«

»Sie sind echt potent, Nathan«, und er zeigte mir in der Hand, die er aus der Aktentasche hervorzog, den nächsten Schokoladenriegel. Er riß die Hülle auf und bot mir an hineinzubeißen, ehe er selbst die Zähne hineinschlug, um neue Energie zu tanken. »Ich hab' Sie ganz schön reingelegt. Sie waren ganz schön auf der Matte.«

»Was machen Sie in dieser Verkleidung hier im Flugzeug? Laufen Sie vor etwas weg? Haben Sie Ärger?«

»Nein, nein, nein – ich folge Ihnen einfach nach, wenn Sie die Wahrheit wissen wollen. Ich will Ihre Frau kennenlernen. Ich will, daß Sie mir helfen, eine Frau wie sie zu finden. Zum

Teufel mit Rabbi Greenspan. Ich will etwas Altenglisches wie Maria.«

»Woher kennen Sie Marias Namen?«

»Die ganze zivilisierte Welt kennt ihren Namen. Die jungfräuliche Mutter unseres Heilands. Welcher heißblütige Judenbengel kann da widerstehen? Nathan, ich will in der Christenheit leben und ein Aristokrat werden.«

»Und was soll dann die Rabbiverkleidung?«

»Sie haben es erraten. Natürlich. Mein jüdischer Sinn für Humor. Der unbezähmbare jüdische Witzereißer. Lachen steht im Zentrum meines Glaubens – wie bei Ihnen. Alles, was ich über das Erzählen anstößiger Witze weiß, habe ich zu Ihren großen Füßen sitzend gelernt.«

»Gewiß doch. Mitsamt diesem Zeugs von Jad waSchem.«

»Na hören Sie, glauben Sie, ich wäre verrückt genug, mit dem Holocaust Schindluder zu treiben? Ich war einfach neugierig, das ist alles. Wollte sehen, wie Sie reagieren. Wie es sich entwickelt. *Sie* wissen schon. Der Schriftsteller in mir.«

»Und Israel? Ihre Liebe zu Israel? An der Klagemauer haben Sie mir erzählt, daß Sie Ihr Leben dort verbringen wollten.«

»Das hatte ich auch vor, bis ich Ihnen begegnet bin. Sie haben alles verändert. Ich will eine Schickse geradeso wie die Schickse, die den lieben alten Z. geheiratet hat. Schrrrecklich brrritisch. Ich will es machen wie Sie – der jiddische Zaubertrick des Verschwindens, mit dem Erzgoi, der weißen Priesterin. Bringen Sie mir bei, wie das geht, ja? Sie sind ein wirklicher Vater für mich, Nathan. Und nicht nur für mich – für eine ganze Generation kläglicher Stümper. *Ihretwegen* sind wir alle Satiriker. Sie haben uns den verdammten Weg gezeigt. Ich bin in Israel gewesen, weil ich mich als Ihr Sohn fühlte. Mit dem Gefühl gehe ich durch das *Leben*. Helfen Sie mir weiter, Nathan. In England sage ich immer zur falschen Person ›Sir‹ – ich bringe die Signale durcheinander. Ich werde dort derart nervös, daß ich noch lächerlicher aussehe, als ich bin. Ich meine, der Hintergrund ist so neutral, und wir sprechen dieselbe Sprache, oder wenigstens glauben wir das, daß ich mich frage, ob wir dort nicht noch mehr auffallen. Ich stelle mir England immer als einen jener Orte vor, wo der Schatten jedes Juden eine gewaltige Hakennase hat, obwohl ich weiß, daß viele amerikanische Juden diese Phantasievorstellung haben, daß es ein Paradies für Wasps ist, in das sie sich einfach einschleichen können, indem sie sich als Yankees ausgeben. Klar, *nirgends* existiert ein Jude ohne seinen Schatten, aber dort ist es mir immer schon schlimmer vorgekommen. Ist es nicht so? Nathan, kann ich es mir einfach in der britischen Oberschicht bequem machen und den jüdischen Makel abwaschen?« Er lehnte sich zu mir herüber und flüsterte: »Sie haben es echt drauf, wie man kein Jude ist. Sie haben alles abgeworfen. Sie sind etwa so jüdisch wie das *National Geographic*.«

»Sie sind wirklich bühnenreif, Jimmy – ein echter Schmierenkomödiant.«

»Ich *war* Schauspieler. Habe ich Ihnen doch erzählt. In Lafayette. Aber die Bühne, nein, die Bühne hat mich gehemmt. Konnte mich nicht einfühlen. *Ohne* Bühne, das ist es, was mir liegt. Wen sollte ich in England aufsuchen?«

»Jeden außer mir.«

Das gefiel ihm. Der Schokoladenriegel hatte ihn beruhigt, und er lachte jetzt, lachte und wischte sich das Gesicht mit seinem Taschentuch ab. »Aber Sie sind mein Idol. Sie sind es, der mich zu meinen Bravourstücken meisterlichen Stegreifspiels inspiriert. Alles, was ich bin, verdanke ich Ihnen und Menachem. Ihr seid die größten Vaterfiguren, die ich je im Leben hatte. Ihr seid zwei verdammte Juden, die einem aber auch *alles* erzählen können – Diaspora-Abbott und Israel-Costello. Man sollte euch Knaben für den Borscht-Gürtel vormerken. Ich habe schlechte Nachrichten aus den Staaten, Nathan, wirklich beschissene Nachrichten von zu Hause. Wissen Sie, was passiert ist, als die Sozialarbeiterin mit meiner Familie ein Ferngespräch geführt hat? Mein alter Herr war am Telephon, und sie erzählt ihm, was passiert ist und daß er Fahrgeld nach Jerusalem überweisen müsse, damit ich nach Hause kommen könne. Wissen Sie, was mein alter Herr zu ihr gesagt hat? Dafür sollte man ihn auch für den Borscht-Gürtel vormerken. Er hat gesagt: ›Es ist besser, James bleibt.‹«

»Was ist passiert, daß er sich Ihretwegen so aufregt?«

»Ich habe vor Touristen im Grab von König David meine große Vorlesung über die Gesetze kosheren Essens gehalten. Aus dem Stegreif. ›Der Cheeseburger und der Jude.‹ Hat Rabbi Greenspan nicht gefallen. Wo steige ich in London ab? Bei Ihnen und Lady Zuckerman?«

»Versuchen Sie das Ritz.«

»Wie buchstabiert man das? Ich habe Nathan Zuckerman wirklich ganz schön reingelegt, nicht wahr? Wow. Ein paar Minuten lang haben Sie wirklich gedacht: ›Da hat so ein jüdischer Haschkopf aus einem Vorort von West Orange nichts Besseres zu tun, als eine El Al 747 zu entführen. Als ob Israel nicht schon genügend Ärger mit Arafat und seinem Lappen auf dem Kopf hat, und jetzt haben sie auch noch Jimmy und seine Handgranate.‹ Als Sie an die Schlagzeilen in aller Welt dachten, muß Ihnen ganz schlecht gewesen sein vor Mitgefühl mit Ihren jüdischen Genossen.«

»Und was *ist* das da in Ihrer Tasche?«

»Ach das?« Er griff geistesabwesend hinein, um es mir zu zeigen. »Das ist eine Handgranate.«

Das letzte Mal hatte ich eine scharfe Handgranate 1954 während der Grundausbildung in Fort Dix gesehen, als uns gezeigt wurde, wie man so etwas wirft. Was Jimmy mir da hinhielt, sah echt aus.

»Sehen Sie?« sagte Jimmy. »Der berühmte Splint. Macht den Leuten eine Scheißangst, dieser Splint. Man ziehe an diesem Splint, und alles ist so gut wie vorbei auf dem unglücklichen Flug 315 von Tel Aviv nach London. Sie haben mir *wirklich* nicht geglaubt, oder? Mensch, ist das eine Enttäuschung. Hier, Sie Schmock, ich werde Ihnen noch etwas zeigen, was Sie nicht geglaubt haben.«

Es war die Pistole, Henrys Pistole aus dem ersten Akt. Dann muß das jetzt der dritte Akt sein, in dem sie losgeht. »Vergeßt die Erinnerung« ist der Titel des Stücks, und der Attentäter ist der selbsternannte Sohn, der alles, was er weiß, zu meinen großen Füßen sitzend gelernt hat. Die Gattung ist Farce, der Höhepunkt ein Blutbad.

Doch noch ehe Jimmy die Waffe halb aus seiner Aktentasche gezogen hatte, kam jemand über die Rücklehne seines Sitzes gesprungen und packte ihn am Kopf. Dann wirbelte von außen vom Gang her ein Körper über den meinen hinweg – es war der Geschäftsmann mit der getönten Brille und dem knallig beigen Anzug, der Jimmys Hand die Pistole und die Handgranate entriß. Wer immer von hinten auf Jimmy losgegangen war, hatte ihn fast bewußtlos geschlagen. Blut strömte ihm aus der Nase, und er lag quer auf seinem Sitz, der Kopf war leblos an die Wand des Flugzeugs gefallen. Dann kam von hinten eine Hand herabgesaust, und ich hörte das dumpfe Geräusch eines furchtbaren Tiefschlages. Jimmy fing gerade an, sich zu übergeben, als ich zu meinem Erstaunen körperlich von meinem Sitz hochgehoben wurde und ein Paar Handschellen um meine Handgelenke zuschnappten. Als sie mich den Gang entlangzerrten, standen Leute auf den Sitzen, und einige von ihnen schrien: »Bringt ihn um!«

Die drei Passagiere der ersten Klasse wurden aus ihren Sitzen vertrieben, und Jimmy und ich wurden von den beiden Sicherheitsleuten in die leere Kabine gezerrt. Nachdem man mich unsanft abgetastet und mir die Taschen geleert hatte, wurde ich geknebelt und in einen Sitz geworfen, und dann wurde Jimmy ausgezogen und seine Kleidung durchsucht und zerfetzt. Sie rupften ihm bösartig den Bart ab, als hofften sie, er wäre echt und käme mitsamt den Haarwurzeln heraus. Dann bogen sie ihn über einen Sitz, und der Mann in dem beigen Anzug streifte sich einen Plastikhandschuh über und steckte ihm einen Finger in den Arsch, nach Sprengstoff forschend, nehme ich an. Als sie sicher waren, daß er keine weiteren Waffen hatte, daß er nicht irgendwelche verborgenen Zünder bei sich hatte, ließen sie ihn in den Sitz neben mir fallen, wo er Handschellen bekam und gefesselt wurde. Dann wurde ich hochgerissen; kaum konnte ich meine panische Angst beherrschen, indem ich dachte, daß sie mich, wenn sie glauben würden, daß ich irgend etwas damit zu tun hätte, längst brutal außer Gefecht gesetzt hätten. Ich sagte mir: »Sie gehen einfach kein Risiko ein« – doch andererseits stand mir vielleicht der heftige Tritt in die Eier gerade bevor.

Der Mann in dem beigen Anzug mit der getönten Brille sagte: »Wissen Sie, was die Russen letzten Monat mit ein paar Typen gemacht haben, die versuchten, ein aleutisches Flugzeug zu entführen? Es waren zwei Araber, die von irgendwo aus dem Mittleren Osten kamen. Die Russen scheißen sich nichts um Araber, müßt ihr wissen, so wenig wie um sonst jemanden. Sie haben die erste Klasse geräumt«, sagte er und wies in der Kabine herum, »die Knaben da reingebracht, ihnen Handtücher um den Hals gebunden, ihnen die Kehle aufgeschlitzt, und als sie landeten, waren sie tot.« Er hatte einen amerikanischen Akzent, was vielleicht helfen würde, so hoffte ich.

»Ich heiße Nathan Zuckerman«, sagte ich, als der Knebel entfernt worden war, doch nichts in seiner Miene wies auf Absolution hin. Wenn überhaupt etwas, so hatte ich nur noch mehr Verachtung erweckt. »Ich bin ein amerikanischer Schriftsteller. Steht alles in meinem Paß.«

»Eine Lüge, und ich schlitze dich auf.«

»Das verstehe ich«, antwortete ich.

Seine helle, angeberische Kleidung, die getönte Brille, das amerikanische Englisch des knallharten Burschen, all das erinnerte mich an einen Broadway-Gaukler aus alten Zeiten. Der Mann bewegte sich nicht, er schoß vorwärts; er sprach nicht, er attackierte; und die mit Sommersprossen übersäte Haut und das ausgedünnte orangefarbene Haar kam mir irgendwie illusionär vor, als trüge er vielleicht eine Perücke und wäre komplett geschminkt und darunter ein farbloser

Albino. Ich hatte den Eindruck, daß ich nur Zuschauer einer Vorführung war, und dennoch war ich von Sinnen vor Angst.

Sein bärtiger Kumpan war groß und dunkel und mürrisch, ein sehr furchterregender Typ, der überhaupt nicht sprach, und so konnte ich nicht feststellen, ob auch er in Amerika geboren war. Er war derjenige, der Jimmys Nase gebrochen hatte und ihm dann diesen Hammer von Tiefschlag versetzt hatte. Zuvor, als wir alle noch Passagiere in der Touristenklasse gewesen waren, hatte er den langen schwarzen Mantel über den Cordhosen und dem dicken Wollpullover getragen. Der Mantel war jetzt weg, und er stand ein wenig riesenhaft direkt über mir und war in mein Notizbuch vertieft. Trotz allem, was ich an überflüssiger roher Behandlung über mich hatte ergehen lassen müssen, war ich den beiden dennoch dafür dankbar, daß sie uns alle gerettet hatten – in etwa fünfzehn Sekunden hatten diese Rohlinge eine Flugzeugentführung beendet und Hunderte von Leben gerettet.

Der, der kurz davor gewesen war, uns alle in die Luft zu jagen, schien weniger Grund zur Dankbarkeit zu haben. Dem Aussehen des Plastikhandschuhs nach zu schließen, der neben dem falschen Bart im Gang lag, blutete Jimmy nicht nur im Gesicht, sondern auch innerlich, infolge des Tiefschlags. Ich fragte mich, ob sie die Absicht hatten zu landen, ehe wir nach London kamen, um ihn in ein Krankenhaus zu bringen. Es kam mir nicht in den Sinn, daß das Flugzeug auf Weisung der israelischen Flugsicherheit umgedreht hatte und nach Tel Aviv zurückkehrte.

Die rektale Erforschung blieb mir nicht erspart, wenn auch während der Ewigkeit, die ich mich vornüber beugen mußte, mit Handschellen und völlig wehrlos, nichts von dem geschah, was ich befürchtete. Aus meinen wässerigen Augen in den Raum starrend, sah ich unsere überall in der Kabine verstreute Kleidung, meinen hellbraunen Anzug, Jimmys schwarzen Anzug, seinen Hut, meine Schuhe – und dann wurde der behandschuhte Finger zurückgezogen und ich wieder auf den Sitz geworfen, nackt bis auf die Socken an den Füßen.

Der stumme Kumpan nahm meine Brieftasche und mein Notizbuch mit ins Cockpit, und das Broadway-Schlitzohr nahm etwas aus seiner Jackentasche, das wie eine Schmuckschatulle aussah, ein langes schwarzes Samtkästchen, das er dann ungeöffnet auf die Rücklehne des Sitzes vor mir legte. Jimmy neben mir lag noch nicht im Koma, aber so recht am Leben war er auch nicht mehr. Das Tuch, auf dem er saß, war von seinem Blut verschmiert, und sein Geruch machte mich würgen. Sein Gesicht war jetzt von der Schwellung ganz entstellt und zur Hälfte blau angelaufen.

»Wir werden Sie auffordern, uns eine Darstellung Ihres Falles zu geben«, sagte das Broadway-Schlitzohr zu mir. »Eine Darstellung, der wir Glauben schenken können.«

»Das läßt sich machen. Ich bin auf Ihrer Seite.«

»Ach, tatsächlich? Ist das nicht nett. Wie viele von euch Knaben haben wir denn heute noch an Bord?«

»Ich denke, überhaupt keinen. Ich denke, er ist kein Terrorist – er ist bloß psychotisch.«

»Aber Sie waren mit ihm zusammen. Was sind Sie also?«

»Ich heiße Nathan Zuckerman. Ich bin Amerikaner, Schriftsteller. Ich war in Israel zu Besuch bei meinem Bruder. Henry Zuckerman. Hanoch. Er ist in einem Ulpan auf dem Westufer.«

»Dem West *was*? Wenn das das Westufer ist, wo ist denn dann das Ostufer? Warum benutzen Sie die politischen Begriffe der Araber und sprechen von einem ›Westufer‹?«

»Das tue ich ja gar nicht. Ich war bei meinem Bruder zu Besuch, und jetzt fahre ich zurück nach London, wo ich lebe.«

»Warum leben Sie in London? London ist wie das verdammte Kairo. In den Hotels scheißen die Araber in die Swimming-pools. Warum leben Sie dort?«

»Ich bin mit einer Engländerin verheiratet.«

»Ich denke, Sie sind Amerikaner.«

»Bin ich auch. Ich bin Schriftsteller. Ich habe ein Buch mit dem Titel *Carnovsky* geschrieben. Ich bin ziemlich bekannt, falls das irgendwie hilft.«

»Wenn Sie so bekannt sind, warum sind Sie dann mit einem Psychotiker so dick Freund? Geben Sie mir eine Darstellung von Ihnen, der ich *glauben* kann. Was hatten Sie mit ihm zu schaffen?«

»Ich habe ihn nur einmal zuvor getroffen. Ich habe ihn in Jerusalem an der Klagemauer getroffen. Zufällig tauchte er in diesem Flugzeug wieder auf.«

»Wer hat ihm geholfen, die Hardware an Bord zu bringen?«

»Ich nicht. Hören Sie – ich war es nicht!«

»Warum haben Sie dann den Platz gewechselt und sich neben ihn gesetzt? Warum haben Sie so viel miteinander geredet?«

»Er hat mir erzählt, er wolle das Flugzeug entführen. Er hat mir die Erklärung für die Presse gezeigt. Er hat gesagt, er hätte eine Granate und eine Pistole, und daß ich ihm helfen solle. Ich habe gedacht, er wäre einfach bloß ein Spinner, bis er mir die Granate hinhielt. Er hat sich als Rabbi verkleidet. Ich dachte, das Ganze wäre gespielt. Ich habe mich geirrt.«

»Sie sind ganz schön cool, Nathan.«

»Ich versichere Ihnen, daß ich entsprechend erschrocken bin. Mir gefällt das hier überhaupt nicht. Aber ich weiß immerhin, daß ich nichts damit zu tun habe. Absolut nichts.« Dann schlug ich ihm vor, nach Tel Aviv zu funken und Tel Aviv meinen Bruder in Agor kontaktieren zu lassen, damit er meine Identität bestätigen könne.

»Was ist denn Agor?«

»Eine Siedlung«, sagte ich, »in Judäa.«

»Jetzt ist es Judäa, und vorher war es das Westufer. Halten Sie mich für ein dummes Arschloch?«

»Bitte – kontaktieren Sie sie. Es wird alles in Ordnung bringen.«

»Sie werden das für mich in Ordnung bringen, mein Lieber – wer sind Sie?«

Das ging mindestens eine Stunde so: Wer sind Sie, wer ist er, worüber haben Sie geredet, wo ist er gewesen, warum waren Sie in Israel, wollen Sie die Kehle aufgeschlitzt bekommen, wen haben Sie getroffen, warum leben Sie bei den Arabern in London, wie viele von euch Hunden sind heute an Bord?

Als der andere Sicherheitsbeamte aus dem Cockpit zurückkehrte, hatte er einen Diplomatenkoffer bei sich, aus dem er eine Spritze hervornahm. Beim Anblick der Spritze verlor ich die Fassung und fing an zu schreien: »Überprüfen Sie mich doch! Funken Sie nach London! Funken Sie nach Washington! Jeder wird Ihnen erzählen, wer ich bin!«

»Aber wir wissen, wer Sie sind«, sagte das Schlitzohr, als gerade die Nadel in Jimmys Schenkel glitt. »Der Autor. Beruhigen Sie sich. Sie sind der Verfasser von dem da«, sagte er und zeigte mir »VERGESST DIE ERINNERUNG!«

»Das habe ich *nicht* verfaßt! Das war *er*! Ich könnte keinen Buchstaben von so einem Scheiß schreiben! Das hat nichts zu tun mit dem, was ich schreibe!«

»Aber es sind Ihre Ideen.«

»Das sind nicht *im mindesten* meine Ideen. Er hat sich bei mir eingeklinkt, wie er sich in Israel eingeklinkt hat – mit seiner verdammten Verrücktheit! Ich schreibe Romane!«

Jetzt berührte er Jimmy an der Schulter. »Wach auf, Schätzchen, steh auf –« und schüttelte ihn sanft, bis Jimmy die Augen aufschlug. »Schlagt mich nicht«, winselte er.

»Dich schlagen?« sagte das Schlitzohr. »Sieh dich doch um, du Schwachkopf. Du fliegst erster Klasse. Wir haben dein Ticket aufgebessert.«

Als Jimmys Kopf in meine Richtung kippte, bemerkte er zum ersten Mal, daß auch ich da war. »Papa«, sagte er schwach.

»Sprich lauter, Jim«, sagte das Schlitzohr. »Ist das dein alter Herr?«

»Ich hab' doch nur Spaß gemacht«, sagte Jimmy.

»Mit deinem Daddy hier?« fragte ihn das Schlitzohr.

»Ich bin nicht sein Vater!« protestierte ich. »Ich habe keine Kinder!«

Doch jetzt hatte Jimmy ernsthaft angefangen zu weinen. »Nathan hat gesagt – hat zu mir gesagt: ›Nimm das‹, und da habe ich es mit an Bord genommen. Er *ist* für mich ein Vater – *deshalb* habe ich es getan.«

Ich sagte, so ruhig ich konnte: »Ich bin nichts dergleichen.«

Jetzt hob das Schlitzohr das schwarze Samtkästchen von der Rücklehne vor mir. »Siehst du das hier, Jim? Das habe ich bei meinem Abschluß an der Antiterroristen-Schule bekommen. Ein schönes altes jüdisches Stück Kunsthandwerk, das der Klassenbeste verliehen bekommt.« Die Ehrerbietigkeit, mit der er den Kasten öffnete, war fast gänzlich unsatirisch. Drinnen war ein Messer, ein schlanker Bernsteingriff von etwa dreizehn Zentimeter Länge, der in eine zierliche, wie ein Daumen gebogene Stahlklinge überging. »Kommt aus dem alten Galizien, Jim, ein Überbleibsel aus dem Ghetto, das die grausamen Zeiten überlebt hat. So wie du, ich und Nathan. Womit sie damals aus unseren neugeborenen Knaben kleine Juden gemacht haben. Als Anerkennung für die ruhige Hand und die stählernen Nerven, die Auszeichnung für den Abschlußredner in unserer Klasse. Unsere besten *mohalim* heute sind ausgebildete Killer – auf diese Weise kommen wir besser weg. Wie wär's, wenn wir das hier deinem Daddy leihen und zusehen, ob er es über sich bringt, das große biblische Opfer zu vollziehen?«

Jimmy schrie auf, als das Schlitzohr die Luft direkt über seinem Kopf kurz und klein schnitt.

»Kalter Stahl an den Hoden«, sagte er, »das älteste Blutdruckmeßgerät, das die Menschheit kennt.«

»*Ich nehme es zurück!*«

»Du nimmst was zurück?«

»Alles!«

»Gut«, sagte das Schlitzohr ruhig. Er legte das antike Skalpell in sein Samtkästchen und stellte es sorgfältig auf den Sitz, falls es nötig sein sollte, es Jimmy noch einmal zu zeigen. »Ich bin ein ganz einfacher Kerl, Jim, völlig ungebildet. Hab' an Tankstellen in Cleveland gearbeitet, vor meiner Alijah. Ich hab' nie zum Country-Club-Set gehört. Hab' Windschutzscheiben gewienert, Wagen abgeschmiert und Reifen gewechselt. Ich hab' die Reifen von den Felgen abgezogen, und all diese Sachen. Ein Abschmierer, ein Mechaniker. Ich bin ein sehr roher Kerl mit einem unterentwickelten Intellekt, aber einem sehr starken und ununterdrückbaren Es. Du weißt, was das ist, du hast davon gehört, von dem starken und ununterdrückbaren Es? Ich mache mir nicht einmal die Mühe wie Begin, den anklagenden Finger auszustrecken, um zu rechtfertigen, was ich tue. *Ich tue es einfach*. Ich sage: ›Das will ich, es steht mir zu‹, und ich *handele*. Du möchtest doch nicht der erste Flugzeugentführer sein, dessen Schwanz ich als Souvenir behalte, weil er mir nur einen Haufen Scheiße erzählt.«

»Nein!« heulte er.

Er nahm wieder Jimmys Presseerklärung aus der Hosentasche, und nachdem er sie betrachtet und einiges davon gelesen hatte, sagte er: »Das Holocaust-Museum schließen, weil es die Gojim ärgert? Du glaubst das wirklich, oder ist das auch nur so ein Spaß von dir, Jim? Du glaubst wirklich, daß sie die Juden nicht mögen, weil der Jude *Richter* ist? Ist das alles, was sie irritiert hat? Jim, das ist keine schwierige Frage – antworte mir. Die schwierige Frage ist, wie irgend jemand, der in Tel Aviv eincheckt, all diese Hardware mit an Bord bringen kann. Wir werden dich an den Ohren schaukeln lassen, um die Antwort darauf zu bekommen, aber das will ich im Moment nicht wissen. Wir werden uns nicht nur deinen kleinen Schwanz vornehmen, wir werden uns deine Augäpfel vornehmen, wir werden uns dein Zahnfleisch und deine Knie vornehmen, wir werden uns all die geheimen Stellen deines Körpers vornehmen, um die Antwort darauf zu kriegen, aber im Moment frage ich nur, zu meiner eigenen Erbauung, um die Bildungslücke eines Abschmierers aus Cleveland mit einem starken, ununterdrückbaren Es zu schließen, ob das wirklich Dinge sind, die du aufrichtig glaubst. Werd' nur nicht maulfaul – die rauhere Tour kommt später, in der Toilette, du und ich dort eingequetscht, allein mit den geheimen Stellen deines Körpers. Jetzt ist es reine Neugier. Jetzt bin ich so kultiviert, wie ich nur kann. Ich werde dir sagen, was ich denke, Jim – ich denke, daß das nur eine weitere dieser Selbsttäuschungen ist, die ihr Juden habt, zu glauben, daß ihr irgendeine Art von Richter für sie seid. Stimmt das nicht, Nathan – daß ihr hochherzigen Juden gravierenden Selbsttäuschungen unterliegt?«

»Ich glaube schon«, sagte ich.

Er lächelte wohlwollend. »Ich auch, Nate. Na klar, du findest vielleicht den gelegentlichen masochistischen Nichtjuden, der sanftmütige kleine Vorstellungen von moralisch überlegenen Juden hat, aber im Grunde, Jim, das muß ich dir sagen, sehen sie das gar nicht so. Die meisten von ihnen, wenn sie mit dem Holocaust konfrontiert sind, kümmern sich in Wirklichkeit einen Scheiß darum. Wir brauchen Jad waSchem nicht zu schließen, um ihnen beim Vergessen zu helfen – sie haben längst vergessen. Ehrlich gesagt, ich glaube nicht, daß die Nichtjuden so ein schlechtes Gefühl bei der ganzen Sache haben, wie du, ich und Nathan das gern von ihnen denken würden. Ich glaube, ehrlich gesagt, daß sie in der Regel nicht denken, daß wir ihre Richter sind, sondern daß wir einen zu großen Teil vom Kuchen abbekommen – wir sind zu oft da, wir hören nicht auf, und wir kriegen, gottverdammt, einen zu großen Teil vom Kuchen. Begebt euch in die Hände der Juden, und ihr seid erledigt, bei der Verschwörung, die sie überall miteinander verbindet. Das ist, was sie denken. Die jüdische Verschwörung ist keine Verschwörung von Richtern – es ist eine Verschwörung von Leuten wie Begin! Er ist arrogant, er ist häßlich, er ist kompromißlos – er spricht so, daß du die ganze Zeit das Maul halten mußt. Er ist der Satan. Beim Satan kriegst du das Maul nicht mehr auf. Der Satan läßt das Gute nicht zum Zug kommen, jeder ist ein Billy Budd, und dann kommt da dieser Kerl Begin, bei dem du die ganze Zeit das Maul nicht aufkriegst, weil er dich nicht reden läßt. Weil *er* die Antwort hat! Man könnte sich niemand Besseren als Inbegriff jüdischer Doppelzüngigkeit wünschen als diesen Menachem Begin. Er ist ein Meister darin. Er sagt den Gojim, wie schlecht sie sind, damit er sich umdrehen und selber schlecht sein kann! Ihr glaubt, daß es das jüdische Über-Ich ist, was sie hassen? *Sie hassen das jüdische Es!* Was für ein Recht haben diese Juden, ein Es überhaupt zu *haben*? Der Holocaust hätte sie lehren sollen, nie *wieder* ein Es zu haben! Das hat sie ja überhaupt erst in Schwierigkeiten gebracht! Ihr denkt, daß sie aufgrund des Holocausts denken, wir seien besser? Ich sage es dir ungern, Jim, aber bei der Aufrechnung denken sie höchstenfalls, daß die Deutschen vielleicht ein bißchen zu weit gegangen sind – sie denken: ›Wenn sie auch Juden waren, *so* schlecht waren sie dann doch wieder nicht.‹ Wenn Leute zu dir sagen: ›Vom Juden hätte ich doch mehr erwartet‹, glaub ihnen nicht. *Sie erwarten weniger.* Was sie in Wirklichkeit sagen, geht so: ›Okay, wir wissen, daß ihr eine Bande gefräßiger Hunde seid, und wenn man euch nur halbwegs die Gelegenheit gäbe, ihr würdet die halbe Welt auffressen, vom armen Palästina ganz abgesehen. Wir wissen das alles über euch, und deshalb kriegen wir euch jetzt dran. Und wie? Jedesmal, wenn ihr einen Zug macht, werden wir sagen: „Aber von Juden hätten wir doch *mehr* erwartet, Juden sollten sich doch *besser* benehmen."‹ *Juden* sollten sich besser benehmen? Nach allem, was passiert ist? Wenn ich auch nur ein begriffsstutziger Abschmierer bin, ich hätte doch gedacht, daß es die *Nichtjuden* wären, deren Benehmen ein wenig Besserung vertrüge. Warum sind *wir* die einzigen Menschen, die zu diesem wunderbaren exklusiven Moralklub gehören, der sich schlecht benimmt? Die Wahrheit ist: sie haben niemals gedacht, daß wir so gut wären, wißt ihr, auch schon bevor wir einen Holocaust hatten.

Ob es das ist, was T.S.Eliot gedacht hat? Ich werde Hitler gar nicht erwähnen. Es hat ja nicht alles in Hitlers kleinem Hirn angefangen. Wie heißt der Kerl in T.S.Eliots Gedicht, der kleine Jude mit der Zigarre? Sagen Sie es uns, Nathan – wenn Sie ein Buch geschrieben haben, wenn Sie ›ziemlich bekannt‹ sind und ›entsprechend erschrocken‹, dann sollten Sie doch in der Lage sein, das zu beantworten. Wer ist der kleine Jude mit der Zigarre in T.S.Eliots wunderbarem Gedicht?«

»Bleistein«, sagte ich.

»Bleistein! Welch brillante Dichtung, die T.S.Eliot da hervorgebracht hat! Bleistein – großartig! Hatte T.S.Eliot höhere Erwartungen an die Juden, Jim? Nein! *Geringere!* Das war es, was *die ganze Zeit* in der Luft lag: der Jude mit einer Zigarre, der die ganze Zeit alle mit den Füßen tritt und mit seinen jüdischen Lippen an einer teuren Zigarre nagt! Was sie hassen? Nicht das jüdische Über-Ich, du Schwachkopf – nicht das: ›Tu das nicht, es ist unrecht!‹ Nein, sie hassen das jüdische *Es*, das sagt: ›Ich will das! Ich nehme mir das‹, das sagt: ›Ich lutsche an einer fetten Zigarre herum, und genau wie ihr übertrete ich Gebote!‹ Ah, aber du *darfst* keine Gebote übertreten – du bist ein Jude, und ein Jude sollte *besser* sein! Aber wißt ihr, was ich denen erzähle über das Bessersein? Ich sage: ›Kommt ein bißchen spät, findet ihr nicht? Ihr habt jüdische Säuglinge in Öfen gesteckt, ihr habt ihre Köpfe an Steinen eingeschlagen, ihr habt sie wie Scheiße in Straßengräben geschmissen – und der *Jude* soll besser sein?‹ Was wollen die wohl wissen Jim, – wie lange werden diese Juden wohl noch hergehen und über ihren kleinen Holocaust klagen? Wie lange werden *sie* noch hergehen und über ihre verdammte Kreuzigung weiterjammern! *Das* frag T.S.Eliot. Das ist nicht mit einem einzigen armen kleinen Heiligen vor zweitausend Jahren geschehen – *das ist mit sechs Millionen lebenden Menschen erst kürzlich geschehen!* Bleistein mit einer Zigarre! Ach, Nathan«, sagte er und sah freundlich gestimmt auf mich herab, »hätten wir doch nur T.S.Eliot heute an Bord. Er kriegte eine Lektion von mir über Zigarren. Und Sie würden mitmachen, nicht wahr? Würden Sie, der Sie selbst in der Literatur etwas darstellen, mir nicht helfen, dem großen Dichter etwas beizubringen über jüdische Zigarren?«

»Falls nötig«, sagte ich.

»Sieh zu, daß du mit der jüngeren Geschichte auf dem laufenden bleibst, Jim«, sagte das Schlitzohr zu ihm, befriedigt von meiner Fügsamkeit und zurückkehrend zu seinem fliegenden Umerziehungsprogramm für den irregeleiteten Verfasser von »VERGESST DIE ERINNERUNG!«: »Bis zum Jahre 1967 ging sie der Jude in seinem kleinen Heimatland da unten nicht so viel an. Bis dahin waren es nur all diese seltsamen Araber, die das kleine Israel auslöschen wollten, dem gegenüber alle doch so großherzig gewesen waren. Sie hatten den Juden dieses kleine Ding gegeben, das auf der Landkarte kaum zu finden war – aus reiner Herzensgüte, ein kleines Grundstück, um ihre Schuldgefühle zu beschwichtigen – und alle wollten es zerstören. Alle dachten, sie seien arme hilflose Schäfchen und brauchten Unterstützung, und das war ganz in Ordnung. Das schwache kleine jüdische Schäfchen war in Ordnung, der jüdische Tölpel mit seinem Traktor und seinen kurzen Hosen, wen konnte der schon hereinlegen, wen konnte der schon ficken? Aber auf einmal, diese doppelzüngigen Juden, diese heimtückischen jüdischen Hunde, besiegen die ihre drei schlimmsten Feinde, prügeln ihnen in sechs lausigen Tagen die Scheiße aus dem Leib, erobern ganz dieses und all jenes, was für ein Schock! Wem zum Teufel haben sie achtzehn Jahre lang etwas *vorgemacht*? Wir haben uns über *sie* Sorgen gemacht? Wir hatten *denen* gegenüber großherzige Gefühle? Mein Gott, sie haben uns wieder hereingelegt! Sie haben uns erzählt, sie seien schwach! Wir haben ihnen einen lausigen Staat gegeben! Und da sind sie plötzlich, mächtig wie die Teufel! Trampeln alles nieder! Und mittlerweile hat sich zu Hause das Schäfchen von jüdischem General in die Brust geworfen. Das Schäfchen von jüdischem General hat zu sich selbst gesagt: ›Also, jetzt werden die Gojim uns akzeptieren, weil sie jetzt sehen, daß wir genauso stark sind wie sie.‹ Nur war das Gegenteil wahr – gerade das beschissene Gegenteil! Weil man nämlich überall auf der Welt sagte: ›Natürlich – es ist derselbe alte Jude‹ *Der Jude, der zu stark ist! Der einen hereinlegt! Der ein zu großes Stück vom Kuchen kriegt!* Er ist organisiert, er nutzt seinen Vorteil, er ist arrogant, er hat vor nichts Respekt, er ist über die ganze gottverdammte Erde verteilt, hat *überall* Verbindungen. Und das ist es, was die ganze Welt nicht vergeben kann, nicht ertragen kann, niemals würde und niemals wird – Bleistein! Ein mächtiger Jude mit einem jüdischen Es, der eine große, dicke Zigarre raucht! *Wirkliche jüdische Macht!*«

Aber der Widersacher des jüdischen Über-Ichs war schon lange gar nicht mehr bei der Sache und sah aus, als würde er höchstwahrscheinlich verbluten, trotz der Spritze, die sie ihm gegeben hatten. Folglich war ich es allein, der diese Lektion, als der steile Fallflug nach Israel auf der Rückkehr ins Gelobte Land begann, all meiner Kleidung beraubt und gefesselt an Gottes Vogel, das Flugzeug der El Al, über sich ergehen lassen mußte, die Lektion vom universellen Abscheu vor dem jüdischen Es und von der halbverborgenen, berechtigten Furcht des Goi vor der wütenden, verspäteten jüdischen Gerechtigkeit.

IV Gloucestershire

Ein Jahr nach Beginn der Medikation, immer noch am Leben und bei gutem Befinden, nicht mehr heimgesucht von Comic-Strip-Visionen männlicher Erektionen und Ejakulationen, als ich angefangen habe, den Verlust zu verwinden, indem ich mich zur Einsicht zwinge, daß es nicht die schlimmste Entbehrung ist, nicht in meinem Alter und nach meiner Erfahrung, als ich gerade begonnen habe, das einzig wirklich Kluge zu tun – nämlich ohne das zu leben, was ich nicht länger haben kann, da erscheint eine Verführerin, um diese dürftige »Anpassung« auf die äußerste Probe zu stellen. Wenn es für Henry eine Wendy gibt, wen gibt es für mich? Da ich nicht seine Ehe durchzustehen hatte und nicht wie er unter sexueller Spätentwicklung gelitten habe, genügt eine vampirhafte Verführerin nicht, um mich ins Verderben zu locken. Es kann nicht für ein Mehr an Dingen sein, von denen ich schon gekostet habe, daß ich mein Leben riskiere, sondern für etwas, was unbekannt ist, eine Verführung, von der ich noch nie überwältigt wurde, eine Sehnsucht, die mysteriöserweise von der Wunde selbst entfacht wird. Wenn der brave Gatte und hingebungsvolle Paterfamilias für heimliche erotische Leidenschaft stirbt, dann werde ich den moralischen Spieß umdrehen: Ich sterbe für das Familienleben, für Vaterschaft.

Ich habe das Schlimmste an Furcht und Bestürzung überwunden und bin wieder in der Lage, mich mit Männern und Frauen auf normale gesellschaftliche Konversation einzulassen, ohne dabei die ganze Zeit verbittert daran zu denken, daß ich für den sexuellen Wettkampf nicht gerüstet bin, als in die Maisonettewohnung meines Sandsteinhauses die richtige Frau einzieht, um mich zugrunde zu richten. Sie ist siebenundzwanzig, siebzehn Jahre jünger als ich. Es gibt einen Mann und ein Kind. Seit der Geburt des Kindes vor über einem Jahr hat sich der Mann von seiner hübschen Frau entfremdet, und die Stunden, die sie im Bett zu verbringen pflegten, verbringen sie jetzt in erbitterten Diskussionen. »Die ersten Monate, nachdem ich das Baby hatte, war er monströs. Dermaßen kalt. Er kam immer ins Zimmer und fragte: ›Wo ist das Baby?‹ Ich existierte überhaupt nicht. Es ist sonderbar, daß ich ihn nicht mehr für mich interessieren kann, aber es ist so. Ich fühle mich ziemlich einsam. Wenn sich mein Mann dazu herbeiläßt, mit mir zu reden, sagt er, das sei nun mal die Conditio humana.« »Als ich dich fand«, sage ich zu ihr, »hingst du zum Pflücken reif am Ast.« »Nein«, antwortet sie, »ich war schon am Boden und verfaulte zu Füßen des Baumes.«

Sie spricht in höchst mesmerischen Tönen, und es ist die Stimme, die mich verführt, es ist die Stimme, die mir die Zärtlichkeit gibt, die Stimme des Körpers, den ich nicht besitzen kann. Eine großgewachsene, bezaubernde, körperlich unerreichbare Maria, mit lockigem dunklen Haar, einem eher kleinen, ovalen Gesicht, länglichen dunklen Augen und diesen zärtlichen Tönen, diesem sanft modulierten englischen Auf und Ab, eine schüchterne Maria, die mir als schön erscheint, doch sich selbst als »bestenfalls einen halben Treffer« ansieht, eine Maria, die ich jedesmal, wenn wir uns sehen, um miteinander zu reden, mehr liebe, bis schließlich das Ende verfügt ist und ich dem Schicksal meines Bruders nacheifere. Und ob vielleicht im Dienste einer schreiend irrealen Hoffnung, wer will das wissen?

»Deine Schönheit ist blendend.« »Nein«, sagt sie. »Sie hat mich geblendet.« »Das kann wirklich nicht sein.« »Es ist so.« »Ich habe keine Bewunderer mehr, weißt du.« »Wie kann das sein«, frage ich. »Mußt du immer glauben, daß deine Frauen schön sind?« »Aber du bist es.« »Nein, nein. Du bist einfach überreizt.« Sie ist sogar noch abwehrender, als ich ihr sage, daß ich sie liebe. »Hör auf damit«, sagt sie. »Warum?« »Es ist zu beunruhigend. Und wahrscheinlich ist es nicht wahr.« »Du glaubst, daß ich dich absichtlich täusche?« »Das bin nicht ich, den du getäuscht hast. Ich glaube, du bist einsam. Ich glaube, du bist unglücklich. Aber du liebst nicht. Du bist verzweifelt und willst, daß ein Wunder geschieht.« »Und du?« sage ich. »Stell nicht solche Fragen.« »Warum sprichst du mich nie mit meinem Namen an?« frage ich. »Weil«, sagt sie, »ich im Schlaf spreche.« »Was machst du mit mir?« frage ich sie, »wäre es dir lieber, du müßtest nicht hierherkommen?« »›Müßtest‹? Ich muß gar nicht. Ich werde so weitermachen wie früher auch.« »Aber du hast nach meinem Drängen nicht erwartet, daß sich die Dinge so entwickeln. Gerade jetzt sollten wir uns stürmisch umarmen.« »Es gibt kein sollte. Ich erwarte, daß die Dinge alle möglichen Wendungen nehmen. Das tun sie normalerweise. Ich erwarte keine Sonderangebote.« »Nun ja, du hast mit siebenundzwanzig die richtigen Erwartungen, und ich habe mit vierundvierzig die falschen. Ich *will* dich.« Ich habe nur mein Hemd ausgezogen, während sie verlockend unbekleidet auf dem Bett liegt. Wenn das Kindermädchen die Kleine im Klappwagen spazierenfährt und Maria im Fahrstuhl herabkommt, um mich zu besuchen, bitte ich sie manchmal, für mich diese Szene zu spielen. Ich sage zu meiner Verführerin, daß ihre Brüste schön sind, und sie antwortet: »Du schmeichelst mir schon wieder. Vor dem Baby, da waren sie ganz annehmbar, aber jetzt, nein.« Jedesmal fragt sie mich, ob ich es wirklich so haben möchte, und jedesmal weiß ich es nicht. Es stimmt, sie zu einem Höhepunkt zu bringen, während ich meine Hose anhabe, lindert meine Sehnsucht nicht allzu sehr – besser als nichts an manchen Nachmittagen, doch an anderen viel schlimmer. Tatsache ist, daß wir, wenn wir auch vielleicht wie Sexualverbrecher durch unser Haus schleichen, den Großteil unserer Zeit in meinem Arbeitszimmer verbringen, wo ich Feuer mache und wir sitzen und sprechen. Wir trinken Kaffee, wir hören Musik, und wir sprechen. Wir sprechen ohne Unterbrechung. Wie viele Hunderte von Stunden des Sprechens wird es brauchen, bis wir verschmerzen, was uns fehlt? Ich setze mich ihrer Stimme aus, als wäre sie ihr Körper, ziehe jeden Tropfen meiner sinnlichen Befriedigung aus ihrer Stimme. Es wird hier keine erlesene Lust geben, die sich nicht Worten verdankt. Meine Fleischlichkeit ist jetzt *wirklich* Fiktion, und, Vergeltung aller Vergeltungen, Sprache und nur Sprache muß als Mittel dienen, alles freizusetzen. Marias Stimme, ihre sprechende Zunge ist das einzige erotische Hilfsmittel. Die Einseitigkeit unserer Affäre ist qualvoll.

Ich sage, wie Henry: »Es ist das Schwerste, das ich je zu verkraften hatte«, und sie antwortet, wie der fühllose Kardiologe: »Dann hast du ja wohl kein schweres Leben gehabt, oder?« »Ich meine ja bloß«, antworte ich, »daß es eine verdammte Schande ist.«

Eines Samstagnachmittags kommt sie mit dem Kind zu Besuch. Marias junges englisches Kindermädchen hat das Wochenende frei und ist nach Washington D.C. gefahren, um sich die Sehenswürdigkeiten anzuschauen, und ihr Mann, der politische Referent des britischen Botschafters bei den Vereinten Nationen, ist in seinem Büro, um einen Bericht fertigzumachen. »Ein bißchen von einem Schinder«, sagt sie; »er mag alle möglichen Leute um sich herum und viel Lärm.« Sie hat ihn direkt von Oxford weg geheiratet. »Warum so früh?« frage ich. »Ich habe es dir gesagt – er hat ein bißchen von einem Schinder, und wie du vielleicht bemerken wirst, da deine Beobachtungsgabe nicht unterentwickelt ist, bin ich ein wenig schmiegsam.« »Fügsam, meinst du?« »Sagen wir, anpassungsfähig. Fügsamkeit wird bei Frauen heutzutage nicht gern gesehen. Sagen wir, ich habe eine vitale, kräftige Begabung zu direkter Ergebenheit.«

Klug, hübsch, bezaubernd, jung, höchst unglücklich verheiratet – und obendrein eine Begabung zur Ergebenheit. Alles perfekt. Sie wird niemals das Nein aussprechen, das mir das Leben retten wird. Jetzt bring noch das Kind mit, und die Falle schnappt zu.

Phoebe trägt ein kleines gestricktes Wollkleid über ihrer Windel und sieht mit ihrem winzigen ovalen Gesicht und dem gelockten dunklen Haar genau wie Maria aus. Während der ersten fünf Minuten ist sie es zufrieden, sich über den Sofatisch zu beugen und still mit Buntstiften in ihrem Malbuch herumzuzeichnen. Ich gebe ihr die Hausschlüssel zum Spielen. »Schlüssel«, sagt sie und schüttelt sie gegen ihre Mutter. Sie kommt herbei, sitzt auf meinem Schoß und nennt mir die Tiere in ihrem Märchenbuch. Wir geben ihr einen Keks, damit sie ruhig ist, als wir reden wollen, doch während sie allein durch die Wohnung spaziert, verliert sie ihn. Jedesmal, wenn sie etwas anfassen möchte, schaut sie erst zu mir her, ob ich es erlaube. »Sie hat ein sehr strenges Kindermädchen«, erklärt Maria; »da kann ich nichts machen.« »Das Kindermädchen ist streng«, sage ich, »der Mann ein bißchen von einem Schinder, und du bist ein wenig schmiegsam im Sinne von anpassungsfähig.« »Aber das Baby ist, wie du siehst, sehr glücklich. Kennst du Tolstojs Erzählung«, sagt sie, »sie heißt, glaube ich, ›Eheliche Liebe‹? Nachdem die Seligkeit der ersten Jahre sich abnützt, fängt eine junge Frau an, sich in andere Männer zu verlieben, die ihr glanzvoller vorkommen als der eigene Mann, und damit zerstört sie beinahe alles. Erst kurz bevor es zu spät ist, sieht sie, daß es klüger ist, mit ihm verheiratet zu bleiben und ihr Baby aufzuziehen.«

Ich gehe ins Arbeitszimmer hinüber, Phoebe läuft hinter mir her und ruft: »Schlüssel.« Ich steige die Leiter zum Bücherregal hinauf, um meine Sammlung von Tolstojs Erzählungen zu suchen, während das kleine Mädchen ins Schlafzimmer hinübergeht. Als ich die Leiter herabsteige, sehe ich, daß sie dort im Schlafzimmer auf meinem Bett liegt. Ich nehme sie auf und trage sie und das Buch ins vordere Zimmer.

Die Erzählung, an die sich Maria unter dem Titel »Eheliche Liebe« erinnerte, heißt in Wirklichkeit »Familienglück«. Seite an Seite auf dem Sofa lesen wir zusammen die letzten Abschnitte, während Phoebe auf den Knien ein Stück Fußboden bemalt und dabei als nächstes ihre Windel vollmacht. Als ich sehe, wie Maria rot wird, führe ich es zuerst darauf zurück, daß sie dauernd auf- und abspringt, um zu sehen, wo das

Kind ist – dann merke ich, daß ich meine eigenen ansteckenden Gedanken erfolgreich auf sie übertragen habe.

»Du hast vielleicht eine Vorliebe für die Dauerkrise«, sagt sie, »aber ich nicht.«

Ich antworte leise, als könnte Phoebe es mit anhören und irgendwie verstehen und sich um ihre Zukunft ängstigen. »Das siehst du falsch. Ich will der Krise ein Ende setzen.«

»Wenn du mich nicht getroffen hättest, könntest du es vielleicht vergessen und ein ruhigeres Leben führen.«

»Aber ich habe dich getroffen.«

Die Erzählung von Tolstoj schließt so:

»Aber es ist Zeit für den Tee!« sagte er, und wir gingen zusammen ins Wohnzimmer. An der Tür trafen wir wieder auf das Kindermädchen und Wanja. Ich nahm den Säugling in meine Arme, bedeckte seine bloßen roten kleinen Zehen, drückte ihn an mich und küßte ihn, wobei ich ihn nur zart mit den Lippen berührte. Er bewegte seine kleine Hand mit ausgestreckten faltigen Fingern, wie im Schlaf, und öffnete ziellos die Augen, als suche er etwas oder wolle sich erinnern. Plötzlich ruhten diese kleinen Augen auf mir, ein Funken von Erkenntnisvermögen erglomm in ihnen, die vollen, aufgeworfenen Lippen fingen an zu zucken und öffneten sich zu einem Lächeln. »Mein, mein, mein!« dachte ich mit einer seligen Spannung in allen Gliedern und drückte ihn an meinen Busen und hielt mich mit Mühe zurück, um ihm nicht weh zu tun.

Und ich fing an, seine kleinen kalten Füße zu küssen, seinen kleinen Bauch, seine Hand und seinen kleinen Kopf, der spärlich mit weichem Haar bedeckt war. Mein Mann kam zu mir; schnell bedeckte ich das Gesicht des Kindes und deckte es dann wieder auf.

»Iwan Sergejitsch!« sagte mein Mann und streichelte ihn unter dem Kinn. Doch schnell verbarg ich Iwan Sergejitsch wieder. Niemand außer mir durfte ihn lange ansehen. Ich warf einen Blick auf meinen Mann, seine Augen lachten, während er mich ansah, und zum ersten Male seit langer Zeit war es leicht und süß für mich, in seine Augen zu schauen.

An diesem Tage ging die Liebesgeschichte mit meinem Mann zu Ende, das alte Gefühl wurde zu einer kostbaren Erinnerung und sollte niemals wiederkehren; doch das neue Gefühl der Liebe zu meinen Kindern und dem Vater meiner Kinder legte den Grundstein zu einem anderen Leben, das glücklich war auf ganz andere Weise und das ich bis zum gegenwärtigen Augenblick immer noch lebe.

Als es Zeit ist, das Kind zu baden, geht Maria in der Wohnung herum und sammelt das Spielzeug und die Malbücher ein. Wieder im Wohnzimmer, steht sie neben meinem Sessel und legt mir die Hand auf die Schulter. Das ist alles. Phoebe bemerkt offenbar nicht, wie ich verstohlen die Hand ihrer Mutter küsse. Ich sage: »Du kannst sie hier baden.« Sie lächelt. »Intelligente Menschen«, sagt sie, »sollten mit ihren Spielen nicht zu weit gehen.« »Was haben intelligente Menschen so Besonderes an sich?« frage ich, »in diesen Situationen hilft das doch wirklich nichts.« Vor der Tür werfen mir beide einen Abschiedskuß zu – das Kind zuerst, dann, seinem Beispiel folgend, die Mutter – , und sie steigen in den Fahrstuhl und fahren wieder hinauf, mein *deus ex machina*, der sich wieder hinaufbegibt. In meiner Wohnung zurück, rieche ich noch die Windel des Kindes und sehe die kleinen Handabdrücke auf der Glasplatte des Sofatisches. Die Wirkung von alledem ist, daß ich mich ganz unglaublich naiv fühle. Ich will, was ich niemals als Mann gehabt habe, angefangen mit Familienglück. Und warum jetzt? Welchen Zauber erwarte ich mir von Vaterschaft? Mache ich nicht aus der Vaterschaft auch eine Art von Phantasievorstellung? Wie kann ich vierundvierzig Jahre alt sein und an solche Dinge *glauben*?

Nachts im Bett, als die wirklichen Probleme anfangen, sage ich laut: »Ich kenne das doch alles! Laß mich in Ruhe!« Ich finde Phoebes Keks unter meinem Kissen, und um drei Uhr morgens verzehre ich ihn.

Maria kommt am nächsten Tag selbst auf all die Fragen zu sprechen, indem sie für mich die Rolle des Herausforderers spielt. Wenn ich am Ende die Beharrlichkeit genieße, mit der sie mir nicht erlaubt, mich hinreißen zu lassen, dann deswegen, weil ihre illusionslose Offenheit nur ein weiteres Argument zu meinen Gunsten ist – ihre direkte, unbeirrbare Art bezaubert mich nur um so mehr. Wenn ich diese Frau doch nur ein bißchen weniger reizvoll finden könnte, dann wäre ich am Ende vielleicht nicht tot.

»Du kannst nicht dein Leben für eine Selbsttäuschung aufs Spiel setzen«, sagt sie. »Ich kann meinen Mann nicht verlassen. Ich kann meiner Tochter nicht den Vater nehmen. Ich kann ihm nicht sein Kind nehmen. Da ist dieser schreckliche Umstand, den du, glaube ich, nicht richtig einschätzt, und das ist meine Tochter. Ich versuche, nicht an ihre Interessen zu denken, aber hin und wieder kann ich nicht umhin. Ich hätte es ja nie geglaubt, aber offenbar bist du wieder einer von diesen Amerikanern, die sich vorstellen, daß sie nur etwas zu verändern brauchen, und schon ist das Unglück vorbei. Alles muß immer gut ausgehen. Aber meiner Erfahrung nach ist das nicht der Fall – meinetwegen für eine Weile vielleicht, aber alles hat seine begrenzte Dauer, und am Ende geht es im allgemeinen überhaupt nicht gut aus. Das Verfallsdatum deiner Ehe läuft offenbar nach etwa sechs oder sieben Jahren ab. Das wäre auch nicht anders, wenn du mit mir verheiratet wärst, selbst wenn ich mich darauf einlassen wollte. Weißt du was? Es würde dir nicht gefallen, wenn ich schwanger wäre. Es ist mir das letzte Mal so ergangen. Schwangere Frauen sind tabu.«

»Unfug.«

»Das ist meine Erfahrung. Und wahrscheinlich nicht nur die meine. Die Leidenschaft würde absterben, so oder so. Leidenschaft ist ja auch für ihr Verfallsdatum berühmt. Du willst keine Kinder. Du hast dreimal die Gelegenheit gehabt, und du hast sie nie genutzt. Drei gute Frauen, und jedesmal hast du nein gesagt. Auf dich sollte man lieber nicht setzen, weißt du.«

»Auf wen denn? Den Gatten da oben vielleicht?«

»Ist auf *dich* etwa Verlaß? Da bin ich mir nicht so sicher. Es ist ein bißchen verrückt, sein Leben mit Schreiben zu verbringen.«

»Das ist es. Aber ich will es nicht mehr nur noch mit dem

Schreiben verbringen. Es gab mal eine Zeit, da erschien alles als zweitrangig gegenüber dem Erfinden von Geschichten. Als ich jünger war, habe ich gedacht, es sei eine Schande für einen Schriftsteller, sich um irgend etwas anderes zu kümmern. Nun, mittlerweile bewundere ich das konventionelle Leben sehr viel mehr, und es würde mir nichts ausmachen, mich ein bißchen damit zu beschmutzen. Tatsächlich habe ich das Gefühl, ich hätte mich aus dem Leben *hinausgeschrieben*.«

»Und jetzt willst du dich wieder hineinschreiben? Ich glaube dir kein Wort. Du hast eine trotzige Intelligenz: Es liegt dir, Widerstand zum eigenen Vorteil umzumünzen. Opposition bestimmt deine Richtung. Du hättest wahrscheinlich nie diese Bücher über Juden geschrieben, wenn die Juden nicht dauernd gesagt hätten, du solltest es lassen. Du willst nur deshalb ein Kind, weil du keins haben kannst.«

»Ich kann dir nur versichern, daß ich glaube, daß meine Gründe, ein Kind haben zu wollen, nicht perverser sind als die aller anderen auch.«

»Und warum ausgerechnet mich für dieses Experiment?«

»Weil ich dich liebe.«

»Schon wieder dieses furchtbare Wort. Du hast auch deine Frauen *geliebt*, ehe du sie geheiratet hast. Weshalb soll das jetzt anders sein? Und es muß ja gar nicht ich sein, die du ›liebst‹. Ich bin schrecklich konventionell, und es schmeichelt mir, aber weißt du, es könnte durchaus jemand anderes jetzt hier bei dir sein.«

»Wer sollte das sein? Erzähl mir von ihr.«

»Sie wäre wahrscheinlich so ziemlich wie ich. Mein Alter. Meine Ehe. Mein Kind.«

»Dann *wärst* du es also.«

»Nein, du folgst meiner fehlerfreien Logik nicht. Sie wäre genau wie ich, sie hätte meine Funktion, aber sie wäre nicht ich.«

»Aber vielleicht *bist* du sie, wenn du ihr so sehr ähnelst.«

»Warum *bin* ich hier? Beantworte mir das. Du kannst es nicht. In intellektueller Hinsicht bin ich nicht dein Stil, und ich gehöre gewiß nicht zur Boheme. Oh, ich habe es mit dem Linken Ufer probiert. In der Universität bin ich immer mit Leuten umgegangen, die mit einer Ausgabe von *Tel Quel* unter dem Arm herumliefen. Ich kenne den ganzen Quatsch. Das kann man gar nicht lesen. Zwischen dem Linken Ufer und den grünen Wiesen habe ich mich für die grünen Wiesen entschieden. Ich habe mir überlegt: ›Muß ich mir diesen ganzen französischen Unfug anhören?‹, und dann habe ich es schließlich gelassen. Auch sexuell bin ich eher schüchtern, mußt du wissen – das sehr unüberraschende Produkt einer vornehmen, feinen Erziehung im besitzlosen Adel. Ich habe nie in meinem Leben etwas Unkeusches getan. Was niedrige Wünsche betrifft, so habe ich offenbar niemals welche gehabt. Ich bin nicht besonders begabt. Wenn ich grausam genug wäre, um bis zur Hochzeit zu warten, ehe ich dir zeigte, was ich veröffentlicht habe, würdest du den Tag verfluchen, an dem du mir diesen Antrag gemacht hast. Ich bin eine Lohnschreiberin. Ich schreibe fließend Klischees und stümperhaftes Eintagszeug für alberne Zeitschriften. Die Kurzgeschichten, die ich zu schreiben versuche, handeln immer von den falschen Sachen. Ich will über meine Kindheit schreiben, so originell bin ich – über die Wiesen, die weißen Nebel, den Adel im Niedergang, mit dem ich aufgewachsen bin. Wenn du ernstlich dein Leben aufs Spiel setzen willst, um vulgärerweise die nächste Frau zu heiraten, wenn du wirklich ein Kind willst, um dich die nächsten zwanzig Jahre in den Wahnsinn treiben zu lassen – und nach all der Einsamkeit und schweigsamen Arbeit würde dich das so ziemlich in den Wahnsinn treiben –, dann solltest du dir jemand Geeigneteren dafür finden. Jemanden, der einem Mann wie du angemessen ist. Wir können eine Freundschaft haben, aber wenn du es vorhast, diese Häuslichkeitsphantasien weiterzutreiben und mich dementsprechend da einzuordnen, dann kann ich dich nicht mehr hier unten besuchen kommen. Das ist zu schwer für dich und fast ebenso schwer für mich. Ich verliere ganz kindlich die

Orientierung, wenn ich so ein Zeug höre. Sieh es ein, ich bin ungeeignet.«

Ich bin in dem bequemen Sessel im Wohnzimmer, und sie sitzt mit dem Gesicht zu mir rittlings auf meinen Knien. »Erzähl mir etwas«, fordere ich sie auf, »sagst du jemals ficken?«

»Ja, ich sage es ziemlich häufig, fürchte ich. Mein Mann auch, in unseren ehelichen Diskussionen. Aber nicht hier unten.«

»Warum nicht?«

»Ich trage mein bestes Benehmen zur Schau, wenn ich einen Intellektuellen besuchen komme.«

»Ein Fehler. Maria, ich bin zu alt, um jemand Geeigneten zu finden. Ich bete dich an.«

»Das kannst du nicht. Das kannst du unmöglich. Wenn überhaupt, dann ist es die Krankheit, die ich mir eingefangen habe, nicht du.«

»›Und wo du von meiner langen Krankheit sprichst, verdanke ich ihr nicht unbeschreiblich viel mehr, als ich meiner Gesundheit verdanke?‹«

»Ich hätte dich für nüchterner gehalten«, sagt sie. »Nach den Porträts, die du von den Männern in deinen Büchern zeichnest, hätte ich das nicht erwartet.«

»Meine Bücher sind nicht als Charakterempfehlung gedacht. Ich bin nicht auf Arbeitssuche.«

»Es gibt einen ziemlichen Altersunterschied zwischen uns.«

»Das ist doch schön, oder?«

Sie stimmt zu, indem sie den Kopf neigt und zugibt, ja das ist es, und daß unsere Übereinstimmung so ziemlich alles ist, was sie verlangen kann. Obwohl man meinen könnte, daß ein Mann, der selbst dreimal Ehemann gewesen ist, die Antwort wüßte, kann ich nicht verstehen, wenn ich sie so anschaue, so verlockend und zufrieden, wie sie aussieht, daß sie ihrem Mann da oben praktisch gar nichts recht machen kann. Wenn es nach mir geht, so gibt es nichts, was sie einem nicht recht machen kann. Was ich nicht begreife, ist, warum nicht jeder Mann auf der *Welt* sie so hinreißend findet wie ich. So wehrlos bin ich.

»Gestern abend ist es sehr wüst zugegangen«, sagt sie. »Eine schreckliche Szene. Gebrüll vor Wut und Enttäuschung.«

»Worüber?«

»Du stellst dauernd Fragen, und ich beantworte sie auch noch regelmäßig. Das geht wirklich zu weit. Es ist ein solcher Verrat an ihm. Ich sollte dir das alles gar nicht erzählen, weil ich weiß, daß dir nicht zu trauen ist. *Schreibst* du an einem Buch?«

»Ja, es ist alles für ein Buch, auch die Krankheit.«

»Das glaube ich dir sogar beinahe. Du darfst nicht, aber auch auf keinen Fall, über mich schreiben. Notizen sind in Ordnung, denn ich weiß, daß ich dich nicht davon abhalten kann, Notizen zu machen. Aber du darfst nicht aufs Ganze gehen.«

»Würde dir das wirklich etwas ausmachen?«

»Ja. Weil es unser *Privatleben* ist.«

»Und das ist jetzt ein ganz langweiliges Gesprächsthema, über das ich all die Jahre von zu vielen Menschen zuviel zu hören bekommen habe.«

»Es ist nicht so langweilig, wenn man zufällig nun einmal am falschen Ende sitzt. Es ist nicht so langweilig, wenn man feststellt, daß das eigene Privatleben in der Lohnschreibe von irgend jemandem total ausgebreitet wird. ›Entweihung wär es, sprächen wir / dem Volk von unsrer Liebe Lust.‹ John Donne.«

»Ich werde deinen Namen ändern.«

»Großartig.«

»Niemand außer mir würde wissen, daß es sich überhaupt um dich handelt.«

»Du weißt nicht, was man wiedererkennen wird. Du wirst *nicht* über mich schreiben, hörst du?«

»Ich kann gar nicht ›über‹ jemanden schreiben. Selbst wenn ich es versuche, kommt jemand anderes heraus.«

»Das bezweifle ich.«

»Es ist wahr. Es ist eine meiner Beschränktheiten.«

»Ich habe noch gar nicht angefangen, die meinen alle aufzuzählen. Du hast eine leicht zu entfachende Phantasie – du solltest dir einen Augenblick Zeit nehmen und dich fragen, ob du nicht eine Frau erfindest, die gar nicht existiert, ob du mich nicht jetzt schon zu jemand anderem machst. So wie du aus unserer *Geschichte* etwas anderes machen willst. Die Dinge müssen nicht immer einen Höhepunkt haben. Sie können auch einfach so weitergehen. Aber du *willst* eine Erzählung daraus machen, mit Entwicklung und Dynamik und dramatischen Höhepunkten und einer Auflösung. Du scheinst das Leben als ein Gebilde zu betrachten, das einen Anfang, eine Mitte und ein Ende hat, und die sind durch etwas verbunden, das deinen Namen trägt. Aber es ist nicht nötig, den Dingen eine Form zu geben. Man kann sich ihnen auch überlassen. Keine Ziele – man läßt die Dinge einfach ihren Lauf nehmen. Du mußt anfangen, die Dinge so zu sehen, wie sie sind: Es gibt im Leben unlösbare Probleme, und das hier ist eins. Was mich betrifft, ich bin einfach die Hausfrau, die in die obere Wohnung eingezogen ist. Du würdest zuviel für viel zu wenig aufs Spiel setzen. Es gibt so vieles, was mir fehlt.«

»Du bist so lange da oben zu wenig gewürdigt worden, daß das alles ist, woran du denken kannst. Aber tatsächlich siehst du heute sehr kostbar aus. Du hast ein sehr kostbares Gesicht und lange, kostbare Gliedmaßen, und die Stimme ist geradezu verschwenderisch. Du siehst sehr gut aus, weißt du; viel besser als an dem Tag, als ich dich kennengelernt habe.«

»Das liegt daran, daß ich glücklicher bin als damals, als ich dich kennengelernt habe. Ich hätte mich nie so aufgerafft, wenn ich dich nicht kennengelernt hätte. Es hat sehr vieles bewirkt für mich. Um es in kargem Englisch vom Lande auszudrücken, es hat mich aufgemuntert. Dich auch, glaube ich. *Du* siehst wie achtzehn aus.«

»Achtzehn? Das ist aber lieb von dir.«

»Wie ein aufgeweckter Junge.«

»Du zitterst ja.«
»Ich bin verängstigt. Glücklicher, aber sehr verängstigt. Mein Mann geht fort.«
»Wirklich? Wann?«
»Morgen.«
»Das hättest du mir sagen sollen. Ihr Engländer behaltet wirklich alles für euch. Für wie viele Jahre geht er fort?«
»Er geht nur für zwei Wochen.«
»Kannst du das Kindermädchen loswerden?«
»Dafür habe ich schon gesorgt.«
Wir spielen zwei Wochen lang Haushalt. Jeden Abend essen wir oben zusammen, nachdem das Baby eingeschlafen ist. Sie erzählt mir von der Scheidung ihrer Eltern. Ich sehe Kindheitsphotos von ihr in Gloucestershire, das mittlere Kind, vaterlos, nur aus Knochen und dunklen Zöpfen bestehend, sich an die Jeans ihrer beiden Schwestern klammernd. Ich sehe den Schreibtisch, an dem sie sitzt, wenn sie jeden Morgen anruft, kurz nachdem ihr Mann zur Arbeit aufgebrochen ist. Auf dem Schreibtisch steht ein gerahmter Polaroid-Schnappschuß von ihnen in der Universität, ein scheinbar feierlicher junger Mann, der sie sogar noch überragt und eine runde Stahlrahmenbrille aus den Sechzigern trägt. Weil sie vor so kurzem noch auf das College gingen, und daran denkend, fühle ich mich, als sei ich davon völlig ausgeschlossen. »Sorgenfreies Establishment«, sagt sie, als ich das Photo hochhalte und sie nach seinem familiären Hintergrund frage; »die Schwierigkeit ist, daß er nach weltlichen Maßstäben, verstehst du, eine geeignete Partie ist.« Im Fahrstuhl, wenn er und ich einander begegnen, geben wir uns beide als Männer ohne Launen oder Leidenschaft. Großknochig und von rosiger Gesichtsfarbe, mit dreißig erfolgreich, vital und auf dem Weg nach oben, wie er ist, läßt außer seiner Größe nichts darauf schließen, daß er ein bißchen etwas vom Schinder hat, der sich gern mit allen möglichen Leuten und viel Lärm umgibt – er läßt mich nur seine in Eton erworbene Undurchdringlichkeit sehen, und ich tue so, als hätte ich seine Frau nie

getroffen. Wenn wir uns in einer Komödie der Restaurationszeit befänden, würde sich das Publikum den Bauch halten, da es schließlich der Ehemann ist, der dem impotenten Liebhaber Hörner aufsetzt.

Nachdem sie beim Essen viel Wein getrunken hat, zeigt sie weniger Neigung zu verbissener Empfindlichkeit, obwohl ich mich immer noch bei dem Gedanken ertappe, daß der Mann, der bekanntlich Teller an die Wand wirft, wenn er seinen Willen nicht bekommt, und dann tagelang nicht mit ihr spricht, immer noch ein passenderer und befriedigenderer Gefährte ist als ich, der ich meine Liebe nicht in die Tat umsetzen kann. Es gibt im Leben unlösbare Probleme, und das ist eins davon.

»Ich habe nie zuvor einen jüdischen Freund gehabt. Oder habe ich dir das schon erzählt?«

»Nein.«

»In der Universität hatte ich eine ausgedehnte Lippenbegegnung mit einem nigerianischen Marxisten, aber es waren nur die Lippen, die sich begegneten. Er war im selben Jahrgang wie ich. Die Freunde, die ich im finstersten Gloucestershire hatte, waren alle möglichen Typen aus dem Landadel und absolut beschränkt. Du mußt sagen, wann du gehen mußt – ich bin betrunken.«

»Ich muß nicht gehen.« Doch, ich sollte, ich muß – sie verführt mich mit jedem Wort dazu, mein Leben aufs Spiel zu setzen.

»Es gab nicht nur Unterdrückung in meinem familiären Hintergrund, weißt du – es gab eine außerordentliche Mischung aus Unterdrückung *und* Freiheit.«

»Ja? Freiheit, die wovon ausging?«

»Die Freiheit ging vom Pferd aus. Weil man zu jeder Tageszeit mit allen möglichen Leuten lange Strecken reiten konnte, und so traf man eben viele Leute. Wenn ich wirklich auch nur entfernt sexuell interessiert gewesen wäre, was ich nicht war, hätte ich von zwölf Jahren an die ganze Zeit herumbumsen können. Es wäre kein Problem gewesen. Nicht viele haben das wirklich getan, aber schrecklich viele verbrachten schrecklich viel Zeit damit, der Sache so nahe wie möglich zu kommen.«

»Aber du nicht?«

Mit schiefem Gesicht, traurig: »Nein, ich nie. Möchtest du dir vielleicht eine meiner Geschichten anschauen? Sie handeln von Menschen, die im englischen Schlamm herumwaten, und von Hunden, und sie sind voller Jägerjargon, und es gibt keinen Grund, weshalb sie irgend jemandem, der im zwanzigsten Jahrhundert geboren wurde, irgend etwas zu sagen hätten. Willst du sie wirklich sehen?«

»Ja. Doch erwarte nicht, daß ich ein brillanter Leser bin. Im College habe ich viktorianische Literatur aufgegeben, weil ich nie den Unterschied zwischen einem Vikar und einem Pfarrer rausbekommen konnte.«

»Ich sollte dir das nicht zeigen«, sagt sie. »Denk daran, es kommt mir nicht so sehr auf die Neuheit der Wahrnehmung an«, und sie reicht mir das Schreibmaschinenmanuskript. Die Erzählung fängt an: *Leute auf der Jagd fluchen wie verrückt, ihre Sprache ist recht rüde. Als ich ein Kind war, pflegte man im Damensattel zu jagen* . . .

Als ich mit der letzten Seite fertig bin, sagt sie: »Ich habe dir ja gesagt, daß man das alles schon einmal gehört hat.«

»Nicht von dir.«

»Wenn es dir nicht gefällt, kannst du das offen sagen.«

»Tatsache ist, daß du viel besser schreibst als ich.«

»Ach, Unsinn.«

»Du schreibst viel flüssiger als ich.«

»Das«, antwortet sie leicht empört, »hat *nichts* damit zu tun. Es gibt Unmengen gebildeter Leute, die flüssiges, gutes Englisch schreiben können. Nein, das ist wirklich nichts Besonderes. Es geht auf peinliche Weise an der Sache vorbei. Es ist einfach, daß die Verbindung zwischen dieser außerordentlichen Überkommenheit aus dem neunzehnten Jahrhundert und der unglaublichen Art, wie sie geflucht haben . . . naja, das ist es schon. Ich fürchte, das ist alles. Es gibt fiktionale

Texte, die mit großem Krach wild in die Menge geschossen werden, und es gibt welche, die ihr Ziel nicht erreichen, Granaten, die nicht explodieren, und es gibt fiktionale Prosa, die sich als in den Schädel des Schriftstellers selbst gerichtet erweist. Meine gehört nicht zu alledem. Ich schreibe nicht mit grimmiger Energie. Niemand könnte das, was ich schreibe, je als Keule benützen. Meine Prosa stellt all die englischen Tugenden von Takt, gesundem Menschenverstand, Ironie und Zurückhaltung dar – *tödlich* rückwärtsgewandt. Und es geht mir ganz leicht von der Hand, unglücklicherweise. Selbst wenn ich die Frechheit aufbringen würde, ›über alles auszupacken‹ und von dir zu schreiben, kämest du einfach als ganz angenehmer Bursche heraus. Ich sollte diese Erzählungen unterzeichnen mit: ›Von einem atavistischen Wesen.‹«
»Und wenn du das bist?«
»Nicht gerade das Geeignete für dich.«

Zwei Tage, ehe ihr Mann zurückkommen soll:
»Ich habe letzte Nacht geträumt«, sagt sie.
»Wovon?«
»Also, die geographische Lage des Ortes, an dem ich war, ist schwer zu erklären. Eine Schiffswerft oder etwas dergleichen, das offene Meer, ein Hafen. Ich weiß nicht die Bezeichnungen für diese Orte, aber ich habe sie gesehen. Das offene Meer ist zu meiner Linken, und dann sind da all diese Anlegeplätze und Kais und Landestege und solche Dinge. Es ist eigentlich ein Hafen, ja. Ich schwamm von einer Anlegestelle zu einer anderen, die ein wenig entfernt war. Ich war völlig bekleidet. Ich hatte ein Bündel unter meinem Mantel, ein Baby – es war nicht meine Tochter, es war ein anderes Kind, ich weiß nicht, wer es war. Ich bin auf diese andere Anlegestelle zugeschwommen. Ich wollte irgendwie entrinnen. An dieser Anlegestelle waren all diese Jungen, die auf- und abgesprungen sind und gestikuliert haben. Sie haben mich ermutigt: ›Los doch, los doch!‹ Dann fingen sie

an, mir zu bedeuten, ich solle mich rechts halten. Und als ich nach rechts sah und anfing, nach rechts zu schwimmen, da gab es auf der rechten Seite eine weitere Einfahrt, Wasser, es war eine winzig kleine Bootswerft. Und die war unter einem riesiggroßen – wie bei einem Bahnhof, einem riesiggroßen Dach. Sie bedeuteten mir, daß ich mir ein Boot holen und rudern könnte, statt zu schwimmen. Auf das Meer hinaus, natürlich. Sie gestikulierten und riefen mir zu: ›Judäa! Judäa!‹ Doch als ich dort hinkam und mir gerade ein Boot nehmen wollte – und da waren mehrere vertäut, weißt du, zusammengebunden –, und ich war noch halb im Wasser, da bemerkte ich, daß mein Mann da war, der die Boote beaufsichtigte und darauf wartete, mich mit nach Hause zu nehmen. Und er hatte einen grünen Tweed-Anzug an. Das war der Traum.«

»Besitzt er einen grünen Tweed-Anzug?«

»Nein. Natürlich nicht.«

»›Natürlich nicht?‹ Warum, *gehört* sich das nicht?«

»Nein. Entschuldigung. Ich meine ›natürlich nicht‹ ganz privat. Aber Grün und Tweed repräsentieren alle möglichen *schreiend* offensichtlichen englischen Dinge. Der ganze Traum ist so grotesk offensichtlich, daß Freud sich gar nicht hätte bemühen müssen. Jeder könnte den Traum verstehen – nicht wahr? Er ist kindisch einfach.«

»Einfach in welcher Hinsicht?«

»Naja, grün, ganz direkt, sowie du aufwachst, weißt du, daß Grün das offene Land bedeutet, Unmengen Bäume und Landschaft – grün bedeutet Gloucestershire. Gloucestershire ist das Land, wo das Grün gar nicht grüner sein könnte. Und Tweed bedeutet etwa dasselbe, aber mit einem Anflug von Förmlichkeit und – nun ja, man trägt Tweed, man hat als Frau ein Tweedkostüm, weil man erwachsen ist und konventionell. Mir selbst sagt das nicht zu, aber es geht darum, daß Tweed-Kostüme eben vom Lande sind, sie nehmen die Farbe der Landschaft an, der Heide und der Felsen, und selbst wenn sie schön sind, werden sie zu etwas schrecklich Repressivem, mit einer leichten Andeutung von Snobismus. Dazu dienen Tweed-Kostüme jedenfalls – sie sind ›fürchterlich englisch‹, und«, sagte sie lachend, »ich kann sie nicht leiden.«

»Und der Bootshafen?«

»Bootshäfen, Bahnhöfe. Orte des Abschieds.«

»Und Judäa?« frage ich. »Der bevorzugte englische Ausdruck lautet Westbank.«

»Ich habe nicht Schlagzeilen gelesen. Ich habe geträumt.«

»Und wessen Baby war es, Maria, unter deinem Mantel?«

Scheu: »Keine Ahnung. Das kam nicht vor.«

»Es ist das, was wir haben werden.«

»Ach ja?« fragt sie hilflos. »Es ist ein trauriger Traum, nicht wahr?«

»Und wird immer trauriger.«

»Ja.« Dann bricht es aus ihr heraus: »Es macht mich absolut wild, daß er nicht schätzen kann, was er vor der Nase hat, es sei denn, ich fange an, mich wie eine Primadonna aufzuführen. Ich werde einfach dermaßen ärgerlich, daß man das alles durchmachen muß für nichts und wieder nichts. Es bricht einem einfach das Herz, daß die Leute, wenn du nett zu ihnen bist, wenn du vernünftig bist, wenn du bescheiden bist, dich schlicht mit Füßen treten. Es macht mich absolut verrückt. Findest du nicht, daß es grausam ist, daß all die Werte, nach denen wir erzogen worden sind, nichts gelten, absolut nichts, nicht in der Ehe, nicht in der Arbeit, nirgendwo? Bei der Zeitschrift in London war es genau dasselbe. Was für einen Haufen Schinder es doch auf der Welt gibt! Ich finde es absolut empörend.« Und dann, typisch für sie: »Beachte es nicht. Ich sollte wirklich nicht so vereinfachen. Die Erregung, in die ich gerate, legt sich jedesmal wieder, und ich rutsche in meinen üblichen Sumpf der Verzweiflung. Ich weiß wirklich nicht warum, aber so geht es eben, und ich verliere den Antrieb, mich noch zu bewegen.«

»Judäa, Judäa.«

»Ja. Ist das nicht seltsam?«

»Das Gelobte Land gegen den Grünen Tweed-Anzug.«

In der Nacht vor der Rückkehr ihres Mannes führe ich ein Verhör durch, das bis zum Morgengrauen dauert. Die Niederschrift hier, die sehr stark gekürzt ist, läßt all die halben Intimitäten aus, die die Befragung unterbrachen, und die daraus folgende Verzweiflung, die alles umgeformt hat.

Ich habe die Vorstellung, daß die Wahrscheinlichkeit, einen schrecklichen Fehler zu begehen, desto geringer ist, je mehr Fragen ich ihr stelle, als ließe sich Unglück durch *Wissen* begrenzen.

»Weshalb bleibst du bei mir?« fange ich an. »Mit mir in diesem Zustand.«

»Glaubst du denn, daß Frauen wegen Sex in einer Beziehung bleiben? Sex kommt normalerweise doch zuletzt. Weshalb ich bleibe? Weil du intelligent bist, weil du freundlich bist, weil du mich offenbar liebst (um das schreckliche Wort zu gebrauchen), weil du mir sagst, daß ich schön bin, ob es stimmt oder nicht – weil du eine Zuflucht bist. Natürlich hätte ich das andere auch gern, aber wir haben es nun einmal nicht.«

»Wie frustriert bist du?«

»Es ist frustrierend . . . aber nicht gefährlich.«

»Was meinst du damit? Du hast es unter Kontrolle?«

»Ja, ja, das habe ich. Ich meine, daß eine Frau wie ich sich ohne die körperliche Hingabe irgendwie stärker fühlt. Ich nehme an, daß die meisten Frauen sich stärker fühlen, wenn sie erst einmal glauben, daß sie dich körperlich an sie gebunden haben. Aber ich fange dann an, mich am verletzlichsten zu fühlen. So, wie es jetzt ist, habe ich irgendwie die Oberhand. Ich habe die Kontrolle und die Wahl. Oder jedenfalls das Gefühl, ich hätte sie. *Ich* bin es ja, die sich weigert, *dich* zu heiraten. Es *ist* frustrierend, aber es gibt mir eine Macht, die ich in einer gewöhnlichen Beziehung niemals hätte, weil du dann Macht über mich hättest. Ich finde es irgendwie aufregend. Du willst, daß ich offen bin, ich bin es.«

»Er schläft immer noch mit dir, dein Mann.«

»Ich nehme zurück, was ich über Offenheit gesagt habe.

Das ist der Punkt, an dem ich mich in höfliche Diskretion zurückziehe.«

»Das geht nicht. Wie oft? Gar nicht, selten, manchmal oder oft.«

»Oft.«

»Sehr oft?«

»Sehr oft.«

»Jede Nacht?«

»Nicht ganz. Aber beinahe.«

»Ihr streitet über alles, ihr sprecht tagelang nicht miteinander, er wirft mit Geschirr, und doch begehrt er dich so sehr.«

»Ich weiß nicht, was da ›so sehr‹ heißt.«

»Ich meine, all diese Grausamkeit bringt ihn doch offenbar in Fahrt. Ich meine, sein sexueller Enthusiasmus, wenn schon sonst nichts, scheint doch unvermindert zu sein.«

»Er ist reichlich sexbesessen. Er würde mich am liebsten Tag und Nacht bumsen. Mehr will er eigentlich gar nicht von mir.«

»Und befriedigt es dich selbst auch?«

»Es ist alles so kompliziert, weil ich so wütend und aufgebracht bin. Wir gehen ins Bett, um alle möglichen Abstufungen von Feindseligkeit zu überbrücken. Auf alle Fälle ist es sehr unpersönlich. Als wenn es gar nicht geschehen würde. Er denkt niemals an mich.«

»Warum weigerst du dich dann nicht?«

»Die Art von Ärger will ich nicht. Solch eine sexuelle Spannung ist alles, was wir brauchen, um ein Zusammenleben vollkommen unmöglich zu machen.«

»Du bleibst also einem ganz üblen Mann sexuell zugänglich.«

»Das kannst du so ausdrücken, wenn es dir gefällt.«

»Und trotzdem siehst du mich jeden Nachmittag. Warum kommst du weiterhin her?«

»Weil ich nirgends sonst sein möchte. Weil ich hier willkommen bin. Weil du mir fehlst, wenn ich dich nicht sehe. Hier oben ist es kalt, und wir streiten die ganze Zeit und gehen einander auf die Nerven. Entweder sagen wir eher höfliche, nette, eisige Dinge zueinander, die wir beide ziemlich langweilig finden, und denken heimlich an jemand anderen oder etwas anderes, oder wir sagen gar nichts, oder wir streiten. Aber wenn ich hinunterkomme, dann komme ich in ein hübsches Zimmer mit Büchern und dem Kamin und der Musik und dem Kaffee und deiner Zuneigung. Wer würde da nicht hingehen, wenn er das geboten bekommt? Ich glaube nicht, daß du das allen bietest, aber du bietest es mir. Ich denke, daß es für *dich* eine ungeheuere Frustration ist, daß du das andere nicht auch hast, und so wünsche ich, du hättest es. Aber für mich genügt es beinahe auch so.«

»Aber wenn hier oben alles in Ordnung wäre, würdest du nicht da unten sein.«

»Das versteht sich von selbst. Wir wären eine Fahrstuhlbekanntschaft, das ist alles. Immer stimmt irgend etwas nicht, warum wollte man sich sonst solche Komplikationen schaffen?«

»Hast du erotische Phanstasien über mich?«

»Ja, die habe ich, doch die hätte ich wohl noch mehr, wenn wir Sex gehabt hätten. Aber so verdränge ich sie. Weil sie mich gereizt und unbefriedigt machen würden.«

»Ist das, was wir haben, für dich überhaupt erregend?«

»Das habe ich dir doch gesagt – ich finde es ungewöhnlich und seltsam. Wenn ich nackt auf dem Bett liege, wenn du mich berührst – manche Frauen sind davon zutiefst befriedigt.«

»Und du?«

»Nicht immer. Schau mal, du bist kein hoffnungslos unattraktiver Mann. Wir hatten ein paar recht interessante Gespräche im Verlauf unserer Bekanntschaft, wir haben so viel gesprochen, aber ich bin sicher, daß all dieses Sprechen ganz sekundär ist – die sexuellen Wahrnehmungen sind immer noch das Wichtigste an einem Menschen, was sonst sich auch am Ende ergibt. Selbst wenn wir nie miteinander ins Bett gehen, es gibt irgendeine grundlegende sexuelle Spannung, die wir miteinander gehabt haben. Ob du im Moment in der Lage bist zu ficken oder nicht, tut nichts zur Sache. Männlichkeit hat nicht nur damit zu tun. Du bist so ganz anders als mein Mann, und der ist in Wirklichkeit der Hintergrund, von dem ich eigentlich immer schon loskommen wollte.«

»Wenn das stimmt, warum hast du ihn dann geheiratet?«

»Naja, wir waren jung, und er sah sehr männlich aus. Ich bin sehr groß – nun, und er ist noch größer. Er war körperlich so riesig – und das habe ich für Männlichkeit gehalten. Ich habe meine Begriffe seither verfeinert, aber damals war es etwas, worüber ich nichts wußte. Wir waren drei Schwestern, und mein Vater hatte uns verlassen. Woher sollst du wissen, was ein Mann ist, wenn du niemals einen ausgewachsenen in Aktion gesehen hast? Ich dachte bei ihm, das ist maskuline Kraft. Er war mein Denkmal des Unbekannten Mannes. Er hatte dieses athletische Äußere, und er war sehr humorvoll, sehr gescheit, und als wir dann beide Arbeit in London hatten, wollte er unbedingt heiraten. Ich glaube nicht, daß ich so früh geheiratet hätte, wenn ich nur das geringste Gefühl gehabt hätte, daß es auf der Welt einen Platz für mich gäbe. Es war eine Zeit, als die Ehe völlig außer Mode war, alle lebten einfach zusammen, aber ich war so verdammt verängstigt, daß ich dachte, es sei vernünftig zu heiraten. Ich habe so viele Ängste überwunden und bin jetzt so viel weniger verängstigt, daß ich wirklich kaum wiederzuerkennen bin. Aber mit neunzehn und zwanzig war ich pathologisch verängstigt – seit mein Vater fortgegangen war, hatte ich das Gefühl, daß mein Leben auf diesem riesigen, riesigen Abhang steht. Du hältst mich für ›lieb‹, doch in Wirklichkeit ist es nur Schwäche der schlimmsten Art. Es ist mir nicht leichtgefallen, Freundschaften zu schließen. Ich hatte massenhaft Bekannte und eine schreckliche Menge an Bewunderern damals, aber es gab nur sehr wenige Menschen, denen gegenüber ich meine wirklichen Gefühle ausdrücken konnte. Das war gar nicht so dumm, denn alle, die ich kannte, waren total auf diesen idiotischen Jargon abgefahren, der zu der Zeit herrschte. Die Leute ließen sich von einer Welle der Empfindungen der sechziger Jahre mitreißen, die ihre Hirne in Pudding verwandelte. Sie waren sehr intolerant. Wenn man wagte, einen frommen Lehrsatz oder ein Dogma in Frage zu stellen, konnten sie einem so wüst zusetzen, daß man den Tränen nahe war. Nicht, daß ich geweint hätte, aber ich hatte Angst, irgend etwas auszudrücken, das mir intellektuell am Herzen lag. Es kommt mir rückblickend furchtbar vor – absolut gräßlich. Und mein Mann war jemand, der ganz ähnlich reagierte wie ich. Er war äußerst gescheit, er hatte dieselbe Art familiären Hintergrund. Alle, die wir sonst so kannten, waren entweder Spießer oder Intellektuelle. Wenn sie Intellektuelle waren, waren sie soziale Aufsteiger, und das ließen sie uns teuflisch büßen. Ich galt nämlich als privilegiert. Wenn ich ein bißchen Mumm gehabt hätte, hätte ich zu ihnen gesagt: ›Hast *du* einen Vater? Hat er Arbeit? Wird man dir diesen Sommer Geld geben?‹ Aber zugleich und obwohl sie reich waren und ich arm, behandelten sie mich aufgrund meines Akzents auf schrecklichste Weise von oben herab. Deshalb war es solch eine Erleichterung, jemanden zu finden, der intellektuell sehr aufgeschlossen war und mit interessanten Dingen befaßt und unterhaltsam. Der immer noch unterhaltsam ist, wenn er reden will. Und er hatte denselben familiären Hintergrund wie ich, so daß es keinen Grund gab, sich zu entschuldigen. Er hatte ungeheueren Charme und Stil und Geschmack und liebte alle möglichen Dinge, die auch ich liebte, so daß es wirklich verführerisch war, bei ihm Zuflucht zu suchen. Und das hätte ich nicht tun sollen. Aber sexuell war es wunderbar, und gesellschaftlich war es ausgesprochen passend, weil es dem Ganzen diese schreckliche Aufgeheiztheit der Sechziger nahm, all diesem Geschwätz von privilegiert-unterprivilegiert und daß man den Akzent ablegen müsse und all diesem Mist. Er war eine Zuflucht, eine echte – und so verdammt gut passend. Er ist im selben Alter, in jeder Hinsicht mein Zeitgenosse, wogegen du eine andere Rasse bist, eine andere Generation, eine andere Nationalität – aber er ist zu mir nicht einmal mehr wie ein Bruder. Du bist mehr wie ein Bruder – *und* ein Liebhaber, wirklich. Er ist kein Freund. Du bist jetzt das Abenteuer, und er ist das Bekannte.«

»Judäa, Judäa.«

»Ich habe ja gesagt, daß es ein durchsichtiger Traum ist.«

»Aber du wirst bei ihm bleiben.«

»O ja. Alles was geschehen ist, war eine klassische Geschichte, wie sie vielen Frauen widerfährt. Ich habe seine Bedürfnisse erfüllt und er die meinen – und nach x Jahren hat es aufgehört zu stimmen. Wir haben einander großen Schaden zugefügt, und ich habe mich zurückgezogen und bin reizbar geworden und nicht mehr lustig, aber die Scheidung ist doch zu vermeiden. Die Scheidung ist eine Katastrophe. Ich bin nicht neurotisch, aber ich *bin* zerbrechlich. Das Beste wäre, sich dreinzuschicken und den Streit aufzugeben und auf den ganz altmodischen Kram zurückzugreifen. Getrennte Schlafzimmer, ein freundliches ›Guten Morgen‹, und man läßt ihm seinen Willen – man ist so nett, wie man eben sein kann. Der Traum eines jeden Mannes lautet so: sie sieht phantastisch gut aus, sie altert nicht, sie ist lustig und lebhaft und interessant, doch vor allem, *sie macht einem Mann das Leben nicht zur Hölle.* Vielleicht komme ich so ja zurecht.«

»Aber du bist erst siebenundzwanzig. Glaubst du nicht, daß ich freundlich zu deinem Kind wäre?«

»Doch, das schon. Aber ich denke, wenn du diese Operation für mich und eine Familie und all diese Träume machst, würdest du unsere Beziehung solch einer Belastung aussetzen, daß nichts jemals deinen Erwartungen genügen könnte. Und ich schon gar nicht.«

»Aber ein Jahr später wäre die Operation vergessen, und wir wären wie alle anderen auch. Du glaubst, ich würde dich dann nicht mehr wollen?«

»Das ist möglich. Mehr als wahrscheinlich. Wer weiß?«

»Warum denn nicht?«

»Weil es ein Traum *ist*. Ich weiß nicht, ich kann nicht in das

Innere eines Mannes sehen, aber es ist ein Traum, das weiß ich: alles wird richtig gemacht werden, und die richtige Frau wartet schon. Nein, es kommt ja doch immer anders. Ich will nicht, daß du diese Operation für mich machst.«

»Das werde ich aber.«

»Nein, das wirst du nicht. Du machst sie, wenn du sie machst, für dich, für deine eigene Männlichkeit, für dein Leben. Aber alles davon abhängig zu machen, ob ich dich heiraten werde oder nicht, ob du mich ficken kannst oder nicht – das heißt, mich *und* das Ficken einer Belastung auszusetzen, die meinem Gefühl nach beide nicht aushalten. Ich bin nicht so aufgewachsen, daß ich solche Risiken eingehen würde. Ich wünschte, ich wäre unabhängiger, aber ich kann irgendwie verstehen, warum ich das nicht bin. Meine ganze Erfahrung, als ich groß wurde, war Anklammern, Anklammern, Anklammern. Das geschieht eben, wenn man als intelligentes Kind nur mit der Mutter aufwächst. Vorsicht, Vorsicht, Vorsicht – das war die Botschaft. Es ist ungerecht, mir das alles aufzuhalsen. Niemand, glaube ich, in der *Menschheitsgeschichte* ist je aufgefordert worden, eine solche Entscheidung zu treffen. Warum können wir nicht einfach so weitermachen wie bisher?«

»Weil ich mit dir ein Kind haben möchte.«

»Ich glaube, du solltest vielleicht mit einem Psychiater sprechen.«

»Alles, was ich sage, ist vollkommen vernünftig.«

»Aber *du* bist nicht vernünftig. Weil man einfach keine Operation macht, die einen umbringen kann, es sei denn, man hat keine Wahl. Ich habe manchmal diese Vision, wenn ich nachts aufwache; dann sehe ich dich auf dem Altar, und der Priester senkt diesen – ist es Obsidian, was haben die Azteken benutzt, ist das das Wort? – in deine Brust und reißt dir das Herz aus der Brust, für mich und das Familienglück. Es ist eine Sache zu sagen, man verliert sein Herz an jemanden, aber es ist eine andere, wenn man das buchstäblich tut.«

»Du schlägst also vor, daß wir einfach so weitermachen wie bisher.«

»Absolut. Ich genieße es eigentlich eher.«

»Aber du wirst eines Tages fortgehen, Maria. Dein Schinder wird als ganz junger Mann zum Botschafter in Senegal ernannt werden. Was dann?«

»Wenn er einen Posten in Senegal bekommt, werde ich das Kind einschulen und sagen, daß ich nicht mit ihm kommen könne. Ich werde hierbleiben. Das verspreche ich dir, wenn du versprichst, nicht die Operation zu machen.«

»Und wenn er nach England zurückberufen wird? Und wenn er in die Politik geht? Das muß doch irgendwann so kommen.«

»Dann kommst du mit nach England, nimmst dir eine Wohnung und schreibst deine Bücher dort. Was macht es schon aus, wo du bist?«

»Und wir setzen dieses merkwürdige Dreieck auf ewig fort?«

»Nun, bis die medizinische Wissenschaft uns da herausholt.«

»Und du glaubst, das wird mir gefallen. Jeden Tag verläßt du mich und kehrst zu ihm zurück, und jede Nacht – nicht weil er dich besonders mag, sondern weil er so mächtig sexbesessen ist – kommt er aus dem Unterhaus heim und fickt dich. Was glaubst du, wie mir das gefallen wird, ganz allein in meiner Londoner Wohnung?«

»Ich weiß nicht. Wohl nicht sehr.«

Am nächsten Tag fährt sie wie die beste aller Ehefrauen zum Flughafen hinaus, um ihn abzuholen, und ich gehe zum Kardiologen, um ihm meinen Entschluß mitzuteilen. Meine Ziele haben durchaus nichts Bizarres. Es ist nicht die Entscheidung eines desperaten Ehebrechers, den ein drastischer sexueller Schlag in den Wahnsinn treibt, sondern die eines rationalen Mannes, der sich zu einer ausgesprochen vernünftigen Frau hingezogen fühlt, mit der er ein ruhiges, konventionell friedliches, konventionell zufriedenstellendes Leben zu führen vorhat. Und doch habe ich im Taxi das Gefühl, als wäre ich zum Kind geworden, als hätte ich mich der ganzen unschuldigen Seite meines Wesens überlassen, und das gerade zu einem Zeitpunkt, da die Umstände verlangen, daß ich mir rücksichtslos über meine Beeinträchtigung klarwerde. Ich habe eine frische Romanze mit all ihrem lustvollen Zauber hergenommen, von dem auch jemand, der nur halb so alt ist wie ich, weiß, daß er vergänglich ist, und habe sie in meinen *salto mortale* verwandelt. So etwas aus verrückter Leidenschaft zu tun, hätte ja eigentlich noch Sinn, aber daß ich mich hoffnungslos von den ruhigen Tugenden habe bezaubern lassen, die sie mit ihren Erzählungen gemein hat, ist doch kaum ein hinreichender Grund, solch ein Risiko einzugehen. Kann es wirklich sein, daß ich mich von den wehmütigen Tönen des landlosen Adels habe überwältigen lassen? Ist das, was es da gibt, so mächtig bestrickend, oder *ist* ihre Lockung eine Erfindung, die von meiner Krankheit ausgeht? Was ist sie denn anderes als – nach ihrer eigenen Beschreibung – die unglückliche Hausfrau, die in die obere Wohnung eingezogen ist und mich beständig warnt, wie ungeeignet sie ist. Wären wir einander vor meiner Krankheit begegnet und hätten wir eine hitzige Affäre gehabt, dann hätten wir all diese Gespräche vielleicht gar nicht zu führen brauchen, und es wäre höchstwahrscheinlich jetzt längst vorbei, ein weiterer Ehebruch, der sich im sicheren Rahmen der gewöhnlichen Beeinträchtigungen gehalten hätte. Weshalb will ich auf einmal so leidenschaftlich Vater werden? Ist es ganz und gar unwahrscheinlich, daß es, weit entfernt vom Paterfamilias, der ans Ruder kommt, der feminisierte Teil in mir ist, verschlimmert durch die Impotenz, welcher diese verspätete Sehnsucht nach einem eigenen Baby hervorgerufen hat? Ich weiß es einfach nicht! Was treibt mich zur Vaterschaft, trotz der ungeheuren Gefahr für mein Leben, die das mit sich bringt? Angenommen, alles, worin ich mich verliebt habe, ist diese Stimme, die so köstlich ihre englischen Sätze phrasiert? Der Mann, der für den sänftigenden Klang eines feingedrechselten Relativsatzes starb.

Ich erzähle dem Kardiologen, daß ich heiraten und ein Kind haben will. Ich sei mir der Risiken bewußt, aber ich wolle die Operation. *Wenn ich diese wunderbar verletzte, höchst kultivierte Frau besitzen kann, kann ich von meinem Elend vollständig genesen.* Ein wahrhaft mythologisches Projekt!

Maria ist außer sich. »Deine Gefühle für mich können sich ändern, wenn es dir erst wieder gutgeht. Und ich werde dich nicht darauf festnageln. Noch kann ich mich darauf festnageln. Und ich will's auch gar nicht.«

»Vor hundert Jahren wäre es nicht seltsam gewesen, daß wir uns lieben und keusch dabei sind, doch inzwischen ist die Farce noch unerträglicher als die Frustration. Wir können überhaupt nichts mehr klar sehen ohne die Operation vorher.«

»Es ist zu überstürzt! Es ist alles viel zu ungewiß! *Du kannst sterben.*«

»Menschen treffen solche Entscheidungen jeden Tag. Wenn man ernstlich sein Leben erneuern will, dann führt auch kein Weg um ernste Risiken herum. Es kommt der Zeitpunkt, da muß man einfach vergessen, wovor man am meisten Angst hat. Übrigens wird es immer überstürzt sein, egal, wie lange ich warte. Eines Tages wird es ohnehin gemacht werden – weil es nötig ist. Alles, was ich gewinne, indem ich warte, ist die starke Wahrscheinlichkeit, dich zu verlieren. Ich *werde* dich verlieren. Ohne sexuelle Bindung halten diese Dinge nicht vor.«

»Ach, das ist jetzt *wirklich* furchtbar. Eine gewöhnliche Seifenoper am Nachmittag, und wir haben sie zu *Tristan und Isolde* aufgeblasen! *Das* ist die Farce. Es ist alles so hoffnungslos zärtlich geworden, gerade *weil* wir nicht miteinander ins Bett gehen – weil alles immer zitternd gerade auf dieser Grenze bleibt, die wir nicht überschreiten können. Dieses endlose Sprechen, das niemals zu einem Höhepunkt kommt, hat zwei höchst rationale Menschen dazu gebracht, eine äußerst irrationale Phantasie fortzuspinnen, bis sie schließlich absurderweise *zum Anfassen* scheint. Das Paradoxe ist, wir haben diesen Traum so übertrieben analysiert, daß wir die Tatsache aus den Augen verloren haben, daß es sich um *eine äußerst verantwortungslose Illusion* handelt. Diese Krankheit verzerrt einfach *alles*!«

»Wenn sie vorbei ist, meine Krankheit, dann können wir, wenn du Lust hast, eine ganz gründliche Erforschung unserer Gefühle betreiben. *Die* können wir dann übertrieben analysieren, und wenn es nichts weiter als eine überhitzte verbale Verzauberung gewesen *ist*...«

»O nein – nein! Ich könnte es nicht zulassen, was du vorhast, wenn sich dann alles auflösen sollte, nachdem das Schlimmste vorüber ist. Ich tu's. Ich werde es machen. Ich werde dich heiraten.«

»Und jetzt mein Name. *Sag ihn.*«

Am Ende fügt sie sich. Da ist nun der Höhepunkt all unseres Sprechens – Maria spricht meinen Namen aus. Ich habe dagegen angehämmert und angehämmert – gegen ihre Skrupel, gegen ihre Ängste, gegen ihr Pflichtgefühl, gegen ihre Verfallenheit an Mann, Familienhintergrund, Kind –, und schließlich gibt Maria nach. Das übrige hängt von mir ab. Völlig befangen in etwas, was ich inzwischen als rein mythisches Trachten empfinde, ein trotziges, träumerisches Streben nach dem Akt der Selbstemanzipation, besessen von der unbändigen Idee, wie sich meine Existenz erfüllen solle, muß ich jetzt über die Worte hinausgehen zur konkreten Gewalt der Operation.

Solange Nathan noch am Leben war, konnte Henry nichts ohne Selbstbefangenheit schreiben, nicht einmal einen Brief an einen Freund. Seine Nacherzählungen damals in der Grundschule hatte er nicht mit größeren Schwierigkeiten geschrieben als alle anderen auch, und im College hatte er Englisch mit guten Noten absolviert und sogar ein kurzes Debüt als Sportreporter bei der studentischen Wochenzeitung gegeben, ehe er sich bei einem zahnärztlichen Vorkurs einschrieb, aber als Nathan anfing, diese Erzählungen zu veröffentlichen, die durchaus nicht unbeachtet blieben, und danach die Bücher, da war es, als wäre Henry zum Schweigen verurteilt worden. Es gab wenige jüngere Brüder, so dachte Henry, die auch noch damit fertig zu werden hatten. Doch befinden sich wiederum alle Blutsverwandten eines sich artikulierenden Künstlers in einer sehr befremdlichen Situation, nicht nur weil sie feststellen, daß sie »Stoff« sind, sondern weil ihr eigener Stoff immer schon von jemand anderem für sie artikuliert wird, der in seinem gefräßigen, voyeuristischen Verbrauch ihrer aller Leben zwar vorne liegt, aber eben nicht immer richtig liegt.

Immer, wenn sich Henry hinsetzte, um eines der pflichtbewußt mit Widmung versehenen Bücher zu lesen, die kurz vor der Veröffentlichung per Post einzutreffen pflegten, begann er regelmäßig sofort, in seinem Kopf eine Art von Gegenbuch zu skizzieren, um jene Lebensabläufe, die, für ihn erkennbar, Nathans Ausgangspunkt waren, von ihrer Verzerrung zu befreien – die Lektüre von Nathans Büchern erschöpfte ihn immer, als setze er sich sehr lange mit jemandem auseinander, der einfach nicht fortgehen wollte. Genaugenommen konnte es ja gar keine Verzerrung oder Fälschung geben in einem Werk, das nicht als Journalismus oder Geschichtsschreibung gedacht war, noch konnte man einer Schreibmethode den Vorwurf unkorrekter Wiedergabe machen, die keine Verpflichtung hat, ihre Quellen »korrekt« wiederzugeben. Das alles war Henry bewußt. Seine Einwände galten nicht der Einbildungskraft, die zum Wesen fiktionaler Prosa gehört, noch den Freiheiten, die sich der Romanschriftsteller mit wirklichen Personen oder Ereignissen erlaubte – sie galten der Einbildungskraft, die unverkennbar die seines Bruders war, der komischen Übertreibung, die heimtückisch alles unterminierte, was sie nun einmal berührte. Es war einfach diese Art hinterhältigen Angriffs gewesen, der sich fälschlich als »Literatur« legitimierte und mit schlimmsten Folgen gegen ihre Eltern in Gestalt der karikaturhaften Carnovskys richtete, was zu ihrer langen Entfremdung geführt hatte. Als ihre Mutter nur ein Jahr nach dem Tod des Vaters einem Hirntumor erlag, war Henry nicht weniger willens als Nathan, es zu einem endgültigen Bruch kommen zu lassen, und sie hatten sich nicht mehr gesehen oder gesprochen. Nathan war gestorben, ohne Henry überhaupt zu erzählen, daß er Probleme mit dem Herzen hatte oder sich operieren lassen wolle, und unseligerweise pries Nathans Trauerredner ausgerechnet diese ausbeuterischen Aspekte von *Carnovsky*, die Henry niemals hatte verzeihen können und von denen er bei einem Anlaß wie diesem am wenigsten etwas hören wollte.

Er war allein nach New York gefahren, bereit und voller Eifer, ein trauernder Hinterbliebener zu sein, und dann mußte er dasitzen und sich anhören, wie das Buch ausgerechnet als »Klassiker verantwortungsloser Übertreibung« beschrieben wurde, als wäre Verantwortungslosigkeit in der richtigen literarischen Form eine rechtschaffene Leistung und die selbstsüchtige, rücksichtslose Mißachtung der Privatsphäre anderer ein Zeichen von Mut. »Nathan war sich nicht zu schade«, so wurde den Trauernden mitgeteilt, »das Zuhause auszubeuten.« Und mit nicht allzuviel Mitgefühl, da darf man sicher sein, für das Zuhause, das ausgebeutet worden war. »Indem er seine eigene Geschichte plünderte wie ein Räuber«, war Nathan für seine ernsthaften literarischen Freunde zu einem Helden geworden, wenn auch nicht unbedingt für die, die beraubt worden waren.

Der Trauerredner, Nathans junger Lektor, sprach charmant, ohne eine Spur von Traurigkeit, beinahe als bereite er sich darauf vor, dem Leichnam im Sarg einen Scheck über eine große Summe zu präsentieren, statt ihm das Geleit zum Krematorium zu geben. Henry hatte eine Preisrede erwartet, aber, naiv vielleicht, doch nicht in diesem Tenor oder nicht so erbarmungslos über diesen Gegenstand. Indem die Trauerrede sich allein um *Carnovsky* drehte, schien sie sich absichtsvoll über ihr Zerwürfnis lustig zu machen. Die Sache, die unsere Familie auseinandergerissen hat, dachte Henry, wird hier zum Heiligtum erhoben – die darauf *abgezielt* war, unsere Familie zu zerstören, egal, wieviel sie auch von »Kunst« reden. Hier sitzen sie alle und denken: »War es nicht tapfer von Nathan, war es nicht gewagt, so wahnwitzig aggressiv zu sein und eine jüdische Familie in der Öffentlichkeit bloßzustellen und auszuplündern«, aber keiner von ihnen hatte für diese »Gewagtheit« einen verdammten Pfifferling zu bezahlen. All ihr ehrfürchtiges Gewäsch, daß da einer das Unsagbare gesagt habe! Also, dann solltest du mal deine alten Eltern unten in Florida sehen, wie sie mit ihrer Bestürzung, mit ihren Freunden, mit ihren Erinnerungen fertig werden mußten – sie haben wirklich bezahlt, sie haben einen *Sohn* an das Unsagbare verloren! Ich habe einen *Bruder* verloren! Jemand hat teuer dafür bezahlt, daß er das Unsagbare gesagt hat, und es war nicht dieser entkräftete Knabe, der diese prätentiöse Rede hält, es war *ich*. Das enge Band, die Vertrautheit, alles, was wir während der Kindheit hatten, ist verlorengegangen wegen des beschissenen Buches und dann wegen des beschissenen Streits. Wer brauchte das? Warum *haben* wir denn gestritten – worum *ging* es denn da? Du überläßt meinen Bruder diesem überkandidelten Dandy, diesem Knaben, der alles weiß und nichts, dessen literarisches Gerede etwas Ordentliches und Sauberes aus dem macht, was meine Familie so viel gekostet hat, und jetzt *hör ihn dir bloß an* – wie er in seiner Gedenkansprache das Angerichtete einfach wegredet!

Der Mensch, der die Rede hielt, hätte Henry selbst sein sollen. Nach Fug und Recht hätte *er* der Vertraute seines Bruders sein sollen, dem jetzt jeder zuhörte. Wer stand ihm näher? Doch am Abend zuvor, als er am Telephon vom Lektor gefragt worden war, ob er bei der Trauerfeier sprechen würde, wußte er, daß er es nicht konnte, wußte er, daß er niemals in der Lage sein würde, die Worte zu finden, um all den glücklichen Erinnerungen – an die Softball-Spiele zwischen

Vater und Sohn, an sie beide beim Schlittschuhlaufen auf dem See im Weequahic Park, an die Sommer mit der ganzen Familie an der Küste – eine Bedeutung für jemand anderen als ihn selbst zu verleihen. Er verbrachte zwei Stunden mit dem Versuch, an seinem Schreibtisch etwas zu schreiben, während er sich die ganze Zeit an den großen, inspirierenden älteren Bruder erinnerte, hinter dem er als Kind hertrollte, der wahrhaft heroischen Gestalt, die Nathan gewesen war, bis er mit sechzehn weggegangen war aufs College und distanziert und kritisch geworden war; alles jedoch, was er auf seinen Block schreiben konnte, war »1933–1978«. Es war, als wäre Nathan noch am Leben und mache ihn sprachlos.

Henry hielt die Trauerrede nicht, weil Henry nicht die Worte hatte, und der Grund, weshalb er nicht die Worte hatte, war nicht etwa, weil er dumm war oder ungebildet, sondern weil er, wenn er sich entschieden gehabt hätte, mit Nathan zu konkurrieren, ausgelöscht worden wäre; er, dem es keineswegs an Worten fehlte seinen Patienten gegenüber, seiner Frau gegenüber, seinen Freunden gegenüber – gewiß nicht seinen Geliebten gegenüber – gewiß nicht in seinen *Gedanken* – , hatte innerhalb der Familie die Rolle des Jungen mit den geschickten Händen übernommen, gut im Sport, anständig, zuverlässig, umgänglich, während Nathan das Monopol auf die Worte hatte und die Macht und das Prestige, die damit einhergingen. In jeder Familie muß es einer machen – ihr könnt euch nicht *alle* in einer Reihe anstellen, um über Daddy herzufallen und ihn zu Tode zu prügeln – , und so war Henry zum loyalen Verteidiger von Vater geworden, während Nathan sich zum Familienattentäter entwickelt hatte, der ihre Eltern unter dem Deckmantel der Kunst ermordete.

Wie sehr wünschte er sich während der Trauerrede, ein Mensch zu sein, der einfach aufspringen und brüllen konnte: »Lügen! Alles Lügen! Das ist es, was uns *auseinandergebracht* hat!«, diese Art von Menschen, die die Gelegenheit beim Schopf ergreifen, auf die Füße springen und alles sagen können. Aber Henrys Schicksal war es, keine Sprache zu haben –

das war es, was ihn davor bewahrt hatte, mit jemandem zu konkurrieren, der aus Worten *gemacht* war... der sich selbst *aus* Worten machte.

Hier die Trauerrede, die ihn auf die Palme brachte:

»Gestern lag ich am Strand in einem Ferienort auf den Bahamas und las ausgerechnet *Carnovsky* noch einmal, zum ersten Mal wieder, seit es erschienen ist, als ich einen Telephonanruf mit der Nachricht erhielt, daß Nathan tot sei. Da bis zum späten Nachmittag kein Flug von der Insel ging, kehrte ich an den Strand zurück, um das Buch zu Ende zu lesen, wie Nathan es mir geraten hätte. Ich hatte den Roman noch in erstaunlichem Umfang in Erinnerung – es ist eines dieser Bücher, die einem die Erinnerung beflecken –, obwohl ich auch Szenen in einer (für mich) aufschlußreichen Weise entstellt hatte. Es ist immer noch von diabolischer Komik, doch neu war mir ein Gefühl dafür, wie traurig das Buch ist und wie sehr es einen emotional mitnimmt. Nathan läßt sich nichts Besseres angelegen sein, als für den Leser in dem ihm eigenen Stil die hysterische Klaustrophobie von Carnovskys Kindheit wiederzugeben. Vielleicht ist das einer der Gründe, weshalb die Leute dauernd gefragt haben: ›Ist es Fiktion?‹ Manche Schriftsteller benutzen ihren Stil, um die Distanz zwischen ihnen, dem Leser und dem Stoff zu definieren. In *Carnovsky* hat Nathan seinen Stil benutzt, um die Distanz aufzuheben. Zugleich jedoch, so sehr er auch sein Leben ›benutzte‹, benutzte er es, als gehöre es jemand anderem, er plünderte seine Geschichte und sein verbales Gedächtnis wie ein tückischer Dieb.

Religiöse Analogien – lachhafte Analogien, würde er mir als erster sagen – kamen mir immer wieder in den Sinn, als ich am Strand saß im Wissen, daß er tot war, und über ihn und sein Werk nachdachte. Die peinlich genaue Lebensähnlichkeit von *Carnovsky* ließ mich an jene mittelalterlichen Mönche denken, die sich mit ihrem eigenen Perfektionismus geißelten, während sie unendlich detaillierte heilige Bilder in Elfenbein schnitzten. Bei Nathan ist es natürlich die profane

Vision, aber wie sehr er sich um der Details willen gegeißelt haben muß! Die Eltern sind ein Wunderwerk der Groteske, manisch in jeder Einzelheit verkörpert, wie es Carnovsky ebenso ist, der ewige Sohn, der an dem Glauben festhält, daß er von ihnen geliebt wurde, festhält zuerst mit seiner Wut, und als diese nachläßt, mit zärtlicher Erinnerung.

Das Buch, von dem ich wie die meisten geglaubt habe, es handele von Rebellion, ist in Wirklichkeit noch viel alttestamentarischer: Im Kern steckt ein urtümliches Drama von Willfährigkeit versus Vergeltung. Das reale ethische Leben hat, trotz aller Aufopferung, seinen authentischen geistigen Lohn. Carnovsky bekommt diesen nie zu spüren, und Carnovsky sehnt sich nach diesem. Das Judentum bietet auf höheren Ebenen, als ihm zugänglich sind, tatsächlich seinen Studenten wirklichen ethischen Lohn, ich glaube, das ist zum Teil der Grund dafür, daß gläubige Juden so empört waren im Gegensatz zu simplen Tugendwächtern. Carnovsky ist immer eher willfährig als rebellisch, nicht aus ethischen Motiven, wie vielleicht sogar Nathan geglaubt hat, sondern aus tiefstem Unwillen und angesichts von Furcht. Skandalös ist nicht die phallische Fixierung des Mannes, sondern, und das ist nicht ganz ohne Zusammenhang damit, jedoch sehr viel verwerflicher, der Verrat mütterlicher Liebe.

So vieles darin handelt von Verderbtheit. Das war mir zuvor gar nicht klar geworden. Er geht so deutlich auf die verschiedenen Formen ein, die sie annehmen kann, stellt so akkurat die Höhlenmenschenmentalität dieser städtischen Juden vom Lande dar, über die ich zufällig auch das eine oder andere weiß, wie sie ihre Feldfrüchte auf dem Altar eines rachsüchtigen Gottes opfern und an seiner Allmacht partizipieren – mittels ihres Glaubens an jüdische Überlegenheit –, ohne zu verstehen, was sie sich da einhandeln. *Carnovsky* ist das Indiz dafür, daß er einen guten Anthropologen abgegeben hätte; und vielleicht war er das sogar wirklich. Er läßt die Erfahrung des kleinen Stammes der leidenden, isolierten, primitiven, aber warmherzigen Wilden, die er erforscht, in der Beschreibung ihrer Rituale und ihrer Kunsterzeugnisse und ihrer Gespräche aufscheinen, und es gelingt ihm zugleich, seine eigene ›Zivilisation‹, seine eigene Voreingenommenheit als Berichterstatter – und die seiner Leser – vor dem Hintergrund von ihnen plastisch hervortreten zu lassen.

Warum haben so viele Leute bei der Lektüre von *Carnovsky* immer wieder wissen wollen: ›Ist es Fiktion?‹ Ich habe da so meine Ahnungen, und lassen Sie mich Ihnen meine Mutmaßungen vorführen.

Zunächst einmal, wie schon gesagt, weil er sein schriftstellerisches Geschick tarnt und der Stil genau die emotionale Bedrängnis wiedergibt. Zum zweiten erobert er auf dem Gebiet der Tabuverletzung neues Terrain, indem er so explizit über die Sexualität des Familienlebens schreibt; die verbotene erotische Affäre, in deren Verstrickung wir alle hineingeboren werden, wird nicht in eine andere Sphäre emporgehoben, sie ist unverhüllt und hat die schockierende Wucht einer Beichte. Und nicht nur das – es liest sich, als habe der Beichtende auch noch seinen Spaß dabei.

Immerhin liest sich *L'Éducation sentimentale* nicht so, als hätte Flaubert seinen Spaß dabei gehabt; der *Brief an den Vater* liest sich nicht, als hätte Kafka seinen Spaß dabei gehabt; *Die Leiden des jungen Werthers* lesen sich todsicher nicht so, als hätte Goethe seinen Spaß dabei gehabt. Gewiß, Henry Miller scheint seinen Spaß dabei zu haben, doch mußte er erst dreitausend Meilen Atlantik überqueren, ehe er ›Fotze‹ sagen konnte. Vor *Carnovsky* hatten meines Wissens wohl die meisten, die es mit ›Fotze‹ und der speziellen Verwirrung der Gefühle, die das Wort hervorruft, versucht hatten, dies exogam getan, wie die Freudianer sagen würden, in sicherer Entfernung, metaphorisch oder geographisch, von der heimischen Szene. Nicht so Nathan – er war sich nicht zu schade, das Zuhause auszuschlachten, und sich damit auch noch einen Spaß zu machen. Man fragte sich, ob es nicht Mumm, sondern Verrücktheit war, was ihn angetrieben hat. Kurz, sie dachten, es handele von ihm, und daß er verrückt sein müsse – weil *sie*, um das zu tun, *selbst* hätten verrückt sein müssen.

Was man dem Schriftsteller neidet, sind nicht die Dinge, um derentwegen der Schriftsteller sich für so beneidenswert hält, sondern das theaterspielende Selbst, in dem sich der Autor gefällt, nämlich ohne Verantwortung in diese Haut und wieder herauszuschlüpfen, das Schwelgen nicht im ›Ich‹, sondern im Entrinnen vor diesem ›Ich‹, selbst wenn es – *insbesondere* wenn es – mit sich bringt, daß man sich mit imaginären Leiden überhäuft. Der Neid gilt der Gabe zu theatralischer Selbstverwandlung, der Art der Fähigkeit, durch schamloses Ausnützen seines Talentes die Verbindung zum wirklichen Leben zu lockern und mehrdeutig zu machen. Der Exhibitionismus des überragenden Künstlers hat etwas mit seiner Einbildungskraft zu tun; Fiktion ist für ihn zugleich spielerische Hypothese und ernste Mutmaßung, eine erfindungsreiche Form der Erforschung – all das, was Exhibitionismus nicht ist. Es ist, wenn überhaupt, Privatexhibitionismus, Exhibitionismus im verborgenen. Stimmt es nicht, daß es im Gegensatz zur allgemeinen Vorstellung die *Distanz* zwischen dem Leben des Schriftstellers und seinem Roman ist, was den faszinierendsten Aspekt seiner Einbildungskraft ausmacht?

Wie ich schon sagte, das sind nur ein paar Ahnungen, Stichworte zur Antwort auf die Frage, die es zu beantworten gilt, da es die Frage ist, von der Nathan an jeder Ecke überfallen wurde. Er hat nie herausgefunden, weshalb die Leute so scharf darauf waren zu beweisen, daß er keine Fiktion schreiben könne. Zu seiner Bestürzung hatte offenbar das Furore um den Roman ebensoviel mit ›Ist es Fiktion‹ wie mit der Frage zu tun, die von jenen gestellt wurde, die immer noch kämpften, um sich von Müttern, Vätern, von beiden zu lösen, oder von dem Strom von Müttern und Vätern, die auf den Sexualpartner projiziert werden, nämlich: ›Ist es *meine* Fiktion?‹ Doch je weniger man an jener Nabelschnur hängt, desto geringer wird die schreckliche Faszination des Romans, und in diesem Punkt ist er einfach das, als was er mir gestern vorkam, und was er auch ist: ein Klassiker verantwortungsloser Übertreibung, rücksichtslose Komödie in seltsam menschlichem Maßstab, beseelt von der Schamlosigkeit eines Schriftstellers, der seine eigenen Fehler übertreibt und sich selbst einer Missetat im heitersten Sinne aussetzt – nämlich wildgewordener Mutmaßung.

Ich habe über *Carnovsky* gesprochen und nicht über Nathan, und mehr beabsichtige ich auch nicht. Wenn genug Zeit wäre und wir den ganzen Tag hätten, um hier zusammenzusein, würde ich über die Bücher der Reihe nach sprechen, über jedes ganz ausführlich, denn das ist die Art von Traueransprache, die Nathan zugesagt hätte – oder die ihm am wenigsten mißfallen hätte. Es wäre ihm als der beste Schutz vor allzuviel vergänglichem, schönfärberischem Geschwafel erschienen. *Das Buch* – ich konnte beinahe hören, wie er das zu mir am Strand sagte –, *sprich über das Buch, denn dann besteht eine Chance, daß wir uns nicht beide zum Narren machen.* Bei aller scheinbaren Selbstentblößung in den Romanen war Nathan ein großer Verteidiger seiner Einsamkeit, nicht weil er die Einsamkeit besonders mochte oder schätzte, sondern weil eine Verbreitung emotionaler Anarchie und Selbstentblößung ihm nur in Isolation möglich waren. Dort war es, wo er ein schrankenloses Leben führte. Nathan als Künstler, paradoxerweise als Autor rücksichtsloser Komödie, versuchte nämlich, das ethische Leben zu führen, und er empfing dessen Lohn, und er zahlte dessen Preis. Nicht so Carnovsky, der in bestimmtem Maße seines Autors roher, animalischer Schatten war, eine entidealisierte Travestieerscheinung seiner selbst, und wie Nathan als erster beipflichten würde, der geeignetste Gegenstand zur Unterhaltung seiner Freunde, insbesondere in unserer Trauer.«

Als die Trauerfeier zu Ende war, strömten die Trauergäste auf die Straße, wo sie in Gruppen zusammen verweilten; offenkundig widerstrebte es ihnen, schon so bald zu den normalen Geschäften eines Oktoberdienstags zurückzukehren. Gelegentlich lachte jemand, nicht rauh, sondern entsprechend der Art von Witzen, wie sie nach einer Beerdigung zu hören sind. Bei einer Beerdigung kann man viel vom Leben eines Menschen sehen, aber Henry schaute nicht hin. Leute, denen seine große Ähnlichkeit mit dem verstorbenen Schriftsteller aufgefallen war, sahen von Zeit zu Zeit in *seine* Richtung, aber er schaute absichtlich nicht zurück. Er hatte keine Lust, von dem jungen Lektor noch mehr über die Hexerei in *Carnovsky* zu hören, und die Vorstellung beunruhigte ihn, daß er Nathans Verleger treffen und mit ihm reden müßte; das war offenbar jener ältere kahlköpfige Mann in der ersten Reihe direkt neben dem Sarg gewesen, der so traurig ausgesehen hatte. Er wollte einfach nur verschwinden, ohne mit irgend jemandem reden zu müssen, um in die reale Gesellschaft zurückzukehren, wo Mediziner bewundert werden, wo Zahnärzte bewundert werden, wo, falls einer die Wahrheit wissen will, sich niemand einen Scheißdreck schert um Schriftsteller wie seinen Bruder. Was diese Leute nicht zu verstehen schienen, war, daß die meisten Leute, wenn sie an einen Schriftsteller denken, das nicht aus den Gründen taten, die der Lektor angedeutet hatte, sondern weil es sie interessierte, wie viele Dollars er mit seinen Taschenbuchrechten kassiert hat. *Das*, und nicht die Gabe zu »theatralischer Selbstverwandlung«, war es, was wirklich beneidenswert war: Welchen Preis hat er gewonnen, wen fickt er und wieviel Geld hat der »überragende Künstler« in seiner kleinen Werkstatt gemacht. Punkt. Ende der Traueransprache.

Doch statt fortzugehen, stand er da, sah auf seine Uhr und tat so, als warte er auf jemanden. Wenn er jetzt fortging, dann wäre nichts von dem, was er sich erwünscht hatte, geschehen. Daß er die Praxis schloß und die Fahrt hierher machte, hatte nichts damit zu tun, daß er tun wollte, »was sich gehört« – es ging nicht darum, was er nach Meinung anderer fühlen sollte, sondern darum, was er selbst fühlen wollte, trotz der siebenjährigen Entfremdung. *Mein älterer Bruder, mein einziger Bruder*, und doch war ihm am Vortage klargeworden, daß es ihm ganz und gar nichts ausgemacht hätte, nachdem er durch den Verleger von Nathans Tod erfahren hatte, das Praxistelephon aufzuhängen und wieder an die Arbeit zu gehen. Es war beunruhigend zu entdecken, wie leicht es gewesen wäre, abzuwarten und den Nachruf in der Zeitung vom folgenden Tage zu lesen, indem er der Familie erklärte, er habe nichts erfahren und sei nicht zur Trauerfeier geladen und schon gar nicht gefragt worden, ob er sprechen wolle. Doch das brachte er nicht fertig – er mochte vielleicht nicht imstande sein, die Ansprache zu halten, er mochte nicht imstande sein, die Gefühle zu fühlen, doch aus Liebe zu seinen Eltern und dem, was in ihrem Sinne gewesen wäre, aus all den Erinnerungen heraus an das, was ihn und Nathan in Jugendtagen verbunden hatte, konnte er doch wenigstens dasein und in Gegenwart des Körpers so etwas wie eine Versöhnung bewirken.

Henry war nur allzu bereit gewesen, seinen Haß abzuwerfen und zu vergeben, doch waren statt dessen infolge dieser Trauerrede die bittersten Gefühle wiedererweckt worden: Die Erhebung von *Carnovsky* in den Status eines *Klassikers* – eines Klassikers *verantwortungsloser Übertreibung* – machte ihn froh, daß Nathan tot war und daß er anwesend war, um sich zu überzeugen, daß das auch stimmte.

Ich hätte der Sprecher sein sollen – die Hütte an der Küste, das Picknick jedesmal am Memorial Day, die Pfadfinderausflüge, die Autofahrten, ich hätte ihnen alles erzählen sollen, woran ich mich erinnere, und zum Teufel damit, ob sie es für schlecht geschriebenen sentimentalen Mist gehalten hätten. Ich hätte die Trauerrede gehalten, und *das* wäre unsere Versöhnung gewesen. Ich war verschüchtert, eingeschüchtert von all diesen Leuten, als wären sie eine Fortsetzung von ihm. Folglich, so dachte er, ist das heute nur ein *Mehr* derselben, gottverdammten Sache. Es hätte nie funktioniert, weil ich *immer* eingeschüchtert gewesen bin. Und mit dem Streit habe ich es nur noch verschärft – ich habe den Streit angezettelt, gerade weil ich nicht noch *mehr* von seiner Einschüchterung verkraften konnte! Wie bin ich da nur hineingeraten, wo es doch nie das war, was ich wollte?

Es war ein furchtbarer Tag, aber alles nur aus den falschen Gründen. Da war er nun hier und wollte seinen Bruder betrauern können wie jeder andere auch, und statt dessen hatte er mit der Miesheit der schlimmsten Gefühle zu kämpfen.

Als er seinen Namen rufen hörte, fühlte er sich wie ein Krimineller, nicht aus Schuld, sondern weil er es zugelassen hatte, geschnappt zu werden. Es war, als hätte er vor einer Bank, die er gerade ausgeraubt hatte, irgendeine menschliche und absolut unverlangte Tat vollbracht, wie etwa einem blinden Mann über die Straße zu helfen, und dadurch seine Flucht hinausgezögert und zugelassen, daß die Polizei zugriff. Er fühlte sich lächerlich erwischt.

Auf ihn zu kam die letzte der drei Frauen, die von Nathan verlassen worden waren, Laura, und sie sah keinen Tag älter noch weniger liebenswert aus als vor acht Jahren, als sie noch verschwägert gewesen waren. Laura war Nathans »ordentliche« Frau gewesen, von schlicht hübschem Aussehen, wenn überhaupt hübsch, zuverlässig, gutmütig, gesucht ohne Flair, und damals in den Sechzigern eine junge Rechtsanwältin mit hohen Gerechtigkeitsidealen für die Armen und die Unterdrückten. Nathan hatte sie etwa zu der Zeit verlassen, als *Carnovsky* veröffentlicht wurde und die Berühmtheit verlockenderen Lohn zu versprechen schien. Das jedenfalls war es, was Carol gemutmaßt hatte, als sie zum ersten Mal von der Trennung erfuhren. Henry war sich nicht so sicher, daß Erfolg das einzige Motiv war: Er sah, was an Laura zu bewundern war, aber das mochte auch schon mehr oder weniger alles gewesen sein, was es da gab – die farblose Rechtschaffenheit einer Wasp, deren Reiz für Nathan Henry niemals ergründen konnte, war *allzu* unverkennbar. Seit sie herangewachsen waren, hatte er immer erwartet, daß Nathan eine Frau heiraten würde, die sehr klug und zugleich sehr erotisch wäre, eine Art intellektuelles Barmädchen, und Nathan kam dem nie auch nur nahe. Keiner von ihnen beiden. Selbst die beiden Frauen, mit denen Henry seine stürmischsten Affären hatte, entpuppten sich als so zurückhaltend wie seine Frau, und nicht weniger vertrauenswürdig und anständig. Am Ende war es, als hätte er eine Affäre mit seiner Frau, für ihn jedenfalls, wenn schon nicht für Carol.

Während sie einander umarmten, versuchte er, sich einen Satz einfallen zu lassen, der Laura nicht sofort offenbaren würde, daß er nicht in tiefer Trauer war. »Wo bist du jetzt hergekommen?« – absolut die falschen Worte. »Wo lebst du? In New York?«

»Selbe Wohnung«, sagte sie und trat einen Schritt zurück, während sie seine Hand einen Moment lang festhielt.

»Immer noch im Village? Ganz allein?«

»Allein nicht – nein. Ich bin verheiratet. Zwei Kinder. Ach, Henry, was für ein schrecklicher Tag. Seit wann wußte er, daß er diese Operation machen lassen würde?«

»Ich weiß es nicht. Wir hatten Funkstille. Wegen dieses Buches. Ich habe auch gar nichts gewußt. Ich bin ebenso erschüttert wie du.«

Sie ließ nicht erkennen, daß es für jedermann offenkundig war, daß er überhaupt nicht erschüttert war. »Aber wer war bei ihm?« fragte sie. »Hat er mit jemandem zusammengelebt?«

»Ob es da eine Frau gibt? Ich weiß es nicht.«

»Du weißt buchstäblich nichts über deinen Bruder?«

»Nun ja, es ist vielleicht eine Schande«, sagte er in der Hoffnung, daß es dadurch weniger schandbar sei.

»Ich weiß nicht«, sagte Laura, »aber ich ertrage den Gedanken nicht, daß er allein war, als er hinging, um diese Operation machen zu lassen.«

»Der Lektor, der die Traueransprache gehalten hat – er scheint ihm doch nahegestanden zu haben.«

»Ja, aber er ist doch erst gestern nacht zurückgekommen – er war auf den Bahamas. Denk dran, er hatte doch immer

Mädchen um sich. Nathan war nie lange allein. Ich wette, da gibt es in diesem Moment irgendein armes Mädchen – sie war vielleicht sogar da drinnen. Es waren ja viele Leute da. Ich hoffe es jedenfalls, um seinetwillen. Der Gedanke, daß er allein war ... Ach, es ist so traurig. Für dich auch.« Er brachte sich nicht dazu, direkt zu lügen und ihr zuzustimmen.

»Er hatte noch viele Bücher zu schreiben«, sagte Laura. »Dennoch, er hat viel von dem erreicht, was er tun wollte. Es war kein verschwendetes Leben. Aber er hatte noch so vieles vor sich.«

»Wie ich schon gesagt habe, ich weiß selbst nicht, wie ich es verstehen soll. Aber wir hatten ein ernstliches Zerwürfnis, einen Streit – es war wohl von beiden Seiten dumm.« Alles, was er sagte, klang sinnlos. Höchstwahrscheinlich war ihr Streit das, was kommen mußte, das Ergebnis unversöhnlicher Differenzen, für die er sich immerhin nicht entschuldigen mußte. Er hatte seine Meinung über das Buch gesagt, wozu er jedes Recht hatte, und was sich daraus ergab, ergab sich eben. Warum sollten allein Schriftsteller die Chance haben, das Unsagbare zu sagen?

»Wegen *Carnovsky*?« fragte Laura. »Ja, sicher, als ich es gelesen habe, da dachte ich, das würde nicht besonders gut bei dir oder deinen Leuten ankommen. Das verstehe ich, aber natürlich mußte er das Leben in seiner Umgebung benutzen, die Menschen, die er am besten kannte.«

Es war nicht das »Benutzen«, es war die *Verzerrung*, die *absichtliche* Verzerrung – konnten diese Leute das nicht verstehen? »Was für ein Geschlecht haben deine Kinder?« fragte er und klang in seinen eigenen Ohren wieder so schal, wie er sich fühlte, als spräche er eine Sprache, die er kaum kannte. Die Exfrau, dachte Henry, die so offenkundig von Nathans Tod mitgenommen war, beherrschte sich absolut, während der Bruder, der nicht bekümmert war, nicht imstande war, irgend etwas richtig zu sagen.

»Ein Junge und ein Mädchen«, sagte sie. »Perfektes Arrangement.«

»Wer ist dein Mann?« Auch das kam nicht heraus wie bei einem Menschen, der die Sprache beherrschte. Er sprach keine bekannte Sprache. Vielleicht wäre die einzige Sprache, die richtig geklungen hätte, die Wahrheit gewesen. Er ist tot, und es berührt mich einen Scheißdreck. Ich wünschte, es wäre anders, aber so ist es eben.

»Was er macht?« sagte Laura, wobei sie anscheinend seine Frage in ihre eigene Sprache übersetzte. »Er ist auch Rechtsanwalt. Wir arbeiten nicht zusammen, das ist keine so gute Idee, aber wir sind auf derselben Wellenlänge. Diesmal habe ich einen Mann geheiratet, der so ist wie ich. Ich bin nicht auf der kreativen Wellenlänge, war es auch nie. Ich habe gedacht, ich wäre es, im College, und ich hatte auch noch Überbleibsel davon, als ich Nathan kennenlernte. Daß einem die Vorstellung, daß man ein Schriftsteller ist, über alles andere geht, ist etwas, von dem ich ein wenig verstehe. Ich habe diese Bücher auch gelesen und hatte diese Gedanken auch einmal, ich habe es sogar bis Anfang Zwanzig aufrechterhalten, nicht ohne draufzuzahlen. Aber ich habe Glück gehabt und bin bei Jura gelandet. Jetzt bin ich zumeist auf der praktischen Wellenlänge. Ich habe nur ein reales Leben, fürchte ich. Wie sich zeigt, brauche ich kein anderes.«

»Er hat niemals über dich geschrieben, oder?«

Sie lächelte zum ersten Mal, und Henry sah, daß sie womöglich noch schlichter geworden war, noch *lieber*. Sie schien seinem Bruder aber auch gar nichts vorzuwerfen. »Ich war nicht interessant genug, als daß er über mich geschrieben hätte«, sagte Laura. »Ich habe ihn zu sehr gelangweilt, als daß er über mich geschrieben hätte. Vielleicht habe ich ihn nicht genug gelangweilt. Das eine oder das andere.«

»Und was jetzt?«

»Was *mich* betrifft?« fragte sie.

Das war nicht, was er gemeint hatte, obwohl er antwortete: »Ja.« Er hatte etwas Furchtbares gemeint – etwas, das er *gar nicht* meinte – etwas wie: »So, das ist jetzt vorbei, und meine Praxis ist geschlossen, was fange ich mit dem Rest des

Tages an?« Es war ihm einfach so herausgerutscht, als ob etwas Inneres, das sich als Äußerliches darstellte, versuchte, ihn zu sabotieren.

»Nun, ich bin ganz zufrieden«, sagte sie. »Ich mache einfach weiter mit dem, was ich habe. Und du? Wie geht es Carol? Ist sie hier?«

»Ich wollte allein kommen.« Er hätte sagen sollen, daß Carol das Auto holte und er sich mit ihr treffen würde. Er hatte die Gelegenheit verpaßt, das Gespräch zu beenden, ehe das, was ihn sabotieren wollte, freien Lauf nahm.

»Aber wollte sie nicht kommen?«

Sein unmittelbarer Impuls war, die Dinge zurechtzurücken – die Dinge, die Nathan immer verzerrte – er wollte ihr erklären, zu Carols Verteidigung, daß sie es gewesen sei, die am meisten perplex und empört war, daß Nathan Laura verstoßen hatte. Aber das wäre Laura egal gewesen – sie hatte ihm verziehen. »Er hat nie über dich geschrieben«, sagte er, »du weißt nicht, wie das ist.«

»Aber er hat nie über Carol geschrieben, er hat nie über dich geschrieben. Oder etwa doch?«

»Nachdem ich den Streit mit ihm hatte, war einer der Gründe für unseren Entschluß, ihm aus dem Weg zu gehen, der, daß er nicht in Versuchung kommen sollte.«

Sie verzog keine Miene, obwohl er wußte, was sie dachte – und plötzlich verstand er alles, was Nathan an ihr allmählich so verächtlich gefunden hatte. Kalt. Sanft und rechtschaffen und schuldlos und kalt.

»Und wie denkst du heute darüber?« fragte Laura ihn mit ihrer ganz ruhigen, gleichmäßigen Stimme. »War es die Sache wert?«

»Um die Wahrheit zu sagen?« antwortete Henry, und er *spürte* es als Wahrheit, als er im Begriff war, es auszusprechen, die erste ganz und gar wahre Aussage, die er ihr gegenüber hatte machen können. »Um die Wahrheit zu sagen, es war keine so schlechte Idee.«

Sie ließ sich nichts anmerken, überhaupt nichts, sie wandte

sich einfach ab und ging ganz ruhig und kalt fort, und ihr Platz wurde sofort, noch ehe Henry sich bewegen konnte, von einem bärtigen Mann von etwa fünfzig Jahren eingenommen, einem großen, dünnen Mann, der eine goldgerahmte, geschliffene Brille und einen grauen Hut trug und dem konservativen Schnitt seiner Kleidung nach zu schließen ein Makler sein konnte – oder vielleicht sogar ein Rabbi. Henry glaubte nach einem kurzen Moment, in ihm einen anderen Schriftsteller zu erkennen, einen literarischen Freund von Nathan, dessen Bild er in den Zeitungen gesehen, dessen Namen er jedoch vergessen hatte – jemanden, der jetzt ebenso pikiert wie Laura sein würde, daß er Henry und seine gesamte Familie nicht knietief auf dem Bürgersteig in Tränen stehend vorfand.

Er hätte keinesfalls die Praxis schließen dürfen. Er hätte in Jersey bleiben, sich um seine Patienten kümmern und es der Zeit überlassen sollen, mit seinen Gefühlen fertig zu werden – eine Trauerfeier war sicher der letzte Ort, um herauszufinden, was er und Nathan verloren hatten.

Der bärtige Mann fand es überflüssig, sich vorzustellen, und Henry konnte sich immer noch nicht erinnern, wer er war.

»Nun denn«, sagte er zu Henry, »er hat im Tode vollbracht, was ihm im Leben nie gelungen wäre. Er hat es ihnen leichtgemacht. Geht einfach da rein und stirbt. Das ist ein Tod, bei dem wir uns alle gut fühlen können. Nicht wie Krebs. Bei Krebs dauert es mit ihnen ewig. Sie fordern unsere ganze Geduld. Nach dem ersten Auftreten, der ersten Krankheit, wenn alle kommen mit dem Kuchen zum Kaffee und den Kasserolen, da sterben sie nicht gleich, sie lassen sich Zeit, üblicherweise sechs Monate lang, manchmal ein Jahr. Nicht so Zuckerman. Kein Sterben, kein Verfall – einfach der Tod. Alles genau durchdacht. Ein ziemliches Schauspiel. Haben Sie ihn gekannt?«

Er weiß es, dachte Henry, sieht die Ähnlichkeit – *er*, Henry, war der Schauspieler. Er weiß genau, wer ich bin und was ich nicht fühle. Worum geht es denn sonst?« »Nein«, sagte Henry, »habe ich nicht.«

»Einfach bloß ein Fan?«

»Ich glaub' schon.«

»Der beraubte Lektor. Er erinnert mich an ein überprivilegiertes Kind – nur anstelle des Geldes sind es bei ihm Intellektuelle. Er ist der einzige auf der Welt, von dem ich mir vorstellen kann, daß er so etwas vorliest und denkt, es sei eine Trauerrede. Das war keine Trauerrede, das war eine Rezension! Wissen Sie, was er wirklich gedacht hat, als er die Nachricht erhielt? Ich habe meinen Star verloren. Für ihn ist es ein Rückschlag in seiner Karriere. Vielleicht keine Katastrophe, aber für einen jungen, aufsteigenden Lektor, der schon den großen Stil kultiviert hat, seinen Star zu verlieren – *das* ist Kummer. Welches ist Ihr Lieblingsbuch?«

Henry hörte sich selbst sagen: »*Carnovsky*.«

»Nicht *Carnovsky*, wie er in dieser Rezension jugendfrei gemacht wurde. Die Rache des Lektors – er lektoriert den wirklichen Schriftsteller direkt aus seinem Dasein hinaus.«

Henry stand an der Straßenecke, als wäre alles ein Traum, als wäre Nathan nur im Traum gestorben; er war im Traum nach New York zu einer Trauerfeier gefahren, und die Traueransprache hatte eben deshalb jenen Gegenstand gepriesen, über den er und sein Bruder sich entzweit hatten, er war eben deshalb sprachlos gewesen, die Exfrau war eben deshalb erschienen, um mehr Trauer zu fühlen als er selbst und stillschweigend Carol dafür zu verurteilen, daß sie nicht anwesend war, weil es genau das ist, was in einem schrecklichen Traum passiert. Überall lauert eine Kränkung, man selbst ist die einsamste Form des Lebens, die man sich vorstellen kann, und Menschen wie dieser hier nehmen plötzlich Gestalt an, so schwer zu identifizieren wie Naturerscheinungen.

»Jetzt ist die Kastration Zuckermans vollbracht«, informierte der bärtige Mann Henry. »Ein hygienisch bereinigter Tod, die Travestie einer Trauerrede und überhaupt kein Zeremoniell – vollkommen weltlich, und nichts hat etwas mit der Art zu tun, wie Juden ihre Toten begraben. Wenigstens ordentliche Tränen am offenen Grab, ein bißchen Reue, wenn man den Sarg hinabläßt, aber nein, es darf nicht mal einer den Körper begleiten. Der wird verbrannt. Es gibt keinen Körper. Der Satiriker des sich auflehnenden Körpers – ohne einen Körper. Alles rückständig und steril und blöd. So ein Krebstod, der ist richtig furchtbar. Den hätte ich mir für ihn vorgestellt. Sie nicht auch? Wo waren die Wunden und das Widerwärtige? Wo die Peinlichkeit und die Schande? Schande hat dieser Kerl doch *immer* gemacht. Da gibt es einen Schriftsteller, der Tabus gebrochen hat, herumgefickt hat ohne jede Diskretion, der das alles absichtlich hinter sich gelassen hat, und die beerdigen ihn wie Neil Simon – simonisieren unseren dreckigen Zuck nach all seinen Selbstanfechtungen auf Hochglanz! Hegels unglückliches Bewußtsein kommt in der Verkleidung von Sentiment und Liebe zum Vorschein! Dieser nicht zufriedenzustellende, anrüchige, streitsüchtige Schriftsteller, dieses Ego, das sich bis zu den äußersten Extremen treiben ließ, erhebt sich und präsentiert ihnen einen annehmbaren Tod – und die Gefühlspolizei, die Grammatikpolizei, sie geben ihm eine annehmbare Trauerfeier mit all dem prätentiösen Scheiß und dieser Mythenbildung! Die einzige Art, eine Beerdigung abzuhalten, ist die, daß man alle Leute einlädt, die den Menschen je gekannt haben, und darauf wartet, daß es der Zufall so will – daß jemand aus heiterem Himmel auftaucht und die Wahrheit sagt. Alles andere sind Tischmanieren. Damit werde ich einfach nicht fertig. Er wird nicht einmal in der Erde verwesen, der Kerl, der dafür *geschaffen* war. Dieser heimtückische, verdorbene Nestbeschmutzer, dieser Reizstoff in der jüdischen Blutbahn, der die Leute unruhig und wütend macht, indem er mit dem Spiegel in das eigene Arschloch hineinschaut, der in Wirklichkeit von vielen klugen Leuten verachtet wird, an dem jede nur denkbare Lobby Anstoß nimmt, und sie stecken ihn einfach so weg, entgiftet, entlaust – plötzlich ist er Abe Lincoln und

Chaim Weizmann in einer Person! Hätte er das überhaupt *gewollt*, daß man ihn so koscher macht, so gestanklos? Ich hätte ihm wirklich Krebs gegönnt. Die Qualen. Die Katastrophen-Extravaganz, einen Tod mit achtundsiebzig Pfund, alle Register gezogen. Ein Häufchen von haarlosem Schmerz, das nach der Nadel schreit, während er noch die Hilfsschwester anbettelt, ein Herz mit ihm zu haben und ihn an den Schwanz zu fassen – das unschuldige Opfer bekommt ein letztes Mal einen geblasen. Statt dessen kommt dieser triefende Ständer einfach so davon, ohne daß etwas hängen bleibt. Ganz der Würdenträger. Die große Persönlichkeit. Diese Schriftsteller sind wirklich großartig – echt falsch. Wollen einfach *alles*. Sind wahnsinnig aggressiv, scheißen ins Manuskript, spritzen ins Manuskript, geben noch mit ihrem letzten Furz im Manuskript an – und dafür erwarten sie Medaillen. Schamlos. Man muß sie einfach gernhaben.«

Und was ist es, was will mein Mund mich sagen lassen – du bist ein Gedankenleser, und ich stimme dir zu? Ich hätte ihm auch Krebs gegönnt? Henry sagte absolut nichts.

»Sie sind der Bruder«, flüsterte der Bärtige hinter vorgehaltener Hand.

»Bin ich nicht.«

»Sie sind – *Sie sind Henry*.«

»Verpissen Sie sich, Sie!« sagte Henry und drohte ihm mit der Faust; dann trat er hastig vom Bordstein auf die Straße, wobei er beinahe von einem Lastwagen überfahren worden wäre.

Dann war er in der Eingangshalle zu Nathans Haus und erklärte einer älteren Italienerin mit sehr verdrießlichem Gesicht und einem geschwollenen Gebilde an der Kopfhaut, das nach einem Killer-Tumor aussah, daß er die Schlüssel zur Wohnung seines Bruders in Jersey gelassen hatte. Sie war an die Tür gekommen, als er an der Hausmeisterklingel geläutet hatte. »Es ist ein höllischer Tag gewesen«, sagte er zu ihr. »Wenn mein Kopf nicht festgeschraubt wäre, hätte ich auch den noch vergessen.«

Bei der Geschwulst, die sie dort hatte, hätte er niemals »Kopf« sagen dürfen. Deshalb aber *hatte* er es wahrscheinlich sogar gesagt. Er hatte sich immer noch nicht unter Kontrolle. Irgend etwas anderes hatte ihn im Griff.

»Ich kann niemanden hineinlassen«, sagte sie zu ihm.

»Sehe ich nicht aus wie sein Bruder?«

»Aber klar, Sie sehen wie Zwillinge aus. Sie haben mir einen ganz schönen Schreck eingejagt. Ich dachte, es wäre Mr. Zuckerman.«

»Ich komme gerade von der Beisetzung.«

»Man hat ihn beerdigt, ja?«

»Er wird verbrannt.« Gerade in diesem Moment, dachte er. Nichts mehr übrig von Nathan, was nicht in einer Backpulverschachtel Platz hätte.

»Es wäre mir eine große Hilfe«, erklärte er, während sein Herz laut klopfte, »wenn ich nicht morgen mit den Schlüsseln wieder herfahren muß«, und er schob ihr die zwei Zwanziger in die Hand, die er zusammengerollt hatte, ehe er das Gebäude betrat.

Während er ihr zum Fahrstuhl folgte, versuchte er, sich eine Ausrede einfallen zu lassen, falls jemand ihn überraschte, während er in Nathans Wohnung war, aber statt dessen fing er an, sich selbst Vorhaltungen zu machen, weshalb er diesen Besuch nicht schon vor langer Zeit gemacht hatte – hätte er das doch nur früher erledigt, dann wäre der heutige Tag ganz anders verlaufen. Aber die Wahrheit war, daß Henry seit ihrem Streit tatsächlich kaum an seinen Bruder gedacht hatte und irgendwie verwundert war, daß er in diesem Groll steckengeblieben und alles nun so gekommen war. Gewiß hatte er sich nicht darauf eingestellt, daß Nathan sterben könnte, und er hätte sich nicht einmal vorstellen können, daß Nathan *imstande* war zu sterben, solange er selbst am Leben war; vor dem Bestattungsinstitut, als er sich gegen den Übergriff dieses aggressiven Clowns wappnen mußte, hatte er sich sogar einen Moment lang vorgestellt, es *sei* Nathan – Nathans Geist, der ihm, genau wie Laura, seine Herzlosigkeit vorwarf.

Angenommen, er ist mir gefolgt und taucht hier plötzlich auf.

Zwei Schlösser waren zu öffnen, und dann war er in dem kleinen Flur allein und dachte darüber nach, wie man als Erwachsener genau wie als Kind weiter daran glaubt, daß es eine Art von Trick ist, wenn jemand stirbt, daß der Tod doch nicht ganz der Tod ist, daß sie in der Kiste und doch nicht in der Kiste sind, daß sie irgendwie dazu fähig sind, hinter der Tür hervorzuspringen und zu rufen: »Reingelegt!« oder auf der Straße aufzutauchen, um einem zu folgen. Er ging auf Zehenspitzen zu dem weiten Durchlaß, der ins Wohnzimmer führte, und blieb am Rand des Orientteppichs stehen, als wäre der Fußboden vermint. Die Läden waren geschlossen und die Vorhänge zugezogen. Nathan hätte in Urlaub sein können, wenn er nicht tot gewesen wäre. Nächste Woche, so dachte er, würde es dreißig Jahre her sein, daß er im Schlaf diesen Spaziergang an Halloween gemacht hatte. Eine weitere Erinnerung für seine nichtgehaltene Trauerrede – Nathan, wie er ihn an der Hand hielt und ihn zuvor in jener Nacht in seinem Piratenkostüm durch das Viertel geleitete.

Die Möbel sahen massiv aus und das Zimmer eindrucksvoll, das Zuhause eines erfolgreichen und bedeutenden Mannes – die Art von Erfolg, mit der Henry niemals wetteifern könnte, er, der selbst so phänomenal erfolgreich gewesen war. Es hatte nicht in erster Linie mit Geld zu tun, sondern mit einer Art von irrationalem Schutz, die dem Gesalbten gewährt wird, einer Art von Unverwundbarkeit, die Nathan immer besessen zu haben schien. Es hatte ihn manchmal zur Weißglut gebracht, wenn er daran dachte, auf welche Weise Nathan dazu gekommen war, obwohl er wußte, daß es etwas Kleinliches und Schreckliches – sogar Tragisches – hatte, wenn man sich auch noch die genaueste Wahrnehmung des Wunsches gestattete, dem Bruder ebenbürtig zu sein. Deswegen war es besser gewesen, überhaupt nicht an ihn zu denken.

Warum, so fragte Henry, ist es für diese Gesellschaft einer intellektuellen Elite ein so toller Witz, wenn jemand ein guter Sohn und Ehemann ist? Was stimmt denn nicht mit einem normalen und aufrechten Leben? Ist Pflichterfüllung denn unbedingt eine billige Vorstellung, ist Anstand und Pflichterfüllung wirklich Scheiße, während die »verantwortungslose Übertreibung« eben »Klassiker« hervorbringt? In der Partie, wie sie diese literarischen Aristokraten spielen, sind die Regeln irgendwie vollständig auf den Kopf gestellt . . . Aber dazu war er nicht den ganzen Weg hergekommen, um hier herumzustehen und morbid in den Raum zu blicken und schon wieder seine bittersten Gefühle zu mobilisieren, um magnetisch in einer Art regressiver Erstarrung zu verharren und darauf zu warten, daß Nathan aus der Kiste springen würde, um ihm zu sagen, daß alles ein Witz sei – er war hier, weil es ein schmutziges Geschäft zu erledigen gab.

In einer tiefen Nische an einer Wand des Ganges, der den hinteren Teil der Wohnung – Nathans Arbeitszimmer und das Schlafzimmer – von Wohnzimmer, Küche und Eingangsflur trennte, waren vier Aktenschränke, die seine Papiere enthielten. Die Tagebücher zu finden, brauchte nur Sekunden – sie lagen direkt auf den Aktenschränken in chronologischer Reihenfolge in vier Stapeln übereinander: zwanzig schwarze Dreiring-Ordner, jeder prall mit losen Blättern gefüllt und von einem kräftigen roten Gummiband zusammengehalten. Wenn auch vielleicht die Hirnzellen zu Asche verbrannt waren, da war immer noch diese Erinnerungsbank, die ihn beunruhigte.

Dank Nathans Ordnungssinn war Henry ohne all die Schwierigkeiten, die er sich ausgemalt hatte, in der Lage, einen Ordner ausfindig zu machen, der auf dem Rücken mit der Jahreszahl seiner ersten ehebrecherischen Affäre bezeichnet war – und, wie nicht anders zu erwarten, hatte er absolut recht daran getan, seinem Verfolgungswahn nachzugeben und sich nicht auch noch dafür zu tadeln, denn da war es alles, jedes intime Detail, festgehalten für die Nachwelt. Nicht nur waren die Eintragungen so reichhaltig, wie er sich das vorgestellt hatte, seit ihn die Nachricht von Nathans Tod erreicht hatte, sondern es war alles noch viel kompromittierender, als es sich in seiner Erinnerung darstellte.

Allein die Vorstellung, daß er vor nur zehn Jahren so heiß um Nathans Bewunderung gerungen hatte! Was ich nicht alles getan habe, um seine Aufmerksamkeit auf mich zu lenken! Beinahe dreißig, Vater von drei Kindern, und dennoch meine Bedürfnisse ihm gegenüber die Bedürfnisse eines plappernden Heranwachsenden! Und ihr gegenüber, so dachte er, während er die Seiten durchlas, ebenso der Heranwachsende. So, wie es aussieht, gibt es kein größeres Arschloch auf der Welt als den Gatten und Vater, der der häuslichen Szenerie davonläuft – es konnte kein armseligeres, seichteres, lächerlicheres Schauspiel geben als ihn, wie er in diesen Notizen zum Vorschein kam. Er war ganz benommen, als er sah, wie wenig es gebraucht hatte, nahezu alles aufs Spiel zu setzen. Für einen Fick, Nathan zufolge – und da kann man sich auf ihn verlassen, daß das stimmt –, für einen Arschfick mit einer Deutschschweizer Blondine, war er bereit gewesen, Carol, Leslie, Ruthie, Ellen, die Praxis und das Haus aufzugeben... *Ich bin dort keine Jungfrau mehr, Henry! Alle denken, ich bin so gut und verantwortungsbewußt. Niemand weiß es!*

Doch wenn es ihm nicht gelungen wäre, in die Wohnung einzudringen und diese Seiten in die Hände zu bekommen, wenn er wirklich geglaubt hätte, daß man ihm folge, wenn er deshalb nach Jersey zurückgefahren wäre wie jemand, der sich im Traum fürchtet, ertappt zu werden, dann hätten es irgendwann *alle* gewußt. Denn die veröffentlichen ja diese Tagebücher, wenn Schriftsteller sterben – Biographen plündern sie aus für die Biographien, und dann hätten alle alles gewußt.

In dem engen Durchgang an die Wand gelehnt, las er zweimal das Tagebuch durch, in dem es um die betreffenden Monate ging, und als er sicher war, daß er jede Eintragung aufgespürt hatte, die seinen oder ihren Namen trug, riß er mit einem heftigen Ruck die entsprechenden Seiten säuberlich heraus und legte dann das Notizbuch sorgsam an seinen chronologischen Platz auf dem Aktenschrank zurück. Aus den unzähligen Ordnern mit Nathans Worten, die bis in die Zeit zurückreichten, als sein Bruder aus der Armee entlassen wurde und nach Manhattan gezogen war, um Schriftsteller zu werden, hatte er nur zweiundzwanzig Seiten entnommen. Er war durch Bestechung in die Wohnung gelangt, er war widerrechtlich dort, doch er konnte nicht glauben, daß er dadurch, daß er weniger als zwei Dutzend von den fünf- oder sechstausend dicht mit Nathans Handschrift bedeckten Seiten entfernt hatte, einen schändlichen Frevel gegen das Eigentum seines Bruders begangen hatte; er hatte gewiß nichts getan, was Nathans Ruf schaden oder den Wert seiner Papiere verringern konnte. Henry hatte nur interveniert, um einem gefährlichen Übergriff auf seine eigene Privatsphäre zuvorzukommen – denn sollten diese Notizen in die Öffentlichkeit gelangen, dann wäre nicht abzusehen, was für Schwierigkeiten sie ihm bereiten konnten, beruflich ebenso wie zu Hause.

Und indem er diese wenigen Seiten entfernte, tat er auch seiner alten Geliebten einen Gefallen, warum auch nicht? Sie hatten sich einfach ausgetobt: eine Regression, ein kurzes, unreifes Zwischenspiel, dem er gnädig entronnen war, ohne einen wirklich gewaltigen Fehler zu begehen; und doch war er damals absolut verrückt nach ihr gewesen. Er erinnerte sich daran, wie er im Motel dabei zugesehen hatte, wie sie im schwarzen Seidenhemdchen niedergekniet war, um das Geld vom Fußboden aufzuheben. Er erinnerte sich, wie er mit ihr in seinem eigenen, verdunkelten Haus getanzt hatte, wie sie wie Kinder zur Musik von Mel Tormé getanzt hatten, nachdem sie den ganzen Nachmittag im Schlafzimmer gewesen waren. Er erinnerte sich, wie er ihr ins Gesicht geschlagen und sie an den Haaren gezogen hatte und wie sie auf seine

Frage, wie denn das sei, wieder und wieder zum Orgasmus zu kommen, geantwortet hatte: »Das Paradies.« Er erinnerte sich, wie sehr es ihn erregt hatte, sie erröten zu sehen, als er sie dazu brachte, auf Schweizerdeutsch Schweinereien zu sagen. Er erinnerte sich, wie er das schwarze Seidenhemdchen in seinem Praxissafe versteckt hatte, nachdem er sich außerstande gesehen hatte, es wegzuwerfen. Der Gedanke an sie in der Unterwäsche brachte ihn sogar jetzt dazu, die Hand gegen seinen Schwanz zu pressen. Doch es war schon unzulässig genug, in der Wohnung seines toten Bruders die Papiere zu durchstöbern – es wäre einfach zu obszön gewesen, sich dort im Gang einen abzuwichsen aufgrund dessen, daß er sich, dank Nathans Notizen, an die Zeit vor zehn Jahren zurückerinnerte.

Er sah auf seine Uhr – er sollte lieber Carol anrufen. Das Telephon war im Schlafzimmer im hinteren Teil der Wohnung. Während er auf der Kante von Nathans Bett saß und die Nummer von zu Hause wählte, war er darauf gefaßt, daß Nathan grinsend unter den Sprungfedern hervorhüpfen oder quicklebendig aus dem Kleiderschrank herausspringen und zu ihm sagen würde: »Reingelegt, Henry, bist mir auf den Leim gegangen – leg die Seiten zurück, Kindchen, du bist nicht mein Lektor.«

Doch, das bin ich. Er mag die Trauerrede gehalten haben, doch ich kann jetzt lektorieren, was immer mir paßt.

Während das Telephon klingelte, nahm er erstaunt einen wunderlichen Geruch wahr, der aus dem Hinterhof des Gebäudes hereindrang. Es dauerte eine Weile, bis er bemerkte, daß der Geruch von ihm selbst ausging. Es war, als wäre sein Hemd in einem Alptraum von etwas anderem als bloßem Schweiß getränkt worden.

»Wo bist du?« fragte Carol, als sie ans Telephon kam. »Ist alles in Ordnung?«

»Bestens. Ich bin in einem Café. Es gibt keine Beerdigung – er wird verbrannt. Es gab nur die Traueransprache im Bestattungsinstitut. Der Sarg war da. Und das war's auch schon. Ich bin Laura in die Arme gelaufen. Sie ist wieder verheiratet. Sie schien ziemlich erschüttert.«

»Und wie fühlst *du* dich?«

Er log, oder vielleicht sagte er genau die Wahrheit. »Ich fühle mich, als sei mein Bruder gestorben.«

»Wer hat die Trauerrede gehalten?«

»So ein aufgeblasenes Arschloch. Sein Lektor. Ich hätte wahrscheinlich selbst etwas sagen sollen. Ich wünschte, ich hätte es getan.«

»Das hast du schon gestern gesagt, du hast mir alles gesagt. Henry, lauf jetzt nicht mit Schuldgefühlen in New York herum. Er hätte dich anrufen können, als er krank war. Niemand braucht allein zu sein, wenn er das nicht will. Er ist ohne jemanden gestorben, weil er eben so gelebt hat. Er *wollte* so leben.«

»Es war wahrscheinlich eine Frau bei ihm«, sagte Henry, Laura nachplappernd.

»Ja? War sie da?«

»Ich habe nicht geschaut, aber er hatte ja immer Mädchen um sich. Er war nie lange allein.«

»Du hast getan, was du konntest. Es gibt nichts mehr zu tun für dich. Henry, komm nach Hause – du klingst furchtbar.«

Doch es *gab* noch mehr zu tun, und es dauerte weitere drei Stunden, ehe er zurückfuhr nach Jersey. Im Arbeitszimmer, mitten auf Nathans ansonsten ordentlichem und von Papieren befreitem Schreibtisch, da lag ein Schreibwarenkarton, der mit »Fassung #2« beschriftet war. Drinnen waren ein paar hundert Seiten maschinengeschriebenes Manuskript. Diese zweite Fassung eines Buches, wenn es sich um ein solches handelte, schien keinen Titel zu haben. Anders die Kapitel selbst jedoch – jedes trug oben auf der ersten Seite einen Ortsnamen als Titel. Er setzte sich an den Schreibtisch und fing an zu lesen. Das erste Kapitel, »Basel«, handelte allem Anschein nach von ihm.

Trotz allem, was er über seinen Bruder zu wissen glaubte,

dachte er, daß das, was er las, nicht einmal von Nathan hätte geschrieben sein können. Den ganzen Tag über hatte er seinem Groll mißtraut, hatte sich wegen dieses Grolls Vorwürfe gemacht, hatte sich schuftig gefühlt, weil er nichts fühlte, und sich gegeißelt für seine Unfähigkeit zu vergeben, und hier waren diese Seiten, auf denen er nicht nur der übelsten Sorte von Lächerlichkeit preisgegeben wurde, sondern auch noch an seinem eigenen, wirklichen Namen zu identifizieren war. Jeder war an seinem Namen zu identifizieren, Carol, die Kinder, sogar Wendy Casselman, die kleine Blondine, die, ehe sie heiratete, eine kurze Zeit als seine Assistentin gearbeitet hatte; sogar Nathan, der nie zuvor über sich selbst *als* er selbst geschrieben hatte, erschien als Nathan, als »Zuckerman«, obwohl nahezu alles in der Erzählung entweder eine direkte Lüge oder eine lächerliche Travestie der Tatsachen war. Von allen Klassikern der verantwortungslosen Übertreibung war dies der dreckigste, rücksichtsloseste, unverantwortlichste von allen.

»Basel« handelte von seinem, Henrys, Tod infolge einer Bypass-Operation; von seinen, Henrys, ehebrecherischen Liebesaffären; von seinem, Henrys, Herzproblem – nicht von Nathans, sondern *seinem*. Während der ganzen Dauer von Nathans Krankheit hatte seine Abwechslung, seine Ablenkung, seine Unterhaltung, hatte seine *Kunst* darin bestanden, *mich* gewaltsam zu entstellen. Die Trauerrede für *mich* zu schreiben! Das war ja noch schlimmer als *Carnovsky*. Dort hatte er wenigstens noch den Anstand gehabt, falls das das Wort ist, das Leben wirklicher Menschen ein wenig durcheinanderzuschütteln und ein paar Dinge abzuwandeln (das war die ganze Tarnung, die der Familie gewährt worden war), aber hiermit übertraf er denn doch alles, das hier war der denkbar übelste Mißbrauch »künstlerischer« Freiheit.

Inmitten all dessen, was schiere sadistische, rachsüchtige, gehässige Erfindung war, schiere sadistische Hexerei, da waren, wortwörtlich kopiert aus den Notizbüchern, die

Hälfte der Tagebucheintragungen, die Henry herausgerissen hatte, um sie zu vernichten.

Er war jemand, dem jeder Sinn für Konsequenzen völlig abging. Laß Moral beiseite, laß Ethik beiseite, laß Gefühle beiseite – kannte er Recht und Gesetz nicht? Hat er nicht gewußt, daß ich gegen ihn einen Prozeß wegen Verleumdung und Verletzung der Privatsphäre anstrengen konnte? Oder war das genau das, was er wollte, einen Rechtsstreit mit seinem bourgeoisen Bruder über »Zensur«? Was das Abstoßendste ist, dachte Henry, ist, daß ich das gar nicht *bin*, in keiner Weise. Ich bin *nicht* der Zahnarzt, der seine Assistentinnen verführt – da gibt es eine Trennungslinie, die ich *nicht* überschreite. Mein Job besteht nicht darin, meine Assistentinnen zu ficken – mein Job besteht darin, meinen Patienten Vertrauen einzuflößen, es ihnen leicht zu machen, meine Arbeit für sie so schmerzlos und so billig wie möglich zu vollenden, und dabei doch so gut, wie es überhaupt nur geht. Was *ich* in meiner Praxis mache, ist eben *das*. Sein Henry ist, wenn überhaupt jemand, *er selbst* – es ist Nathan, der mich benutzt, um sich zu verbergen, während er zugleich sich als *er selbst* verkleidet, als *verantwortlich*, als *besonnen*, er verkleidet sich als vernünftiger Mann, während ich als der absolute Trottel bloßgestellt werde. Dieser Hurensohn gibt sich den Anschein, die Verkleidung abzuwerfen *ausgerechnet in dem Moment, wo er am meisten lügt*! Da ist Nathan, der alles weiß, und hier ist Henry mit seinem kleinen Leben; hier ist Henry, der ja bloß akzeptiert werden und mit seinen billigen Affären davonkommen wollte, Henry, der Primitivling, der seine Potenz mit seinem Tod erkauft beim Versuch, sich von seinem Leben als braver Ehemann zu befreien, und da bin ich, Nathan, der Künstler, der ihn vollständig durchschaut! Sogar noch hier, dachte Henry, leidend an einer Herzkrankheit und angesichts einer ernsten Operation, hört er nicht auf, seine lebenslange dominierende Haltung aufrechtzuerhalten, indem er mir seine sexuellen Obsessionen unterschiebt, seine Familienobsessionen, indem er meine Freiheit kontrolliert und manipuliert, indem er versucht, mich mit satirischen Worten zu überwältigen, indem er aus *allen* ganz und gar lenkbare Gegner für Nathan macht. Dabei ist es die ganze Zeit über immer noch *er*, der eben die Dinge halluziniert, die bei dieser Strohpuppe von Bruder ausgelacht werden, die ich sein soll! Ich habe recht gehabt: Die treibende Kraft seiner Phantasie war Rache, Dominierung und Rache. Nathan gewinnt immer. Schmerzloser Brudermord – ohne dafür zu zahlen.

Er muß durch das Herzmittel impotent geworden sein und sich dann entschlossen haben, wie »Henry«, eine Operation machen zu lassen, an der er starb. *Er*, nicht ich, wollte niemals Beschränkungen akzeptieren – *er*, nicht ich, war der Narr, der für einen Fick starb. Nicht der trottelige Zahnarzt, sondern der alles durchschauende Künstler war der lächerliche Zuckerman, der den idiotischen Tod eines Fünfzehnjährigen starb, der darum wirbt, jemanden aufzureißen. Der dafür *stirbt*, jemanden aufzureißen. Da hast du seine Trauerrede, du Schmock: *Carnovsky* war keine Fiktion, es ist *niemals* Fiktion gewesen – die Fiktion und der Mensch sind ein und dasselbe! Es Fiktion zu nennen, war die allergrößte Fiktion!

Das zweite Kapitel hatte er »Judäa« überschrieben. Wieder ich, auferstanden von den Toten, um eine zweite Tracht Prügel zu bekommen. Einmal ist ja nie genug gewesen für Nathan. Er konnte mir gar nicht genug Unglück auf den Hals wünschen.

Er las – er, der nie nach Israel gefahren war oder je den Wunsch gehabt hatte, dorthin zu fahren, ein Jude, der über Israel oder die Tatsache, daß er ein Jude war, nie besonders nachgedacht hatte, der es einfach für selbstverständlich gehalten hatte, daß Juden das waren, was er und seine Frau und seine Kinder eben waren, um sich dann um seine eigenen Angelegenheiten zu kümmern –, er las über sich selbst, daß er in Israel Hebräisch studierte, in einer Art jüdischer Siedlung, unter Anleitung eines politischen Hitzkopfes, und natürlich in gedankenloser Flucht vor den banalen Beengtheiten seines konventionellen Lebens... Ein weiterer sich verflüchtigender »Henry« in Schwierigkeiten, wieder der Rettung bedürftig, wieder sich wie ein kleiner Junge benehmend – und ein weiterer überlegener »Nathan«, distanziert und klug, der »Henrys« bürgerliche Unzufriedenheit sofort durchschaut. Nun denn, ich durchschaue *sein* Klischee von häuslicher Klaustrophobie sofort! Ein weiterer Traum von Dominierung, der mich mit einer weiteren Obsession behaftet, von der *er* nie zu heilen gewesen war. Der arme Hund hatte diesen Spleen mit den Juden. Warum können Juden mit ihren jüdischen Problemen keine Menschen mit ihren menschlichen Problemen sein? Warum immer Juden, die hinter Schicksen her sind, oder jüdische Söhne mit ihren jüdischen Vätern? Warum können es nie Söhne und Väter sein, Männer und Frauen? Er beteuert bis zum Überdruß, daß ich der Sohn bin, der an den Verboten seines Vaters erstickt und sich hilflos den Prioritäten seines Vaters beugt, während er doch derjenige ist, der unfähig ist, je zu begreifen, daß ich mich verhalten habe, wie ich es tat, nicht weil ich mir von unserem Vater *zusetzen* ließ, sondern weil ich mich dazu *entschieden* hatte. Nicht jeder bekämpft seinen Vater oder bekämpft das eigene Leben – wer sich in unnatürlicher Weise von seinem Vater hat zusetzen lassen, das war *er*. Was sich hier in jedem Wort erweist, was aus jeder Zeile schreit, ist die Tatsache, daß der Sohn seines Vaters, der niemals erwachsen genug geworden ist, um eine eigene Familie zu gründen, dem es, wie weit er auch gereist ist und wie viele Stars er auch gefickt und wieviel Geld er auch gemacht hat, niemals gelungen ist, dem Haus in Newark und der Familie in Newark und dem Wohnviertel in Newark zu entrinnen, daß die geklonte Nachbildung seines Vaters, der mit dem JudeJudeJude-Spleen in den Tod gegangen ist, *er* war, der überlegene Künstler! Man müßte *blind* sein, wollte man das nicht sehen.

Das letzte Kapitel, das »Christenheit« hieß, schien sein Traum vom Entrinnen aus all dem zu sein, ein rein magischer Fluchttraum – vor dem Vater, dem Vaterland, der Krankheit,

Flucht vor der armselig unbewohnten Welt seines unentrinnbaren Charakters. Von zwei Seiten abgesehen – die Henry entfernte – gab es nirgends die Erwähnung eines kindischen jüngeren Bruders. Hier träumte Nathan nur von sich selbst – einem *anderen* Selbst –, und als Henry das klargeworden war, nahm er sich nicht mehr die Zeit, jeden Abschnitt zu untersuchen. Er hatte sich schon zuviel Zeit gelassen – im Hof draußen hinter dem Fenster des Arbeitszimmers wurde es schon dunkel.

Der »Nathan« in »Christenheit« lebte zusammen mit einer hübschen, schwangeren, jungen, nichtjüdischen Frau in London. *Er hatte ihr Marias Namen gegeben!* Doch als Henry nachprüfte, indem er zurück- und dann vorausblätterte, stellte er fest, daß nichts davon etwas mit seiner Schweizer Geliebten zu tun hatte. Nathan nannte alle Schicksen Maria – so albern einfach schien die Erklärung zu sein. Soweit Henry sehen konnte, als er jetzt wie ein Student vor dem Examen gegen die Uhr las, war es ein Traum von allem, was ein isolierter Mann wie sein Bruder niemals zu erlangen hoffen konnte, ein Traum, der von Entbehrungen genährt wurde, die weit über die Erzählung hinausgingen – eine Erzählung ausgerechnet von einem werdenden Vater. Wie köstlich: ein Daddy mit genug Geld, genug gesellschaftlichen Verbindungen, genug Unterhaltungsmöglichkeiten, einem wunderschönen Ort, an dem er leben kann, einer wundervollen intelligenten Frau, mit der er leben kann, mit all den Umständen, als hätte man *kein* Kind. So bedeutungsvoll und gedankentief, diese seine Vaterschaft – und völlig an der Sache vorbei! Völlig ohne Verständnis dafür, daß ein Kind keine ideologische Annehmlichkeit ist, sondern etwas, was man hat, wenn man jung ist und dumm, wenn man kämpft, um sich eine Identität zu schmieden und Karriere zu machen – Babys zu haben ist mit *all dem* unlösbar verbunden! Aber nein, Nathan war absolut unfähig, sich auf irgend etwas einzulassen, das nicht völlig seiner eigenen Regie folgte. Der wirklichen Verwirrung des Lebens konnte Nathan niemals so nahekommen wie in der Fiktion, die er darüber schrieb – ansonsten hatte er gelebt, wie er gestorben war, war gestorben, wie er gelebt hatte, indem er Phantasievorstellungen von lieben Angehörigen konstruierte, Phantasievorstellungen von Gegnern, Phantasievorstellungen von Konflikt und Unordnung, Tag für Tag allein in diesem menschenleeren Raum, in beständigem Bestreben, durch einsame literarische Findigkeit etwas zu beherrschen, dem im wirklichen Leben sich zu stellen er zu furchtsam war. Nämlich: Vergangenheit, Gegenwart und Zukunft.

Es war nicht Henrys Absicht, mehr mitzunehmen, als er unbedingt mußte, doch fragte er sich, ob es nicht Verdacht erregen würde, wenn er die Schachtel halbvoll zurückließe und das Manuskript auf Seite 255 anfinge, insbesondere falls die Hausmeisterin seinen Besuch gegenüber den Testamentsvollstreckern erwähnen sollte, wenn sie kommen würden, um Nathans Besitz in Verwahrung zu nehmen. Alles mitzunehmen, wäre ihm jedoch als Diebstahl vorgekommen, wenn nicht als ein noch ernsterer Verstoß gegen sein Selbstgefühl. Was er schon getan hatte, war unanständig genug – völlig notwendig, zutiefst in seinem eigenen Interesse, aber kaum nach seinem Geschmack. Trotz des Sadismus von Nathans »Basel« lehnte er es ab, sich zu willkürlicher Rachsucht hinreißen zu lassen – abgesehen von zwei Seiten hatte das Kapitel »Christenheit« nichts mit ihm oder seiner Familie zu tun, und so ließ er es, wo es war. Um aus dem Manuskript nur das herauszusortieren, was kompromittierend sein konnte, entfernte er die Kapitel »Basel« und »Judäa« ganz sowie den Anfang eines Kapitels über eine versuchte Flugzeugentführung, mit Nathan als dem unschuldigen Opfer an Bord und, nach flüchtiger Lektüre zu schließen, mit ebensowenig Beziehung zur realen Welt wie alles andere in dem Buch auch. Diese Seiten bestanden aus einem Brief über Juden von Nathan an Henry und dann einem Telephongespräch über Juden zwischen Nathan und einer Frau, die keinerlei Ähnlichkeit mit Henrys Frau hatte und natürlich »Carol« hieß – fünfzehn Seiten, die Juden gewidmet, von Juden gesättigt waren und vorgeblich *Henrys* Obsessionen widerspiegelten. Während er sie durchlas, kam es Henry in den Sinn, daß sich Nathans tiefste Befriedigung als Schriftsteller aus eben diesen perversen Verzerrungen der Wahrheit hergeleitet haben mußte, als hätte er geschrieben, *um* zu verzerren, aus ganz ursprünglicher Lust daran, und nur nebenbei, um zu verleumden. Kein Gemüt auf Erden hätte ihm fremder sein können als das Gemüt, das sich ihm durch dieses Buch offenbarte.

Ich hatte, während ich mit ihm zusammen war, wiederholt versucht, seiner Flucht, mit der er den engen Begrenzungen seines Lebens entronnen war, eine höhere Bedeutung zu verleihen, doch am Ende kam er mir trotz seiner Entschlossenheit, jemand Neues zu sein, geradeso naiv und uninteressant vor, wie er es immer gewesen war.

Er mußte immer Oberwasser haben, wollte unstillbar überlegen sein, und ich, so dachte Henry, war der ewig Unterlegene, der Knabe, an dem er lernte, sein Überlegenheitsgefühl zu schärfen, der Untergeordnete im Haus, der Junior, der bequemerweise vom Tage meiner Geburt an da war, um sich überschatten und an die Wand spielen zu lassen. Warum mußte er mich herabsetzen und sogar hier noch bloßstellen? War es einfach willkürliche Feindschaft, das Verhalten eines gesellschaftsfeindlichen Verbrechers, der sich jemand Beliebigen wie ein Spielzeug heraussucht, um ihn vor die U-Bahn zu stoßen? Oder war ich schlicht als letzter in der Familie übriggeblieben, den er noch angreifen und verraten konnte? Daß er sich aber auch bis zum Schluß als mein überlegener Rivale beweisen mußte! Als wüßte die Welt nicht längst, wer der unvergleichliche Zuckermanknabe war!

Wenn Henry sich je als interessant erweisen sollte, dann mußte ich das bewerkstelligen.

Ich danke dir, ich danke dir, Nathan, daß du mich von meiner pathologischen Gewöhnlichkeit erlöst hast, daß du mir geholfen hast, den engen Begrenzungen meines Lebens zu entrinnen. Was zum Teufel stimmte mit ihm nicht, warum mußte er immer so weitermachen, warum konnte er sogar noch am Ende seines Lebens nichts und niemanden in Ruhe lassen!

Obwohl er längst fort sein wollte, verbrachte er dennoch eine weitere Stunde damit, nach Kopien von »Fassung # 2« zu suchen und nach einer »Fassung # 1« Ausschau zu halten. Alles, was er in einer Schublade eines der Aktenschränke zum Vorschein brachte, war ein Tagebuch, das Nathan während einer Gastvorlesungsreihe vor zwei Jahren in Jerusalem geführt hatte, und einen Stapel Zeitungsausschnitte von einer Boulevardzeitung namens *The Jewish Press*. Das Tagebuch sah nach umfangreichen ungeschönten Aufzeichnungen aus – hingekritzelte Eindrücke von Menschen und Orten, Bruchstücke von Gesprächen, Straßennamen und Namenslisten; soweit Henry beurteilen konnte, alles Fakten, und er selbst tauchte nirgendwo auf. In einem Aktenordner in der Schublade darunter fand er einen gelben Block, dessen erste Seiten mit Bruchstücken von Sätzen bedeckt waren, die seltsam vertraut klangen. *Noch alttestamentarischer – Willfährigkeit vs. Vergeltung. Der Verrat mütterlicher Liebe. Wildgewordene Mutmaßungen.* Es waren Notizen für die Traueransprache, die an diesem Morgen gehalten worden war. Der Block enthielt drei aufeinanderfolgende Fassungen der Trauerrede selbst; in jeder Version gab es marginale Verbesserungen und Einschübe, durchgestrichene und neu geschriebene Zeilen, und das alles, der Text wie die Verbesserungen, von keiner anderen Hand als der Nathans.

Er hatte seine Trauerrede selbst geschrieben. Zu halten im Fall, daß er die Operation nicht überlebte, seine eigene Preisrede auf sich selbst, verkleidet als die eines andren!

Bei aller scheinbaren Selbstentblößung in den Romanen war Nathan ein großer Verteidiger seiner Einsamkeit, nicht weil er die Einsamkeit besonders mochte oder schätzte, sondern weil eine Verbreitung emotionaler Anarchie und Selbstentblößung ihm nur in Isolation möglich waren –

Verbreitung schon – seine Version, seine Interpretation, sein

Bild, das die aller anderen widerlegte und anfocht und sich auch über *alles verbreitete*! Und wo war seine Autorität? *Wo*? Daß ich in seiner Gegenwart nicht atmen konnte, ist ja gar kein Wunder – da er hinter seiner Verteidigungsmauer aus Fiktion hervorschlug und seine Gedankenkontrolle über jede sein Ego bedrohende Herausforderung bis ganz zum Schluß ausübte! Der konnte doch nicht mal seine *Trauerrede* jemand anderem anvertrauen, konnte nicht mal so viel Vertrauen in einen treuen Freund setzen, sondern brachte es fertig, auch noch seine eigene Trauerfeier zu entwerfen, wobei er auch dort noch heimlich die Gefühle überwachte und genau kontrollierte, wie man ihn zu beurteilen hatte! Alle sprachen die Worte dieses Dreckskerls, alle nur Strohpuppen auf seinem Knie, die er bauchrednerisch sein volles Maul sprechen ließ! Mein Leben gewidmet, Leuten den Mund zu reparieren, seines damit verbracht, ihn zu stopfen – seines damit verbracht, diese Worte jedem in die Kehle zu stoßen! In seinen Worten war unser Geschick – *in unseren Mündern waren seine Worte*! Alle begraben und mumifiziert unter dieser verbalen Lava, schließlich auch er selbst – nichts Unmittelbares, Unübermaltes, direkt Lebendiges, nichts so wahrgenommen, wie es eigentlich ist. Bei ihm kam es nie darauf an, was *eigentlich* geschah oder was irgend jemand *eigentlich* war – statt dessen alles Wichtige verzerrt, verkleidet, lächerlich aus seinen Proportionen herausgerissen, festgeschrieben von diesen endlosen zerebralen Illusionen, zynisch zusammengebraut in dieser schrecklichen Einsamkeit, alles Selbst-Kalkulation, hinterlistige Hintergehung, immer diese erbarmungslos schreckliche Verdrehung der Tatsachen in etwas anderes ...

Es war die Grabrede, die Henry am Abend zuvor nicht hatte verfassen können, das Unsagbare, das endlich aus seiner ungelebten Existenz heraufgekommen und bereit war, über den Aktenschränken und den Ordnern und den Notizblöcken und den Entwurfsheften und den Stapeln von Ringbüchern ausgesprochen zu werden. Ungehört, aber beredsam gab Henry endlich seine unzensierte Bewertung eines

Lebens zum besten, das darin bestand, sich vor dem Fluxus ungeordneten Lebens zu *verstecken*, vor seinen Prüfungen, seinen Urteilen, seiner Angreifbarkeit, eines Lebens, das sich ausgelebt hatte hinter einem lebensdichten Schild aus wohlüberlegten Gedanken – aus raffiniert gewählten Worten des Selbstschutzes.

»Danke, daß Sie mich reingelassen haben«, sagte er zur Hausmeisterin, als er angeklopft hatte, um zu sagen, daß er jetzt gehe. »Sie haben mir eine Fahrt morgen hierher erspart.«

Sie hielt die Tür zu ihrer Wohnung, die auf Straßenebene lag, an der Kette knapp geöffnet und zeigte durch die Öffnung einen schmalen Ausschnitt ihres Gesichtes.

»Tun Sie sich selbst einen Gefallen«, sagte er, »erzählen Sie niemandem, daß ich hier war. Man könnte versuchen, Ihnen Ärger zu machen.«

»Wieso denn?«

»Die Rechtsanwälte. Die Rechtsanwälte machen aus jeder Kleinigkeit eine große Sache. Sie kennen ja die Rechtsanwälte.« Er öffnete seine Brieftasche und bot ihr noch zwei Zwanziger an, diesmal ganz ruhig, ohne Herzklopfen.

»Ich habe Ärger genug«, sagte sie und pflückte ihm mit zwei Fingern das Geld aus der Hand.

»Dann vergessen Sie, daß Sie mich je gesehen haben.«

Doch sie hatte schon die Tür geschlossen und drehte den Schlüssel im Schloß, als wäre er längst vergessen. Er hätte sich die Dreingabe wahrscheinlich ersparen können und fragte sich draußen auf der Straße tatsächlich, ob die zusätzlichen vierzig Dollar sie nicht zu dem Verdacht verleiten könnten, daß etwas nicht in Ordnung war. Doch soweit sie wissen konnte, hatte er nichts Unrechtes getan. Der große braune Briefumschlag, den er mitgenommen hatte, war unter einem alten Regenmantel von Nathan verborgen, den er auf dem Weg zur Wohnungstür im Flurschrank gefunden hatte. Ehe er die Schranktür geöffnet hatte, war er noch einmal von der absolut lächerlichen Furcht überkommen worden, daß

Nathan sich zwischen den Mänteln verborgen hielt. Das war nicht der Fall, und im Fahrstuhl drapierte Henry den Regenmantel einfach ganz lässig über seinen Arm – und über den mit Nathans Papieren vollgestopften Umschlag –, als gehöre er ihm. Die Gemüter mögen einander fremd gewesen sein, doch die Männer hatten so ziemlich die gleiche Größe.

Die ganze Madison Avenue entlang gab es städtische Mülltonnen, in die er den Umschlag ohne weiteres hätte werfen können, aber steck nur diese Seiten in den Abfall von Manhattan, so dachte er, und sie werden als Serie in der *New York Post* wieder auftauchen. Er hatte jedoch auch nicht die Absicht, das Zeug mit nach Hause zu nehmen, um es Carol zu lesen zu geben oder daß sie aus Versehen unter seinen Papieren darauf stieß; es ging ja darum, Carol ebenso zu verschonen wie sich selbst. Vor zehn Jahren, sogar vor fünf Jahren noch hatte er ja tatsächlich getan, was verheiratete Männer tun, nämlich sich einen Weg aus seinem Leben hinauszuficken versucht. Junge Männer ficken sich ihren Weg ins Leben mit den Mädchen, die ihre Ehefrauen werden, dann sind sie verheiratet, und jemand anderes kommt des Wegs, und sie versuchen, sich einen Weg hinauszuficken. Und dann entdecken sie, wie Henry, wenn sie nicht schon alles ruiniert haben, daß sie, wenn sie vernünftig und diskret sind, beides haben können, nämlich zugleich drinnen und draußen zu sein. Ein Großteil der Leere, die er einst damit auszufüllen versucht hatte, daß er andere Frauen fickte, versetzte ihn nicht mehr in Panik; er hatte entdeckt, daß die Leere, wenn man keine Angst vor ihr hat oder wütend darüber ist und sie nicht überschätzt, vorbeigeht. Wenn du einfach stillhältst – selbst wenn du mit einer Frau allein bist, die du eigentlich lieben solltest, während du dich mit ihr absolut leer fühlst –, dann geht es vorüber; wenn du nicht dagegen kämpfst oder davonläufst, um mit jemand anderem zu ficken, und wenn ihr beide auch sonst etwas Wichtiges zu tun habt, dann geht es vorüber, und du kannst etwas von der alten Bedeutung und Substanz zurückgewinnen, sogar eine

Zeitlang die Vitalität. Dann verschwindet natürlich auch das wieder, doch wenn du dann wirklich einfach stillhältst, dann kommt es wieder ... und so geht es und kommt es, kommt und geht, und das ist mehr oder weniger, was sich mit Carol abgespielt hatte und wie sie ohne häßliche Kämpfe oder unerträgliche Frustration ihre Ehe, das Glück ihrer Kinder und die geordneten Zufriedenheiten eines stabilen Heimes bewahrt hatten.

Gewiß gab es immer noch Versuchungen, und von Zeit zu Zeit gelang es ihm sogar, sich um seine eigenen Bedürfnisse zu kümmern. Wer kann eine Ehe ertragen, in der ausschließliche Ergebenheit herrscht? Er war erfahren genug und alt genug, um zu wissen, daß Affären, Ehebruch, wie immer man es nennt, der Ehe ziemlich viel von dem ihr innewohnenden Druck nehmen und selbst den Phantasielosesten lehren, daß diese Vorstellung der Ausschließlichkeit nichts Gottgegebenes ist, sondern eine gesellschaftliche Konstruktion, die in diesem Punkt nur von solchen Leuten streng befolgt wird, die zu armselig sind, sie in Frage zu stellen. Er träumte nicht mehr davon, »andere Frauen zu heiraten«. Ein Lebensgesetz, das er schließlich gelernt zu haben schien, ist, daß die Frauen, die du am liebsten ficken willst, sowieso nicht unbedingt die Frauen sind, mit denen du gar so viel Zeit verbringen willst. Ficken ja, aber nicht als Mittel, um seinem Leben zu entrinnen, oder als Flucht vor den Tatsachen. Anders als Nathans Leben veranschaulichte das Henrys mittlerweile die Tatsache, daß man mit den Fakten *leben* konnte – statt zu versuchen, sie zu ändern, konnte man die Tatsachen hinnehmen und sich von ihnen überschwemmen lassen. Er gestattete es sich nicht mehr, sich achtlos in einem sexuellen Wirbelwind davontragen zu lassen – und schon gar nicht in der Praxis, wo seine Konzentration ausschließlich der technischen Materie galt und dem Ziel, ein Höchstmaß an professioneller Perfektion zu erreichen. Nie entließ er einen Patienten aus seiner Praxis, wenn er bei sich selbst dachte: »Ich hätte es besser machen können ... es hätte besser sitzen können ...

die Farbe war nicht die richtige ...« Nein, sein kategorischer Imperativ hieß Perfektion – nicht bloß der Grad von Perfektion, den der Patient brauchte, um durchs Leben zu kommen, nicht einmal der Grad von Perfektion, den man sich realistischerweise erhoffen konnte, sondern der Grad von Perfektion, der eben erreichbar war, menschlich und technisch gesehen, wenn man sich selbst bis an die Grenze trieb. Wenn man die Ergebnisse mit bloßem Auge betrachtet, ist das eine Sache, doch wenn man mit einer Lupe schaut, eine andere, und es waren die genauesten mikroskopischen Standards, an denen Henry Erfolg bemaß. Er hatte von allen, die er kannte, die höchste Rate an Nachbesserungsarbeiten – wenn ihm etwas nicht gefiel, sagte er zum Patienten: »Hören Sie, wir tun das jetzt als Provisorium hinein, aber ich mache es für Sie noch einmal«, und niemals, um es in Rechnung zu stellen, sondern um jener strengen, beharrlichen, perfektionistischen Maxime zu genügen, mit der er erfolgreich das Leben konsolidiert hatte, indem er die Phantasie daraus vertrieb. Die Phantasie ist Spekulation, in der sich das Du charakteristisch manifestiert, das Du mit dem Traum von Selbstüberwindung, das Du, das ewig an einen höchsten Wunsch, an eine besondere Angst gebunden bleibt und verzerrt wird von einer Art kindischen Denkens, das er aus seinen Denkprozessen verbannt hatte. Weglaufen und überleben kann jeder, das Besondere war, zu bleiben und zu überleben, und so war es Henry gelungen, nicht indem er erotischen Tagträumereien nachjagte, nicht durch Flucht oder abenteuerliches Aufbegehren, sondern indem er die Anforderungen seines Berufes bis in die geringsten Belastungen hinein auslotete. Nathan hatte alles umgedreht, indem er – wie es *seiner* Phantasie entsprach – den Reiz der Maßlosigkeit und die Vorzüge einer Aufhebung der Begrenzungen des Lebens überschätzte. Der Verzicht auf Maria hatte den Beginn eines Lebens signalisiert, das in der Traueransprache bei *seiner* Beerdigung, wenn nicht ganz als »Klassiker«, so doch als ein verdammt guter Ansatz zum Gleichmut bezeichnet werden könnte. Und Gleichmut war genug für Henry, auch wenn diese Tugend bei seinem verstorbenen Bruder, einem Erforscher und Kenner maßlosen Verhaltens, nichts galt gegenüber der selbstlosen Förderung des großen menschlichen Anliegens verantwortungsloser Übertreibung.

Übertreibung. Übertreibung, Fälschung, zügellose Karikatur – alles, so dachte Henry, was mit meinem Beruf zu tun hat, für den Präzision, Genauigkeit und mechanische Exaktheit absolut unerläßlich sind, überbetont, überzeichnet, ordinär vergröbert. Nimm nur die ärgerlich falsche Darstellung meiner Beziehung zu Wendy. Gewiß, wenn der Patient im Stuhl sitzt, und da ist die Zahnhygienikerin oder die Assistentin, die ihn bearbeitet, die mit ihren zarten Händen an seinem Mund herumspielt, und alles hängt da direkt über ihm, gewiß gehört es da dazu, daß bei dem *Patienten* sexuelle Phantasien ausgelöst werden. Aber wenn ich eine Implantation mache, und der ganze Mund ist aufgerissen und das Gewebe vom Knochen gelöst, und die Zähne, die Wurzeln liegen alle bloß, und die Hände der Assistentin sind zusammen mit den meinen da drin, wenn ich mit vier oder gar sechs Händen den Patienten in Arbeit habe, dann ist die *allerletzte* Sache, an die ich denke, Sex. Du konzentrierst dich nicht, du läßt das in deinen Kopf, und schon ist alles im Arsch – und ich bin kein Zahnarzt, der Pfusch macht. Ich bin sehr erfolgreich, Nathan. Ich führe nicht den ganzen Tag in meinem Kopf ein Ersatzleben – ich lebe mit Speichel, Blut, Knochen, Zähnen, mit meinen Händen in Mündern, die so roh und real sind wie das Fleisch im Schaufenster des Schlachters!

Nach Hause. Dahin fuhr er schließlich, durch den Berufsverkehr, mit Nathans Regenmantel und dem Umschlag hinten im Kofferraum. Er hatte sie in die Vertiefung neben dem Reservereifen gesteckt, damit er eine Zeitlang nicht mehr daran zu denken brauchte, wie er die Papiere loswerden sollte. Jetzt, da er sich unentdeckt davonmachte, fühlte er sich ausgequetscht wie jemand, der nicht seines Bruders Akten, sondern seines Bruders Grab geplündert hatte, während ihn zugleich zunehmend die Furcht beunruhigte, daß er nicht gründlich genug vorgegangen war. Wenn es nötig war, bis drei Uhr früh in der Wohnung zu bleiben, um sich zu vergewissern, daß er in den Akten nichts Kompromittierendes übersehen hatte, dann hätte er das auch tun sollen. Doch sowie es draußen dunkel wurde, konnte er nicht mehr weitermachen – er hatte wieder angefangen, Nathans Anwesenheit zu spüren und sich orientierungslos wie in einem Traum zu fühlen, und er hatte den verzweifelten Wunsch, zu Hause bei seinen Kindern zu sein und die Anstrengung und die Häßlichkeit hinter sich zu lassen. Hätte er es doch nur über sich gebracht, die Aktenordner auszuleeren und ein Streichholz anzuzünden – hätte er doch nur sicher sein können, daß man, wenn man die Asche im offenen Kamin gefunden hätte, annehmen würde, daß Nathan alles verbrannt hatte, alles Persönliche vernichtet hatte, ehe er ins Krankenhaus ging... In dem stinkenden Stau zwischen den Autos der Pendler und schweren Lastwagen vor dem Lincoln-Tunnel steckend, reute es ihn plötzlich siedend, daß er getan hatte, was er getan hatte, und daß er nicht mehr getan hatte. Er kochte auch vor Empörung – über »Basel« mehr als über alles andere – war ebenso empört über das, was Nathan richtig getroffen hatte, wie über das, was er falsch darstellte, ebenso sehr über das, was er erfunden hatte, wie über das, was er berichtete. Es war die Kombination aus beidem, die vor allem ärgerlich war, insbesondere an den Stellen, wo die Trennlinie nur hauchdünn war und so alles eine völlig verzerrte Bedeutung bekam.

Als er schließlich auf der Jersey-Seite angelangt und von der Autobahn abgefahren war, um Carol von einer Howard-Johnson's-Raststätte aus anzurufen, dachte er, daß es vorerst vielleicht genüge, die Seiten in seinem Safe aufzubewahren, er wollte bei seiner Praxis anhalten, ehe er nach Hause fuhr, und den Umschlag dort lassen. Ihn versiegeln, wegschließen und dann in seinem Testament einer Bibliothek vermachen, die ihn in fünfzig Jahren öffnen durfte, falls sich dann überhaupt noch jemand dafür interessieren sollte. Wenn er ihn im Safe aufbewahrte, konnte er in sechs Monaten alles noch einmal überdenken. Dann bestand eine weitaus geringere Wahrscheinlichkeit, daß er das Falsche tat – das, was Nathan von ihm erwartet hätte, wenn Nathan darauf wartete zu sehen, was aus dem Manuskript wurde. Schon einmal in dieser Woche – während er jene Trauerrede schrieb – hatte er so getan, als wäre er tot... angenommen, er versucht es noch einmal und wartet darauf, daß ich seine Einbildungen bestätige. Der Gedanke war absurd, und doch mußte er ihn immer wieder denken – sein Bruder provozierte ihn dazu, die Rolle zu spielen, die er ihm zugedacht hatte, die Rolle der Mittelmäßigkeit. Als ob das Wort auch nur im *entferntesten* das beschreiben könnte, was er sich selbst aufgebaut hatte!

Vor langer Zeit, ehe ihre Eltern das Haus in Newark verkauft hatten und nach Florida gezogen waren, noch vor *Carnovsky*, als alles für alle noch anders gewesen war, da hatte er mit Carol Mutter und Vater nach Princeton gefahren, wo Nathan eine öffentliche Vorlesung hielt. Während er vom Restaurant aus die Nummer von zu Hause wählte, hatte sich Henry erinnert, daß Nathan nach der Vorlesung, als Fragen gestellt werden durften, von einem Studenten gefragt worden war, ob er »im Streben nach Unsterblichkeit« schreibe. Er hörte noch, wie Nathan lachte und die Antwort gab – so nahe war er seinem toten Bruder den ganzen Tag lang noch nicht gewesen. »Wenn Sie aus New Jersey sind«, hatte Nathan gesagt, »und Sie schreiben dreißig Bücher, und Sie bekommen den Nobelpreis, und Sie erleben, daß Sie weißhaarig und fünfundneunzig Jahre alt werden, dann ist es zwar höchst unwahrscheinlich, aber doch nicht ausgeschlossen, daß man einen Parkplatz an der Jersey-Autobahn nach Ihnen benennt. Und so wird, lange nachdem Sie abgetreten sind, vielleicht wirklich Ihrer gedacht, aber zumeist von kleinen Kindern auf dem Rücksitz im Auto, wenn sie sich nach vorn lehnen und zu ihren Eltern sagen: ›Anhalten, bitte, könnt ihr bei Zuckerman anhalten – ich muß mal Pipi.‹ Das ist das

Maximum an Unsterblichkeit, auf das ein Schriftsteller aus New Jersey realistischerweise hoffen kann.«

Ruthie kam ans Telephon, dieselbe Ruthie, die Nathan an Henrys Sarg Violine spielend dargestellt hatte, der er einen Platz neben dem Grab des Vaters gegeben hatte und die er unter Tränen tapfer hatte verkünden lassen: »Er war der beste, der beste...«

Nie hatte er sein zweites Kind mehr geliebt als jetzt, da er Ruthie fragen hörte: »Alles in Ordnung? Mammi hat sich Sorgen gemacht und gemeint, einer von uns hätte mit dir mitkommen sollen. Ich auch. Wo *bist* du?«

Sie war die beste, die beste Tochter, die es gab. Er brauchte nur die erwachsene Stimme dieses freundlichen, nachdenklichen Kindes zu hören, um zu wissen, daß er das einzige getan hatte, was es zu tun gab. Mein Bruder war ein Zulu, oder wer immer diese Menschen sind, die Knochen in der Nase tragen; er war unser Zulu, und unsere Köpfe waren es, die er schrumpfen ließ und auf den Pfahl steckte, damit sie jedermann begaffen konnte. Der Mann war ein Kannibale.

»Ich wünschte, du hättest angerufen...«, fing Carol an, und er fühlte sich wie jemand, der eine schreckliche Gefahr überlebt hat und erst hinterher schwach wird und einschätzen kann, wie nahe am Abgrund er gewesen war. Er fühlte sich, als hätte er einen Mordversuch überlebt, indem er selbst den Mörder entwaffnet hatte. Und jenseits dessen, was er als die Gedanken eines völlig Erschöpften erkannte, sah er mit voller Klarheit die ganze Häßlichkeit, die hinter dem lag, was Nathan geschrieben hatte: *Er war darauf aus, meine ganze Familie zu ermorden, so wie er unsere Eltern ermordet hat, uns aus Verachtung für das zu ermorden, was wir sind. Wie muß ihm mein Erfolg zuwider gewesen sein, wie muß ihm unser Glück und unsere Lebensweise zuwider gewesen sein. Wie muß ihm seine Lebensweise zuwider gewesen sein, daß er uns dabei beobachten wollte, wie wir uns wanden.*

Nur wenige Minuten später stand Henry, in Sichtweite der Scheinwerfer der Autos, die die Autobahn entlangstrichen auf dem Weg nach Hause, am dunklen Rande des zu dem Restaurant gehörenden Parkplatzes, öffnete den Metalldeckel eines großen braunen Mülleimers und ließ die Seiten sich in den Abfall ergießen. Er warf auch den Umschlag hinterher, nachdem er leer war, und stopfte dann Nathans Regenmantel oben drauf. Er war ein Zulu, dachte er, ein reiner Kannibale, der Menschen ermordete, der Menschen aufaß, ohne jemals wirklich dafür zahlen zu müssen. Dann stach ihm etwas Fauliges in die Nase, und es war Henry, der sich vornüberbeugte und heftig zu würgen anfing, Henry, der sich übergab, als hätte *er* das Ur-Tabu gebrochen und Menschenfleisch gegessen – Henry, wie ein Kannibale, der aus Hochachtung vor seinem Opfer und um sich einzuverleiben, was immer es an Geschichte und Kraft enthält, das Hirn ißt und feststellt, daß es roh wie Gift schmeckt. Das war nicht das Herauspressen jener Tränen der Trauer, die er am Vortag zu vergießen gehofft hatte, noch war es die Vergebung, von der im Beerdigungsinstitut übermannt zu werden er erwartet hatte, noch war es wie die Welle von Haß, als er seinen Namen rücksichtslos über die Seiten von »Basel« hinweg getippt sah – das war ein Bereich der Emotion, wie er ihn nie zuvor gekannt hatte und auch nie wieder kennenlernen wollte, dieses Erbeben vor der Barbarei dessen, was er schließlich getan hatte und was er nahezu sein ganzes Leben lang hatte tun wollen, mit seines Bruders gesetzlosem, spöttischem Hirn.

Wie hast du herausgefunden, daß er tot war?

Der Arzt rief gegen Mittag an. Und sagte es mir einfach so. »Es hat nicht funktioniert, ich weiß nicht, was ich sagen soll. Er hatte jede Chance, aber es hat einfach nicht funktioniert.« Er war kräftig und relativ jung, der Arzt wußte nicht einmal, warum es dazu gekommen war. Es war einfach die falsche Entscheidung gewesen. Und es war nicht einmal notwendig. Der Arzt rief einfach an und sagte: »Ich weiß nicht, was ich Ihnen erzählen soll, ich weiß nicht, was ich sagen soll...«

Warst du versucht, zur Trauerfeier zu gehen?
Nein. Nein, das hatte keinen Sinn. Es war vorbei. Ich wollte nicht zur Trauerfeier gehen. Es wäre eine falsche Situation gewesen.
Fühlst du dich für seinen Tod verantwortlich?
Ich fühle mich insofern verantwortlich, als es nicht passiert wäre, wenn er mich nicht kennengelernt hätte. Er lernte mich kennen, und plötzlich verspürte er diesen schrecklichen Drang, sein altes Leben aufzugeben und ein anderer Mensch zu werden. Doch der Trieb war so stark, daß es, wenn nicht ich, jemand anderes gewesen wäre. Ich habe versucht, ihm zu sagen, er solle es nicht machen, ich dachte, es sei meine Pflicht, ihn vorher zu warnen, doch andererseits habe ich nicht geglaubt, daß er so, wie er war, weiterleben konnte – er war zu unglücklich. Er konnte es nicht ertragen, so zu leben, wie er war. Und wenn ich ihn zurückgewiesen hätte, hätte das wirklich nur die Fortsetzung dieses Zustandes bedeutet. Ich war wahrscheinlich nur der Katalysator, aber natürlich war ich zutiefst betroffen. Natürlich fühle ich mich verantwortlich. Wenn ich doch nur dagegen gekämpft hätte! Ich wußte, es ist eine schwerere Operation, und ich wußte, daß es ein Risiko gab, aber man hört doch die ganze Zeit, daß Leute es machen lassen, siebzigjährige Männer lassen es machen und springen hinterher herum. Er war so gesund, daß ich mir niemals vorgestellt hätte, daß das passieren könnte. Aber trotzdem war ich zutiefst betroffen – man fühlt sich eben schuldig, wenn man jemandem ein Paar neuer Schnürbänder verweigert, und er stirbt dann. Man fühlt sich immer schuldig, wenn jemand stirbt, für den man etwas nicht getan hat, was man hätte tun sollen. In diesem Fall hätte ich ihn davon abhalten sollen zu sterben.
Hättest du nicht einfach Schluß machen und ihn nicht mehr sehen sollen?
Ich nehme an, das hätte ich tun sollen, ja, als ich sah, in welche Richtung es sich entwickelte. Jeder Instinkt *hat* mir gesagt, ich solle aufhören. Ich bin eine ganz gewöhnliche

Frau auf meine Weise; ich nehme an, daß alles für mich viel zu intensiv war. Es war sicherlich ein Drama von einer Art, wie ich sie nicht gewöhnt bin. Ich habe niemals zuvor so viel über mich ergehen lassen. Selbst wenn er am Leben geblieben wäre, weiß ich nicht, ob ich mit dieser Intensität hätte Schritt halten können. Er langweilt sich sehr schnell – langweilte sich. Ich bin überzeugt, wenn er die Operation hinter sich gebracht hätte und wiedergekommen wäre und frei gewesen wäre, sich in der Welt zu bewegen, wie er wollte, er hätte sich in drei oder vier Jahren mit mir gelangweilt und wäre weitergezogen zu jemand anderem. Ich hätte meinen Mann verlassen, hätte unser Kind genommen und vielleicht ein paar Jahre von dem gehabt, was man Glück nennt, und dann wäre ich schlimmer dran gewesen als zuvor und hätte zurückgehen und bei meiner Familie in England leben müssen, allein.

Aber was du mit ihm hattest, war doch nicht langweilig.

O nein, dazu steckten wir beide zu sehr bis über den Kopf tief drin, doch es hätte ihn *mit der Zeit* langweilen können. Nach einem gewissen Alter haben die Menschen nun einmal ein Muster, das sie bestimmt, und daran läßt sich wenig ändern. Es hätte nicht langweilig sein müssen, aber es hätte sehr wohl so sein können.

Und was hast du gemacht, als die Trauerfeier stattfand?

Ich bin mit dem Kind im Park spazierengegangen. Ich wollte nicht allein sein. Es gab niemanden, mit dem ich hätte reden können. Dem Himmel sei Dank, daß es Morgen war und mein geliebter Ehemann erst am Abend zurückkommen sollte; so hatte ich Zeit, mich zu sammeln. Ich hatte niemanden, mit dem ich es hätte teilen können, aber ich hätte es auch mit niemandem teilen können, wenn ich hingegangen wäre. Es wäre seine Familie gewesen, seine Freunde, seine Exfreundinnen, eine jüdische Beerdigung, von der ich nicht glaube, daß er sie wirklich gewollt hätte. Von der ich weiß, daß er sie nicht gewollt hätte.

Das war es nicht.

Ich hatte Angst, es würde so sein, und ich wußte, daß das etwas war, was er nicht wollte. Natürlich hat mir niemand von den Arrangements für die Trauerfeier erzählt. Über mich hatte er sich nur dem Chirurgen anvertraut.

Was geschah, war, daß sein Lektor eine Trauerrede verlas. Und das war es dann auch schon.

Naja, das ist, was er gewollt hätte. Eine schmeichelhafte Trauerrede, hoffe ich.

Schmeichelhaft genug. Und dann bist du am Abend hinunter in die Wohnung gegangen.

Ja.

Warum?

Mein Mann war mit dem Botschafter zusammen, bei einer Versammlung. Ich wußte nicht, daß er nicht da sein würde. Nicht, daß ich ihn hätte bei mir haben wollen. Es ist immer eine fürchterliche Geschichte, wenn man versucht, seinen Gesichtsausdruck in Ordnung zu halten. Ich saß oben allein. Ich wußte nicht, was ich mit mir anfangen sollte. Ich bin nicht hinuntergegangen, um danach zu suchen, was er geschrieben hatte – ich bin hingegangen, um die Wohnung zu sehen. Da ich nicht ins Krankenhaus gehen konnte, nicht zur Trauerfeier gehen konnte, kam das einem Adieu am nächsten. Ich bin hinuntergegangen, um die Wohnung zu sehen. Als ich in sein Arbeitszimmer ging, war da die Schachtel auf seinem Schreibtisch – »Fassung #2« stand darauf geschrieben. Es war das, woran er gearbeitet hatte während der Zeit, als er mit mir zusammen war. Seine letzten Gedanken, so zeigte es sich. Ich habe immer gesagt: »Schreib nicht über mich«, aber ich wußte, daß er immer alle benutzt hat, und ich sah eigentlich nicht ein, warum er mich nicht benutzen sollte. Ich wollte sehen – naja, ich nehme an, ich habe gedacht, daß darin vielleicht eine Botschaft enthalten war, auf irgendeine Weise.

Du bist hinuntergegangen, »um Adieu zu sagen«. Was bedeutet das?

Ich wollte einfach allein in der Wohnung sitzen. Niemand

hat ja gewußt, daß ich einen Schlüssel hatte. Ich wollte einfach eine Zeitlang dort sitzen.
Und wie war es?
Es war dunkel.
Hat dir das Angst gemacht?
Ja und nein. Insgeheim habe ich immer an Geister geglaubt. Und mich vor ihnen gefürchtet. Ja, ich war verängstigt. Aber ich habe dagesessen, und ich habe gedacht: »Wenn er hier ist... dann wird er kommen.« Ich fing an zu lachen. Ich hatte eine Art von Gespräch mit ihm – einseitig. »Natürlich würdest du das nicht tun, wie könntest du wiederkehren, wenn du nicht den Glauben an diese total idiotischen Dinge hast?« Ich begann, wie Greta Garbo in *Königin Christina*, herumzuwandern und alle Möbelstücke zu berühren. Dann sah ich den Pappkarton auf seinem Schreibtisch, mit »Fassung #2« darauf und dem Datum des Tages, an dem er ins Krankenhaus gegangen war. Ich habe immer zu ihm gesagt, wenn ich in sein Arbeitszimmer gegangen bin: »Achte darauf, was du herumliegen läßt, denn alles, was auf dem Schreibtisch liegt, umgedreht oder nicht, werde ich lesen. Wenn es dort ist. Ich gehe nicht schnüffeln, aber ich werde alles lesen, was draußen liegengeblieben ist. Ich kann nun mal nicht anders.« Wir haben Witze darüber gemacht. Er sagte zum Beispiel: »Die Menschheit zerfällt in zwei Gruppen, die, welche die Korrespondenz anderer Leute lesen, und die, die das nicht tun, und du und ich, Maria, wir sind auf der falschen Seite der Linie. Wir sind Menschen, die Medikamentenschränkchen öffnen, um die Tabletten anzuschauen, die andere Leute verschrieben bekommen haben.« Da war die Schachtel, und ich fühlte mich zu ihr hingezogen wie ein Magnet, wie man so sagt. Ich dachte: »Es gibt vielleicht irgendeine Botschaft darin.«
Und gab es sie?
Gewiß gab es sie. Etwas, das »Christenheit« hieß. Ein Abschnitt, ein Kapitel, eine Novelle – das konnte ich nicht mit Gewißheit sagen. Und ich dachte: »Das ist ein bißchen be-

drohlich. Ist die ›Christenheit‹ der Feind? Bin ich das?« Und ich habe es herausgenommen und gelesen. Und vielleicht ist ein Großteil der Liebe, die ich für ihn empfunden habe, in dem Moment vergangen. Naja, vielleicht kein Großteil, nicht als ich es wiedergelesen habe, aber ein wenig davon, jedenfalls beim ersten Mal. Was mich beim zweiten Mal mehr als alles andere berührt hat, war seine Sehnsucht, einfach alles abzuschütteln und ein anderes Leben zu haben, seine Sehnsucht, Vater und Ehemann zu sein, etwas, was der arme Mann niemals gewesen ist. Ich nehme an, daß ihm klargeworden war, daß er das verpaßt hatte. Wie sehr man auch die Sentimentalität hassen mag, es ist eine große Sache, die man im Leben verpaßt hat, wenn man kein Kind hat. Und er war so rührend mit Phoebe. Während er alle anderen in »Christenheit« verändert, nimmt er Phoebe so wahr, wie sie ist, einfach als ein Kind, ein kleines Mädchen.
Und was war beim ersten Mal?
Ich sah seine andere Seite, die irrationale, die gewalttätige Seite von ihm. Ich meine nicht physisch, ich meine, wie er immer alles, was ihm nicht vertraut war, dem Außenseiter zuschob – daß auch ich auf diese Weise benutzt und meine Familie ganz schrecklich verleumdet wurde. Gewiß, wie alle englischen Familien haben *sie* den Außenseiter als Außenseiter gesehen, aber das muß doch nicht heißen, daß sie diese Gefühle haben, die er ihnen gegeben hat, Gefühle von Überlegenheit und Abscheu – von Apartheid sozusagen. Meine Schwester, die vielleicht nicht den besten Charakter auf der Welt hat, ist nichtsdestoweniger bloß ein bemitleidenswertes, armseliges Mädchen, sie hat nie ihren Platz in der Welt gefunden, sie war niemals imstande, irgend etwas zu tun, aber ihr hat er diese schrecklichen Gefühle Juden gegenüber zugeschrieben, und eine widerwärtige Haltung von Überlegenheit – lächerlich, wenn du Sarah kennst. Du mußt wissen, daß er meiner Schwester nur einmal begegnet ist, als sie zu Besuch kam – ich hatte sie einander vorgestellt, als wäre er einfach ein Nachbar. Aber was er von meiner Schwester

übernommen hat, war so weit entfernt von dem, was sie war, daß ich dachte, es gebe etwas zutiefst Verdrehtes in ihm, für das er nichts konnte. Weil er so erzogen worden war, wie es der Fall war, umzingelt von diesem ganzen jüdischen Verfolgungswahn, gab es etwas in ihm, das alles verdrehte. Mir kam es so vor, daß *er* meine Schwester war – *er* war derjenige, der »den anderen« als den anderen sah, im abwertenden Sinne. Eigentlich hat er all seine Gefühle ihr mitgegeben – seine jüdischen Gefühle gegenüber christlichen Frauen, verwandelt in die Gefühle einer christlichen Frau gegenüber einem jüdischen Mann. Ich dachte, daß der große verbale Gewaltakt, diese »Hasseshymne«, die er Sarah zugeschrieben hat, in *ihm* war.

Doch was ist mit der Liebe zu dir in »Christenheit«?

Ach so, es geht um seine Liebe zu, in Anführungszeichen, mir. Aber du siehst doch am Ende des Ganzen, als sie diesen Streit haben, was für Chancen diese Liebe hat. Selbst wenn du weißt, daß er zu ihr zurückkehrt und sie ihr Leben wieder aufnehmen, wird ihr Leben unglaublich schwierig sein. Du weißt das absolut. Weil er gegenüber einer Christin unglaublich ambivalent war. Ich war eine Christin.

Aber du sprichst darüber, wie »Christenheit« ist, nicht wie Nathan war. Das ist doch als Thema zwischen euch nie aufgekommen, oder?

Es ist nie aufgekommen, weil wir nie zusammengelebt haben. Wir hatten eine romantische Affäre. Nie zuvor war ich mit irgend jemandem so romantisch verbunden. Nichts ist zwischen uns aufgekommen, außer dieser Operation. Wir trafen uns wie in einer in einen Grundstein eingemauerten Kapsel, eingesperrt von meiner Angst vor Entdeckung; es war wie etwas, worüber man in einem Roman des neunzehnten Jahrhunderts liest. In bestimmtem Sinne ist es völlig fiktiv. Ich könnte glauben, ich hätte mir das Ganze ausgedacht. Und das liegt nicht einfach daran, daß es jetzt vorbei ist – es war genauso, als es noch ganz aktive Gegenwart war. Ich weiß nicht, wie unser Leben gewesen wäre, wenn es uns vergönnt gewesen wäre zusammenzuleben. Ich habe keine gewalttätigen Gefühle gesehen – aufgrund der Medikamente gab es nicht einmal eine Chance für die gute altmodische geschlechtliche Aggression. Ich habe nur Zärtlichkeit gesehen. Auch das hatten die Medikamente bewirkt – hatten ihn allzu zärtlich gemacht. Das war es, was er insgeheim nicht ertragen konnte. Es war auch Aggression, was er wiedergewinnen wollte.

Aber sein imaginatives Leben hätte doch vielleicht ganz getrennt von deinem wirklichen Leben sein können. Deine Schwester wäre für ihn deine Schwester gewesen, nicht die Schwester, die er imaginierte.

Ich habe nie mit einem Schriftsteller zusammengelebt, das mußt du wissen. Beim ersten Lesen habe ich alles ziemlich wörtlich aufgefaßt, wie es ein schlechter Kritiker getan hätte – ich habe es aufgefaßt, wie es die Zeitschrift *People* auffassen würde. Immerhin hat er unsere Namen benutzt, er hat Menschen benutzt, die erkennbar sie selbst waren und doch radikal anders. Ich glaube, er hätte später vielleicht die Namen geändert. Ich bin sicher, daß er sie geändert hätte. Natürlich sehe ich, welchen Reiz die Marienverehrung auf ihn ausgeübt hat; unter den Umständen, die er erfunden hat, ist Maria der perfekte Name. Und wenn es der perfekte Name *war*, hätte er ihn vielleicht *nicht* geändert. Aber bestimmt hätte er Sarahs Namen geändert.

Und seinen Namen, hätte er den auch geändert?

Da bin ich mir nicht so sicher. Vielleicht in einer späteren Fassung. Doch wenn er gewollt hätte, hätte er ihn auch verwendet. Ich bin keine Schriftstellerin, deshalb weiß ich auch nicht, wie weit diese Leute um des erwünschten Effekts willen gehen würden.

Aber du bist eine Schriftstellerin.

Ach, nur auf einer sehr minderen, risikofreien Ebene. Aber *er* war *nichts anderes*. Jedenfalls, ich habe diese Erzählung gelesen, oder das Kapitel oder Fragment, als was immer es gemeint war, und ich wußte nicht, was ich tun sollte. Mein

ganzes Leben lang habe ich Lady Byron und Lady Burton verachtet, all diese Menschen, die die Memoiren und Briefe und die erotischen Schriften ihrer Ehegatten vernichtet haben. Es ist mir immer als das unglaublichste Verbrechen vorgekommen, daß wir niemals wissen werden, was diese Briefe von Byron enthielten. Ich habe an diese Frauen mit voller Absicht gedacht, ganz bewußt – ich habe gedacht: »Ich glaube, ich werde hiermit das tun, was sie getan haben und was ich mein ganzes Leben lang verachtet habe.« Es ist das erste Mal in meinem Leben, daß ich verstanden habe, warum sie es taten.
Aber du hast es nicht getan.
Ich kann doch nicht das einzige zerstören, das ihm am Herzen lag, das einzige, was er hinterlassen hat. Er hatte keine Kinder, er hatte keine Frau, er hatte keine Familie: Das einzige, was blieb, waren diese Seiten. Hier hat sich seine nichtvollzogene Potenz als Mann niedergeschlagen. Dieses imaginäre Leben ist unsere Nachkommenschaft. Dies ist eigentlich das Kind, das er wollte. Es ist ganz einfach – ich konnte keinen Kindesmord begehen. Ich wußte, wenn es veröffentlicht würde, unvollendet, in dieser Form, dann wären alle Figuren leicht zu identifizieren, doch ich dachte, das einzige, was ich meinem Mann gegenüber tun konnte, wäre, mich da herauszulügen. Ich dachte: »Ich werde sagen: ›Ja, das bin ich – er hat meine Schwester kennengelernt, er hat alle benutzt, er hat uns benutzt. Ich habe den Mann nur sehr flüchtig gekannt. Ich kannte ihn ein bißchen besser, als du gedacht hast, wir haben mal zusammen Kaffee getrunken, wir sind mal im Park spazierengegangen, aber ich weiß ja, wie eifersüchtig du bist, und deshalb habe ich es dir nie erzählt.‹« Ich würde sagen, er sei impotent gewesen, und wir hätten niemals eine Affäre gehabt, aber wir seien gute Freunde gewesen, und das hier ist pure Phantasie. Und das ist es ja auch. Ich werde mich da herauslügen, und ich werde zugleich die Wahrheit sagen. Ich dachte daran, es zu zerreißen und in die Müllverbrennungsanlage zu werfen, doch am Ende konnte ich es nicht.

Ich beteilige mich nicht an der Vernichtung eines Buches, nur weil der Autor nicht zugegen ist, um es zu beschützen. Ich habe es gelassen, wo es lag, als ich hineinkam.

Du steckst ziemlich in der Klemme, nicht wahr?

Warum? Wenn daran meine Ehe zerbricht, dann zerbricht sie eben. Ich glaube, es wird mindestens ein Jahr dauern, ehe es veröffentlicht wird. Ich werde ein Jahr haben, um mich zu sammeln, um mir Märchen auszudenken und vielleicht sogar, um meinen Mann zu verlassen. Aber ich werde nicht Nathans letzte Worte um einer Ehe willen zerstören, in der ich unglücklich bin.

Vielleicht ist das die Möglichkeit, aus der Ehe herauszukommen.

Vielleicht. Es stimmt, ich würde niemals den Mut haben zu sagen: »Ich will die Scheidung« – so ist es bestimmt viel leichter für mich als zu sagen: »Ich habe einen Geliebten, und ich will die Scheidung.« Soll er es herausfinden, wenn er will. Er liest übrigens nicht viel, jetzt nicht mehr.

Ich denke, daß man es ihm zur Kenntnis bringen wird.

Wenn ich mich tarnen will, dann liegt meine einzige Chance darin, zu seinem Lektor zu gehen und zu sagen: »Hören Sie, ich weiß, woran er geschrieben hat, denn er hat es mir gezeigt. Ich weiß, daß er Figuren benutzt hat, die sehr eng an mich und meine Familie angelehnt sind. Aber er hat zu mir gesagt, das ist nur eine vorläufige Fassung, und wenn das Buch herauskommt, werde ich die Namen ändern.« Ich werde zu seinem Lektor sagen: »Wenn das Buch herauskommt, müssen die Namen geändert werden. Ich kann Ihnen nicht drohen – ich sage nur, daß es sonst mein Leben zerstören wird.« Ich glaube nicht, daß er es machen wird, ich glaube nicht, daß er es machen kann, aber es ist wahrscheinlich das, was ich tun werde.

Aber die Veröffentlichung wird dein Leben nicht zerstören.

Nein, nein, das wird sie nicht – es *ist* mein Weg aus der Ehe.

Und das ist der Grund, weshalb du das Manuskript nicht vernichtet hast.

Ist das der Grund?

Wenn deine Ehe gut gewesen wäre, hättest du es bestimmt getan.
Wenn meine Ehe gut gewesen wäre, dann wäre ich ja von vornherein gar nicht da unten gewesen.
Ihr beiden hattet eine interessante Zeit, nicht wahr?
Doch, interessant war es. Aber ich werde nicht die Verantwortung für seinen Tod übernehmen – um darauf zurückzukommen. Es ist sehr schwer, sich davon freizumachen, nicht wahr? Ich glaube nicht, daß er es nur für mich gemacht hat. Wie gesagt, er hätte es ohnehin getan – er hätte es für jemand anderen getan. Er hätte es für *sich* getan. Als der Mann, der er nun einmal war, hat er nicht verstanden, daß Impotenz für Frauen wie mich von zweitrangiger Bedeutung ist. Das konnte er nicht einsehen. Er hat zu mir gesagt: »Es kommt eine Zeit, da muß man vergessen, was einen am meisten erschreckt.« Aber ich glaube nicht, daß es das Sterben war, was ihn am meisten erschreckt hat – es war, sich der Tatsache zu stellen, daß er für den Rest seines Lebens impotent sein sollte. Das *ist* erschreckend, und das konnte er nicht vergessen, und schon gar nicht, solange meine Gegenwart ihn immer wieder daran erinnerte. Ich bin diejenige gewesen, die zugegen war zu der Zeit, gewiß – er liebte mich, aber eben zu der Zeit. Wenn es nicht ich gewesen wäre, dann wäre es später jemand anderes gewesen.
Das wirst du niemals wissen. Du wurdest vielleicht stärker begehrt, als zu glauben du im Moment ertragen kannst – nicht weniger geliebt im Leben als in »Christenheit«.
Ach ja, das Traumleben, das wir zusammen in dem imaginären künftigen Haus hatten. Wie es vielleicht wirklich irgendwie hätte sein können. Er hat Strand on the Green in Chiswick nicht gekannt. Ich habe ihm davon erzählt, und wie ich, als ich gerade geheiratet hatte, davon träumte, dort zu leben und dort ein Haus zu haben. Ich nehme an, das hat ihn auf die Idee gebracht. Ich habe ihm einmal eine Postkarte davon gezeigt, den Treidelpfad, der die Häuser vor der Themse schützt, und die Weiden, die über das Wasser geneigt sind.

Hast du ihm von dem Vorfall in dem Restaurant erzählt?
Nein, nein. In den sechziger Jahren hatte er mit einer seiner Ehefrauen einen Sommer in London verbracht, und er hat mir erzählt, was ihnen da in einem Restaurant passiert ist, und was er in der Erzählung mit mir passieren läßt. Es sah ihm gewiß nicht ähnlich, in einem Restaurant eine Szene zu machen. Obwohl ich das eigentlich gar nicht wissen kann – wir waren nie in einem Restaurant. Wie will man wissen, was wirklich oder falsch ist bei einem solchen Schriftsteller? Diese Menschen sind keine Phantasten, sie sind Imaginisten – es ist der Unterschied zwischen einem Blitzer und einem Stripper. Dich dahin zu bringen, daß du glaubst, was er dich glauben machen möchte, war geradezu das, wofür er gelebt hat. Vielleicht sogar das einzige. Ich war verblüfft, wie er Ereignisse oder Andeutungen über Leute, die *ich* ihm gegenüber gemacht hatte, in Realität umwandelte – das heißt, *seine* Art von Realität. Diese obsessive Neuerfindung des Realen hörte niemals auf, das-was-sein-könnte mußte immer das-was-ist übertreffen. So ist zum Beispiel meine Mutter keine Frau wie die Mutter in »Christenheit«, die aufsehenerregende Bücher geschrieben hat, sondern eine äußerst gewöhnliche Engländerin, die auf dem Lande lebt und in ihrem ganzen Leben niemals etwas von Interesse gemacht und niemals ein Wort zu Papier gebracht hat. Das einzige jedoch, was ich ihm je von ihr erzählt habe, ein einziges Mal, war, daß es bei ihr wie bei den meisten Engländerinnen ihrer Schicht aus der Provinz einen Hauch von Antisemitismus gibt. Das wurde natürlich zu etwas Gigantischem und Furchtbarem ausgebaut. Schau *mich* an. Nachdem ich »Christenheit« zweimal gelesen hatte, bin ich nach oben gegangen, und als mein Mann nach Hause kam, fing ich an, mich zu fragen, wer die wirkliche war, die Frau in dem Buch oder diejenige, die ich hier oben zu sein vorgab. Keine von beiden war so unbedingt »ich«. Ich habe mich hier oben im selben Maße verstellt; ich war im selben Maße nicht ich selbst, wie die Maria in dem Buch nicht ich selbst war. Vielleicht war sie es. Ich wußte allmählich nicht

mehr, was wahr war und was nicht, wie ein Schriftsteller, wenn er zu glauben beginnt, er habe sich etwas ausgedacht, während er es aus der Wirklichkeit übernommen hat. Als ich meine Schwester sah, nahm ich ihr die Dinge übel, die sie in der Kirche zu Nathan sagte – *im Buch*. Ich war verwirrt, zutiefst verwirrt. Es war offenkundig ein sehr starkes Erlebnis, das zu lesen. Das Buch fing an, in mir die ganze Zeit zu leben, mehr als mein alltägliches Leben.

Also, was nun?

Ich werde mich zurücklehnen und zusehen, was geschieht. Das einzige an mir, was er in der Erzählung getroffen hat, die Tatsache in meinem Charakter, ist, daß ich zutiefst passiv bin. Und doch gibt es in meinem Inneren irgendeinen Mechanismus, der einfach vor sich hin tickt und mir immer sagt, was zu tun ist. Irgendwie scheine ich mich immer zu bewahren. Wobei ich mich aber sehr im Kreise drehe. Ich glaube, ich werde gerettet.

Aufgrund dessen, was er geschrieben hat.

Es sieht allmählich so aus, nicht wahr? Ich denke, daß mein Mann es lesen wird, daß er mich danach fragen wird, daß ich lügen werde, daß er mir nicht glauben wird. Mein Mann wird sich dem stellen müssen, was sich in unserem Leben seit einiger Zeit schon abspielt. Er ist kein so großer Heuchler, als daß es ihn äußerst überraschen wird. Ich glaube, daß auch er ein anderes Leben hat. Ich glaube, er hat eine Geliebte; ich bin sicher. Ich glaube, er ist ebenso tief unglücklich wie ich. Er und ich, wir sind in einer schrecklichen, neurotischen Symbiose gefangen, der wir uns beide eher schämen. Aber was er wegen »Christenheit« machen wird, weiß ich nicht. Er ist einerseits sehr *comme il faut*, er will im diplomatischen Dienst schnell aufsteigen, er will für das Parlament kandidieren, er will ziemlich viel – aber er ist sexuell rivalitätsbesessen, und wenn ihm dies als Affront gegen seine Männlichkeit vorkommt, dann bringt er es fertig, fürchterliche Dinge zu tun. Ich weiß nicht genau, was, aber in seiner Gehässigkeit kann er recht erfinderisch sein, und auf sehr bescheidene Weise könnte er so etwas machen, was früher ein Skandal genannt wurde. Er hätte kein anderes *wirkliches* Motiv, um einen schrecklichen Aufstand zu veranstalten, als den Wunsch, mir mein Leben unangenehm zu machen. Aber das tun die Menschen ja die ganze Zeit. Insbesondere, wenn sie glauben, dich ins Unrecht setzen zu können. Du weißt schon: du bist noch untreuer als ich. Ich weiß einfach nicht, was er tun wird, aber was ich vor allem will, ist, endlich nach Hause zurückzukehren. Nathans Erzählung hat mir furchtbares Heimweh gemacht. Ich will nicht mehr in New York leben. Dabei denke ich mit Schrecken daran, zu meiner Familie zurückzukehren. Sie sind zwar nicht so unangenehm, wie Nathan sie beschrieben hat, aber sehr intelligent sind sie auch keinesfalls. Er hat zugleich ihre Intelligenz vergrößert wie ihr Gewissen und ihre moralische Haltung verkleinert. Es sind schlicht zutiefst langweilige Menschen, die dasitzen und fernsehen, und das war zu langweilig für ihn – um es in ein Buch aufzunehmen, meine ich. Ich glaube auch nicht, daß ich imstande sein werde, das lange auszuhalten, aber ich habe wirklich nicht das Geld, um einen eigenen Haushalt zu führen, und ich will meinen Mann um nichts bitten. Ich werde mir eine Arbeit suchen müssen. Doch schließlich spreche ich mehrere Sprachen, ich bin immerhin erst achtundzwanzig, ich habe nur ein Kind, und es gibt keinen Grund, warum ich mein Leben nicht in die Hand nehmen könnte. Auch ein wohlerzogenes englisches Mädchen ohne einen Penny kann einen Job als Putzfrau annehmen. Ich muß einfach nur aufstehen und hinausgehen und mich feilbieten wie alle anderen auch.

Was, glaubst du, hat er so an dir geliebt?

Laß das »so« weg, und ich werde antworten. Ich war hübsch, ich war jung, ich war intelligent, ich war sehr bedürftig. Ich war für Umwerbung unendlich empfänglich – ich war einfach da. Sehr sogar – einfach die Treppe hinauf. Treppauf treppab. Er hat den Fahrstuhl unseren *deus ex machina* genannt. Ich war fremd genug für ihn, doch nicht so fremd, daß ich tabu-fremd oder bizarr-fremd gewesen wäre.

Ich war berührbar-fremd, weniger langweilig für ihn als die entsprechende amerikanische Frau, für die er sich interessiert hätte. Von der Schicht her war ich gar nicht so verschieden von den Frauen, die er geheiratet hatte; was Schicht und Interessen angeht, waren wir wirklich ausgesprochen dieselbe Art von Frauen, ziemlich distinguiert, intelligent, verantwortungsbewußt, gebildet, nathanhaft kohärent, aber ich war englisch, und das machte es weniger vertraut. Er mochte meine Sätze. Er hat zu mir gesagt, ehe er ins Krankenhaus ging: »Ich bin der Mann, der sich in einen Relativsatz verliebte.« Er mochte meine Redeweise, meine englischen Archaismen und meinen Schulmädchenjargon. Seltsamerweise waren diese amerikanischen Frauen *wirklich* »die Schickse«, aber weil ich englisch war, glaube ich, gab es auch darin einen Unterschied. Ich war in »Christenheit« von seiner ziemlich romantischen Vorstellung von mir überrascht. Vielleicht ist es immer das, was man fühlt, wenn man über sich selbst liest – wenn man über dich schreibt, wenn du in eine Figur in einem Buch verwandelt wirst, es sei denn, es ist niederschmetternd abschätzig, dann wirkt allein schon die Tatsache, daß die Aufmerksamkeit so stark auf einen gerichtet ist, irgendwie seltsam romantisierend. Meine Schönheit hat er sicherlich übertrieben.

Aber nicht dein Alter. Es hat nicht geschadet, daß du achtundzwanzig warst. Das hat ihm gefallen.

Allen Männern gefällt es, wenn man achtundzwanzig ist. Den zweiundzwanzigjährigen Männern gefällt es, und den fünfundvierzigjährigen Männern gefällt es, und selbst den achtundzwanzigjährigen Männern scheint es nicht allzuviel auszumachen. Ja, es ist ein sehr gutes Alter. Es ist wahrscheinlich ein sehr gutes Alter, um immer so zu bleiben.

Naja, das wirst du ja nun in dem Buch.

Ja, und ich werde dieses Kleid haben, das Kleid, das ich in dem Restaurant trage. Dieses vollkommen gewöhnliche Kleid, das ich hatte, er hat es zu etwas so Sinnlichem und Schönem gemacht. Überhaupt, diese angenehme, altmodische Unternehmung, abends auszugehen, die er uns gegönnt hat, diese altmodische Vorstellung aus den fünfziger Jahren, die er hatte, also am Abend in ein teures Restaurant mit der Frau auszugehen, die von dir schwanger ist und von den Hormonen erglüht. Wie romantisch extravagant, und wie unschuldig, dieses Armband, das er mir zum Geburtstag schenkt. Was für eine Überraschung. Der Aspekt der Wunscherfüllung ist sehr rührend. Es ist zu spät, um zu sagen, daß ich bewegt war, aber das war ich, um es milde auszudrücken. Das romantische Leben, das wir vielleicht hätten haben können, in dem Heim in Chiswick... Ich glaube nicht, daß er irgend etwas von diesen Dingen wirklich wollte, vergiß das nicht. Ich bin mir nicht einmal sicher, daß er mich wollte. Er mochte mich sehr wohl als Vorlage haben wollen. Doch glaube ich wirklich, bei aller Romantisierung, wie begehrenswert ich sei, daß er mich auf extrem grausame und klare Weise gesehen hat. Denn bei aller Zuneigung sieht er doch ihre – meine – Passivität. Ich *bin* eben nur Gespräche. Und, ja, ich habe gern Geld, ich habe gute Dinge gern, ich habe ein oberflächliches Leben sehr viel lieber, als, so vermute ich, er es gern gehabt hätte. Nimm den Adventsgottesdienst zum Beispiel. Ich war in Wirklichkeit nicht mit ihm dort, in der Kirche, wie er es in der Erzählung darstellt – das war in New York, dieser Adventsgottesdienst, mit einer *wirklichen* christlichen Ehefrau – , aber es geht eben darum, daß die Menschen zum Vergnügen in den Adventsgottesdienst gehen, nicht weil sie an Jesus Christus oder die Heilige Jungfrau oder was auch immer glauben, sondern nur zum schönen Zeitvertreib. Ich glaube, diese Seite von mir hat er nie verstanden. Ich habe es gern, passiv mein Leben zu genießen. Ich wollte nie irgend etwas sein oder irgend etwas tun. Sehr viele Menschen tun Dinge nicht aus den tief jüdischen oder religiösen Gründen, wie er sich das vorstellt, sondern sie tun sie einfach so – da gibt es keine Fragen zu stellen. Er hat so viele Fragen gestellt, alle interessant, aber nicht immer vom Standpunkt des anderen Menschen aus. Ich bin wie alles andere in der Erzählung: Er hat alles überhöht und intensiviert. Und das ist es, was die Operation unausweichlich gemacht hat – er hat auch seine Krankheit intensiviert und hochgespielt, als fände sie in einem Roman statt. Die Weigerung des Schriftstellers, die Dinge so hinzunehmen, wie sie sind – alles neu erfunden, sogar er selbst. Vielleicht wollte er auch die Operation als Vorlage, um zu sehen, was das für ein Drama ist. Das ist gar nicht ausgeschlossen. Ich glaube, er hat immer den Einsatz erhöht – so heißt doch der Ausdruck – , und »Christenheit« ist genau das. Naja, er hat ihn einmal zuviel erhöht, und das hat ihn umgebracht. Er hat mit seinem Leben genau das gemacht, was er in seiner Fiktion gemacht hat, und dafür hat er schließlich bezahlt. Er hat die beiden Bereiche schließlich miteinander verwechselt – gerade das, wovor er immer alle gewarnt hat. Und so habe auch ich zeitweilig Dinge verwechselt, nehme ich an – ich fing an, mit ihm an einem Drama zu arbeiten, das weitaus interessanter war als das Stück, das ich hier oben laufen hatte. Das hier oben war wieder nur so eine konventionelle häusliche Farce, und so nahm ich jeden Nachmittag den *deus ex machina* hinab zum ältesten romantischen Drama der Welt. »Auf! Rette mich, setz dein Leben aufs Spiel und rette mich – und ich werde dich retten.« Gemeinsame Vitalität. Vitalität um jeden Preis, das Wesen allen Heldentums. Leben als Tat. Was hätte weniger englisch sein können? Auch ich habe mich darauf eingelassen. Nur, ich habe überlebt, und er nicht.

Hast du das wirklich? Und wenn dein Mann das hier benutzt, um dir Phoebe wegzunehmen?

Nein, nein. Man kann nicht vor Gericht ein fiktives Werk verwenden, nicht einmal, um eine untreue Frau wie mich, die ein doppeltes Spiel spielt, zu entlarven. Nein, ich glaube wirklich nicht, daß er das tun könnte, wie verletzend er vielleicht auch zu sein versucht. Ich werde für Phoebe sorgen, und ich werde die alltäglichen Verantwortlichkeiten haben, und er wird sie von Zeit zu Zeit sehen, und so wird es ausgehen, da bin ich sicher. Meine Mutter wird natürlich außer sich sein. Was Sarah betrifft, es ist so fern von allem, was sie je sagen oder tun könnte, daß ich nicht glaube, daß sie es ernst nehmen wird. Sie wird sich klarmachen, daß er, wenn er am Leben geblieben wäre, vor der Fertigstellung die Namen geändert hätte, und das wird alles ein.

Und du wirst, jedenfalls bei seinen Lesern, die Maria von »Christenheit« sein.

Das werde ich wohl. Ach, ich werde nicht leiden. Ich finde, Reliquien sind immer ganz faszinierend. Ich weiß noch, wie ich auf der Universität war – da machte man mich auf eine Frau aufmerksam, die die Geliebte von H. G. Wells gewesen sei, eine von vielen. Ich war fasziniert. Sie war neunzig. Es schien ihr nicht geschadet zu haben. Selbst Frauen wie ich haben eine gewisse extrovertierte Phantasie.

So wendet sich für dich wirklich alles zum Guten. Auf diese Weise befreist du dich von dem Schinder, deinem Ehemann. Das ist das Happy-End. Gerettet, frei, dein Kind zu hegen und dein Selbstgefühl als die Frau, die du bist, ohne die Verrücktheit begehen zu müssen, mit einem anderen Mann auf und davon zu gehen. Ohne überhaupt etwas tun zu müssen.

Außer, daß der arme andere Mann, mit dem ich auf und davon hätte gehen sollen, gestorben ist, falls du dich erinnerst. Plötzlich ist der Tod da. Das Leben geht weiter, aber er ist nicht hier. Es gibt bestimmte wiederkehrende Erschütterungen im Leben, gegen die man sich abhärten kann – du kannst tief Luft holen, und es geht vorüber, ohne allzu weh zu tun. Aber in diesem Fall ist es anders. Er ist so lange Zeit für mich eine solche Unterstützung gewesen in meinem Kopf. Und jetzt ist er nicht mehr da, um auch nur hier in meinem Kopf zu sein. Aber ich habe es doch irgendwie geschafft. Eigentlich bin ich so heldenhaft gewesen, daß ich mich selbst nicht wiedererkenne.

Und was wird er dir bedeutet haben?

Oh, das große Erlebnis meines Lebens, denke ich. Ja, ohne Frage. Eine Fußnote im Leben eines amerikanischen Schriftstellers. Wer hätte gedacht, daß so etwas geschehen würde?

Wer hätte gedacht, daß du der Todesengel sein würdest?

Nein, ich bin wohl eher die Fußnote, aber doch, ich verstehe, wie das jemand so sehen könnte. Wie in einem Buñuel-Film – die dunkle junge Frau, die Buñuel in seinen Filmen hat, eines dieser mysteriösen Geschöpfe, sie trifft keinerlei Schuld, aber doch, die Rolle, die ihr zugewiesen wird, ist die des Todesengels. Ein wenig verheerender als meine Rolle in »Christenheit«. Ich habe nichts getan, um ihn anzustiften, und doch ist es aufgrund meiner Schwäche geschehen. Ich glaube, eine stärkere Frau hätte es leichtergenommen als ich, hätte sich weniger tief verwickeln lassen und es verstanden, mit der Situation besser fertig zu werden. Aber wie gesagt, ich glaube, er hätte es dann eben mit der nächsten getan. Wie auf Mayerling – wie Erzherzog Rudolf und Maria Vetsera. Sie war nicht die erste Frau, die er aufgefordert hatte, mit ihm Selbstmord zu begehen, sie war einfach nur die erste, die zugestimmt hat. Er hatte es mit vielen Frauen versucht. Es kam später heraus, daß er sich schon lange mit dem Gedanken an einen doppelten Selbstmord getragen hatte.

Willst du damit andeuten, daß Nathan versuchte, Selbstmord zu begehen?

Ich denke, daß es ihm gelungen ist, aber nein, gewollt hat er es nicht. Ich denke, das war der Witz, das war genau die Art von demütigender Ironie, die Art von selbstauferlegter brutaler Lebenstatsache, die er so bewundert hat: Jemand will, daß man ihm sein Leben als Mann wiedergibt, und statt dessen stirbt er. Aber nein, das war nicht, was er wollte. Er wollte Gesundheit und Stärke und Freiheit. Er wollte wieder Männlichkeit und die Kraft, die sie antreibt. Ich war ein Werkzeug dazu, aber wer ist das nicht? Das *ist* Liebe.

Und jetzt, gibt es irgendwelche Fragen, die du mir stellen möchtest?

Ich kann Fragen beantworten, aber ich kann sie nicht stellen. Stell du sie.

Die kluge Frau, die gelernt hat, keine klugen Fragen zu stellen. Du weißt, wer ich bin, nicht wahr?

Nein. Naja, doch. Doch, ich weiß, wer du bist, und ich weiß, warum du, sozusagen, zurückgekommen bist.
Warum?
Um zu erfahren, was geschehen ist. Wie es jetzt ist. Was ich getan habe. Du mußt den Rest der Geschichte erzählen. Du brauchst die unumstößlichen Indizien, die Details, die Stichwörter. Du willst einen Schluß. Ja, ich weiß, wer du bist – dieselbe ruhelose Seele.
Du siehst müde aus.
Nein, nur ein wenig blaß, und ungekämmt. Ich werde schon zurechtkommen. Ich habe letzte Nacht nicht gut geschlafen. Ich befinde mich in einem ehelichen Tief. Meine Bürden, die mir von den Schultern fallen, sammeln sich zu meinen Füßen an. Resignation ist eine harte Sache, oder? Besonders, wenn du dir nicht sicher bist, daß es das richtige ist. Jedenfalls, ich lag in meinem Bett, und plötzlich wachte ich auf, und da war diese Erscheinung. Einfach so vor mir. Es war dein Schwanz. Für sich allein. Wo ist sein übriger Körper, wo ist alles andere? Und es war, als könne ich ihn berühren. Und dann bewegte er sich irgendwie in einen Schatten, und dann materialisierte sich das übrige von dir. Und ich wußte, daß es nur ein Gedanke war. Aber eine Weile lang war es einfach da. Gestern nacht.
Also, wie ist es jetzt? In diesem Moment.
Mein Leben hat wieder angefangen, als ich ihn total aufgegeben hatte und wieder anfing zu schreiben und dich kennenlernte – alles mögliche ereignete sich, was wirklich wunderbar war. Und ich fühlte mich viel besser. Aber jetzt wieder auf diese kalte Art zu leben, erfüllt mich, nein, nicht mit Schrecken, aber mit schrecklichem Schmerz. Manchmal spüre ich ihn so akut, daß ich nicht einmal stillsitzen kann. Samstag, wie es die Leute ja immer tun, hat er mal wieder ein ziemlich unvernünftiges Benehmen geliefert, eben genug, um mich ein bißchen in Wut zu bringen, und ich habe zu ihm gesagt, ich kann es nicht mehr hinnehmen, noch länger die abgeschriebene Ehefrau zu sein, die nicht mehr zählt. Un-

glücklicherweise hatte ich das schon einmal gesagt und natürlich nichts unternommen, und diese Dinge haben eine abnehmende Wirkung. Sich aufzuraffen, um dann nichts zu tun, ist äußerst erschöpfend. Andererseits geschehen manchmal Dinge, wenn man sie oft genug verkündet. Aber offen gesagt, da du schon fragst, wie es ist, es ist langweilig jetzt. Ich bin es, die sich langweilt, weil du nicht da bist. Ich denke jetzt: »Ich kann nicht den ganzen Rest meines Lebens so gelangweilt verbringen, von allem anderen mal abgesehen.«
Du hast mir diese heimliche Erregung gebracht. Und die Gespräche. Die Intensität all dieser herrlichen Gespräche. Die meisten Menschen haben Sex, der von der Liebe abgeschnitten ist, und bei uns war es vielleicht so, daß wir das Gegenteil hatten, Liebe, die vom Sex abgeschnitten war. Ich weiß nicht. Diese endlosen, ergebnislosen, intimen Gespräche – es muß dir manchmal wie die Unterhaltung zweier Menschen im Gefängnis vorgekommen sein, doch für mich war es die reinste Form des Eros. Es war bestimmt anders und weniger erfüllend für einen Mann, der sein ganzes Leben lang immer so rasch den Trost des Sex erlangt hat und weitaus stärker dazu getrieben war. Doch für mich hat es eine Kraft gehabt. Für mich war es eine unglaublich aufregende Zeit

Aber natürlich – du bist es, die so großartig spricht, Maria.

Bin ich das? Nun ja, man muß jemanden *haben*, mit dem man sprechen kann. Mit dir konnte ich wirklich sprechen. Du hast zugehört. Mit Michael kann ich überhaupt nicht sprechen. Ich versuche es, und dann sehe ich seinen glasigen Blick und nehme mein Buch hervor.

Dann sprich weiter mit mir.

Das werde ich. Das werde ich tun. Ich weiß jetzt, was ein Geist ist. Es ist der Mensch, mit dem man spricht. Das ist ein Geist. Jemand, der immer noch so lebendig ist, daß du mit ihm sprichst und mit ihm sprichst und niemals aufhörst. Ein Geist ist der Geist eines Geistes. Jetzt ist es an mir, dich zu erfinden.

Und wie geht es deinem kleinen Mädchen?

Sehr gut. Sie kann schon so gut sprechen. »Ich möchte ein Blatt Papier.« »Ich möchte einen Stift.« »Ich gehe nach draußen.«

Wie alt ist sie?

Sie ist nicht ganz zwei.

V Christenheit

Um sechs Uhr abends, nur ein paar Stunden, nachdem ich Henry in Agor verlassen hatte und in London angekommen war, mit den Notizen, die ich während des ruhigen Fluges von Tel Aviv angehäuft hatte, den Kopf immer noch erfüllt von all den unversöhnlichen, abweichenden, widerstreitenden Stimmen und den Besorgnissen, die ihre Furcht und ihre Entschlossenheit bestimmten – weniger als fünf Stunden nach meiner Rückkehr aus diesem unharmonischen Land, wo anscheinend nichts, von der Kontroverse bis hin zum Wetter, undeutlich ist oder heruntergespielt wird – saß ich in einer Kirche im West End von London. Mit mir waren Maria, Phoebe und etwa drei- oder vierhundert andere, von denen viele von ihrer Arbeit herbeigeeilt waren, um rechtzeitig zum Adventsgottesdienst einzutreffen. Es waren nur noch zwei Wochen bis Weihnachten; der dichte Verkehr auf dem *Strand* war zum Stillstand gekommen, und die Straßen, die aus dem West End hinausführten, waren von Autos und Kauflustigen verstopft. Am Ende eines milden Nachmittags war es kalt geworden, und ein leichter Nebel ließ die Scheinwerfer der Autos verschwimmen. Phoebe war vom Verkehr und den Verkehrsampeln und der Weihnachtsbeleuchtung und der rempelnden Menge so aufgeregt, daß sie zur Toilette in der Krypta gebracht werden mußte, während ich unsere Plätze in der reservierten Bankreihe fand, wo Georgina und Sarah, Marias Schwestern, schon saßen. Als langjähriges Mitglied des Wohltätigkeitskomitees, für das die Kollekte bestimmt war, sollte Marias Mutter, Mrs. Freshfield, eine der Lesungen halten.

Maria führte Phoebe nach vorn zu ihrer Großmutter, die zusammen mit den anderen Vorlesern in der ersten Reihe saß, und dann zu ihren zwei Tanten. Sie gesellten sich wieder zu mir und setzten sich neben mich, als eben der Chor hereinkam, die größeren Jungen zuerst, mit blauen Schuljacken, gestreiften Krawatten und grauen Hosen, dann die kleineren Jungen in kurzen Hosen. Der Chorleiter, ein ordentlich gekleideter junger Mann mit vorzeitig ergrautem Haar und einer Hornbrille, kam mir wie eine Mischung aus freundlichem Schullehrer und Löwenbändiger im Zirkus vor – als er mit einer kaum wahrnehmbaren Neigung des Kopfes die Jungen sich setzen ließ und auch noch der Kleinste reagierte, als hätte in gefährlicher Nähe die Peitsche geknallt. Maria zeigte Phoebe den Weihnachtsbaum, der seitlich im Kirchenschiff stand; obwohl von eindrucksvoller Größe, war er eher spärlich mit rotem, weißem und blauem Lametta geschmückt, und an der Spitze war ein windschiefer Silberstern befestigt, der aussah, als sei er das Werk einer Klasse der Sonntagsschule. Vor uns, direkt unter der Kanzel, befand sich ein großes, kreisförmiges Blumenarrangement aus weißen Chrysanthemen und Nelken auf Immergrün und Stechpalmenzweigen. »Siehst du die Blumen?« sagte Maria, und ein wenig verwirrt, aber völlig gebannt, antwortete Phoebe: »Oma, Geschichte.« »Bald«, flüsterte Maria und glättete die Bügelfalten im Schottenrock des Kindes, während das Orgelsolo begann und mit ihm die sanfte Unterströmung von Antipathie in mir.

Es funktioniert immer. Nie fühle ich mich stärker als Jude, als wenn ich in einer Kirche bin, und die Orgel setzt ein. Ich bin vielleicht befremdet an der Klagemauer, aber ohne ein Fremder zu sein – ich stehe draußen, aber fühle mich nicht ausgeschlossen, und noch die lächerlichste oder hoffnungsloseste Begegnung dient dazu, meine Zugehörigkeit zu Leuten, denen ich nicht unähnlicher sein könnte, neu zu bestimmen, statt aufzulösen. Doch zwischen mir und kirchlicher Andacht gibt es eine unüberbrückbare Welt des Gefühls, eine natürliche und grundlegende Unvereinbarkeit – ich empfinde mich als Spion im gegnerischen Lager und habe das Gefühl, daß ich eben den Riten zuschaue, in denen sich die Ideologie verkörpert, die verantwortlich war für die Verfolgung und Mißhandlung von Juden. Mich stoßen Christen beim Gebet durchaus nicht ab, nur ist mir diese Religion so tiefgreifend fremd – unerklärlich, fehlgeleitet, zutiefst *unangemessen*, und erst recht, wenn die versammelte Gemeinde den höchsten Ansprüchen liturgischer Ordnung genügt und der Geistliche auf schönste Weise die Lehre der Liebe verkündet. Und hier war ich nun und verhielt mich, wie es jeder gut ausgebildete Spion anstrebt, ich sah ganz gelassen aus, dachte ich, unbefangen, während an meine Schulter gedrängt meine schwangere, christlich geborene englische Frau saß, deren Mutter die Lesung aus dem Evangelium des Heiligen Lukas halten sollte.

Nach konventionellen Maßstäben müssen Maria und ich aufgrund des unähnlichen familiären Hintergrundes und des Altersunterschiedes als ein seltsam unvereinbares Paar erschienen sein. Immer wenn selbst mir unsere Verbindung als unvereinbar erschienen war, fragte ich mich, ob es nicht eine gegenseitige *Vorliebe* für Unvereinbarkeit war – für die Anpassung an ein fast unhaltbares Arrangement, eine gemeinsame Neigung zu der Art von Unähnlichkeit, die jedoch nicht ins Absurde umkippt –, die unserer Harmonie zugrunde lag. Es war immer noch betörend für Menschen, die unter so verschiedenen Umständen aufgewachsen waren, in sich selbst derart auffällige Ähnlichkeiten zu entdecken – und natürlich waren auch die Unterschiede weiterhin recht anregend. Maria war zum Beispiel darauf aus, meinen beruflichen »Ernst« an meiner gesellschaftlichen Herkunft festzumachen. »Wie du dich deiner künstlerischen Tätigkeit widmest, das hat etwas leicht Provinzielles, weißt du. Es ist weitaus großstädtischer, eine leicht anarchische Lebensanschauung zu haben. Die deine scheint nur anarchisch, ist es aber überhaupt nicht. Was Maßstäbe betrifft, bist du so etwas wie ein Hinterwäldler. Der denkt, *es käme darauf an.*« »Es sind die Hinterwäldler, welche denken, es käme darauf an, die offenbar etwas zustande bringen.« »Wie Bücher schreiben, ja«, sagte sie, »das ist wohl so. Deshalb gibt es so wenige Künstler und Schriftsteller aus der Oberschicht – ihnen *fehlt* eben der Ernst. Oder die Maßstäbe. Oder die Irritation. Oder der Zorn.« »Und die Werte?« »Naja«, sagte sie, »die haben wir gewiß nicht. Das ist wirklich zu hoch gegriffen. Früher hat man erwartet, daß die Oberschicht wenigstens für alles bezahlt, aber nicht einmal das tut sie noch. Was das betrifft, war ich Klassenverräter, jedenfalls als Kind. Das habe ich jetzt überwunden, aber als ich klein war, wollte ich schrecklich gern, daß man sich nach meinem Tode an mich erinnert für etwas, das ich *geleistet* habe.« »Ich wollte, daß man sich an mich erinnert«, sagte ich, »noch ehe ich sterbe.« »Ja, das ist auch wichtig«, sagte Maria, »eigentlich ein wenig wichtiger. Ein bißchen provinziell, wenig weltläufig und ein bißchen hinterwäldlerisch, aber, das muß ich sagen, sehr anziehend bei dir. Die berühmte jüdische Intensität.« »Mit der berühmten englischen Unbekümmertheit als Gegengewicht bei dir.« »Und das«, sagte sie, »ist eine nette Weise, meine Angst vor dem Versagen zu beschreiben.«

Nach dem Orgelsolo erhoben wir uns, und alle fingen an, das erste Adventslied zu singen, mit Ausnahme von mir und Kindern wie Phoebe, die noch zu klein waren, um die Worte zu kennen, und sie nicht vom Programmzettel ablesen konnten. Die versammelte Gemeinde sang mit ungeheurer Begeisterung, ein Ausbruch guter, sauberer Vehemenz, wie ich ihn angesichts der züchtigenden Autorität des Chorleiters und der vornehmen Feierlichkeit des Geistlichen, der den Segen erteilen sollte, nicht erwartet hätte. Die Männer mit den Aktentaschen, die Kauflustigen mit ihren Paketen und Bündeln und Beuteln, die im schlimmsten Stoßverkehr den ganzen Weg bis ins West End gekommen waren, mit übermäßig aufgeregten kleinen Kindern oder mit ihren älteren Verwandten – sie waren nicht mehr unverbunden und für sich, sondern indem sie einfach den Mund öffneten und aus voller Brust sangen, hatten sich diese bunt zusammengewürfelten Londoner in ein Bataillon von Christen verwandelt, die Weihnachten genossen, die sich jede Silbe christlichen Lobpreises mit enormer Ernsthaftigkeit und mit Gusto auf der Zunge zergehen ließen. Es klang in meinen Ohren, als hätten sie wochenlang nach der Lust gelechzt, diese fortwährende unterschwellige Gemeinschaft zu bekräftigen. Sie waren nicht verzückt oder im Delirium – um das angemessen altmodische Wort zu benutzen –, sie schienen voller *Frohsinn*. Es mag durchaus ein wenig hinterwäldlerisch sein, die Tröstungen des Christentums überraschend zu finden, aber ich war gleichwohl verblüfft, aus ihren Stimmen zu hören, wie ergötzlich es einfach war – im zionistischen Jargon ausgedrückt, wie sehr *normal* sie sich vorkamen –, kleinster Bestandteil von etwas Ungeheurem zu sein, dessen unausweichliche Gegenwart seit hundert Generationen von jeglicher ernsten Herausforderung durch die westliche Gesellschaft verschont geblieben war. Es war, als labten sie sich symbolisch, als verschlängen sie gemeinschaftlich eine massive geistliche Pellkartoffel.

Doch mit meinen jüdischen Begriffen dachte ich gleichwohl, wozu *brauchen* sie all das Zeug? Wozu brauchen sie diese Weisen aus dem Morgenlande und die Engelschöre? Ist die Geburt eines Kindes nicht wunderbar genug, ist sie nicht mystischer *ohne* all das Zeug? Obwohl ich offen gestanden immer der Meinung war, daß Ostern der Punkt ist, an dem das Christentum eine gefährliche, vulgäre Obsession mit dem Wunderglauben hat, ist es mir auch immer so vorgekommen, daß das Weihnachtsgeschehen der Auferstehung darin kaum nachsteht, als es sich an die kindischsten Bedürfnisse richtet. Heilige Hirten und Sternenhimmel, selige Engel und der Schoß einer Jungfrau, aus dem auf diesem Planeten etwas entsteht, Gestalt annimmt ohne das Schwellen und Spritzen, ohne die Gerüche und die Absonderungen, ohne die beutemachende Befriedigung des Orgasmusschauers – welch erhabener, widerwärtiger Kitsch, mit seiner fundamentalen Verteufelung des Geschlechtlichen.

Gewiß war mir die ganze Geschichte der jungfräulichen Geburt nie so kindisch und altjüngferlich und unakzeptabel vorgekommen wie an diesem Abend, als ich frisch von meinem Sabbath in Agor kam. Als ich sie von diesem Disneyland-Bethlehem singen hörte, in dessen dunklen Straßen das immerwährende Licht scheinet, dachte ich an Lippman, wie er dort auf dem Marktplatz Flugblätter verteilt und mit seiner *Realpolitik* den herausfordernden arabischen Feind tröstet: »Gib deinen Traum nicht auf, träume von Jaffa, nur weiter so; und eines Tages, wenn du die Macht hast, und selbst wenn es *Hunderte* von Papieren gibt, dann wirst du es mir mit Gewalt wegnehmen.«

Als die Reihe an ihr war, stieg Marias Mutter zum Lesepult der Kanzel hinauf, und in jenem Ton der Einfachheit, mit dem man zunächst gläubiges Staunen und dann Schlaf in Kindern hervorruft, denen man eine Gute-Nacht-Geschichte erzählt, las sie auf bezaubernde Weise aus dem Lukasevangelium das fünfte Kapitel, »Der Engel Gabriel grüßt die Holdselige Jungfrau Maria«. Ihre eigenen Schriften ließen auf eine stärkere Affinität zu einer bescheidenen, greifbareren Existenz schließen: drei Bücher – *Das Interieur des georgianischen Gutshauses*, *Das kleine georgianische Landhaus* und *Georgianer zu Hause* – sowie im Laufe der Jahre zahlreiche Artikel in *Country Life* hatten ihr bei den Liebhabern georgianischer Innenarchitektur und georgianischer Möbel einen fundierten Ruf eingetragen, und sie wurde regelmäßig eingeladen, bei lokalen Georgianischen Gesellschaften überall in England zu sprechen. Eine Frau, die ihre Arbeit »todernst« nahm, Maria zufolge – »eine sehr zuverlässige Informationsquelle« – wenngleich sie bei dem heutigen Anlaß weniger aussah wie jemand, der seine Tage in London in den Archiven des Victoria & Albert-Museums und der Bibliothek des British Museum verbringt, sondern wie die perfekte Gastgeberin: eine kleine, hübsche Frau, etwa fünfzehn Jahre älter als ich, mit einem sanften, runden Gesicht, das mich an einen Porzellanteller erinnerte, und jenem feinen Haar, das sich mit sehr wenig Unterschied in der Wirkung von mausblond zu schneeweiß wandelt und das sie sich seit dreißig Jahren von demselben sehr guten, altmodischen Friseur legen ließ. Mrs. Freshfield hatte die Ausstrahlung von jemandem, der nie einen falschen Schritt tut – was, wie Maria behauptete, auch beinahe den Tatsachen entsprach: Ihr Ehemann war ihr großer Fehler gewesen, und den hatte sie nur einmal gemacht, und nach ihrer Ehe mit Marias Vater war sie nie wieder durch die unerklärliche Sehnsucht nach einem attraktiven Mann von den georgianischen Interieurs abgelenkt worden.

»Sie war die Schönheit der sechsten Klasse«, erklärte Maria, »die Hockeykönigin – sie hat alle Preise gewonnen. Er war auf akademischer Ebene eher dumm, aber furchtbar athletisch, hatte eine unglaubliche Ausstrahlung, Der schwarze Kelte. Er überragte alle um Haupteslänge. Elegant und vor der Universität ziemlich eingebildet auf seine Ausstrahlung. Niemand verstand, was es war, das ihn so berühmt machte. Da waren all diese anderen Burschen, die Richter werden wollten oder Kabinettsmitglieder oder Soldaten, und dieser Dummkopf verdrehte den Mädchen die Augen. Mutter waren zuvor die Augen noch nicht verdreht worden. Hinterher hatte sie auch nie wieder den Wunsch danach. Und es geschah auch nicht – soweit bekannt, ist sie nie wieder auch nur berührt worden. Sie hat alles getan, um uns eine solide Welt zu geben, eine gute und solide traditionelle englische Erziehung – das ist zu ihrem ganzen Lebenszweck geworden. Er hat sich uns gegenüber immer schön verhalten; kein Mann hätte mehr Freude an drei kleinen Mädchen haben können. Und wir hatten Freude an ihm. Allen gegenüber verhielt er sich schön, außer ihr gegenüber. Aber wenn du überzeugt bist, daß sich deine Frau im Grunde überhaupt nicht dafür interessiert, wofür du dich interessierst, nämlich für deine erotische Kraft, und wenn die Geschichte eurer Beziehung so ist, daß du mit ihr so gut wie gar nicht kommunizieren kannst und es am Ende zwischen euch eigentlich nichts als Ablehnung gibt, und wenn sie, was für einen lauteren Charakter sie auch haben mag, dich einfach nicht *ranläßt* – so heißt der Ausdruck wohl – und du selbst ungeheuer vital und ziemlich sexbesessen bist, wie er es war – und wie für euch Burschen allesamt schien das für ihn eine große Qual zu sein, ihr wollt es einfach *gar so sehr* –, dann hast du eigentlich keine Wahl, nicht wahr? Zuerst widmest du einen Großteil deiner Zeit der Demütigung deiner Frau, im Idealfall mit ihren besten Freundinnen, und dann mit den willfährigen Nachbarinnen, bis du dich schließlich, nachdem du im Umkreis von einhundert Quadratmeilen jede Möglichkeit zur Untreue erschöpft hast, aus dem Staub machst und es eine schmerzliche Scheidung gibt, und danach ist nie genug Geld im Haus, und deine kleinen Mädchen sind auf ewig empfänglich für dunkle Männer mit schönen Manieren.«

Bis die Großmutter ihren Platz in der Kanzel eingenommen hatte, war Phoebe am meisten von den kleinen Diskantsängern in ihren kurzen Hosen gefesselt gewesen, von denen ein paar, noch ehe die Stunde zur Hälfte vorüber war, so aussahen, als wären sie lieber zu Hause im Bett. Doch als Großmutter die Kanzel betrat, um zu lesen, fand Phoebe plötzlich alles spaßig – sie zog an Marias Hand, fing an zu lachen und aufgeregt zu werden und war nur zu beruhigen, indem sie auf Mamis Schoß klettern durfte, wo sie sanft in eine halbe Erstarrung gewiegt wurde.

Es folgte ein Solo, gesungen von einem schlanken Knaben von etwa elf Jahren, dessen makelloser Charme mich an einen Arzt mit übertriebenen Krankenbettmanieren erinnerte. Nachdem er seinen Part beendet hatte und der ganze Chor seraphengleich eingefallen war, richtete er schamlos ein kokettes Lächeln an den Chorleiter, der seinerseits mit einem halb unterdrückten, aber anhaltenden Lächeln anerkannte, was für ein bemerkenswerter Junge der schöne Solosänger sei. Nach wie vor nicht geneigt, mich von all dieser christlichen Innigkeit vereinnahmen zu lassen, erleichterte mich der Gedanke, daß ich wenigstens einen Hauch Pädophilie mitbekommen hatte. Ich fragte mich, ob mein Skeptizismus nicht tatsächlich den Geistlichen schon veranlaßt hatte, mich auszusondern als jemanden, der privat unangebrachte Beobachtungen anstellte. Da wir andererseits in den Bankreihen saßen, die für die Familien der Vorleser reserviert waren, mochte es sein, daß er einfach nur Maria als Tochter ihrer Mutter erkannt hatte und daß das allein den forschend taxierenden Blick auf jenen Herrn erklärte, der neben der Freshfield-Tochter saß und, obwohl er sich zum Adventsgottesdienst eingefunden hatte, offenbar fest entschlossen war, nicht zu singen.

Während der Weihnachtslieder standen wir, während der Lesungen saßen wir, und wir blieben auch sitzen, während der Chor »Mariä sieben Freuden« und »Stille Nacht« sang. Als das Programm »Alles kniet« für den Segen vorschrieb, der nach der Kollekte erfolgte, blieb ich beharrlich aufrecht stehen, wobei ich mir ziemlich sicher war, der einzige zu sein, der es verabsäumte, eine Haltung ergebener Unterwerfung einzunehmen. Maria beugte sich gerade genug vornüber, um den Geistlichen nicht zu kränken – oder ihre Mutter, sollte es sich herausstellen, daß sie hinten im Kopf Augen hatte –, und ich dachte, wenn meine Großeltern in Liverpool an Land gegangen wären, statt mit Kurs auf New York weiterzufahren, wenn das Familiengeschick mir hiesige Schulen zugedacht hätte statt des städtischen Bildungssystems von Newark, New Jersey, dann hätte mein Kopf immer so wie jetzt herausgeragt, wenn die aller anderen zum Gebet gesenkt waren. Oder aber ich hätte versucht, meine Herkunft für mich zu behalten, und um zu vermeiden, daß ich als kleiner Junge erschienen wäre, der unerklärlicherweise darauf erpicht war, sich als fremd zu gebärden, wäre auch ich niedergekniet, wie sehr ich auch verstanden hätte, daß Jesus weder für mich noch für meine Familie ein Geschenk war.

Nachdem der Geistliche den Segen erteilt hatte, standen alle zum letzten Lied auf, »Horch, die Engelsboten singen«. Maria neigte mir verschwörerisch den Kopf zu und flüsterte: »Du bist ein sehr geduldiger Anthropologe«, um sodann, während sie Phoebe festhielt, damit sie nicht vor Müdigkeit umkippte, mit allen anderen aus voller Brust zu singen: »Christ, im höchsten Himmel dort, Christus, unser ew'ger

Lord«, während ich mich daran erinnerte, wie kurz nach unserer Ankunft in England ihr Exmann mich am Telephon als »den alternden jüdischen Schriftsteller« bezeichnet hatte. Als ich sie gefragt hatte, was ihre Antwort gewesen sei, schlang sie ihre Arme um mich und sagte: »Ich habe zu ihm gesagt, daß ich alle drei gernhabe.«

Nach dem Orgelfinale gingen wir eine Treppe neben der Kirchenpforte hinab in eine geräumige, niedrige, weißgetünchte Krypta, wo Glühwein und Früchtebrot serviert wurden. Es dauerte eine Weile, bis wir uns mit Klein-Phoebe durch all die Menschen hindurchgewühlt hatten, die zum Imbiß die Treppe hinabgingen. Das Kind sollte die Nacht bei der Großmutter verbringen, für beide ein großes Vergnügen, während ich Maria ausführen wollte, um ihren Geburtstag zu feiern. Alle sagten, wie schön das Singen gewesen sei, und erklärten Mrs. Freshfield, wie wunderbar sie gelesen habe. Ein älterer Herr, dessen Namen ich nicht mitbekam, ein Freund der Familie, der auch eine der Lesungen gehalten hatte, erklärte mir, wem die Mildtätigkeit zugedacht war, für die die Kollekte gesammelt worden war – »Gibt's schon seit hundert Jahren«, sagte er, »es gibt so viele bedürftige und einsame Menschen.«

Zum Glück gab es unser neues Haus, so daß wir alle etwas hatten, worüber wir reden konnten, und es gab die Polaroid-Schnappschüsse anzuschauen, die Maria gemacht hatte, als sie am Tag zuvor hinausgefahren war, um nach den Bauarbeiten zu sehen. Das Haus sollte während der nächsten sechs Monate renoviert werden, während wir uns in einem ehemaligen Stallgebäude in Kensington eingemietet hatten. Genaugenommen waren es zwei miteinander verbundene kleinere Backsteingebäude auf dem Gelände einer alten Bootswerft in Chiswick, die wir zu einem Gebäude umbauten, das groß genug war für die Familie und das Kindermädchen und je ein Arbeitszimmer für Maria und mich.

Wir sprachen darüber, daß Chiswick gar nicht so weit draußen sei, wie es den Anschein habe, und daß es doch, wenn das Tor in der zur Straße gelegenen Steinmauer zugesperrt sei, die Abgeschlossenheit eines abgelegenen ländlichen Dorfes habe – die Ruhe, die Nathan für seine Arbeit brauche, wie Maria es jedermann erklärte. Auf der Seite zur Hintergasse war die Mauer und ein mit Platten ausgelegter Garten mit Narzissen und Schwertlilien und einem kleinen Apfelbaum; auf der Vorderseite des Hauses, jenseits einer aufgeschütteten Terrasse, auf der wir an warmen Abenden sitzen konnten, gab es einen breiten Treidelpfad und den Fluß. Maria sagte, es sehe aus, als wären die meisten Menschen, die den Treidelpfad entlanggingen, entweder Verliebte bei einem Stelldichein oder Frauen mit kleinen Kindern – »wie auch immer«, sagte sie, »jedenfalls Menschen in guter Stimmung«. Es gab Leute, die Forellen angelten, da der Fluß jetzt wieder sauber war, und früh am Morgen, wenn man die Fensterläden des Raumes öffnete, der unser Schlafzimmer werden sollte, konnte man Ruderachter beim Training sehen. Im Sommer gab es kleine Paddelboote, die flußaufwärts fuhren, und die Dampfer, die Ausflügler von Charing Cross nach Kew Gardens brachten. Im Spätherbst senkte sich Nebel herab, und im Winter zogen Lastkähne mit abgedeckter Ladung vorüber, und am Morgen war es oft dunstig. Und immer gab es Möwen – wie auch Enten, die die Terrassenstufen heraufkamen, um sich füttern zu lassen, wenn man sie fütterte, und gelegentlich kamen auch Schwäne. Zweimal am Tag bei Flut stieg der Fluß über den Treidelpfad und leckte an der Terrassenmauer. Der ältere Herr sagte, es klinge, als wäre es für Maria, wie wenn sie wieder in Gloucestershire lebe, während sie nur fünfzehn Minuten mit der U-Bahn vom Leicester Square entfernt sei. Sie sagte, nein, nein, es sei nicht, daß man auf dem Lande lebe *oder* in London, und auch nicht in den Vororten, sondern eben am Fluß . . . und so weiter und so weiter, freundlich, friedlich, frei von Zwecken.

Und niemand fragte nach Israel. Entweder hatte Maria nicht erwähnt, daß ich dort gewesen war, oder es interessierte sie nicht. Und das war wahrscheinlich ganz gut so: Ich war mir nicht sicher, wieviel Ideologie aus Agor bei Mrs. Freshfield anzubringen mir gelingen würde.

Maria jedoch hatte ich den ganzen Nachmittag von meinem Ausflug erzählt. »Deine Reise«, wie sie es genannt hatte, nachdem sie von Lippman gehört und meinen Brief an Henry gelesen hatte, »ins jüdische Herz der Dunkelheit.« Eine gute Beschreibung meiner Bewegung nach Osten war das, und ich führte sie in meinen Notizen noch weiter aus – vom Café in Tel Aviv und der beißenden Verdrossenheit des entmutigten Shuki ins Landesinnere zur Klagemauer in Jerusalem und zu meiner heiklen Begegnung mit den frommen Juden dort und dann weiter zu den Hügeln in der Wüste, dem Sprung in das Herz, wenn nicht der Dunkelheit, so doch der dämonischen jüdischen Leidenschaftlichkeit. Der militante Eifer von Henrys Siedlung machte für meine Begriffe ihren verstockten Führer noch nicht zum Kurtz von Judäa; das Buch, das mir aufgrund des fanatischen Strebens der Siedler nach gottverheißener Erlösung in den Sinn kam, war ein jüdisches *Moby-Dick*, mit Lippman als dem zionistischen Ahab. Mein Bruder konnte sehr wohl, ohne es zu merken, auf einem Schiff angeheuert haben, das dem Untergang geweiht war, und es gab nichts, was daran zu ändern war, schon gar nicht für mich. Ich hatte den Brief nicht abgeschickt und würde es auch nicht tun – Henry, da war ich sicher, hätte ihn nur als weitere Dominierung ansehen können, als Versuch, ihn in einem weiteren Schwall meiner Worte zu ertränken. Statt dessen nahm ich den Brief zu meinen Notizen, in das sich stets vergrößernde Rohstofflager meiner Erzählfabrik, in dem es keine scharfe Demarkationslinie gibt, mittels derer sich tatsächliche Ereignisse, die schließlich von der Einbildungskraft vereinnahmt werden, von Imaginationen trennen lassen, die so behandelt werden, als hätten sie sich tatsächlich ereignet – Erinnerung, wie sie sich mit der Phantasie verschränkt, wie es im Gehirn ja der Fall ist.

Georgina, um ein Jahr jünger als Maria, und Sarah, drei Jahre älter, waren nicht großgewachsen und dunkelhaarig wie die mittlere Schwester und ihr Vater, sondern ähnelten eher ihrer Mutter; sie waren beide schlanke, eher kleine Frauen mit glattem blondem Haar, um das sie nicht viel Aufwand machten, und demselben weichen, runden freundlichen Gesicht, das wahrscheinlich am hübschesten gewesen war, als sie fünfzehnjährige Mädchen waren und in Gloucestershire lebten. Georgina arbeitete bei einer Werbefirma in London, und Sarah war vor kurzem Lektorin in einem Verlag für medizinische Bücher geworden, ihr vierter Verlagsjob innerhalb von ebenso vielen Jahren, bei dem die Arbeit nur wenig mit dem zu tun hatte, was ihr am Herzen lag. Und doch war Sarah die Schwester, die das Genie hätte sein sollen. Sie hatte die Kindheit damit verbracht, daß sie es im Tanzen zur Meisterschaft brachte, daß sie es im Reiten zur Meisterschaft brachte, daß sie es in nahezu allem zur Meisterschaft brachte, als beschwöre sie im Falle eines Mißerfolgs eine schreckliche Tragödie und das Chaos herauf. Doch jetzt wechselte sie ständig die Arbeit, und die Männer verließen sie, und um Maria zu zitieren, »sie versaut sich absolut jede Chance, die sich ihr bietet, und wirft sie mit höchst monumentaler Gebärde einfach weg«. Sarah sprach zu anderen mit nahezu alarmierender Geschwindigkeit, wenn sie überhaupt sprach; während einer Unterhaltung legte sie plötzlich los, um sich dann abrupt zurückzuziehen, und sie machte überhaupt keinen Gebrauch von dem rätselhaften Lächeln, das die erste Verteidigungslinie ihrer Mutter bildete und mit dem sich sogar die gelassen aussehende Maria abschirmte, wenn sie sich beim Betreten eines Zimmers voller Fremder unbehaglich fühlte, bis die anfängliche gesellschaftliche Scheu wich. Anders als Georgina, deren furchtbare Schüchternheit eine Art von Trampolin war, das sie übereifrig in jedes kleinste und bedeutungsloseste Gespräch katapultierte, enthielt sich Sarah aller netten Höflichkeiten, was mich zu dem Gedanken verleitete, daß wir beide, wenn die Zeit gekommen sei, vielleicht wirklich einmal miteinander reden könnten.

Ich hatte bisher noch keinen Erfolg gehabt mit dem Versuch, bei Mrs. Freshfield das Eis zu brechen, auch wenn unsere erste Begegnung ein paar Wochen zuvor nicht ganz das Desaster gewesen war, das Maria und ich uns während der Fahrt mit Phoebe nach Gloucestershire auszumalen begonnen hatten. Wir hatten unsere Geschenke, um den Anfang leichter zu machen – Maria hatte einen Porzellanteller für die Sammlung ihrer Mutter, den sie in einem Antiquitätengeschäft auf der Third Avenue gefunden hatte, ehe wir New York verließen, und ich hatte, ausgerechnet, einen Käse. Maria hatte am Tag vor unserem Aufbruch aus London angerufen, um zu fragen, ob wir irgend etwas mitbringen könnten, und ihre Mutter hatte gesagt: »Was ich mehr als alles andere möchte, wäre ein anständiges Stück Stilton. Hier bei uns bekommt man keinen ordentlichen Stilton mehr.« Maria eilte sofort zu Harrods, um den Stilton zu kaufen, den ich an der Tür überreichen sollte.

»Und worüber spreche ich nach dem Käse?« fragte ich, als wir von der Autobahn auf die Landstraße nach Chadleigh abbogen.

»Jane Austen ist immer gut«, sagte Maria.

»Und nach Jane Austen?«

»Sie hat vorzügliche Möbel – was man so ›gute Stücke‹ nennt. Sehr unaufdringliche, wirklich reizende englische Möbel aus dem achtzehnten Jahrhundert. Danach kannst du fragen.«

»Und dann?«

»Du rechnest damit, daß es ein paar gräßliche Schweigepausen gibt.«

»Ist das ausgeschlossen?«

»Keineswegs«, sagte Maria.

»Bist du nervös?« Sie sah weniger nervös aus als ein wenig zu ruhig.

»Ich habe meine entsprechenden Befürchtungen. Immerhin *hast* du eine Familie zerstört. Und sie hatte es sehr mit deinem Vorgänger – gesellschaftlich gesehen war er sehr akzeptabel. Sie kann mit Männern ohnehin nicht allzu gut umgehen. Und ich glaube, sie denkt immer noch, Amerikaner seien Emporkömmlinge und Schrott.«

»Was ist das Schlimmste, was passieren kann?«

»Das Schlimmste? Das Schlimmste wäre, daß sie sich so unbehaglich fühlt, daß sie dich nach jedem Satz zum Verstummen bringt. Das Schlimmste wäre, daß sie, so viel Mühe jeder von uns sich auch gibt, eine sehr knappe Bemerkung macht, die einen zum Verstummen bringt, und dann wird es tatsächlich entsetzliche Schweigepausen geben, und ein anderes Thema wird angeschnitten und dann auf dieselbe Weise abgewürgt. Doch das wird nicht geschehen, denn erstens gibt es Phoebe, die von Mutter vergöttert wird und die uns ablenken kann, und zweitens gibt es dich, eine berühmte geistige Größe von ungeheurer Gewandtheit und ein ziemlicher Experte in diesen Dingen. Stimmt das nicht?«

»Du wirst schon sehen.«

Ehe wir die hügeligen Landstraßen entlangkurvten, um zum Haus ihrer Mutter in Chadleigh zu gelangen, machten wir einen kleinen Umweg, damit Maria mir ihre Schule zeigen konnte. Während wir durch die umliegenden Ländereien fuhren, hielt Maria Phoebe hoch, damit sie die Pferde ansehen konnte. »Überall Pferde hier«, sagte sie zu mir, »soweit das Auge blicken kann.«

Die Schule lag weitab von jeglicher menschlichen Behausung, inmitten eines riesigen, makellos gepflegten alten Tierparks, den große Zedernbäume verdunkelten. Die Spielfelder und die Tennisplätze waren leer, als wir ankamen – die Mädchen hatten drinnen Unterricht, und niemand war zu sehen außerhalb des großen, elisabethanisch aussehenden Steingebäudes, in dem Maria als Internatsschülerin gelebt hatte, bis sie fortging nach Oxford. »Sieht für mich wie ein Palast aus«, sagte ich, während ich die Scheibe herunterdrehte, um den Anblick auf mich wirken zu lassen. »Es gab den Witz, daß die Jungs immer nachts in Wäschekörben hinaufgebracht wurden«, sagte sie. »Und wurden sie das?« fragte ich. »Ganz gewiß nicht. Sex gab's überhaupt nicht. Die Mädchen verknallten sich regelmäßig in die Hockeylehrerin, so etwa spielte sich das ab. Wir schrieben unseren Freunden seitenweise Briefe mit verschiedenfarbiger Tinte auf rosa Briefpapier, das mit Parfüm besprüht war. Doch ansonsten, wie du siehst, ein Ort äußerster Unschuld.«

Bis Chadleigh, das weniger grandios, aber dafür noch unschuldiger aussah als die Schule, waren es noch dreißig Minuten; es lag in der Mitte eines sehr engen, sehr einsamen Tales von Gloucestershire. Vor vielen Jahren, ehe die Wollindustrie sich einen anderen Standort gesucht hatte, war es ein armes Weberdorf gewesen. »In den alten Zeiten«, sagte Maria, als wir in die schmale Hauptstraße einbogen, »waren das schlicht Elendsquartiere mit Tuberkulose – dreizehn Kinder und kein Fernsehen.« Jetzt war Chadleigh eine malerische Ansammlung von Straßen und Wegen, in dramatischer Szenerie unterhalb eines Buchenwaldes gelegen – ein Gewirr aus einfarbigen Steinhäusern, grau und karg unter den Wolken, und eine langgestreckte, dreieckige Dorfwiese, auf der ein paar Hunde spielten. Direkt hinter den Häusern mit ihren Küchengärten waren die Ländereien an den Hängen wie die Felder in Neu-England von alten, trockenen Steinmauern parzelliert, es waren sorgfältig errichtete Schichten von ziegelartigen Felsen in der Farbe der Häuser. Maria sagte, daß der erste Anblick der Steinmauern und des unregelmäßigen Musters der Felder für sie immer etwas sehr Emotionales sei, wenn sie längere Zeit nicht dort gewesen sei.

Holly Tree Cottage wirkte von der Straße aus wie ein recht großes Haus, wenngleich in keiner Weise so eindrucksvoll, so erzählte mir Maria, wie The Barton, wo die Familie gewohnt hatte, ehe der Vater die Flucht ergriffen hatte. Seine Familie war reich gewesen, aber er war der zweite Sohn und hatte nichts als den Familiennamen geerbt. Nach seiner Universitätszeit war er bei einer Bank in der City beschäftigt gewesen und hatte nur zum Wochenende die Familie besucht, doch die Arbeit hatte ihm nicht sehr gefallen, und er hatte sich schließlich nach Leicestershire abgesetzt, mit einer in den fünfziger Jahren sehr berühmten Pferdenärrin, die einen Zylinder mit Schleier getragen und einen Damensattel geritten hatte und boshafterweise, aus geistreichen und (für mich) unzugänglichen englischen Gründen, unter dem Namen »Weg mit dem Tod von der Straße« bekannt war. Um sich den finanziellen Verpflichtungen des Scheidungsurteils zu entziehen, war er nur wenige Jahre später in Kanada gelandet, hatte eine reiche Frau aus Vancouver geheiratet und beschäftigte sich nun hauptsächlich damit, im Sound herumzusegeln und Golf zu spielen. The Barton erwies sich als zu groß und – nachdem die Zahlungen aufgehört hatten – als von Mrs. Freshfields Einkommen nicht zu unterhalten. Sie hatte nur das bescheidene Kapital ihrer Mutter geerbt, und dank der Hilfe ihres Börsenmaklers und eines sehr strengen ökonomischen Regiments eigener Observanz war am Ende die geringe Summe gerade ausreichend gewesen, um den Töchtern eine Ausbildung zu ermöglichen. Doch das hatte bedeutet, daß man The Barton verkaufen mußte, das mitten in offener Landschaft lag, und Holly Tree Cottage mietete, am Dorfrand von Chadleigh.

Es gab ein Kaminfeuer im Wohnzimmer, als wir ankamen, und nachdem die Geschenke ausgewickelt und bewundert worden waren und Phoebe erlaubt worden war, im Garten herumzutollen, und sie ein Glas Milch bekommen hatte, saßen wir da und nahmen vor dem Essen einen Aperitif. Es war ein behaglicher Raum mit abgenutzten Orientteppichen auf den dunklen Bodendielen und mit vielen Familienporträts an den Wänden, nebst etlichen Pferdeporträts. Alles war ein wenig abgenutzt und von sehr diskretem Geschmack – Chintzgardinen mit Vögeln und Blumen und jede Menge poliertes Holz.

Dem Rat folgend, den ich auf der Herfahrt eingeholt hatte, sagte ich: »Das ist ein sehr schöner Schreibtisch.«

»Ach, das ist nur nach einem Entwurf von Sheraton«, antwortete Mrs. Freshfield.

»Und das ist ein schöner Bücherschrank.«

»Ach, naja, Charley Rhys-Mill war unlängst hier«, sagte sie und sah, während sie sprach, weder Maria noch mich an, »und er sagte, seinem Dafürhalten nach könne es sehr wohl ein Entwurf von Chippendale sein, aber ich bin sicher, daß es vom Lande stammt. Wenn Sie dorthin sehen«, sagte sie und nahm für einen Augenblick meine Gegenwart wahr, »dann sehen Sie, wie die Schlösser eingepaßt sind, das ist ganz ländlich. Ich glaube, es ist nach dem Musterbuch, aber ich glaube nicht, daß es Chippendale ist.«

Ich beschloß, lieber aufzuhören, wenn sie ja doch alles herabsetzte, was ich bewunderte.

Ich sagte nichts mehr und nippte an meinem Gin, bis Mrs. Freshfield es über sich brachte zu versuchen, daß ich mich wie zu Hause fühlte.

»Wo genau kommen Sie her, Mr. Zuckerman?«

»Aus Newark. In New Jersey.«

»Ich bin nicht sehr gut in amerikanischer Geographie.«

»Das ist gegenüber von New York, auf der anderen Seite des Flusses.«

»Ich wußte gar nicht, daß New York an einem *Fluß* liegt.«

»Doch. Zwei sogar.«

»Was für einen Beruf hatte Ihr Vater?«

»Er war Fußpfleger.«

Es gab ein längeres Schweigen, während ich trank, Maria trank und Phoebe malte; wir konnten Phoebe malen *hören*.

»Haben Sie Geschwister?«

»Ich habe einen jüngeren Bruder«, sagte ich.

»Was macht er?«

»Er ist Zahnarzt.«

Entweder waren es alles die falschen Antworten, oder sie wußte nun alles, was sie wissen mußte, denn das Gespräch über meinen familiären Hintergrund dauerte insgesamt eine halbe Minute. Der Fußpfleger als Vater und der Zahnarzt als Bruder, das schien eigentlich alles über mich zu sagen. Ich fragte mich, ob diese Berufe nicht vielleicht einfach zu nützlich waren.

Sie hatte selbst gekocht – sehr englisch, perfekt appetitlich und ziemlich nichtssagend. »Am Lamm ist kein Knoblauch.« Sie sagte das mit einem Lächeln, das mir höchst zweideutig vorkam.

»Schön«, sagte ich freundlich, doch immer noch im unklaren darüber, ob in ihrer Bemerkung nicht vielleicht eine böse ethnische Anspielung verborgen war. Vielleicht war das ja das Maximum dessen, was sie über meine fremde Religion sagen würde. Ich konnte mir nicht vorstellen, daß ihr das weniger Schwierigkeiten bereiten würde als die Tatsache, daß ich Amerikaner war. Offenbar sprach aber auch alles zu meinen Gunsten.

Das Gemüse war aus dem Garten, Rosenkohl, Kartoffeln und Karotten. Maria erkundigte sich nach Mr. Blackett, einem pensionierten Landarbeiter, der seine magere Rente dadurch aufgebessert hatte, daß er einmal die Woche für sie arbeitete – er mähte den Rasen, holte Holz und versorgte den Gemüsegarten. Ob er noch am Leben sei? Ja, das sei er, sagte Mrs. Freshfield, aber Ethel sei vor kurzem gestorben, und er sei jetzt allein in seiner Gemeindewohnung, wo er, wie sie fürchte, immer kurz davorstehe, an Unterkühlung einzugehen.

Maria sagte zu mir: »Ethel war Mrs. Blackett. Unsere Putzfrau. Eine sehr gründliche Putzfrau. Hat die Eingangstreppe immer auf den Knien gescheuert. 's war immer ein schreckliches Problem, als wir Teenager waren, was wir Ethel zu Weihnachten schenken sollten. Er erhielt regelmäßig von Mutter eine Flasche Whiskey, und Ethel bekam unweigerlich Taschentücher von uns. Mr. Blackett spricht einen Dialekt, der nahezu unverständlich ist. Ich wünschte, du könntest ihn hören. Es ist ganz überraschend, wie sehr er noch neunzehntes Jahrhundert ist, nicht wahr, Mutter?«

»Das läßt jetzt nach, dieser starke ländliche Akzent«, sagte Mrs. Freshfield, und dann, nachdem Marias Bemühung, die Blacketts als interessant erscheinen zu lassen, offenbar im Sande verlaufen war, verfielen wir, während wir nichts taten, als unsere Speisen zu schneiden und zu kauen, in ein Schweigen, das, so fürchtete ich, bis zu unserer Abfahrt nach London dauern konnte.

»Maria sagt, Sie seien eine große Verehrerin von Jane Austen«, sagte ich.

»Nun, ich habe sie mein ganzes Leben lang gelesen. Ich habe mit *Stolz und Vorurteil* begonnen, als ich dreizehn war, und seitdem habe ich sie immer gelesen.«

»Wie kommt das?«

Das rief ein sehr frostiges Lächeln hervor. »Wann haben Sie zuletzt Jane Austen gelesen, Mr. Zuckerman?«

»Seit dem College nicht mehr.«

»Lesen Sie sie wieder, und dann werden Sie sehen, wieso.«

»Das werde ich, aber was ich wissen wollte, war, was Jane Austen *Ihnen* gibt.«

»Sie gibt einfach das Leben wahrheitsgetreu wieder, und was sie über das Leben zu sagen hat, ist sehr tiefschürfend. Sie bereitet mir solch ein Vergnügen. Die Charaktere sind so sehr gut. Mr. Woodhouse in *Emma* liegt mir sehr. Und Mr. Bennet in *Stolz und Vorurteil* liegt mir auch sehr. Fanny Price in *Mansfield Park* liegt mir sehr. Als sie nach Portsmouth zurückkehrt, nachdem sie bei den Bertrams in großem Stil und mit Grandezza gelebt hat und sie ihre eigene Familie findet und schockiert ist von dem Schmutz – man kreidet ihr das sehr an und sagt, sie sei ein Snob, und vielleicht, weil ich selbst ein Snob bin – ich glaube, das bin ich – , aber ich kann mich da ganz einfühlen. Ich glaube, so würde man sich verhalten, wenn man zu einem viel niedrigeren Lebensstandard zurückkehrt.«

»Welches ist Ihr Lieblingsbuch?«

»Nun, ich glaube, mein Lieblingsbuch ist immer das, welches ich gerade lese. Ich lese sie alle jedes Jahr. Aber schließlich ist es doch *Stolz und Vorurteil*. Mr. Darcy ist sehr attraktiv. Und dann mag ich Lydia. Ich meine, Lydia ist so töricht und albern. Sie ist wunderbar gezeichnet. Ich kenne so viele Menschen, die ihr ähneln, müssen Sie verstehen. Und natürlich fühle ich mit Mr. und Mrs. Bennet, wo ich doch selbst alle diese Töchter habe, die es zu verheiraten gilt.«

Ich konnte nicht entscheiden, ob das als eine Art von Seitenhieb gemeint war – ob diese Frau gefährlich war oder vollkommen wohlmeinend.

»Es tut mir leid, daß ich Ihre Bücher nicht gelesen habe«, sagte sie zu mir. »Ich lese nicht viel amerikanische Literatur. Ich finde es sehr schwer, diese Menschen zu verstehen. Ich finde sie nicht sehr attraktiv und kann mich da nicht einfühlen, fürchte ich. Ich mag eigentlich keine Gewalt. Es gibt soviel Gewalt in amerikanischen Büchern, finde ich. Natürlich nicht bei Henry James, den ich sehr gern habe. Obwohl ich annehme, daß er wohl kaum als Amerikaner zählt. Er ist wirklich ein Beobachter der englischen Szenerie, und ich denke, daß er sehr gut ist. Aber ich glaube, ich ziehe ihn heutzutage im Fernsehen vor. Der Stil *ist doch* recht langatmig. Wenn man sie im Fernsehen sieht, kommen sie soviel schneller zur Sache. Sie haben vor kurzem *Die Schätze von Poynton* gebracht, und natürlich hat mich das besonders interessiert, bei meinem Interesse für Möbel. Sie haben es schrecklich gut gemacht, fand ich. Es gab auch *Die goldene Schale*. Das habe ich sehr genossen. Es *ist* ja ein ziemlich langes Buch. Ihre Bücher werden auch hier bei uns verlegt, nicht wahr?«

»Ja.«

»Nun, ich weiß nicht, warum Maria sie mir nicht geschickt hat.«

»Ach, ich glaube nicht, daß sie dir gefallen würden, Mutter«, sagte Maria.

An dieser Stelle kam man einmütig zu der Entscheidung, sich von Phoebe ablenken zu lassen, die tatsächlich nur harmlos mit dem Gemüse auf ihrem Teller herumspielte und ein vollkommen braves kleines Mädchen war. »Maria, sie sabbert, Liebes«, sagte Mrs. Freshfield, »kümmere dich doch bitte, ja?«, und bis zum Ende des Essens hatten die Bemerkungen aller mit dem Kind zu tun.

Während des Kaffees im Wohnzimmer fragte ich, ob ich

auch die anderen Zimmer sehen könne. Wie sie von den Möbeln geringschätzig gesprochen hatte, als ich sie bewunderte, sprach sie jetzt geringschätzig vom Haus. »Es ist nichts Besonderes«, sagte sie. »Es war einfach ein Gutsverwalterhaus, wissen Sie. Natürlich ging es denen viel besser damals.« Dem entnahm ich, daß sie selbst auch weitaus Besseres gewohnt war, und sagte nichts mehr zu dem Thema. Als jedoch der Kaffee beendet war, stellte sich heraus, daß ich doch noch meinen Rundgang bekommen sollte – Mrs. Freshfield erhob sich, wir folgten, und das schien mir ein so gutes Zeichen zu sein, daß ich in eine neue Fragerichtung vorstieß, von der ich dachte, sie könne endlich die passende sein.

»Maria erzählte mir, daß Ihre Familie schon recht lange in dieser Gegend lebt.«

Die Antwort kam zurück wie eine harte kleine Schrotkugel. Sie hätte mich in die Brust treffen und zwischen den Schulterblättern wieder austreten können.

»Dreihundert Jahre.«

»Was haben sie hier gemacht?«

»Schafe«, wie ein zweiter Schuß. »Jeder züchtete damals Schafe.«

Sie stieß die Tür zu einem großen Schlafzimmer auf, dessen Fenster auf eine Wiese hinausgingen, auf der ein paar Kühe weideten. »Dies war das Kinderzimmer. Wo Maria und ihre Schwestern großgeworden sind. Sarah war die älteste, und sie mußte als erste ein Schlafzimmer haben, und Maria mußte weiter hier mit Georgina schlafen. Das war eine große Quelle von Bitterkeit. Auch, daß sie Sarahs Kleider erbte. Wenn Sarah aus ihnen herausgewachsen war, mußte Maria sie tragen, und wenn sie damit am Ende war, waren sie nicht mehr gut genug, um sie an Georgina weiterzugeben. Also bekam die Älteste neue Kleider, und die Jüngste bekam neue Kleider, und Maria in der Mitte nie. Eine weitere Quelle der Bitterkeit. Wir waren eine Zeitlang schrecklich knapp dran, müssen Sie wissen. Maria hat das nie so richtig verstanden, glaube ich.«

»Aber natürlich habe ich das verstanden«, sagte Maria.

»Aber du hast dich geärgert, denke ich. Vollkommen natürlich, ganz natürlich. Wir konnten uns keine Ponys leisten, und deine Freunde konnten es, und du schienst zu denken, das sei meine Schuld. Was es nicht war.«

Und sollte die Erinnerung an Marias Ärger eine Anspielung darauf sein, daß ihre Wahl auf mich gefallen war? Dem Ton von Mrs. Freshfield nach konnte ich es nicht entscheiden. Vielleicht war es liebevolle Hänselei, obwohl es für mich nicht so klang. Vielleicht war es einfach direkter historischer Bericht – Tatsachen, ohne Hintergedanken oder subtilere Bedeutung. Vielleicht redeten diese Leute eben so.

Draußen im Treppenhaus beschloß ich, einen letzten Versuch zu machen. Ich deutete auf eine Kommode auf dem Treppenabsatz und sagte leichthin, als spräche ich zu niemandem: »Ein hübsches Stück.«

»Das stammt aus der Familie meines Mannes. Meine Schwiegermutter hat es gekauft. Sie hat es eines Tages in Worcester gefunden. Ja, es ist ein sehr reizendes Stück. Auch die Beschläge sind richtig.«

Erfolg. Laß es dabei.

Während Phoebe schlummerte, gingen Maria und ich die Straße hinunter zu der kleinen Kirche, wohin sie als Kind zum Gottesdienst mitgenommen worden war.

»Na«, sagte sie, nachdem wir das Haus verlassen hatten, »es war nicht allzu schlimm, oder?«

»Ich habe keine Ahnung. War es schlimm? Oder nicht?«

»Sie hat sich wirklich Mühe gegeben. Sie macht keine Siruptorte, wenn es nicht einen besonderen Anlaß gibt. Weil du ein Mann bist, hat es Wein zum Essen gegeben. Sie hat offensichtlich schon seit einer Woche an deinen Besuch gedacht.«

»Das ist mir gar nicht recht aufgefallen.«

»Sie ist zu Mr. Tims, dem Schlachter, gegangen und hat ihn um ein besonders schönes Stück gebeten. Mr. Tims hat sich wirklich Mühe gegeben – das ganze Dorf hat sich wirklich Mühe gegeben.«

»Ja? Nun, ich habe mir auch wirklich Mühe gegeben. Ich habe mich gefühlt, als überquere ich ein Minenfeld. Mit den Möbeln habe ich nicht viel Glück gehabt.«

»Du hast sie zu sehr bewundert.« Maria lachte. »Ich muß dir beibringen, daß man Besitzstücke dem Eigentümer nicht gar so direkt ins Gesicht lobt. Aber so ist meine Mutter nun mal. Du lobst es, und wenn es ihr gehört, macht sie es schlecht. Mit dem Stilton hast du es aber getroffen. Sie gurrte vor Ekstase, als wir in der Küche allein waren.«

»In Ekstase kann ich sie mir gar nicht vorstellen.«

»Bei einem Stilton schon.«

Eine dunkle Gruppe uralter Eiben, die hier Yews genannt werden, stand draußen vor der winzigen Kirche, einem hübschen alten Gebäude, das von Grabsteinen umgeben war. »Du weißt, wie dieser Baum heißt«, sagte sie zu mir. »Ja«, sagte ich, »habe ich bei Thomas Gray gelesen.« »Du hast eine sehr gute Bildung da in Newark mitbekommen.« »Mußte ich ja, um mich auf dich vorzubereiten.« Maria öffnete die Tür zur Kirche, deren früheste Steine, wie sie mir erzählte, von den Normannen stammten. »Dieser Geruch«, sagte sie, als wir eintraten, und sie klang ein wenig betäubt, wie es Menschen tun, wenn ihre Vergangenheit sie machtvoll anweht, »der Geruch der Feuchtigkeit an diesen Orten.« Wir sahen uns die Grabfiguren toter Edelleute und die Holzschnitzereien an der Schmalseite der Bänke an, bis sie die Kühle nicht mehr ertrug. »Früher waren hier an einem Sonntag im Winter sechs Menschen zum Abendgesang versammelt. Die Feuchtigkeit geht mir *immer noch* direkt in die Knie. Komm, ich zeige dir meine einsamen Orte.«

Wir gingen wieder hügelan durch das Dorf – wobei Maria erklärte, wer in jedem der Häuser wohnte – und stiegen dann ins Auto und fuhren zu ihren alten Verstecken, den »einsamen Orten«, die sie immer wieder aufgesucht hatte, wenn sie von der Schule eine Zeitlang nach Hause kam, um sich zu vergewissern, daß sie noch da waren. Eins war ein Buchengehölz, wo sie spazierenzugehen pflegte – »sehr verwunschen« nannte sie es –, und das andere lag jenseits des Dorfes im Talgrund, eine zerfallene Mühle an einem Bach, der so schmal war, daß man hinüberhüpfen konnte. Dort war sie immer mit ihrem Pferd hingeritten, oder sie war – nachdem ihre Mutter entschieden hatte, daß sie es schon schwer genug hatte mit der Bezahlung für die Schulen der Kinder, auch ohne Ponys, die gefüttert und versorgt werden mußten – mit ihrem Fahrrad hingefahren. »Das ist der Ort, wo ich meine visionären Anwandlungen hatte, daß die Welt eins sei. Genau, was Wordsworth beschreibt – die wahre Naturmystik, Momente äußerster Zufriedenheit. Weißt du, wenn man den Sonnenuntergang betrachtet und plötzlich denkt, daß das ganze Universum einen Sinn hat. Für einen Heranwachsenden gibt es keinen besseren Ort für diese kleinen Visionen als eine zerfallene Mühle an einem rieselnden Bach.«

Von dort fuhren wir zu The Barton, das ziemlich isoliert hinter einer hohen, efeubedeckten Mauer an einem Feldweg ein paar Meilen von Chadleigh entfernt lag. Es wurde dunkel, und da es Hunde gab, blieben wir draußen beim Tor und sahen uns an, wie überall im Hause Lichter brannten. Es war aus demselben graugelben Stein gebaut wie Holly Tree Cottage und fast alle anderen Häuser, die wir gesehen hatten, wenngleich es aufgrund der Größe und der eindrucksvollen Giebel nicht etwa für das Heim eines armen Dorfwebers oder auch eines Gutsverwalters hätte gehalten werden können. Es gab jenseits der Mauer einen Gartenstreifen, der zu den französischen Fenstern im Erdgeschoß führte. Maria sagte, daß das Haus keine Zentralheizung gehabt habe, als sie ein Kind war, und deshalb habe es in allen Zimmern Kaminfeuer gegeben, die von September bis Mai brannten; Strom hatten sie selbst erzeugt, mittels eines alten Dieselmotors, der die meiste Zeit vor sich hin brummte. Auf der Rückseite, sagte sie, seien die Stallungen, die Scheune und ein ummauerter Küchengarten mit Rosenbeeten; dahinter ein Ententeich, wo sie geangelt und Schlittschuhlaufen gelernt hatten, und dahinter ein Nußbaumgehölz, auch ein verwunschener Ort voller

Lichtungen und Vögel, wilder Blumen und Farn, wo sie und ihre Schwestern die grünen Pfade auf- und abgelaufen seien und einander zu Tode erschreckt hätten. Ihre frühesten Erinnerungen seien ganz voller Poesie und mit diesem Gehölz verbunden.

»Dienstboten?«

»Nur zwei«, sagte sie. »Ein Kindermädchen und eine Frau, ein altes Dienstmädchen, das aus der Vorkriegszeit übriggeblieben war. Das Dienstmädchen meiner Großmutter, das beim Nachnamen, Burton, gerufen wurde und immer gekocht hat und bei uns blieb, bis es am Ende in Rente geschickt wurde.«

»Der Umzug ins Dorf«, sagte ich, »war ein Abstieg.«

»Wir waren ja noch Kinder, für uns nicht so sehr. Aber meine Mutter hat es nie verwunden. Ihre Familie hat seit dem siebzehnten Jahrhundert kein Zoll Land in Gloucestershire aufgegeben. Aber ihr Bruder hat das Grundstück von dreitausend Morgen, und sie hat nichts. Nur die paar Aktien und Anteile, die sie von ihrer Mutter geerbt hat, die Möbel, die du so bewundert hast, und die Pferdeporträts, die übertrieben zu loben du verabsäumt hast – eine Art von Sub-Stubbs.«

»Das alles ist mir äußerst fremd, Maria.«

»Ich meinte, beim Essen so etwas zu spüren.«

Während Phoebe, aufgemuntert durch das Früchtebrot, Georgina unterhielt und Maria ihrer Mutter immer noch von dem Haus in Chiswick erzählte, bahnte ich mir den Weg in eine Ecke der Kirchenkrypta, fort vom Andrang der hungrigen Adventsgemeinde, die mit Weingläsern und Früchtebrotstücken jonglierte, und fand mich auf einmal Marias älterer Schwester Sarah gegenüber.

»Ich glaube, Sie haben es gern, das moralische Versuchskaninchen zu spielen«, sagte Sarah wie aus der Pistole geschossen, wofür sie ja bekannt war.

»Wie spielt man das moralische Versuchskaninchen?«

»Man experimentiert mit sich selbst. Begibt sich, wenn

man ein Jude ist, zur Weihnachtszeit in eine Kirche, um zu sehen, wie man sich fühlt und wie das so ist.«

»Ach, das tun doch alle«, sagte ich freundlich, doch um sie wissen zu lassen, daß mir nichts entgangen war, fügte ich langsam hinzu: »Nicht nur Juden.«

»Es ist leichter, wenn man erfolgreich ist, wie Sie.«

»Was ist leichter?« fragte ich.

»Alles, ohne Frage. Aber ich habe das mit dem moralischen Versuchskaninchen gemeint. Sie haben die Freiheit erlangt, sich gehörig umzutun, sich von einer Schicht zur anderen zu bewegen, um zu sehen, wie das alles so ist. Erzählen Sie mir vom Erfolg. Genießen Sie es, so herumzustolzieren?«

»Nicht genug – dazu bin ich als Exhibitionist nicht hinreichend schamlos.«

»Aber das ist doch etwas anderes.«

»Ich kann meinem Exhibitionismus nur in Verkleidung frönen. Meine ganze Kühnheit verdanke ich Masken.«

»Ich glaube, das wird jetzt ein bißchen intellektuell. Als was sind Sie heute abend verkleidet?«

»Heute abend? Als Marias Ehemann.«

»Nun, ich denke, wenn man erfolgreich ist, sollte man auch ein bißchen damit angeben – um alle anderen zu ermutigen. Georgina ist bei uns die Extrovertierte – und das sagt ja wohl alles über diese Familie. Sie gibt sich immer noch Mühe, Mammis Mustertochter zu sein. Ich bin, wie Sie gehört haben müssen, nicht so ganz stabil, und Maria ist absolut wehrlos und ein wenig verwöhnt. Ihr ganzes Leben lang war es ihr Ziel, nichts zu tun. Und das tut sie doch mit sehr gutem Erfolg.«

»War mir noch nicht aufgefallen.«

»Ach, es gibt nichts auf der Welt, was Maria so glücklich macht wie ein dicker, dicker Scheck.«

»Nun, dann ist es ja leicht. Ich werde ihr jeden Tag einen dicken geben.«

»Sind Sie gut im Aussuchen von Kleidern? Maria liebt es, wenn Männer ihr beim Aussuchen von Kleidern helfen.

Männer müssen Maria bei allem helfen. Ich hoffe, Sie sind darauf vorbereitet. Sitzen Sie gern in dem Sessel im Geschäft, während so eine Dame herumwirbelt und sagt: ›Wie gefällt Ihnen das hier?‹«

»Das kommt auf das Geschäft an.«

»Ach ja? Welches Geschäft gefällt Ihnen? Selfridge's? Georgina hält sich ein Pferd in Gloucestershire. Sie ist völlig anders. Dieses ganze englische Gehabe. Gestern hatte sie dort ein großes Ein-Tages-Rennen. Wissen Sie, wie so ein Ein-Tages-Rennen ist? Natürlich nicht. Es ist schon physisch ganz schrecklich. Diese riesigen, riesigen Hindernisse. Echt englischer Irrsinn. Jeden Moment kann ein Pferd stürzen und einem das Hirn zerquetschen.«

»So sind sie nun einmal.«

»Ja, einfach verrückt«, sagte Sarah. »Aber Georgina hat es gern.«

»Und was haben Sie gern?«

»Was ich am liebsten täte? Nun, was ich am liebsten täte und was mir schwerfallen würde, weshalb ich es in naher Zukunft auch gar nicht wirklich anstrebe, ist, was Sie tun – und was meine Mutter tut. Doch das ist das schwerste Leben, das ich mir vorstellen kann.«

»Es gibt schwerere.«

»Seien Sie nicht so bescheiden. Sie denken doch, es sei das Leiden, was es so bewunderungswürdig macht. Man sagt, wenn man einen Schriftsteller kennenlernt, ist es zuweilen schwieriger, sein Werk zu verabscheuen, als wenn man sich einfach das Buch holt und es öffnet und dann in die Ecke schleudert.«

»Nicht für jeden. Manchen fällt es leichter, die Tatsache zu verabscheuen, daß sie einen kennengelernt haben.«

»Meine ganze Kindheit ging damit hin, daß ich überall herumgekotzt habe, wann immer ich etwas vorführen oder abliefern mußte. Da ich damals noch in heißem Wettstreit darum stand, Mammis Mustertochter zu sein, mußte ich *die ganze Zeit* etwas vorführen und abliefern. Und jetzt habe ich diese schrecklich quälende Beziehung zu jeder Arbeit, die ich mache. Ich bin eigentlich nie in der Lage gewesen, in der Arbeit richtig zu funktionieren. Maria ebensowenig – sie kann überhaupt nicht arbeiten. Ich wüßte nicht, daß sie irgend etwas gemacht hat seit Jahren, außer an ihren eineinhalb Kurzgeschichten herumzupfuschen, die sie seit ihrer Schulzeit geschrieben hat. Aber sie ist ja schön und verwöhnt und bringt statt dessen all diese Leute dazu, sie zu heiraten. Ich bin nicht bereit, zu Hause zu bleiben und so höllisch abhängig zu sein.«

»Ist es ›Abhängigkeit‹? Ist es eine solche Hölle?«

»Was macht eine Frau, die intelligent ist und viel Energie und Enthusiasmus in dieses ganze häusliche Gehabe einbringt, und am Ende verschwindet der Mann aus ganz und gar natürlichen Gründen, geht entweder direkt aus dem Haus oder, wie unser lieber Vater, mit zweiundsechzig Geliebten nebenbei? Aus gutem Grund ist diese Variante verschwunden, und zwar, weil intelligente Frauen nicht mehr bereit sind, so abhängig zu sein.«

»Maria ist eine intelligente Frau.«

»Und das hat ihr ja wohl nicht allzuviel gebracht, oder? Das erste Mal jedenfalls.«

»Er war ein Arschloch«, sagte ich.

»Keineswegs. Haben Sie ihn kennengelernt? Er hat wirklich einige wunderbare Eigenschaften. Ich genieße seine Gegenwart sehr. Zuweilen kann er unendlich bezaubernd sein.«

»Da bin ich sicher. Aber wenn man sich emotional aus dem Leben des anderen zurückzieht, wie er das getan hat, dann nutzt sich das Gefühl der Verbundenheit schließlich ab.«

»Wenn man hilflos abhängig ist.«

»Nein, wenn man irgendeine menschliche Verbundenheit mit dem Menschen braucht, mit dem man verheiratet ist.«

»Ich glaube, Sie führen das Leben eines Hochstaplers«, sagte Sarah.

»Ach ja?«

»Mit Maria, ja. Es gibt sogar ein Wort dafür.«

»Sagen Sie es mir.«

»Hypergamie. Wissen Sie, was das ist?«

»Nie gehört.«

»Mit Frauen einer höheren Gesellschaftsschicht ins Bett zu gehen. Begehren, das auf einer höheren Gesellschaftsschicht beruht.«

»Ich bin also, höflich ausgedrückt, ein Hypergamist; und Maria, die sich an ihrem Vater, der sie im Stich gelassen hat, rächt, indem sie unter Stand heiratet, ist hilflos abhängig. Eine verwöhnte, abhängige Frau aus einer höheren Gesellschaftsschicht, die dicke Schecks neben ihrem Betthupferl gern hat und deren Leben darauf ausgerichtet ist, nichts zu tun. Und was sind Sie, Sarah, abgesehen davon, daß Sie neidisch, verbittert und schwach sind?«

»Ich mag Maria nicht.«

»Na und? Wen interessiert das schon?«

»Sie ist verwöhnt, sie ist träge, sie ist weich, sie ist ›sensibel‹, sie ist eitel – aber Sie sind ja auch eitel. In Ihrem Beruf muß man bestimmt recht eitel sein. Wie könnten Sie sonst ernst nehmen, worüber Sie nachdenken? Sie müssen immer noch ziemlich verliebt sein in das Drama Ihres Lebens.«

»Bin ich auch. Deshalb habe ich eine Schönheit wie Ihre Schwester geheiratet und gebe ihr jeden Tag diese dicken Schecks.«

»Unsere Mutter ist furchtbar antisemitisch, wissen Sie.«

»Ist sie das? Hat mir noch niemand gesagt.«

»Ich sage es Ihnen. Ich denke, Sie werden vielleicht feststellen, daß Sie in Ihrem Experiment mit Maria ein bißchen zu weit gegangen sind.«

»Ich gehe gern zu weit.«

»Ja, das tun Sie. Ich habe Ihre berühmte Ghetto-Komödie gelesen. Direkt wie aus Zeiten Jacobs I. Wie hieß sie doch gleich?«

»*Mein liebstes Selbstbildnis.*«

»Nun denn, wenn Sie, wie Ihr Werk es nahelegt, sich von den Folgen von Übergriffen faszinieren lassen, dann sind Sie an die richtige Familie geraten. Unsere Mutter kann höllisch unangenehm werden, was Übergriffe angeht. Sie kann hart sein wie ein Mineral – ein angelsächsisches Mineral. Ich glaube nicht, daß ihr die Vorstellung wirklich gefällt, daß ihre schwache, hilflose Maria sich analer Domination seitens eines Juden unterwirft. Ich stelle mir vor, sie glaubt, daß Sie wie die meisten männlichen Sadisten eine Vorliebe für anale Penetration haben.«

»Sagen Sie ihr, daß ich ab und zu eine Stichprobe mache.«

»Das wird unserer Mutter gar nicht gefallen.«

»Ich kenne keine Mutter, der das gefiele. Das klingt für mich eigentlich ganz typisch.«

»Ich denke, daß Sie vor Wut, Ärger und Eitelkeit fast platzen und alles unter diesem urbanen und kultivierten Äußeren verbergen.«

»Auch das klingt ziemlich typisch. Obwohl es offenbar Leute gibt, die sich mit dem kultivierten Äußeren gar keine Mühe geben.«

»Verstehen Sie alles, was ich Ihnen sage?« fragte sie.

»Nun, ich höre, was Sie mir zu sagen haben.«

Plötzlich schnellte ihre Hand, in der sie ein halbes Stück Früchtebrot hielt, in meine Richtung. Ich dachte einen Augenblick lang, sie würde es mir ins Gesicht drücken.

»Riechen Sie daran«, sagte sie.

»Warum sollte ich?«

»Weil es gut riecht. Seien Sie nicht so abwehrend, nur weil Sie in einer Kirche sind. Riechen Sie. Es riecht nach Weihnachten. Ich könnte wetten, daß es keine Gerüche gibt, die Sie mit Chanukka assoziieren.«

»Schekel«, sagte ich.

»Ich könnte wetten, Sie würden Weihnachten am liebsten abschaffen.«

»Seien Sie eine gute Marxistin, Sarah. Die Dialektik lehrt uns, daß die Juden niemals Weihnachten abschaffen werden – dazu verdienen sie viel zuviel daran.«

»Sie lachen sehr verhalten, fällt mir auf. Sie wollen nicht zuviel zeigen. Liegt das daran, daß Sie in England sind und nicht in New York? Liegt es daran, daß Sie nicht mit den amüsanten Juden verwechselt werden wollen, die Sie in Ihren Büchern darstellen? Warum legen Sie nicht einfach los und zeigen ein bißchen die Zähne? Ihre Bücher sind doch so – die bestehen doch richtig aus Zähnen. Sie aber verbergen sehr gut den jüdischen Verfolgungswahn, der Gemeinheiten hervorbringt und das Bedürfnis nach Seitenhieben – und wenn nur mit all diesen jüdischen ›Witzen‹, natürlich. Warum so gewandt in England und so ungehobelt in *Carnovsky*? Die Engländer senden auf so niedrigen Frequenzen – besonders Maria verströmt *so* sanfte Klänge, die Stimme der Gartenhecken, nicht wahr? – , daß Sie schreckliche Angst haben müssen, Sie könnten sich plötzlich vergessen, die Zähne entblößen und das ethnische Gekeife loslassen. Sie brauchen keine Angst zu haben, was die Engländer denken werden, die Engländer sind zu höflich für Pogrome – Sie haben schöne, amerikanische Zähne, zeigen Sie sie doch, wenn Sie lachen. Sie sehen unverkennbar jüdisch aus. Das können Sie unmöglich verbergen, auch wenn Sie Ihre Zähne nicht zeigen.«

»Ich brauche mich nicht wie ein Jude aufzuführen – ich bin einer.«

»Ganz schön schlau.«

»Nicht so schlau wie Sie. Sie sind gleichzeitig zu schlau und zu dumm.«

»Ich mag mich selbst auch nicht besonders«, sagte sie. »Nichtsdestoweniger denke ich, Maria hätte Ihnen sagen sollen, daß sie aus einem Menschenschlag stammt, bei dem Sie, wenn Sie irgend etwas über die englische Gesellschaft wissen würden, Antisemitismus *erwartet* hätten. Sollten Sie je englische Romane lesen – haben Sie das?«

Ich machte mir nicht die Mühe, zu antworten, aber ich ging auch nicht weg. Ich wollte doch abwarten, wie weit meine neue Schwägerin wirklich zu gehen beabsichtigte.

»Als Grundstein zu Ihrer Bildung würde ich einen Roman von Trollope empfehlen«, sagte sie. »Das könnte Ihrer armseligen Sehnsucht, an kultivierter englischer Gesellschaft teilzuhaben, ein wenig die Luft rauslassen. Es wird Ihnen alles über Leute wie uns erzählen. Lesen Sie *The Way We Live Now*. Das hilft vielleicht, diese Mythen in die Luft zu jagen, die der erbärmlichen jüdischen Anglophilie Nahrung geben, aus der Maria jetzt Geld schlägt. Das Buch ist eher wie eine Seifenoper, doch der Hauptgenuß aus Ihrer Sicht ist eine kleine Nebenhandlung, die Episode von einer Miss Longestaffe, einer jungen englischen Lady aus einem Haus der Oberschicht, Landadel etwa, schon ein wenig jenseits von Gut und Böse, und sie ist wütend, daß niemand sie geheiratet hat und sie sich auf den Heiratsmärkten nicht an den Mann bringen konnte, und weil sie entschlossen ist, in London ein abwechslungsreiches gesellschaftliches Leben zu führen, ist sie bereit, sich zu erniedrigen und einen Juden mittleren Alters zu heiraten. Das Interessante daran sind ihre Gefühle und die Gefühle ihrer Familie zu diesem Abstieg und das Verhalten des betreffenden Juden. Ich will es Ihnen nicht verderben, indem ich weitererzähle. Es wird beträchtlich zu Ihrer Bildung beitragen, und ich denke, es ist keineswegs zu früh dafür. Oh, Sie werden sich ganz schön umsehen bei dieser Geschichte, da bin ich sicher. Die arme Miss Longestaffe rechnet darauf, daß sie dem Juden einen großen Gefallen tut, verstehen Sie, indem sie ihn heiratet, obwohl ihr einziges Motiv ist, sein Geld in die Finger zu bekommen und so wenig wie möglich mit ihm zu tun zu haben. Sie denkt eigentlich überhaupt nicht daran, was für ihn dabei herausspringt. Sie hat tatsächlich das Gefühl, daß sie ihm gesellschaftlich eine Gunst erweist.«

»Ihre Erinnerung daran ist offenbar furchtbar frisch.«

»Da ich Sie heute sehen würde, habe ich es mir noch einmal vorgenommen. Interessiert es Sie?«

»Erzählen Sie weiter. Wie nimmt ihre Familie das mit dem Juden auf?«

»Ja, ihre Familie *ist* das Wichtigste, nicht wahr? Sie sind wie vom Donner gerührt. ›Ein Jude‹, schreien alle, ›ein alter fetter Jude.‹ Sie ist so außer Fassung aufgrund ihrer Reaktion, daß sich ihr Trotz in Zweifel verwandelt, und sie korrespondiert mit ihm – er heißt Mr. Brehgert. Es zeigt sich, daß er, wenn auch ziemlich farblos, ein von Grund auf anständiger, verantwortlicher Mann ist, ein sehr erfolgreicher Geschäftsmann. Er wird jedoch, wie auch andere Juden in dem Buch, häufig mit Begriffen beschrieben, die Ihnen durch Mark und Bein gehen werden. Was besonders aufschlußreich für Sie sein wird, ist ihre Korrespondenz – was aus ihr hervorgeht über die Einstellung einer großen Anzahl von Leuten Juden gegenüber, Einstellungen, die nur *scheinbar* hundert Jahre alt sind.«

»Und das ist es schon?« fragte ich. »Ist das alles?«

»Natürlich nicht. Kennen Sie John Buchan? Er ›wirkte‹ um den Ersten Weltkrieg herum. Oh, der wird Ihnen auch gefallen. Sie werden eine Menge lernen. Seine Stärke liegt in ein paar erstaunlichen, beiseite gesprochenen Bemerkungen. Er ist fürchterlich berühmt in England, außerordentlich berühmt, er hat Abenteuerromane für Jungen geschrieben. Seine Geschichten handeln alle von blonden arischen Gentlemen, die gegen die Kräfte des Bösen antreten, die sich immer in Europa zusammenballen und ungeheure Verschwörungen anzetteln, nicht ohne Verbindungen mit jüdischen Finanziers, um irgendwie eine Wolke des Bösen über die Welt zu bringen. Und natürlich gewinnen die blonden Arier am Ende und kehren in ihre Landhäuser zurück. Das ist die übliche Handlung. Und die Juden bilden üblicherweise den Bodensatz, wo sie auf der Lauer liegen. Ich kann eigentlich nicht empfehlen, daß Sie ihn wirklich lesen – es ist ein bißchen mühsam. Lassen Sie es einen Freund für Sie tun. Lassen Sie es Maria machen – sie hat doch soviel Zeit. Sie kann einfach die guten Stellen heraussuchen, für Ihre Bildung. Die Sache ist die, daß alle fünfzig Seiten eine offen antisemitische Bemerkung gemacht wird, einfach als Beiseite, einfach als gemeinsames Bewußtsein aller Leser und des Schriftstellers. Es ist anders als bei Trollope kein entwickeltes Konzept. Trollope interessiert sich wirklich für das Dilemma – aber hier ist es *ein gemeinsames Bewußtsein*. Und es wurde nicht 1870 geschrieben – diese Art von Mystik ist immer noch sehr im Schwange, auch wenn Maria Sie nicht darüber informiert hat. Maria ist in vielerlei Hinsicht ein Kind. Sie wissen ja, wie Kinder sich darauf verstehen, bestimmte Themen nicht an sich heranzulassen. Gewiß, sich in die Hose eines Mannes hineinzureden, ist eine von Marias Spezialitäten, ich will nicht sagen, daß sie das nicht kann. Im Bett macht sie es wieder jungfräulich, da bin ich sicher, mit ihrem ganzen natürlichen englischen Zartgefühl – im Bett mit Maria sind wir wieder bei Wordsworth. Ich bin sicher, daß sie sogar den Ehebruch zu etwas Jungfräulichem gemacht hat. Die Orgie liegt bei Maria im Sprechen. Wie sie mental mit einem fickt, damit kann sie einen Mann umbringen, nicht wahr, Nathan? Sie hätten sie in Oxford sehen sollen. Für ihre armen Tutoren war es eine Qual. Und doch sagt sie nicht alles, müssen Sie wissen. Es gibt bestimmte Dinge, die man einem Mann nicht sagt, und bestimmte Dinge sind Ihnen offensichtlich nicht gesagt worden. Maria lügt im guten Sinne – um den Frieden aufrechtzuerhalten. Sie sollten sich jedoch nicht durch ihre Lügen und ihre Gedächtnislücken schmerzlich irreführen lassen – oder unvorbereitet sein.«

»Worauf? Es reicht jetzt mit den Meriten des englischen Romans – und es reicht mir auch, was Maria angeht. Nicht vorbereitet auf was von welcher Seite?«

»Von seiten unserer Mutter. Sie werden einen Fehler machen, sollten Sie, wenn dieses Kind kommt, versuchen, sich einer Taufe zu widersetzen.«

Im Taxi beschloß ich, Maria lieber nicht zu fragen, ob ihr bekannt sei, wie wenig ihre Schwester für sie übrig hatte oder wie sehr Sarah mich ablehnte oder ob die Andeutungen über das, was ihre Mutter hinsichtlich unseres Kindes erwartete, tatsächlich der Wahrheit entsprachen. Ich war sprachlos – und außerdem waren wir auf dem Weg zu Marias Lieblingsrestaurant, um ihren achtundzwanzigsten Geburtstag zu feiern, und ich wußte, wenn ich von dem Sperrfeuer an Gemeinheiten seitens ihrer Schwester gesprochen hätte, von dieser liebevoll artikulierten Hasseshymne, dann würde die Feier nicht stattfinden. Was mich irremachte, war die Tatsache, daß alles, was ich je über Marias Beziehung zu Sarah gehört hatte, in der wenig erstaunlichen Mitteilung bestand, daß es zwischen ihnen nicht mehr die Nähe gab, die sie als Schulmädchen gehabt hatten. Sie hatte einmal etwas von psychiatrischen Problemen erwähnt, als sie die Nachwirkungen von Sarahs entsetzlicher Neunzig-Tage-Ehe mit einem Nachkommen der anglo-irischen Aristokratie beschrieb, aber nur beiläufig, und nicht um eine Erklärung für die Gefühle ihrer Schwester ihr gegenüber oder ihre buchanitischen Ansichten über Leute wie mich zu geben. Gewiß hatte Maria ihre Mutter niemals als »furchtbar antisemitisch« charakterisiert, obwohl ich natürlich argwöhnte, daß es sehr wohl mehr als eine Spur davon geben könnte, bei den vielerlei Schichten von gesellschaftlichem Snobismus und der allgemeinen Fremdenfeindlichkeit, die ich in Holly Tree Cottage gespürt hatte. Was ich nicht wußte, war, ob das gespenstische Phantom des Taufbeckens nur ein unwiderstehliches Finale für einen häßlichen kleinen Witz war, eine rasend komische Pointe, die nach Sarahs Vorstellung nicht ihr Ziel verfehlen konnte, nämlich den Zorn jenes reichen Juden mittleren Alters zu erregen, den sich ihre Schwester angelacht hatte, oder ob es sich bei der Taufe von Baby Zuckerman, wie lächerlich absurd der Gedanke daran auch war, um etwas handelte, dem Maria und ich uns in einem häßlichen Kampf mit ihrer Mutter entgegenstellen müßten. Und wenn im Widerstand gegen die Mutter, die nie einen falschen Schritt tat, die wehrlose Tochter fügsam zusammenbrach? Und wenn Maria sich erst gar nicht dazu *bringen* konnte, gegen etwas anzukämpfen, was mir, je länger ich darüber nachdachte, nicht nur als ein mehr als symbolischer Versuch vorkam, das Kind zu kidnappen, sondern als Bemühung, ihre Ehe mit der Judensau zu annullieren?

Erst da wurde mir allmählich klar, wie naiv ich gewesen

war, daß ich so etwas nicht hatte auf mich zukommen sehen, und ich fragte mich, ob nicht ich es gewesen war, statt Maria, der auf kindliche Weise »bestimmte Themen nicht an sich heranließ«. Ich hatte mich offenbar nahezu absichtlich blind gestellt gegenüber der Ideologie, die natürlich ihrer anständigen Erziehung inmitten des Landadels zugrunde liegen mochte, und hatte wohl auch die naheliegenden familiären Konsequenzen der beispiellosen Kühnheit unterschätzt, die Maria zur Schau zu stellen gewagt hatte, indem sie als geschiedene Frau des jungen, mit guten Verbindungen ausgestatteten Ersten Sekretärs der Botschaft des U.K. bei den U.N. nach England zurückgekehrt war, statt dessen verheiratet mit mir, dem Mohren – in ihren Augen –, der mit ihrer Desdemona verheiratet war. Und noch mehr verstörend als der häßliche Zusammenstoß mit Sarah war die Wahrscheinlichkeit, daß ich mich zumeist von Phantasien hatte betrügen lassen, daß bis jetzt alles weitgehend ein Traum gewesen war, in dem ich als hirnloser Mitverschwörer gedient hatte, der sich etwas oberflächlich Irreales zusammengesponnen hatte aus jenen »bezaubernden« Unterschieden, die zuletzt mit ihrer ganzen gesellschaftlichen Bedeutung – und sei es als Fossil – über uns hereingebrochen waren. Die Schwäne, der Dunst, die Flut, die sanft an der Gartenmauer leckt – wie konnte dieses Idyll überhaupt wirkliches Leben sein? Und wie vergiftend und schmerzvoll würde dieser Konflikt sein? Es sah plötzlich so aus, als wären zwei rationale und vernünftige Realisten all diese Monate über einem sehr realen und tückischen Dilemma aus dem Weg gegangen.

Ich war eben in New York so begierig gewesen, mich zu verjüngen, daß ich es einfach nicht bis zu Ende durchdacht hatte. Als Schriftsteller hatte ich meine Vergangenheit bis an ihre Grenzen ausgeschürft, ich hatte meine private Kultur und persönliche Erinnerungen erschöpft und konnte mich nicht einmal mehr für das Gezänk über mein Werk erwärmen, da ich meiner Verleumder schließlich etwa auf ähnliche Weise müde geworden war, wie man jemanden irgendwann einmal nicht mehr liebt. Ich hatte die alten Krisen satt, war gelangweilt von den alten Streitfragen und wollte nur die Gewohnheiten loswerden, mittels derer ich mich an den Schreibtisch angekettet hatte, mittels derer ich drei Ehefrauen in meine Abgeschlossenheit hineingezogen und in einer Zelle der tiefsten Selbsterforschung gelebt hatte. Ich wollte eine neue Stimme hören, eine neue Verbindung knüpfen, von einer neuen und originellen Partnerin neu belebt werden – ich wollte ausbrechen und eine Verantwortung auf mich nehmen, die keine Ähnlichkeit mit dem hatte, was mit dem Schreiben verbunden ist, und mit der zermürbenden Last des Schriftstellers, sein eigener Gegenstand zu sein. Ich wollte Maria, und ich wollte ein Kind, und nicht nur hatte ich es verabsäumt, es bis zum Ende zu durchdenken, sondern ich hatte es absichtlich getan, da das Bis-zum-Ende-Durchdenken eine weitere alte Gewohnheit war, nach der ich keine Sehnsucht mehr empfand. Was konnte für mich geeigneter sein als eine Frau, die beteuerte, wie ungeeignet sie für mich sei? Da ich zu dieser Zeit für mich selbst völlig ungeeignet war, waren wir *ipso facto* das perfekte Paar.

Im fünften Monat der Schwangerschaft mußte der Hormonausstoß eine Wirkung auf die Haut haben, denn von Maria ging eine sichtbare Strahlung aus. Es war ein großer Moment für sie. Das Baby bewegte sich noch nicht, doch die erste Übelkeit war ganz vorüber und die Unbehaglichkeit, daß sie sich als zu groß und beschwerlich empfand, hatte noch nicht eingesetzt, und sie sagte, sie fühle sich verhätschelt und beschützt und als sei sie etwas Besonderes. Über ihrem Kleid trug sie ein langes schwarzes wollenes Cape mit einer Kapuze, von deren Spitze eine Quaste herabhing; es war weich und warm, und ich konnte ihren Arm nehmen, da ihn die Öffnung an der Seite freiließ. Ihr Kleid war dunkelgrün und wallend, ein seidenes Jersey-Kleid mit einem tief ausgeschnittenen, runden Kragen und langen Ärmeln, die sich um die Handgelenke schlossen. Das Kleid sah in meinen Augen unübertrefflich aus, einfach und sexy und makellos.

Wir wurden Seite an Seite an einen Tisch am Ende einer Plüschsitzbank gesetzt, mit Blick auf den getäfelten Raum. Es war nach acht, und die meisten Tische waren schon besetzt. Ich bestellte Champagner, während Maria in ihrer Handtasche die Polaroid-Schnappschüsse von unserem Haus suchte – ich hatte noch keine Gelegenheit gehabt, sie mir genau anzusehen, und es gab viele Dinge, die sie mir zeigen wollte. Inzwischen hatte ich eine lange schwarze Samtschatulle aus meiner Tasche gezogen. Darin war ein Armband, das ich ihr vor einer Woche in einer Seitenstraße der Bond Street gekauft hatte, in einem Laden, der auf die Art von viktorianischem und georgianischem Schmuck spezialisiert war, den sie gern trug. »Es ist leicht, aber nicht unsolide«, hatte mir der Verkäufer versichert, »gerade so zart, wie es für das schmale Handgelenk der Lady paßt.« Das klang nach Handschellen, der Preis war schockierend, aber ich nahm es. Ich hätte zehn davon nehmen können. Es war wirklich ein großer Moment, für uns beide. Ob es sich als »wirkliches Leben« einstufen ließ, mußte noch abgewartet werden.

»Ach, das ist aber hübsch«, sagte sie, ließ den Verschluß einschnappen und streckte den Arm aus, um das Geschenk zu bewundern. »Opale. Diamanten. Das Haus am Fluß. Champagner. Du. Du«, wiederholte sie, diesmal nachdenklich, »soviel Fels, damit sich dieses Moos ansetzen kann.« Sie küßte mich auf die Wange und war in dem Moment die Verkörperung weiblicher Wonne. »Ich finde es ein außerordentlich lustvolles Experiment, mit dir verheiratet zu sein. Ist das nicht die beste Weise, sich päppeln zu lassen?«

»Du siehst reizend aus in diesem Kleid.«

»Es ist eigentlich ziemlich alt.«

»Ich erinnere mich noch von New York daran.«

»Das war ja die Idee.«

»Du hast mir gefehlt, Maria.«

»Wirklich?«

»Ich schätze dich, wie du weißt.«

»Das ist ein sehr starker Trumpf, den du da ausspielst.«

»Nun ja, so ist es eben.«

»Du hast *mir* gefehlt. Ich habe sehr versucht, nicht an dich zu denken die ganze Zeit. Wann werde ich anfangen, dir auf die Nerven zu gehen?« fragte sie.

»Ich glaube nicht, daß du dir darüber heute abend Sorgen machen mußt.«

»Das Armband ist perfekt, es ist so perfekt, daß es einem schwerfällt zu glauben, daß es deine eigene Idee war. Wenn ein Mann etwas sehr Angebrachtes tut, dann ist es normalerweise nicht seine Idee. Es ist sehr schön, aber weißt du, was ich noch möchte, was ich zu allererst möchte, wenn wir umziehen? Blumen im Haus. Sehr bürgerlich von mir, oder? Denk daran, ich habe eine sehr lange Liste von materiellen Wünschen, aber das ist es, woran ich dachte, als ich die Bauarbeiter heute dort gesehen habe.«

Danach brachte ich es einfach nicht über mich, dem drängenden Impuls nachzugeben und herauszuplatzen damit, nämlich ihr direkt und ohne Beschönigung zu sagen: »Hör mal, deine Mutter ist eine furchtbare Antisemitin, die von uns erwartet, daß wir unser Kind taufen lassen – wahr oder falsch? Und wenn es wahr ist, warum tust du dann so, als hättest du es vergessen? Das ist noch beunruhigender als alles andere.« Statt dessen, als bedrücke mich nicht, was sie wußte oder nicht zu wissen vorgab, und als erwarte ich, nichts zu hören, was mich entsetzen könnte, als wäre ich über gar nichts beunruhigt, sagte ich mit einer Stimme, die ebenso sanft und kultiviert war wie die ihre: »Ich fürchte, es gelingt mir noch lange nicht, bei deiner Mutter das Eis zu brechen. Wenn sie hinter ihrem Lächeln ihre Kräfte neu sammelt, weiß ich wirklich nicht, wohin ich schauen soll. Sie war heute abend einfach von eisiger Korrektheit, aber was genau denkt sie *wirklich* über uns? Hast du eine Ahnung?«

»Ach, was offenbar alle denken, mehr oder weniger. Daß wir ›enorme Unterschiede überbrückt haben‹.«

»›Überbrückt?‹ Hat sie das zu dir gesagt?«
»Hat sie.«
»Und was hast du zu ihr gesagt?«
»Ich habe gesagt: ›Was ist so ungeheuer verschieden? Natürlich weiß ich, daß wir in einer Hinsicht kaum verschiedener sein könnten. Aber denk doch an all die Dinge, die wir beide gelesen haben, denk an all die Dinge, die wir beide wissen, wir sprechen dieselbe Sprache – ich weiß weitaus mehr über ihn, als du denkst.‹ Ich habe ihr gesagt, daß ich Unmengen an amerikanischer Literatur gelesen habe, daß ich Unmengen und Unmengen amerikanischer Filme gesehen habe –«
»Aber sie spricht doch nicht davon, daß ich Amerikaner bin.«
»Nicht nur. Das stimmt. Sie denkt an unseren ›Umgang‹. Sie sagt all das, was durch die Art, wie wir uns kennengelernt haben, im Dunkel geblieben ist – aufgrund unserer heimlichen Liaison. Wir haben uns nie im Kreise von Freunden getroffen, wir haben uns nie in der Öffentlichkeit getroffen, wir haben uns nie getroffen, um etwas zu unternehmen, so daß wir einander nie durch sichtbare Anzeichen all unserer Unterschiede auf die Nerven gehen konnten. Es geht ihr darum, daß wir dort geheiratet haben, ohne es eigentlich zuzulassen, auf die Probe gestellt zu werden. Sie macht sich Sorgen über unser Leben in England. Ein Teil davon ist, so sagt sie, wie einen die eigene Gruppe wahrnimmt.«
»Und wie *nehmen* sie uns wahr?«
»Ich glaube nicht, daß es die Leute wirklich so schrecklich interessiert. Ach, ich glaube, wenn sie sich überhaupt darum kümmern, dann denkt jeder als erstes, wenn er von einer solchen Sache hört, daß du dich für eine junge Frau interessierst, um deine Batterien wieder aufzuladen, und vielleicht interessierst du dich für englische Kultur, das könnte sein, und das Schicksensyndrom natürlich – das läge für sie alles auf der Hand. Was mich betrifft, ebenso naheliegend, würden sie sagen: ›Naja, er mag ja recht viel älter sein, und er mag ja Jude

sein, aber meine Güte, er ist ein Star des literarischen Lebens, und er hat viel Geld.‹ Sie würden denken, daß ich allein um deines Status' und deines Geldes willen hinter dir her war.«

»Trotz der Tatsache, daß ich Jude bin.«

»Ich glaube nicht, daß viele Leute sich so sehr darum kümmern. Gewiß keine Leute aus dem literarischen Leben. An der Straße, wo meine Mutter wohnt, ja, da gibt es vielleicht das eine oder andere Gemunkel. Viele Leute werden natürlich ganz direkt ziemlich zynisch sein, aber das wäre wiederum in New York genauso.«

»Was denkt Georgina?«

»Georgina ist sehr konventionell. Georgina denkt wahrscheinlich, daß ich sozusagen ein wenig von dem aufgegeben habe, was ich wirklich vom Leben wollte, und daß es eine schrecklich gute zweite Wahl ist und daß viel dafür spricht.«

»Was hast du aufgegeben?«

»Etwas Offensichtlicheres. Offensichtlich eher etwas von der Art, hinter dem Leute meiner Art her sind.«

»Und das wäre?«

»Nun, ich glaube, das wäre ... ach, ich weiß nicht.«

»Meine fortgeschrittenen Jahre.«

»Ja, ich glaube, jemanden in meinem Alter, mehr oder weniger. Normale Leute sind zutiefst verstört von solchen Altersunterschieden. Hör mal, ist das das richtige, diese Art von Gespräch?«

»Aber ja. Es gibt mir einen Halt in einem fremden Land.«

»Wozu brauchst du denn den? Ist etwas nicht in Ordnung?«

»Erzähl mir von Sarah. Was denkt sie?«

»Ist zwischen euch beiden etwas vorgefallen?«

»Was könnte vorgefallen sein?«

»Sarah ist manchmal ein bißchen zickig. Sie spricht manchmal so schnell – es ist wie Eiszapfen, die zerbrechen. Schnippisch. Ba-ba-ba-*bap*. Weißt du, was sie heute abend über die Tatsache, daß ich Perlen trage, gesagt hat? Sie hat gesagt: ›Perlen sind ein vorzügliches Symbol für eine konventionelle, privilegierte, ungebildete, gedankenlose, selbstzufriedene, ästhetisch und modisch unsensible, bürgerliche Frau. Absolut tödlich, diese Perlen. Die trägt man nur in Unmengen von sehr großen Exemplaren, oder man trägt etwas anderes.‹ Sie hat gesagt: ›Wie kannst *du* nur Perlen tragen?‹«

»Und was hast du gesagt?«

»Ich habe gesagt: ›Ach, weil ich sie mag.‹ So muß man mit Sarah umgehen. Man macht einfach nicht allzuviel Aufhebens von ihr, und schließlich verstummt sie und geht. Sie kennt eine Menge sonderbarer Leute, und sie selbst kann auch sehr sonderbar sein. Sie war immer schon komplett abgefuckt, was Sex angeht.«

»Damit ist sie ja in guter Gesellschaft, nicht wahr?«

»Was hat sie zu dir gesagt, Nathan?«

»Was *hätte* sie sagen können?«

»Es *war* etwas über Sex. Sie hat dich gelesen. Sie denkt, sexuelles Nomadentum ist deine Spezialität.«

»›Und ich brach mein Zelt ab und ging davon.‹«

»Das ist ihre Vorstellung. Sie denkt, auf keinen Mann ist Verlaß, aber ein Liebhaber als Ehemann ist das Allerschlimmste.«

»Verallgemeinert Sarah aufgrund breiter Erfahrung?«

»Das glaube ich eher nicht. Ich glaube, wer einigermaßen bei Verstand ist, würde nicht versuchen, eine sexuelle Beziehung mit ihr einzugehen. Sie hat lange Phasen, in denen sie Männer einfach prinzipiell nicht mag. Es ist nicht einmal feministisches Geschwätz – das ist ganz sie selbst, all diese inneren Kämpfe, die in ihr die ganze Zeit toben. Ich glaube eher, daß die Erfahrung, aufgrund derer sie verallgemeinert, recht dürftig und traurig gewesen ist. Wie meine bis vor nicht langer Zeit dürftig und traurig gewesen ist. Es hat mich sehr aufgebracht, wie du weißt, als mein Mann ein Jahr lang nicht mit mir gesprochen hat. Und wenn ich gesprochen habe, brachte er mich unweigerlich zum Verstummen, er hat mich jedesmal fertiggemacht, wenn ich versuchte, etwas zu sagen. Immer. Daran habe ich gedacht, als du nicht dawarst.«

»Ich genieße es eigentlich sehr zuzuhören, wenn du sprichst.«
»Wirklich?«
»Ich höre dir jetzt zu.«
»Aber warum? Das ist doch einfach schleierhaft. Mädchen, die wie wir aufgewachsen sind, heiraten normalerweise keine Männer, die sich für Bücher interessieren. Die sagen zu mir: ›Aber *ihr* führt doch nicht etwa intellektuelle Gespräche, oder?‹«
»Intellektuell genug für mich.«
»Ja, spreche ich intellektuell? Wirklich? Wie Kierkegaard?«
»Besser.«
»Die denken alle, ich würde eine wunderbare Hausfrau abgeben – eine der letzten tollen Hausfrauen, die es noch gibt. Offen gesagt habe ich oft gedacht, daß das vielleicht wirklich mein Metier ist. Ich sehe meine beiden Schwestern zur Arbeit gehen, und ich denke, ich bin jetzt achtundzwanzig, beinahe dreißig, und seit der Universität habe ich absolut nichts zustande gebracht, abgesehen von Phoebe. Und dann denke ich: Und was ist so verkehrt daran? Ich habe eine herrliche Tochter, ich habe jetzt einen herrlichen Mann, der mich nicht jedesmal fertigmacht, wenn ich zu sprechen versuche, und bald werde ich ein zweites Kind haben und ein entzückendes Haus am Fluß. Und ich schreibe meine kleinen Geschichten über die Wiesen und weißen Nebel und den englischen Schlamm, die nie jemand lesen wird, und *daß* sie nie jemand lesen wird, macht mir überhaupt nichts aus. Es gibt auch eine Denkschule innerhalb der Familie, derzufolge ich dich geheiratet habe, weil ich, seit unser Vater fortgegangen ist, mich immer umgetan habe, ihn zu finden.«
»Laut dieser Schule bin ich also dein Vater.«
»Nur bist du das nicht. Wenn du auch hier und da väterliche Eigenschaften hast, *du* bist gewiß nicht mein Vater. Sarah ist es, die uns drei als schändlich vaterlose Frauen sieht. Es ist eine Lieblingsvorstellung von ihr, die sie pflegt. Sie sagt, daß der Körper des Vater wie Gulliver ist – etwas, auf dem

man die Füße ausruhen kann, in das man sich kuscheln kann, auf dessen Schultern man herumgehen kann mit dem Gedanken: ›Das gehört mir.‹ Laß die Füße darauf ruhen, und dann tritt hinaus ins Leben.«

»Stimmt es, was sie sagt?«

»In bestimmtem Maß. Sie ist klug, unsere Sarah. Als er uns verlassen hatte, haben wir ihn nicht mehr allzuoft gesehen – einen Tag zu Weihnachten, ein Wochenende im Sommer, aber viel mehr nicht. Und jetzt jahrelang schon überhaupt nicht mehr. Also, ja, es gab wahrscheinlich ein Gefühl, daß die Welt am Bröckeln ist. Die Mutter kann so kompetent und verantwortungsbewußt sein wie die unsere, doch in unserer Welt waren die Werte vollkommen anhand der Aktivität des Vaters definiert. Irgendwie konnten wir immer nicht mit dem gewöhnlichen Leben Schritt halten. Bis zu einem gewissen Alter war mir nie klar, welche Arbeit auch Frauen machen können. Es ist mir immer noch nicht klar.«

»Und bedauerst du das?«

»Ich habe dir doch gesagt, daß ich niemals glücklicher war als jetzt, da ich diese groteske, atavistische Frau bin, der nichts daran liegt, sich durchzusetzen. Sarah arbeitet die ganze Zeit daran, sie versucht so sehr, sich durchzusetzen, und jedesmal, wenn sich ihr eine Gelegenheit bietet, eine ernste Gelegenheit, und nicht nur ein Anlaß, um Georgina oder mich zu plagen, dann überkommt sie eine schreckliche Schwermut oder eine fürchterliche Panik.«

»Weil sie eine Tochter ist, deren Vater verschwunden ist.«

»Als wir noch zu Hause waren, ging sie jedes Jahr am elften März wie eine Gestalt am Anfang von *Drei Schwestern* herum. ›Heute ist es ein Jahr her, daß Vater sich verpißt hat.‹ Sie hat immer das Gefühl gehabt, daß niemand hinter uns stand. Und es *gab* etwas Verstörendes dabei, daß Mutter diesen Ehrgeiz für uns hatte. Daß sie wollte, daß wir eine gute Erziehung bekamen, und uns zur Universität gehen ließ, daß sie wollte, daß wir eine gute Stelle finden – das alles war ja ganz ungewöhnlich in Mutters Welt, es hatte so etwas schreiend

Stellvertretendes und Kompensatorisches, etwas Verzweifeltes, jedenfalls für Sarah.

Es geschah, während wir unser Dessert aßen, daß ich eine Dame in übertrieben englischem Tonfall laut verkünden hörte: »Ist das nicht vollkommen abstoßend.« Als ich mich umdrehte, um zu sehen, wer da gesprochen hatte, stellte ich fest, daß es eine große, weißhaarige, ältere Frau am Ende unserer Sitzbank war, nicht mehr als drei Meter entfernt, die ihr Mahl neben einem skeletthaften alten Herrn beendete, den ich für ihren Mann hielt. Ihn schien durchaus nichts abzustoßen, noch schien er so recht mit der Frau an seiner Seite zu essen, sondern er saß da und betrachtete schweigend seinen Portwein. Auf den ersten Blick war zu sehen, daß es ein ziemlich betuchtes Paar war.

An den Raum insgesamt gerichtet, doch jetzt mit direktem Blick auf Maria und mich, sagte die Frau: »Ist es nicht, nun – einfach abstoßend?«, während der Mann, der zugleich anwesend und abwesend war, keinerlei Zeichen gab, daß ihre Bemerkung mit irgend etwas, das ihm bekannt oder wichtig war, zu tun hatte.

Kurz zuvor, überzeugt durch Marias gewohnte Offenheit, daß es nicht sie war, die versucht hatte, mich zu täuschen oder irrezuführen, sondern die zickige Sarah ganz allein, beruhigt durch alles, was sie gesagt hatte, nämlich daß zwischen uns nichts anders sei, als ich es immer angenommen hatte, hatte ich die Hand ausgestreckt, um sie zu berühren, hatte ich sie mit den Fingerrücken leicht über die Wange gestreichelt. Nichts Gewagtes, keine empörende öffentliche Zurschaustellung von Fleischlichkeit, doch als ich mich umdrehte und sah, daß wir immer noch gezielt abschätzig angestarrt wurden, wurde mir klar, was uns diesen unverblümten Tadel zugezogen hatte: nicht so sehr, daß ein Mann seine Frau mit einer winzigen zärtlichen Geste in einem Restaurant gestreichelt hatte, sondern daß die junge Frau *die Frau* dieses Mannes war.

Als würde sie unter dem Tisch einen schwachen Stromstoß bekommen oder als hätte sie auf etwas Ekliges gebissen, begann die ältere weißhaarige Frau, seltsame, krampfartige kleine Gesichtsbewegungen zu machen, dem Anschein nach in einer Art von Abfolge; als signalisiere sie einem Komplizen verschlüsselte Zeichen, zog sie die Wangen ein, schürzte sie die Lippen und zog einen langen Mund – bis sie, allem Anschein nach nicht in der Lage, noch weitere Provokationen zu ertragen, in scharfem Ton nach dem Oberkellner rief. Er kam buchstäblich gelaufen, um zu sehen, was denn los war.

»Öffnen Sie ein Fenster«, sagte sie zu ihm, wiederum mit einer Stimme, die niemand im Restaurant überhören konnte. »Sie müssen sofort ein Fenster öffnen – es ist ein furchtbarer Geruch hier drinnen.«

»Wirklich, Madam?« antwortete er höflich.

»Absolut. Der Gestank hier drinnen ist grauenvoll.«

»Es tut mir furchtbar leid, Madam. Ich bemerke nichts.«

»Ich wünsche keine Diskussion. Tun Sie bitte, was ich Ihnen sage!«

Ich wandte mich an Maria und sagte ruhig: »Ich bin es, der stinkt.«

Sie war verblüfft, zuerst sogar ein wenig amüsiert. »Du glaubst, das hat etwas mit dir zu tun?«

»Mir *mit* dir.«

»Entweder ist die Frau verrückt«, flüsterte sie, »oder sie ist betrunken. Oder du vielleicht.«

»Und selbst wenn sie das eine oder das andere wäre, oder beides, es könnte mit mir zu tun haben oder auch nicht mit mir zu tun haben. Doch solange sie mich weiterhin ansieht, oder mich mit dir, muß ich annehmen, daß ich es bin, der stinkt.«

»Liebling, sie ist verrückt. Sie ist einfach eine lächerliche Frau, die denkt, jemand hätte zuviel Parfüm aufgelegt.«

»Es ist eine rassistische Beleidigung, sie ist als solche gemeint, und wenn sie damit weitermacht, dann werde ich nicht schweigend zusehen, und du solltest darauf vorbereitet sein.«

»*Wo* ist die Beleidigung?«, sagte Maria.

»Die Ausdünstung von Juden. Sie reagiert überempfindlich auf jüdische Ausdünstungen. Sei nicht so schwerfällig.«

»Ach, das ist doch lächerlich. Du benimmst dich absurd.«

Vom Ende der Bank her hörte ich die Frau sagen: »Sie riechen so komisch, nicht wahr?«, woraufhin ich meine Hand hob, um die Aufmerksamkeit des Oberkellners zu erwekken.

»Sir.« Er war ein ernster, grauhaariger, sanft sprechender Franzose, der das, was man zu ihm sagte, so sorgfältig und objektiv wie ein altmodischer Analytiker abwog. Zuvor hatte ich, nachdem er unsere Bestellung aufgenommen hatte, zu Maria eine Bemerkung über die freudianische Strenge gemacht, mit der er es unterlassen hatte, unsere Wahl zwischen den verschiedenen Spezialitäten des Abends zu beeinflussen, deren Zubereitung er uns lakonisch beschrieben hatte.

Ich sagte zu ihm: »Meine Frau und ich haben ein sehr schönes Abendessen gehabt, und wir hätten jetzt gern unseren Kaffee, aber es ist äußerst unangenehm, mit jemandem im Restaurant zu sitzen, der entschlossen ist, Unruhe zu stiften.«

»Ich verstehe, Sir.«

»Ein Fenster«, rief sie herrisch und schnippste mit den Fingern in der Luft. »Ein Fenster, ehe es uns überwältigt!«

Da stand ich auch schon, und, was immer daraus werden mochte, und obwohl ich hörte, wie Maria mich inständig bat – »Bitte, sie ist völlig verrückt« – , ich kam hinter unserem Tisch hervor und ging zu ihnen hin, bis ich der Frau und ihrem Mann, die nebeneinander saßen, von Angesicht zu Angesicht gegenüberstand. Er zollte mir nicht mehr Aufmerksamkeit als ihr – er beschäftigte sich weiterhin mit seinem Portwein.

»Kann ich Ihnen bei Ihrer Schwierigkeit helfen?« fragte ich.

»Verzeihung?« antwortete sie, doch ohne überhaupt nach

oben zu blinzeln, als wäre ich gar nicht vorhanden. »Lassen Sie uns bitte in Ruhe.«

»Sie finden Juden widerwärtig, nicht wahr?«

»Juden?« Sie wiederholte das Wort, als hätte sie es nie zuvor gehört. »*Juden?* Hast du das gehört?« fragte sie ihren Mann.

»Sie benehmen sich höchst ungehörig, Madam, grotesk ungehörig, und wenn Sie nicht aufhören, ein Geschrei über den Gestank zu machen, werde ich die Geschäftsleitung ersuchen, Sie entfernen zu lassen.«

»Sie werden *was* tun?«

»*Sie-hinaus-werfen-lassen.*«

Ihr zuckendes Gesicht wurde plötzlich bewegungslos, für den Augenblick wenigstens schien sie zum Schweigen gebracht, und statt noch länger dort zu stehen und sie zu bedrohen, verbuchte ich das als Sieg und kehrte an unseren Tisch zurück. *Mein* Gesicht war kochend heiß und offensichtlich knallrot geworden.

»Ich bin nicht besonders gut in diesen Dingen«, sagte ich und rutschte wieder auf meinen Platz. »Gregory Peck hat es in *Tabu der Gerechten* besser gemacht.«

Maria sagte nichts.

Als ich diesmal nach der Bedienung winkte, kamen ein Kellner *und* der Oberkellner herbeigeeilt. »Zwei Kaffee«, sagte ich. »Möchtest du noch etwas?« fragte ich Maria.

Sie tat so, als höre sie mich überhaupt nicht.

Wir hatten den Champagner ausgetrunken und die Flasche Wein bis auf einen kleinen Rest, und obwohl ich eigentlich nichts mehr trinken wollte, bestellte ich noch einen Brandy, um den Tischen in unserer Umgebung und der Frau selbst – *und* Maria – kundzutun, daß wir nicht die Absicht hatten, uns unseren Abend durch irgend etwas verkürzen zu lassen. Die Geburtstagsfeier würde weitergehen.

Ich wartete, bis der Kaffee und der Brandy gebracht worden waren, und dann sagte ich: »Warum sagst du nichts? Maria, sprich mit mir. Tu nicht so, als sei ich derjenige, der etwas falsch gemacht hat. Wenn ich nichts unternommen hätte, das versichere ich dir, dann wäre es für dich noch weniger erträglich gewesen als meine Aufforderung an sie, das Maul zu halten.«

»Du hast dich ziemlich verrückt benommen.«

»Ach, wirklich? Nicht die britischen Regeln vornehmer Zurückhaltung eingehalten, nicht wahr? Also, was sie da abgezogen hat, ist für unsereinen sehr problematisch – noch problematischer als Weihnachten.«

»Deshalb mußt du doch jetzt nicht über mich herfallen. Ich sage nur, wenn sie das mit dem Fenster buchstäblich gemeint hat, dir gegenüber, über dich, dann ist sie eindeutig *verrückt*. Ich glaube nicht, daß irgendein Engländer, der bei Verstand ist, es sich gestatten würde, so weit zu gehen. Nicht einmal, wenn er betrunken ist.«

»Aber denken könnten sie es doch.«

»Nein. Ich denke nicht einmal, daß sie es denken.«

»Sie würden Gestank nicht mit Juden assoziieren.«

»Nein. Ich glaube nicht. Der Vorfall ist nicht von allgemeinem Interesse«, sagte Maria bestimmt. »Ich denke nicht, daß du – falls du das vorhaben solltest – daraus irgend etwas über England oder die Engländer ableiten kannst, und das darfst du auch nicht. Insbesondere, als du nicht einmal sicher sein kannst, daß die Tatsache, daß du Jude bist, irgend etwas damit zu tun hat.«

»Da irrst du dich aber – da bist du entweder unbedarft oder auf beiden Augen blind. Sie schaut hierher, und was sieht sie? Fleischgewordene Rassenmischung. Einen Juden, der eine englische Rose besudelt. Einen Juden, der mit Messer und Gabel und einem französischen Menü den Vornehmen spielt. Einen Juden, der eine Beleidigung ihres Landes, ihrer Schicht und ihres Schicklichkeitsgefühls darstellt. Ich sollte, nach ihren Begriffen, gar nicht in diesem Restaurant *sein*. Nach ihren Begriffen haben Juden in diesem Hause nichts zu suchen, und am allerwenigsten Juden, die Mädchen der Oberschicht besudeln.«

»Was ist in dich gefahren? Das Haus ist voller Juden. Jeder Verleger aus New York, der nach London kommt, steigt in diesem Hotel ab und ißt in diesem Restaurant.«

»Ja, aber sie kriegt das wahrscheinlich nicht so schnell mit, das alte Schätzchen. In den guten alten Tagen war es eben nicht so, und es gibt eindeutig immer noch Leute, die etwas gegen Juden an solchen Orten haben. Sie hat es genauso gemeint, diese Frau. Und wie! Sag mir, woher bekommen die diese erlesene Sensibilität? Was genau riechen sie, wenn sie einen Juden riechen? Wir müssen uns einmal zusammen hinsetzen und über diese Leute und ihre Aversionen reden, damit es mich nicht aus heiterem Himmel überfällt, wenn wir das nächste Mal zum Essen ausgehen. Ich meine, wir sind hier nicht auf dem West-Ufer – hier ist nicht das Land von Schießereien, hier ist das Land des Adventsgottesdienstes. In Israel habe ich festgestellt, daß die ganze Zeit alles aus allen hervorbricht und deshalb wahrscheinlich nur halb soviel bedeutet, wie man denkt. Doch weil sie hier, zumindest auf der Oberfläche, nicht so zu sein scheinen, sind ihre kleinen englischen Ausbrüche ein ziemlicher Schock – und vielleicht auch eine Offenbarung. Findest du nicht?«

»Diese Frau war *verrückt*. Warum klagst du plötzlich *mich* an?«

»Das ist nicht meine Absicht – ich bin immer noch in Rage. Und überrascht. Sarah, mußt du wissen, hat vorhin in der Kirche versucht, mich über etwas anderes aufzuklären, was ich nicht gewußt habe – daß eure Mutter, wie sie sich ausgedrückt hat, ›furchtbar antisemitisch‹ ist. So sehr, daß es mich verwirrt, daß ich das nicht schon vor langer Zeit erfahren habe, um zu wissen, was mich hier erwartet. Nicht furchtbar antiamerikanisch, furchtbar anti*semitisch*. *Stimmt* das?«

»Das hat Sarah gesagt? Zu dir?«

»Stimmt es?«

»Das hat nichts mit uns zu tun.«

»Aber es stimmt. Und ebensowenig ist Sarah Englands größte Philosemitin – oder hast du das auch nicht gewußt?«

»Das hat nichts mit uns zu tun. Gar nichts davon.«

»Aber warum hast du es mir nicht *erzählt*? Das verstehe ich nicht. Du hast mir alles erzählt, warum das nicht? Wir sagen einander die Wahrheit. Aufrichtigkeit ist eins der Dinge, die wir haben. Warum mußte es verborgen werden?«

Sie erhob sich. »Hör bitte mit deinen Angriffen auf.«

Die Rechnung wurde bezahlt, und nur wenige Minuten später kamen wir beim Verlassen des Restaurants am Tisch meiner Feindin vorbei. Sie schien jetzt so harmlos zu sein wie ihr Ehemann – nach unserer Konfrontation hatte sie nicht gewagt, weiter über den Geruch zu zetern. Als Maria und ich jedoch in den Gang traten, der den Speisesaal mit der Hotelhalle verband, hörte ich, wie sich ihr edwardianischer Bühnenakzent über das Restaurantgemurmel erhob. »Was für ein abstoßendes Paar!« verkündete sie zusammenfassend.

Es stellte sich heraus, daß Maria seit ihrer Jugend von Mrs. Freshfields Antisemitismus peinlich berührt gewesen war, doch weil ihres Wissens dadurch nichts außer ihrem eigenen Gleichmut betroffen war, hatte sie es schlicht hingenommen als schrecklichen Fehler bei einer Frau, die ansonsten eine beispielhafte Beschützerin war. Maria beschrieb die Familie ihrer Mutter als »völlig verrückt – ein Leben des Trunks und der Langeweile, ganz und gar Vorurteil, überdeckt von guten Manieren und alberner Konversation«; Antisemitismus sei nur *eine* der dummen Einstellungen, von denen angesteckt zu werden ihre Mutter kaum hätte vermeiden können. Es habe mehr zu tun mit der Prägung durch ihre Zeit, ihre Schicht und ihre unmögliche Familie als mit ihrem Charakter – und wenn das in meinen Augen eine trügerische Unterscheidung sei, dann sei es keine, die zu verteidigen sich Maria die Mühe machen werde, da sie die Argumente dagegen selbst kenne.

Worauf es ankomme, sagte sie, was alles erkläre – mehr oder weniger –, sei, daß es, solange es so ausgesehen habe, daß wir in Amerika leben würden, in einem Haus auf dem Lande, mit Phoebe und dem neuen Baby, keine Notwendigkeit gegeben habe, das alles überhaupt aufs Tapet zu bringen. Maria bewundere die Kraft ihrer Mutter, ihren Mut, sie liebe sie nach wie vor dafür, daß sie so schwer gearbeitet hatte, um ihren Kindern ein uneingeschränktes Leben zu ermöglichen, als praktisch niemand in ihrer Umgebung war, der ihr ernsthaft geholfen hätte, und sie könne es nicht ertragen, daß ich sie für etwas geringschätze, was uns in keiner Weise beeinträchtigen würde und für das auch nur die einfachste Art von gesellschaftlichem Verständnis aufzubringen von mir bei meiner Herkunft nicht zu erwarten sei. Wenn es uns möglich gewesen wäre, Amerika zu unserer Heimat zu machen, dann wäre ihre Mutter jeden Sommer für ein paar Wochen gekommen, um die Kinder zu besuchen, und mehr hätten wir von ihr nicht gesehen; selbst wenn sie sich hätte einmischen wollen, wäre sie doch zu klug gewesen, ihren Einfluß aufs Spiel zu setzen in einem Kampf, den sie nur verlieren konnte, wenn sie sich mir aus solcher Entfernung widersetzt hätte.

Und als wir dann gesetzlich verpflichtet worden waren, in London zu leben, war das Problem zu groß, als daß Maria sich ihm hätte stellen können. Sie hatte das Gefühl, daß ich durch mein Eingehen auf die strengen Sorgerechtsauflagen, die ihr Exmann durchgesetzt hatte, schon mehr auf mich genommen hatte, als ich mir hätte zumuten sollen; sie konnte sich nicht dazu bringen zu verkünden, daß obendrein in England eine antisemitische Schwiegermutter mit einem brennenden Kreuz in der Hand darauf warte, sich auf mich zu stürzen. Und was noch mehr sei, sie habe gehofft, ich könne wahrscheinlich, wenn ich nicht vorzeitig einen Widerstand aufgebaut hätte, das Vorurteil ihrer Mutter ausräumen, indem ich einfach ich selbst wäre. Sei das so unrealistisch? Und habe es sich denn als Irrtum erwiesen? Wenn Mrs. Freshfield mir vielleicht auch unerklärlich reserviert vorkomme, so habe sie bisher jedoch nichts auch nur entfernt Abschätziges zu Maria darüber gesagt, daß sie einen Juden geheiratet hatte, und ebensowenig habe sie nur die kleinste Andeutung gemacht, daß sie erwarte, daß unsr Kind getauft werde. Es würde ihr vielleicht gefallen, Maria habe keinen Zweifel, daß es ihr gefallen würde, doch sei sie kaum verblendet genug, es zu erwarten, oder so fanatisch, daß sie ohne das nicht überleben werde. Maria sei über Sarah entsetzt; es falle ihr immer noch schwer zu glauben, daß Sarah so weit habe gehen können. Aber Sarah, deren Sonderbarkeit jeder kenne und hinnehme – die ihr ganzes Leben lang für ihre »launischen kleinen Ausbrüche« bekannt gewesen sei, dafür, daß sie »übellaunig und niederträchtig« sein konnte, die niemals, wie Maria sich ausdrückte, »eine rein liebenswerte Person« gewesen sei – Sarah sei nicht ihre Mutter. Wie verstört ihre Mutter auch über die wenig plausible Partie sein mochte, die ihre Tochter in New York gemacht hatte, es sei geradezu heroisch, wie sie ihren Kummer unterdrücke. Und das sei nicht nur das Beste, was wir uns hätten erhoffen können – für den Anfang sei es außerordentlich. Tatsächlich hätte, wenn diese Frau nicht am anderen Ende unserer Sitzbank aufgetaucht wäre, ein eher zärtlicher Abend dem schlechten Benehmen Sarahs in der Krypta weitgehend die Spitze genommen, und die Beziehung zwischen Marias antisemitischer Mutter und ihrem jüdischen Ehemann wäre so respektvoll, wenn auch distanziert, geblieben, wie sie es seit unserer Ankunft in England gewesen sei.

»Diese furchtbare Frau«, sagte Maria. »Und dieser *Mann*.«

Da Phoebe in dem Londoner Apartment von Mrs. Freshfields Schwester war und das Kindermädchen bis zum folgenden Mittag frei hatte, da wir beide in trauter Einsamkeit im Wohnzimmer des gemieteten Hauses waren, mußte ich daran denken, wie Maria vor einem Jahr auf dem Sofa in meiner Wohnung in New York gelegen und versucht hatte, mich zu überzeugen, wie ungeeignet sie sei. Ungeeignet – was konnte geeigneter sein für einen Mann wie mich?

»Ja«, sagte ich, »der alte Knabe hat ihr wirklich die Zügel schießen lassen.«

»Das habe ich oft gesehen, da wo ich herkomme«, sagte Maria. »Frauen einer bestimmten Schicht und mit einer Neigung, sich schrecklich zu benehmen und sehr laut zu sprechen, und sie lassen ihnen alles durchgehen, bis zum letzten Komma.«

»Weil die Männer ihrer Meinung sind.«

»Kann sein, muß aber nicht sein. Nein, es ist diese Generation – einer Lady widerspricht man einfach nicht, eine Lady ist nicht im Unrecht, und so weiter. Es sind sowieso alles Frauenhasser, diese Männer. Ihre Art, sich solchen Frauen gegenüber zu verhalten, ist, sich höflich zu ihr zu benehmen und sie einfach drauflos wüten zu lassen. Sie hören nicht einmal, was sie sagen.«

»Und sie hat es so gemeint, wie ich dachte.«

»Ja«, und gerade, als der Vorfall in dem Restaurant völlig erledigt zu sein schien, fing Maria an zu weinen.

»Was ist los?« fragte ich.

»Ich sollte es dir nicht sagen.«

»Die Lehre aus dem heutigen Abend ist, daß du mir alles sagen solltest.«

»Nein, das sollte ich wirklich nicht.« Sie trocknete sich die Augen und gab ihr Bestes, um zu lächeln. »Es war im Grunde nur Erschöpfung. Erleichterung. Ich freue mich, daß wir zu Hause sind, ich freue mich über dieses Armband, ich habe mich gefreut, wie du ein wenig rot angelaufen bist, als du es der Frau gegeben hast, und jetzt muß ich hinauf ins Bett gehen, weil ich mehr Vergnügen einfach nicht verkrafte.«

»Was solltest du mir nicht sagen?«

»Laß – quetsch mich nicht aus. Weißt du, woran es vielleicht liegt, daß ich dir das mit meiner Mutter nie erklärt habe? Nicht, weil ich dachte, daß du Anstoß nehmen könntest, sondern weil ich Angst hatte, es könnte zu interessant sein. Weil ich nicht will, daß meine Mutter in einem Buch vorkommt. Schlimm genug, daß das mein Schicksal ist, aber ich will nicht, daß meine Mutter in einem Buch vorkommt aufgrund einer Angelegenheit, die, so sehr man sich dafür auch schämen möchte, niemandem Schaden zufügt.

Außer ihr selbst natürlich – da es sie von Menschen wie dir isoliert, den zu bewundern und zu mögen sie jeden Grund hat.«

»Was hat dich zum Weinen gebracht?«

Sie schloß die Augen, zu erschöpft, um Widerstand zu leisten. »Es war – also, als diese Frau losgelegt hat, habe ich mich an etwas ganz Fürchterliches erinnert.«

»Woran?«

»Es ist schrecklich«, sagte sie. »Man muß sich schämen. Wirklich. Es gab eine junge Frau in unserer Redaktion, als ich bei der Zeitschrift war – ehe Phoebe geboren wurde. Sie war eine Frau, die ich mochte, eine Kollegin, in meinem Alter, eine ganz liebe Frau, keine enge Freundin, aber eine sehr nette Bekannte. Wir waren draußen in Gloucestershire und haben an einer Photoreportage gearbeitet, und ich habe gesagt: ›Joanna, bleib doch über Nacht bei uns‹, denn Chadleigh liegt nicht weit von dem Dorf, in dem wir photographierten. So übernachtete sie ein paarmal bei uns im Haus. Und meine Mutter sagte zu mir, und ich glaube, Joanna war vielleicht sogar im Haus zu der Zeit, obwohl sie bestimmt außer Hörweite war – und ich muß dazu sagen, daß Joanna jüdischer Abstammung ist –«

»Wie ich – mit denselben unverkennbaren genetischen Merkmalen.«

»Meiner Mutter entgeht so etwas nicht, mit Sicherheit nicht. Jedenfalls hat sie zu mir genau das, aber haargenau das gesagt, was die Frau in dem Restaurant sagte. Es waren ihre eigenen Worte. Ich hatte den Vorfall ganz vergessen, ich hatte ihn einfach völlig verdrängt, bis ich die Frau sagen hörte: ›Sie riechen so komisch, nicht wahr?‹ Ich glaube, meine Mutter war, ich weiß nicht genau, in Joannas Schlafzimmer gegangen, oder irgendwie ganz normal – ach, ich weiß nicht, was, es ist so schwierig, mit alledem umzugehen, und zum Teufel, ich wünschte nur, ich hätte mich nicht daran erinnert und es würde alles verschwinden.«

»Also entsprach es nicht ganz der Wahrheit, als du mir

beim Essen gesagt hast, daß niemand so etwas sagen würde, es sei denn, er wäre verrückt. Denn deine Mutter ist offenkundig nicht verrückt.«

Sanft sagte sie: »Es war falsch... und falsch, obwohl ich es wußte... ich habe doch gesagt, daß ich mich schäme. Sie hat es gedacht, und sie hat es gemeint – ist es verrückt, es auszusprechen? Ich weiß nicht. Müssen wir noch weiter darüber sprechen? Ich bin *so* müde.«

»Ist das der Grund, weshalb du am Abend vor meiner Abreise, als all diese wohlerzogenen englischen Liberalen den Zionismus verunglimpft und Israel angegriffen haben, eingegriffen und dich stark gemacht hast?«

»Nein, ganz und gar nicht – ich habe gesagt, was ich denke.«

»Aber mit all diesem Ballast, was hast du *gedacht*, würde passieren, als du mich geheiratet hast?«

»Mit all deinem Ballast, was hast du gedacht, als du *mich* geheiratet hast? Bitte, wir können jetzt nicht mit einer dieser Diskussionen anfangen. Das ist nicht nur unter unserem Niveau, es spielt auch gar keine Rolle. Du kannst einfach nicht plötzlich alles in einen jüdischen Kontext stellen. Oder ist es das, was bei einem Wochenende in Judäa herauskommt?«

»Es kommt eher daher, daß ich nie in der Christenheit gelebt habe.«

»Und was sind die Vereinigten Staaten, ein strikt jüdisches Reservat?«

»Dort bin ich nicht auf diesen Mist gestoßen – nie.«

»Nun, dann hast du ein sehr behütetes Leben geführt. Ich habe sehr viel davon in New York gehört.«

»Ja? Was?«

»Ach, ›die haben das kulturelle Leben im Würgegriff, und auch die Wirtschaft‹, und so weiter – der übliche Mist. Ich glaube, daß es das in Amerika eigentlich viel mehr gibt, einfach weil es mehr Juden gibt und weil sie nicht so schüchtern sind wie englische Juden. Englische Juden fühlen sich belagert, es gibt ja nur so wenige. Im Grunde ist ihnen das Ganze eher peinlich. Aber in den USA melden sie sich deutlich zu Wort, sie nehmen kein Blatt vor den Mund, sie sind überall sichtbar – und die Folge davon ist, das kann ich dir versichern, daß das einigen Leuten nicht gefällt und daß sie das auch sagen, wenn keine Juden anwesend sind.«

»Aber was ist mit dem Land hier, wo ich jetzt lebe? Was denkt euresgleichen wirklich über unseresgleichen?«

»*Versuchst* du jetzt, mich aus der Fassung zu bringen?« fragte sie, »mich zu peinigen nach allem, was uns heute abend *beiden* zugestoßen ist?«

»Ich versuche nur herauszufinden, was ich nicht weiß.«

»Aber das alles erscheint jetzt unverhältnismäßig aufgeblasen. Nein, ich werde es dir nicht sagen, denn was ich auch erzähle, es wird dich ärgern und du wirst bloß auf *mich* losgehen. Schon wieder.«

»Was denken die Leute hier, Maria?«

»Sie denken«, sagte sie scharf, »›Warum machen Juden so verdammt viel Aufhebens davon, daß sie Juden sind?‹ Das ist es, was sie denken.«

»Ach ja? Und das ist auch, was du denkst?«

»Ich habe manchmal so ein Gefühl gehabt, ja.«

»Darüber war ich mir nicht im klaren.«

»Es ist ein äußerst verbreitetes Gefühl – und man denkt auch so.«

»Was bedeutet ›Aufhebens‹ genau?«

»Kommt darauf an, wie die Ausgangslage ist. Wenn du Juden eigentlich überhaupt nicht magst, dann wirst du praktisch alles, was ein Jude tut, als jüdisch wahrnehmen. Als etwas, das sie hätten ablegen sollen, weil es sehr langweilig ist, wie jüdisch sie sich damit aufführen.«

»Zum Beispiel?«

»Es führt zu nichts, wenn wir so weitermachen«, sagte sie. »Siehst du nicht, daß es zu nichts führt?«

»Sprich weiter.«

»Das werde ich nicht. Nein. Ich kann mich nicht gegen Leute zur Wehr setzen, wenn sie so auf mich losgehen.«

»Was ist so langweilig daran, daß Juden Juden sind?«

»Du willst alles oder nichts, nicht wahr? Unser Gespräch kann offenbar keinen mittleren Verlauf nehmen. Heute abend bist du entweder lieb, oder du donnerst los.«

»Ich donnere nicht los – ich bin erschrocken, und der Grund, wie ich dir gesagt habe, ist der, daß ich nie zuvor auf diesen Mist gestoßen bin.«

»Ich bin nicht die erste nichtjüdische Frau von Nathan Zuckerman. Ich bin die vierte.«

»Da hast du völlig recht. Und doch bin ich nie auf diese Scheiße mit der ›Mischehe‹ gestoßen. Du bist die vierte, aber die erste aus einem Land, über das ich in Dingen, die für mein persönliches Wohlergehen von Belang sind, offenbar überhaupt nichts weiß. Langweilig? Das ist ein Stigma, das meiner Meinung nach eher die englische Oberschicht trifft. Langweilige Juden? Das mußt du mir erklären. Nach meiner Erfahrung ist es normalerweise langweilig *ohne* die Juden. Erzähl mir, was ist für die Engländer so langweilig daran, daß die Juden Juden sind?«

»Das werde ich dir sagen, aber nur, wenn es eine Diskussion wird, und nicht der unnütze, destruktive und verletzende Krach, den du anzetteln willst, ungeachtet dessen, *was* ich sage.«

»Was ist so langweilig daran, daß Juden Juden sind?«

»Also, ich habe etwas gegen Leute – das ist nur ein Gefühl, keine durchdachte Position; ich müßte es vielleicht bezähmen, wenn du darauf bestehst, daß wir noch viel länger aufbleiben, nach dem Chablis und all dem Champagner –, ich habe etwas gegen jemanden, der sich an einer Identität nur um ihrer selbst willen festklammert. Ich glaube nicht, daß das aber auch irgend etwas Bewundernswertes hat. All dieses Gerede von ›Identitäten‹ – deine ›Identität‹ liegt einfach dort, wo du beschließt, mit dem Denken aufzuhören, soweit ich sehen kann. Ich glaube, all diese ethnischen Gruppen – ob es nun Juden sind oder Leute von den karibischen Inseln, die meinen, sie müßten diese karibische Sache aufrechterhalten –

sie machen einfach das Leben in einer Gesellschaft schwerer, in der wir versuchen, bloß freundlich miteinander zu leben, wie in London, wo wir jetzt sehr sehr ungleichartig sind.«

»Weißt du, so wahr manches von dem auch klingen mag, dieses ›Wir‹ hier fängt an, mir zu schaffen zu machen. Diese Leute mit ihrem Traum vom vollkommenen, unverwässerten, unbefleckten, geruchlosen ›Wir‹. Apropos *jüdisches* Stammeswesen. Was ist denn dieses Beharren auf Homogenität anderes als eine nicht sehr subtile Form von *englischem* Stammeswesen? Was ist so unerträglich daran, ein paar Unterschiede zu ertragen? *Du* klammerst dich, so wie es klingt, nicht weniger an *deiner* ›Identität‹ fest, ›nur um ihrer selbst willen‹ – als deine Mutter!«

»Bitte, ich kann nicht weiterreden, wenn man mich anschreit. Es ist nicht unerträglich, und das habe ich auch nicht gesagt. Ich ertrage Unterschiede jederzeit, wenn ich das Gefühl habe, daß sie echt sind. Wenn Leute antisemitisch sind oder gegen die Schwarzen oder gegen irgend etwas *aufgrund* von Unterschieden, dann finde ich das abscheulich, und du weißt es. Ich habe ja nur gesagt, daß ich nicht das Gefühl habe, daß diese Unterschiede immer ganz echt sind.«

»Und das gefällt dir nicht.«

»In Ordnung, ich werde dir etwas erzählen, was mir nicht gefällt, da du mich ja für dein Leben gern dazu bringen willst, so etwas zu sagen – mir gefällt es nicht, wenn ich in den Norden von London komme, nach Hampstead oder Highgate, und mich dort wie in einem fremden Land fühle, und so erlebe ich es dort wirklich.«

»Jetzt lassen wir uns endlich dazu herab, zur Sache zu kommen.«

»Ich lasse mich nicht zu irgendeiner Sache *herab*. Es ist die Wahrheit, und du wolltest sie haben – sollte das dich zufällig dazu bringen, unvernünftig zu werden, dann ist das nicht meine Schuld. Wenn du mich deswegen verlassen willst, so ist das auch nicht meine Schuld. Wenn bei dem Versuch meiner boshaften Schwester, unsere Ehe zu zerstören, herauskommt, daß sie damit wirklich Erfolg hat, nun denn, es wird ihr erster großer Triumph sein. Aber nicht der unsere!«

»Es ist angenehm, daß du laut wirst, um etwas klarzustellen, wie diejenigen unter uns, die einen Geruch haben.«

»Ach, das ist aber nicht fair. Überhaupt nicht.«

»Ich möchte erfahren, inwiefern Hampstead und Highgate ein fremdes Land sind. Weil sie besonders jüdisch sind? Kann es denn nicht eine jüdische Variante des Engländers geben? Es gibt eine englische Variante des Menschen, und uns allen gelingt es irgendwie, sie zu ertragen.«

»Wenn ich bei der *Sache* bleiben darf – es gibt viele Juden, die dort leben, ja. Leute, die derselben Generation angehören wie ich, meine Altersgenossen – sie fühlen sich von denselben Dingen angesprochen, sie sind wahrscheinlich auf dieselbe Art von Schulen gegangen, sie haben im allgemeinen dieselbe Art von Erziehung genossen, von religiöser Erziehung abgesehen, aber sie haben alle einen Stil, der von dem meinen abweicht, und ich sage *nicht*, daß so etwas geschmacklos ist –«

»Einfach nur langweilig.«

»Und auch nicht langweilig. Nur, daß ich mich unter ihnen als Fremde fühle – dort zu sein, gibt mir das Gefühl, ich sei ausgeschlossen und wäre irgendwo besser dran, wo ich mich normaler fühle.«

»Das Netz des Establishments zieht sich immer enger zusammen. Inwiefern ist der Stil abweichend?«

Sie hatte auf dem Sofa gelegen, den Kopf auf ein Kissen gestützt, und hatte zum Kaminfeuer geblickt und zum Sessel, auf dem ich saß. Plötzlich setzte sie sich auf und warf das Kissen auf den Fußboden. Der Verschluß des Armbands mußte sich gelöst haben, denn es fiel ebenfalls zu Boden. Sie nahm es auf und legte es, sich vornüberbeugend, zwischen uns auf die Glasplatte des Sofatisches. »Natürlich versteht sich nichts von selbst! Nichts versteht sich je von selbst! Nicht einmal mit dir! Warum hörst du nicht auf? Warum hebst du es dir nicht für dein Schreiben auf, immer in die Nesseln zu fassen?«

»Warum sprichst du nicht einfach weiter und erzählst mir all die Dinge, die du mir nicht erzählen solltest? Sie mir *nicht* zu erzählen, hat mit Sicherheit etwas bewirkt.«

»In Ordnung. In *Ordnung*. Jetzt, da wir allem eine allzu große Bedeutung beigemessen haben und sicher sein können, daß alles, was ich sage, auf mich zurückfällt – alles, was ich dir sagen wollte, und es sollte nicht mehr als eine anthropologische Randbemerkung sein, ist, daß es sich um eine gängige Redensart handelt – obwohl es nicht unbedingt antisemitisch ist – , wenn Leute sagen: ›Ach, das-und-das ist fürchterlich jüdisch.‹«

»Ich hätte gedacht, solche Empfindungen wären hier subtiler verschlüsselt. In England sagt man das direkt? Tatsächlich?«

»Tut man. Kannste drauf wetten.«

»Ein paar Beispiele, bitte.«

»Warum nicht? Warum nicht, Nathan? *Warum* aufhören? Ein Beispiel. Du gehst in Hampstead irgendwo auf einen Drink, und du wirst von einer tüchtigen Gastgeberin mit einer Überfülle von Kleinigkeiten zum Essen überhäuft, und man setzt dir mit weiteren Drinks richtig zu, und überhaupt wird dir ganz unbehaglich angesichts der Überüberfülle von Gastfreundschaft und neuen Gesichtern und Energie – nun, dann liegt es nahe zu sagen: ›Das ist sehr jüdisch.‹ Hinter der Aussage steht kein antisemitisches Gefühl, es ist einfach nur Salonsoziologie, ein universelles Phänomen – alle machen es überall. Ich bin sicher, es hat Zeiten gegeben, da ist sogar ein so toleranter und aufgeklärter Weltbürger wie du zumindest *versucht* gewesen zu sagen: ›Das ist sehr gojisch‹ – vielleicht sogar über etwas, was *ich* gemacht habe. Ach, hör mal«, sagte sie und stand in dem perfekten grünen Kleid auf, »warum gehst du nicht nach Amerika zurück, wo man mit ›Mischehen‹ richtig umgeht. Das Ganze ist absurd. Es war alles ein großer Fehler, und ich bin sicher, daß die Schuld ganz auf meiner Seite liegt. Halt dich an amerikanische Schicksen. Ich hätte dich niemals mit mir hierherkommen lassen sollen. Ich hätte niemals versuchen sollen, Dinge zu verschleiern, die mit meiner Familie zu tun haben und die du unmöglich verstehen oder akzeptieren kannst – obwohl das genau der Grund ist, weshalb ich es getan habe. Ich hätte nichts von dem tun sollen, was ich getan habe, angefangen damit, daß ich es zuließ, daß du mich zu der einen Tasse Tee in deine Wohnung eingeladen hast. Wahrscheinlich hätte ich es einfach hinnehmen sollen, daß er mich für den Rest meines Lebens weiter zum Verstummen bringt – was ist es schon für ein Unterschied, wer mich zum Verstummen bringt, wenigstens hätte ich so meine kleine Familie zusammengehalten. Ach, es macht mich einfach schrecklich ärgerlich, daß ich das alles durchgemacht habe, um mich wieder an der Seite eines Mannes zu finden, der nicht ausstehen kann, was ich sage! Es war eine derartig verlängerte Erziehung, und für *nichts*, eine endlose Vorbereitung, einfach für *nichts*. Ich bin wegen meiner Tochter bei ihm geblieben, bin bei ihm geblieben, weil Phoebe mit einem Schild auf dem Kopf herumlief, auf dem stand: ›Ein Vater im Haus – und alle freuen sich.‹ Und dann, nachdem wir einander begegnet waren, habe ich törichterweise gesagt: ›Und was ist mit mir?‹ Anstelle eines Feindes als Ehemann, wie wär's mit einem Seelengefährten – jener unerreichbaren Unmöglichkeit! Ich habe wirklich die Hölle durchgemacht, um dich zu heiraten – du bist das Gewagteste, was ich je getan habe. Und jetzt stellt es sich heraus, daß du eigentlich denkst, daß es eine Internationale Verschwörung der Nichtjuden gibt, für die ich als bezahltes Mitglied arbeite! In deinem Kopf, so zeigt sich nun, gibt es wirklich keinen großen Unterschied zwischen dir und diesem Mordechai Lippman! Dein Bruder ist nicht recht bei Trost? *Du bist dein Bruder!* Weißt du, was ich hätte tun sollen, trotz seines im allgemeinen empörenden Verhaltens mir gegenüber? Getreu der Tradition meiner Schule hätte ich mir die Schuhbänder fester schnüren und weitermachen sollen. Nur, man kommt sich dabei so unaufrichtig und feige vor – Kompromisse, Kompromisse –, aber vielleicht sind Kompromisse eben einfach Erwachsensein, und nach Seelengefährten zu suchen schiere Idiotie. Gewiß habe ich keinen Seelengefährten gefunden, das ist sicher. Ich habe einen Juden gefunden. Nun ja, du bist mir nie sehr jüdisch vorgekommen, aber darin habe ich mich eben auch geirrt. Ich habe offenbar auch nicht im entferntesten verstanden, wie tief das geht. Du verkleidest dich als vernünftig und rational, während *du* der wilde Spinner bist! *Du bist Mordechai Lippman!* Ach, es ist eine Katastrophe. Ich würde eine Abtreibung machen lassen, wenn das nach dem fünften Monat noch ginge. Ich weiß nicht, was ich da machen soll. Das Haus können wir verkaufen, und was mich betrifft, so bin ich lieber allein, wenn das unser ganzes Leben lang so weitergehen soll. Ich kann diese Aussicht nicht ertragen. Ich habe nicht die Art von emotionalen Reserven. Wie gräßlich unfair von dir, auf mich loszugehen – *ich* habe diese Frau nicht an unseren Nebentisch gepflanzt! Und meine Mutter ist wirklich nicht meine Schuld, weißt du, und auch nicht die Einstellungen, mit denen sie erzogen wurde. Du glaubst, *ich* wüßte nichts über die Leute in diesem Lande und wie kleinlich und bösartig sie sein können? Ich sage das jetzt nicht, um sie zu entschuldigen, aber in ihrer Familie, mußt du wissen, hattest du, wenn du kein Hund warst oder keinen Penis besaßest, kaum Aussicht auf viel Aufmerksamkeit – sie mußte also auch mit ihrer Scheiße fertig werden! Und hat es so ziemlich auf eigenen Füßen recht weit gebracht. Wie wir alle! Ich habe es mir nicht ausgesucht, eine boshafte Schwester zu haben, und ich habe es mir nicht ausgesucht, eine antisemitische Mutter zu haben – nicht mehr jedenfalls, als du es dir ausgesucht hast, einen Bruder in Judäa zu haben, der eine Waffe mit sich herumschleppt, oder einen Vater, der nach allem, was du erzählst, hinsichtlich der Nichtjuden auch nicht gerade extrem vernünftig war. Noch hat meine Mutter, falls ich dich erinnern darf, ein einziges Wort gesagt, um dich zu beleidigen, oder unter vier Augen, um mich zu beleidigen. Als sie zum ersten Mal dein Bild sah, als ich ihr ein Photo gezeigt habe, da hat sie ziemlich ruhig gesagt: ›Er sieht ziemlich südländisch aus, nicht wahr?‹ Und ich habe ebenso ruhig gesagt: ›Weißt du, Mama, ich glaube, global gesehen kommen blaue Augen und blondes Haar vielleicht aus der Mode.‹ Sie hat sich fast naßgemacht, so erstaunt war sie, solch eine Ansicht von den Lippen ihres lieben Kindes zu hören. Aber wie bei so vielen von uns ist die Illusion, die sie sich macht, diejenige, die sie haben will. Doch ist sie wirklich ziemlich gleichmütig darüber weggegangen, sie hat sich nicht darüber aufgeregt – und ansonsten, obwohl du eine Familie zerstört hast, wie ich dir erklärt habe, und *jeder* neue Mann von mir, ob Nichtjude oder Jude, davon überschattet wäre, hat sie nichts weiter gesagt und war wirklich ganz nett, eigentlich sogar rasend nett für jemanden, der, wie wir wissen, nicht so besonders scharf auf Juden ist. Wenn sie heute abend ›eisig‹ war, dann deshalb, weil sie eben so ist, aber sie ist auch so entgegenkommend gewesen, wie sie eben sein kann, und wahrscheinlich deswegen, weil ihr sehr daran liegt, *uns* jetzt nicht in verschiedene Richtungen davongehen zu sehen. Glaubst du wirklich, sie will, daß ich mich *zum zweiten Mal* scheiden lasse? Die Ironie ist nur, daß sie es am Ende ist, die recht behält – nicht du und ich mit unserem aufgeklärten Geschwätz, sondern meine Mutter mit ihren Vorurteilen. Denn es ist doch ganz klar, daß sich Menschen mit so unterschiedlichen Ausgangspunkten einander *unmöglich auf irgendeinem Gebiet* verstehen können. Nicht einmal wir, die wir einander so wunderbar zu verstehen schienen. Ach, die Ironie in dem allen! Daß es im Leben doch immer irgendwie anders kommt, als man erwartet! Aber ich kann dieses Thema nicht zum Mittelpunkt meines Lebens machen. Und du willst es zu meinem Erstaunen zum Mittelpunkt des deinen machen! Du, der in New York an die Decke gegangen ist, als ich die Juden eine ›Rasse‹ genannt habe, du willst mir jetzt erzählen, daß du genetisch einzigartig bist? Denkst du wirklich, daß deine jüdischen Glaubensvorstellungen, die ich offen gestanden nirgends an dir entdecken kann, dich für mich inkompatibel machen? Mein Gott, Nathan, du bist ein Mensch – es kümmert mich nicht, ob du ein Jude bist. Du forderst mich auf, dir zu sagen, was ›unseresgleichen‹ über euresgleichen denkt, und wenn ich das versuche, so wahrheitsgetreu, wie ich kann, ohne etwas zu verschleiern, dann nimmst du mir übel, was ich sage, *wie vorhergesehen*. Wie ein engstirniger Kotzbrocken! Nun, das kann ich nicht hinnehmen. Und das werde ich auch nicht! Ich habe schon eine engstirnige Mutter! Ich habe schon eine verrückte Schwester! Ich bin nicht mit Mr. Rosenbloom in North Finchley verheiratet, ich bin mit *dir* verheiratet. Ich denke nicht an dich, ich laufe nicht in der Gegend herum und denke an dich als einen Juden oder einen Nichtjuden, ich denke an dich als du selbst. Wenn ich hinfahre, um zu sehen, wie es mit dem Haus vorangeht, glaubst du denn, ich frage mich: ›Wird der Jude hier auch glücklich sein? Kann ein Jude in einem Haus in Chiswick das Glück finden?‹ *Du* bist es, der verrückt ist. Vielleicht sind in dieser Sache *alle* Juden verrückt. Ich kann verstehen, wie es vielleicht dazu gekommen ist, ich sehe ein, warum Juden so empfindlich sind und sich fremd und abgewiesen fühlen, und gewiß mißbraucht, um es milde auszudrücken, aber wenn wir einander weiterhin in dieser Sache falsch verstehen werden und die ganze Zeit streiten und dieses Thema in den Mittelpunkt unseres Lebens stellen, dann will ich nicht mit dir leben, dann *kann* ich nicht mit dir leben, und was unser Baby betrifft – ach, das weiß nur Gott allein, jetzt werde ich *zwei* Kinder ohne Väter haben. Genau, was ich gewollt habe! Zwei Kinder ohne Väter im Haus, aber das ist immer noch besser als das hier, denn es ist einfach *zu dumm*. Geh bitte zurück nach Amerika, wo jedermann die Juden liebt – wie du glaubst!«

Stell dir vor. Wegen Sarahs Provokation in der Krypta und wegen des Affronts im Restaurant war es denkbar geworden, daß meine Ehe kurz davor stand, in die Brüche zu gehen. Maria hatte gesagt, es sei einfach zu dumm, aber Dummheit ist unglücklicherweise nun einmal etwas Reales und nicht weniger dazu angetan, das Gemüt zu beherrschen, als Angst,

Lust oder irgend etwas anderes. Was man zu tragen hat, ist nicht das Entweder/Oder, eine bewußte Entscheidung zwischen Möglichkeiten, die gleichermaßen schwierig und bedauerlich sind – es ist ebenso das Und/Und/Und/Und/Und. Leben *ist* dieses Und: das Nebensächliche und das Unwandelbare, das sich Entziehende und das Greifbare, das Bizarre und das Vorhersehbare, das Tatsächliche und das Potentielle, die verschiedenen Realitäten, die alles vervielfältigen, miteinander verschränken, sich überschneiden, sich widersprechen, miteinander verbunden sind – und dazu die Illusionen, die alles vervielfältigen! Dieses mal dem mal dem mal dem... Hat ein intelligenter Mensch die Chance, viel mehr zu sein als ein Wesen, das in großem Stil Mißverständnisse produziert? Wohl kaum, dachte ich, als ich das Haus verließ.

Daß es in England Leute gab, die, auch nachdem Hitler den Stolz des Judenhassers ein wenig gedämpft hatte – wie man jedenfalls hätte meinen können –, immer noch eine tiefe Abneigung gegen Juden hegten, war keine Überraschung gewesen. Die Überraschung war nicht einmal, daß Maria ihrer Mutter gegenüber soviel Toleranz aufbringen konnte, wie sie es tat, oder daß sie – was mir sehr unwahrscheinlich vorkam – so naiv gewesen sein sollte zu glauben, sie wende eine Katastrophe ab, indem sie so tat, als wäre diese Art von Gift nicht vorhanden. Die unvorhersehbare Entwicklung bestand darin, wie wütend mich das alles machte. Aber ich war eben gänzlich unvorbereitet gewesen – sonst waren es immer die Semiten, und nicht die Antisemiten, die mich dafür angriffen, daß ich der Jude sei, der ich war. Hier in England erlebte ich plötzlich etwas aus erster Hand, wovon ich in Amerika persönlich nie betroffen worden war. Ich fühlte mich, als hätte sich das sanfteste England plötzlich aufgebäumt und mich in den Hals gebissen – es war eine Art von irrationalem Schrei in mir, der lautete: »Sie ist nicht auf meiner Seite – sie ist auf ihrer Seite!« Ich hatte sehr tief bedacht und nachempfunden, welchen Verletzungen Juden ausgesetzt gewesen sind, und anders als meine Verleumder behaupten, die mir literarisches

Abenteurertum vorgeworfen haben, sind meine Schriften wohl kaum aus Rücksichtslosigkeit oder Naivität gegenüber der Geschichte jüdischen Schmerzes entstanden; ich hatte meine Bücher im Bewußtsein dieses Schmerzes geschrieben, ja sogar als Folge davon, und doch blieb die Tatsache, daß ich ihn in meinem persönlichen Leben bis zum heutigen Abend so gut wie nicht erlebt hatte. Indem ich fast hundert Jahre, nachdem meine Großeltern in westlicher Richtung entronnen waren, ins christliche Europa zurückkehrte, spürte ich schließlich am eigenen Leib jene äußere Realität, die ich in Amerika zumeist als eine »abnorme« innere Obsession erlebt hatte, die nahezu alles in der jüdischen Welt durchdrang.

Dennoch mußte ich mich immer noch fragen, ob ich nicht nur an den klassischen psychosemitischen Beschwerden litt statt an der ernsten klinischen Krankheit, ob ich nicht vielleicht ein Jude mit Verfolgungswahn war, der ein an sich zu bewältigendes Problem mit falscher Bedeutsamkeit auflud, das zu erledigen es nicht mehr als eines gesunden Menschenverstandes bedurft hätte – ob ich nicht in sie alle viel zu viel hineingelegt hatte und meine Einbildung mir einen Streich spielte; ob ich nicht *wollte*, daß der Antisemitismus da sei, und zwar in großem Stil. Als Maria mich angefleht hatte, der Sache nicht nachzugehen, warum hatte ich da nicht auf sie gehört? Dadurch, daß wir darüber sprachen, daß es immer weiterging, daß die Diskussion gnadenlos ausgedehnt wurde, war es unausweichlich, daß wir bis an den wunden Punkt gelangten. Doch es war ja auch nicht so, daß ich nicht provoziert worden wäre oder daß es ganz in meiner Macht gestanden hätte, uns von dem ganzen widerlichen Mist zu trennen. Natürlich gibt es immer die Möglichkeit, sich auf eine Provokation nicht einzulassen, aber geht es wirklich, daß dich deine Schwägerin einen dreckigen jüdischen Bastard nennt und jemand anderes sagt, daß du den Ort verpestest, und jemand, den du liebst, sagt, warum machst du so ein Theater um diese Dinge, ohne daß einem irgendwann der Kopf explodiert, wie friedfertig man auch zu sein versucht? Es war sogar möglich, daß ich keineswegs zuviel in sie hineingelegt hatte, sondern wirklich auf einen tiefen, tückischen Establishment-Antisemitismus gestoßen war, der latent und durchdringend ist, der aber unter den sanften, wohlerzogenen, allgemein sich selbst verbergenden Engländern nur bei dem gelegentlichen Sonderling wie einer Verrückten oder einer abgefuckten Schwägerin wirklich hervorbricht. Ansonsten ist er im großen und ganzen unterschwellig, man hört nichts, und wohin man auch blickt, man sieht keine bösen Anzeichen, außer vielleicht in der eigenartig maßlosen, unenglischen Israelfeindlichkeit, der sich die jungen Leute bei dem Abendessen offenbar verschrieben hatten.

In Amerika, dachte ich, wo Menschen ebenso leicht »Identitäten« annehmen und wieder ablegen, wie sie sich Aufkleber an die Stoßstange heften – wo zwar Leute in Clubs herumsitzen, die denken, daß sie sich immer noch in einem Land von Ariern befinden, was eben einfach nicht der Fall ist –, da konnte ich mich wie ein vernünftiger Mann benehmen, als sie die Juden von den Kaukasiern unterschieden hatte. Aber hier, wo man auf ewig in das eingewickelt bleibt, womit man geboren wurde, wo man lebenslang in seinen Anfängen befangen bleibt, hier, in einem *wirklichen* Land von Ariern, mit einer Frau, deren Schwester, wenn nicht auch ihre Mutter, die Anführerin irgendeiner reinblütigen Phalanx zu sein schien, die darauf aus war, mich spüren zu lassen, daß ich nicht willkommen war und lieber erst gar nicht hergekommen wäre –, hier konnte ich die Beleidigung nicht übergehen. Unsere Gemeinsamkeiten waren stark und echt, doch so sehr wir uns bei dem Adventsgottesdienst auch als Komplizen gefühlt hatten, Maria und ich waren eben *keine* Anthropologen in Somaliland, noch waren wir Waisenkinder mitten in einem Unwetter: Sie ist von irgendwo hergekommen, und ich ebenso, und die Unterschiede, von denen wir soviel gesprochen hatten, konnten allmählich eine zersetzende Wirkung entfalten, wenn der Zauber erst einmal nachzulassen begann. Wir konnten ebensowenig einfach »wir« sein und

»sie« zur Hölle wünschen, wie wir das zwanzigste Jahrhundert zur Hölle wünschen konnten, wenn es eindrang in unsere Idylle. Hier liegt das Problem, dachte ich: Selbst wenn ihre Mutter eine völlig verschanzte und in Vorurteilen befangene snobistische Person ist, Maria liebt sie, und das ist die Falle, in der sie sitzt – sie will wirklich nicht, daß ihre Mutter Anspielungen auf das heidnische Enkelkind macht, und sie will ebensowenig mit mir streiten, während ich für meinen Teil nicht die Absicht habe zu verlieren – weder die Frau noch das Baby noch den Kampf. Wie berge ich das, was ich haben möchte, aus diesem Zusammenprall atavistischer Willensregungen?

Mein Gott, wie es einen wütend macht, wenn man lächelnd auf Leute stößt, die nichts mit einem zu tun haben wollen – und wie furchtbar, dann Kompromisse zu machen – und sei es aus Liebe. Aufgefordert, dem Pakt beizutreten, sei es von einem Nichtjuden oder einem Juden, entdecke ich, daß offenbar alle meine Bemühungen dagegen gerichtet sind.

Die Vergangenheit, die unentrinnbare Vergangenheit hatte die Herrschaft übernommen und schickte sich an, unsere Zukunft zu ruinieren, wenn ich nichts unternahm, um das Verhängnis abzuwenden. Wir kamen so leicht miteinander zurecht, aber nicht mit der Geschichte, in die unser beider Familienclans verwickelt waren. Ist es wirklich möglich, daß ich einmal spüren werde, daß sie, wie subtil auch immer, *ihren* Antisemitismus teilt, daß ich in ihr Anklänge an Antisemitismus hören werde und daß sie in mir einen Juden sehen wird, der nicht anders kann als durch die Tatsache, daß er Jude ist, alles andere verdunkeln zu lassen? Ist es möglich, daß keiner von uns beiden dieses uralte Zeug unter Kontrolle bringen kann? Und wenn es keine Möglichkeit gibt, sie aus einer Welt herauszuholen, die ich nicht betreten möchte, selbst wenn ich dort willkommen wäre?

Was ich schließlich tat, war, mir ein Taxi zu winken, das mich nach Chiswick bringen sollte, zu dem Haus am Fluß, das wir gekauft hatten und das wir umgestalteten, damit es das umschließen sollte, was zu haben wir uns eingebildet hatten, das Haus, das in das unsere umgewandelt wurde und das meine eigene Wandlung repräsentierte – das Haus, das den vernünftigen Weg repräsentierte, die warme menschliche Behausung, die etwas mehr als nur meine erzählerische Manie beherbergen und schützen sollte. Es schien in dem Augenblick, daß in der Vorstellung für mich alles möglich wäre, außer der irdischen Konkretheit eines Heimes und einer Familie.

Weil Mauern eingerissen wurden und nicht alle Dielenbretter an Ort und Stelle waren, wanderte ich nicht drinnen herum, obwohl sich die Vordertür, als ich sie zu öffnen versuchte, als unverschlossen erwies. Ein einsamer mitternächtlicher Besuch bei der unvollendeten Heimstatt war für mein Dilemma hinreichend symbolisch, ich brauchte nicht völlig zu übertreiben und eine Szene zu schreiben, in der ich im Dunkeln herumstolperte und mir den Hals brach. Statt dessen wanderte ich von Fenster zu Fenster und spähte hinein, als würde ich einen Einbruch auskundschaften, und dann setzte ich mich auf die Schwelle der Glastür zur Terrasse und starrte auf die Themse hinaus. Nichts als Wasser glitt vorüber. Ich sah durch die Zweige der Bäume am anderen Ufer des Flusses die Lichter einiger Häuser. Sie schienen winzig zu sein und in weiter Ferne zu liegen. Es war, als blicke man in ein fremdes Land hinüber – von einem fremden Land in ein anderes.

Ich saß fast eine Stunde lang da wie jemand, der seinen Schlüssel verloren hat, ganz allein, und fühlte mich ziemlich verloren, mir war recht kalt, doch allmählich kam ich zur Ruhe und atmete wieder regelmäßiger. Selbst wenn das Haus noch nicht gemütlich war und über das Wasser hin leuchtete, seine Greifbarkeit trug dazu bei, mich an all das zu erinnern, was zu verdrängen ich mir soviel Mühe gegeben hatte, um zu dieser ganz gewöhnlichen, zeitgebundenen Zufriedenheit Zugang zu finden. Die Greifbarkeit dieses halb umgebauten, unbewohnten Hauses ließ mich noch einmal sehr ernst darüber nachdenken, ob das, was vorgefallen war, wirklich für dieses Drama stand, ob die Indizien für den Schluß hinreichten, zu dem meine Gefühle gekommen waren. Als ich auf das vergangene Jahr zurückblickte und mir die Hartnäckigkeit und die Ausdauer ins Gedächtnis rief, womit wir erfolgreich alles bekämpft hatten, was sich uns in den Weg stellte, kam ich mir lächerlich vor, weil ich mich so leicht hatte überwältigen lassen und mich als unschuldiges Opfer fühlte. Man wird nicht einfach aus einer konventionell unglücklichen, verheirateten Mutter und einem dreimal geschiedenen, kinderlosen literarischen Einsiedler zu Partnern in einem blühenden Familienleben als werdender Vater und schwangere Frau – man müht sich nicht vierzehn Monate lang, nahezu alles, was einem wichtig ist, gründlich neu zu ordnen, um sich dann als ein Paar hilfloser Schwächlinge zu entpuppen.

Was war geschehen? Nichts sonderlich Originelles. Wir hatten Streit, unseren ersten, nichts Schlimmeres und nichts Geringfügigeres als das. Was die Rhetorik zu sehr aufgeladen und den Ärger entfacht hatte, war natürlich ihre Rolle als Tochter ihrer Mutter, die sich mit der meinen als Sohn meines Vaters rieb – unser erster Streit war nicht einmal unser eigener gewesen. Doch ist gewöhnlich genau das die Schlacht, die die meisten Ehen anfangs erschüttert – ausgefochten von Stellvertretern für die wirklichen Antagonisten, deren Konflikt niemals im Hier und Jetzt verwurzelt ist, sondern in seiner Entstehung manchmal sogar so weit zurückreicht, daß die häßlichen Worte der Jungvermählten alles sind, was von den Werten der Großeltern geblieben ist. Mögen sie sich auch wünschen, jungfräulich zu sein – der Wurm in dem Traum ist immer die Vergangenheit, dieses Hindernis für alle Erneuerung.

Was sage ich also, wenn ich nach Hause komme? Was mache ich jetzt, wo ich all das weiß? Laufe ich die Treppe hinauf und küsse sie, als wäre alles in Ordnung, wecke ich sie auf, um ihr alles zu erzählen, was ich gedacht habe – oder ist es nicht besser, ruhig und unaufdringlich ins Haus zu kommen und es dem Klebstoff des alltäglichen Lebens zu überlassen, die Scherben zu kitten? Nur, wenn sie nicht da ist, wenn es oben dunkel und das Haus ruhig ist, weil sie fortgegangen ist, um mit Phoebe das Sofa in der Wohnung ihrer Tante zu teilen? Wenn der unendliche Tag, der mit der Dämmerung zu mittelöstlicher Zeit in einem Taxi von Jerusalem zur Sicherheitsüberprüfung im Flughafen begonnen hatte, damit zu Ende geht, daß Maria vor einem militanten Juden flieht? Von Israel zur Krypta, zur Sitzbank, zum Scheidungsgericht. In dieser Welt *bin ich* der Terrorist.

Wenn sie nicht da ist.

Während ich dasitze und über den dunklen Fluß starre, male ich mir eine Wiederkehr des Lebens aus, von dem ich mich freigekämpft hatte, indem ich bei Maria Anker geworfen hatte. Diese Frau von tiefer Nachsicht und moralischem Mut, diese Frau von verführerischem Redefluß, deren Wesen in Verschwiegenheit und Diskretion besteht, diese Frau, deren emotionales Wissen außerordentlich ist, deren Intellekt so klar und rührend ist, die, auch wenn sie beim Sex eine Stellung bevorzugt, kaum unschuldig ist, was Liebe und Begehren betrifft, eine verletzte, herrlich kultivierte Frau, sprachgewandt, intelligent, konsequent, mit einem klaren Verständnis für die Begriffe des Lebens und dieser wunderbaren Gabe des Erzählens – *wenn sie nun nicht da ist?* Stell dir vor, Maria ist fort, mein Leben *ohne* all das, stell dir ein äußeres Leben ohne alle Bedeutung vor, ich selbst wieder gänzlich ohne einen anderen und absorbiert von mir selbst – daß all die Stimmen wieder nur meine eigene Bauchrednerstimme ist, daß all die Konflikte wieder aufbrechen durch den ermüdenden Zusammenprall der alten inneren Widersprüche. Stell dir vor – statt eines Lebens anderswo als in dem eigenen Schädel nur die isolierende Unnatur des Kampfes gegen sich selbst. Nein, nein – nein, nein, nein, dies könnte meine letzte Chance sein, und ich habe mich selbst schon genug entstellt. Wenn ich wieder dort bin, laß mich dich im Bett finden, unter unserer Decke, all diese schönen Wölbungen, die nicht syntaktischer Art sind, Hüften, die keine Worte sind, weiche lebendige Arschbacken, die nicht meine Erfindung sind – laß mich dort schlafend vorfinden, wofür ich gearbeitet habe und was ich will, eine Frau, mit der ich zufrieden bin, die mit unserer Zukunft schwanger geht, deren Lungen ruhig von des Lebens wirklicher Luft schwellen. Denn sollte sie fort sein, sollte es dort nur einen Brief neben meinem Kissen geben . . .

Doch sieh jetzt ab von dem Klagelied (das jeder, der einmal irgendwo ausgeschlossen wurde, auswendig kennt) – was genau steht in diesem Brief? Da er von Maria wäre, mochte er interessant sein. Sie ist eine Frau, die mich etwas *lehren* könnte. *Wie* habe ich sie verloren – wenn ich sie verloren habe –, diese Berührung, diese Verbindung mit einer erfüllten und wirklichen äußeren Existenz, mit einem potenten, friedlichen, glücklichen Leben? Stell dir das vor.

Ich gehe fort.
Ich bin fortgegangen.
Ich verlasse dich.
Ich verlasse das Buch.

Das ist es. Natürlich. Das Buch! Sie betrachtet sich als von mir ersonnen, stempelt sich als Phantasievorstellung ab und macht sich schlau aus dem Staube, indem sie nicht nur mich verläßt, sondern auch einen vielversprechenden Roman über Kulturen, die miteinander im Kriege liegen, einen Roman, der noch kaum geschrieben ist, außer dem Happy-Beginning.

Lieber Nathan,
ich gehe fort. Ich bin fortgegangen. Ich verlasse dich, und ich verlasse das Buch, und ich nehme Phoebe mit mir fort, ehe ihr etwas Schreckliches zustößt. Ich weiß, das hat es schon gegeben, daß Figuren gegen ihren Autor rebellieren, doch wie meine Wahl eines ersten Mannes klargestellt haben sollte – jedenfalls für mich –, habe ich nicht den Wunsch, originell zu sein, und ich habe ihn auch nie gehabt. Ich habe dich geliebt, und es war irgendwie aufregend, total als Erfindung

eines anderen zu leben, da das ja leider ohnehin meine Neigung ist, doch sogar meine furchtbare Zahmheit hat ihre Grenzen, und ich werde mit Phoebe besser dran sein dort, wo wir angefangen haben, nämlich bei ihm in der oberen Wohnung. Gewiß ist es angenehm, wenn einem jemand zuhört, statt daß man zum Verstummen gebracht wird, aber es ist auch ziemlich unheimlich, wenn ich daran denke, daß ich so umfassend abgehört werde, nur um noch mehr manipuliert und ausgebeutet zu werden, als es damals der Fall war, ehe du mich (aus künstlerischen Gründen) aus meiner Situation da oben herausgeholt hast. Das Ganze ist nichts für mich, und ich habe dich von Anfang an entsprechend gewarnt. Als ich dich bat, nicht über mich zu schreiben, hast du mir versichert, daß du gar nicht »über« jemanden schreiben könntest, daß selbst wenn du es versuchst, jemand anderes dabei herauskommt. Nun also, der jemand ist nicht hinreichend anders, als daß er mir gefallen könnte. Ich erkenne an, daß radikaler Wandel das Gesetz des Lebens ist und daß, wenn es an der einen Front ruhig wird, an einer anderen unweigerlich der Lärm beginnt; ich erkenne an, daß geboren werden, leben und sterben bedeutet, die Form zu wandeln, aber du übertreibst es. Es war nicht fair, mich deine Krankheit und die Operation und deinen Tod durchmachen zu lassen. »Wach auf, wach auf, Maria – es war ja alles nur ein Traum!« Doch das nützt sich nach einer Weile ab. Ich kann nicht ein ganzes Leben auf mich nehmen, in dem ich niemals weiß, ob du nicht vielleicht nur Spaß machst. Es geht nicht, daß ewig nur mit mir gespielt wird. Bei meinem englischen Tyrannen wußte ich wenigstens, woran ich war, und konnte mich entsprechend verhalten. Mit dir wird das niemals der Fall sein.

Und wie will ich wissen, was mit Phoebe geschieht? Das erschreckt mich. Du bist dazu fähig gewesen, deinen Bruder umzubringen, du bist dazu fähig gewesen, dich selbst umzubringen oder dich auf dem Flug von Israel herrlich damit zu amüsieren, einen wahnsinnigen Entführungsversuch in Szene zu setzen – aber was ist, wenn du beschließen solltest, daß alles noch interessanter wird, wenn meine Tochter auf dem Treidelpfad einen falschen Schritt macht und abrutscht in den Fluß? Wenn ich daran denke, daß an denen, die ich liebe, Experimente literarischer Chirurgie durchgeführt werden, dann verstehe ich, warum die Tierversuchsgegner durchdrehen. Du hattest nicht das Recht, Sarah in der Krypta Worte sagen zu lassen, die sie niemals gesagt hätte, wenn du nicht diese jüdische Macke hättest. Es war nicht nur unnötig, sondern grausam provokativ. Nachdem ich dir schon anvertraut hatte, daß Juden für meine Begriffe allzu schnell an Nichtjuden etwas auszusetzen haben und Dinge als grauenvoll antisemitisch oder auch nur ein wenig antisemitisch verurteilen, wenn sie das gar nicht sind, mußtest du mich natürlich mit einem Ausbund an Antisemitismus als Schwester versehen. Und dann diese Kreatur dort im Restaurant, die *du* dort hingepflanzt hast, und gerade als alles so perfekt war, der schönste Abend, den ich seit Jahren erlebt hatte. Warum geschehen diese Dinge immer, wenn du ganz darauf eingestellt bist, ein paar wunderbare Stunden zu verbringen? Warum ist es für uns nicht richtig, glücklich zu sein? Kannst du dir *das* nicht einmal vorstellen? Versuch doch zur Abwechslung einmal, deine Phantasien auf Befriedigung und Vergnügen zu begrenzen. Du bist fünfundvierzig Jahre alt und hast einen ziemlichen Erfolg – es ist höchste Zeit, dir vorzustellen, daß das Leben *gelingt*. Wozu diese Obsession mit unlösbaren Konflikten? Willst du denn kein neues geistiges Leben? Ich war einmal närrisch genug zu glauben, daß es das war, worum es überhaupt ging und warum du mich wolltest, nicht um die tote Vergangenheit wieder zu durchleben, sondern um glücklich einen neuen Weg einzuschlagen, um dich in überschwenglicher Rebellion gegen *deinen* Autor zu erheben und dein Leben neu zu gestalten. Ich hatte die Verwegenheit zu glauben, daß ich eine ungeheure Wirkung hatte. Warum mußtest du alles zerstören mit diesem antisemitischen Ausbruch, gegen den du jetzt wüten mußt wie ein Eiferer aus Agor? New York hast du zu einem Horror gemacht, indem du auf perverse Weise *Carnovsky* zu diesem gespenstischen Experiment mit der Impotenz verdreht hast. Mir wäre es zum Beispiel lieber gewesen, die Rolle der mondänen Maria zu spielen, der schwanzlutschenden Pornokönigin in irgendeiner endlosen priapistischen Balgerei – sogar das ganze Würgen wäre mir lieber gewesen als die schreckliche Traurigkeit bei deinem niederschmetternden Anblick. Und jetzt in London die Juden. Als sich gerade alles so schön entwickelt hat, auf einmal die Juden. Kannst du denn niemals deine Juden vergessen? Wie kann es sein, daß sich das – insbesondere bei jemandem, der soviel herumgekommen ist wie du – als nicht weiter reduzierbarer Kern deines Wesens entpuppt? Es *ist* langweilig, langweilig und verrückt und eine Regression, immer weiter von der Verbindung zu einer Gruppe zu faseln, in die du bloß zufällig hineingeboren bist, und das vor ziemlich langer Zeit. So abstoßend meine englische Art auch sein mag, wie du jüngst entdeckt hast, ich bin *nicht* damit verheiratet, und auch nicht mit einem anderen Etikett und nicht auf die Art und Weise, wie die meisten von euch Juden darauf bestehen, Juden zu sein. Ist denn der Mann, der dein Leben geführt hat, nicht lange genug ein loyales Kind gewesen?

Weißt du, wie das ist, wenn man mit einem Juden zusammen ist, und das Thema Juden kommt auf? Es ist, als wäre man mit Leuten zusammen, die am Rande des Wahnsinns stehen. Die Hälfte der Zeit, die man mit ihnen zusammen ist, sind sie absolut normal, und die andere Hälfte der Zeit bellen sie drauflos. Doch es gibt eigenartige Momente, wo es im Schweben ist, und dann kann man sehen, wie sie über den Rand kippen. Eigentlich ist, was sie sagen, nicht weniger vernünftig als das, was sie vor fünf Minuten gesagt haben, doch man weiß, daß sie soeben diese dünne magische Linie überschritten haben.

Was ich sagen will, ich hätte schon, als ich auf Seite 96 sah, wo du uns hinbringen wolltest, aufstehen und fortgehen sollen, noch ehe dein Flugzeug landete, und schon gar nicht hätte ich zum Flughafen eilen sollen, um dich abzuholen, wo du noch ganz high warst vom Heiligen Land. Es funktioniert so (dein verwickelter Kopf, meine ich): in dem Maße, wie es von meiner Schwester klargestellt worden ist, daß meine Mutter entschlossen ist, eine Streitfrage daraus zu machen, ob unser Kind symbolisch mit den läuternden Wassern der Kirche benetzt wird, bist du nun zum Gegenangriff entschlossen, indem du verlangst, daß das Kind, falls Junge, seinen Bund mit Jahweh vermittels ritueller Opferung seiner Vorhaut schließt. Oh, ich sehe dir auf den kontroversen Grund! Wir hätten uns wieder gestritten – *wir, die wir niemals streiten*. Ich hätte gesagt: »Ich finde, es ist eine barbarische Verstümmelung. Ich glaube, in einer Million Fällen von einer Million und einem ist es physisch harmlos, so daß ich keine medizinischen Argumente dagegen vorbringen kann, außer dem allgemeinen, daß man nicht in irgend jemandes Körper eingreift, wenn es nicht nötig ist. Doch nichtsdestoweniger finde ich es schrecklich, Jungen *oder* Mädchen zu beschneiden. Ich finde es einfach falsch.« Und du hättest gesagt: »Aber es fällt mir sehr schwer, einen Sohn zu haben, der nicht beschnitten ist«, oder etwas, das noch subtiler nach Drohung klingt. Und so würde es losgehen. Und wer würde gewinnen? Rate mal. Es *ist* eine barbarische Verstümmelung, aber da ich vernünftig bin und ganz und gar dein Geschöpf, hätte ich natürlich nachgegeben. Ich würde sagen: »Ich finde, in der Hinsicht sollte ein Kind wie sein Vater sein. Ich meine, wenn der Vater *nicht* beschnitten ist, dann, finde ich, sollte das Kind wie *sein* Vater sein, denn ich glaube, es würde ein Kind verwirren, wenn es anders wäre als sein Vater, und das wäre die Ursache für alle möglichen Probleme.« Ich würde sagen – ich würde veranlaßt zu sagen, kommt der Wahrheit näher –: »Ich glaube, es ist besser, sich diesen Bräuchen nicht zu widersetzen, wenn sie so viele Gefühle hervorrufen. Wenn du dich über irgend jemanden erhitzen wirst, der sich diesem Band zwischen dir und deinem Sohn widersetzt, dann gehe ich darüber hinweg, daß es für mich so aussieht, als wäre ein intellektueller Agnostiker irrational jüdisch, ich verstehe jetzt das Gefühl und werde dem nicht im Wege stehen. Wenn es das ist, was für dich die Wahrheit deiner Vaterschaft ausmacht – was für dich die Wahrheit deiner *eigenen* Vaterschaft wiederherstellt –, dann sei's drum.« Und *du* hättest gesagt: »Und was ist mit *deiner* Vaterschaft – was ist mit deiner Mutter, Maria?« Und dann wären wir niemals zum Schlafen gekommen, jahrelang nicht, denn die Karre wäre völlig verfahren, und du hättest überhaupt *die* Zeit deines Lebens gehabt, weil doch unsere interkontinentale Ehe soviel INTERESSANTER geworden wäre.

Nein, ich werde es nicht tun. Ich werde mich nicht auf diese Weise in deinen Kopf einschließen lassen. Ich werde nicht an diesem primitiven Drama partizipieren, nicht einmal um deiner Literatur willen. Ach, Liebling, zum Teufel mit deiner Literatur. Ich weiß noch, wie du damals in New York, als ich dir eine meiner Erzählungen zu lesen gegeben habe, sogleich losgerannt bist und mir dieses dicke, ledergebundene Notizbuch gekauft hast. »Ich habe etwas für dich, worin du schreiben kannst«, hast du zu mir gesagt. »Danke«, habe ich geantwortet, »aber glaubst du, daß ich soviel zu sagen habe?« Dir war offenbar nicht klar, daß es bei meinem Schreiben nicht darum geht, daß alles mit meiner Existenz Verbundene darum ringt, geboren zu werden, sondern einfach um ein paar Erzählungen über die Wiesen und weißen Nebel von Gloucestershire. Und mir war nicht klar, daß sogar eine Frau, die so passiv ist wie ich, zu wissen hat, wann sie um ihr Leben laufen muß. Nun, ich wäre einfach zu blöd, wenn ich es inzwischen nicht wüßte. Zugegeben, es ist keine Rückkehr ins Paradies, aber da er und ich sehr viel miteinander gemein haben, da uns eine tiefe Zugehörigkeit zur gleichen Schicht und Generation und Nationalität und zum familiären Hintergrund verbindet, hat es, wenn wir wie Hund und Katze miteinander kämpfen, nur wenig mit irgend etwas zu tun, und hinterher geht alles einfach so weiter wie zuvor, und so mag ich es. Es ist zu intensiv, all diese Gespräche, die etwas *bedeuten*. Du und ich, wir haben einen Streit, und gleich kommt die Geschichte des zwanzigsten Jahrhunderts bedrohlich ins Spiel, und zwar in ihren höllischsten Aspekten. Ich fühle mich von allen Seiten unter Druck gesetzt, und es macht mich fix und fertig – aber du bist eigentlich nur in deinem Metier. All unsere kurzlebige Gelassenheit und Harmonie, all unsere Hoffnung und unser Glück, das war doch langweilig für dich, gib es zu. Und ebenso die Idee, in mittlerem Alter dein Leben zu ändern und zu einem ruhig distanzierten Beobachter zu werden, zu so etwas wie einem Spion, der aufmerksam den Qualen anderer zusieht, statt wie eh und je selbst erschüttert und zerrissen zu werden.

Du willst wieder, daß man dir Paroli bietet, nicht wahr? Du hast vielleicht genug davon gehabt, Juden zu bekämpfen und Väter zu bekämpfen und literarische Inquisitoren zu bekämpfen – je heftiger du diese Art von Lokalopposition bekämpfst, desto größer wird dein innerer Konflikt. Doch wenn du die Gojim bekämpfst, dann ist alles *klar*, da gibt es keine Unsicherheit und keine Zweifel – eine gute, gerechte Schlägerei ohne Schuldgefühle! Wenn man sich dir widersetzt, wenn du dich gefangen fühlst, wenn du dich inmitten einer Schlacht findest, das bringt dich wieder auf Draht. Nach all meiner Sanftheit verzehrst du dich einfach nach einem Zusammenprall, einem Krach – egal was, solange es antagonistisch genug ist, damit in der Erzählung die Fetzen fliegen und alles in den zornigen Philippikas explodiert, die du so liebst. Bei Grossinger's ein Jude zu sein, ist offenkundig ein bißchen langweilig – aber es stellt sich heraus, daß es in England schwierig ist, ein Jude zu sein, und also genau das, was du für spaßig hältst. Man sagt dir, *es gibt Beschränkungen*, und schon bist du wieder in deinem Element. Du *schwelgst* doch in Beschränkungen. Aber Tatsache ist, daß, was die Engländer angeht, Jude zu sein etwas ist, für das man sich bei seltenen Anlässen entschuldigt, und damit hat sich's. Das ist zwar kaum mein Blickwinkel, mir kommt das ungehobelt und geschmacklos vor, aber es ist dennoch nicht das Horrorbild, das du ersonnen hast. Aber ein Leben ohne horrende

Schwierigkeiten (das hier zu genießen übrigens ein paar Juden doch gelingt – frag doch nur Disraeli oder Lord Weidenfeld), das ist für den Schriftsteller, der du bist, schädlich. Denn es *gefällt* dir eigentlich, die Dinge nicht leicht zu nehmen. Anders kannst du deine Geschichten nicht weben.

Nun, ich bin da anders, ich habe es gern freundlich, wie es freundlich dahintreibt, die Wiesen und weißen Nebel, und ohne einander Dinge vorzuwerfen, die sich unserer Kontrolle entziehen, und ohne daß aber auch alles und jedes mit dringlicher Bedeutung aufgeladen wird. Normalerweise erliege ich keinen sonderbaren Versuchungen, und jetzt weiß ich auch wieder, warum. Als ich dir von der Szene in Holly Tree Cottage erzählt habe, als meine Mutter über meine jüdische Freundin gesagt hat: »Sie riechen so komisch, nicht wahr?«, da habe ich genau gesehen, was du gedacht hast – nicht: »Wie schrecklich, daß jemand so etwas sagt!«, sondern: »Warum schreibt sie über diese blöden Wiesen, wenn sie ihre Zähne *in so etwas* schlagen kann? *Da* gibt es ein Thema!« Vollkommen richtig, aber kein Thema für mich. Das letzte, was ich mir je wünschen würde, wären die Folgen, wenn ich *darüber* schriebe. Schon allein deshalb, weil ich, wenn ich es täte, den Engländern eigentlich nichts erzählen würde, was sie nicht schon wüßten, sondern einfach nur meine Mutter und mich unkalkulierbarer Bedrängnis aussetzen würde, um mit etwas »Starkem« hervorzutreten. Nun, lieber bewahre ich den Frieden, indem ich etwas Schwaches schreibe. Ich teile nun einmal nicht ganz deinen Aberglauben von der Kunst und ihrer Stärke. Ich mache mich für etwas weitaus weniger Wichtiges stark als dafür, alles gewaltsam bloßzulegen – etwas, das Seelenruhe heißt.

Doch Seelenruhe ist für dich etwas Beunruhigendes, Nathan, besonders im Schreiben – für dich ist das schlechte Kunst, viel zu bequem für den Leser und allemal für dich selbst. Das letzte, was du willst, wäre, die Leser glücklich zu machen, du willst es nicht behaglich und kampflos, du willst nicht die schlichte Wunscherfüllung. Die Idylle ist nicht dein

Genre, und Zuckerman Domesticus kommt dir jetzt genau als das vor, als eine zu leichte Lösung, eine Idylle von der Art, wie du sie haßt, eine Phantasie von Unschuld in dem vollkommenen Haus in der vollkommenen Landschaft an den Ufern der vollkommenen Flußgegend. Solange du um mich geworben hast und mich von ihm wegbringen wolltest und wir um das Sorgerecht gekämpft haben, solange es das Ringen um Rechte und Besitztümer gab, warst du in Anspruch genommen, doch jetzt sieht es für mich allmählich so aus, als hättest du Angst vor dem Frieden, Angst vor Maria und Nathan allein und friedlich mit ihrer glücklichen Familie in einem geordneten Leben. Für dich liegt darin eine Assoziation zu Zuckermans Entlastung, und obendrein wäre es unverdient – oder, schlimmer noch, nicht hinreichend INTERESSANT. Als Unschuldiger zu leben, heißt für dich, als lächerliches Monstrum zu leben. Das Geschick, das du dir gewählt hast, schreibt dir vor, um jeden Preis jedweder Unschuld unschuldig zu sein und auf keinen Fall zuzulassen, daß ich, mit meiner idyllischen Herkunft, dich raffinierterweise in einen idyllisierten Juden verwandele. Ich glaube, es ist dir peinlich festzustellen, daß sogar du versucht gewesen bist, einen Traum vom einfachen Leben zu haben, der so närrisch und naiv war wie bei allen anderen auch. Skandalös. Wie kann das sein? Nichts, aber auch gar nichts ist einfach für Zuckerman. Du mißtraust von deiner Veranlagung her allem, was dir mühelos erworben zu sein scheint. Als wäre es mühelos zu erreichen gewesen, was wir hatten.

Doch denke nicht, wenn ich fort bin, ich hätte dich nicht geschätzt. Soll ich dir sagen, was mir fehlen wird, trotz meiner Schüchternheit und meines wohlbekannten Mangels an sexuellem Zielbewußtsein? Es wird mir fehlen, deine Hüften zwischen meinen Schenkeln zu spüren. Das ist nicht sehr erotisch nach heutigen Maßstäben, und wahrscheinlich weißt du nicht einmal, wovon ich spreche. »Meine Hüften zwischen deinen Schenkeln?« fragst du und streichst dir begriffsstutzig den Bart. Ja, Stellung A. Du hattest in deinem Leben kaum je etwas so Gewöhnliches gemacht, ehe ich ins Spiel kam, aber für mich war es einfach schön, und ich werde lange nicht vergessen, wie es war. Ich werde mich auch an einen Nachmittag unten in deiner Wohnung erinnern, ehe mein Feind zum Abendessen nach Hause kam; es gab ein altes Lied im Radio, du sagtest, es sei ein Lied, zu dem du in der High-School immer mit deiner kleinen Freundin Linda Mandel getanzt hast, und so tanzten wir dort in deinem Arbeitszimmer zum ersten und einzigen Mal Foxtrott wie Jugendliche in den vierziger Jahren, tanzten Schenkel an Schenkel Foxtrott. Wenn ich in fünfzehn Jahren auf all das zurückblicke, weißt du, was ich dann denken werde? Ich werde denken: »Glückliche alte Maria.« Ich werde denken, was wir alle fünfzehn Jahre später denken: »Ist das nicht schön gewesen.« Aber mit achtundzwanzig ist das kein Leben, insbesondere, wenn du Maupassant sein und die Ironie bis zum letzten herausmelken willst. Du willst Realitätsverschiebung spielen? Hol dir dazu eine andere. Ich verlasse dich. Wenn ich dich jetzt im Fahrstuhl sehe oder unten in der Halle, wenn du deine Post holst, auch wenn vielleicht nur wir beide dort sind, dann werde ich so tun, als wären wir nie etwas anderes als Nachbarn gewesen, und wenn wir uns in der Öffentlichkeit begegnen, auf einer Party oder in einem Restaurant, und ich bin mit meinem Mann und unseren Freunden zusammen, dann werde ich erröten, ich werde rot, nicht mehr so sehr wie früher, doch ich erröte immer in einem ganz aufschlußreichen Moment, ich erröte bei den außerordentlichsten Anlässen, doch vielleicht mogele ich mich heraus, indem ich kühn auf dich zugehe und sage: »Ich wollte Ihnen nur sagen, wie tief ich mich mit den weiblichen Figuren in Ihren streitlustigen Büchern identifiziere«, und niemand wird erraten, trotz meines Errötens, daß ich beinahe eine von ihnen gewesen wäre.

P.S. Ich finde, Maria ist als Name für andere Leute hübsch genug, aber nicht für mich.

P.P.S. An dem Punkt, wo »Maria« als Frau scheinbar am eigenständigsten ist, wo sie dir am meisten Widerstand leistet,

am heftigsten sagt, ich kann das Leben nicht leben, das du mir zugeschoben hast, nicht, wenn es ein Leben wird, in dem wir über deine jüdische Existenz in England streiten, das ist unmöglich – an diesem Punkt größter Stärke ist sie am wenigsten real, das heißt, am *wenigsten* eigenständig, weil sie wieder zu deiner *Figur* geworden ist, einfach eine fiktive Problemgestalt unter vielen anderen. Das ist teuflisch von dir.
P.P.P.S. Sollte dieser Brief schrecklich vernünftig klingen, so kann ich dir versichern, daß es das letzte ist, was ich fühle.

Meine Maria,
als Balzac starb, rief er von seinem Sterbebett nach Figuren aus seinen Büchern. Müssen wir auf diese schreckliche Stunde warten? Übrigens bist du weder eine bloße Figur noch ein Charakter, sondern das wirklich lebendige Gewebe meines Lebens. Ich verstehe, daß du Angst davor hast, tyrannisch unterdrückt zu werden, aber siehst du denn nicht, wie das zu Exzessen von Einbildung geführt hat, die die deinen sind, und nicht meine? Ich glaube, es läßt sich sagen, daß ich manchmal tatsächlich wünsche oder sogar verlange, daß eine bestimmte Rolle einigermaßen klar gestaltet wird, die zu spielen andere Leute nicht immer interessant genug finden. Zuckerman zu sein ist eine lange Rolle und das genaue Gegenteil von dem, was als *man selbst zu sein* gilt. Tatsächlich kommen mir Menschen, die am meisten sie selbst zu sein scheinen, wie Darsteller vor, die nur spielen, was sie vielleicht gern zu sein meinen, was sie sein zu sollen glauben oder wofür sie – von welcher maßstabsetzenden Instanz auch immer – gehalten werden wollen. So ernsthaft sind sie bei der Sache, daß sie nicht einmal bemerken, daß die Ernsthaftigkeit *die Schauspielerei ist*. Für bestimmte, ihrer selbst gewärtige Menschen ist das jedoch nicht möglich: sich vorzustellen, daß sie sie selbst seien und ihr eigenes reales, authentisches oder echtes Leben lebten, hat für sie alle Aspekte einer Halluzination.

Es ist mir klar, daß das, was ich da beschreibe, nämlich

Menschen, die in sich gespalten sind, als Charakterisierung von Geisteskrankheit gilt und das absolute Gegenteil unserer Vorstellung von emotionaler Integration ist. Die ganze westliche Vorstellung von geistiger Gesundheit geht genau in die entgegengesetzte Richtung: Erwünscht ist die Übereinstimmung des Bewußtseins seiner selbst mit dem natürlichen Wesen. Doch gibt es Menschen, deren Gesundheit der bewußten *Trennung* dieser beiden Dinge entspringt. Wenn es so etwas wie ein natürliches Wesen überhaupt *gibt*, ein nicht reduzierbares Selbst, dann ist es eher klein, so denke ich, und könnte sogar die Wurzel aller Darstellerei sein – das natürliche Wesen könnte gerade in dieser Begabung bestehen, in der angeborenen Fähigkeit zur Darstellung. Ich spreche davon, daß es zu erkennen gilt, daß man recht eigentlich Darsteller ist, statt die Verkleidung von Natürlichkeit einfach zu schlucken und so zu tun, als wäre es keine Darstellung, sondern du selbst.

Es gibt kein Du, Maria, ebensowenig wie es ein Ich gibt. Es gibt nur das, was wir uns durch Monate gemeinsamen Darstellens erspielt haben, und womit es übereinstimmt, sind nicht »wir selbst«, sondern vergangene Darstellungen – wir sind im Grunde vollendete Vergangenheit und spielen routiniert im alten Trott das alte Stück. Was die Rolle ist, die ich von dir fordere? Ich könnte sie nicht beschreiben, aber das brauche ich auch nicht – du bist eine so großartige intuitive Schauspielerin, daß du sie *einfach so* spielst, fast ganz ohne Regie, eine außerordentlich beherrschte und verführerische Darstellung. Ist es eine Rolle, die dir fremd ist? Nur, wenn du so tun willst, als wäre sie es. Es ist *alles* Darstellung – in der Abwesenheit eines Selbst stellt man eben das eine oder andere Selbst dar, und nach einer Weile stellt man das Selbst am besten dar, mit dem man am besten ankommt. Solltest du mir sagen, daß es Leute gibt wie den Mann oben, dem du dich jetzt auszuliefern drohst, die tatsächlich *ein starkes Gefühl ihrer selbst* haben, dann müßte ich dir sagen, daß sie nur Leute mit einem starken Gefühl ihrer selbst *darstellen*, worauf du mit Recht antworten könntest, daß es sich – da nicht zu beweisen ist, ob ich recht habe oder nicht – um einen Zirkelschluß handelt, aus dem es kein Entrinnen gibt.

Alles, was ich dir mit Sicherheit sagen kann, ist, daß ich jedenfalls kein Selbst habe und daß ich nicht willens oder nicht fähig bin, mir mit mir selbst den Witz eines Selbst zu erlauben. Das wäre für mich ein Witz über *mich*. Was ich statt dessen habe, ist eine Vielfalt von Darstellungen, die ich liefern kann, und nicht nur meiner selbst – eine ganze Spieltruppe, die ich internalisiert habe, ein beständiges Ensemble von Schauspielern, auf die ich zurückgreifen kann, wenn ein Selbst verlangt ist, ein sich immer weiter entwickelnder Vorrat an Stücken und Rollen, der mein Repertoire bildet. Aber ich habe gewiß kein Selbst, das unabhängig von meinen betrügerischen künstlerischen Bemühungen, eines zu haben, existierte. Und ich würde es auch nicht wollen. Ich bin ein Theater, und nichts weiter als ein Theater.

Nun stimmt das wahrscheinlich alles nur bis zu einem gewissen Punkt, und ich versuche charakteristischerweise, es zu weit zu treiben, ich »kippe über den Rand«, wie du von Juden sagst, »wie Menschen am Rande des Wahnsinns«. Ich könnte auch ganz und gar unrecht haben. Natürlich haben sich die Philosophen über die ganze Vorstellung von dem, was ein Selbst sei, des langen und breiten ausgelassen, und es ist, wie man allein an unserem Fall sehen kann, ein heikles Thema. Aber es *ist* INTERESSANT, wenn man versucht, die eigene Subjektivität in den Griff zu bekommen – etwas, worüber man nachdenken kann, womit man spielen kann, und was könnte größeren Spaß bereiten? Komm zurück, und wir werden zusammen damit spielen. Wir könnten uns großartig amüsieren als Homo ludens mit Frau, während wir die unvollendete Zukunft erfinden. Wir können so tun, als wären wir, was immer wir wollen. Alles, was man dazu braucht, ist Darstellung. Das klingt so, als würde man sagen, daß es nur Mut dazu braucht, ich weiß. Nur das will ich sagen. Ich bin willens, weiterhin einen jüdischen Mann darzustellen, der dich immer noch anbetet, wenn du nur zurückkehrst und so tust, als wärest du die nichtjüdische schwangere Frau, die unser winziges ungetauftes künftiges Baby unter dem Herzen trägt. Du kannst nicht einen Mann, den du nicht ausstehen kannst, dem Menschen vorziehen, den du liebst, nur weil das unglückliche Leben mit ihm leicht ist im Vergleich mit dem paradoxerweise schwierigeren glücklichen Leben mit mir. Oder sagen das alle alternden Ehemänner, wenn ihre junge Frau mitten in der Nacht verschwindet?

Ich kann einfach nicht glauben, daß es dir ernst ist mit dem Leben in der oberen Wohnung. Es gefällt mir gar nicht, daß ich derjenige sein muß, der dieses vollkommen rüde, allzu naheliegende feministische Argument bringt, doch selbst wenn du nicht mit mir leben würdest, fällt dir denn nichts anderes ein, was du tun könntest, als ausgerechnet zu ihm zurückzukehren? Es scheint mir eine solche Selbstreduzierung zu sein – es sei denn, ich verstehe dich zu wörtlich, und du willst eigentlich knallhart sagen, daß aber auch *alles* besser ist als ich.

Und jetzt zu dem, was du über Idyllisierung sagst. Erinnerst du dich an den schwedischen Film, den wir im Fernsehen angeschaut haben, diese Mikrophotographie von Ejakulation, Empfängnis und all dem? Es war ganz wunderbar. Als erstes kam der ganze Geschlechtsakt, der zur Empfängnis führte, aus dem Blickwinkel der Innereien der Frau. Sie hatten eine Kamera oder irgend so etwas im Samenleiter drinnen. Ich weiß immer noch nicht, wie sie das gemacht haben – hatte der Kerl die Kamera auf seinem Schwanz? Jedenfalls sah man das Sperma riesig und in Farbe, wie es herabkam, sich bereit machte und dann hinaustrat und hinüber und dann aufwärts ans Ziel kam, irgendwo anders – *ganz* schön. Die idyllische Landschaft par excellence. Der einen Schule zufolge fängt dort das Genre der Idylle an, von dem du sprichst, bei der ununterdrückbaren Sehnsucht von Menschen, die nicht mehr einfältig sind, fortgeführt zu werden in die vollkommen sichere, bezaubernd einfache und zufriedenstellende Umgebung, die die Heimat des Verlangens ist. Wie rührend und erbärmlich diese Idyllen sind, die weder Widerspruch noch Konflikt zulassen! Daß das eine der Schoß ist und das andere hier die Welt, ist weniger leicht zu begreifen, als man meinen möchte. In Agor habe ich entdeckt, daß nicht einmal Juden, die für die Geschichte das sind, was die Eskimos für den Schnee sind, trotz der mühseligen Erziehung zum Gegenteil imstande zu sein scheinen, sich gegen den idyllischen Mythos eines Lebens vor Kain und Abel zu feien, eines Lebens, ehe der Riß begann. Vor dem Jetzt zu fliehen und zum Tage Null und der ersten unbefleckten Siedlung zurückzukehren – Hülle und Gußmantel der Geschichte von der schmutzigen, entstellenden Realität der aufgehäuften Jahre wegzubrechen: das ist es, was Judäa ausgerechnet für diese kriegerische, illusionslose kleine Bande von Juden bedeutet... und auch was Basel für den klaustrophobischen Henry bedeutet hat, der sich freudlos in Jersey gefangen fand... und auch (dem sollten wir uns stellen) was du mit Gloucestershire einmal für mich bedeutet hast. Jedes Szenario hat seine eigene Personenkonstellation, aber ob der Schauplatz nun die Kratermondlandschaft des Pentateuch ist oder die bezaubernden mittelalterlichen Seitengassen der ordentlichen alten Schweiz oder die Wiesen und weißen Nebel von Constables England – im Kern ist es das idyllische Szenario der Erlösung durch Wiedererlangung eines sterilisierten Lebens ohne Wirrnisse. Allen Ernstes erschaffen wir alle uns eingebildete Welten, oftmals grün und einer Brust ähnlich, wo wir schließlich »wir selbst« sein können. Wieder so eine von unseren mythologischen Bestrebungen. Denk doch nur an all die Christen, die im Leben stehen und es besser wissen müßten, wie sie ihre jungfräuliche Vision der Mama herauskrähen und diese langweilige alte Krippe aus Gänsemütterchens Märchen heraufbeschwören. Was hat unser ungeborener Nachwuchs noch tatsächlich bis heute nacht für mich bedeutet, wenn nicht etwas, das vollkommen darauf programmiert war, mein kleiner Erlöser zu werden? Was du sagst, stimmt: Die Idylle ist nicht mein Genre (ebensowenig wie man sie für Mordechai Lippmans Genre halten würde); sie ist nicht kompliziert genug, um eine wirkliche Lösung zu bieten, und doch – habe ich mich nicht beflügeln lassen von der höchst unschuldigen (und komischen) Vision einer Vaterschaft, mit dem vorgestellten Kind als therapeutischer Idylle für den Mann mittleren Alters?

Nun, das ist vorbei. An dieser Stelle hört die Idylle auf, und sie hört mit der Beschneidung auf. Daß am Penis eines nagelneuen Babys eine heikle Operation vorgenommen werden soll, erscheint dir geradezu als Markstein menschlicher Irrationalität, und vielleicht ist es das auch. Und daß mit diesem Brauch nicht einmal vom Verfasser meiner doch recht skeptischen Bücher zu brechen sein soll, beweist dir einfach, was mein Skeptizismus wert ist, wenn er gegen ein Stammestabu steht. Doch warum es nicht auf andere Weise betrachten? Ich weiß, für Beschneidung einzutreten, geht ganz und gar gegen Lamaze und gegen die Bestrebungen, die Geburt zu entbrutalisieren, die darin gipfeln, daß das Kind im Wasser zur Welt gebracht wird, um ihm jeden Schreck zu ersparen. Die Beschneidung ist ein Schreck, zugegeben, insbesondere, wenn sie von einem nach Knoblauch riechenden alten Mann an der Pracht eines neugeborenen Körpers durchgeführt wird, doch vielleicht ist es ja gerade das, was den Juden vorschwebte und was den Akt als Quintessenz des Jüdischen und Kennzeichen ihrer Realität erscheinen läßt. Die Beschneidung macht es so klar wie nur möglich, daß du hier bist und nicht dort, daß du draußen bist und nicht drinnen – auch, daß du mein bist und nicht ihnen gehörst. Es führt kein Weg drum herum: Du trittst in die Geschichte ein durch meine Geschichte und mich. Die Beschneidung ist all das, was die Idylle nicht ist, und unterstreicht für mich, worum es in der Welt geht, und das ist nicht kampflose Einheit. Ganz überzeugend entlarvt die Beschneidung den Schoßtraum vom Leben im schönen Stande unschuldiger Vorgeschichte, das ansprechende Idyll eines »natürlichen«, von menschengemachten Ritualen unbelasteten Lebens, als Lüge. Geboren zu werden, heißt, all das zu verlieren. Die schwere Hand menschlicher Werte fällt gleich zu Beginn auf dich und kennzeichnet deine Geschlechtsteile als die eigenen. Insofern man seine Bedeutungen erfindet, wie man auch sein Selbst so oder so darstellt, ist das die Bedeutung, die ich für dieses Ritual vorschlage. Ich bin keiner von jenen Juden, die sich an die Patriarchen anhängen wollen oder auch an den modernen Staat; die Beziehung meines jüdischen »Ichs« zu ihrem jüdischen »Wir« ist keineswegs so direkt und ungezwungen, wie sich das Henry jetzt von dem seinen erhofft, noch ist es meine Absicht, diese Verbindung zu vereinfachen, indem ich die Fahne der Vorhaut unseres Kindes schwenke. Erst vor ein paar Stunden bin ich noch so weit gegangen, Shuki Elchanan zu erzählen, daß der Brauch der Beschneidung für mein »Ich« wohl nicht von Bedeutung sei. Nun, es scheint, daß sich das auf der Dizengoffstraße leichter vertreten läßt, als wenn man hier an der Themse sitzt. Ein Jude unter Nichtjuden und ein Nichtjude unter Juden. Hier erweist es sich nach der Logik meiner Emotionen, daß der Brauch allerhöchste Priorität hat. Unterstützt von deiner Schwester, deiner Mutter und sogar von dir selbst, finde ich mich in einer Situation, die das starke Gefühl der Verschiedenheit reaktiviert hat, das in New York nahezu verkümmert war und das überdies der häuslichen Idylle die wenigen verbliebenen Tropfen von Phantasie getrocknet hat. Die Beschneidung bestätigt, daß es ein Wir gibt, und zwar ein Wir, das nicht allein aus ihm und mir besteht. England hat aus mir in nur acht Wochen einen Juden gemacht, was bei näherem Nachdenken vielleicht die am wenigsten schmerzliche Methode ist. Einen Juden ohne Juden, ohne Judentum, ohne Zionismus, ohne jüdische Existenz, ohne Tempel, Armee und selbst ohne Pistole, einen Juden zweifellos ohne Zuhause, zum reinen Gegenstand, wie ein Glas oder ein Apfel.

Ich denke, daß es im Kontext unserer – *und* Henrys – Abenteuer passend ist, mit meiner Erektion zu schließen, der beschnittenen Erektion eines jüdischen Vaters, und dich daran zu erinnern, was du gesagt hast, als du zum ersten Mal Gelegenheit hattest, sie in der Hand zu halten. Ich war nicht so sehr von deiner jungfräulichen Schüchternheit irritiert als daß dich ihr Erwachen zu amüsieren schien. Unsicher habe ich gefragt: »Gefällt dir das nicht?« »O doch, es ist in Ordnung«, hast du gesagt und sie zart in deiner Hand gewogen, »aber es ist das Phänomen selbst – ein doch recht rascher Übergang.« Ich möchte, daß diese Worte als Coda am Ende des Buches stehen, aus dem du so törichterweise entfliehen willst, wie du mir sagst. Wohin entfliehen, Marietta? Es mag so sein, wie du sagst, daß dies kein Leben ist, aber benutze dein bezauberndes, entzückendes Gehirn: Dieses Leben ist dem Leben so nahe, wie du und ich und unser Kind je dem Leben nahezukommen hoffen können.

»Ein einzigartiges Werk.«

Heinrich Vormweg, Süddeutsche Zeitung

Aus dem Schwedischen von Wolfgang Butt
376 Seiten. Gebunden

Die Königin ist einsam. Nehmen Sie sich ihrer an!« befiehlt der kleine kranke König Christian VII. von Dänemark seinem Leibarzt Struensee. Und die drei werden Figuren in einer unaufhaltsamen und bewegenden Tragödie. Im Überfluss der Liebe verliert der sanfte Revolutionär Struensee aus Altona seine Macht und die Katastrophe nimmt ihren Lauf. »Ein großes Buch, ein mächtiges Buch, souverän und selbstbewusst überragt es die landläufige Produktion der Belletristen.« Reinhard Baumgart, *Die ZEIT*

Philip Roth

Philip Roth, wurde am 19. März 1933 in Newark / New Jersey geboren. Er studierte an der Bucknell Universitiy in Lewisburg / Pennsylvania und graduierte 1965 an der Universität Chicago zum Master of Arts für englische Literatur.
«Ein Erzähler, handfest und lebensnah ...»
Martin Lüdke, Der Spiegel

Mein Leben als Mann *Roman*
(rororo 13046)

Portnoys Beschwerden *Roman*
(rororo 11731)
Auf der Psychiater-Couch beginnt Portnoys großes, ungehemmtes Beschwerde-Solo, er redet sich seine eigene Biographie vom Leibe, sorglos, komisch, obszön, befreiend.
«Ein unwahrscheinlich lesbares Buch.» *Frankfurter Allgemeine Zeitung*

Die Prager Orgie *Ein Epilog*
(rororo 12312)

Der Ghost Writer *Roman*
(rororo 12290)

Goodbye, Columbus! *Ein Kurzroman und fünf Stories*
(rororo 12210)

Die Brust
(rororo 22316)

Professor der Begierde *Roman*
(rororo 22285)
«Philip Roth besticht durch Aufrichtigkeit und Authentizität.»
Marcel Reich-Ranicki, FAZ

Mein Mann der Kommunist
Roman
(rororo 22824)

Amerikanisches Idyll *Roman*
(rororo 22433)

Täuschung *Roman*
(rororo 22927)

Sabbaths Theater *Roman*
(rororo 22310)
«Philip Roth triumphiert noch einmal mit einem grandiosen Roman: fürchterlich, unverfroren und unwiderstehlich. Sabbath ist zu einem unsterblichen Helden der Literatur geworden.»
Der Spiegel

Zuckermans Befreiung *Roman*
(rororo 12305)
Eine glanzvolle Satire auf die «Vorzüge» des Lebens im Rampenlicht.
«Der Roman ist spannend, sehr witzig und unterhaltend geschrieben.» *Frankfurter Rundschau*

Gegenleben *Roman*
(rororo 23177)

Weitere Informationen in der **Rowohlt Revue**, kostenlos in Ihrer Buchhandlung, und im **Internet: www.rororo.de**

rororo Literatur

Paul Auster

Paul Auster, geboren 1947 in Newark / New Jersey, gilt in Amerika als eine der großen literarischen Entdeckungen der letzten Jahre. Er studierte Anglistik und vergleichende Literaturwissenschaft an der Columbia University und verbrachte danach einige Jahre in Paris. Heute lebt er in New York.

Die New York-Trilogie *Roman*
(rororo 12548)
«Eine literarische Sensation!»
Sunday Times

Smoke. Blue in the Face
Zwei Filme
(rororo 13666)

Die Erfindung der Einsamkeit
(rororo 13585)

Die Musik des Zufalls *Roman*
(rororo 13373)

Mr. Vertigo *Roman*
Deutsch von Werner Schmitz
320 Seiten. Gebunden und
als rororo Band 22152

Leviathan *Roman*
Deutsch von Werner Schmitz
320 Seiten. Gebunden und
als rororo Band 13927

Von der Hand in den Mund
Deutsch von Werner Schmitz
512 Seiten. Mit 24 farbigen
Tafeln. Gebunden und als
rororo Band 22634
Aller Anfang ist schwer: Paul
Austers amüsantes Selbstporträt
des Künstlers als hungernder
Mann vor dem Hintergrund
der bewegten sechziger und
siebziger Jahre.

Timbuktu *Roman*
Deutsch von Peter Torberg
192 Seiten. Gebunden und
als rororo 22882

Mond über Manhattan *Roman*
(rororo 22756)

Das rote Notizbuch
Deutsch von Werner Schmitz
64 Seiten. Pappband und als
rororo 23040

Paul Auster's Stadt aus Glas
*Herausgegeben von
Bob Callahan und
Art Spiegelman. New York-
Trilogie I. Großformat*
(rororo 13693)

Im Land der letzten Dinge
Roman
Deutsch von Werner Schmitz
200 Seiten. Gebunden und
als rororo Band 13043

Lulu on the Bridge
*Das Buch zum Film
mit Vanessa Redgrave
und Harvey Keitel*
(rororo 22426)

Mein New York.
*Mit einem Vorwort von
Luc Sante.*
Deutsch von Joachim A.
Frank und Werner Schmitz
120 Seiten. 15 Fotos.
Gebunden und als
rororo 23118

rororo Literatur

Stewart O'Nan

Stewart O'Nan wurde in Pittsburgh geboren und wuchs in Boston auf. Er arbeitete als Flugzeugingenieur und studierte in Cornell Literatur. Heute lebt er mit seiner Frau in Avon, Connecticut. Für seinen Erstlingsroman «Engel im Schnee» erhielt Stewart O'Nan 1993 den William-Faulkner-Preis.

Sommer der Züge
Roman
Deutsch von Thomas Gunkel
512 Seiten. Gebunden und als rororo 22778
Der bewegende Roman einer Familie, deren Leben im Kriegssommer 1943 von lauten und leisen Katastrophen überschattet wird. O'Nans neuer Roman zählt zu den Werken, «die man leichtfüßig betritt und nur schweren Herzens wieder verläßt». *Neue Zürcher Zeitung*

Engel im Schnee *Roman*
Deutsch von Thomas Gunkel
256 Seiten. Gebunden und als rororo 22363
«Stewart O'Nan spürt die großen Tragödien menschlicher Verstrickungen auf. Sein spannendes Erzählwerk ist zum Heulen traurig und voller Schönheit, seine Sprache genau und von bestechendem Charme. Die literarische Szene ist um einen exzellenten Erzähler reicher geworden.»
Der Spiegel

Das Glück der anderen
Roman
Deutsch von Thomas Gunkel
224 Seiten. Gebunden

Die Speed Queen *Roman*
Deutsch von Thomas Gunkel
480 Seiten. Gebunden und als rororo 22640
Margie Standiford sitzt in der Todeszelle eines Gefängnisses. Stunden vor der Hinrichtung spricht sie ihre Lebensgeschichte auf Band. Sie erzählt, wie sie zur «Speed Queen» wurde; wie aus dem Drogenkonsum mit ihrem Mann und ihrer – und seiner – Geliebten Dealen wurde, aus Dealen Raub und aus Raub vielfacher Mord.
«Ein großartiges Buch.»
Die Welt

Die Armee der Superhelden
Erzählungen
Paperback 22675 und als rororo 23023
In diesen preisgekrönten Erzählungen entfaltet Stewart O'Nan die ganze Bandbreite menschlichen Lebens zwischen Verzweiflung und Hoffnung.

Literatur

Weiter Informationen in der **Rowohlt Revue**, kostenlos in Ihrer Buchhandlung, und im **Internet: www.rororo.de**

Romane und Erzählungen

D. W. Buffa
Nichts als die Wahrheit
Antonellis erster Fall
(rororo 22771)
«Ein ebenso intelligentes wie spannendes Buch.» FAZ

Michael Crichton
Die Gedanken des Bösen
Roman
(rororo 22798)
«Ein atemberaubend spannendes Buch.» *New York Times Book Review*

Erri De Luca
Die Asche des Lebens
Erzählung
(rororo 22407)
Das Meer der Erinnerung
Roman
(rororo 22743)

Klaus Harpprecht
Die Leute von Port Madeleine
Dorfgeschichten aus der Provence
(rororo 22746)

Jacques Neirynck
Die letzten Tage des Vatikan
Roman
(rororo 22759)
«Der Roman ist vielschichtig, verwickelt und voller Überraschungen ... voller kühner, kluger Gedanken, voller Wärme und hochunterhaltsam.» *Der Spiegel*

Chaim Potok
Novembernächte *Die Geschichte der Familie Slepak*
(rororo 22800)
«Eine ergreifende Familienchronik und eine Nachhilfestunde in russischer Revolution.» *Focus*

rororo Literatur

Nicholas Shakespeare
Der Obrist und die Tänzerin
Roman
(rororo 22619)
«Ein spannender und poetischer Roman über Gewalt, Ethik und Liebe.» *Süddeutsche Zeitung*

Oliver Stone
Night Dream *Roman*
(rororo 22885)
Hemmungslos provozierend wie in seinen Filmen betritt Oliver Stone jetzt die literarische Szene. In seinem ersten Roman verlässt der neunzehnjährige Held seine Eltern, bricht sein Studium in Yale ab und geht nach Vietnam.

Wei-Wei
Die Farbe des Glücks *Roman*
(rororo 22788)
«Eine wunderbare chinesische Familiengeschichte, rührend, lebensnah und mitreißend.» *Cosmopolitan*

Weitere Informationen in der **Rowohlt Revue**, kostenlos in Ihrer Buchhandlung oder im **Internet: www.rowohlt.de**

John Updike

Scharfsichtig, komisch, leidenschaftlich schildert **John Updike** die normale Welt des normalen amerikanischen Kleinbürgers. John Updike, geboren 1932 in Shillington, Pennsylvania, studierte in Harvard und Oxford. Er war zeitweise Redakteur des «New Yorker» und schreibt heute noch für das Magazin brillante Essays, Parodien und Kritiken. Seine Romane und Erzählungen fanden ein enthusiastisches Echo und wurden mit zahlreichen angesehenen Literaturpreisen ausgezeichnet.

Gegen Ende der Zeit *Roman*
(rororo 23146)
«Ein weiteres Mal hat John Updike ‹ein Meisterwerk› vorgelegt» *FAZ*

Updike und ich *Essays*
(rororo 22935)
Der Pulitzerpreisträger erweist sich selbst die Ehre ...

Amerikaner und andere Menschen *Essays*
(rororo 15850)

Vermischtes *Essays*
(rororo 13229)

Wenn ich schon gefragt werde *Essays*
(rororo 22918)

Auf der Farm *Roman*
(rororo 12570)

Der Coup *Roman*
(rororo 15667)

S. *Roman*
(rororo 12955)

Die «Rabbit»- Romane:
Hasenherz. Unter dem Astronautenmond. Bessere Verhältnisse. Rabbit in Ruhe. *Kassette mit 4 Bänden*
(rororo 13553)

Das Gottesprogramm. Rogers Version *Roman*
(rororo 12867)

Golfträume
(rororo 22741)
«Es gibt kein Leben, keine Welt außerhalb des Golfplatzes, nur einen tiefen, erschreckenden Abgrund.»
John Updike

Der Mann, der ins Sopranfach wechselte *Erzählungen*
(rororo 22441)

Gott und die Wilmots *Roman*
Deutsch von Maria Carlsson
736 Seiten. Gebunden und als rororo 22686

Ein Gesamtverzeichnis aller lieferbaren Titel von **John Updike** finden Sie in der **Rowohlt Revue,** kostenlos in Ihrer Buchhandlung, und im **Internet: www.rororo.de**

rororo Literatur